dtv

Im ehemaligen Grenzgebiet liegt ein schon zu DDR-Zeiten evakuiertes Dorf, dessen Reste jetzt verschwinden sollen. Die Männer der Abrißkolonne, darunter ein arbeitsloser Ingenieur, erfahren vor Ort, daß hier noch jemand haust: ein Mann, der ununterbrochen schreibt. Für eine Nacht begibt sich der Ingenieur in die Ruinen. Und diese Nacht belebt das Niemandsland mit Geschichten: von jenem Akademiker, der mit dem Beruf auch die soziale Stellung verlor; von seiner Frau, die aus Lieblosigkeit in eine neue Existenz zu entkommen hofft; und von einer anderen, die als Hure zu überleben sucht und wegen brisanter Kenntnisse aus der Vergangenheit verfolgt wird. – Mit seiner Sprache, so furios wie überraschend, gelingen Jirgl unvergeßliche Bilder dafür, wie die Erinnerung des einzelnen und die Literatur sich dem kollektiven Vergessen widersetzen.

Reinhard Jirgl, 1954 in Berlin geboren. Ausbildung zum Elektromechaniker, nach dem Studium der Elektronik Hochschulingenieur. Ab 1978 am Theater, seit 1996 freier Schriftsteller in Berlin. Bisher u.a. erschienen: ›Mutter Vater Roman‹ (1990), ›Im offenen Meer‹ (1991), ›Abschied von den Feinden‹ (1995), ›Die atlantische Mauer‹ (2000). Zahlreiche Auszeichnungen, darunter der Alfred-Döblin-Preis, der Berliner Literaturpreis und zuletzt der Joseph-Breitbach-Preis 1999.

Reinhard Jirgl

Hundsnächte

Roman

Deutscher Taschenbuch Verlag

Von Reinhard Jirgl
ist im Deutschen Taschenbuch Verlag erschienen:
Abschied von den Feinden (12584)

Ungekürzte Ausgabe
Dezember 2001
Deutscher Taschenbuch Verlag GmbH & Co. KG,
München
www.dtv.de

Umschlagkonzept: Balk & Brumshagen
Umschlagfoto: © ullstein bild
Satz: Fotosatz Reinhard Amann, Aichstetten
Gesetzt aus der Bembo 10/12' (QuarkXPress)
Druck und Bindung: Druckerei C. H. Beck,
Nördlingen
Gedruckt auf säurefreiem, chlorfrei gebleichtem Papier
Printed in Germany · ISBN 3-423-12931-X

Den Wüsten

.....von allem die Hände lösen.....
Gottfried Benn

I

–!Keiner betritt noch 1 Mal diese Ruine. Um !Nichts in der Welt würde jemand Das noch 1 Mal tun.

Von Ferne schon war mir an solch 1 Ort die Menschenmenge aufgefallen. Mit Verwunderung hatte ich soeben den Ausruf gehört; nur diesen 1 Satz von all dem, was geschwätzige Dörfler, die, wie aufgescheuchte Enten schnatternd hin&her watschelnd, uns zugerufen haben mochten. Der Traktor, auf dem ich saß, & auch die übrigen Bau- & Räumfahrzeuge, mit denen wir in diese von Gott&teufel verlassne Gegend im ehemaligen Grenzgebiet herausgekommen waren, machten soviel Lärm, daß wir nichts anderes von ihren Rufen hörten, die sie mit heftigen Armgesten begleiteten als wollten sie in Luft geschriebene Zeichen auslöschen od riesige unsichtbare Insektenschwärme verscheuchen – offenbar wollte man uns bedeuten, von unserm Vorhaben, sämtliche Ruinen abzureißen & dies Gelände zu planieren, auf-der-Stelle abzulassen. Vielleicht hatten sie zuerst die drei Ausländer in unserer Kolonne bemerkt, Kriegsflüchtlinge, Albaner aus dem Kosovo & hier offenbar als Schwarzarbeiter, so daß sie nun glaubten, wir=alle seien ebenfalls Ausländer, die dann lediglich jenes grobe Winken & Schreien verstehn müßten –. Als diese Dörfler nicht abließen, sondern in ihrem Gefuchtel & Gebrüll eher noch sich steigerten – wollten sie uns ?warnen –, stellte ein Fahrer nach dem andern schließlich den Motor seines Fahrzeugs ab, stieg aus & ging langsam auf den wirren Haufen Leute zu, die, schien es, nichts anderes zu tun hatten, als in dieser 1öde aufgeregt durcheinanderzulaufen, die Stille mit ihrem Geschrei zu vergiften & dazu mit Armen & Händen zu fuchteln wie ein riesiges auf den Rücken gefallenes Insekt. – :?Warnung, doch Warnung ?wovor: ?Was soll denn sein mit der Handvoll Ruinen, ehemaliger Stallungen Schuppen Wohnhäuser, viele schon *Damals* bei der Zwangsevakuierung dieser

Ortschaft bis zur Unkenntlichkeit geschliffen, 1 Ort, wie es hieß, den sowohl der Dreißigjährige, der Napoleonische Krieg wie auch die Rote Armee nur aus dem 1fachen Grund verschonten, weil all=die Armeen ihn, diesen Ort, eingesunken schon damals in Buschwerk & von Wald wie von großen Armen schützend umhegt, nicht gefunden hatten –, und erst mit dem Aufrücken von Heerscharen östlicher Bürokratie, die 2 Mal ihr Grenzgebiet Deutschland gegen Deutschland neu gezogen – Aktionen von *Ungeziefer* bis *Kornblume* –, hatten schließlich auch diesen Ort & besser als in acht Jahrhunderten jeder Söldnerhaufen, innerhalb von 8 Jahren zum Verschwinden gebracht; Ruinen, zu Ruinen verfallen –, Restegemäuer von einem vor Jahrzehnten evakuierten Dorf inmitten der 1öde, von Schlingpflanzen Baumwerk Weinranken & Büschen im Griff wie unter einer unendlich langsam sich schließenden Faust, Holunderblüten im Dunkel, fahle Nägel & Krallen an den Klauen pflanzlicher Wesen, die mit der unfaßbaren Geduld aller Pflanzen auf das Verschwinden von *Zeit* lauern, *Zeit* die sie, die Pflanzen, seit Anbeginn in Bann geschlagen hält, um dann im Augenblick des Lösens von dieser Fessel in 1 Explosion von Wachstum vorschnellend über die schäbigen Gemäuerreste u die gesamte Landschaft herzufallen, der Menschen u der übrigen Alpträume sich bemächtigend, dies=Alles wie Knüllpapier von-sich schleudern würden, um an anderer Stelle, wo solcherart Leben dann hingeworfen wäre, Alles schon Getilgte, Weggeworfne & Zerstörte mit der den Pflanzen eigenen, chlorophyllhaften Geduld noch 1 Mal von-vorn beginnen zu lassen – :*?Was also ist los in diesem vor Zichjahren, noch zu tiefen Ost-Zeiten zwangsgeräumten Dorf auf dem Gelände einer mit jeder Art von vorstellbarem Tod gesättigten Landschaft* – :So dachten gewiß auch die anderen Arbeiter, od: weniger *dachten*, vielmehr mochte in deren Empfinden wie ein unbehauener Stein solch nicht wortgewordene Vorstellung liegen, als sie aus dem Schatten schwerer Maschinen heraustraten & zu dem Ort mit den aufgeregten Leuten gemächlich in ihren O-beinigen Schritten hinüberschlenderten.

Eigentlich hatte niemand von uns damit gerechnet, hier draußen überhaupt auf Menschen zu treffen. Das ehemalige Grenzland & der Todesstreifen wurden noch immer von Allen gemieden, u nicht allein wegen der gewiß noch im Sand..... verborgenen Minen. Das war, als bestünde das einstige Verbot, diesen Teil der Welt zu betreten, noch ebenso weiter fort, wie die unmittelbare Todesdrohung selbst – so als sei auch nach dem Verschwinden der Grenze diese Aura des Todes noch immer vorhanden, tief in die Landschaft aus vergiftetem Sand wie in die Gehirne eingebrannt, um ihre Wirkung, die in Alten Zeiten als die eines Fluches genannt worden wäre, noch immer aufrechtzuerhalten und umso zäher fortzusetzen, je weiter die Wirklichkeit dieser 1 Art der Drohung des Sterbens in den Tiefen & im Schlamm der Geschichte versank.....

1 Tag hatte uns die Baufirma zum Abriß, Schuttaufladen, -abfahren & zum nachträglichen Planieren berechnet, weniger als eine Routinearbeit, hieß es, schnell zu erledigen –*Der janze Plunda fällt von selwer ein wenn ihr da bloß !aufkreuzt* – 1 Arbeit, zu der man sogar Den Neuen gebrauchen konnte. Der Neue, damit war ich gemeint.

Ich war 1 der letzten, der bei der Gruppe von Einheimischen ankam, die um den Eingang zu einer Ruine herumstanden & mit den Arbeitern debattierten. Schien, als seien diese Leute aus den Dörfern-ringsum auch längst vor unserem Eintreffen bereits hier=draußen versammelt gewesen & nicht zum 1. Mal, Aufregung & Geschwätz um sich verbreitend wie einen dicken Nebel, und wir, der Bautrupp, käme ihnen nun als Publikum gerade recht. Ich trat, so nahe es ging, zu ihnen heran & hörte, anfangs wider Willen, dem gespreizten Geschwätz & ihrem endlosen Gerede zu.

–!Keiner betritt noch 1 Mal diese Ruine. Um !Nichts in der Welt würde jemand Das noch 1 Mal tun. !Wozu auch. Da ist Nichts zu machen, solang *Er* noch dort-drin ist. Und wenn ihr dort reingeht, ihr werdet auch nichts ändern. Höchstens !euch wird was passieren. Wir wissen, was wir sagen. Wir sprechen nicht gerne drüber. Niemand kann daran etwas ändern. Solange nicht, bis *er-dort-drin* nicht tot & begraben ist. Wir gehen nie wieder dort rein. Den !Teufel werden wir tun. Obwohl an dem Zimmer & dem nunja *Haus* sich rein !garnichts verändert hat, seit wir zum 1. Mal, nachdem die Grenzanlagen abgeräumt waren, hierhergekommen sind. Was auch sollte an einer Ruine sich noch verändern. Seht doch selber: die aus den Angeln gehobnen Türen – kahle verwahrloste Räume – Reste von Tapeten wie Hautfetzen überm Stein – verquollnes zerfallenes von Schimmel u Pilzen u Moos überwuchertes restliches Mobiliar u noch immer, nicht stärker nicht schwächer, jener feuchtklamme salpetrige Dunst, wie ihn nur Ruinen ausschwitzen können – : Alles wie ihr es auch jetzt sehen könnt & wie es schon=immer gewesen ist. Nichts im Grunde verändert. So dachten wir noch bis vor kurzem. Bis wir dann einmal wieder zu *ihm* hineingegangen sind & *ihn* angeschaut haben – –

–Zu der schimmeligen, angefaulten Bettstatt, auf der *er* von Anbeginn gelegen hat – ausgestreckt seit ?wielanger Zeit – ohne 1 Wort, nur dieses leise, furchtbare Keuchen, das immer seltener und immer leiser und leiser zu dem Keuchen eines Sterbenden wurde, und, wie solln wir sagen, selbst für einen Sterbenden bereits als zu leise, zu selten erschien, so als sei dieser Laut durch den Sterbenden hindurchgegangen, längst zu etwas anderem geworden als zum Laut eines Menschen..... –Wie !oft haben wir auf das letzte Mal dieses – immerhin – Lebenszeichens gewartet u ebenso oft hatten wir geglaubt !Jetzt !Das war das !letzte Mal !Nun hat *ers* hinter sich – und mußten ebenso oft 1 weiteres Mal, noch leiser noch erstorbener, das furchtbare Keuchen eines Menschen hören, der offenbar nicht sterben kann..... –Und so ging es weiter und weiter, dieser fürchterliche Laut, der als seis die-Dunkelheit=selber in diesem Gemäuer lastet – und so geht das weiter bis zu dieser Minute und über diese Minute hinaus: ein Sterben ohne Ende, ein Krepieren in Zeitlupe ?werweiß wie lange noch – –

–So haben wir gedacht, bevor ihr gekommen seid, hierher, in den Faulgestank einer Ruine inmitten eines leblosen Dorfes ohne Namen. Aber, wie solln wir sagen, mit 1 Mal grad vorhin haben wir das Unfaßbare zum 1. Mal entdeckt, das, womit niemand von uns auch nur gerechnet hätte, daß es jemals passieren könnte. Und seit diesem Moment, der vielleicht nur 1 paar Minuten zurückliegt, vielleicht aber auch Stunden über Stunden, Tage über Tage – !was heißt schon Zeit am Rand eines Totenlagers – seither würde niemand von uns diese Ruine & diesen Raum noch 1 Mal betreten. Um !Nichts in der Welt würde jemand Das noch 1 Mal tun. –Und ihr – ihr tätet auch besser dran, nicht hineinzugehn. Das ist wie in einem bösen Traum, der kein Ende nehmen will, wo jedes Erwachen nur der Beginn eines neuen Alptraums sein muß. Und gerne hätten wir geglaubt, tatsächlich in einem Traum zu sein, wäre da nicht dieses Gestöber von Fliegen. . . . . : kleberige Punkte, die sich unter bösartigem Summen wie blauschwarze Regenschauer von *ihm* herüber auf jeden Eintretenden werfen; & wäre da nicht der Gestank, der jegliches Atmen erstickt : Ammoniak Urin gärende Exkremente & süßlich=Verdorbenes, Gestank verwesenden Fleisches & verfaulender Eingeweide : Gestank, der, wie solln wir sagen, selber schon etwas sterbend Körperhaftes besitzt, der wie eine geschmeidige Masse sofort über die Anwesenden sich zu stülpen beginnt, so, als wollte *er* alles Lebendige sogleich vergiften, damit es dem ohne Unterschied sich gleichmache & zu dem werde, wovon dieser Brodem ausgeht: von *ihm*, von Verstorbenem das nicht sterben kann, von einem Leichnam ohne Tod in der grauenhaften Langsamkeit einer Verwesung – –

Aus diesem Gerede, dem ich wider Willen länger zugehört als ich die Absicht hatte, konnte ich mir kein rechtes Bild vom Ausmaß der Situation machen. Nur soviel hatte ich begriffen, daß in einer dieser völlig zerfallenen Behausungen noch jemand lebte, vielmehr vegetierte, ein Vergessener, ein Sterbender ohne Namen. Und offensichtlich war dieser Mensch, von dem sie=alle irgendwann geglaubt hatten, *er* sei endlich gestorben, wirklich !kein Toter. Od:, zwar unglaubhaft doch dem Gerede nach augenscheinlich, wurden diese Leute immerfort Zeugen eines Vorganges, der alles bisherige Wissen über Tote, das, allseits bekannt, auch jenes nach dem Ableben sich fortsetzende Wachstum der Haare & Nägel, noch um ein Vielfaches übertraf: Dieser Leichnam, so hörte ich die Leute weiter sagen, vollführte auf dem Totenlager die Bewegungen & Handgriffe – eines !Lebendigen. Das war das ungeheure Geschehen, das sie, die Dörfler, angeblich vor kurzem mitangesehn hatten & dessentwegen sie um !Nichts mehr in der Welt diese Ruine betreten mochten. Denn, so verstand ich ihr Geschwätz, solch Geschehen, unglaubhaft doch wahr, ließ den Sterbenden dort-drin mit jedem seiner Atemzüge, mit jedem 1zelnen seiner keuchenden Laute – immer !lebendiger erscheinen – –

Den Dörflern war es mit ihrem Gerede gelungen, die Bauarbeiter in ihren Bann zu ziehen. Die scharten sich um sie, so wie jeder Schwätzer sein Publikum behält, sofern er den Zuhörern nur genügend viel von deren Zeit gestohlen hat. Das Tageslicht war noch ausreichend stark, selbst dem Inneren der Ruine 1 matten Schimmer einzuflößen, und so versuchte ich, abseits von der Masse durcheinander quasselnder Leute, ins Innere jener Ruine, eines verfallnen & langsam in-sich=selbst verschwindenden Gemäuers, hineinzuschauen –

Ich war nie zuvor im Innern einer wirklichen Ruine gewesen. So trat ich vorsichtig durch Brennesseln Dornengebüsch, balancierte durch weggeworfnen rostigen Stacheldraht über splitternde Mauer&ziegelscherben hinweg näher an die zerstörte Fensteröffnung heran – – dann blickte ich hinein – :

1 flüchtige Berührung, weder warm noch kalt, als wäre von dort=Drinnen 1 kleiner Vogel od 1 Fledermaus herausgeflogen und an meinem Gesicht vorübergestreift, nichts Faßbares, nichts was in deutlichen Formen sich zeigen könnte – Etwas wie die unsichtbaren Flammen aus den Fenstern

eines Irrenhauses – ein Sog Finsternis mit dem magnetischen Atem eines tiefen Abgrunds – Angst u plötzlich das unbändige Verlangen, in diesen Abgrund mich hineinzustürzen – –

Dieser Schauder mit glutsprühenden Ringen vor den Augen u bohrender Übelkeit im Gedärm, ließ mich in die Kniee sinken in Unkraut Ziegelscherben & Dreck; die 1 Hand gegen die Mauer gestützt, wußte ich später nicht, wie lange in dieser Beinahohnmacht ich verschwunden war, vielleicht nur wenige Sekunden, vielleicht Stunden über Stunden – die Dörfler hatten recht: !Was heißt Zeit am Rand eines Totenlagers –, *?!Was ist passiert – ?!Was Zumteufel ist hier los –*

Und Besinnung kehrte dann zurück als ein wärmendes Empfinden auf der Haut so, als sei die Sonne nach langer Zeit durch eine kalte Wolkenwand hindurchgedrungen, ihre Strahlen, die hellgelben Arme langgliedrig um Erde u die bloße Haut der Menschen sich windend, Grillenlüfte bienenpelzwarm u sommerstaubbeatmet, durch dichtmähniges Gräserhaar die Lichtfinger kämmend – Hundstag-Ausglut poröser Mörtelstunde, ein Wüstenstein vom Licht zerhöhlt – und Schattenwürfe Dunkelheiten, tiefer als jemals die eigenen gesehn.

Die Finger über das rauhe alte Gemäuer schabend, unfähig, das Geschehn zu benennen, spürte ich allein, daß jene letzten Jahre, diese Zeit *Mein langer Irrweg*, seit !diesem 1 Augenblick zuende war; daß ich eine schwere unnütze, für mich zu schwere zu unnütze Last, die aus dem Gewicht von Jahren bestand u die mein Begreifen überstieg, mit 1 Mal hier losgeworden war – daß ich, ?vielleicht u vielleicht ?jetzt, endlich angekommen sei; jedenfalls nun um !Nichts in der Welt mehr von Hier..... fortgehen wollte – –

Dabei hatte ich nichts gesehen; nichts, wovon die Stimmen mir & den Anderen zuvor erzählt hatten: Im starren Ruinenzwielicht eines namenlosen Dorfes einen Toten ohne Namen, der, wie es hieß, nicht sterben konnte, der mit seiner Hand, ausgezehrt wie die Hand 1 Mumie, die Bewegungen eines

Lebendigen ausführen sollte, so als seien dort-drinnen, in einer schäbigen Ruine, an diesem Ort des Zerfalls, das-Leben u: der-Tod 1-u-dasselbe. Und nichts gesehen auch von *seinen* angeblichen Bewegungen: dem Heben des linken Armes – dem Zugreifen der schlaffen, wie 1 Hühnerkralle abgezehrten wachsgelben Hand nach den Fetzen der Tapete an der Wand neben sich – nichts vom Herausreißen kleiner Papierstücke, die *er* angeblich niederlegte vor sich auf das verschimmelte Deckbett, in deren Poren wie angetrocknetes Fett die Ausdünstungen verlornen Lebens staken u darin *er* wie ein faulendes Dotter inmitten von verdorbenem Eiweiß lag –; vergebens die Ausschau nach den Bewegungen *seiner* rechten Hand, die 1 Bleistiftstummel halten sollte, womit *er* zitterige, hauchdünne Zeichen, ?vielleicht wirklich ?Buchstaben, auf Papierfetzen fügen sollte, während *sein* Gesicht od: das was einst *sein* Gesicht gewesen, jetzt die Maske 1 Toten, unbeteiligt, mit dem Ausdruck der Gleichgültigkeit, des Von-sich-Lösens eingesunken u zerfallen wirken mußte (so als hätte *sein* Körper die Lagerstatt hier längst verlassen, u die Decke allein warf sich noch in der Hüllform *seines* Leibes –), – so (behaupteten die Dörfler) starrte die leergelebte Maske eines Gesichts unbeweglich zur Zimmerdecke hinauf, während Arme & Hände, wie in Zeitlupe, mit unglaublicher Behutsamkeit, als gehörten diese Bewegungen zu einem feierlichen Ritus, zu einer 1dringlichen Behauptung gegen den Augenschein & gegen Aller Vernunft, mit der dieser Tote ohne Unterbrechung & wie von sozusagen gewohnheitsmäßigem Nachdenken begleitet, die Tapetenreste von der Wand herunterriß – die Schnipsel aufs Deckbett vor sich niederlegte – mit der anderen Hand den Bleistiftstummel aufsetzte & zu kritzeln begann – : *Er*, der Fremde auf *seinem* Totenlager, war anscheinend steckengeblieben im Niemandsland zwischen Leben u: Tod, zwischen Dasein u: Verlöschen.

Das hatten die Dörfler uns erzählt. Und das klang wie Alles, was von Dörfern kommt. Doch Nichts davon hatte ich wirklich gesehen. Aber diese 1 flüchtige Berührung. . . . . weder warm noch kalt, 1 Anwehen..... nichts Faßbares – Aber dies Taumeln..... – diese Beinahe-Ohnmacht..... Und seither solch Rauschen Dröhnen in den Ohren, im Gehirn, als sei ich mit diesem letzten Schritt auf die Ruine zu !plötzlich wie ein Stein in dutzende Meter tiefes Gewässer hin1gestürzt, versunken..... bis auf den Grund. Das war geblieben, das Empfinden eines Überdrucks, der das eigene Blut tosend hören ließ wie tief unter der Erde in einem hermetisch abgeschlossnen Bunker..... u darin Stimmen nurmehr als Rauschen, wattig schlammig unterwasserdumpf:

–!So: und da kommt !ihr daher: !ihr mit euern Bulldozern Baggern Planierraupen & wollt anfangen 1 Dorf, das ja seit langem nur noch aus Ruinen besteht, plattzumachen & auszulöschen. Als ob 1 namenloses Dorf noch !ausgelöscht werden könnte. Plattmachen könnt ihrs so platt wie eure Köppe. Für diesen !Radweg. Deswegen seid ihr doch hergekommen !?oder : Den Todesstreifen zum !Radweg bügeln – von Lübeck bis runter nach Hof. Und das-Ganze heißt dann auch noch: *Lebensstreifen*. !Das sieht ihnen ähnlich, diesen Dösköppen=dort-Oben, die Heute das-Sagen ham. Na, wenn da mal nich n bißchen Viel-Leben aus sonem Streifen kommt..... Wir wissen, was wir sagen. Und dann gibts da ja noch Was : *!Ihn*-dort-drin. Ihr vergeßt *!ihn*-dort-drin. Ihr könnt euch ruhig zu uns setzen. Od geht in die Kneipe – –Ja!klaa: & der Boß zahlt uns die Zeche !wie. Od aber wir haun einfach ab, saang in der Firma Bescheid *Da in diesem Kaff is noch einer, der nich rauswill, der nich raus !kann. Weil, Scheff: das is nämlich ein Toter, der nich sterm kann, der sogar auf dem Totenbett noch seine Notizen macht. Und deshalb Scheff deshalb könn wir dieses Scheißkaff nich abreißn & nich plattmachn. Denn n Toter, Scheff, sehnse mal: der schert sich n Dreck um Maschinen & Termine. Und der dort-drin, der hats mitm Schterm offenbar überhaupt nich eilig* –:mal sehn, ob der Boß uns diese *Schtorri* abkauft. Wahrscheinlich schickt er uns zum Teufel od zum Alktest & feuert uns danach 8kantig raus. – –Und ihr wäret längst nicht die Ersten, dies erwischt, die mit hohler Hand & dicken Backen wieder von hier abziehn müssen. Die Ärzte waren auch schon da, die Polizei, der Grenzschutz, die Feuerwehr – : und, !was glaubt ihr, !?was haben die-Fachleute zustandegebracht: *Er* ist nicht mehr transportfähig. Da sind Die mit ihrem Latein gans=schnell am Ende. Denn jedes Latein hat auch einmal 1 Ende. Im Gegensatz zu diesem *Kerl*-da-drin. Soviel steht fest. Und was ein-Toter ist, das konnten auch Die letztendlich nicht sagen. Nicht mehr transportfähig. Punktum. Mehr kam aus den Herren Fachleuten auch nich raus. Und damit hat sichs. – –Und das soll ?heißn: – –Das soll heißen: Wir=Alle müssen warten. Wir haben *ihn* ja beobachtet, diesen *Toten*. Haben versucht, uns 1 Reim auf das zu machen, was wir gesehn haben in der letzten Zeit. *Er* kann 1fach nicht sterben. Nicht *1fach* sterben. So 1fach ist das. – –Ein Toter, der nicht sterben kann. :!Das glaubt ihr doch wohl selber nich, daß sowas – –Und daß der Tote dort auf die Tapetenreste schreibt, das ist ?vielleicht nur das Zucken von Muskeln & Nerven, automatische Reflexe, !?wie. All die zitterigen Notizen, in Wahrheit weder Buchstaben, Wörter, Sätze noch wirkliche Texte, !die Texte eines Toten, sondern 1fach: Nichts – Krakel Punkte Striche, sämtlich ohne Sinn wie sie auch ne Ratte, die zuvor durch ne Tintenpfütze lief, zustande brächte. Dachten auch wir. : ?Doch wie konnte geschehn, daß die Hand des Toten nach immer neuen Tapetenfetzen greift – : – !Das sind keine Reflexe, haben wir uns gleich gesagt, das sind !kein bloßes Muskel&nervenspiel eines Sterbenden – Das ist. . . . . – –Na ?!Was denn – –Wir wissens nicht. Wir haben Soetwas noch niemals zuvor gesehen. . . . . !Wieso solln wir mit unserem Latein weiterkommen als die Großkopfeten. . . . . :Was *er*, der *Tote*-dort-drin, ?!schreiben mag : ?Wovon träumt & ?worüber schreibt ein Leichnam. Haben wir uns gefragt. – –Und ?warum geht ihr nich 1fach rein & seht nach: dann wärs doch 1-für-allemal klar was – –Wir werden das !nie erfahren. Denn !Keiner betritt noch 1 Mal diese Ruine. Um !Nichts in der Welt würde jemand Das noch 1 Mal tun. Immer hatten wir geglaubt, wie solln wir sagen, ein Toter sei dem Traum, dem Wünschen nach dem Tod, zu fern, um noch im Traum zu wünschen. Und nun dieser Tote, hier..... Scheint, die Toten kommen uns näher.....

–Vielleicht hat *er*, der Tote der nicht sterben kann, es 1fach nicht fertiggekriegt: das Aufhören, das Verschwinden, sich zu lösen u endlich im Ende zu sein. Nicht hingekriegt. Vermasselt. *Die Szene meines Sterbens total geschmissen.* :So hätte *er* das gewiß beschrieben, wenn *er* heute noch mit uns sprechen würde – –Er hat mit euch ?!geredet: ?Was hat er – –Früher, in der ersten Zeit, nachdem wir *ihn* hier=draußen entdeckt hatten, hat *er* mit uns gesprochen. Damals war noch nichts Auffälliges an ihm, abgesehn !natürlich davon, daß wohl kaum ein normaler Mensch hier=Draußen sich einquartieren würde. Aber *er* sprach damals zumeist so merkwürdig verschroben, wie das halt die 1samen tun. *Er* konnte nicht 1fach sagen *Ich habe den Beruf eines Rechtsanwaltes; einen Beruf, der mir keine Freude macht* – !Nein: *er* mußte schon sagen –*Ich habe einen Job auf der Justizgaleere – mentale Verhältnisse dort wie im Schützengraben, ohne die Vorzüge des Schützengrabens* – :So hat *er* geredet. Daran erinnern wir uns noch, wenn das auch schon ne Weile her ist. Immer, so meinen wir, wollte *er* mehr sagen, als *er* mit Worten sagen konnte. *Er* war eben Einer aus der-Stadt. Auch deswegen blieb *er* für uns immer *der Fremde*; wurde *er* niemals einer von uns. – –Vielleicht war diese Frau..... daran schuld. Vielmehr seine Erinnerung an diese Frau..... Von ihr hat *er* gewissermaßen ohne Unterbrechung gesprochen. Von der Frau wie von der Erinnerung an eine Frau. – –Zuerst, das heißt, in der ersten Zeit, als wir *ihn* gefunden hatten hier=draußen, hat *er* von der Frau in weitschweifigen Bildern, auf Umwegen, in Ausschmückungen mit allem Drum&dran voller Enthusiasmus erzählt, immerfort, mit leuchtenden Augen. Später dann wurden *seine* Erzählungen knapper, sozusagen spröder, wie Formeln od Glaubenssätze, die *er* gewiß mehr für sich=selber als für irgendjemand Anderen erzählte. Bis schließlich nur noch wenige Worte, 1 od 2 Laute, übrigblieben, so als hätt *er* von Anbeginn *seiner* Erzählungen über diese Frau auf einer rasenden Spirale sich auf den 1, den allerletzten Punkt im Zentrum zubewegt. ?Wie hat *er* das immer genannt, ich erinner mich nicht mehr recht daran, klang genauso verschroben wie Alles-andere, was *er* uns erzählt hat. Weißt ?dus noch, wie das ging, was *er* –. – –*Nun, Jedermann weiß* (hat *er* meistens begonnen), *Jedermann weiß, daß Mann von 1 Frau nichts wissen, dafür aber umso mehr erzählen kann. Das In1andersein mit Worten. Das ist wie eine Zweite Intimität, die,* ?wie hat *er* das immer beschrieben, *viel intimer ist, als jene der Geschlechtsteile. So wie Küssen auch intimer ist als Vögeln.* :Das haben wir halt alles von *ihm* – vielmehr ist es das, was wir behalten haben von *seinen* Aufgeregtheiten um eine Frau. – –Unter uns, wir haben nie so recht verstanden, was *er* mit all Dem eigentlich hatte sagen wolln. Wir hatten aber verstanden, daß es eine große Leidenschaft gewesen sein mußte für *ihn*. !Wer konnte wissen, ?wie lange das her sein mochte. Wahrscheinlich wußte *er* das selber schon nicht mehr. !Kaum zu glauben, daß es immer 1&dieselbe Frau gewesen sein soll. – –*Und später dann,* hat *er* einmal gesagt, *wenn die Erinnerung das letzte ist, was 1 Mann von einer Frau behalten hat, dann ist diese Zweite Intimität der Wörter wie ein ganz anderes, ein neues u ein nochmaliges Eindringen in den Wörter-Leib des anderen Wesens.* : So od: so ähnlich hat *er* das einmal beschrieben. Wir erinnern uns deshalb genau daran, weil es das letzte Mal gewesen ist, daß *er* in solcher Weise von ihr, von dieser Frau, gesprochen hat. – –Und das heißt, *er* hatte überhaupt damit aufgehört, in irgendeiner Weise zu sprechen. *Das Verlangen nach dem Tod ist das Lebendigste in mir.* Und danach und bis heute dann nur noch Laute – das Keuchen – das fürchterliche Atmen ohne Ende – –

–Vielleicht, sagten wir uns, muß auch das Aufhören, das Enden & das Sterben, gelernt werden – u *er*, der Fremde, der-Städter & 9xkluge, hatte diese 1fache Lektion, die jeder Ochse kapiert, eben nicht begriffen. Trotz od: grad wegen *seiner* so vielen Wörter, *seiner* so vielen Erzählungen von einer Frau. . . . . u vom Tod.

–Das haben wir uns als Reim auf diese Geschichte gemacht. Und so bleibt uns nichts weiter übrig als zu warten. Und wenn ihr bleiben wollt, setzt euch zu uns. Wir haben auch was zum Saufen hier. Wir können einige Kästen Bier trinken und dann werden wir ganz nüchtern überlegen, was zu tun ist. Dann werden wir weitersehn. – –Mehr aber könnt ihr auch nicht ausrichten u heute & jetzt schon gar nicht. Es wird bald dunkel & Feierabend ist sowieso. Bleibt & seht zu. Wartet wie wir. Aber dort reingehen – in diese Bruchbude in dieses Zimmer – hin zu *ihm* – :!Schönn Dank. !Nich mit uns. Wenn ihr Lust dazu habt: Bitte. Ihr werdet sehn, was ihr davon habt. Das heißt, viel werdet ihr nicht mehr sehn. Und am Ende dann gehts euch wie dem Wirt von der »Eiche«, der mußte auch unbedingt rein zu ihm & diese verfluchten Zettel auflesen. Der hatte von jeher 1 Tick für Geschriebenes. Und seitdem ist er – –Wir sprechen nicht gerne drüber. Besser, ihr hört auf uns & klemmt euch eure Neugier ab. Wir wissen, was wir sagen. Und niemand hier kann mehr tun, als warten. Niemand schließlich stirbt ewig, auch *er* nicht. Und wenn die Tapetenreste, die klammen schwammigen Fetzen, feucht wie alte Heftpflaster, wenn diese Vorräte, die *er* für *seine* Schreibereien braucht, einmal zuende sein werden, dann ists gewiß auch vorbei mit *ihm*. – –Scheint, solange *er* auf die wie Sandpapier rauhen, mörtelbröseligen Schnipsel kritzeln kann, solange !kann *er* nicht sterben. – !Da: – ?!hört ihrs rascheln, als würden die Ratten kommen – ?Nein: ihr hört ?nichts, ihr mit euern toten Ohren – –Aber wir könn euch sagen: Das ist *!er* – –und wieder 1 Papierfetzen – –Und nun gehts wieder los, *sein* zitteriges Gekrakel mit dem Bleistiftstummel – ist wahrscheinlich während der ganzen Zeit, als wir uns unterhalten haben, ohne Pause weitergegangen – und wieder 1 Zettel – –Und jeder, der sie aufklaubt, ist verloren. Das könnt ihr uns glauben. – –!Nee: Wir wollen !Das !nicht mehr mitansehn müssen. Viel von der Tapete bleibt *ihm* ja nicht mehr..... Vielleicht schon ist in dieser Nacht !endlich Alles vorbei. Dann könnt ihr morgen anfangen mit eurer Arbeit. Dann könnt ihr *ihn* mitsamt den Resten von diesem Kaff 1fach unterpflügen. !Tief unterpflügen. – –Aber so, wie solln wir sagen, so ist an *ihm* halt noch ?was intakt, das *ihn* zum Lebendigen Wesen macht, u wenns auch nur dies graunhafte Schreiben ist..... Und das darf man halt nicht 1fach unterpflügen..... Nicht so ohne weitres..... – –Aber vielleicht wollt ihr euch ja ne Klage einhandeln wegen !Mord, Mord annem Fasttoten, der jede Minute sozusagen von=selber !endgültig ins Gras beißen kann – ?!vielleicht is euch Das ja lieber, da könnt ihr dann im Knast wenigstens sagen: Aber unsern !Terminplan, den ham wir 1gehaltn – :& ?!vielleicht gibt euch euer Boß Dafür dann noch ne !Prämje – jaja!jaa, is ja gut, nur keinn Ärger vermeiden !wie: Hamja doch nur !Spaß gemacht. Bleibt !friedlich. Kommt schon her. – –!Was solls. – –?Was macht die 1 Nacht Längerwarten noch aus. – –Kommt, sauft mit uns & laßt *ihn*=dort-drin schreiben, bis es zuende ist. Mit *ihm.* Mit dem Sterben. Mit dem Schreiben – –

Der Beginn, ein Tag im März vor vielen Jahren. Mein Vater war vor kurzem gestorben. Der Weg, auf dem ich lief, griff schnurgerade in glashelle Ferne, er führte mich an letzten Häusern vorüber, die Vorstadt zerlief zu Gärten, gepflügten Feldern und weithin ruhenden Wiesen. Morgensonne kehrte an Rispen u Halmen winterdürrer Gräser in Millionen Tautropfen wieder, Rauhreif aus Nacht hatte in der frühen Stunde sich in wasserhelles Leuchten verwandelt – auf dem braunen Erdeweg die Pfützen, über die ich hinwegsprang, trugen Eisränder wie aus rauchigem Glas – die Äcker zu beiden Wegseiten lagen gepflügt, die Erdschollen zerklüftet wie Miniaturen seltsamer Gebirgslandschaft – und Rauch, aufsteigend wie Atemwolken der Erde gab den Himmel überm Frühjahr lichthell u schwerelos blau. Ich spürte den Schulranzen hüpfen auf meinem Rücken, Bücher Hefte Bleistifte klappernd im Takt meiner Schritte, auf dem vom tauenden Reif glänzenden Weg haftete mein Schatten – nur im Sprung über die Pfützen ließ er meine Füße los für diesen Moment, sobald die Schuhe wieder auf die Erde trafen, zerplatzten die glashellen Wasserperlen rings um den Abdruck zum gleißenden Lichtstaub. Ich blieb stehn, blinzelnd und mit der Hand die Augen schützend gegen die Sonne, die den Ausblick verbrannte, und schaute mich um. 1 Bö raschelte sich durch frosthölzerne Schilfstengel hindurch; ich wollte gehen und gehen, immer weiter auf dem hellen geraden Weg mit eisgeränderten Pfützen, die waren wie verlorne Münzen Lockmittel, dem Weg in immer weitere Ferne zu folgen – weiter in die frühe Stunde dem lichtgeschmolzenen Horizont entgegen –; ich wartete nur auf die nächste Bö, die mich, wie vor kurzem noch der Vater, mit-sich fortnehmen würde, und weiterfort diesmal als wir jemals zuvor gegangen sind.

Oftmals war der Vater mit mir in dieser Gegend am Stadtrand gewesen, niemals jedoch hatten wir Zeit genug, diesen Weg bis zuende zu gehen; jedes Mal trat Unvorhergesehenes ein, das uns, meinen Vater u mich, letztlich zum Anhalten, zur Umkehr zwang. Hier jedoch, am Rand zur Stadt, wo allmählich zwischen die fest & eng an1ander gedrückten Häuser zunächst schmale Passagen, Durchwege zu Hinterhöfen – dann zum Teil verwilderte Gärten, die Umzäunungen längst ins hohe Unkraut od ins üppig wuchernde Buschwerk hineingesunken – schließlich Felder zwischen kleiner und immer kleiner geratene Häuser Hütten Bretterschuppen sich schoben, als hätte Wind, dessen Böen einst die nicht ferne Stadt mit ihrer Unzahl farbig glimmender Höhlen zusammengetrieben & hinauf in den Himmel gestellt, Wohnungen Fenster, in dichtem Pelz wie Nägel mit leuchtenden Köpfen dort in die Steinwände geschlagen –; hier=Draußen am Stadtrand hingegen hatte der Wind die alten Ziegel zerbröselt zu winzigen Steinkrümeln Behausungen für wenige, immer weniger Menschen..... und der Stein sich zurückverwandelt in Das, woraus der Stein=die Stadt einst entstand: in Wind, in Böen u Licht – – Und Erde & Pflanzen hatten mit Betulichkeit & Geduld der-Natur im Stillen, in der Unbeirrbarkeit durch

Wachstum dieser Landschaft sich wieder bemächtigen können; jede 1zelheit=hier war mir wohlvertraut.

Als wir, mein Vater u ich, das letzte Mal gemeinsam bis hierher kamen – vor Weihnachten, nachdem der erste Schnee des Winters schon wieder getaut und in der Erde verschwunden war; eine mildfeuchte Luft tauchte den Tag ins Hellblau aus Wasserfarben –, hatte schließlich der Regen begonnen. Schon geraume Weile zuvor schoben Wolkenkontinente blaugrau sich ineinander, mischten ins wässerighelle Licht den tiefen Dunkeltag, & warfen dann in grauen Mänteln mit vollen Windhänden Regen in unsern Weg. Rechts neben uns die Toreinfahrt im Maschendrahtzaun ums Gelände der alten Bautischlerei. Bretter & Balken dort in wunderlichen, hohen Stapeln zwischen winterbleichem Gras –, & 1 kleine, niedrige Baracke mit Dachvorsprung –: Dort wollten wir uns unterstelln. Das Tor zu dem Gelände war mit 1 rostigen Vorhängeschloß versperrt, doch Vater entdeckte die Lücke im Maschendrahttor : In der rechten unteren Ecke war der starke Eisenrohrrahmen des Tores aufgebogen, das sonst straff gespannte Drahtnetz hatte an dieser 1 Stelle vom Rahmen sich gelöst und war wie der Zipfel eines Vorhangs angehoben – wir schlüpften rasch hindurch, rannten quer über das Gelände, unters Barackenvordach hinüber. Als Vater, gewiß probehalber nur, die Klinke an der Brettertür niederdrückte, war die Tür erstaunlicherweise unverschlossen; wir traten ein in Zwielicht u feuchtdumpfe, säuerliche Klammluft 1 winzigen Raums, das von-Draußen mit-uns hereinfallende Licht ließ einen Tisch (blauweiß gewürfeltes Wachstuch, 1 blaßgrüne Brotbüchse u 1 Brauseflasche darin die Neige lichtgelben Getränks, das auf dem Flaschenboden ein faseriges Geflocke hinterließ) sowie 1ige wirr an den Tisch geschobene, rohe Holzstühle erkennen. An der Innenseite der Tür an 1 Nagel ein grauweiß fleckiger Arbeitsanzug; aus dem Gewebe wie aus den draußen im Hof gestapelten Brettern der gleiche Geruch von nassem, schimmeligem Holz & von Regenscharen durchpflügter, aus dem Winter geschreckter Erde. Als Vater die Tür hinter uns eilig aber behutsam ohne Geräusch zuziehen wollte, warf eine Regenschütte sich dagegen & knallte die Tür ins Schloß. Wir blieben stillstehn, lauschten. Über das mit Teerpappe bespannte Barackendach=über-uns strömte monotones Rauschen hinweg, schon flossen aus überlaufender Dachrinne Wasser in gläsernen Schnüren auf die Erde nieder, an den Hausecken & in Bretterstapeln=draußen, in wässerigen Fetzen heulend Sturm – wildernd schon seit Stunden auch in den Straßen dieser Stadt, hat schwarzen Abendhimmel zerrissen – nun strömen Wolkenwasser ein ins Firmament, das Hochhäuser zu kaltblauen Blöcken zerschneidet – in weiten grauen Mänteln hasten Regenschauer die Lindenallee entlang, von gelbweißen Lichtfetzen aus Schaufenstern & Scheinwerfern überschüttet, reißen sie Laub u brechen Zweige von den niedrigen Bäumen, die in der Umklammerung von Asfalt Beton Glas & Stein kaum noch pflanzlichen Eindruck machen, vielmehr gleichen sie selber schon mutierten Abkömmlingen des Steins. Abgebrochne Zweige im Sturm schnellen wie dunkel glänzende Vipern über Wegefliesen, u den Rinnstein entlang treiben im schäumenden Strom grüne Laubfische vorüber – Menschen fliehen, geduckt unter Regenschirmen & Mantelkragen, von den Straßen, in die Häuser hinein, und drängen in feuchtwarmen Wolken Abend in das große Hotel. Unter den Linden weithin zerfließend Pfützen, halten unruhige Lichter gefangen – Autoreifen zerschneiden die Spiegel in rascher Folge, Wasserwogen schwappen sprühend in leuchtenden Schauern hoch als wollten sie, regenschwer, in den Himmel zurück.

Regen auch auf meinem hellen Wildledermantel hat sich in dunklen Flecken eingezeichnet, während in den Faltungen der Reisetasche wie in hohlen Handflächen Wasser steht. Durch die Hotelhalle, an mir vorüber, eilige Menschen, von der unablässig mahlenden Drehtür hereingestreut – sie treiben mich hinüber zur Stirnseite der Halle, vor die Schwingtür unter das kupferfarbene Schriftschild *Bar*, ich trete ein in den kleinen Raum mit seinen Schachtelungen aus bauchigen

Polstermöbeln, gehe zur Nische mit dem leicht geschwungenen, schmalen Tisch hinüber, die üblichen Hocker davor, lederbezogen & jedem Hintern gefügig. Aus unsichtbaren Lautsprechern Musik, Töne, die stets den Beigeschmack von erwärmtem Plastik erzeugen, verlieren sich durch ihre dauernde Anwesenheit in einer flauen Transparenz wie Geräusche 1 durch ferne Rohrleitungen fließenden Abwassers – deren Fehlen od: nur Aussetzen für wenige Momente indes an solchen Orten plötzlich wie das Stocken des Atems erscheint. Vom Kleiderrechen an der Mittelsäule des Barraums der Geruch von regennasser, nun langsam trocknender Garderobe, Mäntel & Jacken wie übereinander gehängte Häute, aus Regenschirmen, abgestellt wie seltsam zerfurchte Waffen, schnüren Rinnsale in den hellen Teppichboden hinein – ein dumpfwarmer Brodem, zerrührt vom Deckenventilator, der im längst überfüllten Raum aus den Aromen von Espresso & dem Parfümduft der Fraun ein mild schläferig machendes Klima mixt; Geräusche darin sinken wie Körper in schwere Kissen ein. *Räume haben wie Menschen auch etwas Bleibendes*, und lege die Hände auf den Bartisch, *Räume bewahren ihren Charakter wie Menschen in allen ihren Altern die bestimmenden Züge ihrer Physiognomie.* Ich erkenne alles hier=drinnen wieder, umso deutlicher, je eifriger Renovierungen darüber hinweggezogen sind. In den Ecken & Nischen, unter der Decke auch schweben die Schatten längst vergangener, durchwachter Stunden, als ich auf *ihre* Ankunft gewartet habe, hier, in dieser kleinen Bar in der Nähe zum ehemaligen Grenzübergang Friedrichstraße, jenem seltsamen Gewächshaus, in dessen Grund unterm Asfalt des Ostens im S-Bahn-Tunnel die Gleise wie stählerne Wurzeladern aus dem Westen Berlins herüber- und wieder hinüberwuchsen, und daraus nach Stunden des Wartens !endlich einmal auch *!sie* erschien, vielmehr plötzlich aus dem Tunnel des Grenzübergangs wie aus den Gefilden eines überdauerten Kimmeriens emportauchend, ein anderes, ein für-mich diesseitiges Kimmerien betretend – –

Kaum hat sich etwas verändert. Nicht einmal hier in dieser kleinen Bar, umso weniger, je größer einst in den Monaten nach dem Verschwinden-der-Grenze der Eifer zum Verändern war. So ist an der Wand über der Bar, oberhalb der Vitrine mit den bunten Flaschen & den Spiegeln, im Mauerwerk noch immer das Band aus nebeneinander gesetzten, quadratischen Stukkaturen erhalten : Jedes dieser Quadrate, vielleicht 2 Zoll im Viereck groß, mit seinen senkrechten Gitterlinien u der starken Umrandung, gleicht exakt den übrigen Quadraten – wie !oft wurden während der Stunden deines Wartens auf *sie* im trostlos=kindhaften Spiel der Fantasie aus den Quadraten Türen, Ausgänge für *sie* & Eingänge für euch=beide in andre Gefilde, die weder vom Zwang dieser Zeit noch vom Zwang des Willenskampfes Mann : Frau etwas wußten; und mit den Stunden Alkohol erschienen in diesen Quadraten dann andere, erwachsene Bilder, Sequenzen zwischen Veronese Goya Bacon; die starken Umrahmungen der Stukkatur hielten die Bilder fest, und brachten sie zurück beim nächsten Mal Warten für Stunden, undsofort. So gleichen sie inneren, nicht dauerhaften Persönlichkeiten, durch die du hindurchgehst seit Jahren=Jahrzehnten wie sie durch dich hindurchgehen, & die, wie Blitze in dem Gewitter jetzt in dieser Nacht, Landschaftsteile als grelle, komplexe Lichtfetzen aus dem Unsichtbaren herausreißen – für 1 Moment, und dann wieder in alle Finsternis hineinstoßen, so daß solch überhelle Landschaften in ihrer Ganzheit nicht bleiben, nicht richtig *gesehen* werden können, nicht seiend also Nichts sind; Persönlichkeiten, mit denen du Nichts zu schaffen hast. Du hast nur soweit mit ihnen zu tun, als sie – die Bilder, die Persönlichkeiten, ihre Wünsche Gelüste Triebe u Irrungen – dich als ihr Medium gebrauchen, für den 1 Moment ihres Aufblitzens während des Gewitters in stockdunkler Nacht. Der Entschluß, das Anwaltsbüro zu schließen, den Beruf an den Nagel zu hängen &, als bedürfe der Entschluß auch seiner letzten, der besiegelnden Tat, den Schlüssel zur Kanzlei in den Gulli zu werfen – für nichts Anderes, nicht einmal für ein anderes Nichts –, sondern allein um solch Tunmüssen loszusein, das war zwar 1 Entschluß, der in seiner Ausführung als !plötzlich erscheinen mußte, der in Wahrheit jedoch Langejahre schon bestanden hat, so wie die Pflanzenstein&erde-Schicht über einem unterhöhlten Gelände plötzlich, unter 1 1zigen Schritt, und hatte weißgott schon viel !Schwereres erlebt, dennoch mit 1 Mal zusammenbricht –, und der Anblick solcher Doline bietet dann ein Ausmaß des jahrejahrzehntelangen Aushöhlens..... dar. In dieser Richtung gibt es für dich seither – seit !heute Morgen, als der Büroschlüssel mit hellem Klirr zwischen die parallelen Eisenstreben am Gullideckel fiel (1 der Streben an einer Ecke des Gitterrahmens war beiseitegebogen, 1 winzige Öffnung also – dorthinein fiel der Schlüssel und verschwand, schon der Aufschlag in der Kloake war nicht mehr zu hören im Rauschen des Abwassers=unten) – seither also für dich kein Weiter auf diesem Weg. So daß nun das Sitzen auf dem Barhocker dir wie am Rand 1 Klippe erscheint, der eigene Schattenwurf indes schon in den Abgrund weist.

?Wo bleibt *sie*. ?Verspätet *sie* sich grad heute – –

Nicht daß du dein Tun jetzt bereust – es erscheint vielmehr als lächerlich, als 1 dumme Revolte hin zu Lebendigkeit; Regression auf Zeiten, wo Fliehen in den Raum noch Gewinn heißen mochte. 1 schale Dummheit heute, die dich ungelenk an *Leben* klammern läßt, an Etwas, wovon du in deiner Leere, in deiner Nichtsheit nichts mehr weißt.....

Noch ist Zeit bis zur verabredeten Stunde mit *ihr*; wie immer bist du viel zu früh am Ort (:ein Erbteil meiner u: meines Bruders Adoptiveltern, der beiden alten Leute, Flüchtlinge nach dem letzten Krieg, wo Zu-früh-sein oft Grade-noch-zurecht-sein hieß für weiteres Überleben..... von einer Flucht zur andern).

Dem Anfang deines Juristen-Berufs war die Jugendzeit noch nicht fern, die 1fachen Sandbauten des Empfindens von *Gerechtigkeit* aus frühesten Tagen – !wie billig – der Klang der Wörter & Parolen noch ohne beißenden Rauch, die Ränder schienen fest u Kanten dicht gefügt. Das helle, schattenlose Licht für Anteilnahme & Engagement in einem Beruf, der Zwielicht heißt: Justitiar: 1 Seite gehört immer Dem-Staat, die andere, freilich die intensiver erlebte, der Gegenseite : Gefühl des heimlich=Verschworenen, des Stadtguerilleros, der im Blitzkrieg die herrliche Indifferenz der erbeuteten Waffen erfährt. Das war das Studium. (Vor mir auf dem Bartisch 1 Getränk, ein braunes Leuchten schwimmend hinter geschliffenem Glas. Und spüre den 1. Schluck Whisky als kaltseifigen Speichel im Schlund.) Das Weglaufen lerntest du früh im-Osten. Gegen Ende des Studiums sahst du das Zwielicht dieses Berufes bedrohlich zur Seite Des-Staates sich neigen; du suchtest & fandest Zuflucht als Justitiar in einem Krankenhaus, Spezialisierung auf Arbeitsrecht. Der Alltag in Weiß. Das 1zig Farbliche deine Unterstreichungen der am häufigsten benötigten Paragrafen in den Gesetzesblättern. Ein schmieriges Weiß die Wände in deinem Büro; weiß & schmierig auch die Klientel zu beiden Seiten der Gesetzbücher, die Gesichter verwischten wie dein Wissen darüber, was *individueller Schmerz* und *Schmerz des Individuums* bedeuten mochte. Eine kalkige, dünnflüssige Brühe goß sich über die Gesichter & ihre Geschichten aus, die in dein Büro im äußersten Winkel des Krankenhauses gerieten, & spülte sie ineinander zum verdorbenen Lethestrom. Zanksucht Kleinlich- & Gläubigkeit – die 3 Schienen, auf denen die beständig leckgeschlagenen Karonkähne mit Griesgram als Obolus zum Alltags=Spülicht des-Ostens, der Republik der Geister, allzeit vom Stapel gingen..... Was Gestalt noch war, versank. Neue kamen nicht hinzu. (Doch schon der nächste Schluck Whisky taucht das Innere des Körpers in Wärmeströme ein, als würde eine Ofentür aufgetan und Feueratem greife nach mir –) Gewiß, überlegtest du oft, sind diese Gestalten Tote, noch nicht u niemals Geborene od niemals Wiederkehrende – *ich ziehe die Nähe aller Toten jener der lebendig Toten=ringsum vor* (Dachtest du einst). Unterm Zwang ihrer 1maligen Helligkeit bist du auch diese Toten gewesen solange, bis sie hindurchgingen durch dich, und dich zurückließen in einem ausgeliehenen Soseinmüssen, einer Vielheit, einer unermeßlichen Leere ohne Glanz wie graues Meerwasser, stumpf schäumend nach Tagen aus Regen u Sturm.

Die 3. Station *Ekel*. Der rührte zu vielen Teilen her aus dem Anblick des Genusses, der zwar satten doch in-sich verkrümmten Befriedigtheit, die du unterm dünnflüssigen Kalkstrom auf den Gesichtern & in den Gebärden alljener sich ausbreiten sahst, deren *Fälle* vor dem Arbeitsgericht, mehr od: weniger durch dein Zutun, zu deren Zufriedenheit verlaufen warn. Freilich, & mit Beginn der Achtzigerjahre verstärkt, mehrten sich Verfahren, deren Urteil per Anweisung entweder schon vor :od bereits nach Verhandlungsende von dubiosen=Funktionären gemäß deren Brauchbarkeit 1fach & kaltschnäuzig festgelegt bzw. revidiert worden warn. So daß dein Ekel seinen Zwitter fand : Und wußtest fortan nicht mehr, worüber du größere Abscheu empfandest : Vor diesem Perpetuum mobile einer Abart der Strafkolonie od vorm Anblick der darin triumfierenden Exemplare, die sich offensichtlich von dem, was sie als *Schicksal*, als !persönlich angerührt: in ihrem fürchterlich=menschlichen Daseinmüssen als Aufwertung & Bestätigung, empfanden. Du erinnerst die 3 4 immer wiederkehrenden stereotypen Gebärden, mit denen Manche 1 beinahe religiöses Gefühl der Teilhaberschaft am *Universellen Naturrecht* genossen – wie den Menschen des Mittelalters im Empfinden *Gott* stets sehr nah gewesen sein muß (überlegtest du damals), so Menschen dieses Ostens das *Dochrechthaben* bis übers Ende hinaus – (aus dem Whiskyglas 1 letzter Schluck, eher nur 1 Atemzug) –, u der Anblick eines in Kleingarten & Napfkuchen hineingefriemelten *Universums & Schicksals* ließ in dir nur den 1 Wunsch bestehn: Die !Nacktheit ihnen; die !Verzweiflung geschüttet in die kreidesuppigen Visagen-der-Selbstgerechten, sobald sie ihrem tatsächlichen !Ende, ihrem wirklichen !Aus sich gegenübersehn : Wenn aus ihren *Fällen* ihr-Fall geworden war. Das, für dich, war der-Osten – (:Den Whisky hab ich zu schnell getrunken, das Glas ist leer. Und auf 1 Neues, !rasch: dem Barkellner – !jetzt schaut er zu mir – das beredte Zeichen: !–,) – und war der-Osten nicht allein. Durch die Zeit der Dürre nach deiner Ausreise in den Westen Deutschlands, in der du den Anwaltsberuf erst nach Langerzeit wieder ausüben konntest, ist dein Ekel vor dem schülprigen Kreidestrom der Klientel nicht geringer geworden. Es existiert von jeher ein Flöz der Perfidie (mußtest du recht bald erleben), Tumbheit Größenwahn & Weinerlichkeit, unterhalb von den-DeutschDeutschen, & die saugen seit jeher Blutgift& galle draus : Der größte gemeinsame Nenner :!kein Wunder, daß nach dem Grenzenfall, nachdem der greise, dreckig=kranke Flugsand der Illusionen davongefegt, gerade !Dies ans Tageslicht kam wie die Gebeine von Toten im Kellerschacht beim Abriß eines Hauses....., & in der allgemeinen Dämmerung sein Wiedergänger=Leben..... führen kann (?!Wo bleibt mein Whisky – verdammt: Hat mich der Kellner ?!vergessen)

Und ?wo bleibt *!sie*, die Frau, die ich treffen muß an diesem Abend, die Begegnung mit *ihr* brauche wie an keinem Abend je zuvor – –

Und mußtest einst auf die letzte Stufe auch noch steigen: vom Ekel zum Haß. Zunächst zum Hassen nach sozusagen alter Manier. Denn du sahst diese Exemplare, die du kanntest von drüben im-Osten, Hier in ihrem Ruin ohne wirkliches Elend so klein, daß in der Gebärde des Untergangs auch die individuelle Haltlosigkeit, vielmehr das völlige Fehlen von Individuellem, das Nichterinnerbare an sie, an diese Exemplare, offenbar werden mußte. Jeder wirkliche Tod ist individuell, ist Erinnern (wußtest du) – der Tod=hier 1 mechanisches Fließband wie in Schlachtfabriken; da wird selbst das Erinnern zur Farce. *Memorizid.* Und du fielst zurück in die stumpfe Leere deiner Maske & klaubtest aus dem Haß – deinem letzten authentischen Empfinden gegen die anonyme Kreide der Klientel, so daß solcher Haß schon für sich=allein, ohne 1 Irgendjemand dem er konkret gegolten hätte noch einem Irgendwas, seinen Bestand errichtete in dir – klaubtest aus dem objektelosen Haß heraus die glühenden Brocken Lust, diese Klienten ins *Verderben* zu stürzen, !absichtsvoll sie mit den Mitteln & Verfahren des verübten Rechtes in die Endgültigkeit ihres Verderbens fallen zu lassen. !Nur zu !diesem Zweck erhieltest du deine Kanzlei noch aufrecht. (Ein Whisky wäre jetzt schön, die Medizyn gegen jeden *Beruf*.) Und sahst dein Tun allein aus dem 1 Grund: Deine persönliche Libertinage befestigen am anonymen, zur Gleichheit gepreßten Menschentum – das, so nebulös, offensichtlich allgemein unfaßbar wie unfaßlich sein & bleiben soll. Das 1zige Motiv für dein Bestreben war das der Lust am Vernichten eines Irgendjemand, eines dir durch den Zufall in die Hände geratenen Exemplars aus dem kalkigen Kreidefluß. Du wußtest, daß solch Motiv außerhalb jeglichen, behördlichen wie öffentlichen, Verständnisses liegen mußte (:*Öffentlichkeit* (sagtest du dir damals), *nichts als Projektionen langer Molekülketten & Eiweißklumpanei verlängert ins Soziale : eine einzige zwangsneurotische Familienstimmung*) – u daher bliebst du in der 1samkeit u Faszination deiner lustvollen Wüste ohne Verfolger, ohne Feind. – Und die Exemplare, die Fremden, die du mittels deiner Kenntnisse vernichtet hast; ihre Prozesse so lanciert, der Gegen-Partei die ruinierenden Informationen in die Hände gespielt hattest, daß dein Klient – in welcher Sache auch immer – vernichtet war, ohne daß dir das geringste Fehlverhalten od gar fachliche Insuffizienz vorzurechnen gewesen wäre, sondern der Ruinierte nur sich=selber den Vorwurf machen mußte, daß er den Dreck, der vor Gericht über ihn ans Licht gekommen war & der ihn vernichtet hatte, vordem nicht zureichend tief & nicht weit genug weg vergraben hatte..... Und ?!wo !bitte lebt Der Mensch ohne vergrabenen Dreck..... Du hörtest sogar von Selbstmord des einen od anderen deiner Klienten, Tage nach seinem verlornen Prozeß.

–Er!zählen Sie doch einmal. – Erschrocken fahr ich hoch : vor mir des Barkeepers hageres Gesicht mit dunklen Bartschatten über Wangen & Kinn, eine Schwade süßlichen Herrenparfüms weht mir aus der Heftigkeit seiner Bewegung entgegen. Also hast du wieder laut vor dich hingesprochen – ein Fehler, wie er in letzter Zeit dir öfter unterlaufen ist; du wirst alt, du kannst deine Wörter nicht mehr halten. Hier, in der trägen Strömung auf&abschwellenden Raunens dahintreibender Geschichten Fantasieen Angeberein, vom Ventilator zum feuchtwarmen Dunst verrührt, ist dein 1. Zuhörer 1 Barkeeper, der aus dem fettigen Geredestrom 2 Brocken herausfischte – Selbstmord, verlornen Prozeß –, die in seinem durch die Unzahl jener von Fremden dahergeredeten Überschwänge allnächtlicher Alltäglichkeiten gewiß diensteifrig=abgestumpften Sinn zumindest 2 Funken Neu=Gier entfachen konnten. Sein Gesicht erwartungsvoll vor meinem, während er seine Hände (1 Handtuch haltend), scheinbar losgelöst vom Körper, automatenhaft & geschwind das Gläserpolieren fortsetzen läßt. (Enttäusche ihn nicht.)

–Die Graustufen meiner Anwalts-Zeit: Kredite- Steuer- Miet- & Eigentumsfälle, Inkassoverfahren, Verkehrsdelikte beiderlei Asfalte: der Straßen wie der Betten, Unterschlagung, einklagbares Nutzungsrecht, Nachbarschaftskriege, alle Schlammschichten von Betrug – & kein Halten auf dem Weg=nach-unten..... in die Popeligkeit hinein..... 1 Gesellschaft, worin das-Verbrechen schon, u noch vor der Tat, erstarrt & als ledrige Mumienhülle in den Kanzleien & Gerichtsgebäuden..... verschimmelt, solch Gesellschaft ist selber nurmehr 1 Skelett mit fauligen Fleischbatzen im Knochengerüst..... !?Wo ist Das Hund's Gemeine – Die raffinierte Grausamkeit, Trinität von Rachsucht, Verrat & Geld u schön wie ein Frauengemälde von Raffael – : sämtliche Köter, scheints, sind zu Schoßhündchen verkommen, mit Schleifchen im Flöhepelz als Tröster für Witwen & Kleinmädchen beiderlei Geschlechts..... (vor mir 1 neues Glas Whisky – ?wann hab ich das bestellt –. Das Glas in meiner Hand fängt von der Varietékugel 1 Lichtstrahl auf, 1 winziger Blitz in dem braunen Getränk) –Der *Ench* zur Wiedererweckung des-Verbrechens aber könnte das Umstülpen der

Funktion von Gericht & ihrer Komplicen, der Rechtsanwälte & Notare, sein – 1 Instant Renaissance=Vergnügen : Mein !größter Fall vor einiger Zeit. Dieser Fall, hätt ich ihn berufsgerecht als Helfershelfer der Mumifizierung ausgeführt, er würde mich endgültig !saniert haben & mehr als das, ich wäre etabliert, mit tadellosem Ruf, so blank wie das Messingschild an meiner Kanzlei.....

(Rauchig u kühl der Whisky auf der Zunge wie Tau –)

–Zum Beginn der Dreißigerjahre war er, fast noch 1 Kind, mit seinen Verwandten, einer sehr wohlhabenden Familie, von Deutschland weg, in die Vereinigten-Staaten emigriert. Das heißt, seine Familie & er gerieten niemals ins Emigranten=Schicksal, weder Auffanglager Hunger Läuse Obdachlosigkeit u Dreck, noch von Fremdenpolizei & Geheimdienstlern belauert war ihnen damals beschieden: Andere Verwandte, schon seit langem begütert in jenem Land, die bezahlten ihnen auf einem Ozean-Liner die Luxusüberfahrt in die Staaten, und nahmen sie daraufhin auch bei=sich auf; alle in dieser Familie waren & blieben auf der Sonnenseite des Geldes. – Jenes Kind von Damals, nun 1 alter Mann u mein Klient, war inzwischen der letzte noch Lebende aus dieser Alten Reichen-Familie – er brauchte meine Dienste als Rechtsanwalt & Notar, sein langjähriger Rechtsbeistand war vor kurzem verstorben; einem Kollegen verdankte ich die Empfehlung. Der Alte hatte sein & seiner Familie Vermögen als Fabrikant & Bankier in all den Jahren in Amerika noch um Beträchtliches zu erhöhen gewußt; nach dem Grenzenfall war er seit sechzig Jahren zum 1. Mal wieder nach Deutschland gekommen. *–Mein Geld habe ich in Amerika gemacht,* hatte er zu mir gesagt, *–geboren aber bin ich in Deutschland, und hier will ich auch sterben.* Er sagte dies ohne jegliche Larmoyanz, mit der Bestimmtheit aus einer 1 Mal gefällten Entscheidung so, wie 1 Feldherr in den Beginn einer Schlacht sich fügt, von der er weiß, er wird sie verlieren. Das Gesicht dieses Mannes war in seinen Lebensjahren durch soviel menschlichen Rauhreif hindurchgegangen, die wasserblauen Augen hatten soviel

Böses Flügel & soviel Gutes die Gicht bekommen sehn –:all diese Menschheitsgewitter zu Trillerpfeife Fahnen & Stiefeltritt, halb Strafkolonie halb Weißes Röß'l –, daß der Panzer aus Milde, der seine Erscheinung barg, nur 1 1zige sterbliche Stelle aufwies: sein Kind, seine Tochter. Vor Jahren war sie als junge Frau mit des Vaters Geld nach Deutschland gekommen, eine noble Praxis als Psychiaterin sich aufzubauen, worin sie die Marotten ihrer Reichen-Kundschaft in Geld zu verwandeln wußte. Die Schule ihres Vaters hatte in den Jahren zuvor das Kind und später diese Frau gedrillt zur Professionellen 1 Lebens ohne Kompromiß; sie liebte ihren Vater bedingungslos. Diese Liebe zwischen Vater u Tochter hatte für den Betrachter etwas niederdrückend Grausames, die Furchtbarkeit von Liebe aus einer Selbstversklavung. Auf dem Boden aller Exerzitien in Kindheitsjahren, die jegliches Sichauflehnen erstickt & zum hartgestampften Lehmgrund geschlossen hatten, konnte aus dem 1zigen, spärlichen Aufbruch in dieser steinfesten Decke, die sämtliche übrigen Emotionen krummgeschlossen hielt, mit aller Macht nurmehr jene Pflanze sprießen, die sich nähren mußte von ebenjenem hartgewordenen Lehm: die kompromißlose Liebe zum Vater..... die ihre Kraft & 1zigkeit aus allem sonstigen Verzicht auf emotionale Verflechtungen zog, die ein eigenes = ein selbstgesuchtes Leben erbringen. So blieb ihr Liebe..... geboren aus dem Leichnam von Liebe.

(Und trinke den letzten Schluck.)

–Eines Abends, zum 1. Gesprächstermin, den der Alte anberaumt hatte, war ich dieser Frau in der Villa ihres heimgekehrten Vaters begegnet; die Villa, ein Wasserschloß samt Gutshof, ruhte in Dämmer u Schweigen weiter Parkanlagen wie Augen in einem friedvollen Gesicht. Nachdem die Bedienstete das Portal mir geöffnet & mich eingelassen hatte, begegnete ich in der Empfangshalle, eingerichtet im Stil eines englischen Clubs, 1 zierlichen Frau, der Tochter, sie mochte Anfang der 40 sein. Mit weiten Schritten kam sie mir entgegen, der Druck ihrer schmalen Hand entschieden & fest. Nur um weniges kleiner an Wuchs als ich, schaute sie mit stetem Blick in mein Gesicht. 1 schwarzes, schimmerndes Kleid ohne Ärmel umfloss ihre Gestalt, ein tiefer dreieckförmiger Rückenausschnitt zeigte das fragile Spiel ihrer Schulterblätter, das in die Bewegungen ihrer bloßen Arme hineinlief; der schmale Saum, dunkelrot, setzte unterhalb ihrer Knie das Abendkleid ab. Solch Körper mochte nahezu jedes Kleid als 1 passendes die schlanke Gestalt umzeichnen lassen. Dem Spiel ihrer Körperbewegungen indes entsprach nichts Spielerisches, nichts lustvoll Beliebiges, vielmehr diente jede 1zelne ihrer Bewegungen der Verfestigung 1 Hüllform aus Gesten & Gebärden, einer zwar reich verzierten Rüstung, die, 1 präzisen Wissen um Kaste & Zugehörigkeiten gemäß, ausschließlich dem Formulieren von Distancen galt. Die Vorstellung, diese zu überwinden und unwiderruflich aufzulösen, erschuf ihr den Status der Besonderheit, der in der Berührung ihres Körpers lag; eine Art Siegespreis, so luxuriös wie lasziv, der seinen Wert allein in=sich selber trug. Hieraus das beständige Angebot u der Reiz zur Vergewaltigung, der grobe Einbruch ins Fleisch, dieser köstlichen Intimität des Reichtums durch Auslöschen & Zerschlagen der Distance sich zu bemächtigen. Den Geruch ihres Haars u den Atem der Haut dieser Frau, warm u kühl zugleich, spürte ich aus jeder 1zelnen ihrer Bewegungen herüberwehen zu mir –. 1 Frauenkörper, wie er Heute offenbar nur sehr selten noch geboren wird; gar nicht wegen der wirklichen Armut, die sich in frühesten Jahren schon der Körper bemächtigt als Aufwischhader um allen Dreck des Lebenmüssens hineinzureiben, sondern vielmehr wegen jener Schlaffheiten & gesucht bewußtlosen Vergnügungen bis zum Marasmus, in dieser Atmosfäre einer beinahe pflanzenhaft richtungslosen Sumpfigkeit solch 1 Körper wie der dieser vielleicht 40jährigen Frau gar nicht mehr sich herausformen kann, wobei selbst um etliche Jahre jüngere Fraun neben !dieser 1 zwar wie frisch gesprossene Halme wirken könnten, die jedoch, allsamt willenlos, trüben brackigen Tümpeln einer Lebensunform sich überlassen, wodurch jene

Halme, schon kurz nach dem Sprießen in der permanenten Berührung mit schlammiger Brühe, bereits u übergangslos in die Stadien des Verfaulens geraten..... was dieserart junge Frauenkörper dann plump teigig instinktlos und zu all jenen, Frauen eigenen Arten von Gleichgültigkeit u Brutalität werden läßt, die, u im Gegensatz zu denen der-Männer, so grundsätzlich wie letztendlich nur gegen sie selber gerichtet sind.

–Noch bevor die Frau mich Platz nehmen ließ, hörte ich die Stimme ihres Vaters, der, die Treppe zur Diele herunterkommend, mit dem gleichen forschen Schritt, wie zuvor seine Tocher, mir entgegenkam, er bot mir Platz in einem weichen dunkelbraunen Ledersessel; der Alte kam sofort zur Sache. *–Wie ich Ihnen bereits am Telefon sagte,* begann er, *–bin ich nach Deutschland zurückgekommen, um hier in meiner Heimat u in Frieden zu sterben.* Mit gütigem Druck wehrte er die Hand seiner neben ihm sitzenden Tochter ab, als wolle er sagen *Mein Kind: !Darüber haben wir ja nun lange genug gesprochen.* Jetzt erhob er sich aus dem Sessel und durchmaß die Diele mit weiten Schritten, als müsse er seiner Rede extra für mich diesen Rhythmus unterlegen, damit ich begriffe, worum es ihm geht. *–Sie wissen vermutlich, ich bin nicht ohne Vermögen. Und dieses Vermögen soll nach meinem Tod nur einem !einzigen Menschen zugute kommen: meiner Tochter, die ich !Über!alles liebe.* Er beugte sich zu ihr nieder & küßte sie auf die Stirn. *–Das Problem aber ist der Mann meiner Tochter.* Er blieb direkt vor mir stehn & schaute mir in die Augen, als müsse er während seiner folgenden Rede prüfen, ob ich tauglich & loyal für seine Pläne sei. *–Ich habe vor Jahren meiner Tochter diesen Hengst gekauft,* begann er ohne Rücksicht, *–es ist zu bestimmten Stationen im Aufbau einer Karriere opportun, solch Privatismen vor der-Öffentlichkeit in Ordnung & im Lot zu halten. Nicht daß meine Tochter Probleme hätte, 1 Mann ihrer Wahl zu finden; Sie wissen selbst, daß im Geschäftsinteresse mitunter Anderes vorgehen muß. Aber Niemand schließlich sollte sagen, meine Tochter sei lesbisch od sie sei 1 dürre, unbefriedigte Jungfer, die überhaupt keinen Sex hat &*

deshalb Karriere machen muß. – Er lachte seiner Tochter entgegen mit dem harmlosen, offenherzigen Lachen eines Lausbuben, dem daraufhin auch solche Ungezogenheit einfach verziehen werden muß. Auch schien die Tochter keineswegs pikiert; sie erhob sich nun ebenfalls und ging zu ihrem Vater hinüber. Sie=beide, Vater u Tochter, überblickten die Lage wie ein Gutsherren-Paar den eigenen Viehbestand. Die Frau schmiegte sich an ihn, und daraufhin küßten Vater u Tochter sich hingebungsvoll, einen langen zärtlichen Kuss.

–*Dieser Ehemann nun,* begann der Alte aufs neu, –*ist nichts als ein Spieler, ein Trinker, ein Dummkopf, der nichts weiter im Sinn hat als teure Autos, Pferderennen & Spielsalons, Weiber & nächtelang Saufen. Aber er ist eben ein guter Hengst = ein gutes Alibi.* Der Alte sah mich weiterhin sehr aufmerksam an. –*Überdies ist er ohne Anhang, 1 Waise seit frühen Kindertagen.* Er hält 1 Augenblick inne. –*Dieser Mann,* sagte er mit nur schwach unterdrücktem Ekel, –*dieser Mann – ich bedaure, das sagen zu müssen – gehört zu den wenigen Fehlern, die ich in meinem gesamten Leben als Geschäftsmann gemacht habe. Ich habe mich verkalkuliert, junger Mann; ich hatte geglaubt, mit solch–1 Proleten leichtes Spiel zu haben: laß ihn saufen spielen & huren, hatte ich mir gesagt, soviel er mag, umso abhängiger wird er von dir & deinen Zuwendungen, & wenn seine Schulden einestages – für seine Begriffe & Verhältnisse – riesenhaft sein werden, umso bequemer werde ich ihn mit 1 Butterbrot & Ei als Abfindung aus der Welt meines Kindes entfernen können, wenn die Zeit dafür heran wäre. So hatte ich gerechnet, ich habe mich leider getäuscht. Ich mußte erkennen, daß meine Rechenkunst nur in einer vergangenen Zeit noch Gültigkeit besitzt, hingegen heute nichts mehr wert ist. Denn selbst die Ganoven & die Parvenüs haben heutzutage an Stil verloren, !wen wunderts, bei !diesen Vorbildern: wo die Großen den Maßstab für ihr Handeln vom Abschaum herholen & sich klein machen, damit sie vom Abschaum der Kleinen dann gewählt werden können* –. Während seiner Rede hatte der Alte wieder begonnen, das Zimmer zu durchschreiten, nun blieb er abrupt stehn, legte die Hände auf den Rücken, streckte das Rückgrat und, räuspernd, fügte er an: –*Jetzt also ist der Zeit-*

punkt, diesen Fehler 1-für-Allemal zu korrigieren. Und blickte voller Sorge auf seine Tochter, die zu seiner Seite wieder Platz genommen hatte, herab. –*!Dieser !Kerl* – (und seine Stimme zitterte vor knapp unterdrückter Wut) –*!was weiß denn so ein Dahergelaufener von Macht & vom Wert des Geldes. Geld heißt für solcherart Leute nur Verausgabung, Wegschmeißen, Verlieren, Verjubeln, Selbstmord in Raten. Er würde seinen Anteil an meinem Vermögen einstreichen & mit vollen Händen zum Fenster rauswerfen wie jeder xbeliebige Tagelöhner zur Sauftour am Wochenende in Kneipen, in Spielcasinos & im Puff..... Dafür habe ich !nicht gelebt, gearbeitet u gelitten. Auch mein Kind soll nicht länger unter solch einem Kraken leiden.* –*Vater,* sagte mit sehr sanfter Stimme die Tochter, legte ihre Hand in seine, blickte zu ihm auf und bremste damit den Eifer ihres Vaters. Der räusperte. –*Kurzum, !das werden wir=beide, meine Tochter u ich, zu verhindern wissen. Leider kann ich den Mohr, der seine Schuldigkeit getan hat, nicht wie auf dem Theater verschwinden lassen; ich kann auch die Nobelkaleschen, die er sich kauft wie andere Leute Hemden, & das von !meinem Geld, und die er dann bei nächster Gelegenheit zu Schrott zerfährt, nicht so manipulieren, daß der Schrott danach nicht nur das Auto..... ist. Leider, ich sehe keinen Weg dorthin, obwohl ichs liebend gerne tun möchte, schon meinem Kind zuliebe. Also muß ich einen anderen Weg suchen, der zum gleichen Ergebnis führt, & dazu brauche ich Sie.*

–Er wand keine moralischen Schleifchen um die Dinge, sondern nannte sie bei ihrem Namen; vom 1. Moment gehörte dem Alten meine Sympathie, also hatte ich insgeheim schon längst seine & seiner attraktiven Tochter Vernichtung beschlossen.

–*!Etliches habe ich bereits versucht, um ihn loszuwerden,* hörte ich murmelnd den Alten wieder, der zur Anrichte hinübertrat und aus einer großen Karaffe aus geschliffenem Kristall einen dunkeln Wein in Pokale schenkte, –*ich habe ihm Geld geboten, eine !mehr als großzügige Summe als Abfindung, damit er in die Scheidung & in den Verzicht auf sämtliche weiteren Ansprüche einwillige – vergebens. Statt dessen hat der unverschämte Kerl auf* *seinen Ansprüchen als Schwiegersohn nur umso hartnäckiger bestanden & hat sich – von !meinem Geld – sogar 1 rotzfrechen Anwalt gegen mich genommen* – (:der Alte nannte den Namen des Anwalts, ich mußte ein Grinsen unterdrücken : der Name gehörte jenem Kollegen, dem ich die Empfehlung zur Übernahme dieser Angelegenheit verdankte. Ich war in einem Großen Spiel).

–Mit den gefüllten Weinpokalen kehrte der Alte zurück, teilte jedem zu, wir stießen die Pokale an1ander, und tranken auf den Beginn unserer Partnerschaft. *–Ein besonderer, ein sehr alter Burgunder*, bemerkte er und lachte, *–ich nehme ihn als Medizin, junger Mann. Als Medizin für die Guten Geister vor jeder großen Entscheidung in meinem Leben. Aber eigentlich*, setzte er durchtrieben schmunzelnd hinzu und hielt den Pokal zum Licht, *–eigentlich habe ich an jedem Tag meines Lebens eine große Entscheidung zu treffen.* (Dem neuen Glas vor mir entsteigt der Whiskyduft –, in meinem Mund der Geschmack von flüssigem Rauch.) –Dann sofort, das Glas absetzend, kehrte er auch im Ton zum Geschäftlichen zurück. *–Nun kennen Sie die Lage, soweit sie für Sie relevant sein dürfte. Nennen Sie Ihre Vorstellungen hinsichtlich Ihres Honorars, Sie können auf jegliche Unterstützung meinerseits rechnen, die zum gewünschten Erfolg führt & Sie haben dementsprechend in dieser Angelegenheit vollkommen freie Hand : ?Was also gedenken Sie zu ?tun.* Und sah mich forschend an. – Ich hoffte, die kalten Feuer meines Triumfes in den Augen nicht aufflammen zu lassen, suchte inmitten eines großen Taumels die Fassade der Beherrschung, die geschäftsmäßige Besonnenheit. Obwohl schon mehrmals !diesen Augenblick im sonst Grauingrau meines Daseins als Anwalt erlebt, ließ ich mich stets, u so jetzt auch, vom Beginn des Verrats faszinieren und mitreißen – denn ich konnte von diesem Punkt aus sehen, daß mein Plan gelingen würde. Die Tochter vertraute blindlings dem Tun ihres Vaters, und der, schiens, vertraute mir. . . . . Vielleicht nur weil er ahnte, fürs Ordnen dieser Angelegenheit bliebe ihm nicht mehr viel Zeit. Er sollte recht behalten; die Partie konnte beginnen.

(Der Barkeeper schenkt 2 neue Whiskies ein, 1 Glas für sich & 1 für mich, und bedeutet mir *Auf Rechnung des Hauses* –; er bleibt wie gebannt vor mir stehn u wartet, halboffnen Mundes lauschend; ich habe mit dieser Geschichte tatsächlich die Neugierde eines Domestiken erweckt –. Den spendierten Whisky trink ich in 1 Zug.)

–Ich mußte !entschieden handeln; Vieles auch mußte beinahe gleichzeitig passieren. Zuerst galt es, diesen Ehemann kennenzulernen. Das geschah, und ich konnte sehen, der Alte hatte ihn präzise beschrieben: ein Mensch, der ganz der Oberfläche & ihren Erscheinungen lebte: kostspielige Autos, Pferdewetten, Roulette, Hausen in luxuriösen Suiten, Parties mit peinlich teurem Gesöff & überteuerten Weibern..... Ich sah, sein wirkliches Kapital waren seine Schwächen, die ließen sie, jene Frau=Tochter, in einem tiefen, in einem körpermusikalischen Sinn, abhängig sein von diesem Mann. Das Triebhafte der Generalbaß, die männlich=starken Zäsuren das manifest Starke indes zerbrechend, während die Melodiebögen seiner warmen Herzlichkeit zum männlich=schwachen, zu jenem als *Sichanlehnen* verstandenen Leitmotiv sich schlossen, hin zur Illusion einer beständigen Harmoniefolge, die, dem liebevoll Sichanlehnen ähnlich, jener Form der Liebe, die den Verschreckten & vom Leben leer Gezüchteten der Ersatz für Leidenschaft sein mag, die Gewißheit des allzeit bei ihm Geborgenseins versprechen ließ – :Mit 1 Wort: ein Volltrottel = ein gutes Opfer, für das ich, wie für jegliche Opfer, nur Ekel u Verachtung empfinden konnte; für meinen Plan 1 Leichtes also, ihm zu helfen.

(Mittlerweile ist die Tatsache meines leeren Whiskyglases für den Barkeeper Zeichen genug zum Einschenken für ein neues Glas. Er vollführt das ohne hinzuschaun, seine Augen gespannten Blickes auf mir.)

–Natürlich war der Alte, trotz der ausdrücklichen Empfehlung durch den anderen ihm offenbar vertrauten Anwalt, mir gegenüber mißtrauisch geblieben – das Mißtrauen des Ganoven, denn niemand hält an Besitztümern verbissener fest als der Räuber an seinem Raub. Denn nur der Reiche u der Ganove können !wirklich wissen, !wann sie Alles zu verlieren haben. Er hatte für sein Vorhaben selbstverständlich eine Reihe von Sicherungen installiert – Finanzberater, Informanten an Börsen & Banken –; wenn ich mein Ziel erreichen wollte, galt es 1-nach-dem-Anderen auszuschalten beziehungsweise zu umgehen. Weil derlei im Rationalismus der Verfahrensbürokratie, ohne alsbald Verdacht zu erregen, unmöglich ist, mußte ich das Vertrauen in die Irrationalität der Emotionen bei dem Alten & seiner Tochter aktivieren. Hierzu bedurfte es der diffizilen Arbeit des psychologischen Feinmechanikers – aller Anfang war meine Präsenz in seiner Nähe, so unaufdringlich wie permanent. Ich schuf um-mich wie um all mein Tun herum Gespinste trügerischer Wärme aus Redlichkeit Loyalität Stillschweigen & Vertrauen. . . . .

(Ins Gesicht des Barkeepers jetzt zeichnen sich deutlich Spuren von Unglauben ein; nur das Antrainierte seines Berufs, jedwedem Gast gefällig zu sein, hindert ihn am offenen Widerspruch. Als liefe ein Schwungrad allmählich ab, vollführn seine Hände immer langsamer das Gläserpolieren – : Der spendierten Whiskies wegen muß ich ihm Zutraun zu meiner Geschichte neu & wiedergeben.)

–Ohne besonderen Aufwand gelang mir das Auskundschaften der von dem Alten bevorzugten Ratgeber. Denn wie auch bei den Klügsten & Intelligentesten, sofern man sich nur intensiv=genug mit ihnen beschäftigt, hinter bestimmten Grenzen erkennbar die-Dummheit beginnt, so gerät schließlich selbst der Rechtschaffendste beim immer schärferen moralischen Mikroskopieren allmählich in verdächtige Verschwommenheiten, schließlich ins Zwielicht hinein. Das allein ist 1 Frage der Maßstäbe. Ich brauchte also lediglich mit meinem angesammelten Wissen hauszuhalten, mußte in all den Gesprächen, die ich mit dem Alten hielt, von-Zeit-zu-Zeit tröpfchenweise mein Wissen 1träufeln, um das klare Wasser des Vertrauens zu seinen Ratgebern allmählich in trübes Spülicht zu verwandeln. So (aber das sollte ich erst später erkennen) schaffte ich nach und nach !tatsächlich einen-nach-dem-Anderen aus dem Spiel – letzten Endes blieb, von dem Alten vielleicht sogar unbemerkt, ihm nur 1 1ziger Vertrauter zurück: ich.....

(?Habe ich das Mißtraun des Barkeepers am Wahrheitsgehalt meiner Geschichte ?zerstreuen können – : Immerhin, er hält bereits 1 neues Whiskyglas in Händen, noch leer zwar, doch will ich dafür sorgen, daß er es gleich füllen wird.)

–Der Alte ließ zunächst durch keinerlei Reaktion erkennen, ob er meinen Auskünften wirklich Glauben & mir Vertrauen schenkte. Die Zeit streckte sich für mich mit elender Ungewißheit in die Länge – weniger, immer weniger konnte ich solch Geschehen samt meiner Rolle darin wirklich für Wahrheit halten, glaubte mich immerfort in einem Traum od: in einer von Fremden erzählten Geschichte, worin sämtliche meiner Empfindungen Gedanken Taten bereits zu Schilderungen über Empfindungen Gedanken Taten zusammengefaßt dem Hörer, also mir, berichtet wurden –; ich glaubte mich als Gefangenen in einer jener endlosen Redeschleifen, so daß ich stets u zur gleichen Zeit sowohl im Innern als auch im Außen mich befand – u diese Momente des *déjà-vu* reihten sich zu Stunden und zu Tagen hintereinander und hörten nicht auf in ihrem Irrlicht zu brennen – –

–Zunehmend wurde ich unsicherer, geriet ins Zweifeln über den erfolgreichen Ausgang meines Plans. Ich wußte nicht, ?wie ?weiter.

(Langsam trank ich die Neige aus dem Glas.)

– ?Vielleicht waren gerade diese Unsicherheiten & Zweifel letzthin entscheidende Stützen für meinen Erfolg, bewahrten sie mich doch vor übereilten Handlungen u vor allzu forschem Vorantreiben meines Tuns. Aus den Zweifeln folgte die Beharrlichkeit, die Rettung.

–Denn meine gewiß augenscheinliche Unsicherheit mochten der Alte & die seinem Urteil blindlings vertrauende Tochter als !Das deuten, was es gerade !nicht gewesen war: Denn im Kontrast zu den von Unzuverlässigkeiten & Eigennutz bestimmten Handlungen jener zuvor als vertrauenswürdig erschienenen Finanz- & Steuerberater Treuhänder & Bankiers, deren Taten weiter und weiter ans Licht gekommen waren, wollte dem Alten 1zig meine Arbeit als die von tiefer, unermüdlicher Sorge um das Gelingen seiner Pläne erscheinen; ein Tun, das nur eine Angst zu kennen schien: die Angst vor dem Scheitern seiner Pläne. (Ich spürte, daß es dem Alten mit-der-Zeit entgangen sein mußte, daß ich es gewesen war, der ihm all die denunziatorischen Nachrichten über seine ihm einst vertrauten Berater hatte zukommen lassen; mehr-und-mehr war der Alte offenbar davon überzeugt, niemand anders als !er=allein habe diese Entdeckungen gemacht –). Vermutlich aus dem Bestreben heraus, meine Sorgen & Vorbehalte zu zerstreuen, zudem getrieben von dem Wunsch, noch 1 Mal in seinem Leben einen entscheidenden Schritt zu tun, eröffnete der Alte mir eines Abends, !was er in dieser Angelegenheit wenige Stunden zuvor in die Wege geleitet hatte – und schon bei den ersten Sätzen erkannte ich: !Ich hatte !gewonnen.

(Als hätte jetzt er einen Triumf zu feiern, schiebt mit kurzer Geste der Barkeeper mir das volle Whiskyglas zu, während seine Züge die Spannung am Fortgang meiner Geschichte verraten.)

–Ich stellte zu meiner Freude fest, daß der Alte & seine Tochter nunmehr gemeinsam in alle Bankkonten sich teilten – eine geradezu dilettantische Unvorsichtigkeit, wie sie nur jene Affenliebe zwischen Vater u Tochter zustande bringen konnte, die den Verstand des alten Fuchses in diesem 1 Punkt – in diesem !entscheidenden Punkt – vollkommen gelähmt zu haben schien; der Schlag, den ich vorbereitete, würde also beide u zur gleichen Zeit & Stärke treffen. Denn Lieben heißt, die Entscheidung fällen zwischen Tod od Lüge.....

–Und worauf ich in all-der-Zeit in unzähligen Stunden hingearbeitet hatte, wurde mir nun an diesem Abend von dem Alten sozusagen als Geschenk in meine Hände gelegt: Er, von meiner unbedingten Seriosität mittlerweile offenbar rückhaltlos überzeugt, ließ mir in seiner Angelegenheit von dieser Stunde an, wie einst versprochen, vollkommen freie Hand –. Und er hielt Wort, unterschrieb in der Folgezeit beinahe ohne hinzusehen alles, was ich ihm vorlegte: die Anweisungen an seine Bankiers, die Verfügungen, Vollmachten & Testate, kurzum alles was ich zur bevorstehenden Transaktion benötigte. Und selbst wenn er vor der Unterschrift die jeweiligen Texte genau geprüft hätte, so wäre er niemals auf meine Schliche gekommen – die Falle in meinem Spiel war die Lüge mit der Wahrheit.

–So gelang mir die Manipulation seiner & seiner Tochter Bankkonten derart, daß ich die Hauptmenge verfüg- & transferierbaren Geldes sowie sämtlicher Aktienanteile dem gehaßten Ehemann der Tochter auf ein Geheimkonto mit Sperrvermerk zufließen ließ, über das er=dieser haltlose Trottel, um die-Sache nicht vor der Zeit auffliegen zu lassen, vorerst noch nicht verfügen konnte. Dem war es gleich; solang er nur Aussicht auf ein riesiges Vermögen besaß, war ihm dies fürs erste Besitztum genug, denn solch Leumund galt in jenen Kreisen, in denen er seinen Ausschweifungen lebte, als hinreichend würdig für Kredit.

–Noch in anderer Weise kamen meine Voraussicht & meine Beharrlichkeit mir nun günstig entgegen : An jenem 1. Abend, zu dem der Alte mich zu-sich in sein Schloß bestellt & mir dort ohne Umstände od Vorbehalte seine geheimen Tötungswünsche, jenen Ehemann seiner Tochter betreffend, verraten hatte, ließ ich, wie stets bei solchen Besuchen eher als Gedankenstütze zu den Notizen gedacht, bei dieser Gelegenheit jedoch heimlich, 1 Tonbandgerät das Gespräch aufzeichnen. Die Fantasieen des Alten sowie die Tatsache seiner Stimme auf dem Band hatten mich drauf gebracht, & seither wußte ich, !was tun.

–Eine Kopie der Bandaufzeichnung war dem Anwalt der Gegenseite, meinem Kollegen, zuzuspielen. Zugleich mußte das damals bevorzugte Cabriolet des Ehemanns präpariert werden, heimlich zwar doch wiederum 1deutig auf Mordversuch verweisend. Ich konnte sicher sein, daß mein Kollege diese Chance nutzen, die Manipulationen am Auto seines Klienten (ich hatte sämtliche Radschrauben soweit gelockert, daß nur der jeweils letzte Gewindegang die Schraubenmuttern auf den Bolzen hielt, und die Radkappen danach wieder aufgesetzt) als 1deutig verbrecherische Absicht entlarven und somit, & in Verbindung mit der Tonbandkassette, die polizeilichen Ermittlungen gegen meinen Klienten in-Gang-setzen würde.- Selbstverständlich anonym übermittelte ich sämtliche Denunziationen; so auch jene Informationen an meinen Kollegen. Ich fuhr dazu in weit voneinander entfernte Ortschaften, die auf verschiedenen Computern geschriebenen Briefe ohne Absender & Unterschrift abzuschicken –, ich konnte Mitwisser bei meinen Spielen niemals gebrauchen, ich blieb immer allein; denn anderen Menschen vertrauen heißt, die Schlinge selber um den Hals sich legen. . . . .

–Wie gesagt, viele meiner Maßnahmen mußten fast gleichzeitig geschehen – fast gleichzeitig daher die Folgen. Prompt war die Anzeige gegen meinen Klienten bei der Polizei erfolgt, die Ermittlungen begannen und die Verhaftung des Alten stand bevor. !Diese Stunden galt es zu nutzen. Ich hatte dem Ehemann, übrigens war ich für ihn der Compagnon seines eigenen Anwalts, die für ihn freudige Mitteilung zu machen, daß er durch eine Urkunde seines Schwiegervaters (die Unterschrift auf dem Dokument war natürlich !echt) ohne Bedingungen & mit sofortiger Wirkung zum Alleinverwalter des gesamten Vermögens der Familie eingesetzt war.- Zuerst natürlich hielt er sich mißtrauisch, der Trottel, konnte den plötzlichen Sinneswandel seines gehaßten Schwiegervaters weder fassen noch sich erklären – er forschte mich aus, wollte den *Haken bei der Sache* herausfinden und redete allerlei dusseliges Zeug –; mir gelang es unterdessen rasch, ihm jeden Zweifel zu zerreden. Er verfiel darauf in Freudentaumel, mit hochroten Wangen tanzte schrie klatschte er wie 1 Kind am Weihnachtsabend in die Hände –; keine Mühe, ihn schließlich jene Überschreibungs-Urkunde ratifizieren zu lassen – er war, triumfesblind, nicht einmal fähig, den Vertragstext zu lesen – denn auf 1 kleinen Passus in diesem Text hatte ich ihn !nicht gesondert aufmerksam gemacht: Demnach nämlich sollte im Fall seines, des Schwiegersohnes, Ableben od bei sonstiger Geschäftsunfähigkeit das gesamte Vermögen der Familie, inklusive sämtlicher Liegenschaften, einer wohltätigen Stiftung..... zukommen; das Riesenvermögen somit zu vergeuden & für=immer aus der Welt zu schaffen. – Der Tölpel war inzwischen völlig aus dem Häuschen, gebärdete sich wie 1 Prolet nach dem Hauptgewinn in der Lotterie und trommelte schließlich zu einem bombastischen Saufgelage all seine Kumpane & Nutten zusammen –; ich zog mich alsbald zurück von dem Fest, die Urkunde mit den nötigen, rechtsgültigen Unterschriften in der Tasche.

–Denn nun stand mein großer Epilog bevor.

–Und ich mußte eilen, denn gewiß schon am nächsten Morgen würde die Verhaftung des Alten fällig sein. Unangemeldet platzte ich bei ihm zu schon später Stunde herein – ich traf ihn allein (!Schade, die noble Tochter war außer Haus, sie wäre eine reizende Girlande für meinen Triumf gewesen). Der Alte war im Begriff, zu Bett zu gehen. Erstaunt, zumal über mein verändertes, barsches Auftreten, führte er mich in den Salon. Kurz & bündig erklärte ich dem Alten die neue Lage, fügte Detail an Detail, nannte den Namen des neuen Eigentümers seines gesamten Vermögens, jenes verhaßten Ehemanns seiner Tochter, den Volltrottel Spieler Säufer Hurenbock – : jedes meiner Worte für den alten Mann wie 1 Schlag mit glühendem Eisen –, und eröffnete ihm lakonisch zum Schluß, daß er & seine von ihm !Über!alles geliebte, noble Tochter von dieser Stunde an praktisch ohne Vermögen vollkommen mittellos in der Welt stünden, nicht 1mal mehr die Kleider auf ihren Leibern gehörten noch ihnen, zudem müsse er jeden Augenblick mit seiner Verhaftung rechnen.

–!Selten nur die Gelegenheit, außer bei der Geburt und beim Krepieren, andere Menschen in ihrer unverstellten Nacktheit zu sehen : Auf den alten Mann wirkten meine

Eröffnungen, als schnellte in seinem Innern Mal um Mal 1 Motorkolben hoch in den Kopf, ihm unter furchtbaren Eisenschlägen den Schädel explodieren zu lassen –, & wie unterm Beilhieb seines Schlächters stürzte der Alte rücklings in einen Sessel nieder, das Gesicht mit der zerrissenen Maske seiner Beherrschung unverwandt gerichtet auf mich, all-1 fähig zu röchelnden erst kurzatmig quiekend dann erstickt gurgelnden Lauten des Schmerzes – und die riesige, wasser&tränenhelle, die von Abgrundtiefen der Bosheit erstickte u daher sinnloseste aller Fragen *?WARUM*..... sah ich aus seinem Schmerz hervortreten und langsam und Buchstabe für Buchstabe in seinen alten Augen versinken.....

(!!Whisky –)

–Ich war an meinem Ziel. Nichts hielt mich länger an diesem Ort, ich ließ den Alten, reglos, erstarrt, ohne die Sprache wiedergefunden zu haben, in Folter & Leiden zurück. Vor dem Weggehen sah ich auf der Anrichte die Karaffe, zu Dreiviertel gefüllt gewiß mit jenem alten Burgunder. Ich pißte in die Karaffe und warf das Portal hinter mir ins Schloß. Der Alte, hörte ich anderntags, verstarb noch in dieser Nacht.– Die Vorstellung, vielleicht nicht einmal das Ausmaß und die unerhörten Folgen des erfahrenen Leids, sondern – nachdem er wieder zu Sinnen gekommen war & seiner alten Gewohnheit gemäß (die, bekanntlich, auch u gerade im Auge noch der größten Katastrofe nicht aussetzt) zu der Karaffe mit dem Burgunder gegriffen hatte – ebenjener durch meine giftige Pisse verdorbene Wein habe den alten Süffel zur Strecke gebracht, diese Vorstellung ließ mich damals schallend auflachen, ein Lachen, ausgiebig und lange und befreiend, zum 1. Mal seit Vielenjahren – –

(:Der Barkeeper schielt mißtrauisch zu mir herüber, als befürchte seine kleine Lakaienseele Krawall. Ich winke beruhigend ab & bestelle für ihn u: für mich 1 weiteres Glas.)

–Und der Tod dieses Alten, der Ruin seiner Tochter, das war nicht mein einziger Triumf. Einige Wochen später hörte ich vom Unfall dieses Ehemanns, jenes Hengstes, den Papa fürs Töchterlein einst als Matratze bestallte und späterhin dieses Gespenst Immerscharf, das er gerufen, nicht mehr hatte loswerden können – : dieser Kerl war & blieb eben ein Trottel, und nach einem der furiosen Gelage hatte er im Vollrausch mit einem seiner Autos einen Unfall; er war daraufhin nicht tot, doch lag er, vollkommen gelähmt, seither im Koma. So, meinten die Ärzte, würde er den Rest seines Lebens – u er war erst Anfang der 30 – zubringen müssen. Das Riesen-Vermögen des Alten & seiner Tochter – nun also würde das, jenem Passus im Vertrag zufolge, in die fettigen Pfoten irgend-1 Wohltätigkeit's Anstalt hineinfließen & auf dem unbarmherzigen Grund diensttuender Fürsorge unlösbar klebenbleiben. . . . . Hieraus (und trank auch dieses Glas Whisky leer, reich es dem Barkeeper hin, während ich ins fade Gesicht dieses Heuchlers schaue, der, berufsmäßiges Interesse an den Bekenntnissen der Gäste mimend, bereits enttäuscht sich von mir u meiner Geschichte abgewendet hat; er vermißte wohl etwas, das er *die Pointe* nennen würde, wie die Pointe, u zu jeder Zeit anders, in den Witzen von Heute eben aussehen müßte: Die Erklärung für mein völliges Desinteresse am Geldhaufen des Alten wäre, mit dem Reibach nach dem noch größeren Reibach geschmissen zu haben – die Tochter des Alten versklavt & auf den Strich geschickt –; er, des Barkeepers Gemüt, vermißte in meiner Geschichte die andere Seite jenes tränenschwammigen *?WARUM. . . . .*) –Hieraus (brülle ich) –allzeit mein Wunsch nach 1 starken & stabilen Währung: die Raffinerie für Verbrechen, die Menschen & Geld !verschwinden lassen –, der Rest ist Steppe: Kommunismus aus Keule & Lendenschurz, Mammut- & Ketzersteinigung & zentralbeheiztes Neandertal, das lohnt weder Leben noch Tod. –

Aber du redest schon wieder allein u für=dich; dein 1ziger u letzter Zuhörer, der Barkeeper, hat, nachdem er sah, daß keinerlei Radau von dir zu befürchten stand, längst den übrigen Gästen am anderen Ende der Bar sich zugewandt. Sicher ist er gegangen aus Enttäuschung; hat er dir u deiner Geschichte !?geglaubt. . . . .

Zurück aus deiner Geschichte –, wende auch dich der Stunde zu, dem Raunen der Wörter, den Sprachen Sprechenden, den vor den Spiegeln abrollenden endlosen endlosen Texten; in den Rülpsern & Schluckaufs die Schrecken u die Selbstbezichtigungen, Geständnisse Beichtgeheimnisse dem hellen Frauenfleisch der bar Hockenden zwischen BLACK LABEL & CURACAO. Die elektronische Registrierkasse, Bon-Einrichtung für Kellner od Checkliste der Leviten, drüben in schreinförmiger Nische, im Blickfeld für Jedermann. Die 1 Gurgel die 1 Zunge den 1 Mund sich suchend, sich finden in der Konsistenz des Murmelns, in der silbernen Spiegelruhe ohne Tiefe ohne nicht sprechbares Geheimnis das Übervolle, die Rückkehr des Schweigens, u jedes Abbild Eitelkeit in seinem Schweigen anders, verschwindend. Die Ewigen Reden, Beschwörungen der Kindlichen – Kontostände Renditen die Auren der Proms – !Was für !Geschichten !Welch Pointen !Funkenregen wie explodierende Weihnachtskugeln: !bombastische Geschäftsabschlüsse : !triumfale Siege, Lorbeer Scham-Pan-jer & Frauen : !sagenhafte Kopulationen, durchzogen von Schmiergeldern für die Großen Dinge & Schmiergeldern für unverschämte Klempner & Automechaniker, Pöbeleien grantiger Verkäuferinnen –: Jede Öffentlichkeit hat die passenden Fettecken für ihre=eigene ranzige Fantasie..... Interjektionen als Überleitung zum Ana-Thema Steuererhöhung Solidarzuschlag, Ablaßmünzen mitsamt allen Wetterberichten ad infinitum – : Und Halt suchend in solcherlei Gebet die Götterlosen, Litaneien der kalten Gemeinschaft, vom Zufall eines Regengusses zusammengetrieben, hier, unterm Klirren der Fernsehantennen beim furiosen Blechgeschrei der Feuerwehren & Sirenen, zusammengeduckt hier=drinnen unterm kupferfarbenen, fragwürdigen Himmel *Bar*, helles Frauenfleisch, das sich letztenendes abwendet immer – lachend ein Frauenmund helles Gebiß entblößend, ganz nah an deinem Gesicht vorüber –, (?wo bleibt *sie* –), Wiederholungszwänge u Kehrreim, überm Gläserrand schwimmend in rötlichen Gesichtern Lächeln, das auch Versicherung heißt, die Police für 1 lauwarmen Augen=Blick Einsicht, daß beim Gegenüber noch immer Alles ist wie bei allen, und aufatmend Seligkeit spüren, die des Grundes zum wirklichen Sprechen wieder 1mal enthebt u Leuchtfeuer ist im Eisnebel der Scham vor all=täglicher Selbstunterwerfung. Der Rückfall in die Kindlichkeit, Rückkehr in die irr=reale Stunde von Un-Schuld, deren größtes ethisches Versagen einst die vollgekackte Hose war – :das scheint im Elend des Jetzt & Hier der ausgesuchte Fluchtweg – *sie werden weit zurückfliehen müssen, bis in die Urbrühe einer Amöbenstunde, wo im Flimmerstrom, wie Man gerne meint, noch Alles möglich & Alles fruchtbar war, das Speicheln & Schleimen der Ururahnen emendierend – und Da-Sein letzthin zur monströsen Ausrede geriet* –

Die Uhr, noch !viel zu früh –: Noch ?etlich Zeit bis zur Verabredung od ?Irrtum: die Zeit längst !überschritten u *sie* ist nicht gekommen –, Warten, du mußt nur Warten auf *sie*=die einzig Vertraute unter kaltsinnigen Fremden –.- Auch sie beständig Fliehende, werden mehr und mehr während deines Wartens über ?wieviel Zeit heraustreten aus den magischen Quadraten eines kaum von jemandem beachteten Bandes Stukkaturen oberhalb 1 Bartisches; Quadrate, weiß auf weißem Grund, die einander vollkommen gleichen – !bis auf 1 : !bis auf das äußerste rechte Quadrat, das das Band Stukkaturen beschließt: die rechte, senkrechte Rahmenlinie, die das 4eck vollenden sollte, blieb unvollendet, hört wenige Zentimeter vor dem schließenden Winkel auf. Das ist kein späterer Ausbruch, keine Zerstörung – die Rahmenlinie vollführt eine leichte Krümmung, als sei das untere Ende des Rahmens einst nach außen verbogen worden, so daß der Rand an 1 offengelassenes Tor in einem Gatter od an 1 illegal in einen Pferch od Grenzzaun gerissenes Loch erinnert. Das Quadrat also bleibt an dieser 1 Stelle von jeher offen – –

Stets haben meine Blicke an dieser 1 Stelle sich verfangen, haben sich in das helle Mauerwerk eingeschnitten, sind mit der Hartnäckigkeit des langsam Betrunkenwerdens Anfangs- & Endpunkt für längeres Spiel – dessen Gesichte aus dem

Moment aufsteigen, aus der *Bar* im Aroma von Espresso& parfüm heraus, während die Körper schwer, erstarrt, verlassen u in ihrer seltsam kindlichen Behäbigkeit auch immer in gar nicht fleischlicher Weise als Nackte erscheinen auf all den Hockern aus dürrbeinigem Rohr.

Ein neues Getränk vor mir auf dem Tisch – !endlich –, das Glas zeichnet einen nebligen Halo rings um-sich her auf die Fläche. Und erneut fällt Whisky kalt den Schlund hinab, und wieder beginnt die innere Glut als seien Nerven & Muskeln & Eingeweide von feinen Drähten durchzogen, während im Kopf 1 purpurn leuchtender Strich, der Kondensstreifen 1 Gedanken-Flugzeugs im Abendlicht, erscheint. Der Nachgeschmack des Getränks verbreitet sich in wohliger Erwärmung, scheint, als leuchte in der Bar nun ein zusätzliches, mildbraunes Licht, das beim Anblick der Flaschenreihung im Buffet diese zu Inseln der Vielfalt in serieller Buntheit aus Etiketten & seltenen Flaschenformungen verwandelt, dunkle u helle Feuer, gebändigt & gefangen in Amforen für möglichen Rausch. – Die Spiegelwände hinter dem Tresen der Bar – Verdoppelung der Imaginationen von Gesichtern, die in den Sog ihrer Konfrontation geraten u hineinstarren in die Lethewand, die Alles aufnimmt u Alles vergißt. Der Anblick deines eigenen Gesichts, auf Fotografieen od, schlimmer, in Spiegeln od in Filmen (denn diese kennen nicht die Rettung aus dem Erstarrtsein) ist dir stets mehr als nur Enttäuschung : Vernichtungswut von jeher gegen meine flache, banale Visage, gegen den Kopf, der steckengeblieben scheint auf dem Weg von der Karnevals- zur Totenmaske, u das Elend-einer-Existenz, niemals 1 *Ich* aus solch hohler Pappe, niemals 1 wie auch immer gestaltet *Anderes*, u seis eine Mißgeburt, einer dieser Druckfehler der Natur, die, so ahnte man, auch immer Neu=Schöpfung hätten sein können und Alles übrige wäre demnach u danach in völlig anderen Bahnen verlaufen –, niemals dein Dasein auch nur als monströses Ungeheuer – :!Das wäre zumindest 1 eigenes Ich – herausschneiden zu können aus dem papiernen Spuk deines Gesichts, das wurde dir bewußt schon in jenen Momenten vor dem Spiegel daheim, vor vielen Jahren, als du Justitiar gewesen bist im Krankenhaus in Ost-Berlin.....

:*Daheim*: :!ich hasse mich für solch Entgleisung : *Daheim ist ohne Namen u nirgends, außer als Tintenzug in einem Reisepaß* – als du den Kopf, der dein Kopf sein sollte, an den Schläfen zwischen die Fäuste nahmst, um ihn zu zerquetschen, die Pappmaskerade zu beenden, u um herauszufinden, was Dahinter verborgen sein könnte – du wolltest dabei Alles in Kauf nehmen, auch die Entdeckung der Leere, des Nichts, das nur aus blutigem Geschlinge bestünde – :Das erschien dir im Lauf-der-Jahre als die wahrscheinlichste deiner möglichen Entdeckungen. – Obwohl du natürlich weißt, daß viele andere Menschen genau dasselbe Maß an Enttäuschung bei ihrem Anblick erleben; Enttäuschung aus jener Asymmetrie zwischen Sein u: Wollen; die inneren Ansprüche, die inneren Erlebnisse der Lüste u der Tode, das innere Durchleben von Ebbe & Flut, die Nehrung die ihre Schleifspuren in den Grund & in den Fels prägt u die die Optik verzerrt, daß sie auch irgend Spuren im äußeren Erscheinen hinterlassen müsse, das Denken müsse adäquates Abbild prägen im Sein – !welch Traum egozentrischer Frauen & fraulicher=Egozentriker – :Dennoch u trotz des Wissens über jenen Irrtum wirst du dich niemals mit deiner Tatsache *falsch zu sein*, abfinden..... können.

Und jedes Mal, schon im Abklingen deiner Wutausbrüche, stellte der Vorwurf gegen den Fotografen sich ein, vielmehr der Verdacht, der Ästhet-des-Wohlfeilen könne !genau !dieses Ergebnis mit den Augen seines Objektivs angestrebt haben: den-Tod & sein Schauspiel aus dem Bild herauszuwaschen, den Traum vom Ich zu beenden, das Eigen-Sinnige des Bildes vertauschen & zurückwerfen in die-Gesellschaft, was innerlich von ihr sich herauszuoperieren suchte; in die 4eckformen & Pferche, in die Gatter all der geschlossnen Quadrate sperren mit der Gewalt-des-Alltäglichen, des freundlich Verfügbaren & also störungsfrei, auch dich wieder zu bannen –

?vielleicht, weil selbst solcherart Lemuren der Kunst noch Ahnung besitzen davon, wie !gefährlich Das Bild sein kann.

Du hast alle Fotografieen aus deiner Kinderzeit, deren du habhaft werden konntest, eigenhändig vernichtet – das Geräusch des dabei zerreißenden Papiers erzeugte in=dir ein Gefühl des Entfesseltseins : ähnliches muß ein Selbst=Mörder im Augenblick seiner Tat empfinden – *!könnte ich alle Fotografieen aus meiner Zukunft ebenso vernichten, heute schon.* Vielleicht hast du nur wenig Zukunft & wenige Bilder : Besser, keine Zukunft & keine Bilder. Denn Fotografieen bewahren Vergangenheit u Zukunft in=sich, versichern *Das warst du* u *Die Unsterblichkeit*, das Sein ohne Chance auf Vergängnis. 1 angehaltener Tod: die !grausamste aller Todes-Strafen. Denn nichts unerträglicher als der Gedanke, nach dem Tod könne noch irgendetwas sein, irgendetwas bleiben von dir außer Tod, außer Nichts. Die Vollkommenheit des Auslöschens, DAS VERSCHWINDEN – die 1zig mögliche Form eines Auswegs, ?vielleicht 1 Lösung für solch peinvolle Schmach – ?od nur 1 weitere Maske in all den Erscheinungen deiner Maskeraden. *Mit solcherart Verschwinden kalauern am längsten schon die Affen=Theater & der-Boulevard. :1 weniger pressebespeichelten Empedokles' Gnadensprung wäre Gnade vielleicht gemäß. . . . .*

In einem Land ohne Vulkan ist solch Absprung schwer u muß sich vervielfältigen in Etappen. (Der Barkellner hat mir versehentlich Eiswürfel in den Whisky getan, 1 helles Klirren, während durch den Schliff des Glases das Licht zu feinem Gitterwerk über die Oberfläche des Getränkes sich streut –) Das Eis gibt denselben hellen Ton, wie heut am frühen Morgen dein Büroschlüssel, als du ihn durch die Metallgitterstäbe überm Gulli in den Abflußkanal geworfen hast – und dieser helle, kaum hörbare Ton, der umso innervierender sich in deiner Erinnerung als Echoklang erhält, stehen bleibt u immer wiederkehren wird, so als hätt der 1 Klang etwas aus ganz frühem Erinnern angerührt, Erinnern von dem es kein Entkommen geben kann, und folge nun im Tagtraum dem Schlüsselbund auf seinem Sturz das von schleimigen Placken verkrustete Gemäuer des Schachtes, des 4eckkraters, hinab und in die Finsternis der Abzucht in den schäumigen Strom von stets unnennbarer Färbung hinein – –

Verlassen ist immer auch Zurücklassen, das Herunterziehn einer Maske reißt Hautfetzen vom Gesicht – und ?was würde geschehn mit den Resten, ?auf beiden Seiten der Flucht. (Der Nachgeschmack des Whiskys jetzt 1 Gefühl von brennendem Eis –. Vielleicht hab ich auch diesen Whisky zu hastig getrunken, Wörter treiben heran, dringen ein wie giftige Mikroben – meine Hand, mit der ich wie mit einem Tuch übers Gesicht fahre, fühlt sich fremd u hölzern an.) Also – also ist diese Chance zur Flucht, das mögliche Befreitsein vom gehaßten Beruf eines Anwalts: eine optische Täuschung nur, Glitzern vom Grund des steinigen Abflusses, das nur ein Kind mit dem Glitzern von Gold verwechseln kann –: *Das-Andere suchen, das, was* hinter *der Flucht*, hinter *den Masken verborgen liegt. Das stets offene, niemals gänzlich geschlossene Tor.....* Geschmack von Kreide od von Kalkstein, Geschmack der Langsamkeit, der Dauer u der Unbarmherzigkeit aus Jahrmillionen; Steingeschmack aus einem Abgrund – Geschmack der Leere in einer scheißedurchströmten Abzucht, Geschmack des ganzen-Lebens..... ein Etwas, das ebensogut nicht hätte sein müssen. *Vielleicht nur noch Stunden, und dann kommt die-Nacht – –*

–*Ex oriente niger.* Zu Gutdeutsch: Aus dem Osten kommt der-Nigger. : Sie können zwar den Ostler aus dem Osten holen, nicht aber den Osten aus dem Ostler.– Übrigens, soweit ich weiß, heißt »ostler« im Englischen »Stallknecht«.

Vermutlich habe ich, was mir wiederholt passierte, auch diese Sätze, wenn nicht einen Großteil des Voraufgegangenen, laut vor mich hingesprochen : Ein Fremder, vielleicht Mitte der 40, mit fleischigem Gesicht, das Haar stoppelkurz, ein massiger Körper, der durch seine Bekleidung – tintblaues Jackett, ebensolch Hose, Karohemd & gelb gewürfelte Krawatte –:alles an ihm wirkt voll Zwang 1schnürend wie Fesselriemen, jedenfalls fremd auch dem Fremden verpaßt an seinen derben Leib – wie ein in dunkelblaues billiges Tuch verpackter Felsbrocken plötzlich dicht neben mir erscheint, hinter seinen wurstigen Fingern verschwindet das Whiskyglas, u er sagte zu mir diesen 1 Satz, vermutlich in derselben Lautstärke, mit der ich die ganze Zeit zuvor zu mir-selber gesprochen hab.

Darauf schweigt der Fremde, kehrt, als hätt er auf keine Erwiderung gewartet, wieder dem Holzimitat des Bartisches & seinem Whisky sich zu (er bevorzugt offensichtlich die gleiche Marke wie ich od: ist auch das 1 weiterer Versuch, 1 zusätzliches Angebot für Zusammengehörigkeit) : ?Weshalb hat er mich angesprochen mit dieser Bemerkung, unentschieden zwischen genialisch u dumm : ?Jemand, der Gemeinsamkeit durch Gemeinheit finden will, ?sucht er aus meinen dahergehaspelten Worten den-Vertrauten herauszufiltern, ?den-Konspiratör, wie er in Gehirnen alter Sicherheitsdienstler von jeher als Fadenkreuz die eigene Existenz justiert. Der Uniform seiner Überzeugungskraft voll bewußt, entspricht seine Gebärde, 1 Satz in den schwülen, wie vor einem Gewitter zitternden Brodem einer überfüllten Bar zu sprechen – leicht verächtlich u leicht pikiert, denn Gesellschaft wird von solcherart Menschen immer als schlechte Gesellschaft empfunden – jenem Tun von allen-Menschen, denen zuviel ohne Widerrede gefolgt wird u die zuwenig in zuvielen Wörtern wirkliche Mißachtung erfuhren. Und in der Not greift jeder zum richtigen Wort. – Der bullige Fremde, dessen fleischiges Gesicht noch durch 1 nicht passen wollende, schmale u fein gebildete Nase betont wird – : ?sucht er hier in dieser Bar (die seit vielen Zeiten vielerlei Treffpunkt ist) ?Den verlorenen Anschluß, ?Die vergessne Ekstase aus dem Wissen, als ein Spitzel einstmals im Kehricht des Wissens gebadet zu haben wie Reptilien im Staub – –

In solcher Zwangslage, die mich erschüttert wie stets, wenn unvermittelt Fremde an mich herantreten & offenbar Ansprüche stellen an mich, die mich noch einmal ausliefern an Fremdes, suche ich mit den Augen andere Eindrücke, andere Bilder, Ausflüchte – während ich sitzenbleibe auf dem Barhocker auf selbstgesuchter Klippe mit dem Rücken zu einem Abgrund, aus dem herauf 1 Frost wie aus Kindertagen seinen Atem weht, & die Vorderseite des Körpers die Hitze & Rotglut 1 Feuers Whisky spüren kann, hineingezogen in den formenlosen Tanz der Flammen. Du wendest dich betont schroff ab von dem Fremden, der mir zu nahe rückt – greifst zum Whiskyglas, siehst und schmeckst das schwankende Braun, und läßt das ölige Barlicht manch helles Frauenfleisch die Hocker hinab sich strecken, atmest Hautwärme nylonumhüllt neonkühl, u aufblitzend weiße Haut für den 1 Moment, wenn das Kleid bei der Bewegung auffächert wie ein Gefieder; nicht *ihre* Gestalt kann ich entdecken, höre *ihre* Stimme nicht – ?Wo bleibt *sie*, ?weshalb verspätet *sie* sich heute, ausgerechnet heute – –

Vor mir erscheint 1 neues Glas Whisky.

?Hat der Fremde, dunkelblaue Masse die mich angesprochen hat, das bestellt, weil einige Wörter zufällig wie Tentakeln aus mir sich streckten, scheinbar auf der Suche nach einem Jemand für das Sprechen. Ich ahne, ich kann dem Fremden nicht entkommen, selbst das Fortgehen von hier, hinaus in die regenschäumende Nacht von Berlin, wäre nun keine Lösung mehr.

?Wo bleibt *sie*, ?weshalb verspätet *sie* sich heute, !ausgerechnet heute – –

Im Spiegel unterm Band weißer, quadratischer Stukkaturen noch immer das Gesicht des Fremden. Selten bist du einem Menschen begegnet, der alles Widerwärtige *der-Menschen* in=sich nicht allein zu verkörpern scheint, sondern dies auch auf den 1. Blick als Gesamtheit seiner Erscheinung augenfällig macht; vom 1. Moment an galten der Begegnung Abscheu u Wut. Wie jedoch stets das Widerwärtigste auch größte Anziehungskraft besitzt, kannst du von deiner (wie du noch immer glaubst heimlichen) Beobachtung des Fremden nicht lassen. Du bemerkst neben seiner fein gebildeten Nase die Lippen, die seinem Gesicht sardonische Züge geben. Und bemerkst in diesem Gesicht die Umkehr des üblichen: Die Augen des Fremden können freundlich blicken, während der Mund das Neronische bewahrt. So daß der Eindruck entsteht, in dem feisten Körper ohne ausgeprägte Formen mochten von der 1. Stunde seines Daseins zwei Wesen mit- u: gegeneinander im Ringkampf stehn; 1 feineres, das sich gleichsam fortwährend gegen die übrige brutale Masse aus Fleisch & Fett zur Wehr setzen muß, um nicht allein nicht nur erstickt zu werden, sondern überdies irgendwann !endlich aus dem fleischlichen Kerker ausbrechen zu können. Seine Stimme übrigens (du mußt dir das eingestehn) hast du als wohlklingend empfunden, die Stimme mag die Stimme zu jenem Gesicht mit den subtileren Zügen sein. Vielleicht wegen seines niemals, zu keiner Minute ruhenden Kampfes im Innern des Kolosses, war die Bildung seines Gesichts (die Schätzung auf Mitte der 40 mochte schlecht gelungen sein) in 1=gewissen Alter stehngeblieben; in jenem Alter vielleicht, in dem der innere, physische Kampf seiner zwei Wesen seinen weiteren Lebensgang & damit all seine Vergangenheiten im Voraus festgelegt haben mochte. Sein Physiognomischer Punkt. Und all die übrigen Jahre, die auf das 1 Mal erreichte Alter sich häuften und weiterhin häufen, können, wie bei allen Menschen mit ausgeprägter Physiognomie, dem Wesen seines Gesichtes dann nichts an Markanz mehr hinzufügen; das Perifere, die Runzeln & Falten & Fältchen, die Greisenflecke & all die übrigen Pigmentewandlungen späterer Jahre sind hierzu nebensächlich (überlegst du), so nebensächlich wie das lineare, kalendarische Zeitmaß gegenüber dem anderen, großen, dem Zerfließen von Zeit, das immer auch ein Wiederfinden ist. Denn der Kalender mißt die 1=jeden persönlich verordnete Zeit (und schielst wieder aus dem Augenwinkel zu ihm hinüber), während die Andere Uhr ihre Wege aus dem Unpersönlichen, dem Überpersönlichen findet, her zu dem 1 : als gälte es, eine großangelegte Sammlung Exemplar um Exemplar zu vervollständigen. Und jedes Gesicht (fällt dir jetzt auf) jedes Gesicht trägt diese beiden Zeit-Maße in=sich – bei ihm aber, bei dem Feisten (du schaust nun direkt & prüfend zu ihm hinüber), deuten in beiden Zeiten, die dies Gesicht einst schrieben, noch andere Züge, noch verborgene Bedeutungen von *Zeit* sich an. So gehören auch Träume, Wahn und Ekstase zur Autobiografie.

Es ist mir für kurze Momente tatsächlich gelungen, mich abzulenken, dem Trieb des Bemächtigens durch den Fremden für 1 Satz zu entkommen. *Schließlich bist du schon viel dümmeren Versuchen, dir ein Gespräch aufzudrängen, begegnet. – ?Was wollte er denn erreichen: dich ?hineinziehen in all seine unterbrochnen Vergangenheiten, dich ?provozieren, in ?deine eigenen Wörter dich wie in gezogene Waffen treiben : dieser Schlemihl, der ?vielleicht glaubt, mit einigem Whisky seinen Schatten hier in einer Bar zurückzukaufen.*

Er hat inzwischen gewiß weiter zu mir gesprochen, ich hab seine Lippen im Spiegel sich bewegen sehn – ich habe nicht zugehört. Zweifellos, dieser Mund, diese leicht & spielend sich bewegenden Lippen verraten gleichermaßen den Vielfraß u den Vielredner. Doch signalisieren sein Wesen od: besser die beiden in seinem Innern ringenden Wesen noch andere Absichten als den puren Bemächtigungstrieb des Vielfraßes zu befriedigen (der Spiegel des Fremden steht übrigens genau lotrecht unter dem äußersten, unvollendet gebliebenen Quadrat der Stukkatur; in seiner gesamten janusmäßigen Physiognomie die auffällige Beweglichkeit insbesondere der Oberlippe) – u dich befällt die unbestimmte Ahnung, daß all seine Absichten, die wie eine angelehnte Tür ins Innere von finstren Räumen führen, mit 1 Teil deiner Finsternis in Verbindung stehn.

–Ich habe Sie übrigens sofort wiedererkannt. (Beginnt der Fremde erneut & schüttet den Whisky in 1 Zug.) –Trotzdem schon Alles eine Weile her ist. Doch, um Sie nicht zu kränken, vermeide ich die Bemerkung, Sie hätten sich nicht verändert.

Und schweigt, blickt sich lebhaft mit gerötetem Gesicht

nach dem Barkeeper um, bestellt neues Getränk, während er sich unverhohlen an meiner Verblüffung weidet. Für ihn scheint die ganze Angelegenheit ein Riesenspaß.

Die Lippen genußvoll im Spiel, setzt er nach gekonnter Pause hinzu:

–Ich habe schon gewartet auf Sie. Ich wußte, daß Sie stets früher als verabredet hergekommen sind. So heute auch. Es ist jetzt (er schaut zur Armbanduhr) –genau 4 Minuten vor der Zeit. Man kann sich auf Sie verlassen, die Tugend aus Ihrer Erziehung. Nicht wahr. Wenn Flüchtlinge nach der Flucht nicht völlig runterkommen, dann (bemerkt er grinsend) –werden sie gradezu die Pünktlichkeit in Person. Und allen in deren Umgebung, zumal wenns Kinder sind, so wie damals Ihr Bruder u: Sie, denen bleibt gar nichts weiter übrig als einestags genauso – pünktlich zu werden wie die Flüchtlinge vor Ihnen. Ich habe recht. (Er nippt voll des Triumfes an seinem Glas.)

–Nutrinkensieschon. Ich hab doch gesagt, ich lade Sie ein. (Und du gehorchst tatsächlich, nimmst das Glas wie im Halbschlaf, trinkst –)

–Ich bin (redet er, ungeachtet meiner Verwirrung u meines hoffentlich deutlich sich abzeichnenden Ekels vor dieser Begegnung, weiter in verbindlichem Ton, seine Absicht, mich weder zur Besinnung noch zu Wort kommen zu lassen, ausführend) –Ich bin hergekommen, um Ihnen zu sagen, daß die Frau, die Sie hier erwarten, nicht kommen wird. Nicht heute & nicht hier. Sie werden sich mit der Begegnung also noch ein Weilchen gedulden müssen.

Gewitter, Mündungsfeuer 1 Waffe od Explosion direkt vor der Fensterfront : 1 kaltgrelle Springflut Licht :/ hämmert 1 Fetzen Nachtstadt, aufgestört & gebannt, unter marmornem Himmel fest / 1 Splitter Straßenflucht 1 Bruchstück Allee – neonbefleckt, fieberleuchtend neu & grell im Sirenenton / bleichgrüne Baumköpfe, das Laub vom Lichthammer flachgeschlagen zu hunderten Zungen aus Blech / und 1 Regenbö wischt vom Blitz verflachte Gesichter u Gestalten von draußen her ins Fensterglas – Konvulsionen von Beinen Armen Händen : in grotesken Posen aufflammend u erstarrt, als hätt Sekundenlicht das Draußen in Bernstein eingefangen, um sogleich den Block 1 Augenblicks im Gepolter aus den Wolken mit 1 metallischen Tritt in Finsternisse zurückzustoßen /; Augenblicke, die all den übrigen erstarrten Lichtern des Krieges in unergründlicher Dschungelfinsternis dieser Stadt Berlin begegneten und in solch Momenten zu neuem Fosforbrand entflammen \\ Panzer auf der Kreuzung zweier Alleen ein Rauch aus Geschützpulver Kerosin & Mörtelstaub zerstürzter zerschossener Häuserwände, grau & zäh lastend wie ein kalkiges Leichentuch \ Soldaten rücken vor gegen Flüche Vipernzungen aus Mündungsfeuern & gegen Steinwürfe anderer Kohorten, fahle Fantome, Hühnergesichter unter Filz & Lumpen, u Sirenen, schreiende Werwölfe die Splitter Straßenflucht die Bruchstücke Allee entlang, jagen für alle-Zeiten festgebannt rotschwarzen Tod über die rutschenden Dächer der Stadt \\ Höhlenbilder in zernarbten Stein gekratzt, Metall zu Stein u Knochen auf den Grund des öligen Flusses Spree gesunken, in Abfluß- & Tunnelröhren eingebrannt das Ornament gehabter Tode – / Blechgeheul Sirene draußen, Unfallwagen od Polizei, über regennassen Asfalt zischen die Autoreifen, während hier-drinnen, unterm Kupferhimmel *Bar*, 1 winziger Lichtstrahl, von der sich langsam wie 1 Uhrwerk drehenden Varietékugel reflektiert, für 1 Augenblick das äußerste rechte Quadrat der Stukkatur über dem Tresen, jenes unvollendet gebliebne 4eck, berührt. / Die überhellen Gewitterlandschaften in ihrer Ganzheit, sie können nicht bleiben, werden niemals auch nur richtig gesehn, *nicht seiend also Nichts*, Zigarettenrauch im Wind – /

–Leben wie Sterben, und Sterben wie das Träumen – u immer sind wir allein.

Als hätt der Fremde deine Fantasie während der kurzen Zeit 1iger Blitzstrahlen-draußen weitergedacht & in deine Worte gesetzt, Worte, die du noch nicht gefunden hattest. Er hat sie aufgestöbert und fährt damit fort. –Die Frau, die Sie hier erwarten, Sie werden sie erst in ein paar Tagen sehn. Sie hat keine Zeit nach so langer Zeit, Ihrem plötzlichen Gelüst zu folgen & herzukommen den weiten Weg, nur um sich mit Ihnen wieder zu versöhnen. Ihr Beruf ist immer ihre Barriere, darüber stolpert so mancher Hengst. Schließlich, sollte man meinen, muß ich das am besten wissen: Ich (& setzt wie ein Schmieren=Komödiant 1 Pause) –als ihr Ehemann. Als ihr geschiedener Ehemann. Damit das !klar ist. (Letzteres sprach er wiederholt kalt u schneidend, so als wolle er mir damit, & seis über den Umweg einer Schuld, !endlich zur Fassung verhelfen, mich in den Ring ziehen, um ihm, dem Fremden auf seinem mir diktierten Schlachtfeld, dort 1 Gegner zu sein.) –Sie können übrigens dem, was ich gesagt habe, ohne Zögern Glauben schenken. (Und plötzlich rauh & schroff:) –?!Meinen Sie denn, ich hätt nichts Bessres zu tun, hätte den weiten Weg gemacht, bloß um Sie – ausgerechnet !Sie – zu ?!beschwindeln. (:Das sollte wie 1 Ohrfeige wirken; und bringt mich tatsächlich zur Besinnung. Der Fremde bemerkt das. Drauf findet er zurück in seine vorige Tonart & unterstreicht seine Worte zuweilen in behäbiger Manier.)

Gewiß bedarf es niemals großer Mühe, weder dich zu verblüffen noch abzulenken, zumal wenn der Whisky 1 spezielle Art verborgnen Lebensstaubes aus dir spült – dich, in dessen vollkommner innerer Leere 1zig einige Wörter & Schatten von Personen, Fundsachen Strandgut mit dem Gießbach der Jahre des Lebenmüssens Herbeigeschwemmtes, sich auffinden lassen, die, hervorgeholt, 1 Weile wie tönende Kiesel kollernd & sich überschlagend die Hohlräume deines inneren Daseins mit Lärm ausfüllen.

–Und wegen !dieser Nachricht, die auf jedes Telegramm paßt & die zudem, wie ich hören muß, sogar dem – verzeihn Sie – Nebenbuhler gilt : ?!deswegen haben Sie den weiten Weg gemacht von – (Meine ersten bewußt an ihn, den feisten Fremden, gerichteten Worte; die Unfreundlichkeit soll ihn vor weiteren Annäherungsversuchen zurückhalten.)

–Allerdings. (Unterbricht er unerwartet vergnügt meinen

Satz.) –Allerdings, Meinbester. Wegen !dieser 1 Nachricht, die dem Nebenbuhler gilt, habe ich den weiten Weg gemacht von – (Er schwenkt, indem er meine Sprechweise nachäfft, jovial &, vielleicht soll das den Eindruck von Trunkenheit erwecken, in weitausholender Gebärde den Arm : Doch bemerk ich noch im Augwinkel 1 Zeichen seiner Finger zum Barkeeper hin, offenbar die bestellten Getränke betreffend; so kurz diese Geste, von solch eingeübter Verständnisinnigkeit, daß ein Außenstehender sofort das Bemerkte auch wieder vergessen könnte. Zudem sogleich seine Stimme:) –An der Scheidung haben Sie & die Affäre, die Sie mit meiner Frau hatten, übrigens keinen Anteil. Sie waren so gütig & haben meine Frau über all die Zeit mit Unterhaltung versorgt, während ich den Unterhalt meiner Frau versorgt habe. Ich schicke das diesem Abend voraus, damit Sie Schuldgefühle od Triumf – je nach dem Grad von Dürftigkeit Ihres Charakters – sich ersparen können.

Wieder beim 1. Schluck des neuen Getränks die Kälte, und wieder in den Eingeweiden das Aufglühn der feinen, inneren Drähte, den purpurn leuchtenden Kondensstreifen im Kopf – : doch dieses Mal kein Abklingen danach, kein wohliges Erschauern in Wärme : !dieses Mal 1 Steigerung, Innehalten des Glühens, als entfache permanenter Windstrom solch Glutwolken immer aufs Neu, u kein mildbraunes Licht mehr im Raum : feueriges Aufsprühn aus den Glühlampenreihen über der Bar, Hunderte feinster Protuberanzen aus weißen Flammen – immerfort & im Rhythmus des Atems explodierend.....

Vielleicht hat der Fremde die Veränderungen in-dir an deinem Verhalten bemerkt (offenbar beobachtete er dich während der gesamten Zeit aufs genaueste), & seine Stimme klingt überlaut, klirrend in deinem Ohr. –Für Ihre Unterbringung hier in Berlin für die Zeit, bis Sie meine – geschiedene Frau wiedersehn werden, ist übrigens bestens gesorgt, wie Sie sehen werden. Und keine Kosten für Sie – ich sehs Ihren Augen an, die wie die Zahlenskala an 1 Tanksäule mit Rechnen begonnen haben : Das Zimmer & Alles damit in

Verbindung Stehende od vielmehr Liegende ist auf Heller & Pfennig beglichen. Lassen Sie uns also die Zeit bis zu Ihrem Rendezvous nicht lang werden. Sie könnten eigentlich mal Danke sagen, finden Sie ?nicht. Na, lassen wirs & warten darauf, daß Sie Ihre Sprache wiederfinden. Nun, wir wolln hier drinnen, im Gespinst der Konspiration & im Schweigen soviel Intimitäten – wie Sie das sicher mit Ihren verqueren Worten ausdrücken würden, wenn Sie sie denn wieder hätten – keine Wurzeln schlagen. Nebenbei, ich hab Ihnen ein hübsch Weilchen zugehört, obwohls alles Andere als hübsch gewesen ist. Sie sprechen zu lange & zu laut mit sich=selber, ein !bedenkliches Zeichen. (Der Feiste räuspert, als müsse er 1 Auflachen durchstreichen) –Als Kind hatt ich mal nen alten Wecker, den wollt ich !unbedingt reparieren..... Zum Schluß bestand der Wecker aus lauter 1zelnen Teilen. Kein Mensch hat die jemals wieder zusammengekriegt. Und ich hab nur noch staunen können darüber, wie dieser ganze Plunderhaufen in sonem winzigen Gehäuse zuvor untergebracht gewesen war. (Er räuspert noch einmal) –Genauso kommen Sie mir & Ihr Gerede vor: lose Schrauben, Abfall, haufenweise Schrott. Weder Fisch noch Fleisch, u ein paar Tassen zuviel im Schrank. (Er rückt unangenehm=nah zu mir heran, vertraulich:) –Nemesis mir nich übel: Hier ist 1 $\frac{1}{2}$wegs freies Land, da kann jeder ignorieren was er will – also reden Sie, bis Ihnen die Spucke wegbleibt, reden Sie sich besoffen, das spart Geld – (er rückt wieder von mir ab, seine Stimme lauter) –Aber tun Sie mir 1 Gefallen : Ihre Geliebte=*Leere* – Ihr Gelobtes=*Nichts* –:Reden Sie !bitte !nicht länger über Sachen, von denen Sie nichts verstehn. Jedenphalls solange nichts mehr über Nichts & Leere, wie ich Ihnen zuhören kann; der Rest Ihrer Mithörer & -esser geht mich nichts an. *Die Leere – Das Nichts in Ihnen* (er lacht höhnisch, beinahe hätt er mir jovial auf die Schulter geklopft) –Mein!lieberfroint, Sie sollten mal – Aber lassen wirs schlechtsein bis hierher. Und bis auf später. Jede Wette, Herr Rechtsanwalt: Sie werden noch *!sehen.....* Also !kommen Sie, ich begleite Sie zu Ihrem

Quartier. (:Das klingt, trotz der betonten Versöhnlichkeit, wie 1 Befehl. Er fingert währenddessen aus seinem prall sitzenden Jackett großzügig einige Geldscheine hervor, die er dem Barkeeper mit dem Nicken *Stimmtso* hinüberschiebt.)

–Kommen Sie (wiederholt er milder) –Ich kenne mich zudem recht gut aus im neu aufgemachten Osten. Sie werden !staunen, was ich Ihnen zu zeigen habe. Wie auch immer: Dieser Abend, Meinfroint, er sieht nach einer langen Geschichte aus.

Im Gehen noch 1 Blick zur Stukkatur oben über der Bar, zu dem Band weißer Quadrate auf weißem Grund, beinah alle einander völlig gleich – u das am äußersten rechten Rand, jenes gestörte, nicht vollendete 4eck, es füllt als seis zum Greifen nah mit 1 Mal die gesamte Blickfläche aus – : ein unverschlossenes Gatter, ein versehentlich offengelassenes Tor, dem so Vieles entkommen wie in ihm so Vieles auch verschwinden kann – –

Und eintauchen wie ein versinkendes Schiff in die tintblaue Stunde beginnenden Abends. Noch immer warf in hellen Schütten Regen sich gegen die Scheibe des 1zigen Fensters in der Baracke, den Blick nach Draußen zersplitternd zum wässerig schwankenden Bild – die naßdunkeln Bretterstapel, bizarr aufragend wie ein gestrandetes Segelschiff aus vergangenen Zeiten, sie schienen gleichfalls in ein rasch über sie hinwegströmendes Gewässer versunken, während Sturmböen zerrten & herrisch rüttelten am verschlossnen Tor; durch die Öffnung in der rechten unteren Ecke im Maschendrahtnetz schienen wie durch 1 Leck im Schiffskörper unentwegt all die Regenströme von Draußen in den Hof herein-, auf uns, meinen Vater u mich, im Innern dieser winzigen Baracke, in breiter und breiter werdenden Sturzbächen zuzufließen. In die säuerlich stockige Luft-hier=drinnen zog mit dem stundenlangen Regen klammfeucht Kälte u der Geruch aufgeschwemmter kalkiger Erde herein.- Immer häufiger schaute mein Vater=nervös auf seine Armbanduhr, deren Zifferblatt im sinkenden Licht immer schwieriger zu erkennen war. *–Es hat keinen Sinn*, sagte er schließlich, *–scheint, der Regen hört so bald nicht auf; wir aber müssen heim.* Er trat kurz an die Tür, öffnete sie 1 Spaltbreit: *–In diesem Regen u bei dieser Kälte holst du dir den-Tod.* Verstummte, und überlegte kurz. *–Ich werd loslaufen, in die Siedlung, zum Telefon & 1 Taxi rufen. Du bleib hier u wart auf mich*, sagte er noch, als er mich schon zu ihm an die Tür kommen sah. *–Der Weg ist zu weit, du würdest nicht so schnell laufen können wie ich & nur unnötig naß werden. Es wird ja nich lange dauern*, meinte er noch. *–Hab keine Angst u bleib hier, am Sonntagabend kommt niemand hierher.* Schon stand er in der offenen Tür, mit den Regenschütten fuhr eisiger Wind herein; den Mantelkragen hochgezogen, duckte er sich und rannte los, in die Sturzbäche, in den tintblauen kalten Abend hinaus, die Barackentür schlug 1 Bö krachend hinter ihm ins Schloß. Als würde mein Vater in ein Gewässer tauchen, durchs wasserüberspülte Fensterglas hindurch, von schräggezogenen Regenschraffuren durchgestrichen, sah ich seine Gestalt durch die Lücke im Maschendrahttor auf Händen & Knieen hindurch sich zwängen, und sogleich von den Sturmböen davongezerrt im Abend verschwinden. Ich konnte damals nicht ahnen, daß ich in diesen Augenblicken meinen Vater..... zum letzten Mal gesehen hatte.

In der engen Stube im säuerlich klammen Dunst (der wie jener Arbeitsanzug, dort am Nagel an der Tür, als eine zurückgelassene Hülle verschwundener, erwachsener Menschen fest im Raume stak) ich=allein, u wie in einer Höhle unterm Regenrauschen versteckt, hatte ich seltsamerweise keine Angst, dafür Hunger, Durst. Die Brotbüchse auf dem Tisch fühlte sich schwer an; daraus ein lehmigfeuchter Geruch u der Anblick von an den Rändern schon vertrocknender Wurstbrote – ich nahm die nach-ein-ander aus der blaßgrünen Büchse, und ich aß in großen Bissen. Die Brauseflasche schüttelte ich, so daß das lichtgelbe Gefaser im Innern wie die Flocken in jenen halbkugelförmigen Spielzeugen, verschneiende Landschaften vorstellend, umherwirbelte und langsam auf den Flaschenboden niedersank. Aus der Flasche beim Öffnen des Klemmverschlusses 1 Zischen, die Reste gelben Getränkes schäumten perlend auf; in meinem Mund mischte süßlicher Orangengeschmack sich mit bitter & scharf nach Salami schmeckendem Brotbrei, ich aß & trank bis nichts mehr übrig war. Von Draußen nur die Geräusche einer Landschaft ohne Menschen; unterm Regen aber schien mir seit geraumer Weile noch ein anderes, ein tiefes, dauerhaftes Summen zu liegen, das wie das Geräusch der Einsamkeit war, das Geborgenheit, Müdigkeit u Wärme..... gab.– Den letzten Bissen noch kauend, stand ich vom Tisch auf, rückte 1ige der rohen, abgeschabten Holzstühle neben1ander, holte den Arbeitsanzug vom Nagel an der Tür und legte mich auf die Stühle nieder wie in ein Bett, die säuerlich nach Arbeitsschweiß riechende Jacke zog ich bis zur Kinnspitze übermich. So wollte ich hier warten, bis Vater..... zurück- u wiederkäme.

Dunkelheit lag vor dem Fenster als ein großer schwarzer Stein, vom hellen Strom des Regens geschliffen. In Gedanken, an die niedrige, kalkmatt schimmernde Zimmerdecke starrend, ging ich unsern Spazierweg weiter – ich wollte !endlich einmal an jene Stelle gelangen, von der Vater erzählt hatte, daß ein Großer Dunkler Zug dort einst auf den Schienen gestanden habe, auf Weiterfahrt wartend & voll mit Menschen, in Güterwaggons gepfercht Häftlinge im letzten Krieg, aber der Zug stand seit Tagen und Nächten still, und in der 1 Nacht kamen die-Flugzeuge, Tiefflieger u anfangs winzig wie Fliegen..... dann heraufziehend rasch größer werdend Bombengeschwader, schwere dunkle Kreuze aus Eisen unter nächtigen Marmorwolken..... Und ich konnte ihn in der Ferne sehen, dort=Draußen u noch immer auf den Gleisen stehend, wie aneinander gestellte Blöcke aus Eisen, diesen Großen Dunklen Zug – –

Die Tür flog krachend auf, Kaltluft u helles Tageslicht prallten herein, zerschnitten von Umrissen fremder, grober Gestalten: Männer in Zimmermannskluften mit breiten Schlapphüten & Stimmen, laut heftig & rauh. Als sie mich, von den Stühlen unter der alten Arbeitsjacke hochfahrend, entdeckten, verstummten sie – wir starrten ein:ander an, in meinem Kindsgesicht bleich u verwirrt die Verständnislosigkeit der aus tiefem Schlaf Geschreckten – :Dann trampelten die Gestalten in den engen Raum, auf mich zu, ihre Stimmen, !jetzt galten sie mir, wieder kantig & roh.

–Wie wir *ihn* hier=draußen ?gefunden haben : Wo Dreck & Abfall sind, da sind Kinder & Hunde : Die Hunde & die Kinder hatten uns auf *seine* Spur gebracht. Das hatte sogar was rührend Kindisches. – –Und im Anfang haben wir auch wirklich an Kinderei geglaubt, als wir *ihn* hier im Ruinen-Dorf zum 1. Mal gesehn haben. Dachten, da ist wieder 1 mit diesen Albernheiten wie sie die-Städter machen, die, wie sie meinen, aufs-Land-ziehen um dann genauso zu leben wie Leute-vom-Land. Und die, kaum daß sie 2 Wochen hier sind, anfangen uns Vorschriften zu machen: wie wir zu düngen – wie & was wir anzubauen haben – wie wir ernten müssen – :!Grünschnäbel. Können nich mal Weizen von Roggen unterscheiden, aber wissen !natürlich Alles besser. – –Weil die, wie sie meinen, die *bessere Einstellung zur Natur* haben. !Ihr lacht. Aber Sowas erleben wir hier alle Naslang, grade jetzt, seit *Landleben* in den Städten Mode wurde. !Ihr hättet mal die Ansprachen von diesen GröBaZen – diesen Größten Bauern aller Zeiten – abends in der »Eiche« hören solln. – –Und dabei ham die Dösköppe nicht mal mitgekriegt, daß wir !überhaupt keine Bauern mehr sind : ?!Wer kann denn heut&hier von der Landwirtschaft noch leben – jetzt, wo fast alle ElPeGes im Eimer sind. Bauern a-de: !Arbeitslose, das sind wir. – –?!Od meint ihr, wir hätten unsre Zeit im Lotto gewonn, um Stunde-um-Stunde, Tag-für-Tag hier draußen herumzuhocken & auf den Tod eines Fremden zu warten. Aber s gibt eben nichts mehr zu tun für unser-1. !Wer hätte gedacht, dasses einmal Zeiten gibt, wo der-Bauer..... nicht mehr gebraucht wird. Aber so ist Das Heute. Und wir: wir sind immer & überall zu alt..... – –Unsre jungen Leute von hier: !die hauen ab in die Städte, Geld verdienen. Die haben die Nase gründlich voll: n Leben=lang Gülle fahren fürn Paarmark, & inner Stadt das Geld stinkt nich. Und anstelle unsrer jungen Leute haben wir dann solche Rindviecher=aus=der=Stadt bekomm. – –Na ja, Alles kommt & Alles geht auch wieder. – –Und so haben wir im Anfang, als wir *ihn* hier draußen in der 1öde gesehn haben, gedacht: !Wieder einer von diesen Spinnern, vielleicht auch nurn Penner – am Ende gar irgendein Ganove, der ne Höhle sucht für seinen Raub. Wir hatten unsern Kindern verboten hierherzugehn..... – –Heimlich sind wir dann doch hergekommen, haben uns auf die Lauer gelegt, hatten auch Gewehre dabei – :!Da muß was nich koscher sein an dem Kerl, haben wir uns gedacht. – –Doch etliches, was wir dann gesehn haben, hat *ihn* aus allen Rahmen geschmissen: Wie *er* in den Ruinenscherben umherstolzierte – mehr noch, wie *er* all das Ruinierte, das Verfallne & Verwilderte der ganzen Umgebung-hier völlig zu ignorieren schien und sich aufführte, als sei Alles hier in !bester Ordnung: mit dem Garten, mit den Wegen & den Beeten drin, mit dem Haus, mit den Stallungen – eben mit dem gesamten ehemaligen Anwesen ringsum : !Alles in Ordnung. Man braucht ja !nur Platz zu nehmen & sich drin einzurichten. Wie solln wir sagen, *er* bewegte sich in 1 Manier, die all das Ruinierte, die Wälder aus Unkraut die Brennesseln die Berge & Halden aus Schutt & Abfall den ganzen Dreck all das Verkommne Verfallene : in Bausch & Bogen !ignorierte. War 1fach !nicht da. !Alles !Luft für *ihn*. !Kein Problem. Das muß man sich mal vorstelln. – –*Er* hatte seinen hellen Wildledermantel an 1 Kleiderbügel ins rahmenlose Fenster hier in der Ruine gehängt, sollte wahrscheinlich !auslüften, bevor *er* ihn in den guten Schrank ins Wohnzimmer hängt, damit die Plünne fürs nächste Mal Fein-Ausgehen wieder fit ist. !Genauso *seine* Schuhe : !italienische Halbschuhe, die *er* täglich putzte & vor dem Verschlag in dem *er* hauste – par!dong – vor dem Schlafgemach in dem *er* zu weilen geruhte, abgestellt hatte – :Isja auch !genau das richtige Schuhwerk für eine Gegend wie diese, nichwahr. – –!Das muß man sich mal vorstelln, hier, in solchner Bruchbude, in solch einer Gegend, wo nichmal ne Hundehütte steht, die diese Bezeichnung verdient hätte, geschweige denn Ein !Haus. Aber *er* hattes fertiggebracht, irgendwo in der verlotterten Ortschaft !Wasser aufzutreiben, einen alten noch nicht versiegten Brunnen vielleicht, aus dem *er* trinken konnte. – –Nun, es wäre für *ihn* sicher besser gewesen zu verdursten, als das Wasser..... von hier zu saufen. Denn unmittelbar vor dem Dorf lag früher Die-Grenze..... – –?!Was meint ihr wohl, wie der TODESSTREIFEN dort hinten zustande kam: alle paar Wochen Hektoliter Pflanzengifte drauf, Unkraut-Ex..... Herbizide & Pestizide alles, was die-Chemie auf der Palette hat & was ätzen & verbrennen konnte – :Da wächst noch in fuffzich Jahren !kein Halm. – –Und dann, als Neunzicheinunneunzich die Grenzanlagen abgerissen wurden, da hat die-Armee etliche Fässer..... dort auf dem Gelände verscharrt. – –Wir möchten nich wissen, was !da drin war. – –Jedenfalls, eines nachts brannte der Todesstreifen lichterloh – der ganze Sand in !Flammen – & 1 Explosion nach der andern – –einige Fässer flogen aus der Erde hoch, brennend, schossen Dutzende Meter in den Nachthimmel wie Meteore hinauf..... – –Da hatte sich wohl was von dem Zeug in der heimlichen Mülldeponie selbst entzündet & wie Gräber zum Jüngsten Gericht sich öffnen flog aus dem toten Landstrich nun all der eilig verscharrte Dreck..... heraus. Wenn alle Übel der Vergangenheit so ans Licht kämen: !Dann wäre täglich Feuerwerk rund-um-die-Uhr. Soviel steht fest. – –Und da walzt ihr heran & wollt nen !Radweg draus machen – –Wenn den Herren Damen beim Drüberradeln mit 1 Mal ihr Fahrrad zur Rakete wird – Huiii !Da kommt ?Was zwischen die Beinchen : ein Ritt zum Nulltarif wie Münchhausen auf der Kanonenkugel, und haut rein beim Türken im Döner-Stand : n ächter Freizeit-Spaß für Diejanzefamilje..... – –Na !ihr habtja vielleicht Humor. – –Und all das Gift, das über die Jahrejahrzehnte hier ausgeschüttet wurde, das ist natürlich mittlerweile längst ins Grundwasser gesickert, !klar. Und *er, der*-da-drin, hat also nichtsahnend von diesem Wasser..... gesoffen. Hat sich wahrscheinlich sogar noch wien Schneekönich gefreut über seinn Brunnen – –Wir haben uns schon manches Mal gefragt, als wir *ihn* in der letzten Zeit gesehn haben in *seinem* Zustand: Vielleicht ist die Giftbrühe, die *er* gesoffen hat aus dem Grundwasser des Bodens=hier, daran schuld, daß Soetwas aus einem Menschen werden muß: ein Toter, der nicht sterben kann. Wie es heißt: Was einen nicht umbringt, das härtet ab. – –Davon hätte *er* früher einiges mehr gebrauchen können, vom Abhärten. Hatte wohl gedacht, *er* könne sich hier einrichten wie in der Sommerfrische. Und dazu hatte *er* sich !ausgerechnet in soner verfallnen Bruchbude in diesem Ruinenkaff eingenistet : in einer ehemaligen Küche..... Als ob das allein ausreichte, inner Küche zu vegetieren um was zu fressen zu kriegen. – –Hatte aus allen Ecken der Gegend, von allen Müllkippen Möbel Geschirr sogar Stuhl & Bett herbeigeschafft – was natürlich heißt: *Reste* von Möbeln, *Reste* von Geschirr Stuhl & Bett..... – –eben all solchen Trödel, der von der-Zeit & der-Witterung noch nicht gänzlich verrottet war, und: !Na, !das hättet ihr sehen solln, *sein* Gemütlheim, das *er* sich draus zusammengeschustert hatte: windschief, ranzig, voller Schimmel & Moder & Ungeziefer, alles wie in einer einzigen zerschlagenen Emailleschüssel zusammengekehrt : Das sah aus wie bei Pachullkes-im-Bett. – –*Der* hatte sich inner Ruine eingerichtet wie jemand, der zum 1. Mal in seim Leben 1 wirklich eigene Wohnung gefunden hat, frei von allem Trödel den die Vorjahre angeschwemmt & gestaut hatten; Trödel, der einen stets & ständig an die Vergangenheit mit all ihren Toten & ihren Feindschaften erinnerte – !endlich die !eigene Wohnung. Und wenns ne Ruine ist. – –Das hat *er* wohl weniger als Besitz, vielmehr sicher als *sein* wirkliches Eigentum angesehn. So führte *er, Der Hausherr, Der Eigentümer* sich auf in den eingestürzten 4-Wänden & ließ sichs wohlsein offenbar. – –Das, wie solln wir sagen, das machte den Eindruck, als hätt *er* sich irgendwann zuvor auf den Weg gemacht, auf einen langen, seltsamen Rückweg. ?Wohin. Werweiß. – –Das ists auch nicht, was wir meinen. Wie solln wir sagen: Jeder hat irgendwann in seinem Leben einen Verlust erlitten. Einen, der ihn aus der Bahn werfen kann. Manche kommen nicht drüber weg. Besonders die, die zuvor meinten, sie hätten Nichts zu verliern gehabt. Manch-1 weiß erst, was er hatte, wenn ers nicht mehr hat. Das steht fest. Dann, wie solln wir sagen, müssen diese Menschen wie gewisse Mörder an den Tatort immerfort dorthin zurück, an diesen 1 Ort, zu diesem 1 Geschehen, das sie natürlich niemals wiederfinden können. Das wissen sie auch. Doch, wie solln wir sagen, das ist wie ein übermächtiger Sog aus der Vergangenheit, wo Alles sich findet & Nichts zu finden ist. Außer der Trauer über das Verlorne. Vielleicht versteht ihr, was wir meinen, wir können das nicht so recht ausdrücken. – –Nun, als wir aus unsern Verstecken rauskamen schließlich – denn daß von *dem* keine Gefahr drohte, das konnte jedes Kind sehen – & *er* uns bemerkte, da, wie solln wir sagen, reagierte *er* wie ein Schuljunge, schüchtern gehemmt & linkisch, fragte uns, ob wir was dagegen hätten, daß *er* hier sich eingerichtet hatte; *er* würde, setzte *er* damals schnell hinzu, !sofort von hier verschwinden, wenn *seine* Anwesenheit Irgendjemanden störe od *er* gar fremdes Eigentum verletzt habe & fing sofort an, irgendwelche Para Grafen runterzuleiern, Eigentum & Eigentümer, Besitzstand & Rücküberführungsansprüche; sagte, daß *er* uns helfen könne, unsere Sache vertreten wolle, wie *er* meinte, falls wir – –Ein !Verrückter, ein !harmloser Trottel. Soviel stand für uns fest, damals. Wir konnten aufatmen, dachten wir. Hätten wir gewußt, !Was auf uns zukommen sollte, der Atem wär uns in der Kehle steckengeblieben. . . . . – –*Er* überschlug sich dann gradezu beim Reden – das wirkte wie bei allen-Menschen, die zu lange Zeit ihres Lebens all-1 gewesen sind & über all-die-Jahre hinweg nur mit sich-selber sprechen konnten : Dann, wie solln wir sagen, muß auch das Reden wieder gelernt werden, und !wehe, wenn !diese Schleusen sich !öffnen. – –*Er* hatte uns ausgefragt über Hinz&kunz, unsre ganzen Familienverhältnisse, wer wo mit wem & wann, kurz: Alles, was mit uns zu tun hatte, ließ *er* sich haarklein erzählen – :Erst später fiel uns auf, daß *er* von sich=selber eigentlich gar !nichts erzählt hatte: !wir wußten nicht einmal *seinen Namen*. Da haben wir unsre Blödheit aber bereut :!Wenn das nun so 1 ganz Gewiefter ist, haben wir uns gesagt, so ein feines Früchtchen, der mit Grundstücken gaunert & uns hier auf die dumme Tour das Fell über die Ohrn ziehen will, das heißt: uns das 1zige nehmen, was wir noch besitzen: das bißchen Eigentum an Grund&boden..... – –Wir sind dann nicht mehr rausgegangen zu *ihm*, haben *ihn* sich selbst überlassen in *seiner* Wüstenei. Entweder kommt *er* von selber & läßt die Katze ausm Sack, haben wir uns gesagt, od *er* verreckt dort-draußen im Unkraut. Nun, wie sich zeigen sollte, passierte weder das 1 noch das Andere : *er* kam nicht raus & *er* verreckte nicht. *Er* blieb wo *er* war: hier, in Dreck & Abfall inmitten all der Ruinen..... So hatten wir *ihn* schon vergessen. – –Bis in jener 1 Nacht die Fässer im TODESSTREIFEN brennend durch die Luft flogen..... – –Da haben wir uns an *ihn* wieder erinnert, und sind hergekommen, so wie ihr hergekommen seid. Und haben *ihn* noch immer hier draußen gefunden, aber – wie solln wir sagen – es ist etwas vorgegangen mit *ihm* in all der Zeit – –*Er* hatte sich im Innern der Ruine, die *er* noch immer behauste, zusätzlich 1 Verschlag gebaut, wenn ihr so wollt, 1 Ruine in der Ruine. Dorthin hatte *er* sich zurückgezogen, so, als befürchte *er*, die-ganze-Welt könne *ihm* hier-draußen zu nah auf die Pelle rücken. – –Wie solln wir sagen, als sei *er* ein Tier im Zoo, das sich ins Dunkel des Käfigs zurückzieht um dort, in der Unsichtbarkeit im Abseits u vergessen von allen, ohne jemanden zu stören endlich !sterben zu können. So machte *er* sich kleiner und kleiner & starrer und immer starrer. – –Wir hatten ihm, wie all die Male zuvor, auch dieses Mal etwas zu essen & zu trinken mitgebracht. Aber noch bevor wir die Ruine betreten hatten, merkten wir: !Hier stimmt was nicht mehr. Das war nicht der Gestank allein, der dumpfsüßliche Geruch von Aas, der wie 1 Messerschneide in den bittersüßen Geruch der

Pflanzen & blühenden Gräser fuhr; das waren auch nicht die Fliegenschwärme..... die wie Sturzbäche auf uns niederfielen – das war, wie solln wir sagen, das war eine Ahnung des Sterbens, die wie ein schwarzer Atem..... von dem verfluchten Ort ausging. Und als wir dennoch an den Verschlag im Innern der Ruine herantraten, mit Taschenlampen nach *ihm* suchten – –!Fanden wir *ihn,* im zähen Dunkel hockend inmitten all der Fäulnis u der vertrockneten Scheiße: !zuerst die Augen : riesig starrten sie mit einem schwarzen fiebrigen Leuchten aus dreckverschmiertem Gesicht, das keine Ähnlichkeit mehr hatte mit dem Gesicht, das wir von *ihm* kannten – die Haare wirr u gesträubt als sei jede 1zelne Strähne 1 dünner Speer – der Körper, fast zur Mumie abgemagert, von den Fetzen seiner einstigen Kleidung wiene alte Litfaßsäule von Plakatresten umhängt – –Wie solln wir sagen, es lag etwas Nächtliches, etwas Ungeheures & Alptraumhaftes in *der Erscheinung*, so wie der Anblick halbverhungerter, verwilderter Katzen gradezu der Inbegriff des Raub-Tieres ist. – –Und dazu dann *seine* !Stimme: rauh, krächzend zuerst, als müßten die Stimmbänder sich wieder an die unendliche Mühsal des Sprechens gewöhnen, an solche für *ihn* überflüssige Tätigkeit inmitten einer Wüstenei – –Doch *seine* Stimme klang leise, 1 Flüstern fast, als befürchte sie, jemanden aufzuwecken. Das wollte so gar nicht passen zu dem verkommenen Wilden aus Haut&knochen..... Manchen *seiner* Sätze schloß *er* mit 1 leicht singenden Tonfall – wir mußten uns das Lachen verkneifen, denn, wie solln wir sagen, wir dachten damals, jede Minute könne *seine* letzte sein, so, wie *er* aussah, u wir wollten schließlich einen Sterbenden auf seinem Totenbett nicht noch auslachen..... – –Und dann begann *er* schließlich von *sich* zu erzählen..... – –Von *seiner* Erinnerung an eine Frau..... – –Und das war, als würde *er* aus der Erinnerung so etwas wie neue Kraft bekommen: die Stimme wurde kräftiger, die Augen leuchteten in anderem, in lebendigem Feuer – das war, wie solln wir sagen, als würde diese Frau..... mitten aus seinen Worten heraus hier, in dem Verschlag einer Ruine, zu Leben & zu Gestalt zurück- u wiederkommen – –

–Immer wieder nur diese Frau..... Dabei war sie !nicht mal *seine* Frau. – –Sie kam ausm-Westen, soviel hatten wir verstanden, & war verheiratet mit nem Kerl, der in krummen Sachen seine Pfoten drin hatte. Das hat *er* uns erzählt. Sie beide, *er* u die Frau, hatten sich zu Zeiten, als die-Mauer in Berlin noch stand u *er* noch im-Osten lebte, von Zeit-zu-Zeit in Ostberlin getroffen. Nunja, *er* ist Justitiar gewesen innem Ostberliner Krankenhaus, u das komische war, daß *er* die Frau erst durch die dreckigen Geschäfte ihres Mannes kennenlernte. So geht das meistens, und aus altem Dreck blüht dann was Neues. – –Dabei, sagte *er* uns, seien *er* u: der Ehemann in der ganzen Zeit nicht 1 1ziges Mal sich übern Weg gelaufen. Das war vielleicht Absicht. Wer weiß. Denn immer wurde offenbar diese Frau..... vorgeschickt. Und ihre Bettgeschichten das Ende vom Lied. Doch was das für krumme Geschäfte waren, das hat *er* nie verraten. Vielleicht wußte *er* ja selber nicht genug darüber. – –Das Krankenhaus hatte nen Forschungsauftrag, das hat *er* mal erzählt, & dazu brauchte man West-Geräte. Vielleicht, meinte *er*, hatte man im Gegenzug Blutplasma, Spenderorgane in den-Westen verscherbelt, *diesen ganzen Schund moderner Sklavenhandelei*, wie *er* das einmal nannte. Vermutlich hat Man *ihm* die-Sache auch bald wieder entzogen, spätestens natürlich, als *er seinen* Ausreiseantrag gestellt hatte. !Da war *er* selbstverständlich weg vom Fenster. Und hat noch !Schwein gehabt, daß *er* nich verschwinden mußte..... wo *er* doch immerhin 1iges gewußt hatte von den krummen Geschäften zwischen Ost..... & West..... Nun dieses West-Ost-Ding ist auch nicht zustande gekommen, ist irgendwann auf halber Strecke in die Binsen gegangen. Hat wohl irgend-1 nicht dicht halten können. – –Doch was übrig blieb von dem ganzen Zirkus: Das waren *er,* der Justitiar aus dem-Osten & sie, die fremde Frau aus dem-Westen. Und, hat *er* uns erzählt, sie wollte *ihm* sogar 1 Chance zum Start-im-Westen verschaffen, sobald es mit Der Ausreise geklappt hätte –

–Aber, wie das so geht, man kann noch so vorsichtig sein, irgendwann, durch nen blöden Zufall od 1 dummes Wort: fliegt die ganze Heimlichkeit auf & Alles kommt ans Licht. Das steht fest. Und so wars gewiß auch bei den beiden.–
–Wahrscheinlich sind dem Ehemann die Reisen seiner Frau nach Ostberlin, auch lange nachdem Das Geschäft geplatzt war, nicht mehr geheuer vorgekommen – :Jedenfalls, mit der Beziehung wars Essig, genau wie mit dem Großen Diehl zuvor. Und mit der versprochnen Start-Hilfe für *ihn* im-Westen erst recht. Und je näher *seine* Ausreise, die *er* nicht zurückgezogen hatte, gekommen war, desto weiter rückte sie, diese Frau, von *ihm* ab..... – –Od: sie !mußte abrücken von *ihm*, weil halt der Ehemann Alles spitz gekriegt & der Sache nen Riegel vorgeschoben hatte. *Seine* Erzählungen über diesen Punkt wurden recht wirre. – –Besonders, als *er* von dem letzten Versuch, die Frau wiederzusehen, erzählt hat. Das war schon lange nachdem die-Mauer verschwunden war, & *er*, wie vor Jahren, hat sich mit ihr in der kleinen Hotelbar in der Nähe vom ehemaligen Grenzübergang in Berlin wieder verabredet. *Er* wartete auf sie, aber sie kam nicht. An ihrer Stelle erschien plötzlich: der !Ehemann..... Soviel hatten wir noch mitbekommen. – –Es mußte dann Etwas Fürchterliches passiert sein an diesem Abend, und in den folgenden Tagen& nächten..... – –*Er* hatte auch begonnen, über Kreuzigung zu faseln – die Geschichte von einem Sklaven im Altenrom – ein Sklave mit nem riesigen Schwanz u Augen grün wie Smaragde, hatter erzählt – ziemlich verwirrend diese andauernden Geschichten übers Kreuzigen. Ihr meint: ?Vielleicht war *er* religjös – :auf uns machte *er*=hier-draußen eher den Eindruck, wie solln wir sagen – –Als ob *er* inner endlosen Ausnüchterung wäre: Da quatscht jeder auch das unmöglichste Zeug heraus, solange der Schnaps noch inner Birne brennt –.–
–Aber *er* war !nie besoffen. Wir glauben, *er* hatte Angst : regelrecht tierische Angst davor, was mit *ihm* geschehen könnte hier=Draußen und in der nächsten Zeit, nämlich langsam ganz langsam u jämmerlich krepieren zu müssen – & wie die

kleinen Kinder im Wald & im Keller singen vor Angst, so hat auch *er* in *seiner* Todes Angst vielleicht deshalb kein Ende gefunden mit Reden Reden und Reden – –Und *er* sollte ja auch Recht behalten mit seiner Wahnvorstellung vom langsamen Krepieren, einem Krepieren scheibchenweise & in Zeitlupe..... – –So hat *er* also immer und immer häufiger gefaselt übers Kreuzigen, das-Kreuzigen, daran verfing sich jedes Wort wie an rostigen Nägeln, darauf lief alles Reden letztlich hinaus: Kreuzigen & die Geschichte von den grünen Augen – grüne Augen wie Smaragde – Hinterhofwohnung – und nochmal Kreuzigen. Wie gesagt, es muß Etwas Schreckliches passiert sein, damals in Berlin..... – –Auch davor ist ?Was Fürchterliches gewesen: irgendwas mit *seinem* Bruder..... *Mein Bruder war ein Schwein,* sagte *er, ein Feigling u 1 Spitzel. Er war daher mein letzter Gesprächspartner.* So hatte *er seinen* Bruder genannt: *mein letzter Gesprächspartner, mit dem ich, wenn auch nur über die Zeit & über die Entfernung hinweg, noch sprechen konnte : ihn,* behauptete *er* damals, *ihn habe ich nun auch – erledigt..... Und nun kann ich nur mit Gespenstern noch reden.* Hatte *er* geraunt und Langezeit geschwiegen danach. – –!Das sollte Einer verstehn. Wir wolltens auch gar nicht verstehn. Denn: !Was geht Das uns an. Wir haben !weißgott andere Sorgen, als uns um nen durchgedrehten Anwalt & seine Bettgeschichten mit ner West=Schixe zu kümmern. Naja. Jedenfalls müssen das=Alles Gründe dafür gewesen sein, weshalb *er* sich letztlich hier, in diesen Ruinen, verkrochen hat. – –Nein, das war nicht mal 1 Versteck für *ihn* vor der-Polizei – das mußte ?was Anderes für *ihn* gewesen sein – etwas, das Langejahre zurücklag..... – –Auch was *er* uns darüber erzählte, klang immer verrückter. Immer wirrer: Alles floß in1ander..... Vergangenheit-Gegenwart-Alles wie in einem 1zigen Mahlstrom – –u immer u immer wieder nur diese 1 Frau..... – –Wir haben *ihn* reden lassen. Stunden über Stunden. Tage über Tage. Wir sind weggegangen zwischendurch & wiedergekommen – –u immer ging es noch um *!sie*. Das war, wie solln wir sagen, als müsse *er* Alles, wofür jeder=andere Jahre und Jahre seines

Lebens noch Zeit hatte, jetzt : hier : mit !1 Mal loswerden, reden und reden, sich aus-reden sozusagen, um danach nichts mehr zu sagen zu haben & Nichts mehr sagen zu müssen. Verstanden haben wir das ungereimte Zeug sowieso nicht. – –Wir sahen aber, daß unsre Befürchtungen unbegründet gewesen waren: *Der* war beileibe kein Bodenspekulant, kein Alteigentümer : *Der* war nichts weiter als ein Verrückter. Und hier draußen konnte *er* niemandem schädlich sein. Vorsichtshalber haben wir trotzdem unseren Kindern weiterhin verboten, hier herzukommen – –Man weiß ja nie..... Vielmehr: Man weiß ganz=genau: *Sowas*..... hört erst in der Grube auf. Und selbst das ist gar nicht sicher. – –Und so hätte Das-Alles weitergehen können – wir wären unsrer Wege gegangen, *er* hier-draußen den *seinen* – hätte nicht irgendsoein Trottel abends in der »Eiche« die ganze Geschichte brühwarm aufgetischt, um damit anzugeben od 1fach nur, um für seine Schtorri 1 Bier zu schnorren. Und auch das wäre noch nicht weiter schlimm gewesen – aber !ausgerechnet einem vom Landratsamt mußte der Trottel die Geschichte auftischen – –Nunja, so kam Allesweitere in Gang, & unsere Ruhe, die waren wir fürs erste los. – –!Hätten wir gewußt, was !Da noch auf uns zukommen sollte, wir hätten schon am 1. Tag, als wir *den*-da-drin gefunden hatten, Kurzenprozeß mit *ihm* gemacht..... – –Denn *Der* entpuppte sich jetzt als weitaus schlimmer als 1 Bodenspekulant od Alteigentümer. Denn, wie solln wir sagen, mit nem Spekulanten läßt sich vielleicht verhandeln – aber mit *!dem*-da : !Wie soll man schließlich *einem Toten* klarmachen, daß *er* nun gefälligst auch mal sterben soll. – –Soviel Wesens um sich-selber zu machen: !Das gehört sich 1fach nicht. Jedes Vieh kriecht, wenn seine Stunde da ist, irgendwohin ins Finstere, damit es die-Anderen nicht stört, und dann gehts zuende mit ihm..... Und jedes Vieh !weiß, wann seine Stunde geschlagen hat. So ists nur natürlich. ?!Aber *der*-dort-drin : *Der* hat von Nix ne Ahnung. Nich mal vom eigenen Krepieren. – –*Der* macht sich Am-Ende noch lustig über uns & über die-Natur..... – –Daran sieht man, daß 1 1ziger Trottel, 1 1ziger Kuhkopp mehr Schaden anrichten kann als alle Schurken & Schweinehunde des ganzen Landes zusammen. – –Also: Diese !1 Nacht noch lassen wir *ihm* Zeit, abzukratzen. Morgen früh ist !!!Schluß. Und wenns der Liebegott=persönlich wär. Jeder Witz hat mal 1 Ende.....

Ich schlich davon, wollte mich heimlich u mit Vorsicht lösen aus der Runde & ihrem Geschwätz – IHRE Stimmen IHR Gerede hakte sich in mich fest wie Stacheldraht, ich suchte mich zu lösen, hatte nicht vor, jemals zurückzukehren zu IHNEN = ZU IHREM Gerede – ich zog es hinter mir her als müßte ich eine-ganze Rolle dieses widerborstigen Drahtes abspulen..... das blieb an mir haften untrennbar, IHRE Stimmen IHR Gerede..... – ich tastete mich ins Innere der Ruine hinein; die Stimmen zog ich hinter mir her; SIE wollen nur begreifen, was noch kleiner ist als SIE. Schon wurden dort Flaschen entkorkt, 1 Lagerfeuer loderte auf, aus Recordern *Grunge Jungle Trash* – genormte Sounds, von unermüdlichen Trendsuchern im Zeitalter der Arbeitslosen & des Hassens mit freigebigen Pfoten unter die-Leute geworfen, Haß u Wut der-Masse hämisch 1 Stanzform für *Haß* & *Wut* verpassend, öde & bigott wie alles Genormte, was die überwachte & verhöhnte, zur Karikatur verbogne Masse noch ein weiteres Mal verhöhnte, verbog, so daß, genau wie Fantasie, auch Wut nicht frei mehr war – MAN richtete sich damit ein zur Gemütlichkeit wie in einem warmen Nest, in dieser letzten Nacht, die man als Frist 1 Überleben noch gegeben hatte, während der Tag in Aschenglutfarben versank. Bizarr als kantige Schatten ragten unsere Maschinen, die Bulldozer Planierraupen & Lastwagen, in den langsam erlöschenden Himmel auf, und die Flammen in wirren Fetzen warfen torkelndes Licht in die Gesichter ringsum.

!Vielleicht würde Man in dieser Runde mich gar nicht vermissen, mich: den Neuen, den Fremden, der zu Nichts u Niemandem gehören will, der nur wie Strandgut an ihre Küste geworfen war. Die Wellen auf diesem Meer hatten einen Namen

: 1 Frau + 1 Kind + Arbeitslosigkeit in meinem erlernten Beruf als Maschinenbauingenieur = die Not, Geld zum Überstehn für eine Familie u: mich verdienen zu müssen, hatte mich vor Monaten schließlich in diesen Job in die Abrißkolonne getrieben. Ich hatte mich nach 1=gewissen Abend freiwillig in die *Fremdenlegion*, wie wir dies Abrißkommando nannten, gemeldet. Das war nach dem Abend, als einstige Freunde & Bekannte zu uns nach Hause kamen, zum Geburtstag meiner Frau, viele dieser Leute hatten wir seit dem Verschwinden der Grenze nicht wieder gesehn. Der Abend war mit steifen, ungelenken Schritten zäh u langsam vorgerückt, das waren nicht mehr die Leute, die wir in Erinnerung hatten aus so vielen Jahren davor od: die Erinnerung an sie war schon der Fehler aus sovielen Jahren davor. *Das Verlieren von Menschen ist das Verlieren aus den inneren Augen der Menschen*; meine Frau & ich waren immer häufiger unter irgend-1 Vorwand allein in der Küche draußen – und dann hörten wir, wie die ehemaligen Freunde zuerst über meine Frau, dann über mich herzogen. *–Sie mußja jetz auch wieder arweiten gehn – Umschuln musse sich lassen* (die Stimme, ein Gemisch aus Angewidertheit & Schadenfreude, klang auch für den Sprecher in seiner neu angenommnen Saturiertheit neu), *–najah: Sone Wende wendet ehm auch mancheinem seinn Beruf – ›Sprachausbilder für Reisekader‹ sinn da wohl nich mehr so !gans gefragt wie – –Und ?er* (hörten wir sie im Zimmer laut weiterreden, sie !wollten, daß wir sie hören müssen), *–Was macht ?er jetz eingtlich. Seinen Jobb als Innschenör isser ja schon lange los – –Ich weiß auch nix Genaues* (sagte jemand) *–Er is jetz n Arbeiter : draußen irgendwo im !Dreck* – Das letzte, die Stimme schrill wie 1 Pfiff, hatte auch meine Frau gehört : sie zuckte zusammen, sagte nichts, schwieg, auch als die Leute schon seit langem gegangen waren, und schwieg auch viele Stunden und Tage danach. :So habe ich mich für den Außendienst, für die *Fremdenlegion*, gemeldet. Wir wurden über Wochen hinweg in jede Ecke des Landes auf alle möglichen Baustellen verteilt, dagegen gabs keinen Widerspruch. Ich hätte auch nichts zum Widersprechen gefunden.

Ich wollte nicht zu den Verlassnen auf den langen Fluren der Arbeitsämter gehören, Wochen Monate Jahre wartend im sauren Geruch der Überflüssigen, die niemand wirklich mehr braucht. . . . . Ich wollte auch zu IHNEN nicht gehören, zu diesem hervorgepreßten Leben, dem vielzuvielen, aus IHRER Ordnung gerissen wie Flüchtlinge in einem Krieg, jene trübseligen Bilder die niemals verlöschen: von 1 Stunde zur andern auf die Landstraßen geworfen, in Güterwaggons gepfercht, an Busstationen Amtsstuben & Wärmehallen wie Strandgut angetrieben, in den ebenso traurigen wie makabren Versuchen, eine IHR-Lebenlang anerzogene Wohlanständigkeit – !koste es was es wolle – mit Verbissenheit aufrechtzuerhalten : *!immer anständig angezogen, !immer wie aus dem Ei gepellt*, & selbst auf dem Treck noch aus schwankenden, von Gepäck überquellenden Kinder- & Handwagen, von Regen Nebel Schnee längst durchnäßt aufgeweicht über-&-über dreckbespritzt & durch den Straßenschlamm geschleift, dennoch das mit Blumenmustern als *frisch bezogen* hergezeigte Bettzeug hervorschaun lassen – SIE wehren sich noch gegen Das, was SIE längst geworden sind, wollen nicht wahrhaben, was längst schon IHRE Wahrheit, IHR Stempel ist: Ausgestoßene Flüchtlinge überflüssiges einzig Kosten & Scherereien machendes Leben. . . . . – :Es ist zu Allenzeiten Krieg (:ich hatte Derlei, in den Jahren zuvor, in Behütung & Gehege meiner Akademiker-Welt, nicht wahrgenommen –:) zu Allenzeiten Treck, das sieht zu allen Zeiten nur anders aus, der Rest dann dem Vergessen. . . . . – :Nein, auch zu IHNEN wollte ich nicht gehören. Ich hielt mich keineswegs für besser, schon gar nicht für besser dran als SIE; ich hielt mich damals nur für anders. Und war all-1 losgezogen. Und ich hatte diesen Job gefunden: bei der Abrißkolonne, bei der *Fremdenlegion*. . . . . Und ich bin sogar froh darüber gewesen; ich hatte damals noch geglaubt, es gäbe ein Entkommen. . . . .

Das »Spiel«, das SIE=dort mit Vorliebe den-Neulingen antaten, nannten SIE *Plankelaufen*: Eine Schubkarre, vollbeladen mit Mauerbruch : sie wog dadurch weit über einen Zentner, war in den Abraum-Container, groß wie ein offener Güterwaggon, auszukippen. Dazu galt es, 1 steil an den Containerrand angelegte Planke, höchstens 30 cm breit, mitsamt der vollen Schubkarre hinaufzurennen und, oben angekommen, am richtigen Punkt zu stoppen & die Karre in den Container auszukippen. Der Containerrand lag mannshoch –:Entweder der Anlauf war zu schwach: man blieb stecken mitten auf halber Höhe, die Schubkarre rutschte aus den Händen, kippte um, fiel mit der vollen Ladung runter – man mußte umkehren, den ganzen Dreck mit der Schaufel wieder in die Karre laden & das »Spiel« begann von vorn : Od der Anlauf war zu stark : die Schubkarre sauste im hohen Bogen in den Container hinein, krachte nieder auf die Schicht Ziegel&verputzscherben, die schon den Boden des Containers bedeckte – man mußte hinterherspringen, dort hinein wie in ein Massengrab..... die Knöchel drohte man sich zu verstauchen dabei u die Beine wundzureißen am scharfkantigen Mauerbruch; & es galt, die Schubkarre von drinnen über den Containerrand hinüber- & wieder hinauszustemmen –:man verbog sich Rückgrat & Handgelenke, prellte sich Schultern & Rippen, die Haut an Armen & Händen schlazte zu häßlichen Rissen auf, Blut perlte & sickerte durch die mehlige Dreckschicht, wurde aufgesogen vom Zementstaub zur brennenden Kruste..... Beim Hochstemmen verpaßten die Griffstangen der Schubkarre Kinnhaken, Rippen- & Schläfenhiebe – !aufgepaßt: !nicht die Griffe in die Augen kriegen – ; Niemand half. Alle standen herum & taten, was Menschen immer tun, den eigenen Arsch im Warmen & in Sicherheit: glotzen & drauf lauern, daß Andere in die Scheiße falln –:!Die Attraktion, The Basic Fun – :sie freuten sich königlich: –*Nem Innschenör is !nix zu schwör*, gaben dämliche Ratschläge & feixten. War die Karre wieder draußen, begann das »Spiel« noch 1 Mal : Zumeist aber mißlang das Ganze auch deshalb, weil die Planke beim Hinaufrennen in Schwingung geriet & das Schubkarrenrad von der Planke abrutschte – Karre mitsamt dem Scheißdreck kippte um, stürzte ab, krachte runter auf die Erde – man konnte von Glück sagen, wenn man nicht selber hinterherflog, an der Bohlenkante sich nageldicke Splitter einriß od die Eier zerschlug und hinterdrein auf die Schubkarre fiel, Schienbeine Kniee Hände aufschürfte prellte blutig riß..... – Nach dem 3. od: 4. Fehlversuch dann die Runde: *–Faul wie Seuche: Nu machma büschen !Tempomann – siehtja aus als biste verliebt in die Karre. Hatja aber !wirklich 2 dralle Schenkel: das Weibstück !wie. Poppen kannste nach Feierahmd: Jezz is !Arbeiten angesagt. Innsche !Nör. Oder solln wir dir ne Zeichnung machng.*

Ich verdarbs mir gleich zu Anfang mit DENEN: –Fickt euch !gefällixt selber. – Und versetzte der wieder vollbeladenen Schubkarre einen Tritt, daß sie tatsächlich 1 Stückchen durch die Luft flog : Kraft aus Ekelwut&haß. !Das aber machte offenbar Eindruck auf SIE, irgendwer pfiff durch die Zähne, der VORARBEITER brüllte zurück: –!DAS IS DEINE ARBEIT, DAFÜR WIRSTU SCHLIESSLICH BEZAHLT, DU HEINI: DU !?SPINNST WOHL. – Er hatte recht, ohne Zweifel, aber das schlimmste: ich hatte IHNEN den-Spaß verdorben. Normalerweise wurden SIE vom Neuling irgendwann aus Verzweiflung um Hilfe angefleht : Dann schraubte sich Einer aus der Runde heraus &, mit der gleichen Manier wie unverschämte=Automechaniker dem-Fräulein mal zeigen wie Mann Auto startet, führte Der dem Neuling dann den Transport der Schubkarre in den Container vor, natürlich !reibungslos.- Ich aber hatte die »Spiel«-Regel gebrochen, und so gingen SIE stumm davon, 1jeder wieder an seine Dreckarbeit. Ich ahnte, ich hatte nicht umsonst der-Meute den Spaß versaut.....

An den ersten Abenden nach der-Arbeit war ich nur ein Stück schmerzendes Fleisch. Wir hatten tagsüber, weil einige der alten Maschinen wieder mal ausgefallen warn, mit den Händen zentnerschwere Gemäuerbrocken Balken kiepenweise alte Ofenkacheln & Dachziegel auf die Ladeflächen der Fahrzeuge werfen müssen – dann wegen der defekten Steinzerkleinerungsmaschine manchen Gemäuerbrocken mit

Brechstangen & Spitzhacken zerschlagen müssen; die Armsehnen & Muskeln brannten, die meisten Fingernägel 1gerissen od abgebrochen (denn ich=unvorsichtig hatte die schweißnassen Handschuhe bei der Arbeit ausgezogen, sofort klebten sich Mörtel- & Gesteinsplitter wie Sandpapier auf die Haut, rieben sie bis aufs rohe Fleisch), in den Schürfwunden an Knöcheln Armen & Knieen ätzten Mörtel&kalkstaub, das Gehör vom Dröhnen der Hämmer ertaubt, im Kopf wattige Müdigkeit die eher einer angehaltenen Ohnmacht glich –. Dic Hände, zerschunden, zitterten jetzt wie bei einem Süchtigen im Entzug, ich konnte das Glas zum Trinken nicht heben, das Wasser verschüttete schwappend, so schlürfte ich gierig mit Zähnen & Lippen das Glas am Rand haltend; auch das Fleisch auf dem Teller konnt ich mit dem Messer nicht schneiden, denn das Messer fiel mir kraftlos aus den Fingern & die Erbsen, die ich mit der Gabel zum Mund führen wollte, verstreute ich, als wollt ich sie aussäen, unter Muskelzittern nach allen Seiten über den Tisch –: Gelächter: *–Na Innschenör: !So große Angst vor !so kleim Gemüse* –, ich fraß vom Teller wie ein Hund, verschluckte mich, Hustenanfall, spuckte vieles wieder aus –. Ein Tischnachbar schlug mir auf die Schulter: *–Warz ab: Auch aus dir wird Hier=bei-unz schon noch n !Mensch.....*

–Ihr Doofköppe (platzte ich raus mit den 1zigen Waffen die ich besaß: mit Wörtern:) –Jedes Vieh schindert nur so lange wie die natürlichen Kräfte reichen, danach bleibts 1fach stehn –: Aber ihr: ihr bildet euch noch ?Was drauf ein, wenn ihr drüberhinaus weiterrackert. (Ich versuchte wiederholt vergebens, beim Essen das Fleisch auf dem Teller zu zerschneiden:) –Da bewahr mich, ein Männsch zu wern : Da bleib ich lieber !keiner. – Das Gelächter verstummte jäh, sie schauten mich kurz an, dann rückten sie wie auf-Befehl von mir ab –, ich blieb allein am Tisch, das Essen weiterschlingend wie ein Vieh. Vom Nebentisch noch eine Stimme, die betont langsam & laut in meine Richtung sprach: –Giebt da einn, der wird noch ne !Menge !Spaaß ham: Hier bei-unz. . . . . – Ich reagierte nicht. Stierte auf die Fressenreste im Teller. Ein quallig zitteriger Klumpen Schmerz&dreck: das war *ich*, mein Anfang. . . . . Und diesem Anfang folgte der Anfang jener Art von *Gewöhnung*, die vielleicht eher eine Abnutzung war, ein Abstumpfen von All-dem, was zuvor Mensch u Leib mit seinen Eigen-Arten hieß, ab=jetzt *Arbeiter* & *Körper*, dem aus Stumpfheit & Müdigkeit die Muskulatur zur Verwendung wuchs. . . . .

Zu Anfang dieser Zeit hatte ich die Frau=daheim & das Kind an jedem Wochenende gesehen, dann an jedem zweiten – seit kurzem nur noch 1 Mal im Monat. Die Zeit dazwischen sollten Telefonanrufe ausfüllen & Briefe, die ich ihr schreiben wollte, täglich u aus der Entfernung mit dem reizvollen Rausch voll Emfase, die uns Nähe neu wieder fühlen ließe. Die Briefe blieben liegen; etliche Blätter Papier, kaum $\frac{1}{2}$ Seite der längste, unvollendet, niemals abgesandt. Ein Stottern wars, ein ungelenkes Staken 1 Blinden seinen Weg entlang in einer Fremde ohne Ausgang. Die Telefonanrufe, sie wurden kürzer von Mal zu Mal, die Sprache glitt uns aus den Händen wie die Neu-Gier u Lust auf des Anderen Körper. Das Sprechen auch am Telefon geriet uns dünner, oft dachte ich dabei an 1 Skelett. . . . . Nachdem ich mich artig nach dem Befinden der Frau & des Kindes erkundigt hatte & sie ihrerseits nach meinem, fast mit meinen Worten & bei jedem Mal die gleichen, schützte die Frau immer häufiger & nach immer kürzerer Zeit dringende Hausarbeiten vor & das Kind sei auch noch nicht im Bett – : – Beim letzten Mal meinte ich, kurz bevor sie den Hörer auflegen konnte, neben dem Rauschen in der Leitung ihr befreites Aufatmen zu hören. . . . . Wieviele Steine um den Hals sind nötig zum Ersaufen.

Vor diesem ersten Zusammenstoß mit den Kollegen war in dieser Abrißkolonne niemand, der zu mir mehr als 2 Worte – *Moin Moin* ; *Wia Sehn* – in Art 1 alltäglich morgens abends reflexhaft auftretenden Schluckaufs von sich geben wollte. Unter diesen Kollegen, vorwiegend jungen Männern zwischen 20 und 30, war mit Abstand der Älteste ich. Abgesehn von drei Männern, klein u in stets denselben alten blauen Overalls, Haar wie Haut grau & wirkten mörtelig wie die Haut von Dickhäutern – sie blieben, wortkarg, stets für sich, ließen jeden Versuch, sich ihnen anzunähern, so wirkungsvoll ins Leere laufen, daß ich es nach wenigen Versuchen bald schon aufgegeben hatte, mit denen ins Gespräch zu kommen. Sie wurden offenbar auch von den jüngeren in Ruh gelassen – verglühte Feuer, und die Asche kümmert keinen mehr. Dann noch die 3 Ausländer; auch sie blieben für sich, trugen ihre Dispute, deren Gründe zum Ausbruch mir stets uneinsichtig waren, von manchmal wilder Gestik begleitet, theatralisch (wie mir schien) in ihrer hart u kantig klingenden Sprache aus, die nach dem 1dringen in die eigenen Sinne einen Geschmack hinterließ wie von grob u achtlos gewürzten, von der Würze verbrannten Speisen –; und weil die Stimmen rasch laut wurden, in den Mündern dieser Fremden stets voll Wut & Haß erschienen, als gälte es, uralte Zwiste, deren einstiger Anlaß längst schon bei den Streitenden vergessen war & der nun fortgesetzt wurde, nicht um diesen uralten Streit jetzt & hier endlich beizulegen, sondern vielmehr, so der Anschein, all-1 um ihn wieder & wieder aufs Neu anzufachen & am Weiterbrennen zu erhalten, vielleicht, weil eben dieser Streit es war, der diesen Fremden in der Fremde noch *Heimat.....* vermitteln konnte. Wenn sie dabei zu laut wurden, brüllte einer der jüngeren Deutschen: *–Scheißka !Nacken !!Schnau Ze,* & warf einen Ziegelstein od irgend 1 Werkzeug nach ihnen. Und setzte meist noch dazu: *–Hier !Doitsch Land ?Kapito Kanacko Hier !Ruhe Hier !Frieden, un Höflichkeit : ?!Klaa. Wennde Kriek willzt Häuptling: dann !Hau-ap nachhause* – und vollführte stets eine weitausholende Armbewegung ins Unbestimmte. Einmal, nach solchem Vorfall, hörte ich noch hinter mir jemand raunen: –Sieh dir nur mal die Schädelformen von denen an: diese Balkannischel: platt & breit wie Oxenköppe : Da siehste die=ganze Sturheit, da liegt die=ganze Streitsucht drin, die Zankerei bis aufs Messer & die Blutrache bis zum letztn Furz. Mord&totschlach: Das is denen ihre Do Mähne. Und mit sowas solln Wir auch noch !Mitleid ham : denen solln wir auch noch !raushelfm aus ihrm blödsinnigen Deppenkriek. Sollnse doch zusehn wiese wieder rauskomm aus der Scheiße die se sich selwer eingebrockt ham. Als ob Wir mit denen irngtwas – (und ein Anderer fiel ein:) –Ich sag dir: Postenkette od: Hohemauer um-die-rum – :keiner kommt raus keiner kommt rein: – wiem Mittlalter wenn wo Die Pest los war: & die-dort-drin: !Ausbluten lassn. !Das isses doch was die !selwer wolln: !Ausbluten. Sonzt würdense ja aufhörn mitm Kriek, jetzt wose alle nischt mehr ze fressn ham & die Totn lieng üwerall rum. – (Und der erste wieder:) –Aber siehse dir nur mal richtich an: miese Killerschädel. Das Killn, das is denen ihre Do Mähne. Das kannste mir glaum. Unt diese Sack-Reps Schripp-Schrapp-Nizzas & wie dehn=ihre-Kaffs-da heißn –:Nasdoch!waa :von denen hat kein !Schwein zuvor was gehört untnu Wirt Maja auch nie wieder was von ihnen hörn – –Die=dort würdn unsereins glatt die-Arweit wechnehm: Die machen datt Alles selwer mit ihre Granaten – –Mach du noch deine Witze: !Alles zertöppert dort. !Schad isses: die !schönen Häuser, das !gute Matterjal. Unnjetz: Jetz kloppense sich noch um die Ruinen – –Aber !Das s denen=ihre Do Mähne. Dassagichdir. Da brauchste dir nurmal die=ihre Schädel ansehn: diese Hinterköppe: flach & breit : Da siehste die=ganze Sturheit=drin, die Streitsucht undie Blutrache – : Nich So-viel sinn die wert – nich !soo viel – (und hörte noch das Ausspucken, dann über den Bauschutt derbe Schritte, sich entfernend). Danach wie immer Ruhe für 1ige Momente – die 3 Männer, die Fremden, sie wehrten sich nicht. Denn sie waren vor allem für die schlimmsten Dreckarbeiten vorgesehn, die man keinem anderen, nicht einmal mir=dem Neuen, zumuten wollte. So das Reinigen der Ladeflächen der LKW & der Maschinen von den Batzen & der festen Mörtelkruste, denn die Baufirma überließ uns, der *Fremdenlegion*=den Letzten der Letzten, nur immer abgeschriebenes Werkzeug & alte Maschinen, die auf den *richtigen* Baustellen längst aus dem Verkehr gezogen waren – mit schweren Hämmern schlugen die 3 Männer, & oft genug über den Feierabend hinaus, auf das dröhnende Eisenblech ein, Funken & Mörtelstaub, der rasch verkrustete auf Gesichtern & Lippen der Männer, die Haut alsbald wie archaische Theatermasken, stumpf brutal, Augen- & Mundöffnungen darin wie Narben. Die 3 Männer aber verschanzten sich hinter ihrer Sprache; auch zu ihnen fand ich keinen Weg.

1 allerdings, der vom 1. Moment an mit Gesprächen über meine *Rechtslage*, über *das Betriebsklima* & die Haupteigenschaften der *Scheffs in der Zentrale* (wie ers nannte) mir zuleibe rücken wollte, mied ich aus Vorsatz. 1 Mann, in seinem Alter mir gewiß am nächsten, lang hager schlaksig, die Hosenbeine seiner Arbeitskleidung stets, sozusagen demonstrativ, zu kurz, die Arme wie die Beine in seltsam gekrümmter Haltung, was seiner Erscheinung den Eindruck wesenhaften Widerwillens gegenüber jeglichem Tun beigab, wodurch sein Gang die Langsamkeit u Schwerfälligkeit des Vorstakens durch morastigen Grund als eine jedermann zwar sichtbare, doch gleichermaßen obskure Anklage vor Augen hielt; ein beständiger Vorwurf von etwas Unbenennbarem, ein fortwährend weibisches=Beleidigtsein. Das Merkwürdigste an diesem Menschen indes war sein Schädel. In Größe & Form ähnlich einer jener zeppelinförmigen Wassermelonen, die 1 Schmalseite nach vorn gerichtet, somit das Gesicht – von kleinen, kerbartig wie Knopflöcher u scheinbar lidlosen Augen sowie vom schmallippigen Mund bestimmt – als auch der Nacken jeweils durch die Schmalseiten die Kopfform bildeten, wobei von der Halswurzel aufwärts bis vor zur Stirn eine kurze=kräuselige Haarschicht wuchs, die, an den Rändern durch glatten Schnitt getrennt, wie eine aufgeklebte synthetische Matte erschien. Ich dachte bei seinem Anblick an jene Puppen aus Bakelit, *Mäcki* genannt, Spielzeuge aus den Fünfzigerjahren, als Igel dargestellt. So daß unter solch stirnlosem Melonenschädel bei dem Mann fraglich blieb, wo um Allesinderwelt eigentlich der Ort des menschlichen Gehirnes sei – und ob

das, was ihm davon gegeben war, vielleicht grad der Teil nicht allein seines, sondern der eines-jeden Menschen Gehirnes sei, dem die Streitlust, das Zänkische, Quängelnde & das Aufrührerische zugehörten; diesem=da eben ausschließlich nur jener 1 Gehirnteil von-Natur-aus mitgegeben war.- Wenn er redete, waren das zumeist mißmutige Attacken, voll kleinlicher Zanksucht & Ressentiments, vermischt mit teilnahmsvoller, verdienstlicher Kenntnis seiner Rechtslage. Und immer bei seinen nörgelnden Ansprachen flocht er als Stereotyp 1 Wendung ein *Als ich noch im Öffentlichen Dienzt war* od *Im Öffentlichen Dienzt hetz Sowas nicht gegehm – Ihr müßt nur eure Rechte kennen & auch gebrauchen lern. Im Öffentlichen Dienzt – Da hättn wir aber wie-1-Mann den Bossen Saures gegehm Das könnter mir glaum* – :wenige Formeln, die er übrigens bei jeder Gelegenheit auftischte, so häufig, daß niemand, um ihn in seinen besserwisserischen Exkursen über die Rechtslage zu bremsen, ihm die Frage mehr stellen mochte, weshalb er denn seinen Traumjob beim *Öffentlichen Dienzt* aufgegeben hatte od: ob er nicht vielmehr dort 1fach rausgeflogen war & warum. – So ließ man ihn zumeist reden, bis er, über die Dummheit & Unkenntnis der Kollegen erbost, von selber aufhörte damit. Indes erreichte er immer noch bei uns das betretene Gefühl, in unsern Rechten wie in unsren Angelegenheiten wirklich nicht Bescheid zu wissen – ein dummes, nagendes Gefühl, das einen Geschmack von rostigem Eisenstaub auf der Zunge hinterließ & mitunter sogar die Träume aushöhlte & mich in kleinlich-streitsüchtiger Mißlaune erwachen ließ.- Ihm fehlten allerdings zum engagierten Gewerkschafter das Wissen um wirkliche materielle Not, zum Unternehmer die Beweglichkeit & Freude am Spiel mit eigenem Geld, dem Hasard –; er mochte dies selber wissen, u so trug er sein stets im Schatten der Anordnungen & Befehle giftendes, mit dem als unverschuldet empfundenen Schicksal, das ihm als Bessergestellten oktroyiert worden war, haderndes Wesen zur Schau. (Sein Vater, mit dem er, wie es hieß, auf Kriegsfuß stehe, sei Kleinunternehmer, Besitzer 1 jener Computerwerkeleistätten mit 3 oder 4 Angestellten, die im Trend dieser Zeit eine Branche mit inflationärem Leben versorgten, so daß solcherart Firmen ebenso rasch & häufig erloschen, wie sie erschienen warn.)

Zudem erstreckte sein Aufklärungswille sich noch auf ein vollkommen anderes Gebiet. Er besaß in seinem Gepäck 1 1ziges Buch, aus dem er zu allen sich bietenden Gelegenheiten zitierte & die Passagen überdies durch eigene Erfahrungs-Kommentare zu erweitern wußte: 1 Buch über die sagenhaften Heilwirkungen des Urins..... 1 Buch & Thema, das in der mittlerweile untrennbaren Vermischung originaler mit im gleichen Tonfall wie das Original verzapften eigenen Apokrüfen für meinen Begriff als zumeist unfreiwilligen Zuhörer zu einer Art Vulgata der Harnbläser angeschwollen war, & jene Glaubens-Gemeinde mittlerweile u unabhängig von der zwar jeden *po*-litischen Grenzenfall unbeschadet überstehenden Barriere, dem Apartheids-Wall zwischen den Geschlechtszellen **H** u: **D**, doch in diesem 1 Fall zur trennwandlosen Kollektivität zusammengespült worden war.

Jedoch ergings ihm damit wie mit seinen übrigen Aufklärungsfeldzügen: vom ironischen Grinsen über den Missionarseifer eines Melonenkopfes bis zur widerwärtigen, den Magen strapazierenden, ekelsauren Reaktion war nur 1 kurzer Weg, und das Bleibende aus 1 tiefgeätzten, sich festgehakten Assoziation – denn es gab ja keinen Grund, mit dieser einmal als Heil&segen erkannten Pantscherei auch wieder aufzuhören – ließ mir Anblick & Gegenwart des Melonenkopfes (wie jener Buchautorin selbst) nurmehr permanent von Wolken aus lauwarmer Urinbrühe umwabert erscheinen.– Diese 2 Strecken seiner Aufklärungsmissionen gaben mir, wie vermutlich auch den übrigen in der *Legion*, den Grund, seine Gesellschaft je kürzer je lieber zu bemessen.

So wäre dieser seltsame Mensch zum Schoßkind verkitschter Fraun & andrer Filantropen geraten, hätte ihm durch seine bereits in der Erscheinung dokumentierte, wesenseigene Faulheit das Hauptsächlichste für solch Rolle in einer pißwarmen Fürsorge nicht ermangelt: Nämlich das unterschwellig Triebhafte, das zwar verschüttete doch fühlbar männlich=Starke wie männlich=Schwache zusammen mit dem gleichermaßen verschütteten *Guten Kern* sowie die unbedingte Gewißheit jener gutmenschelnden Fraun, sich anlehnen zu können an ein immerhin gutwillig Männliches –:!Dies vor allem fehlte ihm, denn sein zur Schau gestelltes Wesen mußte im Grund auf den schlichten Verdacht hinauslaufen, daß ein Mann solcher Erscheinungsart, offensichtlich voller Widerwillen gegenüber jeglich leiblicher Bewegung & körperlichem Tun, schließlich sogar zu faul sein müsse zum Vögeln. Und somit blieb dem melonenköpfig Zänkischen letztendlich nur der kleinliche, durch allabendlichen Suff entzündete Streit mit & gegen Jeden u Alles, schließlich immer gegen sich selbst. Und, mußte ich, auch bei mir, beobachten, er verstand es dennoch, durch Aktivieren niedrigster Instinkte der Zusammengehörigkeit, Mitgefühl Solidarität u Zuspruch auf dem verdorbnen Boden seiner Streitsucht für=sich großzuziehen. So hielt er sich bereits über Jahre, was selten war für irgendjemand in der *Fremdenlegion*.

Diesen Namen hatte, wie ich hörte, vor vielen Jahren einst 1 schon älterer Mann für die Abrißkolonne gefunden. Er, dieser Mann, war vor vielen Jahren Legionär in der wirklichen Fremdenlegion – der Nachkrieg hatte ihn in diesen Job getrieben. Es hieß, der Mann habe nie 1 Wort über seine Legionärszeit gesprochen, nur den Namen, den hatte er dieser Truppe gegeben. Später, erzählte man u es klang wie die Peripetie in der-Seifenoper, habe er eine Erbschaft, !über eine halbe !Million Mark, gemacht, und er sei – !wen wunderts – von einer Nacht zur andern aus der Abrißkolonne verschwunden. (Einige wollten wissen, dieser Mann habe daraufhin seine Erbschaft benutzt, sich eine Ausstattung als Berufssöldner zu verschaffen, um so gerüstet als 1 jener wie enggeschnürte Räucherschinken wirkenden Männer, mit stoppelkurz geschornen Haaren & sommers wie winters in derben Springerstiefeln (:SIE bekamen glänzende Augen, als

SIE sich im Aufzählen der Details zu solcher Ausstattung ergingen : Nie sah ich Jugend staatsnäher als Heute; solch Nähe wird sie zerfleischen, denn wer dem-Staat zu nahe kommt, wird zu dem was Staaten immer brauchen: Hackfleisch.....) in diese niemals gelöschten Flammen dreckiger Kriege, die nichts mit jenen Kriegen zu tun haben wie sie von Filmen od in Geschichtsbüchern erzählt werden, sondern vielmehr aus konvulsivischen Schüben aus Überfällen raschen Gemetzeln Beutemachen & schabenhaftem Wiederverschwinden bestehen, darin 1zig dauerhaft jene fauchende Stichflamme des Hasses wie das Feuer aus einem Strahltriebwerk jene konvulsivische Abfolge erbarmungsloser Scharmützel weiter und weiter zu katapultieren scheint, & dieser Mann, der auf das bequeme Leben als Erbe einer halben Million angeblich gepfiffen haben sollte, habe sich also in seiner an 1 öligfettigen Schlagbolzen erinnernden Erscheinung mit den Reflexen eines streunenden Raubtiers – Wolf Panther Hyäne – an irgendeiner Ecke der Welt in Sümpfe Dschungel Wüsten als einer=dieser *Dogs of War* hineingestürzt.....) Aber tatsächlich hatte niemand jemals wieder etwas von ihm gehört.

Auch sonst verschwanden von-Zeit-zu-Zeit einige der Leute, nur ganz anders: Denn von-Zeit-zu-Zeit verlor einer die Nerven u drehte durch, schnappte über. Die Auslöser dafür waren zumeist Nichtigkeiten, kaum wahrnehmbar wie jeder Tropfen, der das Faß zum Überlaufen bringt – sei das 1 jener stereotyp gemachten dummen Bemerkungen gegenüber einem Anderen, dutzendemale schon wiederholt, aber Jetzt & Heute war das Maß voll; sei das 1 neue, demütigende Vorschrift – so wurde 1tages angeordnet, daß die Tasche mit dem Arbeitswerkzeug auch beim Benutzen der Toilette od Draußen, wenn man hinterm Gebüsch verschwinden mußte, !keinesfalls abgelegt werden dürfe – *das Werkzeug bleibt immer am-Mann* (hieß es). Und SIE waren geil auf jede neue Vorschrift, die 1-der Arbeitsadeligen: 1-dieser Dämlax v. Scheffs ausbrütete; SIE erfanden zum Teil selber welche, die Sackratten, um Neulinge in der *Legion* wie mich, ehrliche Trottel die noch ein von-Draußen mitgebrachtes Empfinden von Recht & Würde besaßen, zur Aufsässigkeit und zur Beschwerde beim Scheff zu treiben. Darüber bemachten sich diese Mistviecher vor Schadenfreude & SIE lauerten auf die nächste Schikane von-Oben; jeder wollte wieder der 1. sein, der Die Neue Vorschrift kannte, damit er sich aufspielen & mit seinem neuen »Wissen« den Doofköppen, die nicht informiert warn, eins auswischen konnte. Über die 1haltung solcherlei Blödsinns wurde mit dem peniblen Sadismus 1 Kapo gewacht; dazu brauchtes keiner Aufseher, keines Vorarbeiters – derlei Überwachung vollziehn die »Kollegen« selber: jeder gegen jeden. Auch nach Erlaß solch=neuer Schikane mit der Werkzeugtasche riß 1 dieser Kretins plötzlich die Klotür auf od erschien, & schneller als die Schmeißfliegen, an dem Gebüsch, wo man sich grad den Hintern wischte – wenig später war dann der Verstoß gegen die Neue Vorschrift allbekannt. *!Das muß sich aber !sofort rumsprechen – !das soll !jeder wissen & weitersagen: Was fürn Schlampenkerl der is: kennt seine !Vorschriften nich – !kümmert sich nich die Bohne drum – lebt so inn Tach rein – !Unglaubliche Sauerei – Müßte glatt !runtergestuft wern, kriegt noch !vielzuviel Penunse: der Schweinekerl der aufsässige unfähige Bastard –*

Eigentlicher Anlaß für Wutanfälle indes war eben die Ganzezeit unter der Fuchtel *Arbeit*: Stunden-um-Stunden im Dreck, ausgeliefert den miesen Launen & Gelüsten der Vorgesetzten, die nur übertroffen wurden von Miesheit der Launen & Gelüste von »Kollegen«-ringsum; kleinlich=gehässige Machtspiele, immer dieselben, und so waren die Ausbrüche auch immer dieselben : Entweder verbarrikadierte sich Einer im Quartier, ließ keinen herein u weigerte sich rauszukommen, schlug in plötzlichen verzweifelten Tobsuchtsanfällen die Einrichtung kurz&klein – od er demolierte die Arbeitsgeräte, steckte ein Fahrzeug in Brand – od er besoff sich bis zur Raserei, stürmte ins Büro vom Chef & drohte dem mit Prügel od: Totschlag. Noch keinmal indes hat einer der Chefs auch nur 1 Kratzer davongetragen, denn letztendlich *bereinig-*

ten solcherlei Amokanfälle, sofern sie *unter-uns* blieben, die Fäuste der Kollegen; solltes dagegen den Chefs an die Visagen gehn, immer die Polizei. Und ein Neuer – so wie vor Monaten ich – rückte dann an die Stelle jenes Mannes, von dem Niemand wieder etwas hörte od sah. Denn diejenigen, die überschnappten (merkte ich alsbald), sie waren noch in gewisser Weise Mensch geblieben, hatten noch vitale Impulse in=sich gegen das Gleichmaß der Erniedrigung, gegen das sinnlos Unaufhörliche..... Und niemand kehrte freiwillig zurück in die *Fremdenlegion*.....

So also mußte man dem Melonenkopf zunächst 1fach Mitgefühl u Solidarität entgegenbringen; derlei gebot letztlich die eigene Position als Arbeiter unter Arbeitern im Dreck. Scherzhaft u 1wenig spöttisch zu Beginn, verächtlich u voll Griesgram später u mit dem Befremden vor sich selber. Alsbald jedoch schoß anderes Empfinden ein, das Gefühl das man beim Kartenspiel gegenüber dem Falschspieler empfindet: grandios frech & niedrig, gewitzt & lächerlich verkommen. Er gehörte zu jenen Menschen, die immerfort am Dasein anderer Menschen herumwerkeln, mit der offen & ehrlichen Auges verkündeten Absicht *Etwas für dich tun zu müssen denn so kannsja mit dir nich weitergehn* – :er zählte also zu jenen, denen man !niemals etwas schuldig sein durfte.- 1 Mal, zum Ende einer seiner aufrüttelnden Ansprachen, machte einer der drei alten Arbeiter, die sonst zu Allem schwiegen, doch den Mund auf (der Alte kam aus dem Norden Deutschlands) und sagte mit Kopfbewegung auf den Vertreter seiner Rechte: –Der kricht man einestachs Eine gewinkt, da is dat Ende von wech. (lange Pause) –Dann s-timmt ouk wiede die Relatzjoun. – Und versank wieder in sein aschiges Schweigen.– Solch angedrohter Verlauf mit jenem absehbaren Ende würde in dieser abgestandnen, aus Wut Selbstverachtung u Haß verdorbenen Atmosfäre, die wie krätzige Mörtelbatzen in jedes Empfinden sich einbrannte, schließlich niemanden ernsthaft mehr erschüttern.

Und ich roch von den Körpern der Anderen den sauren,

kalten Schweiß, den sie beim Umkleiden in der Baracke mit einer selbstverständlichen Schamlosigkeit verbreiteten & der ihrer Kleidung, den Arbeitsklamotten wie den übrigen Kleidern, entströmte, u ich bewunderte das Selbstbewußtsein ihrer Gebärde, mit der sie ihren Körpergeruch jedem Anderen zumuteten, desgleichen auch die ungenierte Art ins Gesicht des Gegenübers die fauligsauren Gärblasen ihrer Rülpse od in Gemeinschaft bedenkenlos Fürze platzen zu lassen – :?Vielleicht waren eben-jene *Zumutungen* das Angebot & Aufforderung zum Eintritt, wie auch Erzwingen von Zugehörigkeit zu IHNEN sowie die Bestimmung, unabänderlich u sozusagen auf-immer zu IHNEN gehören zu !sollen (so wie sie nach den Kneipen- & Discoabenden ihre *girls* vereinnahmten: einen Arm um Schultern & Hals der jungen Fraun eng wie 1 Fangeisen geklammert, Zärtlichkeiten od Polizeigriff –); kumpanenhafte Handreichungen, Umarmungen der Gruppe – was ich von meiner Seite bislang stets u (wahrscheinlich fühl- & sichtbar) pikiert von mir gewiesen hatte. Ich konnte mir also vorstellen, mit !welch einer Währung ich unter ihnen kursierte.

Und nun haben DIE zu neuer, größerer Runde mit den Dörflern sich gefunden; u wieder 1 Angebot, das ich sozusagen auf die natürlichste Art ausgeschlagen, nämlich indem ich mich einfach davongeschlichen hatte & mir viel später, zu spät, erst klar geworden war, daß auch !diese Runde 1 jener viel- & feingesponnenen Handlungen innerhalb der Netzwerke von Konventionen einer Gruppe darstellte, die niemand ohne Folgen verletzt od: gar willentlich ignoriert; denn je größer die Gemeinschaft, desto kleiner der gesuchte gemeinsame Nenner. Schnaps- & Bierflaschen blitzten wie gläserne Klingen im Feuerschein vor Gesichtern, die von innen rot aufglühten wie Masken zu Halloween – so nahmen die Vigilien ihren Lauf, das Warten auf den Tod eines *Fremden* im Innern der Ruine; ihre Stimmen, auflodernd wie die Flammen & die *Musik*, alle übrigen Geräusche der Nacht überdröhnend (rasch waren die Batterien in den Recordern bei dieser Lautstärke abgespielt; aus den Lautsprechern nurmehr jenes Schaben Röhren Krächzen, als würden Blecheimer mit schartigen Messern nach Mörtelresten..... ausgekratzt), dies drang zu mir bis ins Dunkel vor den Ruinen herüber.

Sie hatten *ihn*, den sterbend Toten, der sie aufhielt seit so langer Zeit, mittlerweile in ihrer Runde & im Augenblick offenbar ganz vergessen. Nachdem sie in nicht enden wollendem Hohngelächter über die 3 Albaner hergezogen waren, die, als sie begriffen hatten, !was dort-drinnen in der Ruine, die sie abreißen sollten, vor sich ging, zutiefst u bis ins Innerste erschrocken, sich viele Male bekreuzigend, auf&davon gerannt waren – die mußten nun fast zwanzig Kilometer Wegs bewältigen, um zu den Unterkünften zurückzukehren und hätten gewiß weit mehr in Kauf genommen, als Hier, bei einem !lebendig Toten, nur 1 Minute länger zu bleiben od gar ins Innere der Ruine vorzudringen (:was als ausgesprochen typische Dreckarbeit, so hatten die 3 Fremden sicher geahnt, ohne Chance zum Verweigern ihnen=allein bevorgestanden hätte) – : – Grund genug also für die-Runde, über die Kindischkeit der-Fremden feixend herzuziehn. Dann, bald darauf, aus dem Schwung der Schadenfreude, hatten sie begonnen, Witze zu erzählen.

Im Grund waren das keine Witze, vielmehr jene trübsinnigen Wiederholungen sogenannter Sketche aus sogenannten Unterhaltungssendungen des Fernsehns, die stets umso öder waren sobald sie aus Deutschland kamen (da hielt man für *volkstümlich*, *witzig* od: gar *ironisch* was lediglich doof..... war), wobei sie diese vorgefertigten Happen nun wie Parolen in ebenso schwachsinnigen=Manövern ein=ander zubrüllten & dabei ihr Ehrgeiz noch der Geräuschenachahmung der Vorlagen galt, wozu sie ihre Münder zu lächerlichen Trichtern spitzten, od die gesamten Gesichtspartien verzerrten sich zu schwabbelnden flansch- & trichterähnlichen Gebilden, was ihre faden Gesichter einem Hefekloß, in den jemand 1 Besenstiel gerammt hatte, woraus dann eine Öffnung, der Mund, entstanden war, noch ähnlicher machte. Und sie waberten zischelten muhten grölten & rülpsten ihre Nachahmungen der von ihnen als witzig empfundenen Wortdränagen – od, so in den Arbeitspausen, hockten sie abgekapselt, neben-1-ander, die Walkmen um die Gürtel geschnallt & aus Kopfhörern, die wie lächerliche Imitate winterhilfswerklicher Ohrenwärmer die Schädel einklammerten, schepperten Abfolgen stoßweisen Zischens, von spitzigem Klirr in herzflimmrigen Rhythmusfolgen durchsetzt, solch hochtönendes falsett-, gleichsam überdruckartiges Zischen wie Dampf- od Wasserstrahlen aus leckgeschlagenen Zentralheizungen in stotternden Schüben herausfahrend –, nur von kurzen Pausentakten skandiert, um sofort & wieder 1-&-dasselbe hektisch sich überstolpernde in Hyperventilationen kollabierende Rhythmusgeklirre aufzunehmen, als schlügen in diesen Schädeln irrsinnige=Sturmtrupps die Gehirne zur Kristallnacht nieder, wobei sie, diese Kindmänner, mit Füßen & Oberkörpern in Hektik & Zittern dem klirrenden Takt verfielen. Doch die über-die-Zeit hinweg fortdauernden, wie wild sich überschlagenden Folgen von synthetischen Schluckaufs, die in ihrer mechanischen Regelmäßigkeit & Permanenz jedoch an nichts Menschliches (denn deren Zerstörungslust & Wut, wie jede Lust & Wut, ja irgendwann einmal sich erschöpfen müßte), sondern vielmehr an 1 Mal in Gang gesetzte Zerstörungs-Roboter od an Wut-Maschinen denken ließen, die solange mit stupider Grausamkeit ihr Zertrümmerungswerk in den Schädeln fortsetzen würden, bis entweder der Strom abgeschaltet, die Gehirne zerschlagen od einfach die Arbeitspause zuende wäre. Wobei zu diesen freiwillig sich verordneten Zertrümmerungsaktionen der Ausdruck in den Gesichtern unter den Ohrhörern an den von pissenden Ochsen erinnerte : warm&leer&selbstvergessen, Trübnis & Monotonie, fürs Durchhalten im sauren Alltag erfunden, zurechtgemacht & eingetrichtert, so daß daraus eine Art geheimes od: elementares Codesystem entstanden war, das, aus 1=eng begrenzter Zahl von Wörtern Witzen & Tönen bestehend, aus all den so Kindischgestellten die Angehörigen 1 besonderen=eigenen Welt werden ließ, die, am Ufer jener anderen äußeren Welt aus Furcht Leid & Qualen angesiedelt, ohne den Fluch des Alterns ohne Ängste & ohne Verpflichtungen zu bestehen schien, so daß deren Angehörige sich darin mitsamt ihrer Babysprache & ihren Babylauten zusammenducken konnten in einem ewigen Dasein als Kleinkind, in einer endlos dauernden, unveränderbar wärmenden Gemeinschaft aus schmiermäuligen Hosenscheißern, denen schlichtweg Alles, jede Brutalität & jegliches Sichgehnlassen nachgesehen & entschuldigt wurde; Wesen also mit gradezu als unendlich vorgestelltem Kredit..... an Gedankenlosigkeit u Grausamkeiten. Doch, als hätten sie selber aus einem dumpfen Instinkt heraus die Unzulänglichkeit ihrer lautemäßigen Attacken empfunden, schickten sie stets, sobald ihre Präsentation den Höhepunkt erreicht hatte, noch 1 anderen, 1 dem aktionistischen=dem eigentlichen Bedürfnis gerecht werdenden Höhepunkt in Form 1 dröhnend & scheppernd zugeknallten Tür, 1 mit Faustschlag od Fußtritt umgestürzten od zertrümmerten Kiste, 1 nach einem großen Sprung eine Treppe hinab derben Aufprall mit ihren dicken Springerstiefeln auf Stein Holz Eisen Beton hinterher – od welcher Gegenstand & welcher Augenblix-Ort grad ihrem Trieb nach Krach Gedröhn & Affektentladung unter die Sohlen kam. Und danach wieder Alles von vorne-an, wieder von Anbeginn mit der stupiden=volkstümlichen Kraft-durch-Wiederholung solcher Ewigkindgestellten, wie jetzt in der Runde mit den Dörflern, zu dieser Gelegenheit mit dem Etikettenschwindel *Geselligkeit*, & immer auf Kosten des Nächstschwächeren, immer aufgestützt auf jemanden, der ohnehin schon im Nachteil, im Schaden war – & hatte in der Tat dieselbe Gesinnungslage wie dieselbe Funktion der Manöver-Parole: 1-Tritt gestattend in ihre Runde, in ihre Gemeinschaft & Hierarchie, denn nun konnten sie alle voreinander wieder 1 Mal sicher sein : *Wir gehören zusammen.* – Und jeder Feierabend, den ich bislang hier erlebt hatte, war zumeist nichts weiter als die genaue Verlängerung solcher Arbeitspausen, zusätzlich Gesprechethemen über die-Arbeit..... vorgetragen mit jenem Zieren in der Sprechweise von Stehkragenproleten, worin jeder sich noch aufbauen, hinstellen & unverwexelbare Individualität für=sich in Anspruch nehmen wollte. Die Pavo Schulzes beim Radschlagen: Das endlosendlose Sinnieren, was wie zu verändern, zu verbessern sei sobald dieses od jenes Hilfsmittel – *!richtches Werkzeuch & !tadllose Maschienn, nich dieser olle Schrottkram=da* – vorhanden wären..... Und wie jeder wenn er nur an seinem Platz tun würde was zu tun ist denn jeder kennt seine Aufgabe diese ganze Arbeit nur halb so viel Kraft in Anspruch nehmen würde – :ein Habitus, den ich bislang in solchem Ausmaß nur aus gewissen, unfreiwillig komischen Filmen der Jahre des Sozialistischen Realismus her kannte, & die ich nun Heute & Hier: im !Westen=dem Mutterschoß des Sozialismus, nach der Zeichenwende tatsächlich zu Realität..... umgesetzt erkennen mußte.

Ich versuchte damals, mit schiefem Grinsen den Übelgeschmack hinunterschluckend & im Halbernst, diese sozusagen endlosen Möbiusschen Geredeschleifen zu unterbrechen, bemerkte anzüglich, daß durch das Bewegen der Sprech-Muskel-Organe zum immergleichen Thema Arbeits-Rhythmus lediglich die Simulation des körperlichen Muskelspiels bei der Arbeit geschähe; Maularbeit als maskulines Arbeits-Körper-Ideal, und dies anvisierte Muskelspiel wiederum vergleichbar der muskulären rhythmischen Körperbetätigung beim Geschlechtsakt sei. Wodurch (ich grinste noch immer zu meinen Ausführungen – u bemerkte noch immer nichts), wodurch dies repetierende Sprechen innerhalb einer Männergruppe nichts anderes als einen homoerotisch=kollektiven Masturbationswunsch darstelle – was (ich hatte dazu auch noch die Bewegung vorgemacht) folgerichtig auf *Arschkriecherei* sich erweitern ließe, sobald Der Chef in der Runde sich zeigte. –Euer Gerede (schloß ich meinen Vortrag) –euer Gerede is nix weiter als eine Perversion. Ihr solltet !endlich mal aufhörn vor den Augen von Allenleuten wie vorm Scheff zu wixen – ?od seid ihr schon so leer, daß ihr nix anderes mehr ?!wollt.

Seit geraumer Weile lag Schweigen in der Runde. Im Augwinkel dann sah ich die Handbewegung des Mannes seitlich neben mir, er tippte den Zeigefinger mehrmals heftig an die Stirn, ich wandte mich um, sah in ringsum kalkfahle bös geschnittne Gesichter – kein Lichtstrahl Ironie konnte durch solche Panzer dringen. *Iron Prooved.* Gesichter des Alltags: *Intrigant Verleumder Hohlkopf Lügner Feigling Besserwisser* (hinzu nun meine Fresse der Arroganz sich stellte) *& all die anderen Bakterien, die sich um ein Arschloch scharen. Und schließlich fallen alle gegenseitig übernander her, so waren Menschen u Bakterien immer, u nichts was ihnen Dafür zu nichtig, nichts zu klein, kein Dreck zu dreckig genug –*

–Jetz wirds aber !Tach inner Pudelmütze. :Jemand goß 1 Rest Bier aus seiner Flasche vor meine Füße, einen andern hörte ich grollen: –Lern du man erst Watt Arbeit heißt bevorde üwer die-Arbeit faselst. Inn Schen!nör. – Die Männer ringsum erhoben sich, gingen behäbig davon, schlossen zu neuer Runde sich zusammen, die Rücken, von mir abgewandt, prall die Arbeitsklamotten drübergespannt wie das von Schlägen&schweiß fleckige Leder auf sandgefüllten Säcken fürs Boxertraining, ließen mich vor der schäumigen Bierpfütze, die langsam von der Erde aufgesogen wurde und, als sei eine Qualle hier verreckt, schleimartigen Schaum hinterlassend, allein zurück.....

Aus dem Geraune ihrer Runde fuhr jetzt hier&da Gebrüll wie Flammen hoch, sobald neues Stroh sie ergriffen. Und bald & vom beginnenden Suff gesteigert, die Wandlung: Vom Feuerschein rote Schattenkerben hineingeschnitten, war mit zunehmender Ekstase am Lagerfeuer plötzlich all das Hohle, das jugendlich=Nichtssagende aus deren Gesichtern gewichen – Flammenlicht brannte in die von Grölen & Gelächter verzerrten Züge 1 merkwürdige Art von Resignation hinein, eine erloschene Verzweiflung, die nicht aus ihnen herrührte, die älter war als sie=selber, älter als ihre Väter & Mütter und älter als deren Vorfahren; das Feuer, um das sie versammelt saßen, gab ihren Gesichtern den Anblick von verglühtem Eisen – Altsein, erbarmungsloses Altsein, u ihre grölenden Stimmen & ihre zu Schlackeklumpen geronnenen Augen ließen aus diesen Gesichtern die Masken für einen Chor der Stummheit entstehn. Die Stunde der Flammen, sie fraßen die hölzernen Empfindungen. In hellem Orange, unterm Bersten feuchter Kloben, sprangen das Nachtdunkel lange Protuberanzen an; sprang mit den Funkengeschossen im eckigen Flammenschein auch die 1 Gestalt aus der Runde ums Feuer auf, der, den sie *Häcki* nannten, weil er – ohne jemals festen Wohnsitz – etliche Kinder in allen Landesteilen hinterlassen hatte, von den Gerichten wegen vernachlässigter Alimentezahlung gesucht – sein Gehirn von zuvielen Drogen zerfressen, die schon aus-ein-ander driftende Persönlichkeit durch theatralische Gestik mühsam zusammenklammernd; das Sprechen teils affektiert teils dem Slang der *Szene* verwachsen (mühelos & klar sprach er zeilenlange chemische Verbindungen von Designer-Drogen her) – er konnte niemals langezeit stillesitzen od stehen, den drahtigen Körper immer tänzelnd zuckend sich biegend in Bewegung, die Arme dann wie zum Segelflug ausgebreitet, seine Gesichtszüge vom inneren Überschall verzerrt verzogen grimassierend – auch jetzt, & sprang mit grandiosem Satz durch die Flammen –: die Runde johlte & pfiff Beifall – der Sprung wurde wiederholt –; einmal, als dieser Mann in den Gebüschen zum Pinkeln verschwinden mußte und wieder hervorkam, konnte ich im schwachroten Glutschimmer sein Gesicht erkennen, noch bevor die-Anderen ihn sehen würden: die Miene verfallen, die Arme hingen schlaff, der Gang unsicher tastend, alles Überdrehte Tänzelnde maschinenhaft Groteske verschwunden; ein in tiefe Falten gelegtes trauriges Gesicht eines schon alten Menschen, der vom Alter seines Scheiterns weiß –, dann, ähnlich Bühnenschauspielern die aus der Geborgenheit der Kulissen heraus auf die helle Bühne treten, dorthin, wo die-Anderen ihn wieder sehen konnten, schlugen Gesichtsausdruck & Gebärden um, fuhr er wieder hin-1 ins Kostüm seiner Rolle, ins Tänzeln Grimassieren, Zucken die Arme weit zum Segelflug..... Währenddessen der Andere, in dem SIE=Alle ihren Anführer sahen, zum Recorder hinüberging, den Batteriesatz zu wechseln & jenes rauhe müllhafte Dröhnen&bellen setzte wieder ein, das ich einmal, wütend über den nächtelangen Lärm, *Polizeihund-Musik* genannt hatte : (er, der VORARBEITER=ihr Anführer, den sie *Eule* nannten, hatte mich daraufhin lange u schweigend angesehn –). Ich mußte erst lernen, im VORARBEITER mehr als nur eine Dienststellung..... zu erkennen. Er sprach niemals viel, nur wenige=bestimmte Sätze, meist *–um die kitz* (wie er, schon Mitte Dreißig, die um fast zehn Jahre jüngeren Kollegen nannte) *–wieder einzufangen, gradezustelln & sie im übrigen wenns sein muß auch fernzuhalten.* Dazu gerieten ihm dann meist kurze, rauh als Befehl gebellte Sätze: *–!Schluß jezz. !Ich will jezz !!nichts mehr hören.* – :& hatten in Rhythmus, Aussage & Gestus Ähnlichkeit mit dieser müllkrätzigen Musik, u wurden vermutlich deshalb instinktiv von der Horde angenommen & befolgt. Er, jener Anführer (vermutete ich), war sich dessen vollkommen bewußt & benutzte diese Strecke absichtlich. Ich sah ihn, den nach außen hin polterig, plump u rauh sich gebenden Mann, stets unrasiert mit eingezogenem Kopf u flachsigen, rückenlangen Haaren mit bulligen Schritten dahertrampelnd, abends od in den Arbeitspausen oftmals in Atlanten blättern und in Büchern lesen über Architektur (die gehörten offenbar zu seinem Gepäck; sie begleiteten ihn bei jedem Einsatz unsrer *Fremdenlegion.....*) :Ich, neugierig geworden, wollte ihn fragen, was es damit auf-sich habe –: Doch seine Art, zu dieser Lektüre sich zu postieren, seine Bücher als undurchdringlichen Panzer um-sich zu bauen, machte jeden Gedanken ans Ansprechen, geschweige denn an ein Gespräch, unmöglich. Auch für die-übrigen galt, sobald er seine Bücher zur Hand genommen hatte, er=selber mit diesem Tun weder als Ziel für heimlichen Spott, noch als Angriffsgrund wegen verletzter Kumpanei, sondern vielmehr als Tabu; Störungen schienen gewiß fatale Konsequenzen herbeizuführen –. (?Wie mochte es diesem Mann gelungen sein, diesen Status für=sich einzuführen & noch dazu der Anführer zu bleiben.....) So blieb mir dieser seltsame Mensch ein Rätsel –. Und jene Leute, die in ihm ihren Anführer erkannten, ahmten ihn sogar bisweilen in gewissen Auffälligkeiten nach, wie das in Gruppen stets auf Ehrfurcht & dem heimlichen Wunsch nach Identifikation mit der Autorität geschieht. Sei es in Sprechweise od im typischen, draufgängerischen Habitus bei besonders schweren Arbeiten, die nicht zu umgehen warn. Solcherlei Gebärden machten die anderen sich rasch zueigen; er nahm dies, wie jeder verständige Anführer, ohne Regung zur Kenntnis. Od sei es in seiner typischen Manier, jemandem Grundsätzliches beizubringen, das Verhalten des Betreffenden in der windigen Gruppe 1=für=Allemal zu korrigieren (wie er das, als ich neu & seit kurzer Zeit erst unter ihnen war, auch bei mir versuchte, als ich begonnen hatte aus der Runde mich zurückzuziehen, vielmehr die-Runde von mir sich entfernte seit jenem Morgen, als ich den Vortrag über das Thema *Arbeit* hielt); ich blieb allein in den Pausen, am Rand, die Bücher die ich bei mir hatte lesend. Das wollte man nicht dulden : Biersaufen in der Pausenrunde galt, nicht Alleinesein & Lesen –. Er, den sie *Eule* nannten, lief, seine Zurechtweisungen in wenige, im Befehlston stakkatierte Worte gefaßt, mit raumgreifenden Schritten unablässig vor mir her, auf&ab, als wolle er sämtliches Terrain rings um mich her unbegehbar, noch den kleinsten Maulwurfshügel als Unterschlupf für Trotz & Widerrede platt- & niedertreten.

Sommers wie winters trug er Stiefel; nur 1 Mal hatten wir ihn in anderer Montur gesehen. Die Firmenchefs hatten alle Mitarbeiter im letzten Jahr zur Weihnachtsfeier in die Kantine des Stammbetriebs geladen – die-Scheffs mochten sich dazu fast in den Ruin gestürzt haben: Durch tiefen Griff in die Spesenkasse hatten sie aus einem nahen Supermarkt einige Dutzend $\frac{1}{2}$ süßen *Rüttgers Club* herbeischaffen lassen –

:beziehungsreich die Sortenwahl: ein Dutzend Jugendliche als Rüttgers' Zukunft's-mini-Stranten in der Abwärtsbildung *Fremdenlegion* –; & die Rede des Direktors mußte auch noch überstanden werden. Nur 1 fehlte in dem weiten Saal: Er, den sie *Eule* nannten (dem als VORARBEITER 1 Beinahe-Chef-Status zustand, so wie dem Feldwebel beinahe der Offizier). Als der Direktor während seiner Rede, die er in den Kniekehlen wippend, als könnten dadurch seine Worte 1 größres Maß an Vertraulichkeit bekommen, schließlich strahlend sein Glas erhob & als wolle er den Saal umarmen, mit emfatischer Gebärde ausrief *–sind wir=!Alle ob Ar Beiter od Ange Stellte in dieser=unserer Firma wie eine !einzige Großefamielije und halten wir wie das in einer Großenfamielje üblich ist in guten wie in schlächten Zeiten fest zusammen. Und so wünsche ich allen meinen Mitar Beitern & Mitarbeiter Rinnen ein ge!seknetes Weihna* – : das Wort blieb wie ein halbzerkauter Brocken in seinem offenen Mund, denn die Saaltür wurde mit 1 Ruck aufgestoßen, von Draußen wie 1 Faust eine Wolke eisiger Luft, u er, jener blonde Mann, stand von Dampfschwaden wie ein Fabelwesen umhüllt als geisterhafte Erscheinung in der Tür – in Bermuda-Shorts & Badesandalen, eine große Flasche Bier in der Hand. Der Schaum troff aus dem Flaschenhals, so lief der Mann den SIE *Eule* nannten, mürrisch & schweigend in der knisternden Stille des Saalbaus eine große Runde, Bierschaumklexe zurücklassend, und verschwand durch die Tür wieder in Dunkelheit u Kälte. Er hatte kein Wort gesprochen, aber eine Stimmung blieb zurück, als hätt er Flüche gebrüllt & ins Glas des Direktors gespien –.

Die Einschüchterungsversuche gegen mich hat er, der Anführer, übrigens nicht wiederholt, seit er einsah, daß ich seine Autorität gegenüber den Anderen nicht in Zweifel zog; anderseits beargwöhnte er meine Haltung, daß ich mit all den übrigen augenscheinlich nichts zu schaffen haben wollte. – Nun fischte er 1 Bierdose aus dem nachtfahlen hohen Gras, der Schaumstrahl als Fontäne über den glücklichen Springer durch die Flammen, jenen *Häcki*, der sich krümmte vor Lachen rückwärts mit weit aufgerissenem Mund (das Feuer warf scharlachfarbnes Licht hinein) in grotesker Artistik wie auf imaginärer Streckbank, & als hätten die Flammen ihn von innen erfaßt, schien es, er müsse verbrennen wie ein Scheit aus noch baumfeuchtem Holz. Sein Lachen, der weitoffene Mund, schon an jenem Punkt, wo Übermaß an Freude u: Schmerz zusammentrafen, beides gleichermaßen war: Leid u Lust. Und weitere Gestalten im schwarzroten Feuerwerk sprangen zum rasselnden Kehrichtsound in der Nacht umher, ihr Schreien Johlen Pfeifen prallte gegen die Steinmasken der Ruinen, dunkel & fahl lasteten sie in der Nacht, aufgestellt als schwarze Scherben einer Spiegelfront. *Gut, daß wir uns=selber darin nicht erkennen können und nicht lesen müssen*, daß in Kalkstaub Mauersteinen, in den zerschrammten Werkzeugen & in den nach Schweiß stinkenden Arbeitslumpen & Baracken, in Bierflaschen Lärm u geborgten Witzen die Zeit !unseres Lebens – unserer !Jugend – gefangenlag & in solch Gefangenschaft trüber Dinge & trostloser Worte dahingegangen und entschwunden ist, ohne die geringste Chance auf 1 Ausweg, auf 1 Änderung od 1 Neues. Untrüglich, an jedem Arbeits=Alltag dasselbe angetroffen, unverwechselbar wie unabänderlich: Ausdünstungen zerstürzten Gemäuers, ausgekühlt vergrätzt & sauer, Armut hatte die Steine zerfressen, schamlose Aufbrüche, zerbrochen zerschmissen, Schierlingsbitterkeit – :Vom 1. Moment an ätzte dieser Elendsgeruch in die Schleimhaut von Nase & Mund sich hinein, Tage&nächte, keine mehr anders, zerfressen ausgehöhlt von Kalkbrand, im Anfang soff ich wie ein Loch, sogar mehr als die-Andern, nichts half: Luft Essen die eigene Spucke dumpfsauer ein Lehmkloß. Dazu der in den Kapillaren der Haut sich eingebrannte Mörtel&kalkstaub, der auch selbst nach dem gründlichsten Waschen in den winzigen Fältchen der Haut & unter den Fingernägeln verblieb, u Haut & Fingernägel zerrissen zerfurcht blutig als 1 Stigma, beständiges Zuweisen des Platzes im Keller der Gesellschaft, dorthin jeder=hier gehören sollte..... So auch früher, seinerzeit auf dem Weg zur anderen, zur Ingenieurs-Arbeit, meine allmorgendliche Begegnung mit dem Mopedfahrer, einem ?werweiß wie alten Mechaniker aus der Betriebsschlosserei – gefangene u verlorene Jugendjahre in der an ihren Rändern brüchig gewordnen, graubraunen Gummidecke, die der scheinbar alterslose Mopedfahrer Tag-für-Tag, Sommer wie Winter, zwischen Bauch & Knieschutzblechen des lauchfarbenen Mopeds »Schwalbe« für seine Fahrt über die Oberschenkel sich gelegt hatte, & der zu allen Werktagen ebenso Morgen-für-Morgen auf die Sekunde genau an 1-&-derselben Stelle der Zufahrtstraße zur Fabrik erschien (:was freilich bedeutete, daß, um dies festzustellen, ich selbst Tag-für-Tag auf dieselbe Sekunde an ebendieser Stelle der Straße gewesen sein muß.....) – denselben altmodischen, gelben Sturzhelm mit der schaumgummiumrandeten Schutzbrille aufgesetzt (deren Gummizug mochte im-Lauf-der-Jahre wie jene Decke ebenfalls brüchig & überdies am oberen & unteren Rand ausgezerrt, wellig geworden sein, u der Schaumgummirand der Schutzbrille bröselig & hart wie Krumen uralten Brotes) :dieser Mann, der als Gefangener u als sein eigener Gefängniswärter über eine unmerklich langsam, Faser für Faser, Krümel um Krümel aufgegebene Jugend erschien, so daß er selbst im Grund ohne bezeichenbares Alter verblieb, gleichsam unter seiner graubraunen, an den Rändern brüchigen Gummidecke 1fach als 1 Vergessener erschien, so wie jene Äpfel des Herbstes, die in Obststiegen od den Ablagen auf Schränken nicht eigentlich altern, geschweige denn reifen, um schließlich wie alles organische Leben zu verwesen, sondern immer kleiner und kleiner werdend lediglich verschrumpelnd, zu Staub geworden schließlich wiederum langsam, unmerklich in-sich zerfallen mußten. Denn hinter allen Verkleidungen immer nur das 1: Trübnis & Trostlosigkeit, so altbekannt, so vertraut, daß sie schon nicht mehr wahrgenommen werden. *Gut, daß wir aus unsren eigenen Gesichtern nicht die verhärteten Lavaströme des Leids herauslesen müssen..... all die ewig gleichen u ewig auch unbeendeten Geschichten, die als offene Zugänge zu Katakomben durch jahrtausendealtes menschliches Gestein hindurchführten & immer wieder und immer weiter hindurchführen, bis hin zu uns, bis an jeden 1zelnen heran, uns das Siegel einzuprägen, das uns u Alles Lebendige miteinander verbindet. Wem die-Liebe verloren ist*, hieß es, *dem bleibt das Mitleid noch*, und *Wir sind unsere eigenen Analfabeten*, u weil das ungedacht & unausgesprochen, von der eigenen Lautheit & Brutalität des Auftretens & Erscheinens eigens überdröhnt, natürlich dennoch umso besser jeder *wußte* – :war ich zum Mitleiden mit mir wie mit diesen Dummgestellten nicht fähig, *mit uns von den Diktatoren der asozialen=Arbeitswelt Verkrüppelten, die, mal sozialistisch mal kapitalistisch maskiert, nur immer weiter Verkrüppelte hervorbringen.* Wütend darüber, daß jene Wut aus früheren Jahren – die Wut des Jugendlichen, erstmals zu !sehen & zu !spüren *!wo* die Schraubzwingen der Überalten am eigenen Leib ansetzten, um Jugend ins Alter hinüber zu verkrümmen – Hier & Jetzt in dieser Fase meines Daseins wieder unverstellt in mir hochfahren konnte, und voll der hämischen wie selbstzerstörerischen Freude am Michgehenlassen gestattete ich mir solcherlei Ausbruch, kaute die alten, kaltgewordnen Wörter & Sätze voller Vergnügen u mit abgrundtiefer Verachtung & Ekel vor mir selber wie zähes, faseriges Fleisch, das, schon im Gärgeschmack der Verdorbenheit aus den Zahnlücken gepolkt, dennoch 1zig Festes hergab angesichts des enorm leeren, des trostlosen Blödlands ringsum..... *Und selbst der durch härteste, entwürdigendste Arbeit erniedrigte & mit allfälligem Tod bedrohte Sklave* (ließ ich also weiter die Wut der frühen Jahre aus mir heraus, zitierte für-mich noch einmal diese zu oft gesagten Sätze) *selbst dieser Sklave besaß noch als Gegenwaffe die Souveränität des Geistes.* (!Das erschien mir einst als der springende Punkt) *:Entweder besitzt der-Mensch Souveränität von Geist a priori, dann ist die Unterwerfung, die Bewußtheit zur Trottelei & das willentliche Vergessen von Geist, sein immer tieferes, ein bewußtloses Sicheingraben im weichen Unmaß & das wie Schwämme willentliche Aufsaugen von allem bequemen Unrat, das der-Mensch als Massenwesen begeht, degradierend u deklassierend genug, um ihn allen An-*

spruchs auf Mitleid mit seiner Lage völlig zu entheben – von jeher & zurecht gelten Spott & Hohngelächter dem, der freiwillig in die Jauchengrube springt – : Od (entschied ich damals mit der Selbstgerechtigkeit von noch nicht beängstigend viel zurückgelegten Jahren) *Od des-Menschen Geist ist nicht a priori sein Bestand, dann stellt sich die Frage des Mitleidens nicht. Denn Mitleiden heißt immer auch Teilhaben am großen Schmerz beim Trauern um einen schweren, gewaltsamen Verlust. ?!Wie aber Trauern um etwas, das niemals von niemandem Besitz gewesen –*

Aber (und sah hinüber zu der Schar..... ums Lagerfeuer, das SIE zusammengeführt hatte vor dem Eingang einer Ruine) *Aber wir !leiden ja nicht. Es mag uns mitunter schlecht gehn, aber Das Leid, Den Schmerz kennt nur der 1same.* Und hatte in 1 der Arbeitspausen weggeworfne, alte Zeitungsblätter & darin jene Alltags-&-Allnachtsgeschichten aufgelesen, wie sie inzwischen in einer weiteren Inflation die Titelseiten gewisser Zeitungen fülln:

Der 3jährige Junge, von seinen Eltern abwechselnd geschlagen, die langen Nächte der Prügel, der Vater zuerst danach die Mutter, schlagen sie auf ihn ein, schlagen den Kopf des Kindes auf die Fliesen des Badezimmers. Als die Mutter ihn schlägt flüstert es –*Mamma Mamma*, danach rührt sich der Junge nicht mehr –; die Eltern haben das reglose Kind noch in derselben Nacht zerstückt & in Plastiksäcken verpackt, anderntags in eine Müllverbrennungsanlage geschmissen – *die endlosen endlosen Stunden eines Sterbens* : in der Fürsorgeanstalt die alte, bettlägerige Frau (das abgebildete Gesicht auf dem dünnen Zeitungspapier, von durchkopierten fetten Textzeilen geohrfeigt u zerstempelt, erschien klein faltig u verdorrt wie 1 Vogeljunges, ihr Leib winzig als sei sie bereits mumifiziert), die, schon unfähig zu sprechen, gewindelt gewaschen & gefüttert werden mußte, mit vom Greinen verzerrten Gesichtszügen u als sei sie am Ertrinken an 1 Bein der jungen Pflegerin sich festklammernd – *ein anderes, ein schrecklicheres als das Ertrinken in einem Gewässer : Ertrinken in den endlosen Stunden des eigenen=des 1samen Ab-Sterbens* – Doch *einsam=sein* (und schaute zu den dunklen Schattenzinnen der Ruinen hinüber), *einsam* Sein *ist Heute so schwer u so unerreichbar wie der-Tod.* Und, damals weiter in der Zeitung blätternd, die Nachrichten über Demonstrationen Streiks Aufmärsche zum Fußball od zum Pogrom. Und durch die dünnen Zeitungsblätter preßten die Lettern der Schlagzeilen von der Front-Seite in Spiegelschrift sich hindurch KRISE SARAJ ERSCHÄRF KRIEG UNABWEND SPARPAKE TARIFSTR AUSSTA KRISE ESKAL :fettige schwere Lettern, die in jene Geschichten von Totschlag u Sterben sich hineinkopierten..... *Denn auch wenn wir protestieren & streiken, unsre Wut über das endlose Zuspät in Organisationen gebündelt & zu blödsinnigen Parolen gestanzt, die wir dann mit kollektivem Gebell & Pfiffen über Straßen & Plätze werfen – auch dann !leiden wir nicht. !Dann erst recht nicht. Draußen ziehen sie herauf, die Scherenschnitte, die-Herde, das-Kollektiv – darin rottet sich alles zusammen & darin löst sich Alles auf: Wut und Freude und Haß & was in den immer zu langen Leben versauern macht: die kindischen Fantasieen & Hoffnungen, ausgetragen von nicht-kindlichem, von altgeborenem, mörderischen Fleisch.....*

Ich hatte in der 1. Zeit, als ich zu IHNEN kam, geglaubt, ich könnte mich *gewöhnen* – : soweit in den Schatten der anderen Schatten gestellt, daß kein Licht, kein winziges Schimmern von mir=selbst noch übrig sei, dessen Resten & Kläglichkeit ich mich hätte schämen müssen – :Durch die Gegenwart des schreibend Toten, der wie das helle=gnadenlose Bild eines Spiegels mir den Abgrund meiner eigenen Unfreiheit vorwarf – war das Leiden an u unter Gemeinschaft, das ich seit Kindertagen spürte (und von dem in 1igen Augenblicken, wo Freundlichkeit unverhofft von dorther mir widerfahren war, ich !endlich geheilt zu sein dachte) wieder neu u frisch aufgerissen wie eine Narbe, die niemals wirklich heilen konnte & von der ich nun, hier vor einem ruinierten Sarkofag, im Rücken die grölende Runde, nur schmerzvoller u mich in meiner Feigheit, die mein gesamtes Wesen von jeher wie ein Pilzgeflecht durchzogen hatte, tiefer beschämt spüren mußte als jemals zuvor : *!Angst vor Den-Anderen..... !immer Angst vor !Den-Starken..... die immer töten dürfen : Diese !Angst – Verdammt diese verdammte !Angst..... wie Angst immer auch vor mir.....* Caliban traf Caliban im Spiegel u wußte, das Abbild war immer *sein* Abbild..... *meine Wut meine Angst vor Denen vor mir Himmelherrgottnochmal diese !Angst..... diese !verfluchte – Könnt ich !entkommen, ich atmete wie nach langer Fieberkrankheit am 1. Tag die !frische Luft.* Doch solch Dasein wird mir bleiben zeitlebens, hier od anderswo & dennoch immer gleich: Arbeitsdasein, u das Gefühl, als würde ich von innen her mit kleinen, dreckigen Löffeln langsam leergefressen.....

Ich war jetzt dicht vor dem Eingang zur Ruine, vor dem zerstörten Raum, darin wie es hieß: *er,* unsichtbar in Kellerdunkelheit..... Doch im letzten Abendschimmern hatte ich vorhin dort=drinnen !tatsächlich Unmengen !Zettel gesehen – ?die bergeweis abgerissenen & bekritzelten Tapetenreste, von denen die Dörfler gesprochen hatten & ?die rings um die Lagerstätte des Sterbenden zu schiefer, rutschender Halde ohne Unterbrechung sich häufen sollte, als fördere ein Bergwerksschacht weiter & weiter in gleichermaßen unaufhaltsamem wie völlig nutzlos-betulichem Selbstlauf das Erz od die Kohle, derentwegen der Schacht vor Jahrzehnten einst erschlossen wurde, jetzt indes auch nachdem die Zeche längst schon stillgelegt worden war, so als hätte nun das Innere der Erde=selbst das Tun der längst verschwundenen Bergleute übernommen, in einer Art chthonischem Irrsinn immer neue Halden, immer neue Ladungen die niemand mehr benötigte, auf die älteren Halden türmend, vielleicht 1zig aus der Gewohnheit der Sklaverei heraus, so, wie ein Akkordarbeiter, nach Zigjahren seines Fließband=Dienstes verkrüppelt an Geist & Gestalt, nur immer die gleichen Bewegungen mit dem Rest seines Körpers wiederholen kann –

Offenbar war es jedermann vollkommen egal, !Was auf diesen Zetteln, geschrieben von der Hand eines !Toten, zu lesen stand : ob überhaupt Lesbares darunter war od wirklich nur die Ergebnisse von Muskelzuckungen, wie das die-Leute auf ihrer Suche nach 1fachheit glauben wollten. Doch wäre ja selbst !Das für sich-allein schon staunens- & beachtenswert genug. Niemand in der zechenden Runde ums Feuer schien allerdings um derlei sich zu scheren; SIE hatten mitgebrachte Taschen Rucksäcke Plastiktüten, aus denen metallisches wie gläsernes Klirren kam, achtlos ins Gras neben sich geworfen, und waren, Alle auf 1 Mal klotzig schwer & laut durcheinander redend u lachend als würden sie übermütig Ziegelsteine einander zuwerfen auffangen & zurückschmeißen, neben die Sachen auf den Boden ins abendkühle hohe Gras gefallen wie Gesteinsbrocken aus einstürzenden Mauern –, und saßen nun, Hemden & Hosenbünde aufgeknöpft, ums Feuer, die Arme kramend tief in die Gepäckstücke getaucht, kamen sie mit Broten Brötchen Wurst Käse & weiteren Bier&schnapsflaschen wieder heraus, dann wurden Klappmesser aus den Hosentaschen gezogen. All diese Handlungen, vom Sachenhinwerfen Sichniederlassen Essen- & Getränkeverteilen, waren in einer bruchlos ruhigen, wie angeborcnen Bewegung vor sich gegangen, in zwar mechanisch-roher, doch so selbstverständlichen Geste wie das Atemholen. Mit den Messerklingen in ihren derben Händen schnitten sie, die Klinge bedächtig gegen die vorm Daumen liegenden Wurst- & Käsestücken geführt, dicke Scheiben ab, gummiartig gaben die großen Käsestücken den Messerschneiden nach, aus Salamiwürsten zogen die Klingen fettighelle Fasern heraus, die SIE später geräuschvoll zutschend & Grimassen dazu schneidend aus den Zahnlücken polkten –, mit den Fingern brachen sie Brotstücken aus den Laiben, die Kinnladen- & Kiefermuskeln mahlten kauend, während sie mit vollen Mündern weiterredeten od aber mit leeren Blicken wie hypnotisiert kauend in die Flammen starrten – so daß IHR Anblick etwas Friedvolles, etwas für den Moment Beruhigtes bot, so wie der Anblick von ruhig daliegenden Handgranaten oder Minen den Eindruck des Gezähmten gibt; dieselben Muskeln & Sehnen an ihren derben Händen, die jetzt Brot & Flaschen hielten und die mit der gleichen Selbstverständlichkeit tagsüber die Vorschlaghämmer & Preßluftbohrer packten, Schippen Spitzhacken schwangen, die Hebel & Lenkräder der Baufahrzeuge beinahe zartfühlend handhabten; dieselben Muskeln & Sehnen, die jene zentnerschweren Gesteinsbrocken verluden u auf abendlichen Sauftouren in den Dorfkneipen die Fäuste ballten & zuschlugen, Kinnladen zerdroschen & Zähne rausprügelten, Rippen od Arme brachen, manchmal unter Grölen eine Katze od einen Hund drangsalierten, od in den Diskotheken im suffbrandigen Schwiemellicht nach den Brüsten junger Kleinstädterinnen grabschten. SIE blinzelten jetzt kauend & trinkend ins neu & grell auffahrende Flammengeflacker hinein, niemanden außerhalb ihrer Runde beachtend, scheinbar vollkommen uninteressiert an dem Ort, von dem es hieß, ein Mensch..... läge hier im Sterben –. Das Hiersein, für SIE so selbstverständlich u gleichgültig wie an irgendeinem anderen Ort, & würde SIE ebenso wenig bekümmern, sollte man SIE morgen zwingen, den Ort hier zu verlassen, um abermals in der gleichen Manier an anderer Stelle IHR Tun fortzusetzen. SIE ruhten stabil in=sich, in ihrem über Generationen hinweg weiter vererbten Mittelpunkt 1 Soseins, das jenseits alles Selbstzweifelns & alles Pendelns um die Unsicherheiten u Fragwürdigkeiten des eigenen Daseins lag. Leben, schiens, & das machte sie einig mit den Dörflern, bestand aus dem Ausnutzen von jenen Momenten, die jeweils dem Essen Trinken Begatten am günstigsten sind; Augenblicke, an denen man sich niederließ, jene Arten von Geschichten & Witzen sich erzählend, die zu ihrem Codesystem gehörten, und waren seelig in der neu gefundenen, befriedeten Gemeinschaft mit den Leuten aus dem Dorfe eingesunken. Zudem war auffällig, daß SIE beim Sprechen zu solcherlei Gelegenheiten, die wohl als *gemütlich* galten, u im Gegensatz zu sonst, plötzlich mit Nuscheln begannen, als hätten SIE=Alle mit 1 Mal denselben Sprachfehler, demzufolge SIE mit der Zunge anstießen wie kleine Kinder bei ersten längeren Sprechversuchen..... Schon, hörte ich jetzt, waren

SIE beim Thema *Auto*, dann ist der Weg zu *Fußball* nicht mehr weit, danach Genuschel über *Frauen* (:-?Kenn*th*tenen dänüschen Frauennam, der auch n 1deutige*th* !Angebot i*th*: Komm *Th*üßa, heutma nich per Hand, heute geht*th* per Nille – (:& lachten quappig-sumpf)), und wurden sogleich ernst u ohne Nuscheln, denn jetzt gings um *Komm Pjuter* –. Und SIE würden im selben Moment, in dem Ein Jemand erschiene, der IHREM Wissen gemäß dazu berechtigt wäre, den Befehl od die Anweisung zu geben, mit IHREM Tun aufzuhören, Essen & Getränke Lagerfeuer & *Musik* stehn&liegenzulassen und mit jener ARBEIT zu beginnen die IHNEN angemessen war & wofür SIE allmonatlichen Lohn erhielten, ohne 1 Moment zu zögern, als 1 dunkle Masse aus den langen Gräsern behäbig wieder sich erheben, Hosenbünde & Hemden zuknöpfen und das Essen & die Flaschen mit der gleichen abgerichtet=gezähmten, selbstverständlichen Gebärde in den Rucksäcken & Plastiktüten wieder verschwinden lassen, mit der SIE sie zuvor entnommen hatten, um dem Befehl od der Anweisung zur ARBEIT prompthin noch immer als 1 geschlossne Masse sich bewegend Folge zu leisten. Ein in der ARBEITSWELT verschüttet liegendes Ewiges Soldatentum, das überall anzutreffen schon nicht mehr als anstößig empfunden wird. : !Hoffentlich ist Leben im Universum 1 sehr seltene Erscheinung – gewiß aber 1 besonders widerwärtige Erscheinung.....

Denn SIE – die Dörfler wie die Leute, mit denen ich gekommen war – SIE hatten sich, & ohne darüber 1 Wort verliern zu müssen, in dem 1 Punkt, der 1 gemeinschaftliches Interesse bezeichnete, erkannt & sofort verstanden: *der*-dort-drin sollte !endlich sterben, damit die Arbeit..... hier-draußen beginnen konnte.

Merkwürdig genug, daß nicht längst 1 von denen die Idee, die SIE offenbar seit langem beschäftigte (worin SIE vorhin durch die 1 Bemerkung sich verrieten), dennoch nicht ausführte, nämlich *ihn*-dort-drin, dem Nichttoten, dem Nichtlebendigen, 1fach *den Rest zu geben*, der *ihm* zum endgültigen

Tot=Sein noch fehlte & anschließend das, was von *ihm* übrigblieb, kurzerhand zu verscharren – !kein Hahn würde nach *ihm* krähen. : ?Was mochte SIE zurückhalten vor dieser, für eine Masse sozusagen typischen Beschäftigung: zu lynchen und zu kuschen. ?War das ?allein die Furcht vor dem gemeinschaftlichen=Verbrechen, weil SIE als Gemein=Schaft dann *Ein verbrecherisches Geheimnis* infolge einer 1 Mal getroffnen, ungeheuerlichen Entscheidung hätten, was jeden 1zelnen der Gemeinschaft bis zu seiner letzten Stunde zum Komplicen wie zum möglichen Erpresser od zum möglichen Opfer der Erpressung machen hieße – :!Nein. Das nicht, was SIE abhielt von dem 1fachen Schritt : SIE waren 1-ander anonym u im Dunkel eines sinkenden Abends begegnet, & SIE würden – bleich im Abend, bleich im Morgen – in derselben Anonymität wieder auseinandergehn; vermutlich würde keiner dem anderen jemals wieder über den Weg laufen. Und die Leute aus der Gruppe, mit der ich gekommen war, SIE könnten die Tat jederzeit glaubhaft auf die Dörfler schieben, wie die Dörfler auf UNS. :?!Weshalb also dann taten SIE nichts, sondern plötzlich so, als gäbe es *ihn*-dort-drinnen als Wehrlos=Sterbenden überhaupt nicht mehr. Vielleicht – u IHR rohes & langezeit bemühtes Gelächter über die 3 Ausländer, die vor Stunden in die Nacht davongerannt waren, hatte SIE verraten : Auch unter dieser Maske *Füreinander* regierte schon von Anbeginn das Gegen-1-ander, ein unausgesprochenes, instinktives Ahnen IHRES *jeder gegen jeden.....* So daß der Grund für IHR Nichtstun als Mob letztlich aus demselben Grund rührte wie die Flucht der 3 Männer, der Ausländer, deren Sprache keiner von uns verstand.

Unmittelbar jetzt vor dem Eingang, der als ein dunkles 4eck, u dunkler als die Schatten der aufstehenden Nacht, wie eine schwarze Leinwand, das Gemälde der Finsternis, zum Greifen vor mir lag, hatte ich die Arme danach ausgestreckt – !mein Glück: sonst wär ich gegen das dünne Drahtgestänge gelaufen, das, im Dunkeln unsichtbar, den Zugang versperrte. Mit den

Händen tastete ich das Hindernis ab, und bemerkte dicht-an-dicht senkrecht verlaufende, sehnendünne Metallstreben, die, auf 4eckigen starken Rahmen gespannt, den Zugang zur Ruine scheinbar vollständig verschlossen hielten –, bis ich in der rechten unteren Ecke 1 Öffnung fand : Die Streben mochten aufgebogen od durchschnitten worden sein, selbst der starke Rahmen war davon betroffen, doch ertastete ich nirgends Schnittkanten; schien, als wären dies Gitter mitsamt dem Rahmen von Anfang an unvollendet. Der Draht mochte nicht ausgereicht haben & (so gewiß seinerzeit die Überlegung) ?wozu eine Ruine verschließen, noch dazu in solch 1 Gegend, wohin ohnedies kein Mensch..... sich jemals wieder verirren mochte. ?Vielleicht aber hatten die Dörfler den Zugang versperrt, als sie *ihn*-dort-drin in *seinem* endlosen Sterben zurückgelassen hatten, nachdem auch die-Ärzte *ihn* ohne Hoffnung aufgeben mußten –.- Dann wäre dies Spinnengeweb aus Eisendraht vor dem Eingang auch Bannung: *Jeder bleibe auf !seiner Seite des Todes.* :So erkannte ich meine !Macht, meine !wirkliche Macht, die ich besaß: !reale Macht gegen SIE=alle, gegen meine Angst..... gegen mich selber..... Und hätte !niemals für möglich gehalten, an 1 Ort zu geraten, wo das-Verschwinden möglich wäre – –

Jedenfalls fand ich im drahtbespannten 4eck des Eingangs 1 Öffnung, groß genug für mich, um hindurch- & ins Innere der Ruine hineinzukriechen – – und wäre ich mit dem Mantel an 1 Stück aufgebogenen Drahts in der Zaunöffnung im rechten unteren Eck des Tores nicht hängengeblieben, die Männer mit ihren breiten Hüten & Zimmermannskluften hätten mich nicht eingeholt : ich war, den Schreck u die Überraschung des Entdecktwerdens im Innern der Baracke als 1. überwindend, von den Stühlen, auf denen ich geschlafen hatte, hochgeschnellt, war zwischen den Arm&bein-Barrieren der Männer, die von-Draußen hereinkamen & nach mir vergebens griffen, hindurch- und hinausgerannt in die feuchtklare Morgenluft –, meine Schuhe sanken tief ein in die regenweiche, unterm Sonnenlicht wie poliertes Metall gleißende Erde im Hof; erst im Maschendraht, in der Öffnung im Zauntor, blieb ich hängen. Die Männer kamen heran, man griff nach mir & löste mich aus den Drahtwiderhaken im Zaun – ich strampelte, boxte nach den fremden, kräftigen Gestalten –, aber die Männer, !erstaunlich, schlugen mich nicht, blieben freundlich, sprachen sogar begütigend auf mich ein. Da hörte ich auf, nach ihnen zu boxen, verhielt mich ebenfalls still. Ein älterer, doch robuster Mann, der zuletzt mich festgehalten hatte, ließ nun vorsichtig meinen Arm los, als müsse er prüfen, ob ich auch allein=ohne Hilfe stehen könnte. *–Er muß es sein.* Hörte ich seine Stimme über mir – ich blickte auf in das von eisgrauen Haaren umrahmte Gesicht, dessen Färbung an einen Boskop erinnerte. Die Männer=ringsum raunten Bestätigung; mir schien, als stünden sie verlegen u ratlos vor mir, ihre Gestalten zogen lange Schatten über die nasse, gleißende Erde und der Morgenhimmel spannte sich regenhell über diesen Ort – –

In den Stunden zwischen Nacht u: Morgen, am Ende des Regens, hatten Leute auf ihrem Weg-zur-Arbeit meinen Vater am Wegrand gefunden, tot. Er lag, das Gesicht nach unten, in einer Pfütze – die vom Regen aufgeschwemmte Erde, sagte man, hatte schon begonnen, von ihm Besitz zu ergreifen; als hätten schlammigweiche Lippen um den niedergestürzten Leib sich geschlossen, ihn aufgesogen so, wie einige Reptilien ihre Beute zunächst unzerkleinert in=sich schlingen, um sie später, dann in ihren Eingeweiden durch Verdauungssäfte, allmählich & endgültig aufzulösen und verschwinden zu lassen. Der Vater war an Herzversagen gestorben. Das heißt, wäre er mit seinem Gesicht=nach-unten nicht in die Pfütze gefallen, dann, so hörte ich später den Arzt zu meiner Mutter sagen, dann hätte er vielleicht noch gerettet werden können – : So indes, meinte der Arzt, könnte man sagen, war er schlichtweg in 1 Pfütze ersoffen.- Doch !eine Frage konnte niemand beantworten, bis zum heutigen Tage nicht : Merkwürdig, nachdem er durch die Öffnung im Zaun hindurch sich gezwängt hatte, war er nicht, wie beabsichtigt, auf die Siedlung = auf die Stadt zugelaufen, ein Taxi zu holen, das uns geschützt vorm kalten Regenstrom nach Hause brächte, sondern er war in die entgegengesetzte Richtung, war den Weg entlanggelaufen dorthin, wo er von dem Großen Dunklen Zug erzählt hatte, dem einst dort=Draußen vor der Stadt auf den Schienen in den Gewittern des letzten Krieges die Katastrofe geschehen war. Der Bomberangriff der Alliierten auf diesen Zug, sagte Vater einst, mochte ein Irrtum, ?vielleicht eine Verwechslung gewesen sein: Die Alliierten hatten ?vermutlich die lange dunkle Eisenschlange des Zugs für einen Militärtransport gehalten – ?od für den Abtransport sogenannt kriegswichtiger Industrieanlagen, wie das desöftern geschehen sein soll in jenen-Tagen..... ?Vielleicht hatten die Befehlshaber für diesen Angriff ?wirklich nicht gewußt, daß die Waggons vollgepfercht waren mit Häftlingen auf dem Transport von einem Lager..... zum andern.- ?!Weshalb mochte in jener-Nacht..... der Vater in diese Richtung gelaufen sein, dorthin, wohin wir niemals zuvor gekommen warn. So als hätt er in regendurchfluteter Nacht ihn ganz=allein wiedersehen wolln u als sei er felsenfest überzeugt gewesen, daß er noch immer – od: bereits wieder – dort auf den Schienen stillstehn & auf Weiterfahrt hätte warten müssen: ein Großer Dunkler Zug..... mit Waggons voller Menschen, Häftlinge in einem Krieg, der niemals zuende ging, während von heraufziehenden Bombengeschwadern die farbig aufglühenden Lichterkugeln noch einmal in die nächtigen Marmorwolken ihre Fosforfeuer einbrannten & jene keilförmigen Flugzeugstaffeln noch einmal begannen, mit dem Gedröhn mechanischer Unwetter durch Wolkengestein sich hindurchzubohren.....

Und hätte er tatsächlich auch in dieser-Nacht dort=Draußen auf einen abgestellten Zug treffen können: Was mochte mein Vater ?gesucht haben: ?was od: ?wen zu finden hoffen in diesem od in einem anderen Zug, dort=Draußen weit vor den Häusern der Stadt, in einer Nacht voll Regen Sturm & mit Gewitterschlägen durchbrochen – : – Nie hatte jemand auf diese Fragen Antwort bekommen.

Das Gewitter verhallt hinter Wolken u Regen zählt letzte helle Münzen herab auf überschwemmten Asfalt – die Drehtür zur Hotelhalle mahlt in Kaskaden frische Windschübe herein. Als ich, schwerfällig taumelnd, dem Feisten nach Draußen folge, schiebt dort im kalten Windstrom auf der Straße ein regensattes Abendlicht die Wolken beiseit, als wollte die Sonne vor ihrer Nachtfahrt noch 1 Mal die Stadt besehn, auf der Haut der Gesichter, auf den Stein der Häuserfassaden mit spitzigen Dreiecksgiebeln, auf Straßen Wegen in regenglänzenden Baumköpfen ihre Feuer in Orangefarben entfachen, um daraus in Blau&schwarz dunkle Stadtkontinente zu ziehen; Menschen verwirren sich darin & schleifen ihre Schatten wie Fängernetze gründelnd über Stein. Neben mir das Gesicht des Feisten, scharfgeschnitten aus dem abendhellen Licht.

Regen hat bis vor kurzem sein Gitter aus unzähligen gläsernen Saiten aus den Wolken über den Stein gespannt, als sei die-Stadt ein großes Instrument – und die Regensaiten wurden von den Poren im Stein im Asfalt & von den wenigen Flecken Erde unablässig aufgespult, während aus den Wolken offenbar unerschöpflich Vorrat nachfloß – ; – nur an 1 Stelle nicht: 1 Stück Zinkblech, das von der Regenrinne rechterhand neben der Drehtür zum Hotel, kurz überm Pflaster des Gehwegs, abgewinkelt sich gelöst hatte, unterbricht hier das senkrechte Linienmuster des Regens, so daß unterhalb des Blechstücks 1 winziger trockener Streifen auf dem Gehweg verbleibt, als hätte 1 unsichtbare Hand die Regenschnüre an dieser Stelle wie 1 Vorhangzipfel beiseite gehalten, zum Eintritt od zum 1-Blick in die Öffnung hinter die Steinmauer des Hotels, in die graue mit Mörtel verputzte narbige Wand od: in Das, was hinter ihr sein mag, auffordernd, das mit jener Selbstverständlichkeit gelänge, wie nur in Träumen Wände & Mauern überwunden werden – –

Während des Regens hat die Stadt geschwiegen, hat die Schultern hochgezogen & stumm das Ende der Fluten erwartet, das Ende des Rauschens, als fließe mit dem Regen in ebensolch hellen Strömen u Kaskaden die Zeit davon. : Jetzt Lärmen erneut, Dröhnen Hupen Rasseln das Zischen der Autoreifen auf dem Asfalt (graue Wolken aus Wasserstaub wirbeln den Fahrzeugen hinterher), das Knattern Stampfen Blöken der Motore Straßenfluchten entlang, all die Maschinen-Gewitter aus Stadthimmel fallen jetzt in orangefarbenen nassen Staub&qualm zurück. Im stehngelassenen Osten der Alexanderplatz, Menschen im zugigen Windstrom über Steinplatten wie Vorjahreslaub an die Ränder gefegt u noch immer zu Füßen der hochgeschnellten Betonkubaturen gezwungen, Relikte einer Sprache der Macht, wie einbetonierte Zähne im Totengebiß eines liegengelassnen Diktators, der, Windstrom zwischen fleischlosen Kieferknochen, noch immer alten pfeifenden Befehlston schneidet & aufmarschieren läßt nun auch diese hastig zusammengestückelte Neuheit aus Leuchtreklamen Bratenfett Gebell der Hütchenspieler & Fetzen Andenmusik, Stakkati der Panflöten, Instrumente wie helle Pfeile, durch den Stein weisend direkt in den Mittelpunkt der Welt, ins Zentrum zu den Toten hinab –.– BERLIN: Aufgeblähtes Monstrum, Tympanismus für alles was Provinzielles ist. Und im nervigen Netzewerk aufblitzender Signallampen Nadelstiche gellender Hupentöne durch Glasvenen im Pulsieren elektrischen Blutes Reklame- & Nachrichtenschriften hochgeworfen an Stelen aus bleichem Beton, finden diese Instrumente sogleich den liegengelassenen Einsatz erneut, findet das Dröhnen niemals ein Ende, sind Gehirne mit Ketten Drähten Schalthebeln Keilriemen & Bowdenzügen festgezurrt & an1ander gehalten, sind Gliedmaßen – daß die Adern für Nadel1stiche schwellen, neonkalt den Atem synthetischer Wärme in Schüben aus Tunnelmäulern gestoßen – zusammengegängelt, ins stadtkollektive Kreisen Rotieren Wirbeln geworfen, eine Zentrifuge, Musikfäuste dumpfhämmernd aus vorüberwischenden Autofonds – den Ampeln enttropfend das 3farbige Blut, Rot Gelb Grün, unermüdlich & mit der Pedanterie aus vollkommener Gleichgültigkeit als zitterige Pfähle ins Spiegelschwarz regennassen Asfalts getrieben, als seien das Wegweiser zum Herzen des Hades : crossroads / Kreuz-Wege – : von ferne durch Straßenfluchten sägt sich durch den kompakten Luftblock kreischend 1 Feuerwehrsirene heran – die Menschen an der Einmündung gegenüber : erstarrt, bleich, selbst ihre Kleidung hat die bunten Farben verloren, kreidig, blaß & puppenhaft grade, kaum bewegen die Füße sich von der Stelle : VERKEHRSUNFALL : *!Dort, am !Rinnstein nahe der Kreuzung* (hören wir) *verblutet ein Mann. . . . .* – Wir, der Feiste und ihm folgend ich, treten näher, bekommen dürftig Einblicke durch Staketen der Gaffer : Ein gedrungener Körper in Lederjacke mit gelb behelmtem Kopf liegt seitlich, als horche er in die Straße, reglos auf dem Asfalt, neben ihm zerknülltes Motorradblech. Blut, in dürrem Mäander unterm Leib hervorrinnend, mischt sich in auslaufendes Kühlwasser eines nur mäßig verbeulten Automobils. MAZDA. Das ist der Andere. 1 Mann mit schütterem Haar, gewiß der Fahrer, hilflos ohne Regung neben dem Kühler des Autos, die Gesichtsfarbe des Mannes Straßenstaub. Der Verkehr stockt hier an der Einmündung, für solcherart Störung ist die in beiden Richtungen befahrene Straße zu schmal. Das Rinnsal Blut von schwarzroter Färbung schnürt, bereits schwächer werdend, in die graurote, dampfende Pfütze am Straßenrand. Auch der Kühlwasserbehälter des Autos scheint leergelaufen inzwischen – die Pfütze am Straßenrand wird nicht größer – *:?Sollte ein Mensch sowenig Blut in=sich haben.* 1 Naht am Hosenbein des reglos auf der Straße liegenden Mannes ist aufgeplatzt, drunter, weißfettes Wadenfleisch entblößend, eine hellrote Wunde in Form & Größe eines Medaillons, wobei schwarze Haarborsten, verklebt von Blut&dreck, das Mal wie eine obszöne Zeichnung umrahmen. Einige der Zuschauer gehen davon, Neuankömmlinge bleiben kaum noch stehn.

–Offenbar findet die Tatsache 1 auf der Straße sterbenden Mannes in der All-Gemeinheit wenig Interesse. – Bemerkt der Feiste neben mir, reibt die derben Hände ineinander & bahnt sich vorsichtig, doch mit der Bestimmtheit einer Autorität, den Weg durch die trotzdem noch immer dicht bei1ander stehenden Menschen. Das Spalier der Gaffer im pulsierenden Leuchtfeuer von Polizei&Rettungswagen, Alarmlampen die das Malheur in den diffusen Lichterblock der Stadt hineinwerfen & markieren – der Feiste schreitet durch die Lichtgitter hindurch – die blauen Scheinwerferklingen duellieren sich mit den orangenen vom Abschleppdienst –, unbekümmert tritt er schließlich vor den verletzten Mann im Dreck, greift in die Reverstasche seines häßlich blauen Jacketts, zieht aus der Packung 1 Zigarette hervor, zündet 1 Streichholz & damit die Zigarette an, bückt sich zu dem Verletzten & steckt ihm die brennende Zigarette mit der berufsmäßigen Geste eines Henkers dem zum Tod Verurteilten zwischen die schon blassen, blutleeren Lippen. (Unwillkürlich erinnerst du die Geste des Feisten vorhin in der Bar, als er mit der gleichen Selbstverständlichkeit dir den 1. Whisky spendierte.....) – Als der am Boden liegende Mann den Feisten bemerkt, reißt er die Augen auf, will offenbar etwas sagen, sich bewegen – aufstehn vielleicht weglaufen, 1 Reflex – doch kann er nur die Lippen, dazwischen die Zigarette auf&nieder hüpfend, bewegen – rasch 1 Zug, eine Girlande Qualm, dann rutscht die Zigarette aus dem Mund des Mannes. *(:?Was für ein Spiel: !?Ob die beiden Männer sich kennen –. Scheint so. Und ?!was ist in dem Whisky gewesen : ?!Was jetzt in dieser Zigarette.....)* Die Versuche des Manns-am-Boden sich zu bewegen, verfallen zu hilflosen Zuckungen, der Feiste bemüht sich nicht weiter, er läßt die Zigarette neben dem Gesicht des Mannes liegen. Daraufhin bewegt der unter größter Anstrengung 1 Arm & deutet mit winziger, dennoch alle Umstehenden einbeziehenden Gebärde, in die Runde, während seine Stimme schon langsam verlöscht: –Schterm, das Ende vom Lied (flüstert er) –müßte gefeiert wern. Hat ?niemand was zum Saufen da. (Niemand rührt sich, keiner gibt Antwort) –Nur: der !erste Schluck der wär für !mich (flüstert krächzend der Verwundete) –Könnt sein ich erleb den letztn nich mehr. Trotz deenda : – und hebt mühsam den

Arm höher, auf die Rettungsleute deutend, die dem roten kastenförmigen Fahrzeug mit unaufhörlich kreisendem, blauem Lichtpropeller entspringen, derb die Mauer der Gaffer teilend, und herantreten an die liegende Gestalt. Der Mann am Boden reckt aus seiner verrutschten Lederjacke wie eine Schildkröte aus dem Panzer den Kopf nach oben, starrt zu dem Feisten hin & versucht 1 Grinsen, die blassen Lippen gehorchen nicht – als könne solch Grinsen, vorangeworfen, der bleiche Schatten auf dem Weg eines Toten sein. Ruckhaft u mit größter Anstrengung wendet er Kopf & Stimme nun dem Feisten zu:

–Dir ein Langesleben, hundertzwanzig Jahr und länger: im !Rollstuhl – du Schw (u Schmerz würgt ihm die Stimme ab.)

Als der Sturzhelm des Mannes aufs Pflaster schlägt, gibt das 1 trocknes, knackendes Geräusch. Seine Finger öffnen sich kraftlos und die blut&dreckverschmierte Hand sinkt in den Rinnstein, in das schlammige Rinnsal aus Blut Kühlwasser & Staub. Fliegen..... umschwirren den gräulichen Brei.

–Perfekt. Der Lohn des Fleißes.

Der Feiste verstaut die Zigarettenpackung wieder in seinem Jackett, während er die Zigarette, die zuvor dem Verletzten aus dem Mundwinkel fiel, mit der Schuhspitze zermalmt, als wolle er deren Reste unauffindbar im Asfalt verschwinden lassen.

Es ist mir im Verlauf des Geschehens gelungen, mich durch die Menschenmenge hindurch, in die Nähe des Feisten zu bringen. Seine letzte Bemerkung hab ich zwar gehört, ihren Sinn kann ich nicht erraten. Der Feiste, obwohl er mir während der gesamten Zeit den Rücken zukehrt, scheint das bemerkt, ja nichts anderes erwartet zu haben:

–Übrigens, ?kennen Sie die Geschichte von dem gekreuzigten Sklaven an der Via Appia, nachdem der Spartacus= Aufstand schiefgegangen war. – Lautstärke & Duktus seiner wohlklingenden Stimme scheinen all-1 für meine Ohren bestimmt. Er legt dazu den derben Schädel 1wenig schräg & blickt wie träumend in den diffusen Himmel, so als trieben dort winzige, mit seinem Text beschriebene Papierfetzen in der Luft od in den Schriftzügen der Reklame an den Fassaden seien die Worte seiner Geschichte eingebrannt.

–Der römische Touristen=Pöbel, adliges Gelichter, zog teils in Sänften teils von anderen Sklaven begleitet & im satten Triumfgefühl an dem Spalier der Gekreuzigten vorüber. Und da gab es an 1 der über 6000 Kreuze nen Sklaven mit einem enorm großen Schwanz. Und dieser Sklave lebte noch. (Der Feiste zieht einen Apfel aus seiner Jackettasche, hält ihn in der Rechten und schaut auf die glänzendgrüne Frucht als müsse er lesen in einem fremden Gesicht.) –Er hatte, so geht die Erzählung, grüne Augen, grün & strahlend wie Smaragde, ein ganz !unglaubliches Grün. (Er beißt aus dem Apfel ein grünweiß schimmerndes Stück & setzt kauend seine Erzählung fort.) –Einer Römerin nun – deren Gatte kam als Krieger grad an irgendeiner Ecke der römischen Welt seinem Schlächtergeschäft nach, war also far away from home & whore – dieser Römerin gefiel der Sklave mit den grünen Augen & dem riesigen Schwanz außerordentlich : Sie ließ ihn vom Kreuz nehmen, in ihrer Villa die furchtbaren Wunden der Kreuzigung pflegen & von ihren eigenen Sklaven bewirten. Es fehlte dem Sklaven-vom-Kreuz an nichts, & des nachts durfte er die reiche Patrizierin besteigen. (Der Feiste wischt 1 Spritzer Apfelsäure, der ihm beim Erzählen auf den Ärmel tropfte, vom Stoff, und beißt erneut genußvoll zu.) –So ging das wohl sechs Tage&nächte oder sieben – als es hieß: !Der Ehemann kommt aus dem Feld zurück. Der Beschäler also mußte weg – am 7. Tag wieder !zurück ans Kreuz; die Sklaven, die den Sklaven gesundgepflegt hatten, schlugen ihn dran. Er bekam sogar sein altes Kreuz, es war ja das 1zig noch freie. Und aus Furcht vor der Anklage-vom-Kreuz-herab ließ zuvor frau ihrem Sieben-Tags-Aktivisten die Zunge ausreißen. ›!Hände hoch u !keine Bewegung‹ :wie Kristus. Die Schreibhand fest am Balken, die lose Zunge auf Freigang – so leicht ist Wahrheit stumm zu kriegen. (Und mit vollen Backen kauend:) –Vielleicht hat frau sich die rausgerissene

Zunge heimlich konservieren lassen, Pökeln od Einfrieren mit Eis von den Albaner Bergen, & aufbewahren in memoriam an Gutedienste von Mann's Hundezunge zwischen Frauchens Schenkeln – (beißt wieder in den Apfel) –Und der solchermaßen salzig od frostig aufbewahrte Dildo war dann der-Verräter: denn irgendwie muß die-Sache ja aufgeflogen sein, sonst wüßten wir=Heute nichts davon – (der Feiste rülpst geräuschvoll, dann:) –Übrigens, Kreuzigen ist ne typisch antique Tötungsart. Bedenken Sie: 1 der wenigen Verfahren, das den Selbstmord ausschließt – (er stochert mit dem Streichholzrest in den Zähnen) –mmn die Nähe & Hilfe des-Nachbarn war Dafür !unabdingbar : ?!und wo in unsrer Kaltenzeit ist Nachbar's Hilfe noch der Fall. Ja (die Stimme des Feisten bekommt 1 träumerischen Klang) –in meiner Jugend wollte mir diese Geschichte sehr symbolisch vorkommen. (Scheinbar erwachend:) –Heut hab ich vergessen, wofür. Nur diese !grünen Augen. Ganz !unglaublich dies Grün. !Wenn ich nur wüßte, wem solche grünen Augen. . . . . – Er speit den Apfelgriebsch auf den Toten am Straßenrand, bevor die Männer vom Rettungsdienst den Leichnam forträumen können.

Die Erzählung – die Straßenszene – der Apfelgriebsch im Gesicht eines Toten – : Lilafarbenes Licht rahmt Dinge & Personen deiner Umgebung, die Gestalten entgleiten dem festen Halt, Straucheln Abrutschen wie über regennasse Dachziegel herab – Dröhnen im Kopf, Übelkeit, die klamme, unersättliche Kälte, die aus Regennässe der Stadt heraufweht, zupackt u deren Griff du von jeher empfunden hast, die selbst der allergeringsten Bewegung, sogar des Stehens mit den Füßen auf dem Pflaster sich bemächtigt, so daß der Körper im Innern langsam erfrierend seine fleischlichen Organe erspürt, so als lägen über den Eingeweiden Rauhreif & Eis im Gehirn, u die der Körper aus dem Frost, der solch Enge umfängt, 1 nach dem anderen aus-sich-herausreißen spürt, während die Haut über spitzige Schottersteine geschleift zerreißt, in Fetzen vom lebendigen Leib gerissen verbrennt, so daß du schließlich nichts, !gar nichts dem fremden ausgesperrten Körper als zugehörig empfinden kannst – gefangen in 1 Käfig ohne Schutz, im verwischt Affektierten die Geziertheiten & die lauten Stimmen ringsum, Verbrennung durch Geschwindigkeiten für 1 nacktes Fleisch ohne Haut : Reste von leergefressnen Wesen, fortgeworfen nach der Orgie auf die faulende Halde dieser Stadt, wachsend wuchernd karzinös und virulent im Gestank aus eigenem verdorbenem Fleisch, ein Gestank aus Schweiß fauligem Obst Eau de Cologne – so stinkt nur Müdigkeit, eine abgrundtiefe, kaltsinnige, uninteressierte Müdigkeit; taumelnd wende ich mich ab – und hätt der Feiste mich nicht aufgefangen, ich wäre neben den Toten niedergestürzt auf den Asfalt.

2 Männer vom Rettungsdienst sind inzwischen damit beschäftigt, die Störung durch den Unfall zu beseitigen, die Bahre mit dem Reglosen von der Straße ins Innere ihres Fahrzeugs zu schaffen. Das scheint anstrengender als vermutet, Tote wiegen schwer. Doch mittels einer Abfolge von Routinegriffen wird der Leichnam aus der schorfbraunen Pfütze gehoben (die Wunde, aus der das Blut kam, ist auch jetzt nicht zu sehen : vergebens bei den Umstehenden das stille Entsetzen=Erwarten, beim Aufheben dieses Toten eines zerrissenen, aufplatzenden Körpers ansichtig zu werden –: nur die Lederjacke des Mannes klafft in langen Schnitten auf, Jackenfutter quillt heraus, so als sei dieser Tote lediglich ein vor etlicher Zeit schon erlegtes & vom Präparator längst ausgestopftes Wesen); rasch ist die Bahre samt Toten im Rettungswagen verstaut, die Türen zum Laderaum zugeschlagen – der blaue Lichtpropeller auf dem Dach erloschen, sich entfernend schrumpft das rote Auto auf dem nassen Asfalt wie auf einem anthrazitfarbenen Flickenteppich dahin, eingesogen in die Tunnel der Stadt. Unterdessen hat ein Polizist seine Notizen beendet; der als Fahrer des MAZDA vermutete Mann mit dem schütteren Haar scheint aus der Starre & Benommenheit jener lähmenden Gewißheit ICH HAB EINEN UNFALL erwacht & bemüht sich mit zwei anderen Männern, das beschädigte Auto von der Straße in eine Toreinfahrt zu schie-

ben, andere beseitigen das zur jammervollen Skulptur verbogne Motorrad – *Erst im Tod von Maschinen liegt das Bildnis von Leid & Tragik des sterblichen=Menschen* (erinnerst du deine Gedanken einst beim Anblick von Bildern eines anderen Desasters : die von Panzern überrollten Studenten auf dem Platz des Himmlischen Friedens in Peking, u aus den Klumpen Fleisch ragten wie mit dürren Armen flehend die Reste demolierter Fahrräder auf) – *der Anblick vom Tod des-Menschen ist zu absolut, er braucht wie die absolute Farbe den Kontrast* – –Deswegen haben sich die Menschen..... die Maschinen erfunden. (:Die Stimme des ?Feisten, raunend, od deine ?eigene, aus weiten Gedanken vernommene Stimme –).– Die in den Stau gepreßten Fahrer anderer Fahrzeuge lassen inzwischen die Motore aufatmen, und mischen sich & ihre Gefährte als bunte Quader in den sirupartigen Zähfluß des Straßen-Verkehrs, der, durch die ewiggleichen, seriellen Ampelrhythmen zu pollutiven Schüben gereiht, nun auch dieses solang behinderte Blech wieder zurück- & hineinzieht ins neblige u benebelnde Fahren – Fahren – Fahren –; die Menge der Gaffer löst sich vollends auf, während Straßenfeger das letzte Zeugnis 1 Unfalls, im Rinnstein die Pfütze unbestimmbarer Färbung, mit kratzenden Kunststoffbesen in den Gulli kehren. Und Sand über die schmierigen Rückstände auf dem Asfalt, Fahrzeugreifen kreuzen knirschend bereits die helle Schütte Kies – die Störung ist beseitigt, die Fahrt wieder frei – –

Die Nebenstraße, an deren Mündung der Unfall geschah, 1 baumlose Flucht mit beidseitig schmalem Gehsteig & Gründerzeitfassaden, darin noch wie auf einer Generalstabskarte als Kessel die Einschußkrater aus dem letzten Krieg. Mit langer Klinge, fünf Stockwerke tief, scheint diese Straße aus dem Felsgestein des Himmels in den Stein dieser Stadt geschlagen. In regelmäßigen Abständen, straßenentlang, boxen Quecksilberlampen bläulichweiße Lichtfäuste gegen Häuserwände & Straßentrübness herab, u über den Dächern & Giebeln diffuses Leuchten aus der Stadt, ein zitteriges Gewebe, lichtgewordenes Rauschen & Dröhnen. Auf der linken Straßenseite, unmittelbar gegenüber, vor den Parterrewohnungen eine Reihe hölzerner, schon geschlossner Fensterläden, im Kunstlichtschimmern sämtlich vom selben Grau. Der bläulichweiße Lichtwurf aus der Straßenbeleuchtung darüber fällt auf 1 offenstehendes Fenster: 1 junge Frau, die Gardine davorzuziehn, tritt soeben aus der dunklen Wohnung wie 1 Bildnis in einen schwarzen Spiegel ein. Deutlich & hell der Anblick ihrer nackten Brüste, goldfarben schimmernd die Haut mit dem schwarzen Dreieckswappen zwischen den Schenkeln. Und ihr Blick: auf !mich gerichtet, als hielte sie seit längerem bereits Ausschau nach !mir..... – Die Erscheinung bleibt nur für 1 Augenblick, lange genug jedoch um zu wissen, sie ist !keine Täuschung.

Unwillkürlich mache ich 1ige Schritte in Richtung auf dieses Fenster zu –: meine Schuhe knirschen über den restlichen Sand, der die Unfallstelle markiert –:– Beim Wiederkehren in diese Stadt nach so langer Zeit, die 1. Ansichten: ein Unfall, ein Toter, 1 Frau –

–Sie haben ziemlich !schwache Nerven, Froint. (Dicht neben mir die Stimme des Feisten, den, mitsamt seiner aufdringlichen Gesellschaft, ich schon zu vergessen begonnen hatte.) –!Schwache Nerven. !Erstaunlich, daß meine Frau Sie ertragen konnte, u !noch erstaunlicher, daß Sie meine Frau ertragen konnten. – Er wendet mir plötzlich den speckig glänzenden Jackenstoff über dem Rücken zu, die Straße hinabschlendernd. –Gehn Sie nur dorthinein – (& deutet, lässig mit dem Arm winkend, zu dem Haus, darin die Parterrewohnung der Frau, die auch er am Fenster bemerkt haben muß) –Gehn Sie rein, wir sind angekommen: Da genau ist Ihr Quartier, das ist die Adresse: »Chez Lipp« (bemerkt er anzüglich u spricht »Schee Lipp«) –Dort, wenn Sie wollen, können Sie Ihren Pferdetrieben frönen & auch bleiben bis zum Rendezvous mit meiner – geschiedenen Frau. Währenddessen !nehmen Sie die=da: Eine Fut so gut wie die andre, so schlecht auch. Und nicht vergessen: Schee Lipp. (Das fleischige Gesicht eines Nero mit seinen verfeinerten Zügen leuchtet, die Lippen wieder im genußvollen Spiel) –Nur !hinein mit Ihnen. !Vorwärts & nicht vergessen die Genitalität (singsangt er) –Tollen Sie Ihre Gelüste aus, wenn Ihnen nach solch Albernheiten zumute ist. Wie gesagt, es ist Alles bereits bezahlt, kein Zögern bitte & rasch aufgesessen, Sie können den Ritt beginnen. – Er bleibt unvermittelt stehn, und, sich nach mir umwendend, laut: –Wenn Sie dann !fertig sind mit Ihrem Witzwentrost und wieder Ernsthaftes vorhaben: Sie finden mich immer zu dieser Tageszeit bis in den Abend hinein !dort-drüben: – Und zeigt auf einen als Café & Kneipe ausgebauten, ehemaligen Gemüseladen, dessen Inneres an eine in gelbem Licht ersoffene Höhle erinnert.

–Aber !egal (ruft er, schon in der Kneipentür) –ich finde !Sie, wenns recht & an der Zeit ist.

Und selbst das gelbe Licht dortdrin erscheint abgeschabt, zerkratzt, voller Abschürfungen & Narben wie die kahlen Wände, über die es als ein verschlissener schmutziger Vorhang herunterfällt; ein zerschundenes Leuchten, über die Gesichter der Gäste ewige Müdigkeit hinbreitend. Als würden beim Eintreten des Feisten in die schmale Tür zum Café, die der in blauen Stoff gepreßte Leib nahezu ausfüllt, mitsamt dem massigen Leib auch die Straße die pockennarbigen Häuserfassaden & die ganze Gegend samt ihrer glimmernden Trübness, dort, in das enge Café, durch ihn hinterher & hin1gezogen, gleichsam umgestülpt werden, wie der Finger 1 Handschuhs, und alles weitere folgt diesem unausweichlichen Sog : die restlichen Finger – die ganze Hand – der Arm – und schließlich Oberkörper & der gesamte Leib des Menschen : umgestülpt, sein Innerstes, Knochen Sehnen das Skelett & Gekröse, nach Außen gekehrt; all jener nun hilflos umherbaumelnde fleischliche Schund & Trödel – Gallert, das Geschlinge der Adern Venen Röhren, aufleuchtend mit lilaglühenden Konturen, schlenkernd & klöppelnd wie Gliedmaßen 1 Stabpuppe, schamlos offenliegendes Pulsieren Beben Zucken Tropfen Nässen Sekretieren, das Rippenkorsett, dazu die Zähne wie lose Perlmuttknöpfe wackelnd, &

irgendwo auch lehmklumpig das pumpende & affig zuckende Herz – : eine anatomische Vogelscheuche; ein Hausierer vor der Organbank, schmieriger Hintertreppen-Händler mit den Ladenhütern aus seinem eigenen Fleisch; ein chirurgischer Punk, der seiner Zukunft die Zunge & die Innereien gratis dazu rausstreckt, während seine Stimme trotzig&traurig nölt: Wer immerfort wie Ihr nach ZUKUNFT schreit, der kriegt was ZUKUNFT heißt: den TOD, u jeder seinen, um seine Zukunft verkürzt.

Ich höre den Feisten im Gehen 1 Folge von Tönen pfeifen, als skandiere er seine vorige Bemerkung *Sie-ha-ben-ziem-lich-!schwa-che-Ner-ven – Froint*, und läßt dies ausklingen wie ein Kirchenlied, mit jener typischen Hebung auf der letzten Silbe: *!schwaa-ha-hach-he-Nerr-vään* – :Die Tür zum Café schließt abrupt den Singsang ab.

Verwirrt, unschlüssig steh ich einige Schritt vom Bordstein entfernt, auf dem Sandfleck, auf jener Stelle, wo der Unfall geschah (*:Da stimmt was nicht – da ist noch was-Anderes im Spiel. . . . .*) – –

Taubengraues, unsicheres Licht herabfallend aus einer Nacht. Die lilafarbenen Lichtrahmen um Dinge & Personen sind jetzt verschwunden, die saugende Kälte auch u das Gefühl des Verbrennens an den glühenden Drähten & den Rauhflächen der Mahlsteine, im Schleifen über das Pflaster mit fremdauferlegter Geschwindigkeit : Fest spürst du deine Füße auf dem Asfalt, hörst das Geräusch der Kiesel auf dem Fleck (das ist !real) : lässig schlendern Gestalten an dir vorüber, beachten & berühren dich nicht; sie treiben vorüber sämtlich im bleichen Kokon ihrer beginnenden Nacht, im Willen zur Faszination von sich=Selbst. – Und noch 1 Mal der Blick hinüber zu dem Haus mit seiner Reihe gleichartiger Fensterläden im Parterre –: zum letzten Fenster – :die Türbeleuchtung wird soeben eingeschaltet, 1 hellgelbes spitzes Lichtzelt, das die 2 Stufen in-sich aufnimmt – : Und der Anblick dort läßt mich erstarren:

1 vielleicht elf- od zwölfjähriges Mädchen, auf den Stufen

sitzend, als hätt das eingeschaltete Licht sie hervorgebracht; u das Gesicht des Mädchens ist das Gesicht der !Frau, die ich, Heute & Hier in dieser Stadt, in der Bar Unter den Linden zu treffen hoffte – mit der ich die Verabredung hatte, weil du weißt, sie würde dir durch ihre Erscheinung, durch ihr Wesen, Kraft & Halt wiedergeben – Halt, weil sie stets die Größe meines Egoismus fühlte und daher allein aus mir heraus mich betrachtete; der einzige Mensch, den ich kenne, der bei solchen Gelegenheiten den eigenen Standpunkt außer Betracht ließ und mir=selbst die Worte und Taten gab die wirklich zu=mir gehörten –; Kraft & Haltung, die du verloren hast seit jenem 1 Vormittag auf dem Friedhof, vielmehr am Friedhofstor, als 2 winzige Urnen auf der Ladefläche eines Lastwagens standen, u du wußtest nicht, wie lange du schweigen solltest beim Anblick zweier Behältnisse, die wie Konservenbüchsen als Reste in einem pleitegegangenen & nun zu räumenden Laden erschienen waren; Gefäße, die für das Ganzeleben zweier Menschen gradezu als ein blöder=Kabarettwitz, als eine Verhöhnung sozusagen für Die Ewigkeit wirken mußten. Und seit jener einen Nacht viele Nächte danach, als du deinen Bruder getötet hast, dort, im Krankenhaus, in derselben Kleinstadt, nur wenige Schußweit von der Friedhofskapelle entfernt, wo du Stunden – ?od: waren es Jahre – zuvor dir eines großen Verlustes bewußt geworden bist: !du, der, wie du stets meintest, niemals irgendetwas zu verlieren hatte – !ausgerechnet vor der hölzernen, mit dreckfarbenem Sand bekrümelten Ladefläche eines Friedhofswagens, da mußtest du spüren, was Verlieren..... heißt. Und sie, die Frau, hätte dir deine Balance wiedergeben können, wie sie dir schon desöfteren Stütze war, Ausgleich u Maß für deine Stunden unter Fremden – u sie war stolz genug, es dir !nicht zu zeigen. Und hast im Treffen heutabend mit der Frau das mögliche Beenden jener Fassungslosigkeit gesehn, seit Wochen und Monaten das Gefühl einer taumelnden Schwebe – Körper Gehirn vom gleichen Schwanken erfaßt ohne Aufhören ohne Halt – so als hättest du seit jener Stunde auf dem Friedhof, seit jener

Nacht als du töten mußtest, begonnen, dir selbst 1 Brücke über einen Abgrund zu bauen, dessen Sohle du nicht erkennen konntest, die verborgen lag unter Nebel & Dunkelheiten in einer Tiefe ohne Ausmaß, & der letzte Stützpfeiler, in festen Boden gesetzt, der liegt schon weit sehr weit zurück – Leben auf dem Überhang – nur das Wunder einer seltsamen Statik scheint den Zusammenbruch, den endgültigen Absturz bislang zu verhindern. Wobei auf diesem Weg in die schwankende, ungewisse 1samkeit, angetreten vor Jahren, wenn nicht gar auf solchen Weg geworfen schon vor der Stunde der Geburt, sozusagen als Vorbestimmung 1samkeit aus dem Blut von anderen 1samen davor – wobei also selbst diese Vorstellung 1 Herkunft, der Gedanke an die, notwendigerweise, Eltern – Mutter Vater – samt der im Schlepptau dieser Beiden hinterhergezogenen Scharen von Verwandtschaft, jener weiter und weiter in die Vergangenheit sich auffächernden Pyramide aus Knochen Fleisch Gemüt & Geld mit all ihren Komödien Schaustücken listigen Hakenschlägen um immer nur das 1: zu überstehen, nicht einmal Überleben, nur zu überstehen, über die Runden kommen, nicht vor die Hunde gehn..... Heute & Hier in den Belanglosigkeiten längst schon versunken, vergessen & entfernt aus dem Empfinden des 1samen, und das, zurückgeholt, nurmehr saures Lachen aufflackern läßt –, und hat doch solch Schwere, solch niederdrückende Kraft grad in jenen Momenten, wo deren Verlust zu verzeichnen ist, also das, worauf scheinbar alles Streben der Vergangenheit hingearbeitet hatte: den 1samen seine 1samkeit finden zu lassen, die, sobald er sie in ihrer ganzen Festigkeit erfährt, endlich auch ihn, den 1samen, an ihr scheitern läßt..... Zu schwer gestellt, dann ein Leben=lang gewogen, & zum Schluß für zu leicht befunden. Du hast nicht genügt : ?Wann also wirst du *eingezogen, abgeräumt.....* (Im wilden Schweigen deines Kopfes zuweilen ein Knarren, ein langsames, immer deutlicher werdendes Splittergeräusch, als sei ein von Hause aus windschief zusammengezimmertes Balkenkonstrukt nun einer zusätzlichen Belastung ausgesetzt od: als werde dein

Schädel von 1 Schraubzwinge immer weiter und weiter zusammengepreßt –: etwas Fremdes mochte dein einstiges Spiel vor dem Spiegel nun für dich weiterführen –) :Und diese Frau, sie konnte in der Vergangenheit oftmals allein durch ihre Gegenwart, durch Ruhe u Sicherheit in ihrem Da-Sein, dein nächster Stützpfeiler sein auf deinem Weg über einen Abgrund, von dem kein anderer Weg zurück- od fortführen kann. Vielleicht wäre an diesem Abend die Frau dein letzter Stützpfeiler gewesen, und Abstürzen danach, das endliche das endgültige Aus. Du hättest auch das in Kauf genommen..... wolltest ihr das=Alles bei eurem Wiedersehn erzählen. So wäre es ein Abend gewesen, der euch durch das Geheimnis deiner Verbrechen getrennt od aber euch für eure Zeit an1ander gebunden hätte. Anderes, das keine Entscheidung gewesen wär, käme nicht in Betracht. – Und dennoch bleibt für dich, im Schatten der Leidenschaft zu dieser Frau, nur 1 wünschenswert, bleibt nur die 1 bange Frage: ?Kann sie Wichtiges von Kleinlichem trennen, so wie das nur Frauen vermögen, sobald wirklicher Ernst auftritt – 1 kurzer Tränenstrom, und dann die Tat. *Mit Entfernung aber wächst das Verlierende auch.* Du wolltest das sich entscheiden sehn: Heut abend – –

Und nun hier, im Nachtverschlag einer Nebenstraße dieser Stadt, auf den Treppenstufen im hellen Türlicht das Gesicht 1 Kindes an der Schwelle zur Frau, mit der Ähnlichkeit zu *ihr*, gewissermaßen nur um Jahrzehnte zurückgeholt – (so muß *sie* damals ausgesehn haben, mit schulterlangem, dunkelblondem Haar, das vom Mittelscheitel glatt ihr hageres Gesicht umrahmt (nie sah ich *sie* mit anderer Frisur), der schmalen, etwas zu lang geratenen Nase u den halbkreisförmigen Augenbrauen über dem bunten Farbgemisch der Iris, die, nicht allein vom Tageslicht sondern besonders von inneren Tagen& nächten her, vom tiefen Grün bis in ein lichthelles Blau hinüberspielen kann) – die alterslose Typik der Facetten des Gesichtes 1-jeden Frau, die einer jeden Frau gehören, und mehr noch u dazu wie zu einer Landschaft gehörend das Repertoire der Gesten & Gebärden, jener kleinsten freien Körperzeichen

– 1 Haarsträhne wird aus der Stirne gestrichen, & die Finger sind dabei zu 1=bestimmten Kaskade gefügt – der Mund, der sich zu seinen Lauten die Lippen formt & öffnet, und die Zunge windet weich u lüstern das Wort *Geld* hinein..... – die Augenbraue hebt sich beim Hören von bestimmten Wörtern; Wörter, die zu ihrer inneren Erotik gehören, und beim Hören dieser laut gesprochenen Wörter den Augenblick des Getroffenseins markieren – –

Mit arglos weit gespreizten Schenkeln, der kurze Rock ist hoch in den Schoß hinaufgerutscht, hält das Mädchen auf den Stufen nach allen Richtungen Umschau – doch wendet sie wie unter dem Einfluß eines Magneten immerwieder den Kopf & hakt ihren Blick beständig in meine Richtung, an mich gerichtet, fest. Ich schaue mechanisch die offen dargebotenen Beine, die Schenkel, hinauf – :als ich vor ihrem Geschlecht die kindliche, mit Tieren & Spielzeug bedruckte Unterwäsche bemerke, reiß ich den Blick gewaltsam fort –, und schau dennoch immer wieder hin aus der Faszination dieser Wiederholung 1 Frau in einem anderen Alter – bis die Kleine die Blicke direkt erwidert, nicht die leiseste Spur 1 Lächelns auf ihren Lippen; sie bleiben fest geschlossen, ernst, doch nicht abweisend od feindlich, & mit unsagbar abgeklärter Gebärde zieht die vielleicht Zwölfjährige, die Beine langsam über1ander schlagend, den Rock über die Kniee hinüber, so als hätte sie mit dem Instinkt der Frau beschlossen, daß der-Mann nun genug an Gratisgaben gesehen habe, während das kindliche Gesicht mit großen Augen noch immer scheinbar vollkommen unbeteiligt Umschau hält. : Ich bin außerstande, mich von der Stelle zu rühren. Schließlich, ihres Spiels ohne Replik offenbar überdrüssig, erhebt sich die Kleine von den Stufen und geht zurück ins Haus, durch die Haustür, in die einzutreten der Feiste auch mir empfohlen hat, wo ich warten könnte solange, bis *sie* herkommt in diese Stadt, ich *sie* !endlich wiedersehen werde seit ?Wielangerzeit.....

Die Reisetasche von der Straße hebend, gehe ich die wenigen Schritte hinüber vor das Türholz, das ähnlich gestaltet ist wie die Reihe der Fensterläden im Parterre, eine Anzahl kleiner, quadratischer Reliefflächen, sämtlich mit der gleichen Musterung: dicht neben1ander gereihte, senkrechte Parallelen dünner Holzstäbe, die, von stärkeren Holzrähmchen jeweils im Quadrat gehalten, wie Spaliere aus grauen Bleistiften erscheinen. Das unterste rechte der Quadrate mit 1 kleinen Störung: 1 zum Teil ausgebrochner Rahmen, 1 offengelassenes Tor in einem Gatter od 1 illegal in einen Pferch od Grenzzaun gerissenes Loch.....

Ich kümmere mich nicht darum, berühre die gußeiserne Klinke, die Tür öffnet sich leicht. Und schon beim 1. Schritt hinein ein metallisches Gestöber, Sturzbäche, wütendes Delirieren der Fliegen..... als wäre im Innern der Ruine der Block einer zähen Finsternis zu Millionen Projektilen zerstäubt, die dem Eindringling unablässig u unerschöpflich immerfort entgegenschleudert wurden – ein bösartiger Hagelsturm aus einem Unmaß an Angriffslust, wie sie nur diese Art der Insekten aufzubringen imstande schien, die gewiß wie ein dichter Pelz auf dem vermodernden Dreck & Unrat im Innern dieser Ruine saßen und die ich in dem 1 Moment, als ich durch die Öffnung im drahtbespannten 4eck des Ruineneingangs hereinkroch, aufgestört hatte. Instinktiv hielt ich die Hände vors Gesicht, vor Augen Nase Mund – eine Schütte aus dem Finstern gegen mich prallender Fliegen wäre mir sonst direkt in den Schlund gefahren.....

Die Dörfler hatten nicht übertrieben : Im Innern der Ruine, in der fettigen Schwärze ein Block aus Gestank, vermischt mit dem Gifthauch aus Salpeter & Ammoniak, ausgeschwitzt vom zerfressenen Mauerstein, u Modergerüchen feuchten Holzes & faulenden Obstes, Äpfel, die in verschlossnen Schubladen aufbewahrt & nun zu verkommen schienen, u darin wie ein Schlüssel zu allen Schlössern der Verwesung auch der Gestank menschlichen Fleisches, süßlich glasig & faul – ein Brodem, der beim Hereinkriechen sich wie eine Hülle sofort um-mich schloß & mich dem zähen, unmöglichen, dem skandalösen Sterben eines Fremden gleichzumachen & mich einzuverleiben suchte..... Was hieß: 1 irgendwo unter all der langsamen Auflösung noch schlagendes Herz, noch in Arterien & Venen gegen all das Verderben andrängendes, vergiftetes Blut, das mit jedem Herzstoß der eigenen Verwesung neue Nahrung gab, &sofort: eine Art Sterbens-Maschine, gebaut für 1 besonderes Memento, das zu formulieren noch ausstehen od: ganz allmählich aus längst vergangenen, längst schon vergessnen Vorstellungen von Tod & Vergängnis hier, in verblaßten Ruinen, zu dieser unbedeutenden Zeit wieder heraufsteigen wollte. So daß die Hitze aus vergangenen Tagen in den Nächten blieb, und der Atem, als würde leimartige Luft all die Finsternisse binden, darin ich=selbst erschien wie 1 Fleischbrocken im Gedärm eines jener biblischen Ungeheuer; Jonas unverdaulich, nur aus Versehen gefressen, nutzlos u ohne Versöhnung. Und mit 1 Mal konnte ich den Haß, all den Hohn & die Verachtung der Dörfler für einen Toten der nicht sterben konnte, begreifen – meine so voreilige Begeisterung u heimliche Zuneigung zu *Dem*-da :sie platzte ab hier=drinnen wie Tünche auf bröckeligem Verputz; denn meine Voreingenommenheit – aus Aversion gegen die-Horde=draußen entstanden –, SIE, jene Horde, wie meine Verachtung für SIE, hatte mit jenem Etwas hier-drinnen nicht das geringste zu tun. Doch brachte mich solch anderes Fühlen denen=draußen nicht näher. Und ich empfand die Monstrosität, das Groteske u die Anmaßung eines Wesens in seinem Sterben, empfand die maßlose Aufzehr von Zeit, Zeit schon jenseits von Trieben & Schmerz, Zeit die 1zig u ohne Unterbrechung unaufhörlich dem Nichts zufiele –, und ein vitaler Neid, eine kreatürliche Mißgunst sowie ungeheuere Enttäuschung, über die ich mir so rasch nicht klarwerden konnte, drängten herauf zur Empörung: *Und Dafür kriegt Der auch noch Leben* – –

Nirgendwo in der Dunkelheit, die mir in allem wie die Substanz der Finsternis vorkam, konnte ich auch jetzt weder *seinen* Verschlag, den die Dörfler beschrieben hatten, geschweige denn *ihn=selber* od: das, was von *ihm* übrig sein mochte, wenn schon nicht erkennen, so auch nicht einmal erahnen. Ein Block ekelerregender Finsternis, von Fliegen..... umschwirrt, u ich das in leimartiger Stickluft wie vom Klebstreifen gefangene Insekt. Von draußen, durch Winkelzüge der Ruinen & durch Buschwerk, im Nachtwind rauschend, bedämpft, drang das Grölen der Runde ums Lagerfeuer bis hier herein – nichts von dem angeblich so grauenhaften Röcheln Stöhnen Krächzen eines Wesens in seinem Sterben –:dagegen nur fühlbar ein Huschen wie von kleinen Tieren, Ratten u Mäusen gewiß, die über die Gesteinsbrocken & zwischen all dem übrigen, verrotteten Trödel der hier drinnen herumliegen mochte hinwegwischten, in die noch tiefere Finsternis hin zu *ihm*, mit ihren dreckigen, kleinspitzigen Zähnen dem Sterbenden 1 Stück Fleisch herauszubeißen –:außer dem Sirren der Fliegenschwärme, das wie ein ununterbrochen und stetig anwesendes Maschinengeräusch irgendwann einmal nicht mehr wahrgenommen wurde, waren das Gehusche, so leise u flink, inmitten des Getobes der Insektenschwärme, die 1zigen Geräusche hier, die in ihrer Kleinheit, vielleicht nur weil sie !wirklich waren, gehört werden konnten. In meiner Jackentasche das Feuerzeug – ich wagte nicht, es herauszunehmen, es anzuzünden. Das kleine Feuer: 1 Glutbrocken plötzlich in die Finsternis geworfen –, es könnte sofort verlöschen..... erstickt vom zähen Dunst..... Od: solch kleines Feuer hieße Erwachen provozieren, das Erwachen eines Wesens aus Finsternis, ein noch bösartigeres Leben als das der Fliegen..... als das der-Horde=draußen..... : Denn es lag ein dunkles Atmen in diesem Raum – ein drückendes Körpergefühl wie unter Starkstromleitungen, deren Netze, über Landschaften schwebend, gleichsam Stärke & Materialität des elektrischen Stromes aus dem Nichts der Lüfte, des Nebels od des dünnen Schleiers aus Nieselregen herauszuformen & zu verkörpern imstande schienen innerhalb der Aura eines flirrenden, bloßliegenden Nervengeflechts, und die Luft dann von der Wesenhaftigkeit des Unsichtbaren durchdrangen, so daß in jedem Augenblick eine Kraft aus den Lüften, dem Nebel u dem feinen Gespinste des Regens sich zu materialisieren imstande wär : .....Im rotschwarzen Feuerschimmern dann *er*: der Tote, der vielleicht nur deshalb nicht sterben konnte, weil er in *seinem* Sterben nicht allein geblieben war, und so den Lauernden=draußen in endloser Komödie die Szenen *seiner* reizvollen Vergängnis aufführte, & das winzige Licht in meiner Hand könnte sogar die Farben des Entsetzens zu opalisierenden Farbtümpeln brennen..... : Ich !mußte bleiben, hier=drinnen im lichtlosen Dunkel, in dieser 1 kleinen, besonderen Nacht nur für mich=allein, !mußte in meiner kleinen Nacht warten auf das Ende der großen Nacht und auf die wenigen Rationen Tageslicht, die hier hereindringen würden & den Schauplatz des Sterbens zurückholten in den bleiweißen Schimmer im Innern einer Ruine, eines Haufens Abraum & Gerümpel voll mit Moder Ungeziefer Müll –: Dann wäre ich wirklich !entkommen, wäre ich !wirklich u !endlich allein – – Und würde *ihn*, vielmehr das was übrig war von einem Menschen, töten können. Bevor die Anderen kämen, die Horde-von-draußen..... Ich würde *ihn* töten, um *ihn* zu bewahren vorm Tod durch die lynchende=Meute..... Und würde *ihn* töten im hellsten Licht, das eine Ruine erlaubte. Und dieses Mal würde ich hinsehen, würde die Augen nicht zukneifen: Sondern genau hinsehen, auf jeden Schlag mit dem Stein mit dem Knüppel od dem Werkzeug, das zum Töten greifbar wäre. Ich würde nach der Nacht=hier im Innern der Ruine *ihn* töten können !ohne Angst, u ohne die Wut aus der unbenennbaren Enttäuschung. Ich würde, was von einem Menschen, der steckengeblieben war auf dem Weg zwischen Leben u: Tod, übrig geblieben war hier=drinnen, töten können, sogar ohne den beklemmenden Schrecken, den ich damals, vor Jahrzehnten als Kind noch empfunden hatte : Damals, als ich die von den Lastwagen der Armee auf dem Asfalt überfahrene Taube sah.

Und das Tier war nicht tot.

Die schmutziggrün gestrichnen Schwertransporter mit

ihren breiten Reifen waren, Abgaswolken hinter-sich zerwirbelnd, längst & ohne Notiz davon zu nehmen, weitergefahren – ich, vielleicht 10 Jahre od nur wenig älter, war mit meinem Kinderfahrrad, das Vorderrad heftig schlingernd die Lenkergriffe vibrierten in meinen Händen, dem letzten Wagen der Kolonne hinterhergefahren, & ich schrie aus Leibeskräften zu der Fahrerkabine hinauf, schrie bittend, sie möchten doch !umkehren, noch 1 Mal über das Tier hinwegfahren, damit es tot sein könnte –, umsonst: Man hörte mich dort-oben in dem Wagen nicht od: wollte nichts hören von dieser kreischenden Göre auf dem Fahrrad – :1 kleinbißchen Gasgeben & der Rotzbengel war abgehängt – :Ich blieb all-1 auf der gewundenen Landstraße zurück, unter dem Gewicht von grauen Wolken. Langsam u voll Angst stolperte ich, das Fahrrad schiebend, zu der Stelle zurück, wo die Taube lag. Umsonst die Hoffnung, das Tier möge inzwischen tot sein. Auch weitere Autos waren nicht vorübergekommen, die Straße war 1sam & selten befahren. So fand ich alles unverändert wie im 1. Moment, nachdem der Lastwagen die eine Seite des Vogels überfahren hatte: Flügel & Leib lagen dort ausgebreitet, zerquetscht mit zerbrochnem Gefieder auf den Asfalt gepreßt. Mit dem anderen Flügel schlug die Taube immerfort auf die Straße, wie ein besiegter Kämpfer, der seinem Überwältiger signalisieren will, er möge aufhören, Schluß machen mit der unnötigen Peinigung, mit dieser Qual. Den Hals hielt die Taube beinahe grad emporgereckt, aus dem Schnabel, weit aufgesperrt, kein Laut. Immer hatte ich die Augen der Vögel für starr gehalten, ohne Ausdruck, beinah ohne Leben wie 2 Knöpfe aus Porzellan. Von der zu Tod verwundeten Taube sah ich das eine Auge: weitaufgerissen, um die blauschwarze Pupille 1 heller Ring, u das Rund der Pupille schien an 1 Stelle leicht eingedrückt, wie ein dunkler Mond, schon in der Fase seines Abnehmens begriffen..... Laut klatschend der andere, der unverletzte Flügel, Gefiederflaum stob auf, die Zeit schien steckengeblieben im Schmerz, das Tier konnte nicht sterben – dies Schlagen mit dem Flügel die Bitte ums

Aufhören: sie galt !mir, ich war der 1zige hier, !ich mußte ?was tun. Hilflos sah ich mich um, rannte irr umher, suchte im Gras einen großen Stein, den ich auf das Tier werfen könnte..... einen Ast od Pfahl – : Nichts. Ich fand nichts. Ich mußte mit meinem kleinen Fahrrad tun, was der Fahrer des Armeewagens nicht getan hatte: die Taube noch 1 weiteres Mal überfahren, damit sie tot sein könnte.- *!Wenn sie doch nicht immerfort mit dem Flügel schlagen würde. !Wenn sie doch stillliegen würde, den Kopf auf dem Asfalt – –*

Etliche Male war ich auf dem kleinen Fahrrad herangefahren, hatte Anlauf genommen –, und war jedesmal kurz vor der Taube abgebogen – : – und sie starb nicht, nur das Flügelschlagen schien 1wenig matter inzwischen. In meiner Kehle würgend Angst – und ich fuhr wieder los – rasend schnell kam ich der Taube näher – :kurz bevor ich über sie hinwegfahren würde, kniff ich fest wie unter Krampf die Augen zu – : Als ich dann hielt & zurückschaute, sah ich: die Taube verfehlt; ich war nur dort über sie gefahren, wo sie bereits der Lastwagen verwundet hatte. Alles war wie zuvor. Und das Tier war nicht tot.

Ich mußte die Taube noch 1 Mal überfahren.

Die Angst war jetzt verschwunden, bissiger Trotz statt dessen u Wut, weil dieses Tier nicht sterben konnte; jedes andere wäre längst krepiert, nur !ausgerechnet das eine hier, dem ich begegnen mußte, konnte nicht sterben –. Und wieder kniff ich die Augen zu, kurz bevor ich über sie hinwegfuhr : da spürte ich 1 kleinen, weichen Widerstand am Rad, 1 Anprall dem sofort nachgegeben wurde – da hörte ich auch 1 kurzen pfeifenden Ton, den ich noch immer höre, nicht loswerde u der wie der Klagelaut 1=jener ganz alten Menschen klang, die seit Jahren schon verstummten, jene, die wissen, daß niemand sie mehr hören kann od: hören will; dazu das Geräusch, als würde 1 winzige Nußschale zerbrechen..... Ich fuhr damals rasch weiter, sah nicht noch einmal nach der Taube auf dem Asfalt zurück..... Es hatte dann zu regnen begonnen, Regen aus grauen schweren Wolken.

–Und hätte nur 1 1ziges Mal noch die Augen aufmachen müssen, mich umdrehen, nur 1 1ziges Mal noch hinsehn müssen – und hätte Ruh gehabt bis zum heutigen Tag. – Es war mir an jenem Abend, meinem 1. Abend nach beinahe vier Wochen *Fremdenlegion* wieder daheim, nicht gelungen mich zu besaufen. Ich hatte Mengen Bier & Wein durcheinander getrunken, Schweiß klebte auf der Haut : meine Frau hatte nichts gesagt dazu, hatte mir einen Abend=lang 1silbig, wortkarg zugesehn wie 1 mechanischen Ablauf, worin jedes 1zelne Stadium vorhersehbar & bis ins Detail hinein bekannt war. Die besondre Art ihres Schweigens, wie es damals, an 1 bestimmten Abend, begonnen hatte –. An jenem Abend, über dem die Bemerkung schwebte *Er is jetz n Arbeiter : draußen irgendwo im !Dreck.....* Und wenn sie wenigstens !jetzt aufgesprungen wär, gebrüllt hätte *Ver!dammte Sauferei verdammte: das hastu wohl von deinen neuen Kumm Panen gelernt !wie : von diesen Pro Leten da=draußen im !Dreck –*

Sie mußte indes bereits vor geraumer Weile still aufgestanden sein von der Bank im Zimmereck, aus dem weingelben Lichtwurf der Tischlampe & dem Schweißgeruch eines saufenden Mannes herausgetreten – Schuhe & Mantel angezogen, so sah ich sie nun in der Tür, fertig zum Ausgehn, das Symbol kalten Abschieds, ohne 1 weiteres Wort.

–Du gehst.

–Ja. Denn du wirst jetzt gleich die Geschichte von der Katze erzählen, die überfahren wurde und auch nicht sterben konnte – dann die von dem Hund, auf den wieder & wieder geschossen wurde umsonst – und schließlich kämen deine drei Erlebnisse dran, worin du, wie dus immer nennst, mit 10 Jahren dem Tod gleich 3x von der Schippe gesprungen bist. Und schließlich dann wie immer die Frage Weshalb ausgerechnet du all sowas hast sehen & erfahren müssen. Ich kann das nicht mehr hören.

Ihre Stimme hatte wieder jene Tonlosigkeit erreicht, mit der sie immer häufiger einer inneren Anteilnahme sich entzog, so daß scheinbar nichts von allem sich an sie hängen u sie halten konnte – von-Jahr-zu-Jahr, schien es, und von Mal-zu-Mal wurde sie durch ein seit ihrer Kindheit sie bedrohendes Moor langsam & stetig ergriffen, aus sich-selbst herausgetrieben – und geriet immer weiter fort von dem, was ich einst kannte von ihr, u weiter und weiter unter die Oberfläche von diesem Moor aus Abgestorbenem; das sie verwandelte, erstarrte, sie war verloren für mich..... :Ein Gesicht eine Gestalt, das Empfinden eines Versinkens, überhell in den Konturen u Sichtbares überstrahlend – so daß ich immer weniger sehen, immer weniger fassen, festhalten konnte von ihr, was nicht schon Verwechselbares hätte sein können, Anderes wie Anderen Zugehörendes in einer beständig nebulösen, gespenstischen Drift von Gesichtern & Körpern in der explodierenden Engnis einer Stadt Berlin.....

–!Wo willstu denn ?!hin, !jetzt: so spät, in der halben –

Sie sah kurz zu mir herüber, ihre Gesichtszüge schienen mir leer, ausgelaufen u zerronnen. –Das hat mich meine Mutter früher auch immer umsonst gefragt. – Und die Wohnungstür fiel beinah ohne Geräusche ins Schloß.

Ich blieb zurück in der Wohnung, in der Zimmerecke in einem schal gewordenen Licht. Nachtstunde im Geschmack von Alkohol, fauligen Speichel im Mund, u sogar unfähig besoffen zu werden. In der andern Ecke des Zimmers das Fernsehgerät, ausgeschaltet, ich starrte auf das Quadrat mit den senkrechten, dünnen Riefen; Aussparungen im Holz für den Lautsprecherton (die Strebe in der rechten unteren Ecke des Quadrats schien ausgebrochen – jedenfalls klaffte dort 1 Lücke); die Bildröhre das stumpfe 4eckauge des Polyfems nach der Blendung – ein Sog aus Langerweile aus allem Schlamm versunkener Jahre, Lebensalter, die in solcherart Grau hineingebrochen waren, aufgesogen, zur nimmersatten Oberfläche gepreßt, bulimisch fressend & fressend, immerfort, und wiederkehrend in einem lasziven Dauervomieren ohne Ton –

!Wer mochte das sein, dieser Andere..... zu dem sie jetzt ging.....

Meine Gedanken glichen Fetzen aus altem Pergament, die, an den Rändern brandig versengt, in längst vergangener Mode die Schriftzeichen zu Wörtern und Sätzen meiner Überlegungen fügten, & ich, gleichsam aus mir selber heraustretend, betrachtete sie, wie ich in Museen altes Pergament, hinter Glasvitrinen ausgestellt, immer betrachtet hatte: ohne Leidenschaft, beiläufig, nicht als 1zelnes Exemplar, sondern nur in einer Gesamtheit von umständlichen Schnörkeln Rauten & Ranken aus einer mir verborgen gebliebenen Verzierungssucht mit Hingabe & Primanerfleiß gewobenen Erinnerung wahrnehmend. Schriftzüge allsamt in hochtrabender Manier, zänkisch und hoffärtig, Ornamentik für Ansprüche längst verlorener Macht, und ich sah förmlich die vor Aufregung roten Ohren, spürte die verkrampften Sehnen an den Schreibhänden, die feuchten Finger der mit solcherart Texteschreiben, vielmehr Textemalen Betrauten bei so viel Anspruch an Eifer des Bewahrens für eine Ewigkeit –: !Wer mochte das sein, dieser Andere..... zu dem sie jetzt ging.....

Solch Ende des 1. Abends nach beinahe vier Wochen Trennung hatte gewiß ich provoziert. Der Beginn dieses Endes, wurde mir klar, lag Wochen zurück, war vor Nächten in der *Fremdenlegion*. Um die Kosten für Unterbringung zu sparn, hatte die Firma den Bautrupp vorübergehend einquartiert bei einem Bauern auf der Tenne, ein Gebäude, das wir anderntags abreißen sollten. Auch diesen Bauschutt hatten wir danach mit Spezialmaschinen zu zerkleinern, damit er anschließend auf Wege & Straßen, die zum Anwesen des Bauern gehörten, ausgebreitet werden könnte – Ziegel-Verputz-Kacheln-Glasscherben : !Alles auf die Wege; die glitzerten dann vor Glassplittern als seien tausende von Weihnachtsbäumen explodiert & kein Mensch konnte diese Wege mehr betreten od befahren, ohne sich Schuhsohlen od Reifen zu zerschneiden. Aber der Herr=Bauer kassierte noch ordentlich Geld dafür: *Wegeverbesserung*, hieß das, *zum Gemeinwohl* –

–Er!staunlich, bemerkte jener Mann, den sie *Eule* nannten. –Gans er!staunlich, daß diese Bauern=Deppen, die so geil aufs Geld sinn, nich selber in die Schreddermaschine springen & sich zerhäxeln lassen, um Danach die Penunse für=sich als Bulette zu kassieren: *Falscher Bauer: Verbesserung der Wegeverpflegung zum Gemeinwohl* –

An jenem Abend aber stand die Tenne noch. Ich lag im tagwarmen Dachbodendunst, blieb ohne Schlaf, & sah zum Dachwerk hinauf. Das Spalier schwerer, plumper Stützbalken lief die Tenne entlang & schräg bis zum Spitzdach hinauf. Mein Lager war direkt unter solch 1 Balken, der mir als 1 nicht gänzlich aufgerichtetes Schächer-Kreuz erschien. Im Dämmer des in Staub&heugeruch erstarrten Dachbodens lag die beständige Drohung eines perfid=faszinierenden Sterbens. Ich war an jenem Abend neben den drei alten Arbeitern, die schon seit geraumer Zeit schnarchend am Ende der Tenne lagen, allein hier-oben; die Andern waren zum Saufen im Dorf. Und im Liegen die Schräge des Balkenkreuzes hinaufschauend, sah ich im Tagtraum sie, die Frau (die jeder als *meine Frau* bezeichnen würde), den nackten Körper weiß u ausgebreitet, an die Balken genagelt, und voller Faszination starrte ich zu dem kleinen dunklen Haarbusch und zu den langsam sich öffnenden Schamlippen hinauf.....

Sie mußte Es bei unsrer 1. Wiederbegegnung nach vier Wochen gespürt haben, als ich wieder einmal von der sterbenden, auf dem Asfalt ausgebreiteten Taube zu erzählen begann – sie wußte Bescheid, so wie jeder Mensch in seinen Träumen über das Ungeheuerliche Bescheid weiß, sobald nur der 1. Ton einer bedrohlichen Musik angeschlagen wird. Der Abend aber war kein !Traum. Und so war sie fortgegangen fast ohne 1 Geräusch, tonlos trostlos wie ihre Stimme schon vor langer Zeit fortgegangen war, von mir u von ihr=selbst.....

Auch später, während der über Stunden dauernden Bahnfahrt, her zu ihr, in eine Stadt, wo mein Da-Heim sein sollte, konnte ich die Vorstellung ihres nackten Körpers nicht loswerden: ihre kleinen festen Brüste im Rhythmus der Stöße, als würde sie über Hürden laufen – unterm Gegenschlag meiner Lende die feuchte Haut ihres Hinterns (sie fand es erregend beim Ficken, den Anprall der Hoden wie Schläge zu spüren) – in den Achselbeugen im Nacken auf den Schulterblättern die schwarze Graffur sich schlängelnden Haares, und Gerüche aus erhitztem Muschelalgenmeer –; der Anblick ihres von hinten gefickten Leibes mit den beiden Grübchen beidseits am unteren Ende der Wirbelsäule, und ihre Hüfte schwang sich im Bogenwurf wie ein lang und weiß dahingestreckter Violinschlüssel –; ich, vom rasenden Fernzug den Gang vor den Abteiltüren entlanggeworfen, stolpernd hin aufs Klo, und hatte dort in Nässe&zugluft im Gestank von Pisse Eisen & Öl zu masturbieren begonnen. !Wer mochte das sein..... dieser Andere..... zu dem sie jetzt ging.

Ich könnte mich nackt zu Bett legen, den Fernseher einschalten & mit der Fernbedienung die Tonleiter der Langeweile durchspielen; und bei einem der Schmuddelkanäle (:die Stunde wäre danach:) auf 1 der Wixfilmchen treffen, deren Keuschheit meist nur noch übertroffen von Nervosität, denn jedesmal kurz vor dem *Höhepunkt* genannten Moment, senkten sich über den Bildschirm die bunten Bälle od andere Insignien für den Werbeblock (so als hätte der unbekannte Redaktör für diesen Programmablauf das Timing an sich selber ausprobiert, um der Einschaltquoten willen jenen *Höhepunkt* wieder & wieder hinauszuzögern –). Vielleicht würde ich heut schneller *zuende* kommen: auf ihrer Seite des leeren Bettes liegend, den Fernseher eingeschaltet, in Laken u Decken ihr Geruch – als sei diese Erinnerung an *meine* Frau die Erinnerung an eine Tote.

Wer mochte Das sein, Dieser Andere..... zu dem Sie jetzt ging – –

Auf dem Fußboden fahl schimmernd Papier, ich suchte in der Zimmerecke mit den Händen über den Boden tastend im Licht von der Färbung nasser Asche nach den vorhin vom Tisch gefallenen, umhergestreuten Notizblättern, die sie in den vergangenen Tagen & Wochen beschrieben hatte mit ihrer beinah unleserlichen, hastig übers Papier gezogenen Schrift; Einkaufszettel, Rechnungen gewiß, aber vom langsam in mir wie eine brennende Benzinpfütze sich ausbreitenden Suff getrieben, trug ich dennoch die irrsinnige=Hoffnung, irgend-1 der Fetzen möge jetzt vielleicht Antwort, vielmehr Beruhigung sein, die harmlose Mitteilung *Sie geht nirgendwohin, macht nur den 1samen Spaziergang durch die dunkelbunten Scherben Nachtleuchtens in den Straßen, so wie sie das früher, gemeinsam mit dir, getan hat* –,– und tastend fuhr meine Hand über den Teppich, u tastend griff ich hinein ins Dunkel, in zähe modrige Finsternis einer offenbar selbst von der Hölle vergessnen Ruine: fand, als seien das von Kellernässe & Schlamm zerweichte Fetzen Sandpapiers, wonach ich suchte, weswegen ich hier hereingekrochen war: endlich die äußersten, anscheinend unversiegbaren Ausläufer einer Halde aus Tapetenresten, all das von *ihm*, dem Toten der, solange *er* schrieb, vermutlich nicht sterben konnte, bekritzelte Papier; meine Finger, blind wie meine Augen im Fliegengestöber eines hämischen Totenfests während einer Nacht, schwarz & klamm, sie krampften sich um die Fetzen Papier & als seien meine Finger zu Klauen einer Grabemaschine geworden, stopften sie mehr, immer mehr von all dem kaum sichtbaren, beinahe nur fühl- & ertastbaren Fetzen in sämtliche Taschen meiner Kleidung hinein. *Wenn ich morgen, beim 1. Tagesschimmer, die Reste, die von ihm als Lebendigem übrig waren, getötet haben würde, könnte ich sehen, wovon ein Sterbender ohne Tod zu schreiben weiß* – –

Vom ununterbrochenen Summen der Fliegenschwärme ertaubt (in meinem Kopf ein Druckgefühl, ein Dröhnen, als sei ich tief in ein Meer getaucht), spürte ich allein die Schläge meiner Fäuste gegen den Kopf gegen Schläfen und Ohren – immer heftiger, in immer schnellerer Folge wie 1 Boxer vor dem nahen Ende eines vertanen Kampfes auf die Schatten seiner Angst vor der Niederlage einprügelt, so als ließen sich das Dröhnen, die beginnende Taubheit allein durch Schläge vertreiben. – Und das wütende Toben der Fliegen – es verebbte : Plötzlich von 1 Moment-zum-andern sank das 1tönige Sirren in-sich zusammen, als wäre mit 1 Mal der Motor eines wrackgeschlagnen Schiffs – der über zahllose Stunden hinweg, ungeachtet der Zerstörungen ringsum & scheinbar gleichmütig u trotzig wie das Herz jenes Sterbenden dort, durch die Finsterness sein bedrohtes Gefährt getrieben hatte, nun betroffen auch er, stehngeblieben, aus-1-ander gebrochen – schließlich verstummt. Wobei solch Verstummen=plötzlich ebenso unsinnig & unerklärlich wirkte wie das Funktionieren zuvor. Und das Gehör, durch 1tönigkeit immerdesselben, gleichbleibend intensiven Geräusches ertaubt, kehrte langsam zur hellen unversehrten Klarheit zurück – *so würden auch Küstenbewohner sich des Meeres wieder erinnern, wenn das Zischen u Tosen der Brandung plötzlich 1 für alle Mal versiegte.*

Das Ausmaß an Stille, die als ein zusätzlicher dunkler, leimartiger Strom die Leere auszufüllen begann, sie erschien hier im Inneren der Zerstörungen mit ihren Bildern & Erscheinungen, aus den Finsternissen eines Sterbens sich heraushebend, in den Konturen einer GEFAHR, die zuvor das blinde=wütende Getobe der Fliegen unter taubmachender Haube verborgenhielt..... Vielleicht wegen dieser ebenso unvermittelt wie ausweglos erschienenen GEFAHR, die sie mit dem Instinkt ihrer Art bereits erspürt hatten, so wie Ungeziefer stets besten Spürsinn für Gefahren besitzt, war der Schwarm Fliegen aus dem Innern der Ruine geflohen, mit einer Kraft, als hätt ein brachiales Ausatmen der Ruine=selber sie von sich abgestoßen, aus dem Dunkel hinausgeblasen in das andere Dunkel einer Nacht, in deren teeriger Hitze der Stundenflug steckengeblieben schien, aufgehalten, für immer festgebannt. In dem Augenblick (als ich die Schatten=draußen sich beleben sah mit raschen flüchtigen Silhouetten wie Eulen im Nachtflug) als ich von den-ANDEREN=dort mich fortgeschlichen, hier hereingekrochen war in den Mittelpunkt einer Finsterness, in die Nacht 1 Ruine – seit diesem Augenblick hatte zwischen DENEN in ihrem Draußen u: mir diese GEFAHR begonnen; ein Etwas, das wie ein Großes Spiel aussah, wofür es jedoch keine Regeln gab.....

Mein Atmen, nunmehr das 1zige Geräusch hier-drinnen

das überlaut die Taubheit durchdrang, es sollte wie 1 anderer, längst ungültig gewordener Maßstab für Zeit erscheinen, Ausblicken & Hineinhorchen in enorme Räume der Finsternis, ob darin vielleicht *Leben* sei & was dies *Leben* dann noch bieten könne, während solch Schauen & Hineinhorchen lediglich Gewißheit gab, daß mit dem letzten bewußt getanen Atemzug alles *Leben* bereits vorüber war. Das Aufleuchten eines Gewitters hinter dem Horizont, das Nachtmeer erhellend für 1 Moment – vorbei, mehr solls nicht geben, sobald der Widerschein verlöscht, selbst die Täuschungen für Licht zuende waren. So daß ein Sinken der Dunkelheit, eine Rückkehr des Tageslichts & der Tagesschatten mit Farben Formen Bewegungen & Taten – die Zukunft selbst 1 Verbrechens gegen ein Verbrechen – von jetzt an als nicht mehr glaubhaft erschien; der Weg um die lange große Nacht hatte nicht aus der Nacht geführt – –

Denn jede Einzelheit auf u neben diesem Weg erkannte ich wieder; frostighell ragten Schilfstengel Zaunpfähle & schwarz verfärbte Balken aus Restegemäuer verfallender Schuppen & Lagerhäuser ins Märzlicht hinauf. All das erkannte ich wieder auch jetzt : Doch zum 1. Mal war ich=allein u zu solch früher Stunde bis hierher gegangen, ohne den Vater, ohne den Spielkameraden aus meiner Klasse; u so waren seit diesem Morgen Weg u Landschaft=ringsum mein Weg & meine Landschaft geworden. Dort, hinter dem noch zugefrornen Wassergraben (Schilf durchbohrte wie Pfeile die stumpfweiße, von Rauhreif bepelzte Eisdecke), vom weithin sich streckenden Güterbahnhof traten erste Laderampen & Viehkoben fürs Ausladen des Schlachtviehs herüber; Rampen & Koben aus hellgrauem bröckeligem Stein. Frühjahr & Sommer griffen mit Moos Gräsern & Unkraut lange schon nach dem Mauerwerk & zerkrümelten betulich die Steinquader zu lockerem Brösel – jetzt, am Rand eines Winters, erhoben sich die Mauern karg u ausgehöhlt wie Skelette aus dem niedergedrückten Pflanzengeflecht, das wie rostiges Drahtgeschlinge Erde u Gleisanlagen überzog. Inmitten schläfriger Gräser verstreut im Sonnenlicht glänzend Eis&schneescherben, letztes Winterporzellan, zerbrochen zum Polterabend vorm neuen Frühjahr. –*Wir werden nun nicht mehr länger all-1 sein, Junge.* (Hatte die Mutter an diesem Morgen gesagt, und:) –*Heut nachmittag kommt !er, zu Besuch.* (& hatte einen fremden Männernamen genannt.) –*Also trödel nach der Schule nicht rum, sondern komm !gleich nach Hause. Du wirst sehn: du !wirst ihn !mögen. Er !freut sich !so auf dich.* (Sie sah mir einen Augenblick=lang 1dringlich ins Gesicht.) –*!Heut=Nachmittag kommt er zu uns & will dich kennenler /* :die zuschlagende Wohnungstür hatt ich in den Satz der Mutter geworfen. Und war nicht in die Schule gegangen u nicht nach Hause zurück.

Am Ende dieses Weges, hatte mein Vater gesagt, soll er warten: auf den Schienen stillstehend noch immer, der Große Dunkle Zug..... Aus letzten Inseln Schnee ein Winterrauch, in der Ferne führt der Weg in eine Senke hinein, in ein kleines Tal gefüllt mit Nebel, als Messingwand steht Sonnenleuchten dort. Ich spring über den zugefrornen Wassergraben, Hände & Füße gestemmt in bröckeliges Gemäuer klettere ich eine Verladerampe hinauf. Im letzten Herbst noch hatte der Vater mich hierher mitgenommen, süßfruchtiges Apfelaroma, vermischt mit Erdegerüchen aus herbstlichem Regen, lag als Wolke über Rampe u Gleisen. Aus offenen Güterwaggons wurden bergeweis Äpfel auf die Fuhrwerke der Obstgroßhändler verladen; Männer mit Forken schippten Apfelhalden von den Waggons in die Ladeflächen der Fuhrwerke hinüber; oft sah ich nur die Köpfe der Männer & als Windmühlenflügel auffahrend die Forken, sah aus den Güterwagen von Mal-zu-Mal die Schütten grünrotgelber Äpfel wie bunte Tennisbälle fliegen, aufgespießt blieben etliche an den Zinken hängen od rollten im Schwung aufs Kopfsteinpflaster der Rampe u zwischen die Gleise unter die Güterwagen hinab. Weiß wie Zähne u hell schimmernd das Fruchtfleisch in den aufgeplatzten Früchten zwischen Rostfarben Unkraut & Schottergestein. Einen großen leuchtendroten Apfel zeigte mir Vater dort, zwischen den Gleisen, direkt neben dem

Stahlrad eines Güterwaggons. Ich sprang hin ins Halbdunkel unter den Wagen zwischen Rampe und Gleis, so wie ich einst im Sommer zum 1. Mal in ein tiefes Gewässer gesprungen war, tauchte ein und kroch dann umher auf Händen & Füßen unter dem Wagen, über Schottersteine rutschend wie auf dem öligen Grund eines Flusses – ich griff den Apfel, kühl naß u fruchtig duftend lag er in meiner Hand, während neben dem Gesicht die hell blitzende Lauffläche des Stahlrades stand, hoch kalt & hart, in den fettigen Geruch von Schmieröl drang süßer fruchtiger Duft all der umherliegenden Äpfel ein; mir erschien das Rad=direkt neben mir so groß u hell wie eine Wand aus Stahl. Zuerst in der spiegelblanken Lauffläche des Rades als 1 dunkler Strich, 1 Schattenspur im Stahl – dann, als ich mich hinwandte : Vor mir das Gesicht des Vaters, lachend.....

Unweit von hier die überdachten Viehkoben. Noch immer schien Gestank von Rindern & Schweinen kalt ins rissige Gemäuer hin1gefressen, Beton, der Koben von Koben trennte, seit langem verschlossen die Gatter aus speckigen Bohlen & leer die Ge4te mit Abflußrinnen im Stein, Rauhreif jetzt wie erfrorenes Moos drüberhin in feinverwobene Gaze gebreitet. Vielleicht würden hier schon bald wieder Viehverladungen stattfinden; Tiere, einzeln u wie benommen vom stunden- od: tagelangen Transport in viel zu enge Güterwaggons gepfercht, nun geblendet vom Licht herausstolpernd auf wackeligen Beinen starr wie aus Holz unsicher ängstlich verwirrt, von grellen Pfiffen unter Geschrei & Stockschlägen, auch elektrisch geladene Schlagstöcke wurden verwendet, unter deren Elektroschocks die Tiere zusammenzuckten wie unter Stichen großer Insekten & 1 2 Sprünge taten die Laufgatter entlang, dann weiter Fußtritte & wieder Pfiffe & Schläge von den Männern zu beiden Seiten der Gatter, die Tiere aus den Waggons in die Koben hetzend tretend stoßend & prügelnd, um sie von dort je nach benötigter Stückzahl auf Transportfahrzeuge zu verladen, zur Fahrt in den Schlachthof der Stadt..... Die Männer, die Viehverladungen besorgten, Arbeiter des Schlachthofs, trugen sämtlich Gummistiefel & dunkelblaue od graue Montur, beides, Stiefel wie Montur, waren dick mit Schlamm & Tierscheiße bespritzt. Schrill & kehlig ihr Geschrei, mit dem sie die Tiere hetzten *!HEEJA HEEJAHEJJ !HOPP-!HOPP HÄ-!HEEJ!HOPP!HOPP !HOPP!HOPP!HOPP!HOPP HEE!JA* – über Stunden und Tage hinweg die 1zigen Laute, die diese Männer von-sich zu geben schienen, dazwischen derb klatschend Hiebe & Fußtritte gegen die Leiber der Tiere. In den Zeiten von einem Transport zum andern ließen die Männer Flaschen reihum gehen, braunes schwappendes Getränk. Mit lauten, rohgrölenden Stimmen & heftig mit den Armen winkend holten sie mich heran. Auch in ihren Gesichtern, deren Haut stark gerötet u oft wie mit Schuppen bedeckt, Spritzer od derbe Striemen Dreck & Kot.- Stolz, von erwachsenen Männern eingeladen zu sein, kam ich näher und stellte mich zu ihnen hin. Lachend hielten sie mir eine offene Flasche entgegen, forderten mich auf zu einem kräftigen Schluck –; wie ein Faustschlag traf mich der Weinbrandgeruch, die Augen tränten, ich mußte husten. Wieder lachten die Männer, & eine Hand, dreckverkrustet wie eine aus der Erde gezogene Rübe, hielt mir noch einmal die Flasche vor. Und hätte tatsächlich draus getrunken (diesmal hielt ich vor dem scharfen Fuselgeruch mir die Nase zu), hätt ich nicht im letzten Moment in der Flasche im schwappenden Gesöff obenauf weißlichen Speichel, verhärtet wie helle Stückchen Borke schwimmend, gesehn – : ich stieß die Hand mit der Flasche weg, noch einmal würgend u hustend rannte ich davon –; nur kurz warfen die Männer ihr spöttisches Gebrüll wie Mistfladen hinter mir her, dann wandten sie, fluchend & mit abgehackten Schreien, sich wieder ihrer Arbeit & den Tieren zu.

Diesmal sollten Schweine, eine ganze Herde wie hellrosa Rumpfleiber, *nur ihre Empfindungen blieben wie vorher*, aus den Koben heraus- & in die Fahrzeuge des Schlachthofs getrieben werden. Vielleicht war der eine der Männer inzwischen besoffener als seine Kumpane – er hieb seit langem schon am derbsten auf die Tiere ein & brüllte dazu lauter als all die übrigen Männer sein schrilles *!HEEJA !HEEJ & !HOPP!HOPP! HOPP* –. Jetzt, auf dem glitschigen Kopfstein, rutschte er plötzlich aus und stürzte in die Schmiere aus Pisse & Kot zwischen den Schweinen nieder. *–Rudich ruich aus Mann Legda lang-da Awasisja nochn bisken Sseit bissum Schlafmgehn wa !?Oda haste die Sau=da mit deine Olle vawexelt* – :Die Männer-ringsum schütteten ihr Gegröle wie Jauchekübel über ihren am Boden im Dreck liegenden Kumpanen aus. Der, schreiend fluchend mit tiefrotem Gesicht über&über mit hellbrauner Scheiße beklebt, rappelte sich hoch, packte seinen Knüppel & drosch mit all seiner Kraft auf eines der Schweine ein. Er schlug das Tier auf Kopf und Schnauze – grell schrie das Tier im Schmerz –, nicht lange, dann taumelte es, von den Schlägen betäubt, ziellos zwischen den anderen, ängstlich sich zusammendrückenden Schweinen im Koben, umher. Doch der Mann, tobend & fluchend, ließ noch immer nicht ab von dem verwundeten Tier –: immer weiter sauste pfeifend der Knüppel nieder, zuletzt traf er auf die Schnauze des Tiers. Ich wollte aus der Entfernung *!Aufhörn !Aufhörn !Hör doch !auf* zu dem Mann=dort-drüben schrein –, die Kehle aber schnürte sich zu, vor den Augen ein wässriger Schleier – da hindurch sah ich noch immer die hocherhobenen Arme des Mannes & den niedersausenden Knüppel – jetzt, u lauter als das Geschrei & Johlen der Männer u: lauter noch als das angstvolle Quieken der Tiere, der 1 Laut, als wäre 1 trockenes Holzscheit zerbrochen : der letzte Knüppelhieb hatte dem Tier den Schädelknochen zertrümmert..... Ich sah das Tier, von Blut überspritzt, zuckend u mit den kurzen Beinen die Luft zerstochernd, zusammenbrechen, niederstürzen dorthin, wo zuvor der Mann gelegen hatte. Der stand jetzt aufrecht wie 1 Sieger, die Runde pfiff & applaudierte, man reichte die Flasche reihum. – Der Schotterstein in Form 1 winzigen Pyramide legte wie von=selber sich zwischen Daumen und Zeigefinger meiner rechten Hand – ; aus dem Koben=dort hörte ich das Gegröle der Runde wie Kuhfladen aus den Mäulern falln, klatschend & wahllos schon wieder Knüppelschläge auf die Tiere; die Schweine, die meisten schon blutend, drängten irre vor Angst quiekend von 1 Ecke des Kobens zur andern – ; die Zunge zwischen den Zähnen bis ich Blut schmeckte, ich spürte keinen Schmerz –, dann warf ich den Stein. : Der Mann=drüben kreischte durchdringend wie eine Sau, taumelte, hielt das Gesicht schräg im hohlen blöden Blick erstarrt zum Himmel auf, und als würd aus dem einen Auge aller Dreck dieses Schädels wie aus einer Kloake abfließen, troff ein dicker zäher Schleim aus Blut & Gallert über die kotbespritzte Wange des Mannes runter ; instinktiv im Schmerz griff der Mann mit der Hand ins Gesicht, der Dung an seinen Fingern geriet in die Wunde & brannte wie Karbid das zerschlagene Auge – : brüllend u um-sich schlagend stürzte er noch einmal im Koben in Morast & Scheiße nieder, während die übrigen Arbeiter, fassungslos, wie dickes träges Gewürm über die Brüstung krochen, hin zu ihm, zu ihrem Kumpan in den Schweinekoben hinein.

Ich stand still in der Entfernung u sah ihnen zu. In mir wie Benzin brannte die Angst..... in schlotternden Flammen, & mischte sich mit schwarzen Qualmsäulen ins ruhige klare Licht einer großen sehr großen Befriedigung ein – (Ich brauchte alle Kraft zu verhindern, daß ich springend vor Triumf u vor Freude schreiend *!Ich habs dir ge!zeigt: du Arschloch du Mistkerl du dreckiger Sack du sollst tot sein !tot !!tot !!!tot* – mich nicht zu erkennen gab –). – Langsam & scheinbar gelangweilt schlenderte ich wenig später davon (in-mir erkaltend die Flammen Angst.....) – Ruhe u wohltuende Müdigkeit fühlte ich wie eine wärmende Decke sich über mich breiten. Und hörte die Männer=dort-drüben jetzt brüllen *–??Wer hat das getan ??Wo is das Schwein das !Sowas getan hat ??Wie heißt der Saukerl ??Wo ist er* – ; auf mich, den 7jährigen Niemand, kamen sie nicht.

Am Ende der Rampenzufahrt damals ein großer Viehtransportwagen, der stand schon zur Abfahrt in den Schlachthof bereit. Am beizendherben Geruch erkannte ich Rinder, und sah in den Zwischenräumen von Planke zu Planke schwarz u weiß gescheckt die Tiere, eng an1ander u still. Ich trat nahe heran. Im Spalt zwischen 2 Planken ein Auge, groß ruhig u glänzend schwarz, unbeirrt blickend auf mich. Noch näher trat ich heran, so nah, bis ich im schwarzen Auge dieses Tiers, verzerrt fahl u winzig, mein Gesicht im Spiegel sah.

Als wären das Blicke in eine tiefe Augenhöhle gewesen, und am Ende das 1 Auge, der 1 nüchterne Blick, der starre Bilder aus seinem Abgrund bewahrt. Und in schnurgerader Ferne verlieren sich so die immergleichen Treppenhaus- & Hinterhofanblicke, verkürzt in der Perspektive zu hell beleuchteten und wieder zu finsteren Abschnitten, schmaler und schmaler, den Rahmen von Bildern immer ähnlicher; Bilder, die, im schrittweise kleiner werdenden Maßstab, stets nur sich=selber zeigen als Bilder in Bildern, bis zum Verschwinden – od, bei plötzlicher Umkehr des Blick-Weges, Bilder, die plötzlich hinaufschnellen zu unvorstellbarer Größe, und dies immer weiter, bis das Wissen, eine Folge von Bildern zu sehen, völlig verlorengeht, u man mit Ratlosigkeit feststellen muß, selber 1 Gefangener dieser rasenden Vergrößerungen zu sein, die, 1 Mal in Gang gesetzt, kein Ende finden können, alle Grenzen Maßstäbe Erfahrungen überrennen sprengen explodieren lassen im ständig sich steigernden Wahn dieser Selbst-Vergrößerungen – –

Und, als hätte ich eine andere Klimazone betreten, trifft mich aus dieser hell/dunklen Ferne eine feuchte, wehende Kälte. Wie einem magnetischen Atem folge ich diesem Luftsog, höre die Tür mit ihrer Anzahl quadratischer Reliefflächen im Holz (dicht neben1ander gereihte, senkrechte Parallelen dünner Holzstäbe, die, von stärkeren Holzrähmchen jeweils im Quadrat gehalten, wie Spaliere aus grauen Bleistiften erscheinen u jenes unterste rechte Quadrat mit 1 Störung, dem zum Teil ausgebrochnen Rahmen. . . . .) hinter mir mit hartem Schlag sich schließen, und trete ein in die vorderste, in Kellerdunkelheit & Kellerdunst gehaltene Toreinfahrt, rötlich glimmernd zur Rechten der Knopf für die automatische

Beleuchtung – : Toreinfahrt & Treppenhaus schwimmend im teetrüben Licht. Ölfarbschichten, abgeplatzt & aufgerollt wie trockenes Laub in Herbstfarben, vertieft die Schattenschründe an Decke u Wänden; ehemals bunte Wandfliesen, jetzt zerkratzt zersprungen herabgefallen & zerscherbt; Stuck, ornamentiert zu Festons als Blüten- & Früchtekränze, einst Schmuck & Zierat an Wänden Deckenwölbung u kleinen Säulen, die den Bogenwurf der hohen Decke tragen, schuppenartig als feuchter Kalk zerblättert u längst in kreidigen Brocken abgeplatzt von dort oben herabgefallen wie aus der zerbrochnen Glasschale das trübgelbe Licht. Das Ticken des Licht-Automaten überlaut & rasend wie Herzton eines Tieres in Angst. Die Säulenschäfte ohne Kanneluren, als glatte dorische Nachbildung, wenn auch von wesentlich zierlicherem Bau als ihre antiken Vorbilder, aus ihren Basen herauswachsend wie gestutzte, ihres einstigen Ästewerks beraubte Alleebäume, aus denen, in Kapitellen mündend, dort wie in einem längst vergangenen Frühjahr erneut fragile Zweige mit winzigen Blättern daran zu sprießen begonnen hatten, um gleich darauf 1 plötzlichen bitteren Wiedereinbruch von Winter & Frost zu erliegen; einem Winter jedoch, der nicht Eis & Schnee & Reif, sondern vielmehr Mörtel & Kalk schickte, so daß diese Zweiglein u fragilen Blätterkränze, von kalkigem Weiß überzogen u bis ins Innerste erstarrt, durchdrungen, ihrerseits u sozusagen für-immer zu Stein erfroren warn, und die in diesem u kaum von jemandem der mit flüchtigen Blicken durcheilenden Hausbewohner bemerkten, langsam krätzig werdenden Mauerwerk einer Toreinfahrt in einem steten Wechselschnitt von Hell&Dunkelfolgen automatischen Lichtwurfes sowie von Trockenheits- & Nässebeatmungen seither ausharren mußten, und, längst noch bevor die 1. kleinen Farb- & Verputzbrösel auf den Boden herabfielen u somit von den Durcheilenden als kreidiger, rasch breitgetretener Staub zwar bemerkt, nicht aber jemals beachtet worden wären, dem unendlich langsamen wie unaufhaltsam unendlichen Verfallen dieser Gemäuer ringsumher gleichgemacht wurden.

Aus dem Treppenhaus herab eilends 1 junge Frau, deren noch mädchenhaft kindlicher Körper in grafitgrauen Filzmantel, die Beine in derbe schwarze, Wasser ziehende Wollstrümpfe gehüllt, auf dem Rücken einen blaßgrünen Leinenrucksack mit Mörtel- od Kreidespuren wie einen schlappen Buckel tragend; 1 jener jungen Fraun, die in 1 krampfhaft gegen die-Mode & gegen die Werteskala der *hübschen Frau* abgerichteten Mimikry in dunkelbunten Farben, wie Kinder im unablässigen Spiel des Verkleidens als Großmutter festgehalten, gefangen u bereits mit jener allen wirklichen Großmüttern eigenen Spur von Schmuddeligkeit des Alters erscheinen. Die junge Frau eilt auf 1 zerschrammtes, rostrotes Fahrrad zu, das im Dämmerlicht des Treppenhauses gegen die Wand lehnend abgestellt ist. Ihre Schritte lärmen durch den hallenden Flur, die Schuhe sind derb u von stumpfem Schwarz, so wie sie in der Öffentlichkeit seit Jahrzehnten von Nonnen getragen werden od von Langejahre schon allein lebenden Witwen, wobei Derbheit nicht nur in der Schuhform wie im Schritteklang an eine mit demonstrativem Gestus zur Schau getragene Keuschheit erinnert, die nicht so sehr Unberührbarkeit suggeriert, als vielmehr an eine Art Virilismus, weniger biologischen als seelischen Ursprungs, denken läßt. Die junge Frau schiebt das Rad eilig zur Haustür, so als fliehe sie, die letzte, auf der Flucht sich verspätende Einwohnerin mitsamt ihrer letzten Habe im Rucksack aus einem kurz vorm Einsturz stehenden Gebäude hinaus –, das schwere Türholz schlägt hinter ihr zu, und wieder jene leis bröckelnde Stille unaufhaltsamen Verfallens, jenes nur ahnbare Rieseln der Vergängnis, das aus dem Innern des Steins herausdrängt und sichtbar wurde an jenem Tag, als der 1. Kreidebrocken vom Stuck der Decke auf die zerkratzten Fliesen fiel.....

Seither, & vermutlich selbst inmitten des lautesten Getöses umher, atmet diese, einem der Gleichgültigkeit u dem Insicheinstürzen überlassene Toreinfahrt Stille aus; überlaut dagegen der eigene Atem. Dann, langsam weitergehend, auch meine Schritte jetzt derb u hallend (sie schleifen weggeworfne Zeitungsbögen, Reklamezettel, unbeschrieben gebliebne Lotterie- & Einzahlscheine für Hilfswerke übern Steinfußboden, treten scheppernd gegen weggeworfne Bier& colabüchsen) – als läge der Stein ausgehöhlt, weltenfern u menschlos über mir. Links in die Wand der Toreinfahrt eingelassen drei Stufen hoch überm Boden 1 Wohnungstür, kein Namensschild, das Türholz fleckigbraun (zwischen Schwelle & Tür 1 Band aus kalkgrauem Staub) – der Briefschlitz in der Tür abgerissen, wie durch winziges Schalterfenster 1 Luftzug von dort-heraus – die Räume dahinter mit ihrem Geruch kaltfeuchter Zersetzung gewiß langezeit schon verlassen, unbewohnt geblieben seither. Rechts schraubt sich aus gedrechselter Spiralform 1 halbhohe Säule wie der Leib eines Reptils als dunkles, wuchtiges Geländer zum Treppenaufgang des Vorderhauses hinauf. Und daneben die Doppelreihe Briefkästen, rostiges Blech, bisweilen unterbrochen vom Grellblau 1 neueren Kastens. Der Gewohnheit folgend will ich soeben die Namen auf den Schildern entziffern, besonders den 1 Namen suchen – *K. Lipp* – den der Feiste mir genannt hat – :als der Automat das Minutenleben des Lichts auslöscht. : Auch im wiederholten Gelbschimmer finde ich hier diesen Namen nicht, gehe weiter, tiefer ins Haus hinein. Der Toreinfahrt folgt, kaum breiter als sie, der 1. Hinterhof. Zu beiden Seiten, höchstens 6 oder 7 Meter vom Gegenüber entfernt, fünf Stockwerke hochgestellt, schartiges Grau mit 4eck-Ausbrüchen: Fenster, manch 1 erleuchtet, andere weit geöffnet aber dunkel, als wären dort Fächer für Grabstellen freigeworden. Und die Toten feiern : auf&abschwellende Stimmen, schübeweis kreischende Erregung, die Stunde drängt, Töpfeblech scheppernd ausgekratzt Rockmusik kehliges Rhythmenklirr als würden Schubladen voller Glasscherben in panischer Hektik auf&zugestoßen od an Schädeln (deren Gehirne einst kristallisiert & von Dauerlärmhämmern zerstoßen gesplittert zu Granulaten zerstäubt) würde nun mit unsichtbaren Fäusten unentwegt gerüttelt so daß die Gehirnbrösel durch den Kartoffeldampf der Stuben im heißen Speckgeruch wie Grieben verschmurgeln & süßlich mit Gelatine Schlagermusik sich übergießen Hunde ahmen kläffend Radiofernsehstimmen das Nachrichtengebell & 1 Kirchturmuhr zerschlägt hell klöppelnd den gußeisernen Stundenfluß (das Mitzählen vergessen –: ?Wie spät mag es sein) & durchgestrichen all-dies von Gabelzinken Kinderplärr hellen zänkischen Fraunstimmen & dem Gegrunz ihrer Männer, wobei nach unerfindlicher Dramaturgie deren Geschrei immerwieder neu zu immerdengleichen Attacken & Tiraden aufflammt je nachdem woran Haß & Wut neues Fressen finden am andern 1gesperrten neben sich, u draußen auf den Straßen vorüberwischend Polizeisirene od Feuerwehr, 1 Fenster schlägt zu, 1 Licht verlöscht, andere reißen ihr helles Ge4t aus dem rasch erdunkelnden Grau, Schattenköpfe Schattenleiber hinter dünnfädigen Gardinen, hin&her getrieben von Wahn & Eifer in zu kurzgefaßter Stunde, während die unter Flugzeugen immerfort herabdröhnenden, stotternden Luftlawinen Häuser Straßen Hinterhöfe unter ihrem lauten Steinschlag verschütten, die Mäuler der am Hofgrund faul & verstockt im aschtrüben Schimmern gähnenden Zugänge zu Kellern verstopfend. Bisweilen im trüben Hof noch liegengebliebenes Spielzeug, ein Plastikfußball, die Farbe in Striemen abgeplatzt – als lägen noch in der Stickluft des Hofes gefangen die Echos vom stundenlangen Balltreten Ballprellen Ballschlagen gegen die drögen Mauern, das Toben & Kreischen jener Kindermeute auch, die von ihren Eltern aus Bequemlichkeit u 1fallslosigkeit Tag-für-Tag in diesen Hof wie in 1 leeres Bassin, zum Spielen od: vielmehr zum Zeitzertreten, Zeitumbringen wie in 1 Sammelbecken geschickt & losgelassen werden, so als sollten die Kinder bereits in solch frühen Jahren die Ödheit u die Trostlosigkeit ihres späteren Dahinlebenmüssens an diesem Ort tränieren od: als müßten diese Kinder bereits heute sich gewöhnen an spätere Jahre, die ihnen, so offenbar die Vorausschau der eigenen Eltern, unausweichlich blühen würden, nämlich all jene gezwungnen Stunden Hofgänge zwischen hohen Mauern & Beton in Moabit Tegel Plötzensee..... Und würden solche Kinder später, sofern irgendjemand auf die Idee käme, sie danach zu fragen, was in ihrer Kindheit sie denn erlebt hätten, nichts wesentlich anderes erzählen können, als *Tag-für-Tag in einem grauen Zementhof stundenlang Bälle gegen die Hauswände getreten.....*

Am Ende der Tunnelflucht sichtbar ein Quergebäude, einer langgestreckten Baracke ähnlich & an Brandmauern krätzige Ziegel roh entblößend; eine Reihe Holztore hängt schief & rissig in ausgedrehten Angeln – Garagentore, & über jedem Tor wie aus Brausehähnen schmutzigweiße Lichtwürfe aus Blechschirmen in den Hof hinab. Seltsam zurechtgemacht, wie bestellt diese illuminierten Tore, als sollten alsbald davor Standgerichte od anderes Femeurteil gehalten werden. Nirgends der Schalter fürs Hoflicht, vielleicht gibts keinen – wie Fußabtreter liegen die Lichtflecken aus den Fenstern der Wohnungen in den grauen Hof gebreitet – ich geh drüberhin, die nächste Toreinfahrt vor mir; sie würde der 1. ähnlich sein –, als der süßscharfe Gärgeruch aus Mülltonnen mich trifft. Und noch andere, will scheinen, ältere Verwesungsgerüche, tragen diese fauligen Dünste aus. Linkerhand, wiederum einige Stufen hoch, die aus den Angeln gerissne Tür zu einem ehemaligen Laden – **Nutz- & Haustiere, Singvögel, Papageien u. Exoten ff.** – so auf dem bröckeligen Mauerverputz die aus zerschlissnen Buchstaben bestehende, noch lesbare Inschrift – :Doch aus dem einstigen Ladeninnern quillt mitsamt einer Halde Bauschutt, Ziegel Mörtel Stroh & Balken, vom teilweisen Einsturz der Räume kündend & vulgär nach außen gekotzt, als hätt die Ruine einst in ihrer Agonie sich übergeben müssen auch der Gestank 1=bestimmten Verlassenheit..... von dort-drinnen heraus, Gestank, der in seiner Verwesung gar nichts ursächlich Fleischliches trägt, als würden die nässenden schimmeligen Wände den in die Poren des Steins eingeätzten Schweiß&urin von Mensch&tieren aus Jahrzehnten lediglich als eine Maskerade, als ein nur des allgemeinen Verständnisses halber getragenes Zeichen von Tod & Verwesung benutzen für eine Art anorganischen Sichauflösens & Vergehens, das in seinem Verfall, in seinem Sterben zu ganz anderem, seuchenhaftem Umsichgreifen befähigt ist, als dies ein tierischer od menschlicher Organismus vermag. Denn nachdem im Lauf-der-Jahre sämtliche Einwohner nach-und-nach fortgezogen waren, ihre Hinterlassenschaften – all jenes in Specktönen erbleichte Mobiliar, das, lichtentwöhnt wie Kellergewächse od Insektenpuppen, zuerst sozusagen schutzlos am hellichten Straßenrand erschien, dann (im Innern von Möbelwagen od getürmt zu eckiger Halde in Sperrmüllkontainern) verschwunden war –, verschwand gleichfalls auch die letzte 1wohnerin, jene Greisin, die seit einem halben Jahrhundert od: länger im Innern dieses Hauses im Höhlendämmer ihrer nach Kampfer Fenchel Ammoniak pomadigen Salben riechenden Wohnung noch dahinvegetierte. In immer größeren Zeitabständen waren in die mittlerweile scheinbar zur Puppenstube geschrumpften, in ihrer nicht einmal mehr quälenden Dämmerung, vielmehr zu einer resignierten Düsterness erloschenen u stockenden Hinterhofwohnung jene pikiert umherschleichenden Besucher, ihre selber längst Kinder habenden Kinder, hereingekommen, auf deren stereotype Frage *Mutter brauchst du was* anfangs die greise resignierende Stimme *Was soll ich in meinem Alter schon brauchen* als Antwort zu hören bekamen, späterhin dann, als sie (die Alte) aus ihrem Puppenbett, aus dessen von zerbröckelnden Spitzen gesäumten winzigen, kreidiggrauen Kissen der Kopf der Greisin wie 1 Schrumpfkopf herauslugte, zerfurchelt rissig bleich u eingesunken die Gesichtshaut (wobei allein dieser vogelartige Kopf auf dem Puppenkissen von dem einstigen Körper übriggeblieben schien, denn das Federbett zeigte nicht den leisesten Hinweis, daß darunter noch ein vollständiger menschlicher Körper..... verborgen läge), von dieser vorbestimmten Bahre sie, die Alte, also nicht mehr aufstehen konnte od wollte, als 1ziges Anzeichen für Nochlebendigkeit der unablässig mümmelnde, zahnlose Mund, die hellgrauen Porzellanaugen noch ungetrübt, u auf die stereotype Frage jener Fremden, die ihre Kinder sein sollten, als 1zige

Antwort nur 1 Kopfschütteln kam, das eher als Geräusch des Stoffes vom Kissenbezug denn als wirklich ausgeführte Kopfbewegung erkennbar war; und die Fremden = die Kinder der Greisin, sie konnten bei ihren immer selteneren Besuchen das immer bestimmender werdende Gefühl des Grauens u des Ekels nicht mehr unterdrücken, weil nämlich sie (d.h. einer der Beiden, Sohn od Tochter) von diesen unterm Federbett und unter 1 ledernen Hauthülle verborgenen, inzwischen gewiß wie Dörrobst geschrumpften Eingeweiden einst, vor nicht mehr vorstellbarer Zeit, geboren worden war, mithin Sohn od Tochter in diesem nun langsam in 1 grauenvolle Mumie sich verwandelnden Leib, der nicht einmal mehr nach Urin od Kot od Schweiß stinken konnte, der überhaupt keine menschlichen Gerüche mehr an-sich hatte, sondern vielmehr etwas Hölzernes, Borkiges, Spinnenfädiges, einige Handvoll Menschengewebe sozusagen, u sie, jene Kinder der Alten mithin, in diesen einst lebensvollen blutigen Geschlingen von Eingeweiden vor der Zeit ihrer Geburt gelegen hatten, und, so mochte sich ihr Ekelgefühl weitersteigern zu einer schwer faßbaren Wut, sie von diesem nun verdorrten, backpflaumenähnlichen Uterus auch ihren Teil Vergängnis abgekriegt & geerbt..... haben mochten. Und die Alte in ihrem Puppenbett, sie konnte nicht sterben. Der Abriß des Hauses verzögerte sich durch ihre Schuld. Vielleicht deshalb verflochten sich ihre dürren wurzelknotigen u blutlos erscheinenden Hände bisweilen auf dem zeitverstaubten, kreidigbleichen Deckbett zum unablässigen Gebet ohne Worte, ohne Ton. Und durch das Sichverkrampfen ihrer alten Hände erschienen die Finger noch lebloser, noch blutleerer bei ihrem heillosen Gebet, das keines jener althergebrachten Gebete sein mochte, Stereotype aus Selbstüberschätzung & geschäftsmäßiger Selbsterniedrigung gestanzten & katalogisierten Fürbitten um persönlichen Seelenfrieden & Erlösungsflehen von einer schwer benennbaren, vielmehr selber schon abstrakt wie 1 mathematische Formel gewordenen Schuld –, sondern das Gebet dieser Alten mochte vielmehr ein simples, ein elementares Flehen sein, !endlich !sterben zu können, !endlich auch das letzte Fünkchen Lebenskraft, demzufolge sie noch hier liegen & ausharren, vegetieren mußte ohne Schutz u ohne Erbarmen, auch u !endlich für-!immer verlöschen zu lassen, damit die trampelnden Eindringlinge – Amtsärzte, Fürsorger, Makler & die widerwärtig freundlich sich stellenden Verwandten (die stets auch den lauernd-hündischen Blick der Erben trugen) – sie !endlich nicht mehr behelligen würden mit ihren überlauten, hämmernden Schritten, die das winzige, seit Unzeiten nicht mehr benutzte Porzellan in der Kommode zum Klirren brachten, & deren Stimmen mit ihrer fadenscheinigen Besorgnis wie auch deren Geruchswolken aus Tabak billiger Seife Sperma Rasierwasser & käsigwarmer Haut sie, die Alte, !endlich dann in Ruhe ließen; denn 1bißchen Stille nur, 1bißchen Ruhe ist schließlich Alles, was ein Mensch nach beinahe einem Jahrhundert Lebenmüssen noch erwarten kann u erwarten will – –

Nun also auch sie, diese letzte Einwohnerin – verschwunden. Und als hätten die Steine des Hauses während ihrer mehr als hundert Jahre währenden Domestizierung all das Gesehene Gelebte Gestunkene abgeschaut, u als müßten sie das Abgeschaute nun für sich-selber, nunmehr auf ihrem eigenen Rückweg in die Materie mit ihren ureigenen Mitteln nachspielen, so wie zu antiken Zeiten beim Totenfest das Leben der Verstorbenen als Theater vor den Augen der Überlebenden nachgespielt wurde. Doch das Spiel eines sterbenden Hauses, vielmehr das der sterbenden Steine, folgte nicht den Regeln organischer Dramatik, sondern einem anderen Gebot, einem weitaus umfassenderen, grausameren & unerbittlicheren Totenfest, als dies das organische Leben mit seinen Gerüchen Geschrei & Sekretionen jemals zu gestalten imstande wär. Die Rückkehr der Steine wäre eine Rückkehr durch die Feuer der Brandöfen, durch die Zwingschaft der Formkästen, durch die Schneideblätter der Spitzhacken & Spaten, durch die Proben der Stichhaltigkeit, ehe dann der Lehm, das feuchtdumpfe saure Ewigkeitsdasein im Sand in der Unberührbarkeit des Immersoseins erreicht wäre. Und als parodiere jenes sterbende Haus mit seinen sterbenden Steinen seit langem schon den Todeskampf seiner einstigen Bewohner, wobei das Haus mit seinen tapetenverkleideten Wänden auch diese Szenen in dutzendefachen Wiederholungen mitangesehen hatte, nämlich das Röcheln Speicheln Sichkrümmen Würgen & dann aus weitaufgerissenen Mäulern das plötzliche Herausbrechen von Schleim & Blut in gradezu unvorstellbaren, unmenschlichen Mengen, und so springt aus diesem weitaufgerissenen Maul eines Totenhauses mitsamt der Halde verdorbener krätziger Ziegelsteine & Baugerölls nicht mehr der Gestank von sterbenden Menschen, nicht einmal der von verrecktem Ungeziefer, sondern ein anderer, weitaus gefährlicherer Sterbensgestank heraus: der Gestank einer mit Tod verseuchten Zeit.....

–Na nu!kommschonn. Oder hastu dirs anders überlegt.

In einer Ecke nahe den Mülltonnen im taubengrauen Hoflichtschimmer 1 Schatten; Stimme u Gestalt gehören zu dem Mädchen, das ich vorhin auf den Treppenstufen vorm Haus auf der Straße gesehen hab. Sie tritt aus dem Schatten heraus in 1 helles Ge4t – :u wieder das sonderbare Erschrecken beim Anblick der kindhaften Ähnlichkeit mit der Anderen, der erwachsenen Frau, auf die ich an diesem Abend vergebens gewartet habe im Hotel, in der Bar. Auf das Gesicht des Mädchens trifft das helle Licht, sie blickt zu mir auf.

–Komm.

Und noch ehe du reagieren kannst, geht sie voraus in der sicheren Ahnung, daß du ihr folgen wirst. Sie führt dich zurück in die 1. Toreinfahrt, ins dünngelbe Licht, schließlich das Treppenhaus mit dem Reptilgeländer hinauf.

–Die Wohnung im Parterre, wo du Mamma gesehn hast (plappert die Kleine & geht vor dir die Stufen hinan), –das is gahnich mehr unsere Wohnung. Dein Fräund wollte, daß wir dort ausziehen solln. Die Leute die nach uns dort gewohnt haben, sind auch schon wieder fortgezogen. Das Zimmer hat dein Fräund für dich bezahlt. Mamma hat das Zimmer grad vorhin hergerichtet, wenn du willzt kannstu gleich nachher dort rein. Zuerst aber komm mal mit. Du warstja lange nich hier. Wir wohnen jetz oben. Aber das weißt du ja sicher auch schon von deinem Fräund.

Du folgst ihr benommen. Schweigend, verwirrt, abwesend verloren ohne dich recht zu besinnen glotzt du die bloßen kindlichen Schenkel rauf: wieder die mit Tieren & Spielzeug bedruckten Höschen, wieder reißt du den Blick fort, stolperst, wärest fast auf der Treppe hingeschlagen, fängst dich im letzten Moment indem du die Hüfte der Kleinen zu fassen kriegst : die kichert, unbeirrt plappert sie weiter, während in ordnungslosem Treiben dich beim weiteren Treppensteigen Überlegungen wie die Schattenwürfe deiner Gestalt die Wände entlang sich werfen lassen, kürzend, in groteske Längen sich streckend: *Die Frau die du für 1 Augenblick nackt am Fenster gesehen hast war in einer !fremden Wohnung – !nackt in einer fremden Wohnung – die Göre benimmt sich als seien wir verabredet heut Abend – ?!was heißt überhaupt: dein Fräund : ?Warum spricht sie das Wort so komisch aus als sei es aus Kaugummi – ?was für einen Freund kann sie meinen – :Eine !Verwechslung – –*

Die Wohnungstüren, an denen dich das Mädchen vorüberführt, liegen dunkel u schweigsam in den Mauern, atmen stumm den in diesem Haus steckenden Geruch nach Staub & warmem Fleisch, ein Stickgeruch wie er sich in schlecht od selten gelüftete Schlafzimmer prägt & der wie Flöze den Block mattgelben Treppenlichts durchzieht – und allmählich wieder das Gefühl, das du seit Jahren nicht mehr kennst, das du spätestens nach deiner Ausreise in den-Westen als überwunden & vergessen glaubtest: Das Gefühl aus frühen Jahren, als du von Fremden verwechselt wurdest mit deinem Bruder, wie er verwechselt wurde mit dir..... *?Kehren Hier, in dieses Land & in diese Stadt am Rand der Zeit, in den Stillstand, mit den Lebenden auch die Schatten wieder zurück.....* und: *?Werd ich diesen !Einen Schatten ?!niemals los.....*

–Hier.

Das Mädchen war vor 1 nur angelehnten Wohnungstür plötzlich stehngeblieben – beinah hättest du sie umgerannt.

–!Hier wohnen wir jetz. !Das hastu also doch noch nich gewußt. !Komisch eingtlich – (die Kleine überlegt kurz & schaut dich mit ihren großen, grauen Augen, die jetzt dunkel in unbestimmter Färbung schwimmen, nachdenklich an, so als sei dein Fremdsein hier am schwersten zu verstehn.)

Im Augenblick verlöscht die Hausbeleuchtung, aber als das Mädchen die Wohnungstür öffnet, fällt von drinnen 1 helle Lichtbahn heraus, und, in die Wohnung eintretend, finden sich deine Verwirrung u das unbestimmte Gefühl *Ich werde verwechselt* gesteigert (fast schon hast du vergessen, !weshalb du eigentlich hierher, in dieses Haus, gekommen bist –), und liest grad noch den Namen auf dem Türschild: *K. Lipp*

Sofort erkennst du sie wieder, diese Frau die du von der Straße her für 1 Augenblick nackt am Fenster gesehen hast : Die Frau mit dem dunkelblonden, dicht gelockten Haar blickt dir offen entgegen, ihr Gesicht, als schautest du in ein Fenster mit weit aufgetanen Flügeln. Die starken Backenknochen lassen das Gesicht in-sich ruhen, keine Flüchtigkeit, kein verhuschtes Irrlicht in ihrem steten Blick. Ein Frauengesicht, das nach einer Reihe von schlechten Erlebnissen nicht mehr von Kummer od Anteilnahme geprägt ist – dies mochte *Zeit* gestrichen und geglättet haben –, sondern eher in eine Versonnenheit, eine Abwesenheit u Entfernung getreten ist, worin Distance die allfällige Verletzbarkeit nicht so rasch mehr sich einstellen ließe. Ein Gesicht, in dem auch das Wissen geschrieben steht, daß *Ein Fluch* mehr ist als nur 1 sehr geläufiges Wort.

Eine helle Leinenhose liegt jetzt eng an ihrer Lende, der dunkelgrüne dünne Pullover umfaßt ihren Bauch, die Brüste und Schultern wie eine andere Haut, gibt ihr eine zweite Anatomie, die aus den Kurven ihrer Schultern u Hüfte, aus der

Rundung ihrer Brüste wie Flimmerhärchen ein verwirrendes Strömen um ihre Erscheinung legt. Sie kommt einige Schritte den Flur entlang auf dich zu – jetzt trifft sie das Lampenlicht, erhellt ohne Schatten für 1 Moment ihr Gesicht :!um ihrem Flüchtigen wenigstens für solch=1 Augenblick die körperliche Verfestigung der Dauer zu geben, möcht ich hineinstürzen, teilhaben wenigstens am Trugbild 1 Bestandes an diesem fremden Schrecken u an dieser anderen Fasziniertheit von einem Wirklichen; eine Fasziniertheit, wovon das 1, flüchtige Aufblitzen ihres Gesichts unter der Flurbeleuchtung mir, wenngleich niemals zureichend, Ahnung gibt – –

–So kommen Sie rein. Wollen Sie denn !heute hier so stehnbleiben. Obwohl ich Sie als – Logiergast am allerwenigsten erwartet hätte.

Der Klang ihrer Stimme bringt mich zurück. 1wenig müde, scheint mir, od: gelassen auch wirkt die Stimme bei ihrer Frage. *Sicher: ich werde verwechselt – !aber ich spiele mit. Will sehen, wer ich sein soll: er, dem ich offenbar ähnlich bin & den sie erwartet hat, hier & heute abend.* (Sie hat *Sie* zu mir gesagt, im Gegensatz zu ihrer Tochter, die gewiß zu all diesen=Männern *Du* sagt. Das *Sie* ist 1 Vorteil, er läßt Distance u Intimitäten zu in unserem Spiel) –

–N-nein. Natürlich will ich nicht hierdraußen bleiben. Einen – 1 Drink hättich gerne (und wage den ungewissen Beginn der Partie:) –1 Drink, Sie wissen ja: Wie !immer.

Ihr Blick trifft wie 1 Scheinwerferstrahl : Es kann beginnen.

Die Frau öffnet die Tür zu einem Wohnzimmer: – im gedämpft orangefarbenen Schimmer (so könnten Orientteppiche leuchten) zwei schwere Polstersessel einander zugerückt, ein breites Bett, eine golddurchwirkte Fransendecke darübergebreitet, die Maske von Keuschheit od: Aufforderung zum langen Gespräch – vielleicht gehört mein Double zu jenen Männern, die Nichts wollen außer reden –, während die Frau jetzt in die Küche geht, an den Kühlschrank (wie ich höre), gewiß den Drink *Wie !immer* zu holen; ich trete ins

Zimmer, schale Restgerüche vom Abendessen mischen sich mit denen des Körpers der Frau, und sinke tief in einem der Sessel ein; das kleine Mädchen ist fort, die Frau in der Küche hör ich mit Gläsern hantieren.

Das Mobiliar lastet schwer im Raum – ein hoher dunkelbrauner Schrank, daneben, u auch diese mit Schnitzereien verziert, eine ebensolche Büchervitrine (hinter der geschlossenen Tür, durch die an den Rändern mit Schliff versehene Glasscheibe hindurch, schimmernd die Buchrücken von Exemplaren, die seinerzeit im-Osten jeder, der mittels Büchern fliehen u entkommen wollte, durch jene seltsamen Winkel- & Küngelzüge seiner *Beziehungen zu Buchhändlern*, sich zu ergattern wußte – : – Und Bücher mußten versagen im Augenblick, wo der Geist aus Bücherwelten auch Geist sein sollte in dieser=Anderenwelt..... So (überlegst du) sind Bücher immer die 1. Opfer, schuldig gesprochen wegen Vor-Täuschung von Unschuld gegenüber der eigenen Täuschung von Schuld. : Zuerst die-Bücher vernichten – verbrannt auf Scheiterhaufen im Wonnemonat im lust'gen völkischen Flammenfraß; zerfetzt von Rudeln gut geschmierter Reißwölfe der Verlage.....; und nach letzter Wende aus langem Eis ersäuft im Februarregen unter Batzen von nassem Schnee – :Feuer u: Wasser – als seis die Vergeltung der in Büchern gefesselten Elemente, bücher-verlassen fallen sie über die-Bücher her – und (du weißt, so wars immer) nach den Büchern über die Verfasser, & in Zeiten, wo der-Mob schon zu feige & zu faul ist zum Lynchen, übernehmen Das auf ihre Art die Heere der Yahoos..... (:Ein Land, in dem *Beamtenbeleidigung* eine spezielle Straftat ist, sollte rasch sich erobern lassen – wenns denn einer haben will.). Aus dem Lampenschirm, dessen Porzellan scheint aus geronnenem Rauch schwebend über dem Rundtisch mit imitierter Marmorplatte, sinkt schweres Leuchten herab, erfaßt die zu Fingern gespreizten Hände von Blättern einer Palme, drüben in den Dunkelheitsweben des Zimmerecks. Die Frau kehrt zurück. In Händen Gläser & 1 Flasche Sherry, sie lenkt deine Blicke zu sich – :und so erscheint an der Wand hinter ihr eine große Pfauenfeder und daneben 1 zierliche, spanische Wand. Im 1. Augenblick deines Eintretens in die Wohnung dieser Frau ist das Befremdende an der Erscheinung das Mißverhältnis gewesen zwischen ihren noch jungen Jahren u: dem Alter des Mobiliars samt der Aura, die es verbreitet wie ein magnetisches Feld –; das Mobiliar vielleicht zusammengeschenkt, übriggeblieben von ihren Eltern, von Verwandten od: von denen die *ausgereist* waren vor Jahren, nichts als leere Stellen hier im Geflecht des Lebens hinterlassend, & eben jenes Mobiliar, das (wie sie meinten) doch zu schade gewesen wär für die Staasi od für anderen Abfall, nun auch hier zu einem dauerhaften, beständigen & unüberwindlichen Schattenwerk zusammengestellt, ein Dasein in Vergangenem, als hätten die Möbel nach einem eigensinnigen Ritual die Rolle der Photographien übernommen, die in dunkeln versunkenen Stuben alter Menschen deren Vertikos & Kommoden besetzen, u welche sie, die junge Frau, aufzustellen sich nur noch nicht getrauen mochte, so als wäre dies das offene Eingeständnis von einem ihr längst eigenen, inneren Altsein gewesen. Daraus der Eindruck von grenzenlosem Fremdsein dieser Frau hier, in den Räumen, und nicht nur dies, vielmehr ein grenzenloses Fremdsein auch in sich selbst, in ihrer Art eines Lebenmüssens, worin nur 1 1ziges nicht verlorengehen darf: die Haltung, das Weitergehen- od das Weitermachenkönnen in der Kälte od: ihr Weiterdahingleiten an all ihren Fremdnissen, die niemand wissen kann & auch nicht wissen will, vorüber – u die Frage nach 1 Wohin fände darin als Antwort nur Schweigen. Das (überlegst du) ist 1=besondere Art der Zärtlichkeit gegenüber sich=selbst; wie unter dem Schatten des Flügelschlagens eines großen Vogels scheint sie auszuharren im wirbeligen Luftstrom, so daß sich sogar etwas von dieser grundsätzlichen, kindlichen, nie überwundenen Sehnsucht des-Menschen *Ich will fliegen* u seiner, des-Menschen, daraufhin immerfort einkehrenden Enttäuschung beim Erkennen seiner Wirklichkeit in die Züge der Frau einprägen konnte –:– so ist diese Frau im Raum anwesend, seltsam unruhig, früh enttäuscht, u abgeschirmt in sich selbst durch eine Art Besitz unantastbaren Eigentums, mochten sie auch noch soviele Finger begriffen haben.....

Du kannst den Blick nicht lösen, weder von der im Halbdunkel des Zimmers scheinbar körperlos schwebenden Pfauenfeder (die unterm Diktat all der Abwesenden, all jener, die aus diesem Zimmer ihre Stunde nahmen, aus deren Geständnissen wie aus deren röchelnden Lauten mit sympathetischer Tinte die Schraffuren der Dunkelheit geschrieben hat) noch von der Spanischen Wand, deren Färbung an fragile Seidenwäsche *Crêpe de Chine*, an komplizierte Korsettagen & an spinnwebdünne Schleifen Bänder Schnüre denken läßt, worin noch in den feinsten Gewebeporen der Duft seltener Parfumes mit dem der Erinnerung an nacktes Frauenfleisch sich bewahren kann – :diese uralten Erinnerungen u Zeichen für *La Courtisane & Le Demi Monde*, untrennbar geknüpft an die Gestalten von ausgezehrten Männern, deren Augen wie auf dunkles Porzellan gemalt, mit kokainkalten Blicken & 1 Gesichtshaut, die unterm rauchigen Leben allein im Kunstlicht allmählich gelb, büttenfarben u alterslos geworden schien, & dessen sowohl gedämpfte als auch hochtönende Schellack-Stimmen nicht aus den schmallippigen Mündern mit ihren schlechten, tabakzerfressnen Zähnen sondern vielmehr aus den feingezogenen Nasenflügeln, die an Geierschnäbel od an Jagdhundschnauzen erinnerten, zu kommen schienen – Männer, schurkische Gestalten in glänzenden Ulstern mit Ärmelhaltern um die dürren, von Injektionsnadeln zerstochenen Arme & glattgesträhnten, nach hinten gekämmten Pomadehaaren worin Lichterschein der Spielcasinos zu hellen gleichsam fettigen Schlieren sich zog; diese Gestalten, deren decessive Fragilität ihnen auch ebensolche Tragik verlieh; Frauen mit schwarz geschminkten Augenhöhlen, deren Frisuren so kunstvoll & so unwirklich in ihrer einmal gelegten *façon* erstarrt, als seien dies keine menschlichen Haare sondern als trügen die Frauen Perücken aus glänzend lackiertem Holz, die sie wie Kronen lasziver Marquisen zu Häupten ihrer eng die mageren Körper umfließenden Seidenkleider trugen, in deren schimmernden Faltenwürfen die Aura der Lues wie ein modisches Parfume gefangen schien – :diese uralten Erinnerungen u Zeichen aus dem Fundus abgelegter & abgelebter Lüste & Verbrechen, darin das *demi* als eine direkte Entsprechung jener Welt des gedämpften Lichterscheins, der beständigen zigarrenrauchigen Abendstimmung hervortrat..... also Hier & Heute indes wie das Geschäftsschild an einem erloschenen & längst anderen Zwecken dienenden, von völlig anders gearteten Menschen bewohnten Gebäude erscheint – 1zig aus Blickfanggründen für Touristen vielleicht od: aus Gründen der Selbstversicherung heraus, daß Man, neben allem Anderen, auch *Eine Geschichte* habe, über die Man ganz nach Belieben verfügen könne wie über Satellitenempfang Air condition & Chemotherapie, hatte Man also hier diese Fassade mit ihren alten Inschriften eines Geschäftes belassen, wobei selbst das Gewerbe wie dessen einstige Bedeutung nur aus vergilbten Seiten der Bücher hinter der Vitrine, Bücher altjüngferlicher Erinnerung, hervorgeholt werden könnte, vielleicht erst von einem Nachlaßverwalter, der in den Hinterlassenschaften & in den Büchern nach möglicherweise, dem verschrobenen Verständnis alter=1samer Menschen von *sicheren Verstecken* gemäß, darin verborgenen Geldscheinen wühlte & nichts in diesen Büchern finden würde außer zumeist losen Seiten, die wieder zu Büchern gebunden dann in ebensolchen Schränken aus dunklem Nußbaum verwahrt werden könnten; Bücher, die auch von den neuen Besitzern nur aus seltenen Launen heraus & auch dann nur beiläufig dem Schrank entnommen werden würden, und aus den so aufgeblätterten Seiten jener Geruch von Staub altem Papier u Brösel jener einst zwischen diesen Seiten getrockneten & gepreßten Blüten sich noch lösen mochte, gleichsam der Duft von einer verschwundenen Zeit mit all ihren verschwundenen Begierden – –

Die Frau ist während ihrer Rückkehr ins Zimmer, als sie in mein Blickfeld zu der Wand & zu den Requisiten trat, stehngeblieben, Gläser u Flasche in Händen. Als wären das mit 1 Mal überflüssige Gegenstände, die sie nirgendwo mehr hatte loswerden können und die 1fach abzustellen nun einer Aufdringlichkeit gleichgekommen wäre.

Selten in den letzten Jahren habe ich eine neue, eine andere Frau kennengelernt, und wenn, so hat diese Bekanntschaft kaum lange vorgehalten, u niemals deren Berührung, niemals deren Körper..... So ist jene Frau, die ich heut Abend zu treffen hoffte hier in dieser Stadt in unsrer altbekannten Bar des Hotels am ehemaligen Grenzübergang..... immer auch meine 1. Frau seit Jahren geblieben. Der Beginn eurer Beziehung (erinnerst du beim Anblick dieser jetzt in der Zimmertür stehenden Frau) mit jener Frau liegt Jahre zurück. Sie hatte dich nach der 3. Verabredung eingeladen, noch für 1 Sprung (wie sie sagte) mit hinauf zu kommen. Sie (deine 1. Frau nach Jahren) war damals in der duckmäuserisch klinkergeziegelten & sauber vorgartengeharkten Kleinstadt die 1.-Frau-im-Westen für dich, du hattest dich regelrecht an sie geklammert, warst auf all den sogenannten Arbeits-Empfängen bei Tagungen, Kongressen, Symposien, wo immer das ging, ihr nicht von der Seite gewichen – doch warst du auch stets zum Rückzug bereit, sobald 1 aus der Schar ihrer offenbar seit Jahren Bekannten sich vorgenommen hatte, ihr gegenüber 1 Cupido auf Stelzen in vorzeigbar=teurem Tuch zu mimen; dein Verhalten hatte sie offenbar irritiert. Ihr Auto hielt dann vor einem flachen gemütl. Eig.heim m. Vorgart., das dich an geheizte Badewannen für Rheumatiker-Kuren erinnerte. –Das hat mir mein Geschiedener hinterlassen. – Kommentierte sie deinen 1druck. –Nem geschenkten Barsch schaut man nich in – die Kiemen. (Und lachte) –Also los, !komm schon rein. – Und ging raschen Schrittes durch das Kaminzimmer, hatte beiläufig Getränke besorgt & zudem 1 Videogerät für dich angeschaltet. Dann war sie ins Badezimmer verschwunden (1 Lichtschein in Korallenrosa fiel von dort-drinnen unter der Tür heraus). Das Getaktete dieser Veranstaltung irritierte dich, zerstreut sahst du auf das Video –

:Und erkanntest im Film dieses Zimmer u sie: *Die Frau tänzelt gekünstelt aus dem Badezimmer; die Tür läßt sie offen & das korallenrosa Licht umrahmt venerisch ihre Gestalt, gekleidet in helle Satin-Dessous – das Höschen mit Spitzenrand hebt sich von der Lendenwölbung ab, so daß, als sie auf den breiten Diwan vorm Kamin im Profil zur Kamera sich streckt, der schmalrasierte Haargrat um ihr Geschlecht unter dem dünnen Slip sich zeigt. (Dich erinnern sowohl die Gebärden der Frau als auch das Arrangement ihrer Wäsche an Rüstung, an Bewaffnung, und 1 Begriff, der damals aufkam im-Westen, erhält für dich seinen besonderen, vielleicht seinen 1zig wirklichen Sinn: die Front-Frau.....) Das Video läuft mit Ton (er mag jedoch erst später, unmittelbar vor der folgenden Szene, zugeschaltet worden sein:) –Komm Süßer ich bin scharf. – Hörst du die Stimme der Frau aus dem plastikvergitterten Lautsprecher sagen. Mit den Händen streicht sie behutsam die Schenkel hinauf, umkurvt die Rundungen ihres Pos. –Meine Muschi is feucht. (Hörst du) Sie dreht sich um & bietet der Kamera ihre Brüste – : (Szenerie & Sprache darin gleichen jenen in Mode gekommenen Fernsehsendungen, worin von Hausfrauen & Studentinnen privat gedrehte Sex-Videos prämiiert & die als Beste ausgewählten dann gesendet werden: eine Mixtur aus beinahe rührender Hilflosigkeit im Nachäffen sogenannter professioneller Sexfilm-Posen, & in den Gesichtern der vor der starren Kamera mechanisch sich ausziehenden Fraun 1 Grinsen, kindlich-frostig in Scheu u Unverständnis gegenüber dem eigenen, eckigen Tun wie dem schmalen Vorrat an rhythmischer Gestik, & stets sobald sie den winzigen Slip über den Hintern hinabstreifen, zittert die Haut über den Arschbacken, wobei dies Zittern an das beständige Frieren kleiner Hunde erinnert die vor Supermärkten ans Geländer gebunden sind, u dies ungewollte Zittern der Frauenärsche erscheint als das 1zig Lebendige an dieser ganzen trüben Schau.....) Dann in diesem Video 1 Schnitt: & der Mann, der bislang offenbar die Kamera bediente, hat sie nun arretiert, und tritt, zunächst als riesiger, das Bild völlig verdeckender schwarzer Fleck, dann, als werde er von innen her beleuchtet, als rasch heller werdender Fleischberg von rückwärts fotografiert in die Szene ein. : Die Frau nimmt sofort das steife Glied des Unbekannten (dessen Gesicht die Kamera nicht zeigt) zwischen ihre Brüste, dann leckt sie die Spitze des schon naß schimmernden Gliedes. Nun bringt sie ihren Körper vor der Kamera in die Lage, daß auch der Mund in dem Unbekannten Gesicht (:du hast bisher neben einem feisten Körper nur Haar auf einem massigen Schädel gesehn, dazu 1 unpassend wirkende, feingeformte Nase) ihr Geschlecht erreichen & lecken kann. Ihre Brüste streicheln über seinen Körper – den Bauch – Gesicht & Mund – dann wieder zurück, und sie nimmt das Glied des Unbekannten zwischen ihre Brüste, preßt sie zusammen, 1 Tropfen hellen Sekrets an der kerbförmigen Öffnung, & sie reibt den klebrigen Saft in ihren Busen – –Jetzt (Verspricht sie) –jetzt mein Süßer beginnt die heißeste Nummer: Der !Fick daß dir Hören&sehen vergeht. – Und siehst die Frau langsam, langsam auf das steil aufragende Glied sich niedersetzen – und ebenso langsam beginnt sie sich auf&ab zu bewegen – (:und dazu aus dem Lautsprecher übertrieben laut die Schnalzgeräusche der Schleimhaut – und die Tonleiter ihrer Stimme, helle=laute Aufschreie: wie Fahnenfetzen von energischem Wind fortgerissen; dann tief Tönendes auch, erd=dunkel, zupackend:) – sie merkt dann, daß der Unbekannte bald entladen würde – :Also bietet sie – von ihren Fingern weit gespreizt – in Großaufnahme der Kamera nochmals ihre Fotze dar, Zunge & Mund des Mannes sofort über die Schamlippen hin zum Kitzler, der wie 1 kleiner Penis aufgerichtet aus dem Haarbüschel ragt, hinauf, die Zunge spitzend & die oberste Spitze des Kitzlers leckend, während die Lippen der Frau um den Penis saugend sich schließen & ihn sogleich wieder hervorschnellen lassen –: 1 Spermaspritzer auf ihr linkes Auge; auf das Ohr; auf 1 Strähne ihres Haars – dann ihr Mund am Glied, sie schluckt, und läßt das noch immer ejakulierende Glied aus dem Mund – 1 Tropfen bleibt auf ihren Lippen – – (danach Bildschirmflirren, Rauschen, das Video ist zuende).* –Der Unbekannte im Film (hörtest du sie aus dem Badezimmer rufen) –ist übrigens mein Mann. Mein !geschiedener Mann. Das 1zige, was er wirklich mit mir wollte, war Vögeln. Wie alle Drecksäcke machte ers mir gut. – –?Ihr seht euch aber noch, ?nach der Scheidung. (Riefst du, unschuldig=neugierig, zurück.) –Der Film ist !sehr alt. (Setzte sie, ausweichend & nüchtern hinzu; doch faßte sich ihre

Stimme schnell:) –Zeigst du dich ?auch so gerne !nackt – : Sie tänzelte gekünstelt aus dem Badezimmer, die Tür ließ sie offen & das korallenrosa Licht umrahmte venerisch ihre Gestalt – – (Und ahntest damals, daß – im Gegensatz zur verspielt=aufreizenden Kleiderfantastik samt deren Vielfalt *La Courtisane* – :der Reiz der des-Sous=Heute in Einschüchterung liegt – :das-Spiel ist lange schon vorbei, jetzt bleiben nur Ratlosigkeit, Rüstung, die Roheit der Angst.....) –Ich will nicht dein Abbild u nicht deine Vorstellung von dir. (Sagtest du damals) –Ich will: deine Nacktheit, dein Fleisch u dein Blut : Ich will: !Dich. – Das schien ihr offenbar eine sehr alte, längst aus der Mode gekommne Begierde, eine Art früher Gotik. –Jetzt könntestu mir eigentlich mal den Bademantel ausziehen. – Sagte die Frau daraufhin. Du mußt reichlich – verdutzt, sagte man früher, das war das Wort: verdutzt geschaut haben, aber sie kostete ihren Triumf nicht aus, sondern sie redete sofort weiter: –Na schön. – Sagte sie. –Du willst also: MICH : Ich bin 1 ziemlicher Matscho, mußtu wissen. – Und strich das schulterlange, glatte Haar zurück, wodurch jede Kontur in ihrem Gesicht im Zimmerlicht sich hervorzeichnete. –Und ?wie war das: du willst !Blut – nun, du bist wirklich 1 Glüxpilz, mein Lieber: ›Ich blut die Tage so vor mich hin ...‹ – (lachte sie) –Siehstu: So schön kanns sein wenn pathetische Sprüche Wahrheit werden. Übrigens Pathos: Du kannst mich auch beim Schlafen ficken – (redete sie schnell weiter) –ich mag das gern. Ich bin mit 6 Jahren von meinem Vater vergewaltigt worden – (kurz u schroff wehrte sie meine Geste der Betroffenheit ab) –bei Petronius heißts: *›Die Götter solln mich strafen, wenn ich mich daran erinnere, jemals Jungfrau gewesen zu sein.‹* – (Sie suchte am Kopfende vom Bett nach 1 Zigarette, fand aber keine) –Ich spiele mit jedem neuen Mann die Urszene meiner Vergewaltigung nach. Kurz bevors mir kommt, versteck ich hinter den Armen das Gesicht & ich seh dabei aus, als würde ich ans Kreuz geschlagen. Laß dich dadurch nicht stören. – (Du hörtest ihre Stimme nah an deinem Ohr:) –Ich weiß das=Alles, ich habs gesehen, denn mein Verflossener hat auch Das gefilmt. Er sagte, das sei typisch für vergewaltigte Kinder: für die bleiben ihr Leben=lang Ficken u Schlagen identisch. Ich denke, er hatte recht. Störtich das. Ich werde übrigens trotzdem feucht. – (Und begann, die restlichen Kleidungsstücke sich selbst auszuziehen, denn für ihre Begriffe vertrödeltest du offenbar zuviel Zeit) –Ich kann ihm wegen der Filme nicht böse sein, nicht einmal das. – Alles hatte sie mit Hast, wie in 1 Atemzug geredet, ihre Stimme klang deutlich aber spröd; wie unter einem Zwang ihre kurzen, alle mit Ich beginnenden Sätze, als hätte sie sämtliche Warnschilder & Achtungszeichen auf 1 Mal vor sich aufstellen wolln, vor diesen Bruchstellen ihrer Vergangenheit, all jenen Stücken, die sich niemals zu 1 Ganzen wieder zusammenleimen ließen. Und das Licht im Zimmer erschien dir plötzlich im kreidigen Weiß, überdeutlich die Konturen um jeden 1zelnen Gegenstand; scharf umrandet, aber sämtlich ohne Tiefe ohne Schatten, scheinbar wie an1ander gestellte, flache Platten aus Metall, die jeden, der ihnen zu nahe kommt, zerschneiden müßten. Und das wäre dann ganz gewiß nicht ihre Schuld. –Und nun – (sich rekelnd, die Arme im Genick verschränkend, so daß ihr nackter Körper sich ausspannte, die Rippen u Sehnen ihrer Haut metrische Schattentätowierungen aufschrieben, Tiefbraun die Spitzen ihrer Brüste, das Achselhaar schimmernd wie das Fell junger Hunde) –Und nun kannstu mir zeigen, in wen ich mich verlieben soll: wieder in meinen Verflossenen – od in dich. – So haben wir uns begonnen – –

–Ich hab ja gelernt, daß Der-Kunde seine Wünsche sagen soll – allerdings mit Blick auf *!mich*. Sie haben nun soviel geredet über 1 Nullachtfuffzn-Vidiotie & über eine Fremde – :?Sind Sie denn sicher, daß Sie dieses Mal wirklich zu *?mir* wollten.

Die Frau hat inzwischen Gläser & Flasche auf den Tisch gestellt, doch in der Manier, wie nach dem Abwaschen Geschirr provisorisch abgestellt wird, nicht einer Bewirtung zugedacht, sondern vielmehr um es gleich danach wegzuräumen & in Schränken verschwinden zu lassen. Ihre Stimme trifft mich wie die Stimme einer Durchsage auf dem Hauptbahnhof. Auch bist du seit Stunden nicht mehr nüchtern, Whisky & Drogengepantsche einen Nachmittag-und-Abend=lang sind ein dämonisches Gebräu. Die Augen der Frau, die inzwischen wieder ruhig im Sessel mit übergeschlagenen Beinen sitzt, mustern dich unbeirrt mit jenen Blicken wie seit dem 1. Moment deines Erscheinens vor ihr. Sie wirkt weder ungeduldig noch aufgebracht, auch nicht ratlos : vielmehr meinst du jenes Erstauntsein zu bemerken, mit dem Menschen feststellen müssen, daß es so-1 wie dich eben auch noch gibt.....

Ihr Anblick & der des Zimmers im Mitternachtslampenlicht sämtlich flau, unscharf, als müßte ich durch Schichten kalkiger Flüssigkeit hindurchstarren –; energisch spür ich meine Hand übers Gesicht wischen. Aber du spürst diese Berührung nicht unmittelbar. Vielmehr scheint sie wie durch 1 Handschuh od durch 1 trennende, geleeartige Schicht hindurch, einen zwar dumpfen Widerstand durch den Fremdkörper deines Gesichts registrierend, doch ohne direkten sinnlich spürbaren Kontakt. Obwohl tief im Sessel eingesunken, das Bedürfnis mich zu setzen, mich niederzulegen, das Fleisch einer Frau an meinem zu spüren, und wie Sodbrand aufsteigend das Verlangen, diese Frau sofort zu vergewaltigen – *!Schluß !endlich Schluß machen mit trüben Geschichten !Schluß mit diesem entwürdigenden An:1:anderherumgerede, Leerfressen von lebendigen Leibern mit Wörtern wie mit dreckigen Gabeln, Infektionen durch seeleverklebte Buchstabenzinken, alublechern grau & mit dem scheußlichen Geschmack von stumpfem Metall – !!Schluß : und mich als ein roher Klumpen Fleisch auf diese Frau werfen, grunzend in 4 5 Lauten als Metzger&schwein mit speckigen Pfoten u Spei-chel aus Jauche das Fleischerwerk tun* –;- dein Blut aus Blei, der Körper Stein: !WAS HÄLT MICH ZURÜCK ZUM TEUFEL ?!WAS HÄLT MICH DAVON AB DAS ZU TUN..... – *Splittergeräusche im Kopf – die Schraubzwinge an den Schläfen – Brücke über den Abgrund ohne Boden od: der Boden ist die*

Nacht..... – noch 1 Schritt weiter im Leben auf dem Überhang..... Und bleibe sitzen, rühre mich nicht. Der Sodbrand verlischt.

Aus letztem Stundenlauf aber steigt auch die Gewißheit, daß eine Begegnung selbst mit *der* Frau, auf die du noch bis vor kurzem mit allem Verlangen gehofft hast, nun angesichts deines desolaten Zustands, der (weißt du) nicht weichen würde, in den du vielmehr dich noch hineinsteigern würdest, *!unmöglich* geworden ist. Denn selbst 1 Rest an Haltung, an innerer Stabilität – u seis nur, den 1. Moment des Sichbegegnens, des Schauens & Tastens nach den grad aktuellen Launen des Anderen, zu ertragen u ohne das Gefühl des Abstürzens zu bewältigen –, selbst solch 1 kläglicher Rest an Courage scheint dir inzwischen abhanden gekommen –:– Als seiest der Enthäutete, den Valverde einstmals abgebildet, du: mit der grausen Komik des als Bühnenheld posierenden Narren, in der 1 Hand noch das Messer haltend, in der anderen Hand immerfort die zerfältelte, schlaffe Hülle aus eigener Haut vorzeigend, während aus jeder Pore offenen Fleisches ungeschützt & ohne Halt mit den obszön lauten Stürzen Blut auch die Stürze deiner Wörter hervorbrechen, schon im Blut ertränkt der Schrei, so daß nurmehr die flüchtige Komik glucksender Laute übrigbleibt, unpassender, abwegiger, Niemandem mehr verständlicher Ausfluß, es sei denn als Gelalle eines Idioten, der seinen Wahn=Sinn verloren hat. Und eine neue Haut würde nicht wachsen; die Staffage der letzten Jahre nur 1 ekles Geronnenes wie Haut über erkalteter Milch. Geschehen, zuerst kaum wahrnehmbar schleichend wie 1 Moos od Schimmelpelz, dann u ohne Halt wuchernd in meinen wenigen Jahren in der westdeutschen Kleinstadt – weit entfernt schon vom Leben dieser Frau –, in jener Kleinstadt also, wo du schließlich deine eigene Anwaltskanzlei eröffnen konntest, im Niemandsdasein des Nichtdazugehörigen, der Neue=der Fremde, vor den breiten Rücken&ärschen der Abgewandten des Kommers' : Schützenvereine & Innungskrämpelei, !zwanzig Vereine auf zwanzigtausend katholisch=garantiert unsterbliche Seelen: inmitten solch fremd illuminierten Zwingens zu 1 Selbstbewußtsein, das sein Rückgrat in vielem der Wirtschaftsbeilage großer Zeitungen verdankt; inmitten der Schnodderigkeit & Schnöseligkeit bequemer Gehaltsempfänger, die solchen Zustand mit Klauen-&-Zähnen verteidigen, wenns sein muß auch gegen die eigene Bilanz –: daneben Alles=übrige an Kunstkultur&geist, für das, seit immer mehr Das kostet, immer weniger Man übrig hat, es sei denn für den Stammtischfasel *Wirr-sinn das Vollk der Stichter & Stenker.....* :Beiwerk, Gierschaum, Schnörkelzier am Altar des Feierahmds. *Und wenn sie ihren Reichtum verlieren, wird offenbar, wie runtergekommen die Filipper sind.....*

Schon bald ließ ich immer häufiger in der Kanzlei die Papiere unerledigt auf dem Schreibtisch, trat ans Fenster – u blickte hinaus über eine Landschaft, die war wie ein stiller grüner See – *sich dreinfügen u manchmal auf Wasser blicken, vielleicht wird ein toter Feind vorübergetrieben* – Stunden versanken darin lautlos wie Steine, und nicht vorm Dunkelwerden, nicht bevor die Landschaft=draußen nach letztem Aufglühen verlöscht war, ging ich vom Fenster weg & in das kleine Arbeitszimmer zurück. Dessen Mobiliar & Wände waren dann ebenfalls von Dunkelheit ausgelöscht, aber von 1 anderen als jener Draußen, so als lauerte allzeit in diesem Raum noch 1 besondere Dunkelheit, nur für mich=allein..... Einestags hatte jene grüne Stille draußen eine Störung bekommen: lautes Dröhnen von Bau- & Räummaschinen, Stimmenblöken Pfiffe Geschrei, Preßlufthämmer im Tekknobeat zerrissen Mauergefüge, Dachziegel zerschellten klirrend auf dem Straßenpflaster wie Porzellanteller, Fensterscheiben schnellten samt Rahmen aus den Mauern als explodierten Sprengsätze im Innern, die Mauern wölbten sich wie atemholende Brustkörbe nach Außen, wankten, neigten sich, Steingefüge barst aus-ein-ander – : in der Nachbarschaft ein altes, leerstehendes Gehöft wurde von Arbeitern niedergerissen; knirschend unter fahlgelben Staubwolken sanken die Mauern zur Erde, Balken Bohlen & Pfosten ragten wie zerbrochne schwarze Arme für Momente aus dem wirren Ziegelbruch empor, dann stürzten auch sie in jenen gewaltigen, zugleich furchterregenden wie erbarmungswürdigen Ziegelhaufen in Fleischfarben nieder (*!kaum zu glauben: !soviel Steine aus 1 so kleinen Haus* –), und grauweißer Staub sank dünenweise drüberhin, als gälte es die Leiber von Erschossenen mit Kalk zu überschütten. Und krachend unter Geschrei & Flüchen wuchteten Männer riesige Mauerbrocken auf Lastwagen & Anhänger rauf, Staubwolken & prasselnd Blechlärm aufschlagender Ziegel&gemäuerbrocken zerschlug die grüne Stille.– Den meisten der Arbeiter – bis auf drei schon ältere sämtlich kräftige, derbgebaute junge Männer, auch drei Ausländer sah ich unter ihnen – schienen die schweren Gemäuerbrocken beinahe von-selbst in die Hände zu rollen, um dann mit Schwung auf die Lastwagen geworfen zu werden, selbst die drei Älteren hatten scheinbar das Maß ihrer Körperbewegungen vollkommen dieser Schwerstarbeit angepaßt – :bis auf 1. Das war kein junger Mann mehr, er mochte nach diesen drei alten der nachfolgend Älteste sein. Schmächtig in den Schultern u mit Brille wirkte er wie 1 versprengter Akademiker; er arbeitete etwas abseits von den Anderen – od: Man hatte ihm diesen Platz angewiesen, jedenfalls lagen dort die ungefügen & gewiß die schwersten Mauerbrocken. Abwechselnd mit einem Preßluftbohrer & mit riesigem Vorschlaghammer hatte er die Brocken zu zerkleinern und dann auf die Ladeflächen hinaufzuwuchten. Den Preßluftbohrer, schiens, konnte der Mann nur mit zusätzlicher Anstrengung bändigen, der schwere Vorschlaghammer drohte beim Ausholen-über-Kopf jedesmal den Mann rücklings umzureißen – : Aber keiner der Anderen half, niemand scheinbar achtete auf diesen abseits schuftenden Mann, der – ich beobachtete sein Gesicht – mit verbissen zorniger Miene & voll wütender Verachtung die fehlenden Körperkräfte durch Unermüdlichkeit auszugleichen suchte. – Und für 1 Moment das tiefe Erschrecken aus der Vorstellung, der-dort=drüben, jener schmächtige verbissen schuftende Mann, sei ich..... Und wandte mich damals u früher als sonst vom Fenster ab. Ich kehrte zurück in meine Arbeit..... in meine Dunkelheit.

Und noch 1 Mal Enthäutung, jetzt bei der Rückkehr hierher in diese Stadt, noch 1 Mal im winddurchwehten Griesgram=Ost, im zänkisch-kleinlichen Beharrungswahn die trübe Komik, die in letzten Schwaden Stickluft in altvertrauten Heiml&gemütlkeiten noch immer Zuflucht suchen will. Wenns auch DIE FAMILIE seit Dezennien nicht mehr gab, so gab u gibt es von FAMILIE noch den erkalteten Gestank.....

Du könntest diese Existenz jetzt, nach allem was du getan hast, nicht mehr wiederholen, nicht noch 1 Mal beginnen u so tun, als könntest du dir in diesem Spiel selber glauben : in solch bombastischer Banalität des Anwaltsberufes : die Ranzigkeit des Fallenstellers – Popeligkeit *con brio,* mit allen Gesten & Gebärden des pfaunhaften Sichschmückens, um mit diesem Einsatz (den es beständig & pausenlos immer aufs neu zu benutzen gilt, um schon mittels solch bewußt-inflationären Getues die kindische Illusion vom Vorrat gradezu unerschöpflicher Reserven an Verbindlichkeit & Egomanie bei den-Anderen, & schließlich im Blendlicht der Täuschung auch bei dir selbst, vorzugeben) immer nur aus dem affirmativen Strebertum heraus Das-1 beschwörend: *!Ich gehöre dazu; auch !ich bin dabei.....* :Eine Rüstung, genietet aus fremden Fehlern.

Du wirst dir keine neue Sprache geben können, ebensowenig wie du die alte, die einst hier im-Osten gebliebene, verkarstete, duckmäuserische, gläubig=verlogene u verdorbene Sprache dir wiederfinden könntest od: gar wolltest. *Ich bin nur gegenüber mir selber=allein stabil – jede Begegnung läßt mich, den Ohnehaut sprachlos haltlos, zusammenstürzen in-mich.....* Du wirst in deinem Lallen, Zittern, Stottern bleiben, hin& her&zurückgeworfen in beständig frierender, weil hautloser Sprache des Winters, die 1zig durch deine innere Leere u durch deine äußere Preisgabe als Enthäuteter durchgehen kann, ohne 1 Spur in deiner finsteren maßlosen Winterleere zu hinterlassen, so wie Zugvögel keine Spur von ihrem Flug im Himmel zurücklassen, & können die Bahn ihres Weges, der sie zwingt, dennoch nie vergessen – –

Und wie an einen Schlaf 1 hartnäckige, beharrliche Stimme zunächst herantritt, anklopft, das Träumen okkupiert u leitet, ihn in Fallen stürzt und schließlich den Schlafenden zum Erwachen zwingt, so hörst du deutlich und deutlicher aus einer Ferne zurückkehrend deine eigene Stimme; solange, bis du jedem 1zelnen Wort wieder mit ungeteilter Aufmerksamkeit folgen kannst. –Was Sie aber nicht wissen – (hörst du diese=deine Stimme überlaut & zänkisch sagen) –und was ich vorhin, als ich von dem Video erzählte, noch sagen wollte: Den Unbekannten Hengst aus dem Schmuddelfilmchen, den hab ich hier in Berlin wiedergetroffen. Das heißt, er hat mich getroffen. Schien direkt auf mich zu !warten. Und – (schlukken, in deinem Mund schon seit langem der üble Faulgeschmack des Alkohols; und weiter Trinken aus dem Glas, das die Frau vor dich hingestellt hat u das du noch nicht angerührt hast) –dieser Unbekannte hat mir Ihre Adresse genannt: !Ihren Namen. Sie müssen ihn also kennen.

Die Frau lacht kurz auf, 1 boshaft flackerndes Lachen. –!Was soll das. !Was für ein Spiel – (:Doch beherrscht sie sich rasch, findet in den alten Klang ihrer Stimme zurück.) –Ich weiß nicht, ob ein – Mensch wie der, den Sie meinen, Freunde haben kann. Vielleicht sind !Sie ja sein: *Froint.* Wieso nicht. ?Wer wenn nicht ein Freund würde für einen Andern Zimmer & Frau bezahlen, ihn freihalten für mehr als eine Nacht. Ihr Verhältnis zu diesem *Herrn* muß also ziemlich vertraulich geworden sein. ?Was sehen Sie mich so an: Sie haben sich ja !sehr verändert seit Sie zum letzten Mal hier – (sie schaut jetzt 1dringlicher zu mir herüber) –Wenn ich nicht !ganzgenau !wüßte, daß Sie – (und besinnt sich) –Wenn Sie denn sein *Froind* sind, dann kennen Sie auch seine vor!treffliche Unterscheidung von Eigentum u: Besitz, nichtwahr.

Ihr Gesicht hat sich bei den letzten Worten verändert, die Körperhaltung verliert das lässige Abwarten, sie wirkt nervösgespannt, in den Augen ein Glanz wie Porzellan, während der Mund sich verhärtet, die Lippen 2 dünne Striemen. Vermutlich ist sie bemüht, diese Anspannung zu verbergen, was jedoch bei einer Frau mit solch unverschlossenen Zügen die eigentliche Bewegung nur umso augenscheinlicher hervorheben muß.

–Ich kenne den Unterschied von Eigentum u: von Besitz. (Nimmst du vorsichtig das Thema auf: Ohne Zweifel hast du dich lächerlich gemacht vor dieser Frau – ?vielleicht will sie nun deine Schwäche benutzen..... Dann werd ich wieder mal mehr zahlen müssen als ich schuldig bin –.) –Sie können mir glauben, daß ich den Unterschied kenne zwischen Eigentum u: Besitz, auch ohne zu wissen, was dieser – Mensch, den Sie für meinen *Freund* halten, für Unterscheidungen hat : Sie haben das Wort Freund so seltsam ausgesprochen. Eigentum u: Besitz: Ich bin schließlich nicht umsonst Rechtsanwalt gew –

!Die Berufsbezeichnung läßt sie hochfahren: –!!Däß-wegen-also (sie kann ihren Zorn nicht bändigen, die Finger krampfen sich zu Fäusten:) –!!Däßwegen sitzen Sie einen ganzen Abend=lang wie ein Lehmklotz hier herum. Und ich dachte schon – (sie lacht in einer Flut von Kaskaden 1 bösartiges Lachen:) –dahahahachte doch glahahahatt Sie sind – sihihihind einer von Denen die nur quahahahatschen wolln ohohohoho – (sie fängt sich abrupt, ihre Stimme hart:) –Kommtja wieder in Mode, der Typ Quatschkopp : Was nich durchn Pimmel kann, das muß durch die Gusche. Soll mir recht sein, das spart viel Seife. – (Sie springt auf, stellt sich vor mich, die Fäuste in die Hüfte gestemmt:) –!So. Auf !die Tour kommt er jetzt also, Ihr sauberer Herr Froint: nach bester alter !DeDeR-Methode: *nichtsozialistische Lebensführung* hieß das früher, *unmoralische Lebensführung* heute, das Ergebnis bleibt dasselbe: !Raus mit der Nutte aus der Wohnung, !Ab mit ihr in die Gosse wo sie hingehört & das Kind zur Fürsorge. Berlin hat viele Brücken, drunter is Platz genug. – (Sie dringt auf mich ein) –!Geben Sies doch !zu – (schreit sie, Speichel u Atemfäuste treffen in mein Gesicht – (:?!WAS HÄLT MICH ZURÜCK ?!WAS HÄLT MICH – ZURÜCK –) –dassie nur !Deshalb hier sind bei mir heut abend: heimlich Notizen machn !wie. Vielleicht sogar irgendwo 1 Tonbandgerät !!was – (und packt mich am Kragen, reißt daran) –werd schon das Mikro finden – (:ich fasse ihre Handgelenke : (ein Vibrieren ihrer Sehnen ihrer Muskeln wie unter Stromfluß –); du hälst sie fest – und wird erst stiller, als ich noch lauter schreie als sie): –!Zuhören. !Sie solln mir !!zuhören verdammt nochmal !!!zu-hö-ränn –

Schwer atmend fällt sie in ihren Sessel, ich lasse sie los.

–Was diesen – diesen Menschen, mit dem Sie mich gesehn haben, betrifft – (höre ich mich in die plötzliche Stille, die vom Summen & Raunen der Stadtgeräusche getragen wird, sagen) –da sind Sie im Irrtum. Wirklich. Er ist !nicht mein *Freund*, nicht mal ein Verbün –

–Aber Freund=genug, um meinen Namen & diese Adresse von ihm zu bekommen.

Ich werd ihr erzählen müssen, von den Umständen die mich mit dem Feisten zusammengeführt haben. Und ich werde ihr noch einmal von der Frau erzählen müssen, von ihr, *die ich zu treffen hoffte an diesem Abend hier in Berlin* –.– Das Spiel, das du in der Maske eines Anderen, dem du offenbar ähnlich siehst, begonnen hast, es wird durch solch Schilderung allmählich von den Rändern her brüchig, schon bald (ahnst du) wird es gänzlich zerbrechen, sich auflösen in Fadenscheinigkeit, und hervorkommen wird – :?Was wird es sein.....

Sie schaut mich aufmerksam schweigend, doch mit deutlichem Mißtrauen an. Sie wartet. Auch scheint 1 Dämmer über das Gesicht dieser Frau sich zu legen; ?vielleicht wird sie mir glauben, was ich ihr zu erzählen hab.

–Sie sagten vorhin – (beginnt sie, jetzt ruhig u gefaßt) –Sie sind Rechtsanwalt. Nunja: Jeder Demlack, der die Wörter Demark & Kredit fließend aussprechen kann, nennt sich ja heutzutage *Unternehmensberater* – ?!warum soll das bei den-Juristen anders sein. Als Sie das letzte Mal hiergewesen sind, daran erinnere ich mich genau, waren Sie jedenfalls noch Mechaniker –

.....von Fremden stets verwechselt, erst nach der Namensfrage die Aufklärung Wer ist Wer..... : mein !Bruder der mir ähnlich war u ähnlich bleiben wird wie ich ihm – !Schwein unter Schweinen : ?!Wie oft muß ich dich noch töten – : –!?Wie – (die Stimme der Frau ungehalten, schroff) –!Was faseln Sie da. !Reißen Sie sich bloß zusamm – : –Be!greifen Sie: Mein !Bruder. Das Spitzel=Schwein, mit dem Sie mich verwechseln. Jetzt wird mir !Alles klar. (*Kochendes dreckiges Wasser, Blasen werfend im schäumigen Sud* – & aus dem stickigen Brodeln heraus ihre Stimme:) –?Alles. Ich glaube nicht, daß Ihnen schon !Alles klar ist. Selbst wenn Sie nur der Bru – : –!Nur is gut. (Und sinke mit müdflatterndem Lachen in den Sessel zurück) –Er scheint mir immer lebendiger zu werden, seit er – seit ich ihn –

–nur der Bruder sind. Wer weiß. Vielleicht stimmts. Vielleicht aber is das auch nur wieder sone blöde Geschichte. Sone Tuur, die Sie mir –

–!Hören Sie. (Ich fasse nach beiden Unterarmen der Frau *ihre Handgelenkknochen fein u kühl wie aus Porzellan*, sehe in das fremde, kalte Gesicht, das mit 1 Mal seltsam leer mir erscheint, daraus alle Fähigkeit, Kummer od Anteilnahme sich ausprägen zu lassen, mit dem Verströmen von Zeit ebenfalls davongeflossen scheint –.) –!Hören Sie. Nur !1 Augenblick. Wir sollten. Sollten wirklich. Meingott: Sie bringen mich mit Ihrem Gesicht glatt zum Stottern. Also. Hören Sie. !Bitte. Wir sollten !wirklich !reden. Ich – ich werde Ihnen !Alles erklären. !Wirklich Alles und – : –Schon wieder Alles. N bißchen viel zum gleichen Preis, nichwahr. : –Wievielwollnsie. Da – hier – ich habe genug – schaun Sie – (meine Hände sehe ich aus meiner Jackentasche Geldscheine hervorwühlen, sich verkrampfende Finger fuchteln mit dem Bündel vor ihrem Gesicht, knüllen das zu Kugeln zusammen & werfen die Scheine schließlich wie den Einsatz zu einem riskanten Spiel auf den Tisch).

Die Frau=ihrerseits scheint 1 Entscheidung getroffen, der Ausdruck in ihrem Gesicht nicht mehr kalt, nur nüchtern gespannt wie der 1 Pokerspielers, der beschlossen hat, auf das Spiel bis zum Ende sich einzulassen. –In Ordnung. Von mir aus. Reden Sie soviel Sie wollen. Schließlich bin ich ja auch dafür zu gebrauchen & Alles was Sie tun wollen hier, ist, wie gesagt, bereits bezahlt von Ihrem *Froind*..... Ich werd Ihnen sogar zuhören. Dazu aber brauch ich einen Schluck. (Sagt sie & schwenkt die leere Sherryflasche. Die Frau erhebt sich aus dem Sessel, mechanisch lächelnd) –!Mehr als 1 Schluck. (Und geht in die Küche hinaus.)

Die Geldscheine auf dem Tisch entknüllen sich ruckweise, als entspannten sich defekte Sprungfedern im Innern des Papiers od als zuckten Muskeln & Nerven in 1 Wesen, das lauernd in seinem Hinterhalt auf dem Sprung sitzend die Gelegenheit zum Zupacken erwartet –

Die Frau ist ins Zimmer zurückgekehrt, sie hat die neue Flasche, Whisky, & 2 Gläser auf dem Tisch abgestellt, und wieder im Sessel mir gegenüber Platz genommen.

–Nun !reden Sie doch. Machen Sies kurz. Ich will !endlich wissen : woran ich hier in dieser !gottverfluchten Stadt & mit diesem feisten Drexkerl bin, der mich in der Bar aufgegabelt hat und der –

–Das solln Sie hören. Jedenfalls soviel wie ich drüber weiß. Den Rest – es bleibt ja immer ein Rest, der sich aufbläst zur Riesensache –, den müssen Sie sich selber zusammenreimen.

–Als ich Sie vorhin fragte nach Eigentum u: Besitz – dazu wollten Sie gewiß viel Feinsinniges sagen, nicht wahr. So etwa: Besitz ist auch Beute. Besitz ist käuflich, ist bezifferbar & mit Geld zu bezahlen, nicht aber mit Geld zu halten. ?!Stimmts. Besitz also ist vergänglich, hätten Sie gesagt. Das Eigentum dagegen ist das, was zu unserem ureigenen Innern gehört.

–Ja aber –

–Warten Sies ab. Dann, nicht wahr, hätten Sie was von Harmonie gesagt & von der Unvergänglichkeit des Eigentums, wie das, hätten Sie garantiert dazu bemerkt, ja schon im Wort anklingt: *Eigen Tum*. (Sie ahmt selbstgefällig schmatzend die Manier jener älteren Herren nach, Gouteure der gepflegten Fadheit, die in Salons od auf offiziellen Empfängen ihre Visitenkarten der Impotenz feilbieten ebenso wie in extra dafür eingerichteten Kolumnen bestimmter Feuilletons, u die stets von einem=gewissen Parfümdunst umweht erscheinen, ähnlich dem seifigen Aroma von Erfrischungstüchern, die man in Flugzeugen den Passagieren reicht.) –Stimmts: So ähnlich hätten Sie geredet – !o sagen Sie nichts. Natürlich hätten Sie so geredet : So reden sie=Alle die Fein=Geister, die ihr Schäfchen im Trockenen haben u sich um Das, was um-sie-herum vorgeht, 1 !Scheißdreck kümmern. Es sei denn, um aus dieser Umgebung einen neuen, feinen & sinnigen Profit für=sich rauszuschlagen. Dann gibts keinen Interessierteren an der-Welt als diese – diese – (ihre Stimme in schlecht unterdrückter Wut) –Virtuosen mit den klebrigen Pfoten. – (Sie trinkt hastig & in 1 Zug den Whisky. Und muß husten –, ich spring auf, klopfe mit der flachen Hand auf ihren Rücken – *!oha Der Kunde dein Freund & Helfer !zum Lachen schöne Scheiße !Samariter bei ner Hure – was machst du da du Affe du Blöd-*)

Als sie zu husten aufhört, steh ich, mit hängenden Armen, albern neben ihr.

–Gehn Sie wieder zu Ihrem Sessel. – (Ihre Stimme klingt vom Husten erstickt, der Atem schraubt sich rauh die Kehle herauf; mit den Augen, vom Hustenanfall in Tränen schwimmend, weist sie zu dem Sessel hinüber, in dem ich zuvor gesessen hab.) –Und setzen Sie sich. Ich hab Ihnen ja eine Geschichte versprochen – (sie räuspert einigemale kräftig; dann hat sie ihre Stimme wiedergefunden) –und solche Geschichten ertragen sich besser im Sitzen. Trinken Sie. Denn wenn es stimmt, was Sie vorhin sagten, daß es Ihr Bruder war, der mich bislang – besuchen kam, dann werden Sie den Whisky !brauchen. Denn vielleicht werden Sie in dieser Geschichte auch einiges über sich-selber erfahren. – (Sie nippt jetzt vorsichtig 1 Schluck aus dem Glas.)

–Ich war nicht immer, u zu Ost-Zeiten schon gar nicht,

was ich jetzt bin: 1 Nutte. Ich weiß was ich sage. (Und winkt meine Widerspruchsgeste ab.) –Sie werden lachen, manchmal machts mir sogar Spaß. Manch 1 denkt Dabei vielleicht an seine Freundin u vergißt darüber glatt, wen er grade wirklich fickt. Das sind noch die Besten, u mir manchmal die paar Prozent Vergnügen für den großen Kübel an übrigem Dreck. – (sie trinkt) –Mein Mann war Arzt, einer von vielen in einem Krankenhaus hier in Ostberlin. Kein großes Tier – (setzt sie rasch hinzu, denn sie hat deine Kopfbewegung bemerkt) –Sie dürften ihn kaum kennen. Über lange Jahre hinweg, wie hinterher nach Der Wende sich rausstellte, hatten die Leiter des Krankenhauses Organe – Nieren Lungen Lebern Herzen : eben Alles, was auf diesem Sklavenmarkt im Handel ist – für Devisen in den-Westen verschoben. Beziehungsweise an solche Patienten weitergegeben, die mit Valuta zahlen konnten. Das waren zumeist irgendwelche Funktionäre, deren Weiber od auch steinreiches Handwerker=Pack : die andern Patienten, die Niemands, die so dämlich gewesen waren im-Osten krank zu werden, die blieben wie immer & überall im Land in der Schlange hintendran, solange manchmal, bis die Sache sich *von selber erledigt* hatte..... Einige Ärzte & Pfleger waren in solche Geschichten verwickelt, denn Irgendwer mußte ja dabei auch die Dreckarbeit machen. Das ging so über Jahre hinweg. Und mein Mann, der kleine Arzt, der Niemand, hat durch irgend-1 dummen Zufall, durch 1 Versehen, Wind von Dieser Großensache bekommen. !Was hab ich ihm damals gesagt, er soll die !Pfoten aus Dieser Sache lassen – !stillesein sollte er – s Maul halten –, waren wir ja geübt im Stillesein & im Maulhalten – wäre ja wohl nich s 1. Mal gewesen, daß wir stille sind, kuschen, abducken Hier wie überall. Das sieht nur überall auf-der-Welt anders aus : Maul aufreißen : Krakeelen : Demonstrieren : an die Presse gehn – sind Leute noch furchtbar !stolz drauf, dasse !Sowas können – : Abreagieren ist das, Dampfablassen u !garnix weiter, & darf nur deshalb sein, weils längst schon um Ganz-Anderes geht..... Lasse doch krakeelen sovielse wollen die Doofköppe. Aber angeschissen werden wir=Alle letztenendes trotzdem, in aller Stille, und merkens vor lauter Krakeelen gar nich mal – (:sie setzt rasch das Glas an, und es scheint, als werde ihr Gesicht kleiner und kleiner, damit es ganz hinter dem kleinen Glas sich verbergen kann) –?!Das also soll die Hochgelobte Demokratie sein – ich sag Ihnen, was das im Unterschied zu Dem is, was wir Hier im-Osten vorher hatten : Beineabsägen, damals ohne heute mit Narkose – abers Ergebnis is dasselbe: die Beine sind futsch..... (:wieder trinkt sie zu rasch und wieder Husten. Diesmal bleibst du sitzen. Warten. Sie wischt mit dem Ärmel über die Augen & gießt 1 neues Glas ein.)

–Jedenfalls: er, mein Mann, hat das Maul damals !nicht gehalten. Der gottverdammte Trottel ist !nicht stille gewesen. Sondern hat !Anzeige erstattet vor Gericht, der Dämlack der. !Ausgerechnet: Vor Gerichtgehn im !Osten gegen den-Osten.....

–?Ja aber: Welche Rolle spielte nun !er, dieser Feiste, dabei. ?Hat er überhaupt – (u unterbrichst dich abrupt : *Scheiße Scheiße O !Scheiße verdammte* : denn eine ungeheure Ahnung plötzlich wie ein wucherndes Gewächs, ein schwarzer Efeu, der in Alldenjahren immer weiter getrieben hat, gewachsen & gewuchert ist, der nicht, wie du meintest, vertrocknete, mit deinem Verschwinden damals im-Westen abgestorben u ausgerottet war – der vielmehr unterirdisch weiter u weiter gewuchert hat, u nun, plötzlich, an dieser Stelle *verdammt verdammt ver!dammtnochmal* in diesem halbdunklen Zimmer aus dem Boden hervorbricht – *!Scheiße !Scheiße O !Scheiße verdammte Herr!gottnochmal nun auch noch Das* –)

Sie scheint nichts zu bemerken. Ihre Blicke beginnen indes schon zu irrlichtern, doch ist sie bemüht, dir fest ins Gesicht zu schaun. –Der ?Feiste: Er hat meinen Mann !fertiggemacht. – (Sagt sie langsam, leise – und setzt das Glas bedächtig mit zitternder Hand auf die Tischplatte nieder.) –Soviel steht fest. Er hat dafür gesorgt, daß mein Mann als Arzt nicht mehr arbeiten durfte. Kunstfehler, angeblich. Dabei stand Die Wahrheit wie aus dicken Steinen gehauen vor jedem, der sehen wollte. Aber Das !wollte ja niemand sehen. Bis auf Einen. Einen Kollegen, & noch Einer mehr auf dem Abschuß. ?Sie haben den Unfall gesehen, vorhin auf der Straße, beinah vor meiner Wohnung: Der Motorradfahrer: Das war Er, der letzte Freund meines Mannes..... und meiner. Der letzte !wirkliche Freund. Wollte mit mir heute hier auf den Feisten warten. Der hatte sich & Sie angemeldet für Heute. !Das wäre !die Gelegenheit gewesen: Wir wollten abrechnen mit ihm. Aber der Kerl kam nicht. Wir haben gewartet auf ihn, stundenlang. Er kam nicht. Mein Freund mußte dann gehen. Und als ich wenig später aus dem Fenster der Nachbarswohnung auf der Straße Ausschau hielt nach dem Feisten, sah ich ihn : Und sah noch mehr: den Unfall und den Tod des letzten Menschen..... der noch zu mir gehalten hat. Dann hab ich den Feisten gesehen, zusammen mit Ihnen. Aber er kam auch jetzt nicht her zu mir, als hätt er geahnt, was heute abend –. Statt dessen sind dann Sie..... Die größten Dreckschweine haben immer auch das größte Schwein – (nervös schaut sie in ihr schon wieder leeres Glas) –Ich saufe zu schnell für meinen Job (:mahnt sie sich raunend zur Vorsicht).

–Also: Der Feiste hatte Damals dafür gesorgt, daß mein Mann nicht mehr arbeiten durfte. Er konnte Sowas veranlassen: bei Seinen Verbindungen nach Ganz-Oben..... Also hat Er meinen Mann zuerst kaltgestellt & später seine Entlassung durchgesetzt. Bereitwillige Juristen..... für Sowas finden sich immer. *(Scheiße Da haben wirs o !Sch* –, u jeden Millimeter Haut spürst du mit Kalk überschüttet – ich wage nicht aufzuschaun zu ihr, stiere ins Glas, sehe die braundämmerige Flüssigkeit schwanken, ein Nebel aus Vergangenheit steigt ins Zimmer ein, er verhüllt die Regung in deinem Gesicht, verbirgt das Zittern deiner Hände – – *als erstes wieder Geruch der Amtsstube am Ende eines Gangs im Seitenflügel des Krankenhauses: der scharfdumpfe Geruch aus neben1ander wie Behältnisse für Munition gereihten, fahlhellen Rücken von Aktenordnern, das kaum hörbar zischende Geräusch der Sohlen auf dem Linoleum, aus 1 Art*

Alkoven vom Waschbecken der aufdringliche Seifengeruch Steckenpferd Lilienmilch (die »Sozialseife«, die den Angestellten des Krankenhauses kostenlos zur Verfügung stand u: für dich sozusagen der billige Wohlanständigkeitsgeruch des-Ostens.....), und Schatten traten aus den Ecken unter der Zimmerdecke herab bis auf den Platz wo du täglich in Papieren blättertest, Paragrafen wimmelten klein & gefährlich wie Handschellen im Arsenal von Vollstreckungsbeamten (diesem THEATER DER LEICHEN, mit dem dich nichts verband außer Ekel u Wut vor der Tatsache, daß du hier warst als ein Handlanger aus Gründen des Überstehenmüssens od aus einer anderen Feigheit), diese VORGÄNGE wie Leichen zum Sezieren auf die Schreibunterlage geschoben ins Licht aus dem dürren, immer schnell heiß werdenden & dabei brandigen Staubgeruch verbreitenden Gestell der Schreibtischlampe, gebogenen Rückgrats dienernd über die Tischfläche gebuckelt im amtlichen Schwarz, in den grellen Lichtwurf & besonders beim Umblättern von Papieren wieder die Myriaden Staubpartikel flüchtig aufleuchtend wie Schwärme winziger Insekten..... Od der Staub von all denen, die vor dir hier gewesen waren, wie auch dein eigener Staub aus dem Lauf all deiner verlorenen Jahre, die in gewisser Weise deine Jugend & dein Leben waren (sofern du Jugend u Leben jemals mit dein in Verbindung bringen konntest), so daß all diese Wesen vor dir wie auch du selber in dem hohen, stets scheinbar im Halbdunkel liegenden Raum wie im Gewölbe einer Krypta jene Aufreihung von langsam vergehenden Toten dir erschienen, deren unendlich langsames Verfallen, Verwesen, Verschwinden zwar immer neue, groteskere Grimassen des Todes hervorzubringen in der Lage waren, doch zum eigentlichen, dem endlichen wie dem endlich endgültigen Verschwinden in dem Maß immer unfähiger zu werden schienen, je weiter die ekelhaft gebräunten, fest & hart wie Chitinpanzer von absurden Insekten gewordenen Körperreste von ihrem einstmaligen Lebendigsein mit der Zeit weiter und weiter sich entfernten: Verfallen in der Zeitlupe aus Jahrhunderten, staubförmiges heimlich raschelndes spinnwebartiges Verblassen ohne Ende ohne die Gnade des wahrhaftigen Aufhörens..... wie das in den Gesetzpapieren eingetrocknete Blut..... Und Dunkelheit schien allzeit in den Zweigen der Kastanie vor dem Fenster gefangen, schien aus die-

sem dir ständig laublos in Erinnerung verbliebenen Geäst des Baumes herauszuströmen, so daß all die Jahre in dem Büro im äußersten Flügel des Krankenhauses als Jahre unter schwarzem Laub erschienen – – :Und jetzt, hier in einer anderen Nacht mit einer anderen Dunkelheit bei einer Frau, die dich zur Erinnerung an einen *Fall* aus meiner Zeit als Justitiar im Krankenhaus zwingt (:Ist dieses Krankenhaus, von dem sie spricht, ?!wirklich *mein* Krankenhaus, u ist es *?!dieser Fall* gewesen:) . . . . .zu einer Zeit, als 2 Krankenpfleger, die Ausreiseanträge gestellt hatten & die die Krankenhausleitung bestrebt war loszuwerden, ich vor der Entlassung zu bewahren suchte. Ich mußte ihretwegen Kompromisse mit den Mächtigen des Hauses – Gewerkschaft=Konfliktkommission=Direktor=Parteileitung – eingehen : 2 gegen 1 : 2 sozial schlechter Gestellte ohne abgeschlossene Berufsausbildung, die nach der Entlassung (wie ich glaubte) daher umso rascher dem kriminellen Status *Nichtsozialistische Lebensführung* verfallen würden – so billigte ich seinerzeit die Entlassung 1 Arztes. . . . . *ver!fluchte Scheiße ich habs geahnt daß Sowas hier in dieser Dreckstadt in diesem Dreckosten geblieben ist noch immer da ist unvergänglich unsterblich bleiben wird Mumien aus der Dynastie der Geister – !Scheiße nochmal ver!dammt o ver!dammte Sch* –)

–?Was haben Sie. ?Ist Ihnen nicht gut – !Augenblick – ich hol n Glas Was –

–Nein!nein. Schon in Ordnung. Es ist Nichts. Nicht der Rede wert. Bleiben Sie. Erzählen Sie. Erzählen Sie weiter. !Bitte. Ich will sie jetzt hören: Die ganze Geschichte –

Die Frau sitzt wieder in ihrem Sessel, dreht das Whiskyglas in den Händen, bis die Glaswand milchig u von der Feuchtigkeit ihrer Hände in rauchigen Schlieren erscheint. Es dauert nun lange, bevor sie wieder zu sprechen beginnt, so als müsse sie jedes 1zelne Wort neu sich erfinden.

–Der Feiste, wie Sie ihn nennen, er hat die-Sache mit der Entlassung meines Mannes nicht auf sich beruhen lassen. Er wollte ihn !ganz vernichten. Dafür gab es keinen Grund. Denn die Klage meines Mannes vor Gericht war !natürlich längst abgewiesen worden. Und auch die Arbeitsrichter wollten sich an solch einem Fall die Pfoten nich dreckig machen. Also lieber die fristlose Entlassung durchsetzen als irgendwelchen Ärger mit Denen-da-Oben sich einhandeln..... Und mit der Entlassung war auch das Hausverbot im Krankenhaus für meinen Mann verbunden. Er hätte, selbst wenn er seine Behauptungen um die Organschiebereien woanders laut gemacht hätte, !nichts mehr davon beweisen können. Für die Behörden war damit der Fall erledigt. Aber für den Feisten keineswegs. Der ließ nicht locker. Das war aus purer Bosheit. Aus purer Freude am Leid von anderen. Aus der Lust am Vernichten kam er auf immer neue Einfälle.

Wieder trinkt sie mit 1 Zug, doch bleibt der Husten diesmal aus. Schnell spricht sie das folgende, überhastet, so als müsse sie eine belanglose Tabelle vorlesen, darin die Verzeichnisse fremder, anonymer & zu Code-Nummern gewordener Vorgänge, die allenfalls bei Fachleuten Bedeutung & Verständnis haben: –Uns wurde das Konto gesperrt, kamen an unser Geld nicht mehr ran – wir konnten die Miete nicht mehr zahlen, kein Gas, keinen Strom – eine Anstellung fanden wir beide nicht. Meinen Mann wollte nicht mal die-Kirche als Friedhofsarbeiter einstellen. War denen wohl zu heiß für ihr Süppchen, das sie all-die Jahre hinweg köcheln ließen überm Feuer der Partei..... Wenigstens kam von Mutter & von den Eltern meines Mannes hin&wieder 1 bißchen Geld. So brauchten wir nicht zu hungern und die Kleine hatte auch was zu essen & zum Anziehn für die Schule. Dann, 1 Tages, hatten seine Eltern einen Unfall: beide tot. Wurde niemals aufgeklärt, ?was !genau geschehen war..... Bis heute nicht. Aber ich !weiß einfach, daß Er, der Feiste, auch da hinter steckte. Und werweiß, ob Er nicht auch heute abend bei dem Unfall meines Freundes seine Pfoten im Spiel hatte. !Was glauben denn Sie. Er wollte uns den Rest geben, von Anfang an. Aber auch das hat dem Feisten noch immer nicht gelangt. Der hat solange nicht locker gelassen, bis er – bis mein Mann –

Ein stilles Weinen, kein Schluchzen zerstückelt ihre Stimme, die Tränen fließen offen u ohne Hemmung ihr Gesicht hinab, während sie weiterspricht, als seien das nicht ihre Tränen, nicht ihre Stimme mit der sie spricht, u als sei das nicht ihre Geschichte. –Zwei Wochen blieb mein Mann verschwunden. Jeden Tag hörte ich die Nachrichten, und jedesmal wenn Grenzflüchtlinge über die-Mauer entkommen waren od dort erschossen wurden, hab ich gedacht: !Er ist es. Das muß !er gewesen sein..... !?Sollte ich jedes Mal heulen, wenn ich von einer geglückten Flucht hörte od von einem, den sie wieder erschossen hatten Dabei. Ich tat es. Heulte jedes Mal. Weil – ich dachte, vielleicht hilft das Umsonstheulen & er ist es wieder nicht u ist dann noch am Leben –. Und er war es auch niemals, den sie erschossen hatten. Er blieb nur einfach: verschwunden. Als die Kleine immerfort nach ihm fragte, sagte ich, er sei auf Dienstreisen. Aber, ich denke, sie hat mir das nicht sehr lange geglaubt. Dabei sollte ich damit sogar !recht haben, in gewisser Weise –. Dann, schließlich nach zwei Wochen, fand man ihn. Im Wald. Dort, wo er früher nach einem anstrengenden Tag im Krankenhaus immer spazierengegangen war. Dort hatte er sich aufgehängt.

Jetzt weint die Frau nicht mehr; ihre Stimme wird kälter wie die Luft nach einem langen Regen: –Er hat mich u die Kleine 1fach sitzenlassen, der Saukerl. So geht das immer mit den-Helden. Und dann: Dann war es mit der DeDeR auch zuende. 1fach & übernacht zuende. Wie ein Spuk. Vorbei. Jedenfalls mit der-Grenze – aber !nicht zuende mit dem Feisten..... Der blieb nur 1 Zeitlang untergetaucht..... Und erschien eines Tages: Als Eigentümer dieses Hauses..... & der Häuser in der Nachbarschaft. – (Sie trinkt wieder hastig) –!Keine Frage: Jetzt war !ich dran. Nach meinem Mann will er nun auch mich. Solange gibt Der keine Ruh bis ich und die Kleine nicht –

–?!Warum. Scheiße nochmal: ?Warum: ??Was hat er davon –

–!Nichts: !!Gar nichts hat er davon. !Nicht die Spur von Nutzen. Er muß verfolgen & er muß töten. Aus Leidenschaft od wasweißich weshalb. Aber er !muß es tun, bis er Es erreicht hat. So ist das.

(*verdammt verdammt verdammt mein!gottnochmal verd* – Es gibt nichts für dich zu sagen. Es sei denn, du bekennst dieser Frau deinen Anteil an ihrer Geschichte. *!Schöne Scheiße.* Doch ?wozu sollte das gut sein, ?was ändern am Geschehen..... Und meinte, ich müsse mich elend fühlen, kotzübel u miserabel wie 1 ertappter, mieser u feiger Lügner –.– Aber du mußt feststellen, daß du dich nicht schlechter fühlst als vordem, besser auch nicht – du fühlst eigentlich *nichts*; nichts außer deinem auf der Haut eingetrockneten Schweiß aus einem langen-Abend; nichts außer Müdigkeit in deinem schwer u unbeholfen auf dem Sesselrand hockenden Körper *Es ist eben nur eine !gottverdammte Scheiße kannichdirsagen Wenn Das bloß schon Alles vorüber wär Zuende wär diese ganze !gottverdammte Sch* –)

Auch dieses Mal scheint sie nichts zu bemerken. Unbeirrt, mit der Bitterkeit u der Wut der 1samen, mit aller Unbeirrtheit alttestamentlicher Leviten zählt sie unterdessen das Tun des Feisten auf: –und etliche Versuche, die Mieter aus dem Haus zu vergraulen – (hörst du sie weiter das Tun des Feisten herzählen) –gehen schon auf sein Konto: Zuerst ließ er sämtliche Kellerzugänge verschließen & amtlich versiegeln, das war vor zwei Jahren im !November – :niemand konnte an Holz & Kohlen zum Heizen ran, wir saßen im Kalten über Wochen hinweg. Dann hat er offenbar ne Bande von Raudies angeheuert, die machten Terror im Haus – schraubten Sicherungen raus – brachen die Briefkästen auf & schmissen Stinkbomben rein, damit die Briefe verbrannten – nachts wurde mit Hämmern gegen die Türen gedroschen – :1 alte Frau im Parterre starb an Herzinfarkt, sie war Jüdin, hatte das KZ überlebt, u glaubte wahrscheinlich: !Jetzt kommen Die wieder, um sie noch 1 Mal abzuholen..... Und so falsch war ihre Vermutung nicht..... Nur waren es dieses Mal nicht die SA, nicht die Schlägertrupps der Nazis: Sondern die Schlägertrupps aus den Resten der Partei..... Und das Neueste, das der Kerl=das Schwein sich einfallen ließ, das ist DER HEISSE ABRISS – :Damit droht er uns unverhohlen seit Wochen schon, das heißt im wesentlichen !mir, seinem ausgesuchten Ziel.

Die Frau schweigt, sieht nachdenklicher als vordem zu mir herüber. (*sie muß es merken Herrgottnochmal du !mußt es ihr sagen mußt ihr alles erzählen all diese gottverdammte alte Geschichte sone richtige alte Zonenscheiße verdammt verdammt o ver!d –*) Dann, als vertusche sie im Geist eine Überlegung, spricht sie rascher, das Gesicht dem Glas in ihren Händen im Schoß zugekehrt, als sei dort 1 Mikrofon verborgen, dem Alles an Leid anzuvertrauen ist, so als sei von einem-ganzen Leben nur Jetzt & Heute diese 1 Stunde einer Nacht in 1 Zimmer in der Aura formloser Dämmerung die Gelegenheit, dem unsichtbaren Aufzeichnungsgerät den eigenen Schrecken, die eigene Furcht & die Namen der dafür Schuldigen zu benennen, übriggeblieben. Doch 1 Name würde in ihrem Bericht nicht vorkommen, würde fehlen, wie immer Irgendetwas fehlt an den Forschungen nach den Ursachen, so als müßten diese Ursachen=selber dadurch ihre eigene Fehlbarkeit bezeugen. Und hier ist es !mein Name, den sie nicht kennt in ihrer Geschichte; mein Anteil an ihrem Weg, von dem sie nichts weiß. Ich bin der, den sie einer diffusen, immer zu Diensten bereitwilligen Schar von Vollzugs=Beamten zugewiesen hat *(denn du bist das letzte Arschloch das will nich mal mehr ordentlich vögeln so ein blödes riesiges altes Arschloch so ein vollkommen leeres Stück Mist)* – so eine Art nebelhafter Erscheinung, deren Wirklichkeit die Unwirklichkeit, die Ungreifbarkeit in der Stickluft diensttuender=Un-Menschen ist – und sind u bleiben doch immer, jeder 1zelne, 1 Gestalt, 1 Jemand, 1 ganz konkreter Mensch *(1 ganz konkretes Stück !Scheiße sagichdir wie s hunderttausende davon gab & gibt & immer wieder geben wird im Dämmerlicht in der Trübness eines trüben Lebens)* mit 1igen ganz konkreten Gemeinheiten Versagen Dreckigkeiten u Verbrechen..... ganz !konkret & !genau benenn- & bezifferbar (*o !verdammt sie solln aufhören mit ihrem Gelabere mit ihren Auftritten vor den-Leuten in der Pose des Schächers dem letztenendes ohnehin verziehen, wenn nicht gar wie seit einiger Zeit sogar kräftig applaudiert wird Eines nicht mehr fernen Tags wird es dann als Makel gelten !nicht bei der Staasi gewesen zu sein..... Sie solln !aufhörn mit ihrem Gesülze & dem scheinheiligen Gestammle sie sollen 1fach nur sagen Ich wollte meinen Frieden haben mit der Macht & von der Macht meine Privilegien so klein sie auch gewesen sind Und fertig Und die Anderen die ich ans Messer geliefert hab dafür od: die nur durch mein Wegsehen Weghören Maulhalten & Mitschpielen ans Messer gekommen sind die waren u sind mir im Grunde !scheißegal Das Hemd ist immer näher als die Hose !verdammt so isses Aber !Aufhörn mit dem Weißwaschen ihrer dreckigen vollgeschissnen Unterhosen Sie sollen aufhören damit und sie solln krepieren Sie hatten ihre gute-Zeit gehabt und jetz soll sie vorbei sein Jetzt sind Sie dran Schluß & fertig Krepieren solln sie !Alle Groß & klein die richtig Dreckigen & die nur Schmuddeligen Alle Schweinekerle an die Wand Die ganze Aasbande dieser miserablen=kleinbürgerlichen Zinker !Verdammt nochmal ich will Sie=Alle krepieren sehn..... ihre Bregen in die Gullis treten..... am eigenen Mastdarm solln sie hängen..... : Aber auch die Via Appia ist nicht lang genug & 6000 Kreuze sind niemals ausreichend Kreuze um Das zu tilgen.....)* – Du hörst die düsteren Erzählungen der Frau im Dämmerschein eines vom schweren, alten Mobiliar besetzten Zimmers, siehst ihren noch jungen Leib, im Sessel versunken, im Erzählen gekrümmt wie ein leidvolles Fragezeichen – sie ist 1 aus dem unübersehbaren Heer der 1samen u der Heimatlosen, die überall in allem bewohnten Stein in aller bewohnten Erde anzutreffen waren u anzutreffen sind, die auf alle-Ewigkeit aus Menschen sich zusammensetzen wie sie 1 ist; Söldner ohne Sold u jeder 1zelne darin 1 Verlorener Posten, die in eine ewige Schlacht gejagt werden, die zu keinem Krieg gehört – es sei denn zu diesem einen, zu diesem Ewigen Krieg..... dem niemand entrinnen kann, nicht einmal durch seinen Tod. Und du weißt nicht, ob dies alles wirklich, u Alles wirklich so zwischen dir u: dieser Frau gesprochen wurde; vielleicht hat vieles davon nur in deinen Gedanken, nur in deiner Vorstellung so geklungen – während die *wirkliche Rede* – abgerissen, unvollendet, in seltsamen Schüben plötzlich wie von Schluckaufs abgebrochen, dann zurückfallend, und wieder neu beginnend, wieder weiter, als mühten winzige Insekten die Steilwand eines aus lockerem Flugsand bestehenden Abhangs sich hinauf – & durch etliche kleine, winzige, unterm eigenen Voran- & Hinaufwühlen durch die Insektenbeinchen ausgelöste Sanduhr-Lawinen, auf den Rücken gestürzt wieder hangabwärts rutschend – doch nie bis auf den Grund, niemals an den eigentlichen Anfang, an den Ursprung zurück, sondern immer nur stückweis, absatzartig, Zeile-für-Zeile rückwärts, – :und dann Weiter, Vorwärts, Auf, das unermüdliche Hinauf, so als gäbe es kein Erinnern an grad vor kurzem erfolgte Abstürze, ans Abgleiten, Rutschen, ans Zurück, & immer wieder Zurück –, wie stets alles Reden zwischen Menschen nur die Gestalt von Ruinen erreicht (u du schaust zu der Frau hinüber), deren Einzigartigkeit eben in solch Abgebrochenheit, Zerstörtheit besteht, können doch die darin fehlenden Partien an solcherart Gebäuden durch die Fantasie nicht 1fach nur ersetzt werden, sondern vielmehr sich weiterbauen, zu wuchernden grotesken baroquen Getümen erweitern, so lange so weit bis in das Vergessen hinein.....

Wie lange mochte Schweigen schon im Zimmer sein. Vielleicht für solange Zeit, um deiner Schande vor dieser Frau für den-Augenblick 1 Fassung zu geben. ?Und wohin, in welch Remise, hat diese Frau-dort sich geflohen –. Du spürst Kälte aufsteigen in dir. : Das muß die Stunde sein, wo Nacht in den Morgen geht; die Straßen schneiden sich mit kaltscharfer Klinge neu in das alte Nachtgestein; die sehnigen, muskulösen Geräusche der Stadt werden dünn.

–Ihre Tochter übrigens – (hörst du dich, u gegen deinen Willen dies Geständnis, nur um irgendetwas gegen das Getöse deiner inneren Stimmen zu sagen, wobei deine Stimme dir in einem fremden, schnarrenden Klang erscheint, u spürst sofort, diese Stimme ist zu spät, sie gehört der gelbbraunen

Dämmerung, wo Alkohol schwamm in einem warmen Strom, der lange vor der Morgenkälte floß –) –die Kleine, die mich zu Ihnen brachte, nun lachen Sie nicht, sie hat verblüffende Ähnlichkeiten mit *ihr* : mit *dieser Frau*, von der ich Ihnen erzählen mußte; eine Ähnlichkeit sozusagen zu anderer Zeit. Als ich Ihre Tochter unten vor dem Haus gestern abend sitzen sah, bin ich erschrocken –

–Er?schrocken –

–Erschrocken, so als hätte die-Zeit mit allen Menschen darin sich mit 1 Schlag zurückgekehrt, umgestülpt, & zeigte mir die Bilder früherer Jahre von diesen Menschen wie die Bilder in einem Film od Fotoalbum – u nur ich=allein, ich bin Draußen geblieben, hier, in !dieser Zeit wo ich bin..... (und räusperst dich, als du die Ungeduld der Frau bemerkst) –Ja. So war das. *(:Scheiße !Was rede ich da !Wen intressiert mein Seelenknies mein gottverdammtes. Schon gar nicht sie, diese fremde Frau=all-1)* Und Verlegenheit, zumal die Langeweile bei der Frau an solcher Beichte offensichtlich ist. Sie schaut dich wieder & wie schon zu Beginn vor Stunden intensiv & prüfend an.

–Aha. Ich verstehe. – Sagt sie schließlich. Und erhebt sich langsam aus dem Sessel. Auch ich stehe auf. Wir bleiben starr vor-1-ander stehn.

–Ich – Es geht – (:du hast dummerweise mit Reden begonnen, mußt jetzt also weitermachen) –Sie – verstehen vielleicht, daß ich – jetzt – nach sovielen Stunden – eine ganze Nacht : Es – Es geht einfach nicht. Nicht heute. Sie verstehen vielleicht ich –

Sie lacht unbekümmert: –Was reden Sie, ich bin doch !Ihr Kunde. (Sie schaut sich um) –Und die Unterkunft=hier wie Alles andere ist für Sie bezahlt, wie Sie wissen. Sie können also bleiben übernacht, wenn Sie wolln, und länger. Dort in dem Zimmer, das ursprünglich meiner Tochter gehörte, können Sie bleiben. Ich geh in die Wohnung im Parterre. Eigentlich hatte ich meiner Tochter für gestern Abend 1 Geschichte versprochen. Die ist ausgefallen. Dafür haben Sie meine gehört.

Als die Frau vor der Zimmertür steht, schaut sie dich an, I Hand berührt deinen Unterarm. –Sag mal (hörst du) –gefalle ich dir ?wenigstens I ?bißchen.

–Du bist schöner als meine Angst. – Sagst du.

Sie lächelt wie I Kamerad. –Das Bad ist dort-hinten. – Sie zeigt ans Ende des Flures. Dann öffnet sie die Tür, und verschwindet im Dunkel des Treppenhauses. Noch hörst du sie die Tür von Draußen verschließen. . . . .

Das fremde Zimmer, ein Kubus schlecht verschlossener Finsternis im Geruch von Frauenschlaf – als dämmriges Fahnentuch stehn Vorhänge in langen Falten vor dem Fenster, durch die Gewebeporen des schweren Stoffes sickert das Licht aus dem Polartag der Stadt wie I schwacher Dunst herein. Der graue Schlaf in deinem Körper hat vor dem Gehirn Halt gemacht: dort die Unruhe, das nervig zerrende Reißen; der Schlaf ist von schartigem Eisen hinter deiner Stirn zu Stücken zerschnitten – eine Wunde, beständig pulsierend & ohne Ruhe –, du liegst wach, die Augen offen, vergebens wartend auf den Schlaf entzifferst du die Schemen des Mobiliars. Und als kehre die Nacht sich schon zum fahlen Morgenschimmern, treten der wuchtige Nußbaumschrank – der Kachelofen im dunklen Glanz seiner Glasur – Stühle, geschwungene Lehnen – schwerer Tisch mit gedrechselten Beinen – der Goldrahmen des Bildes über der Ottomane im schwachen Glimmern aus der Wand hervor (das Bild selber ist noch erloschen) – auch siehst du den ausgestopften Bussard oben im Zimmereck seine Schwingen im ewigen Gleitflug ausbreiten – –, die Pfauenfeder schwebend über dem halbdämmerigen Atlas der Wandtapete –; plötzlich links neben deiner Bettstatt I Geräusch: leise, behutsam, ein samtenes Rascheln, und gleich darauf das Gefühl, als drücke ein Fuß od eine Hand mit sanftem Druck die Matratze an I Stelle der Kante direkt neben dir nieder – der Druck verstärkt sich – nun, als nehme ein schwerer Leib dort vorsichtig Platz – als würde nun auch über die Bettdecke, über Brust & Bauch, mittlerweile über die gesamte Breite des Bettes, dann nach-und-nach die rechte Bettseite niederdrückend, behutsam, vorsichtig & fast ohne Geräusch ein Wesen über das Bett hinwegschleichen. Im Dunkeln siehst du schließlich den Körper eines großen Tieres dein Lager überqueren – einen !Jaguar – der als ein Schatten unter dem Bett hervor & drüberhin zum Fenster schleichend, zwischen den schweren Vorhängen lautlos verschwindet, durch das geschlossne Fenster hinaus, nach Draußen, zu den übrigen Schatten dieser Nacht. Dem einen folgt auf demselben Weg ein weiteres Tier, ebenso behutsam & leise, dann noch eines und noch eines, immer weitere dieser großen Katzen schleichen unter dem Bett hervor. Angstvoll liegst du totenstarr. Versuchst, wenig zu atmen – die Tiere scheinen dich nicht zu bemerken od: sie folgen einem anderen Ziel u beachten dich nicht. Einige Male streift eines der vorüberziehenden Tiere mit den Spitzen seines Fells über dein Gesicht – das Fell ist weich u riecht nach jungem Wild – 1 Knistern bei der flüchtigen Berührung, als sprängen winzige elektrische Funken von den Fellspitzen auf dein Gesicht –: deine Haut erschauert wohlig, als ließe 1 Stromfluß noch die allerfeinsten Nervenfasern glühn – –

–du kannst Es ja tun. Gleich kannst du Es ja tun –

Die !Stimme des kleinen !Mädchens. Im Zwielicht steht sie vor deinem Bett, grad eben streift sie das dünne, mit Punkten bedruckte Nachthemd über den Kopf – und wie ein bleiches Traumbild, das du nicht glauben kannst, das vielmehr wie 1 dieser mechanischen Deutungen des voraufgegangenen Traumes erscheinen will, gestellt von einem Fremden – ein Vorübergehender, der 1 bösen Witz sich erlaubt – ?od: aber ist auch dies 1 Traum, der aus einem Traum heraustritt, u ist somit Alles Traum u Nichts der Traum, der Zuflucht gibt & Aufwachen verspricht noch vor seinem Ende – : An der Bettkante hockend das 12jährige Mädchen, nackt, die Haut mit den kindlichen Brustansätzen schimmert glatt & blaßhell, mit der 1 Hand dein Glied umfassend, während sie Oberkörper & Kopf zu dir niederbeugt, 1

Strähne ihres Haars streicht über deine Bauchhaut hin –. Offenbar flüstert sie schon seit geraumer Weile, weniger mit *dir*, als mit deinem langsam sich versteifenden Glied, das sie wie 1 Spielzeug, vielleicht wie 1 ihrer Puppen, zu betrachten scheint, u in ihre Stimme, die sie im beharrlichen Flüsterton hält, mischt sich kindlich Begütigendes & Bittendes zu einer 1tönigkeit, als sei dies Tun nicht von *ihr*, als sei *sie=selbst* weit, sehr weit entfernt Davon.

–aber vielleicht willstu Es auch anders als dein Fräund Es immer will. Es tut immer so weh – so wie er Es will. – (Dabei setzt sie sich rittlings auf dich, spreizt die Schenkel weit & überdies mit ihren Fingern die kleinen Schamlippen aus-1-ander – : du spürst mit der Spitze des Gliedes die kindlich-enge, trockene Scham : –warte – (hörst du; sie spuckt auf 2 ihrer Finger & verreibt die Spucke zwischen ihren Schenkeln – doch will ihr dein Glied einzuführen auch jetzt nicht gelingen.)

–Er will Es meistens so, dein Fräund. Aber Es tut so weh. Ich kann Es dir auch mit der Hand machn. Oder mit dem Mund. Aber du darfst es ihm nicht sagen. Du sagst es ihm nicht: ?nein. Denn wenn er erfährt, daß ich Es dir nicht so gemacht hab wie bei ihm, dann macht er Es mir wieder in den Po. Und das tut auch immer so weh. Und dann verprügelt er mich und macht wieder AA auf mich, dein Fräund..... – (Und das Mädchen beugt schon wieder den Kopf herab, ihre kleinen Finger fahren an dem Glied auf&nieder – fühlst ihre Lippen sich darüberstülpen & die nasse, schnellende Zunge –, ihr Haar fällt nach vorn & verbirgt mit den Strähnen wie 1 zu kurz geratener Vorhang diese Szene, die sich abspielt im ausgeblichenen Graulicht einer nicht mehr glaubhaften Nacht mit einer gewiß ihr eigenen, gespenstischen u dich & jeden Gedanken an Abwehr, an Aufhören, an Erwachen lähmenden Selbstverständlichkeit – – aus dem angstvollen Empfinden, nicht mehr aufwachen, diesem Traum niemals wieder entkommen zu können : !ver-rückt zu sein für immer in Trance ohne Ufer : (hebt allmählich aus dem warmen Dunst einer Zimmerdunkelheit im Geruch des Körpers einer Frau ein anderes Empfinden, ein anderes, ein heimliches Verlangen sich heraus –) –dumußt reden – (hörst du die Stimme des Mädchens) –dumußt Alles sagen. Dann hastu !viel mehr Spaß dabei. Red nur. Komm & sag mir laut wie geil du bist – : *(das Verlangen nach !ihr, nach dem Körper dieser Frau, die ich vor Stunden für 1 Augenblick nackt am Fenster gesehen hab, u die Haut ihrer Brüste schimmerte goldfarben im Straßenlicht, u ich sah ihre derben, zu prallen Rundungen sich wölbenden Schenkel, das dunkle Dreieckswappen ihrer Scham, und diese Frau, die ich um weniges später hier, in ihrer Wohnung, getroffen habe, u die helle Hose umspannte eng ihre Lende, die schöne=skandalöse Herausforderung an das Wissen, es ist* Nichts *hinter dem dreieckförmigen Haarbewuchs,* Nichts *als Etwas wie der Lippenwurf eines sensiblen, feuchten Mundes, eine Öffnung in ein Fleisch, das würzig mild u brennend wie von Pflanzen, herbstlich rot wie von Blut schmecken kann –)* : Vorsichtig berühren jetzt deine Fingerspitzen den kleinen, bleichen Körper des Kindes über dir, streichen fragend die Strähnen des Haares, den Scheitel 1 kleinen Kopfes entlang – : – warm, klein zerbrechlich 1 Vogelleib – :Ist das nun ?Wachen endlich od ?Träumen noch immer od ?beides immerfort – du kommst nicht los aus diesem Bild u willst das nun auch nicht mehr, willst nur hineingleiten in den warmen Strom, in den noch unausgesprochenen Raum hinein, in die Leere, ins Weiße – das Erschauern dort, der Stromfluß u das Glühen aus den Nervenfasern – die Wärme des Verbrechens – u trotzdem den kleinen, elastischen Körper spüren – die Nacht, die Nacht ohne Ufer – *(schimmernd in Goldfarben die Brüste der Frau – ihre Lende, eng u warm die Schamlippen, zu winzigen Falten aufgeblättert und rot sich öffnend – schwarzer Mohn – Ich will sie sehen, sie, die Frau die Fotze : jetzt :)* –:–:–

–!iii – (:aus der Ferne die hohe=kindliche Stimme des Mädchens:) –ii!iii –

-!Hat ers !getan.

In der weitoffenen Zimmertür die Frau – eine dunkel aufgerichtete Silhouette im hellen 4eck – das Flurlicht von draußen ein Schimmern, kreidig & blass, das den Schatten der Frau aus der Tür bis zu mir, zu dem zerwühlten Bett herüberträgt – : & grelles Deckenlicht prallt ins Zimmer, reißt höhnisch Dunkel u Heimlichkeiten fort.

–!Hat ers !getan.

Das Mädchen reckt ihrer Mutter den Arm entgegen; über die kleinen, gespreizten Finger und den Unterarm hinab der Samen. Meine Bauchdecke voll Sperma & einer roten Schmiere – zuerst glaube ich Blut. Als das Mädchen jetzt aus dem Bett klettert u das Licht voll ihr Gesicht bescheint, wirken ihr Mund, die Lippen Wangen & Kinn wie von grellrotem Schmieröl besudelt –:!Lippenstift –: sie hatte sich also, bevor sie zu mir ins Zimmer & ins Bett gekommen ist, die Lippen mit einem scheußlichen Hellrot geschminkt.

–Geh dich waschen. – Sagt die Frau ruhig zu ihrer Tochter; die, den mit Samen beklebten Arm als sei er verletzt, weit von sich streckend, gehorcht sofort, rafft das dünne Nachthemdchen vom Bett & verläßt ohne Wort, ohne Blick auf mich das Zimmer.

Nun sind wir allein : Die Frau, einen Mantel wie zum Ausgehn über den Schultern, noch immer in der Tür – ich, nackt, voll Sperma & Lippenstift in der fremden Wohnung, im fremden Bett, das grelle Licht wie die Blicke der Frau auf mir. Zwecklos jedes Wort, jede Erklärung vergebens & überflüssig – mir wird übel, Brechreiz, lass mich zurückfallen aufs Kissen, starre in die weißbrennenden Glühbirnen des Deckenleuchters bis die Augen schmerzen, und erwarte voll dumpfer Gleichgültigkeit den Auftritt der Ordnung: 1 Nachbar od Bekannter, der sich voller Wut auf mich stürzen, mir die Zähne einschlagen, mit Faustschlägen Kinn & Nasenbein zerbrechen – 1 Polizist, der mich in flagranti verhaften wird.....

–Stehn Sie auf. Waschen Sie sich.

Die Stimme der Frau von der gleichen Ruhe wie bei der Aufforderung an ihre Tochter soeben. Verblüfft rappele ich mich hoch – bemerke meine Nacktheit, preß 1 Kissen vor den Bauch – u starre mißtrauisch der Frau ins Gesicht.

–Oder wünschen Sie Polizei. – (Als hätt eine routinierte Pensionswirtin nach den Frühstückswünschen eines Gastes sich erkundigt.) Die Frau indes scheint in der grausen Komik dieser Situation keineswegs die Fassung zu verlieren, scheint Komik nicht einmal zu bemerken. Im Gegenteil, mit derselben Ruhe, die schon vor langer Zeit durch Müdigkeit u Resignation in eine Abwesenheit u Entfernung getreten ist, redet die Frau scheinbar mehr zu sich=selber als zu mir, dem überführten Schänder ihrer Tochter, so als gälte es, einen Besucher mit den Örtlichkeiten & Gepflogenheiten ihres Heims vertraut zu machen.

–Das Bad ist am Ende des Flures, das wissen Sie. Die Wohnungstür ist abgeschlossen, der Schlüssel bei mir. – (Aus ihrer Manteltasche 1 helles, klapperndes Geräusch) –Wir sind hier übrigens im 5. Stock. Ich sage das, falls Sie vorhaben sollten aus dem Fenster zu klettern & sich davonzumachen. Ihre Kleider habe ich verwahrt. Wenn Sie sich gewaschen haben, ziehen Sie das hier an. – (Sie greift einen verblichenen Bademantel von der Stuhllehne, wirft ihn zusammen mit anderen Kleidungsstücken herüber zu mir.) –Das wird ausreichend sein, solange, bis wir fertig sind miteinander.

:?!Was hat sie vor, diese seltsame Frau : ?!Was für ein grausames Rache-Ritual wird sie an mir vollstrecken, weitaus schlimmer als ein paar eingeschlagene Zähne : !Kein Zweifel. Diese Wohnung ist nicht irgendeine: Das ist !Die Falle schlechthin, und ich, blöder als jeder Starke, bin reingetappt, völlig blind & besoffen..... *?Was soll jetzt noch aus mir werden – –*

Und beginnst nun wirklich zu würgen, die Kotze springt dir die Kehle hoch – !raus aus dem Bett, 1 Hand vor dem Mund, die andre instinktiv unter den Bauch haltend als Auffangschale für die runtertropfende Schmiere aus Sperma&lippenstift (*:?Werweiß wozu 1 Frau fähig ist, wenn du ihr den !Teppich beklext –*), rennst zur Tür am Ende des Flures –, die Tür öffnet sich von drinnen: das Mädchen, gewaschen gekämmt im neuen, gebügelten Nachthemd, tritt heraus – sieht dich, unflätig würgend, heranstürzen in der Pose als hättst du 1 Bauchschuß abgekriegt & müßtest deine Eingeweide festhalten – das Mädchen macht dir artig Platz, bleibt mit ihrer Mutter in der Tür – große graugrüne Augen verfolgen dich : und vor ihren Blicken reißt du den Klodeckel hoch, fällst vor dem Porzellan auf die Knie – :Ekel Wut u Angst, Verzweiflung mehr als aus einem einzigen Tag, schwappen in sauren Strömen ins Klo.....

–Sie – : Sie – sind von Grundauf: verdorben. 1 durchtriebenes Stück Dreck – (und spei den letzten magensauren Brocken in die Schüssel –: das Porzellanmaul weht meinen Atem kühl zurück.)

Sie, offenbar dicht hinter mir stehend, höre ich von Oben=her lauthals lachen. –!Das hör ich besonders gern: von Leuten !Ihres Schlages. Tun Sie sich doch den Gefallen & rufen Sie die-Polizei. – (Und, als ich, von der Kloschlüssel mich abwendend, mit brennenden Augen zu ihr hochblicke, sieht sie kurz auf mich herab, & ist erneut in die Schablone ihrer nüchternen Stimme zurückgekehrt:) –Sie haben nach dem Kotzen diesen typischen Recht&ordnungs-Blick. – (Höhnt sie) –Aber bedenken Sie: Sie könnten zu Ihrem eigenen Staatsanwalt werden.

–Das wär mir egal. – (Hörst du dich erwidern, wohl eher Reflex als eine Überzeugung.)

–!Wäre. – (Sie lacht lauthals) –!Wäre Ihnen egal. Ohja: !Wäre. Wenn. Ja: wenn Sie nicht !ausgerechnet !jetzt einen Skandal gar nicht gebrauchen könnten – :?ist das Kinderficken in Ihren Kreisen ein ?Skandal od: ein ?Kavaliers-delickt zum Unternteppich-Kehren. Und diese Frau, von der Sie mir eine-ganze-Nacht=lang vorgeschwatzt haben: die – weil, Sie sind ja !Kaffer-Lear – !diese Frau dürfen Sie !natürlich !keines Phalls kompromittieren. Aber sonst: jaaa, da schreit solch Phall einer *Verdorbenen=Mutter* !selbstverständlich nach dem Kadi – ?Wie sagten Sie soeben in Ihrem Plättoh-je eines Staatz-An-Walz: *ein durchtriebenes Stück Dreck* – (sie will nach mir treten, hält im letzten Moment ein) –Und ein

Kind, nichwahr, ein Kind !muß Man gradezu vor solch einer *Mutter* in Schutz nehmen – nichwahr: da ist Das Jugendheim für solche Kinder gradezu 1 !Segen..... Stehn Sie endlich !auf: Mann.

(Ich gehorche) –Was wolln Sie von mir. – (In meinem Kopf böses Summen, vor den Augen Finsternis (golden durchblitzt von Natternknäueln), u Schweiß wie kalter Klebstoff auf dem ganzen Körper, der zieht mich wieder hinab, die Kniee sinken ein –)

–Was ich will. (Die Stimme der Frau wie durch eine zerrissene Membran, als müsse sie 1 leicht begriffsstutziges Schulkind, dem die Aufgaben einer Rechenübung mit den Abakus-Kugeln des Alltags so hoffnungslos unbegreiflich sind, dennoch versuchen durch diese=1 Prüfungsarbeit zu schleusen.) –Was ich ?!will. Ganz 1fach: Sie sind meine FEUER- & LEBENSVERSICHERUNG. Denn solange Sie hier bei mir sind – und Sie werden bleiben !müssen –, solange wird Er das Haus nicht anzünden.

–Mein!gott sind Sie naiv. – (Die Übelkeit verfliegt, ich stehe dicht vor der Frau, sie weicht angewidert meinem Kotzatem aus.) –Be!greifen Sie doch – (brüll ich unbeeindruckt:) –Grad !weil ich hier bei Ihnen in der Wohnung bin, wird Er, wenn Ers wirklich will, Feuerlegen. Vielleicht grad in !diesem Augenblick. Denn Er hat mich schließlich hierher, in dieses Haus: zu Ihnen gelotst. – (1 magensaurer Speiserest gerät mir in den Rachen) –?!Verstehn Sie doch : Er schlägt dadurch 2 Fliegen mit 1 Klappe : das Haus zum Abriß reif + 3 verkohlte Leichen = Seine Rache an mir wegen der-Affäre mit seiner Frau inklusive.

–!Da kennen Sie Den aber schlecht. Neinein: Er wußte, daß meine Tochter u: Sie – Er hatte ja Alles gerade !da-rauf angelegt, ?!sehen Sie das denn nicht. Od !was meinen Sie, führt Einer-wie-der im Schilde, wenn er Ihnen: seinem Nebenbuhler u erklärtermaßen seinem Feind – !ausgerechnet hier & jetzt die Unterkunft bezahlt & Alles, was Sie hier tun od lassen wolln, damit Sies nur ja bequem haben bis zu dem

Tag, an dem er Ihnen seine ehemalige Frau wieder zuführen kann. :?!Wie kommt Ihnen Sowas vor, macht Sie Das kein bißchen ?!stutzig : ?!Weshalb tut so-Einer das, ?haben Sie sich das in Allderzeit überhaupt schon mal ?gefragt..... ?Nein. Dann wirds aber langsam !Zeit.

(Sie hat wirklich recht, !kaum zu glauben: all diese simpelsten Überlegungen haben mich vor lauter Stutzigkeit nicht stutzig werden lassen –. Die Frau, dicht vor mir, zieht aus ihrem Ekel vor dieser Nähe ihren Hohn:) –Er wird ein solch schönes Spielzeug wie Sie es für Ihn geworden sind, nicht vorschnell wieder kaputtmachen, da könn Sie Gift drauf nehmen. Sie kennen Ihn offenbar wirklich nicht : auch Sie gehören seit langem schon zu seinen Schachfiguren, ab Heute hat ein neuer Abschnitt in Seiner Partie begonnen, er hat Figuren wie Sie neu hingestellt, Sie haben Ihm das so leicht wie irgend möglich gemacht; eine unverhoffte Gnade – für Ihn. Ich weiß nicht, was Er vorhat mit Ihnen, u es ist mir auch egal, aber Er hat Großes vor mit Ihnen. Das können Sie mir glauben. Jede Wette, Herr Rechtsanwalt: Sie werden noch *!sehen.....* – (:!das genau waren auch Seine Worte gewesen vor Stunden in der Bar.....) –?Was gehts mich an. Das ist allein Ihr Problem..... – (Erstaunlicherweise ändert sie jetzt den Ton, will erklären:) –Er – wie soll ich sagen – Er ist nicht 1fach böse –: Er hat auch keinerlei Nutzen von Seinen Zerstörungen – Er ist gewiß – ein Sadist: ja. Aber ?was sagt das schon. Er ist noch was Anderes, noch etwas weit Darüberstehendes: Er ist – (sie besinnt sich jedoch rasch:) –Kurzum: !Sie bleiben. Bei mir. In dieser Wohnung. Sie haben übrigens keine Wahl: (Aus der Manteltasche zieht ihre Hand 1 Tonbandkassette.)

–dumußt reden. Dumußt Alles sagen. Dann hastu !viel mehr Spaß dabei. Red nur. Komm & sag mir laut wie geil du bist – :Und du mußt nicht fragen, wessen Stimme auf dem Band festgehalten ist.

Aber das war nicht einmal das Schlimmste: die Rückkehr der Fliegen..... die Wogen, mit denen sie aus der Dunkelheit=draußen in die Dunkelheit=hier sich wieder hereinstürzten, als würden sie nunmehr vom Draußen mit dem üblen Atem einer stockend heißen Nacht hereingeblasen..... Ihre Beharrlichkeit, die weitaus mehr als Penetranz, vielmehr eine diesen Insekten eingegebene Stetigkeit sein mochte, die, sogar das eigene Vernichtetwerden einbeziehend, immer & immer wieder das 1mal anvisierte Stück fremder Lebendigkeit od fremder Verwesung heimsuchend (sogar zwischen die Lippen in die Nase & in die Ohren wollten sie 1dringen) – unermüdlich, hartnäckig, eigensinnig, Nichts konnte sie bei ihrer myriadenhaften Überzahl im Anstürmen halten, Nichts sie verscheuchen, so als käme solch Drang, solch Perseveranz gar nicht aus den Insekten=selber, sondern als seien sie, u jede 1zelne Fliege gesondert, an Bündel hauchdünner elastischer u von meinem gesamten Leib strahlenförmig ausgehender Fäden gefesselt, die sie 1-ums-andere-Mal zurückschnellen ließen auf mich, 1 Zwang, der diese Insekten nicht allein gänzlich ausfüllen, sondern überdies noch durch die Art der Fesselung bestimmen mußte, wobei die Töne giftigen Sirrens, das wie eine zweite unsichtbare Hülle über ihren Flug & über mich sich stülpte, lediglich die Laut gewordne Entsprechung jenes zwanghaften Tuns sein mochte. Und so kehrten sie wieder, in ebensolcher Woge, wie sie vordem aus dem Innern der Ruine hinausgesogen worden waren – als seien sie in den Atemvorgang eines übermenschlichen Wesens geraten, das mit jedem seiner Atemzüge, mit Sog & Schub den Insektenschwarm für=sich gefangenhielt; dies Wesen, das so stark, so machtvoll sein mußte, daß es gewissermaßen die *Zeit* verkörperte, indem die Rückkehr der Fliegen auch die wiedergefundene, vielmehr an die Finsterness der Ruine & an all ihr Sterben darin zurückgegebene *Zeit* sein mochte..... Doch mit dem sicheren Instinkt der Aasjäger schienen auch die Fliegen in der stickig heißen Finsterness zu bemerken: *!Er ist noch nicht soweit. Er muß erst ganz aus den Fugen, völlig aus*

dem Leim gehen – muß erst noch !richtig zu sterben beginnen.....
Dann erst.....

Der Ansturm, das wütende Delirieren der Fliegen, ließ in Wellen nach, um wenig später erneut in gleichermaßen wütenden Angriffswogen zurückzukehren, so als hätten die Fliegen so rasch vergessen, daß ein Sterbender ein besseres Aas als 1 Noch-Lebendiger sei. Und das in die Sinne schneidende, betäubende & bösartige Sirren fokussierte sich gleichsam wie unter akustischer Lupe zu 1 1zigen innervierenden Ton, so als drängte 1 hochtourender Bohrer in den erstarrten Block der Ruinenfinsterness ein – unermüdlich – pausenlos – die Fliegen zogen sich zurück dorthin, wo in tintfarbenem Dunkel *der Fremde.....* liegen mußte, & kehrten wie nach einem Anlauf aus dem Tod zurück, zu mir, an meinen Platz am Eingang der Ruine..... Die Schatten=draußen belebten sich zu raschen flüchtigen Silhouetten..... : Die Nacht, nur 1 dünner Vorhang, zu oft schon zerrissen & vergänglich, sie wird auch heute nicht halten, nichts verbergen, u Ekel vor Sterbendem, auf Dauer viel zu klein & nicht länger Hürde für SIE; es war soweit, SIE würden kommen. Mit der Rückkehr einer jener Fliegenwogen würden auch SIE zu mir hereindringen, u SIE würden kurzen Prozeß machen, mit Allem, was IHNEN im Wege läg –:?Warum nicht heute jemandem wie mir, in dieser Nacht u hier im Innern eines verfallenden Hauses inmitten eines Niemandsdorfes in der Nachbarschaft eines *Toten*, der *seinen* Tod verfehlt hatte u lebendig verwesen mußte..... Und würden mit 1 Schlag die Beiden beenden: mich u: den schreibend *Toten*; all das von *ihm* bekritzelte Papier, Tapetenreste, wie bleiche Pilze aus der Finsterness schimmernd –, zusammenkehren, aufladen, wegkarren – und niederwalzen diese dreckigen Halde aus Müll & Fleisch..... Und saß, mit dem Rücken an die Wand gelehnt, nahe dem Eingang (sah gegen den grafitfarbenen Himmel-draußen die dünnen, senkrecht verlaufenden Drähte, wie schwarze Saiten auf einem unbekannten Instrument, mit denen irgendwer den Eingang einst verschlossen hatte, sah dort in der rechten unteren Ecke (wo ich hereingekrochen war –) auch die Lücke im Drahtbespann, aus feuchtem Gemäuer trotz der Hundsnachthitze Kälte, und Frösteln wie mit Spinnenbeinen über meine Haut. Doch blieb ich sitzen, starr, unbeweglich, nahe dem Eingang im Innern der Ruine u am Rand jener Halde aus Papier, das bedeckt war über-&-über mit den Krakeln eines Jemand, der *seinen* Tod verfehlt hatte..... Ich wollte töten nach dieser Nacht. ?Womit töten. Ich hatte nichts zum Töten bei mir außer meinen bloßen Händen. Sie hingen schwer wie Gewichte an den Armen, ich spürte die langsam verkrustenden Batzen Dreck zwischen den Fingern – ich hatte im fauligen Ruinenmulm gewühlt, blindlings im Dunkeln tastend & hatte die von diesem *Toten* der nicht sterben konnte bekritzelten Papierfetzen aufgeklaubt, in die Taschen meiner Arbeitsjacke gesteckt – dabei das Empfinden, die weiche gärige u wiederum entsetzlich kalt sich anfühlende Moderigkeit auf dem Grund eines verlassenen Klärbeckens zu durchwühlen, auch der Gestank mochte ähnlich sein, die zähe fast schon körperhaft gewordne Leimartigkeit der Luft hier=drinnen, Gemisch aus Schlamm Ammoniak & Gasen aus verdorbnem Fleisch – vielleicht Maden – Knäuel Klumpen ganze Nester von Gewürm, die & schneller als die Papierfetzen von der Hand dieses *Toten* sich verbreiteten wie fahle Kartoffelkeime hier=drinnen..... Und schwerer, immer schwerer die Arme, vom Gewicht der Hände tief hinabgezogen bis in den Grund der leimigen Stickluft hinein..... Die Müdigkeit..... Die Sucht zu schlafen..... von einer Nacht zur andern –. Nur mühsam, unter Anstrengung aller Kräfte das Zurück, !Aufwachen, zu der winzigen Öffnung im Drahtgitter hinüber & nach Draußen – *!dort sind SIE* : die Tür, das Gitter, die Öffnung – Draußen ein Anthrazithimmel u Sterneleuchten wie Kreidestaub – nur wenige Meter noch, auf allen Vieren kriechend, selber wie 1 Wurm im Dreck – seltsam weit entfernt und immer weiter von mir fortrückend die Öffnung, die Tür – – jetzt nur 1 winziges Rechteck noch in einer nächtigen Ferne, am Ende eines Gangs, gesäumt bedrängt & 1geschnürt von schründigen Ruinenmauern wie 1 verstopftes Abflußrohr – – !was für eine Anstrengung, !welch ein Aufwand an Kräften, diesen Gang (der auch ein Abflußrohr sein könnte) entlang zum Ausgang mich voranzutasten – – : Und spürte im selben Augenblick als der Druck, der Zwang aus 1 Halbtraum sich löste & abfiel von mir, als würden sie vor meinen Augen plötzlich fortgerissen, das Zurückschleudern der Bilder, u fühlte das Hingeworfensein in die alte Gegenwart, an den alten Ort: Ich saß noch immer, mit dem Rücken an die Wand gelehnt, nahe dem Eingang, aus feuchtem Gemäuer Kälte, und wieder Frösteln wie mit Spinnenbeinen über meine Haut. : Ich hatte mich nicht bewegt. Ich saß, erstarrt, nahe dem Eingang im Innern der Ruine u am Rand jener Halde aus Papier..... ?Wieviel Zeit mochte vergangen sein : ?1 Minute – ?eine Stunde – ?nur 1 winziger Moment – : *Ins Auge des Sterbens ist kein Sandkorn Zeit geflogen.* Diesen Satz hörte ich nicht nur in Gedanken, ich sah ihn auch förmlich in zitterigen Bleistiftlettern in die stickige Dunkelheit geschrieben, so als hätten sich die unförmigen Zeichen von den Tapetenresten abgehoben & wären materialisiert in den Block der Finsterness gestanzt. Manchmal aus der Halde bekritzelten Papiers 1 leises Rascheln, als bewegte sich im Schlaf im Traum behäbig ein Zettel-Wesen, über & über behängt mit Papier –, das Rascheln mitunter 1 helles Geräusch, so bekannt u vertraut wie das Geräusch des Schlüssels an der Wohnungstür; sobald *sie* zurückkam; jenes stöcherne Geräusch, das von Draußen die in Stille dunkelruhende Wohnung erfüllte & das Gespinst 1. Halbschlafs beiseitenahm – –

Die Frau stand in der offenen Tür. Sie war irgendwann, nach nur wenigen Stunden aus der Nacht zurückgekommen u hatte offenbar nicht damit gerechnet, mich im dunkeln Zimmer schon im Bett zu finden. Das gewiß unbeabsichtigt forsche Türöffnen hatte mich aus dem Halbschlaf aufschrecken lassen; vom Flur hereinfallendes Licht blendete. Unschlüssig, den leichten Sommermantel noch um ihre Schultern, blieb sie für 1ige Momente in der Tür – vielleicht wollte sie reden, etwas sagen, das sie während der vergangenen Stunden beschäftigt hatte –:mein Anblick, aus dem Schlaf im Dunkeln hochgeschreckt mit wirrem Haar & nur halbwach ihr entgegenblinzelnd, hatte sie vermutlich aus dem Konzept gebracht. Sie hielt den Mantel leicht geöffnet, streckte 1 Arm gegen den Türpfosten aus, während sie den anderen Arm kurz anhob, ihn so beließ, und gleich darauf die beiläufige Geste der Hilflosigkeit wieder auflöste; dann trat sie zurück in den hellerleuchteten Flur, und sie schloß behutsam zwischen uns die Tür. – Ich traf sie dann im Zimmer. 1 Glühlampe in der Deckenleuchte war defekt : krankgelbes Licht lag wie trüber, kalter Sud im Raum, sie saß am Tisch, vor sich den in Grau erloschnen Bildschirm des Fernsehgeräts.

–Ich habe mich jetzt entschieden. – (Hörte ich sie in die summende Stille sagen, so als hätte sie während der Stunden, die sie durch die Straßen geirrt war, diesen allerletzten Satz jener Nachtstadt nicht anvertrauen mögen, sondern ihn aufgehoben für die andere Stille, hier u jetzt, wo dieser 1 Satz offenbar für sie schon seit langem bereitgelegen hatte – vielleicht hatte nur ?ich bislang noch gefehlt zum Ensemble eines Raumes in abgestandenem, erkaltetem Licht.)

–Ich habe mich jetzt entschieden. Ich lasse mich operieren.

Langezeit hatte sie mit mir über das Thema nicht mehr gesprochen – so Langezeit nicht mehr, daß ich längst vergessen hatte, daß ein Gynäkologe einst ihr zu einer Untersuchung geraten hatte, einige Gewebeproben entnehmen zu lassen, damit sich herausstellte, daß *Es eben nichts Schlimmes ist.....* :?Und nun: ?Hatte sie die Untersuchung über sich ergehen lassen inzwischen, ?in all den Wochen und Monaten, als ich fort war in der *Fremdenlegion.* Und ist das Ergebnis ?beunruhigend; ?so beunruhigend, daß der Arzt ihr zur Operation dringend geraten hatte. ?Seit wann trug sie Das Thema mitsich=all-1 – :??Weshalb hatte sie niemals 1 Wort davon zu mir gesagt. ?War dies der Grund für ihre kargen Gespräche am Telefon in den letzten Wochen – :?Was hatte sie von mir erwartet – und ?was erwartete sie von mir: jetzt – –

Als ich die Arme um sie legte, reagierte sie mechanisch auf die Berührung; die Hände spürte ich kurz an meinen Ellbogen, dann glitten ihre Arme rasch herab u sie blieb 1fach stehn; es schien, als berührte ich ein Wesen, das, zwar lebendig, doch nur in der äußeren Wahrnehmung den Anschein des Lebendigen hatte; in ihrem Innern jedoch eine Art Stillstand, Abkehr, völlige Abwesenheit von sich selbst – ; ich tastete nach ihren Fingern, ihren Händen, sie waren sehr kühl..... Die Frau, sie mußte weit fort sein..... Und dennoch – so nah war ich ihrem Körper seit langem nicht gewesen – versteifte sich mein Glied und drängte gegen ihre Hüfte. Als sie Das bemerkte, löste sie sich von mir und sagte mit jener Stimme, die mich am Telefon an zerrinnenden Sand erinnerte: –Leg dich wieder schlafen. – Und wieder meinte ich am Ende den Seufzer zu hören wie damals am Telefon, kurz vor dem Hörerauflegen. Dies kurze Seufzen war keine Erleichterung darüber, mich loszusein (wie ich geglaubt hatte) – nicht einmal das. Und ihre Stimme *Leg dich wieder schlafen* hatte soeben geklungen, wie in den Traurikomödien für den Alltag die Stimmen von langjährig verheirateten Fraun klingen, die, vom Geschäft des Ehe-Sexes angewidert, den Mann im Pischama von sich abwehrend, mit müder Stimme, die eher einer matten Abwehrgeste als einer Stimme gleicht, *Ich bin müde* sagen.....

Sie war seit Wochen die 1. Frau, die ich wieder an mir spürte. Ich hatte mir jenes Dasein des verheirateten-Mannes-auf-Dienstreise versagt; hatte in den Barackenquartieren zum Feierabend die Kollegen=Schnösel spotten lassen: –Naa-Alter: ?!Kommste nich mal wieder mit zu des kleinen Mannes Sonnenschein: ficken und besoffensein. Bist ehm doch ein !wirklich Großer Mann häh. Die kleine Blonde, denk dir nur, die verzehrt sich vor Sehnsucht, liegt jede-Nacht all-1 im Bättchänn mit ihrer offenen Wunde zwischn Beinen – ?und du – –Wohl schonn genuk von ihr ?!was Blaubart. Hetztseja vielleicht doch noch rumkrieng könn mit deim Scharm häh. Sollja auch bei !so-Einer schon vorgekomm sein

–. Und wenndu Die nich mehr makst: gibt !priema Hausfraun hier in diesem Kaff. Hattmal Eine, die wollt mich nich reinlassen –: wir lagen nackt schon aufer Kautsch, üwerall Seidenkissen Seidendeckchen Spittsentücherchen – n Kramzeuch wie inner Puppenstube. Die Braut hatte ordentlich an mir rumgemacht – ich war gleich Soweit – awer mit !eimal: Weißderkuckuck-warumm: die Tante machte !Zicken. Kniff die Beine zusamm, wollt par!tuh !nich mehr. Da habich se bei ihrer Hausfraunseele gepackt: Paßma!auf Püppi, hawich gesakt, ich hab seit drei Wochen keine Frau mehr gehabt : !Du hast Esso gewollt: nu geht Es bei mir gleich los – ich feuer dir deinn ganzn schönen Tüll=hier voll – von Ohm bis Untn wenn du mich nich –:u Schwupp: konnt gar nich zuendereden: schon hatze mich Gans-schnell reingelassen. Wennix mehr hilft, der Trick mitter Reinlichkeit klappt !immer. Oder sag, Blaubart, haste etwa Ankst vor Der Seuche..... Tcha. Isja auch !viel gesünder soo: Kannst das Mädel nich ergattern muß die Handmaschine rattern. – (:!Die Retourkutsche für meinen Vortrag seinerzeit über das Pausengespreche –) –Oder: Biste am Ende auch vom Andern Bahn – (:ich hatt eine leere Bierflasche nach ihm geschmissen, !solch Argument verstanden SIE=Alle, und rückten ab). Hätte ich davor noch Zweifel gehabt, ob ich bleiben od mit den-Anderen ins Dorf gehen sollte, das prahlerische Gesülze von diesem Kerl – ein Kerl mit einem Schädel wie geschaffen für den Tschako; ein Typ, dessen gesamte Erscheinung in seinen jungen Jahren schon rammbockförmig wirkte wie im Alter seinerzeit Quark Jürgens – dieser Kerl hätte ausgereicht, mir den Zweifel zu nehmen; sein Gerede hatte mich noch trübseliger werden lassen. Mir kamen die eigenen Erlebnisse in den Sinn, als ich=damals genauso alt war wie dieser Kerl heute. Besonders die Erinnerung an 1 junge Frau (deren Namen ich längst schon nicht mehr wußte) drängte sich nun u gegen meinen Willen herauf: gerade Schultern u 1 energischer Gang, den sie stets mit einer sehr weichen Bewegung ihrer Hüften beschloß, sah, sobald sie sich vorneigte, den Ansatz ihrer Brüste, jene kleine Faltung der Haut, aus der die festen Brüste ins körperwarme Halbdunkel unter dem dünnen Kleiderstoff wuchsen – sie ließ mich oft u gerne in ihren Ausschnitt schaun – ließ unsere Haut an den Armen sich berühren so daß die Härchen darauf sich aufstellten u die Haut in ein seltsam glühendes Summen geriet – :Sie lag dann starr im Bett, die nackten Gliedmaßen verrenkt, als sei sie zerknüllt & weggeworfen, reglos das Gesicht abgekehrt, die Arme zu beiden Seiten angewinkelt & Hände u Finger wie verschrumpelt zu Fäusten geballt – :Als wäre sie aus all ihren weichen und entschiedenen Bewegungen plötzlich herausgerissen worden, mit 1 Mal von 1 Bannspruch in Starre versetzt od: als sei sie an diesem Ort in all ihren Gebärden der Verführung vollkommen fehl am Platz, mit all ihrem Latein am Ende, einem Latein, das Dafür gar nicht gedacht gewesen war, sondern zu weitaus komplizierteren, verspielteren Einfällen der Verführung, die eine Verführung in immer weiteres Verführen wäre, in immer verschlungenere Labyrinthe des Versprechens hinein – –, & ich nun sozusagen 1 Kurzschluß verursacht hatte, Tür auf Licht an; wodurch sie nun entrüstet über mich, den Spielverderber, der dies schöne spätkindliche Spielen mit 1 völlig fremden dummen 1fall plötzlich unterbrochen, gestört & zunichte gemacht hatte. . . . ., ja gar nichts anderes tun konnte, als lediglich sich herzugeben. . . . . Wie beim Gynäkologen: Beine hoch & breit; 1fach nur Abficken, heftig, roh, eckig, & nach paar Minuten vorbei. : Ich hatte damals als Neuling=hier in der *Fremdenlegion* 1-der-Alten diese Geschichte erzählt, weil ich nach dem Scheitern der Gespräche zu den Jüngeren, mit den Alten versuchte ins Reden zu kommen. Daraufhin, ich hattes ver!dient, mußte ich mir die Schlauheiten-des-Alters anhören: –Tschaaaa – (& setzte nach Manier romaneschreibender Studienräte im Wohlgefühl der eigenen Wicht-Ichkeit betulich & breitärschig sich zurecht) –Watt !ick die junge Hüpferlinge imme saaren tu: !Hütet euch vor Fraun mit ohne weiblichn Aasch. Denn am Aasch: am !Aasch siehste die-Seele & vor allem: den-!Willen vonne

Frau. !Kannstewettendrauf. Undine männliche Aasch- & Hüftwölbung ham: Dat sinn nemmich die, die kurz vor ihre Jeburt mal ehm Gans-aus-Versehn inne !Männerabteilung jeraten wahn. Kurz darauf hatt Mannse wieder von-dort rausjeschmissn. !Awa: Watze !dort jesehn ham: Datt könnse ihr Leebtach nich vajessn – (& streckte vor seinem Bauch den krummen kalkigen Daumen aus –) –Unnso sinn Dieseweiwer denn Allihrelebtachlang grantich, streitsüchtich, !niemals mit Nüschte zefrieden, weil: se wissn ehm nich, wose hinjehören tun: Hamm vonnem Weib nich jenuch u Vonnemann zuweenich : Richtche San Tippen sinn dat: Nischt wie Ääge mitze. Drumm Händewech von Sone. Saar ick imme die junge Hüpferlinge: !Hütet euch vor Fraun mit ohne weiblichen Aasch – (:hier schloß sich die Schleife & nahtlos begann die Ansprache aufs neu –)

1 Andermal, auch zu Beginn der Zeit meines Daseins in der *Fremdenlegion*, war ich mit den Kollegen nach Feierabend in die Dorfkneipe gegangen. Jene kleine, zierliche Blondine (die der Kerl vorhin meinte), hatte ich dort zum ersten Mal gesehen; in ihrem kurzgeschnittenen blonden Haar 1 Seitenscheitel, so daß dort über der Stirn eine Haarwelle entstand, die am Scheitelende gehoben in sanftem Bogen sich senkend über die Stirne lief – :Gerade dies faszinierte mich, bei allen Fraun, die das Haar in ähnlicher Façon trugen (1 Erinnerung an die Schulzeit, an eine Lehrerin, die wir=½wüchsigen heimlich verehrten mit jener Art Verliebtheit, frühreif keusch & heftig, die wegen nichts eine rote Birne & immerfort Erektionen bescherte; Verliebtheit im Geschmack von kleinen grünen Äpfeln –), eine Fasziniertheit aus der Illusion von Selbstgenügsamkeit & Insichruhens in Androgynität jener Frauen, und offenbar bis Heute nicht überwunden. Und hier, in dieser Dorfkneipe, hatte mich die zierliche Blondine an ebendiese Frau von Damals erinnert: ich war hingerissen von der unvermuteten Auferstehung einer Erinnerung.– Das war seinerzeit in derselben Kneipe, in die man heut abend einkehren wollte; so würden auch die Gäste=dort wiederum dieselben sein.

Als sie damals durch die niedrige Tür in die Schankstube trat, schienen ihre großen hellen Augen eigentlich nach nichts Ausschau zu halten – sie wußte ihren Platz an 1 Tischchen in der Ecke u auch, daß der Tisch sonst immer frei geblieben war für sie –:so fand sie mich, den Fremden, der ganz offensichtlich mitsamt der Meute Bauarbeiter hier hereingekommen war, nun an *ihrem* Tischchen sitzend (die paar Einheimischen lauerten & lugten verstohlen über die Schultern zu der kleinen Frau hinüber: –) : Sie zögerte in der Tür nur 1 Augenblick, dann kam sie rasch auf mich zu: –Eigentlich sitze !ich hier sonst –: !Bleiben Sie – (als ich rasch aufstehn wollte) –s macht nichts. – (Das Stimmenraunen, Füßescharren & Gläserklirren an den übrigen Tischen setzte wieder ein, das Interesse der Andern an der Szene erlosch.) Sie setzte sich zu mir an den kleinen Tisch. So sind wir uns zum 1. Mal begegnet.

Als wäre sie durch Schichten unsichtbaren Duftstaubes geeilt, wolkte ihrer Gestalt schon beim Hereinkommen körperwarmes Patschuli-Aroma bis an den Tisch zu mir voraus – vielzuviel dieses Parfüms (empfand ich), das stets an den Geruch einer warmen Schritthöhlung & an die den zweiten Tag getragne Unterwäsche denken ließ. Am Morgen noch keine Ahnung vom ungewohnten Ende eines Tags, der ihr einen Mann & das Bett beschert hätte, diese Begegnung also gewissermaßen spontan, und beim Ausziehen dann die Schatten von Scheißespuren in ihrem Slip. Derlei Entdeckungen hatten für mich nie etwas Ekliges, vielmehr stimmten sie wehmütig, waren sie doch Entdeckungen aus den Vorzimmern der 1samkeit. Und meinte nun, Reste solchen Duftes schon vor ihrem Kommen hier, an diesem Platz in der Ecke der Schankstube, gerochen zu haben.

–Wirklich: das ist wohl Ihr ?Stammplatz. – (Versuchte ich linkisch den Beginn eines Gesprächs.) Sie war nicht abweisend, doch unternahm sie nichts, das Gespräch von ihrer Seite her zu unterhalten; flackernd drohte es oftmals zu verlöschen. Auch kamen häufig 2 andere, nicht mehr junge Frauen betont langsam über die knarrenden, fettigschwarz gebohnerten Dielenbretter herüber, zu ihr, unter dem Vorwand Zigaretten von ihr zu schnorren. Dabei sahen diese Fraun mißtrauischbösen Blickes von oben-herab auf mich. Sie blieben jedoch stumm; so mochten ihre Auftritte eine Art Zurechtweisung, eine bestimmte Drohung mir gegenüber bedeuten. Nur 1 Mal flüsterte 1 der Fraun der Blonden mit dem kurzgeschnittenen Haar etwas ins Ohr, worauf sie schroff 1 Laut des Unwillens u der Ablehnung zurückgab. Die Frauen gingen jedesmal wieder an ihren gegenüber stehenden Ecktisch zurück, schienen uns nicht weiter zu beachten. Doch das war Täuschung, man beobachtete uns genau, denn sobald mein Gespräch mit der blonden Frau etwas flüssiger voranging, kam 1 von ihnen stets unter dem gleichen Vorwand wie vordem wieder herüber an unseren Tisch. Ich begann, etwas=Bestimmtes zu ahnen –. Doch wollte ich das Reden mit ihr nicht abbrechen (es dümpelte auch schon vielzulange auf derselben Themenstelle, um noch anderes als Nur-Reden mit einer Frau zu machen : *Je länger das Gequatsche mit ner Frau* (erinnerte ich die Kollegen-Weisheit) *desto länger dann der Weg ins Bett.* . . . . Ich mochte indes nicht hinübergehn an den großen Tisch in der Mitte des Raums, wo die übrigen Kollegen soffen & Karten spielten – ich hätte überdies nicht mitspielen können, =denn ich habe das Skatspiel nie begriffen. Doch wurde nach den periodischen Unterbrechungen durch 1 der Fraun das Gespräch mit der Blonden wieder aufzunehmen & fortzusetzen, von Mal zu Mal schwieriger. Hätt ich etwas von Musik verstanden, so wären solch abermalige Gesprächs-Einsätze im Klang gewiß als volksliedhaft=monoton, wie die quängelige Anaforik eines Alttestamentlers od das Raunen der endlosen Ansprache irgendeines Provinzdogmatikers, stets in 1-&-derselben Tonlage angesetzt, empfunden worden – :?Vielleicht also nur aus dem Wunsch nach musikalischer Abwechslung heraus sagte sie nach 1 weiteren Unterbrechung plötzlich: –Ich habe heut vormittag langezeit ganz alte Musikstücke gehört. Dann hab ich zwei Stunden lang geweint. – Und begann *ihre Geschichte* zu erzählen, ich begann mich zu besaufen. So hörte ich Bruchstücke nur von ihrem Erzählen. Sie war Grundschullehrerin, Deutsch & Geschichte, bis zur 5. Klasse – und das Zwölfjahre=lang – sie sagte, sie hatte 1 Mal mit einer Schulklasse Auschwitz besucht – bei der Ankunft=dort hatte sie von 1 alten Mann, der einen Kiesweg vor dem Lagertor harkte & Blumen anbot, wortelos 1 Blumenstrauß gekauft – aber (sagte sie) –ich kam nicht dazu, während des stundenlangen Gangs durch Das Lager die Blumen irgendwo niederzulegen, denn jeder Fußbreit Erde Stein & Sand erschien mir darin gleichermaßen von Leiden & Tod durchtränkt, daß ich nicht wußte, welche Stelle in diesem Lager nun am meisten – (die hereingeschwemmten Scharen der Neuankömmlinge, trotz od: grad wegen der befohlenen Ordnung zu wirren, ratlosen Grüppchen auf der weiten Fläche des Appellplatzes zerstreut umherirrend, an die mitgebrachten Gepäckstücke, diese letzten Reste einer *Heimat*, hilflos sich klammernd, solange, bis den *Durchgängen* zugeteilte *Führer* mittels Lautsprechern od Megafonen, blechern schallend & mit den brandenden Windböen sich überschlagend über den weiten Platz in den drei bekanntesten europäischen Sprachen wie ein akustischer Kamm die umhertreibenden Menschenmengen gemäß ihren Nationen zu *Reih&glied* befahlen, zum ordnungsgemäßen Ablauf der Lager-Besichtigung) –ich glaube, ich hielt während der ganzen Zeit dortdrin mich an dem winzigen Blumenstrauß wie an 1 Geländer fest – (hörte ich sie weitererzählen) –so daß die Blütenstengel & Blätter schließlich ganz zerquetscht waren. Und dann beim Fortgehen habe ich den Strauß od: das was von ihm übrig war, demselben alten Mann, von dem ich ihn vor Stunden gekauft hatte, wieder in die Hand gedrückt. Er harkte noch immer den Kiesweg vor dem Lagertor – aber dieser Alte erschien mir als 1 der Wenigen, die davongekommen waren, damals..... Dem Alten=all-1 gebührten die Blumen, dachte ich, ?wen sollte ich denn sonst dazu beglückwünschen: bei so vielen Toten ringsum..... Und der Alte hatte den Strauß genommen, so wie ich ihn vor Stunden gekauft hatte von ihm: ohne 1 Wort. – Sie hatte übrigens, sagte sie, nicht geweint während der Führung durch das Lager, od: wenn dann habe sie es nicht bemerkt – –In den Pausen im Schulhof – (hörte ich sie noch weitererzählen) –haben die Schüler seit diesem Besuch im Lager jedenfalls niemals wieder SS-Mann gespielt – und übergangslos (?od: erschien mir das in meinem aufsteigenden Suff nur als übergangsloses Weitererzählen) sprach die Frau mit 1 Mal von sich-selbst: Sie hatte einen Sohn aus 1 Beziehung mit einem Mann, der sie hat sitzenlassen, schon als sie schwanger war von ihm – :eine Lehrerin, die sitzengeblieben war :?ob das nicht komisch sei. Schon seit langem spielten ihre Finger nervös mit der Zigarettenschachtel, mit dem Feuerzeug; ihre Finger, ich starrte drauf, sie waren eher dürr als schlank, rauh u gerötet wie winzige Mohrrüben; trübselige Finger, etwas Devotes, eine ungesunde=Frömmigkeit ohne Götter –. Denn ich wurde die Vorstellung nicht los, daß auch ihre Kniee so aussehen müßten: rauh u gerötet u geschwollen, wie Kniee von Nonnen..... – Frauen (hörte ich grad) Frauen hatten ihr geholfen während Dieser-Zeit – sie verdankte Frauen sehr viel, !sehr viel (betonte sie laut, vielleicht hatte sie dabei kurz aus den Augenwinkeln zum Tisch der anderen Fraun hinübergesehn – ich bemerkte es nicht), bemerkte überhaupt nix mehr an diesem Abend: war sturzbesoffen inzwischen, grabschte dauernd mit der Hand an ihrem Rücken, –Ja – (hörte ich sie noch durch den Nebel meines Suffs) –es gibt eben überall viele einsame Herzen –; ich, lallend, dazwischen: –?ein Same Herzen: ?Is das sowas wie Verlorene Eier –, und pfotete am Verschluß ihres Büstenhalters, stolperte Sprüche, daß Titten immer besser aussähen ohne solche Prothesen; vielleicht hatte ich=im-Suff auch nach ihren Brüsten gegriffen – : – meine letzte Wahrnehmung damals: als würde die ausgespannte Leinwand eines schwankenden, gelben Bildes, in das ich geraten war & worin ich mich wie die Spinne im Netz festkrallen konnte, plötzlich durchstoßen –: 1 Tritt ihres linken Fußes nach mir –; das Ende, sie stand auf, ging zu den beiden anderen Fraun hinüber. Doch war das kein besondrer Eklat an diesem Abend, kein Grund für Aufmerksamkeit der übrigen Gäste; seit einiger Zeit hatte an dem großen Tisch, wo Man soff & Karten spielte, die Rauferei begonnen.

!Was also hätt ich den Kollegen=Schnöseln heut abend sagen solln : Das war ja weitaus 1facher als die bloße Verweigerung : Ich verzichtete nicht einmal auf die-anderen-Fraun, die in den Dorfkneipen saßen & die sich zu uns stellten wie Stuten, wenn die Zeit reif war zum Decken. Das war viel 1facher auch als *eheliche Treue* – :ich verachtete die Treuen wegen ihrer Ignoranz und ihrer maßlosen Selbstgenügsamkeit. Ich verzichtete nicht auf die-anderen-Frauen: meine Lust gegenüber den-anderen-Frauen, mich von Frauen nicht ergreifen zu lassen, weder von ihren Stimmen ihren Körpern noch von ihrem Geruch; mein Begehren, von der Aura des Weiblichen nicht ergriffen zu sein. Ich wurde damit, in jedem Sinn, zu 1 schweigenden Körper, indem ich sie, die-anderen-Frauen, *von mir wies*, so wie man ungebetene und rasch lästig werdende Besucher abwies, sie aufforderte zu gehn und die Tür hinter ihnen fest verschloß. Wie ein Arzt, der die Anamnese der Patienten nicht mehr erstellen will. Denn es waren *Die Geschichten*, die sowohl ich als auch die-Frauen, sobald wir uns auf:1:ander einließen, wie Schatten, wie eine lähmende Aura mit sich herantrugen, und die, je älter ich u: jene Frauen (die für mich dann in Betracht kamen) geworden waren, umso länger, öder, unüberwindbarer und 1förmiger wurden –; ich wollte nicht mehr durch die weiten Landschaften von Gespenstern tappen, worin ich mir unweigerlich selbst begegnen mußte – *im Scheitern sind wir gleich* – hin zum Ende des Weges ohne Lust..... Nicht Angst vor Der Seuche od die Ödness im Kautschukgeruch des Kondoms, sondern es waren *Die Geschichten*, die ich nicht mehr ertragen konnte, am allerwenigsten meine eigenen od: das, was ich als *Meine Geschichte* von mir selber dann zu hören bekam u was lediglich nuancierte Echos, winzig veränderte Kopien von hunderten anderer *Meiner Geschichten* waren, die wiederum hunderten anderer *Meiner Geschichten* glichen undsoweiter bis weit hinter die Horizonte der Langeweile..... Und !niemals ging es ohne die geklonten Kehrschleifen, ohne dies Schattenboxen, Boxen in die Schatten, ein Penetrieren in eine Leere hinein, in der Nichts zu finden u nichts zu spüren war, Nichts gefunden werden konnte u somit nur ein obszönes Ausweichen vor dem Nichts der Zeit mit dem Grauen einer Ewigkeit, die mit biertrüben Augen (heimlich nach der Uhr am Handgelenk schielend) im Schweldunst von Zigaretten-Schweiß-Patschuli u mit den symptomhaft am Stempel des Bierglases auf&nieder wichsenden Fingern am Ende all *Meiner Geschichten* unweigerlich sich einstellte; Langeweile u die Angst davor – so der Teil meiner Abstinenz.

–Ich habe mich jetzt entschieden. Ich lasse mich operieren.

Und wünschte sogar, die Frau, die jedermann als *meine Frau* bezeichnen würde, sie hätte !tatsächlich einen Anderen Mann, wäre die Stunden zuvor (die Nachtstadt durchirrend & vermutlich fortwährend dies Eine Thema abwägend, *meine Bilanz ziehen*, wie sie dergleichen früher genannt hatte, wobei zum Ende nur die 1 Entscheidung *Ich lasse mich operieren* übrigbleiben konnte) statt dessen bei Ihm, dem Unbekannten Mann..... gewesen. Die Gewöhnlichkeit der Situation hätte nun, bei der Rückkehr der Frau, Norm & Fassung wie alles Gewöhnliche bekommen; alle Formeln für solcherart Begegnung lägen parat, & alles *Reden*, vielmehr alles Drauflosquatschen Schreien Zetern Heulen Toben, wäre möglich mit jener seit dem 1. Sünden-Phall gekränkten (immer noch & immer wieder neu kränkbaren) Eitelkeit, u dem heimlichen, masochistisch lackierten Vergnügen am Gebrauch dieser Masken, die in dumpfscharfen Schweißgerüchen von all ihren Vor-Trägern kündeten, daß Mann/Frau jetzt & hier !auch !diese berühmte Rolle spielen konnte, nebst dem Genuß des Voyeurs, der wir=selber wären beim seitlichen, aus dem Proszenium herausschielenden Spannen auf das eigene

Dilet-Tanten-Spiel, das wir !natürlich perfekt beherrschten mit der geschmierten Routine der weißgott wieviel milliardsten Wiederaufführung dieses Typs der Commedia dell'Arme. Und was wir, aus dem Proszenium schielend, an uns in Masken erkannt haben würden, das wären ähnliche Gesichter wie die von Spitzensportlern gehandelten: die wenigen Stereotype *gramverzerrt – triumfverzerrt* (:da erinnern sie verblüffend an die Fotografieen von Soldaten beim Sturmangriff) – & schließlich, als 3. Stereotyp & zumeist nachdem dieses »Gesicht« in seinen beiden andern starren Masken schon leer & längst zu Tode fotografiert worden ist: die Maske *schmerzverzerrt*, was desöftern dann geschieht, sobald es mit dem od der Betreffenden in der Wirklichkeit eben mit dem Erfolg bergab zu gehen beginnt..... Und andere, ebenso unwirkliche Gesichter treten immerfort an deren Stelle, füllen die Werbewände in den Straßen, eine weitere Bilderstrecke des Vergessens eröffnend: Von den Topmodels, Frauenkörpern, die wie in gewissen Herrenmagazinen jene aus Umfragen nach Begehrlichkeiten am weiblichen Körper dann aus dem Rechner zusammengestückelten & zustande gekommnen Kunst-Körper erscheinen: in Makellosigkeit, in 1 Hybris an Vollendung jeglichen Kontrast zum Vollkommenen ausschließend, so daß nichts weiter als das triste, unendlich vervielfachte wie unendlich betrübliche Zeichen vom Verschwinden des Begehrens durch eben jene störungsfreie Glättung, durch jenes Übermaß an Harmonie, die letztlich immer Unmenschlichkeit bedeuten muß, übrigbleibt. Sodann, in der männlichen Sfäre, die immer die Sfäre des Hochleistungssports per Maschine ist, folgen die Pendants: zum Beispiel das Gesicht eines weltweit prominenten Formel-1-Fahrers, das seinerseits wegen seiner unmenschlichen Glätte zunächst an 1 Computeranimation erinnern mag, so daß die Tatsache, daß dieses Gesicht einem tatsächlich lebendigen Menschen zugehören soll, enttäuschend, eher wie 1 überflüssiger Nachsatz, 1 Redundanz zu einem ansonsten vollkommenen Kunst-Produkt erscheinen muß. Bis dann mit

1 Mal auf ebensolch großformatigen Werbeflächen, zumeist sogar an derselben Stelle, im Ende der von ebendieser Werbung oktroyierten & gestylten *Schönheit*, mit Hybris immerfort die vorige Hybris überbietend, plötzlich jene ewig verschwollnen, zerschlagenen Fleischergesichter von berühmten Boxern erscheinen. So wie als letzte Steigerungsmöglichkeit des an Wohlgeschmack nicht mehr übertreffbaren Puddingpulvers nurmehr das Vergiften dieses Puddingpulvers mit Zyanid übrigbleibt, so tritt als letztes Produkt, gewissermaßen als die Rache der vergewaltigten Natur, aus der Galerie terroristischer *Schönheiten* plötzlich die Fratze hervor..... Und all die »Gesichter«, die des Hineinsehens in den Schrecken einer Person völlig entheben, sondern die lediglich funktionsbezogene Masken sind, so bejammernswert Ich-los wie das Gelabere dieser Topmodels Sportzmänner & Sportzfrauen, sobald sie in der-Öffentlichkeit aus dem Stegreif reden müssen & dabei kaum 1 Satz zuende sprechen können. Und selbst dabei mit dem von der Eisernen Disziplin & dem Stählernen Willen beim Handel um Prämien & Exklusiv-Werbeverträge ausgehöhlten, tonlos gewordnen Stimmen nur in vorgebildeten, ihren wenigen verfügbaren Masken adäquaten Satz-Stereotypen sich verständlich machen können, ähnlich wie jene Handvoll gekeifter gefluchter Wortreste auf dem Höhepunkt einer dieser Ehe=Komödien immer dieselbe seelische Taste anschlägt, so wie auf der Schreibmaschine im Deutschen die e-Taste die am meisten abgegriffne Taste ist. Und die Volks=Tümlichkeit solcher Sport's Exemplare wie solcher den Ehekrach aus Untreue-Gründen belärmenden Komödien, sozusagen im Volkskammer-Ton e gehalten, war & ist die darin eingefrorne Kindischkeit der Verhaltensmuster – das Vokabular wie die seelische Verfassung von Rotzgören, & der Tränenreichtum in solcherlei Szenen nur Almosen zur Wiederholung & Beschwörung jenes Glüx-der-Kinder, das immer viel mit Rotz & Speichel zu tun hat. Die meisten Altgewordnen (wurde mir mit 1 Mal klar, als ich ihren Satz *Ich lasse mich operieren* wieder & wieder als Gedankenecho hören mußte –)

hatten eben doch 1 noch zu schöne Kindheit gehabt, & die muß dann bis zur Stunde des Verröchelns herhalten als eingestunkene & speckig abgewetzte Liebling's Ecke im emotionalen Schweinestall.

Und hatte mir an diesem Abend, zur Stunde !tatsächlich diese ganze Komödie gewünscht, sogar herbeigesehnt; Alles mögliche, jede noch so billige Lüge in einer Eifersuchtskomödie wäre besser gewesen als die 1 Wahrheit *Ich lasse mich operieren.....*

Das tatsächlich hatte ich gewünscht, u hätte *tiefgekränkt, stolzverletzt* aber auch *großzügig, überlegen* wirken können im Spiel mit den wenigen Papplarven, die das Repertoire solcher Rollen besaß, Werkzeuge in der Selbstfeier des gedämpften & des aufbrausenden Furors – Alles, all Dies, sogar den ironiebeständigen Glauben an die unbedingte Echtheit meines Tuns, u hätte in keinem Moment das Schweigen aus der Wahrheit hören müssen : Sie hatte keinen anderen Mann. Nicht einmal das. Sie war all-1.

Das Schlafzimmer in tintfarbener Dunkelheit – ich hörte sie in der Küche mit Geschirr hantieren, fahrig, laut, lauter als sonst – schlaflos starrte ich die Schattenzyklopen der Möbel an, mit dem Rücken an die Wand gelehnt, aus feuchtem Gemäuer Kälte, und Frösteln wie mit Spinnenbeinen über meine Haut – doch blieb ich sitzen, starr, unbeweglich, nahe dem Eingang im Innern der Ruine am Rand jener Halde aus Papier..... Das leuchtete fahl wie Pilze in Kellern, so wie das wenige Licht, das durch die Türritzen von Draußen ins Schlafzimmer hereindrang, und mir wollte scheinen, als könne ich durch das hell leuchtende Schlüsselloch hindurch sie, die Frau (die jedermann als *meine Frau* bezeichnen würde), erkennen – nicht nur die von der Formung des Schlüssellochs begrenzten Abschnitte ihres Körpers, sondern sie: ihren ganzen Körper –, als sei das Schlüsselloch die winzige Fotografie, der Splitter eines Hologramms, das ihre Erscheinung in Ganzheit bewahrte. So daß ich nur aufstehen und hingehen mußte, um sie anzusehn wie in all den Zeiten davor, u Das wäre dann Die Wirklichkeit, und jenes Geschehen vom Abend lediglich ein grimmiger Traum, der wie all diese Arten von Traum mit den Versatzstücken des Wirklichen sein böses Spiel getrieben hätte. Mühsam, nur unter Anstrengung aller Kräfte das Aufstehn, das Hinübergehen zu der Tür mit dem winzigen leuchtenden Schlüsselloch, darin noch immer ihr Bild – *!dort ist sie* : die Frau, jetzt unbeweglich als sei sie wirklich nur 1 Bild, 1 winziges Hologramm; doch das Licht schien allein ihren Körper zu treffen, als würde sie angestrahlt von 1 Scheinwerferlampe, ihre Umgebung versank in Anthrazitfarben u Sterne darin wie Kreidestaub – nur 1 weniges noch bis Dort hin, auf allen Vieren kriechend ich – – seltsam weit entfernt, und immer weiter von mir fortrückend die Tür, das leuchtende Schlüsselloch mit der Holografie der Frau – 1 Punkt nur wie 1 Glühwürmchen 1 erlöschender Funken in einer nächtigen Ferne, am Ende eines Gangs, gesäumt bedrängt & 1geschnürt von schründigen Ruinenmauern, !was für eine Anstrengung, !welch ein Aufwand an Kräften, diesen Gang (der auch ein Abflußrohr sein könnte) entlang zum Ausgang mich voranzutasten – –

Und spürte im selben Augenblick als der Druck, der Zwang aus 1 Halbtraum sich löste & abfiel von mir, als würden sie vor meinen Augen plötzlich fortgerissen, das Zurückschleudern der Bilder, u fühlte das Hingeworfensein in die alte Gegenwart, an den alten Ort : Ich saß noch immer, mit dem Rücken an die Wand gelehnt, nahe dem Eingang, aus feuchtem Gemäuer Kälte, und wieder Frösteln wie mit Spinnenbeinen über meine Haut. : Ich hatte mich nicht bewegt. Ich saß, erstarrt, nahe dem Eingang im Innern der Ruine am Rand jener Halde aus Papier..... Und gegen die Leere, gegen das Abwesendsein ihres Körpers gab es keine Worte; schon die Gegenwart im Schweigen war Maßlosigkeit, Anmaßung, fast schlimmer als all die Kinderei in Worten & Gebärden, die nur das 1 bewirkten: mit jeder Sekunde die Vergrößerung der Leere, nach allen Richtungen hin die Ausbreitung der Kälte aus Mauerwerk & verfallenem Stein – –

Denn ihr Schweigen ist je von der Art gewesen, als führte 1 Verstummter einen Redesucher, einen der Beredten, an den Rand zum Abgrund der Stummen – u der Talkessel dieses Abgrunds lag wie von schwarzen Wassern gefüllt mit Wörtern u mit Sätzen; Gesprochenes & Gehörtes – Wörter & Sätze, die, aus stummen Selbstgesprächen hervorgequollen, niemals den Sinn eines Anderen erreicht hatten, nicht mal das eigene Ohr. Das Sprechen der Verstummten; ihr unaufhörliches Raunen & Murmeln in den vollkommen schalldichten Verhörräumen des eigenen Kopfes. Und sie bedeutete mir durch ihr Schweigen mit knapper Geste: *Sieh selber hinab. Lies dort was zu lesen ist.* Und als seien das Texte von den bleich schimmernden Tapetenfetzen, Gekritzel eines *Fremden*, der, wie es hieß, *seinen* Tod verfehlt hatte, geborgen aus dem Dreck einer Ruine, las ich aus ihrem Schweigen die 1fache Gewißheit: Nirgendwo gibt es Jemanden, der von dir deine Stimme, deine Hand od dein Fleisch benötigen würde. Nirgendwo & niemals. Solange wie du leben mußt, wird das nicht geschehn. Das ist das Los der All-Gemeinen. Und würdest du verschwinden, von 1 Tag zum andern von 1 Nacht in die andere Nacht, niemand würde dich je vermissen, so wie niemand dich wirklich braucht. Und wie Niemand niemandem wirklich fehlt inmitten dieser unermeßlichen, unbekannten Weite einer Welt, so käme für dich kein 1ziges Zeichen, kein Anrufen u kein noch so flüchtiger Blick aus dem Augwinkel 1 Vorübergehenden. Auch das ist Los der All-Gemeinen. Denn es gibt deren Vielzuviele, als daß 1 1zelner wie du auch nur für 1 Moment darin als fehlend empfunden werden könnte. – Das mußte ich lesen, damals, in jener Nacht aus ihrem Schweigen, dem sie ihren Satz *Leg dich wieder schlafen* vorangestellt hatte. Und es war wirklich die Ganze Wahrheit – ohne Schatten, ohne Trost u Schutz lag Das hell nüchtern & unmißverständlich vor mir; jedem, der lesen wollte, deutlich vor Augen. Das waren die Sätze, die sie mich finden ließ in einer Nacht ohne Schlaf. Und ich begriff, das war von jeher ihre Ehrlichkeit, u sie war All-umfassend. Nur hatte ich das bislang nicht verstanden; hatte, anstatt in ihr=selber, nach allen möglichen anderen, nach äußeren Gründen & Umständen gesucht, die dennoch letztlich nichts anderes als bequeme Ausreden gewesen waren für mich, & die Beschäftigung mit ihnen lediglich 1 bedeutete, nämlich das Vergessen, daß mit uns, mit mir *Zeit* vergeht..... Und mußte seither in allem Zeitbezogenen noch etwas Anderes, bislang niemals zuende Gedachtes erkennen; etwas, das unmittelbar mich=selber betraf: *?Wie lange Das=Alles noch – ?Wie weit mag sich diese Ebene, dies Flachland noch ausstrecken – Denn es gibt keine Erlösung in der Unendlichkeit, weil Unendliches für niemanden nicht existiert, auch Ewigkeit schmilzt im Zentrum der Finsterness inmitten einer Ruine – die Parallelen schneiden sich !nie* – Und wußte seither, daß es in dieser Landschaft meiner noch bevorstehenden Jahre Nichts Anderes mehr zu finden od zu bekommen geben könnte als das, was ich bereits gefunden & bekommen hatte. Das gehörte wirklich zu mir, und mehr gab es nicht.

Das für mich Neue, ich hatte inmitten der Aussicht auf die unüberschaubare weite Leere *die Angst vor dem Tod* verloren. Ich fürchtete zwar immer noch den-Schmerz, fürchtete Verstümmlungen od langes Dahinsiechen – aber die Angst vor dem Aufhörn, vor der Tatsache *nicht mehr u !endgültig !niemals wieder zu sein* – diese Angst war u blieb verschwunden seither. ?Od: hatte ich mich durch solcherart Überlegungen nur auf ein weiteres, bequemes Gedankenspiel eingelassen, dessen 1ziger Zweck wiederum, Etwas-Anderes, noch nicht Benanntes u noch nicht benannt werden Wollendes zu übersehen, mithin lediglich neue Ausreden zu finden :?Wofür : ?Vielleicht 1zig dafür, mir nicht Die Frage stellen zu müssen, die 1 der Vielzuvielen leider vielzuwenig sich stellt, nämlich weshalb ich ?überhaupt noch am Leben sei – .....und in einer weiteren, wütenden Flut schütteten die Fliegen sich erneut auf mich..... metallisches Gestöber..... wütendes Delirieren..... deren Sirren als 1 viel zu enge Haut über meinen Kopf meinen Körper sich stülpend preßte..... :Nichts anderes mehr hören, nichts anderes jemals wieder spüren als hier im zähen Gestank eines fremden, unendlichen Sterbens unermüdlich pausenlos Angriffe der Fliegen.....

?Was hatte sie jetzt aufgescheucht, ?was außerhalb der bereits gewohnten Angriffswellen sie zu diesem Ansturm getrieben: die Fliegen..... :die hier=drinnen, im Mittelpunkt eines angehaltenen Todes, nun, als würden sie von einem Magneten der Finsternis gezogen, auf den Eingang der Ruine sich stürzten voller Wut & Gier, die wiederum nicht aus den Insekten-selber, sondern vielmehr auch diese Wut & Gier von Fremdem zu kommen schien –:!Lichterklingen, vom Eingang her in hektischen Bewegungen hier=drinnen über den Ruinenboden sichelnd, hellrosafarbene schartige Klingen, als wären sie vom Grund eines blutigen Stromes, aus den Abflußrinnen in Schlachthöfen, heraufgeholt : vom Türrahmen abgeschnittnes u zu langen 4kantschatten verzerrt feuerfarbenes Licht mit dem (wie es schien) Geruch von alten verrotteten Messern, die seit unzähligen Jahren im Gebrauch ebenso unzählige Male in Blut getunkt & erkaltetes rohes Fleisch auf schlierigem, mit Kerben & Schnittmarken zerfurchtem Holz durchtrennt hatten; mit dem absurden Geruch von fauligem Metall : so daß nun jene Lichterklingen, mit dem Gestank der Verwesung infiziert, über all den ununterscheidbaren Mulm im Innern der Ruine fuhren, Klingen, dem schmierigen Dunkel den Boden zerschneidend, hellrosafarben wie wässeriges erkaltetes Blut. Schneiden, dünne Skalpelle, Klingen, nach denen antiseptische Hände griffen, um *ihren* Körper, den Körper *meiner Frau*, zu öffnen..... damals, nachdem sie sich entschieden hatte zur *Operation*. Und spürte im selben Augenblick, als dieser Druck, dieser Zwang aus 1 Halbtraum sich löste & abfiel von mir, als würden sie vor meinen Augen plötzlich fortgerissen, das Zurückschleudern der Bilder, u fühlte das Hingeworfensein in die alte Gegenwart, an den alten Ort : Ich saß noch immer, mit dem Rücken an die Wand gelehnt, nahe dem Eingang, und wieder spürte ich kleine Rinnsale Frösteln sich einschnüren in mein Fleisch. : Ich hatte mich nicht bewegt. Ich saß, erstarrt, nahe dem Eingang im Innern der Ruine u am Rand jener Halde aus Papier..... Von dorther verstärktes Rascheln & Knistern, als wühlte ein Reptil sich unter den formlosen Tentakeln bleichen Papiers; und vor dem Ruineneingang Schatten, unförmige Silhouetten wie von Eulen im aufgeregten Flug; die Schatten schwenkten Fackeln, Glutbrocken stoben herein, Fliegen die den Feuern zu nahe gerieten, zersprühten hell in winzigen Explosionen, heiße Luftströme aus Fackelflammen bliesen sie als Ascheflocken u fettigen Staub zu mir herein –: das Sirren der Fliegen steigerte sich zum Kreischen – es mochte Gier sein & Wut, die 2 Zustände jener Insekten, über die sie verfügten – und vom Sirren wie abgetrennt, lösten sich noch andere Geräusche, andere Töne aus dem feuerzerschnittenen Dunkel heraus: Stimmen der Anderen, von Draußen, Stimmen der Eulen-Schatten, aufgeregt zeternd durcheinander schreiend, dabei unstet u fortwährend vom Toben der Insekten verschluckt, als hörte ich über Kurzwelle 1 weit entfernte Rundfunkstation, u der Empfang tauchte immerfort weg und gleich darauf wieder hervor aus dem hohen Rauschen der Ionosfäre –: !SIE hatten mich entdeckt..... waren mir auf die Spur gekommen..... mir auf den Fersen..... !kein Entkommen mehr – !IHRE Wut IHR Haß – !das Alles galt jetzt !mir : Mit den Aufgeregtheiten aus dem Suff, im schwankenden Fackelschein, mit ihrem Zorn & all der Ratlosigkeit aus der Verblüffung darüber, daß ich, der Neue, der Eigenbrötler, der Hund der sich immer abseits hielt weil er meinte er sei was Bessres und der es nun gewagt hatte, Entkommen zu probieren, !Flucht von IHNEN, & weil Das noch 1 Mal Verzögern, !SIE-Aufhalten hieß & weitaus schlimmer als durch den ewig Sterbenden, der schon hier=drinnen lag – : !jetzt meinten SIE nicht mehr *ihn*=allein : jetzt meinten SIE auch mich. IHRE Stimmen IHR Gerede, noch einmal, wie Haken Stacheldraht, in mich dringend..... und suchte mich noch einmal zu lösen, !niemals wieder zurück zu IHNEN. Und saß, mit dem Rücken an die Wand gelehnt, nahe dem Eingang, aus feuchtem Gemäuer Kälte, und wie mit Spinnenbeinen kriecht Frösteln über meine Haut. Doch blieb ich sitzen, starr, unbeweglich, nahe dem Eingang im Innern der Ruine u am Rand jener Halde aus Papier..... und spürte IHRE Stimmen wieder als den undurchdringlichen Drahtverhau..... das wütende Delirieren der Fliegen..... an mir haftend untrennbar.....

–Ich habdamal ne Frage: Saachtma: ?!Sinn wir eingtlich noch ganz?!dicht hier oder ?was. Ich versteh dich nich mehr Eule: ?Wer oder ?watt hindert uns dort reinzugehn, den-Kerl beim Schlaffitchen zu nehm und rauszusetzen. Undann fackeln wir den Ganzenpluder ab hier & Feier ahmd. Watt solln dat Alles, dat Getue und Gezetere: Watt du=da machst Eule: Datzdoch !Kindersex. – (Ich hörte das Raunen von Zustimmung aus der Horde, leise noch –) –Also für !Mich war der ja immer nich-ganz-dicht da Ohm – (krähte aus der Unruhe die Stimme, die jenem Burschen gehörte, den sie *Häcki* nannten & lauter mit Rückenwind aus dem Zuspruch der Horde) –Und nu läßter hier doch glatt die Sau raus: der Härr – son büschen abgefahrn datt Teil !wie – wollt immer wissn – wollt immerschonn wissn wie !der seinn Kick kricht so ganz ohne Doop & trotzdem immer schtohnt – (er lachte wieder zu laut, in seiner überdrehten Manier; gewiß bog er dabei erneut den Oberkörper wie von 1 Feder gespannt weit zurück, die Augen aufgerissen u den Mund) –!Odahatta vielleicht irngtwo Watt unter Verputz der Heini unt saacht unz nüscht ?wie – trauich !dem glatzu sonem Pinkel wie dem=da – aber Soßes numa mitte Doofm: Lehm billich & Sinn immer Vollekanne drauf – also für !Mich is der schonn sein Ganzeslehm so !voll danehm – und nu isser wirklich to !Tal im Aus der einge Bill Dettedämlichepin-Kelder – (und lachte..... und lachte.....) und ich hörte mit dem Rauschen des Winds lauter werdend die Böen aus Zustimmung von der-Meute=draußen.....

–Jezz !Ruhe mal. – (Eine andere Stimme dort: die Stimme des Anführers, des Blonden, den SIE *Eule* nannten) –Ver!flucht. !Ruhenochmal. Ich will jezz !nichts mehr hören.

– (und etwas gefaßter) –Kriegen den schon wieder ein. Verlaßt euch drauf. Und jezz: !Haut-ap. Laßt mich mit dem Spinner=da allein. Ich hab gesagt, ich !mach das schon: Und das heißt: !Ich mach das schon. Damittas !klaa is. Also: Ver!zieht euch. – Und du=da=drin: Du bistoch da=drin, ?oder. !Heej: !antworte: Inn Schennör –

Die Nacht blieb stumm, als hielte sie gespannt den Atem an. SIE=Draußen warteten auf Antwort. In der Stille rauschten die Pflanzen um die Dorfruinen unterm Nachtwind auf, schnurdünne Ranken griffen ins Dunkel hinein. Die bittere Frische von Pflanzen durchwehte für wenige Momente die Stickluft der Hundsnacht, ein Luftholen, süßherbe Atemspur aus Holunderblüten ––

–– und Düfte aus Flieder, von April einst wie eine Erinnerung in die Morgenluft getrieben; in der Nacht zuvor hatte Regen seine dunklen Säulen auf die Erde gestellt, und in den kleinen Obstgärten, die beiderseits still neben meinem Schulweg lagen, hielten Baumkronen vielarmig Nebel in Händen, der ihnen sachte in den Fingern zerrann. Schritt-für-Schritt setzte ich, u achtete dabei auf jeden, als könne die regenweiche braunglänzende Erde jederzeit in ein dickflüssiges Moor sich verwandeln. Immer schon, & je öfter ich hier entlang ging, war mir der Schulweg viel zu kurz erschienen: Immer früher, so glaubte ich, kam ich ans verhaßte Ziel dieses Wegs: zu dem Klinkersteingebäude, dem eckigen Ziegelschorf DIE SCHULE..... Oftmals, insbesondere an jenen Montagmorgen, die den Sportunterricht mir bescherten. Von Scharfschweiß verklebte Umkleidebuchten – die kinderlärmige Riesenhalle, trillerpfiff-zerschrillt, mit zerkratztem Parkett, dort=drin waren alle Schrecken als Turngeräte aufbewahrt: Barren – Reck – die Sprossenwände; dort tobten mit breitverzerrtem Lachen über fleckige Gummimatten Kobolze Handstände Rollen-rückwärts – schweißgeriebene glänzende Kletterstangen aus Stahl (die Haut an Spann & Handballen rieb sich daran wund, hinterließ runde hellrosa Fleischmale, zinsgroschengroß –) – & wie Henkersschlingen an Hanfseilen von der unerhört hohen Decke herab drohten das Paar Ringe. Grell der Pfiff des Sportlehrers, der den tobenden Kinderpulk an die zerschrammte weiße Linie auf dem Parkettboden zu Reih-&-Glied zusammentrieb.

–Heej !Was-is-los-hier –

Doch heutmorgen flüchtete ich viel weiter u viel länger als sonst in die nebelstillen Gärten hinein; rauhweißer Luftmorgen, Stundenbrack, schlafwandel=allein. Denn Heutmorgen, zum Schul-Appell, sollte ich DEN-VERWEIS bekommen: ich hätte, sobald mein Name gerufen würde, vor den U-förmig angetretnen, nach Klassen geordneten Schülerblock herauszutreten, neben den Direktor & die Fahnenmasten, daran jeweils an Stahlseilen klirrend das wie von Blut vollgesogene Tuch der Arbeiterfahne, daneben die DeDeR- & die Pionierflagge gehißt sowie vor den Block des Fanfarenzugs mich zu stellen; dann würde der Direktor von einem Blatt Papier mit lauter Stimme all=meine Vergehen des letzten halben Schuljahres den übrigen Schülern ZUR KENNTNIS BRINGEN : TÄGLICHES, ERHEBLICHES ZUSPÄTKOMMEN ZUM UNTERRICHT OHNE ANGABE VON TRIFTIGEN GRÜNDEN BEI OFFENKUNDIGER BESSERUNGSUNWILLIGKEIT – auch von UNTERSCHLAGUNG & UNTERSCHRIFTENFÄLSCHUNG wäre die Rede – : – Diese Bestrafung gehorchte 1 Ritual, vielfach schon veranstaltet, zumeist mit jenen, die ohnehin als die *immer-Fälligen* galten: *die Klassen-Klauns, die Widerspenstigen*, auch die seltsam Gestörten..... (So hatte dies Ritual auch etwas Vertrautes; ähnlich den Theateraufführungen mit sogenanntem Volk's Charakter, wie sie zu späteren Zeiten an den Wochenenden im blaugrauen Licht aus dem Fernsehbildschirm in die Wohnstube flackerten: Wo es stets den grantigen Alten gab, die Gattin beim ewigen Feilschen Tratschen Intrigieren, das pummlige schon etwas späte Maderl & den feschen Bursch auf Dienstreise od zur Untermiete, der natürlich zum Immergut-Schluß die Pummelschürze *kriegen* mußte; allsamt Goldene Herzen mit Napfkuchenseelen & käsigen Hirnen aus dem Schnittmusterbogen für Kindsdumm-Gestellte.....) – Beim letzten Appell, nachdem wieder die Riege der öffentlich Belobten (Mädchen zumeist, die scheu u verlegen unter den Blicken All-der-übrigen dreinschauten u vor Ängstlichkeit krumme Beine machten), nachdem die also nach ihrem ÖFFENTLICHEN LOB rasch u mit hochroten Gesichtern wieder in den Schülerblöcken untergehuscht waren, kamen, nach 1 Zwischenspiel des Fanfarenzugs – blechern gelb schnitten die Töne, scharf & knatternd die Trommelsalven, wobei ich jedesmal in die Gesichter der Fanfarenbläser schauen mußte, denen das Instrument wie 1 Speer ins Gesicht dorthin gestochen schien wo der Mund war, so daß um den Mund-herum das Gesichtsfleisch zu teigigen Falten sich verkniff –, dann die ÖFFENTLICHEN VERWEISE dran : Beim letzten Mal nur 1 : Einem Jungen, Ingolf (seine Haut in Staubfarben, das Haar kräuseligkurz; seine Mutter, hieß es, hatte nach dem-Krieg nen Ami bei=sich, denn der Mann, sagte man, war im-Krieg geblieben, *mit nem !Schwarzen Dschi Ei hat sies getriem: mit nem !Neger, vielleicht derselbe der ihren Mann abgeknallt hat – keinn Funken Anschtand & Ehre mehr im Leibe die-Weiber heutzutage – aber siesja selber nurne Dahergelaufene ausm Osten, die haben doch keine Kultur* –), und diesem Ingolf, der vor der 10. Klasse bereits 3x sitzengeblieben = also inzwischen schon zu einem Halbenmann geworden war, dem also der ÖFFENTLICHE VERWEIS vor der gesamten Schule – :Beim Aufruf seines Namens, die Ärmel seiner Windjacke bis zu den Ellbogen aufgekrempelt, plötzlich 1 !Zigarette nach Belmondos Manier im Mundwinkel, schlenderte er nach vorn, stellte sich zwar zu Füßen der Fahnenstangen an den gewohnten Ort, doch viel näher dem Direktor als üblich. Und wandte sich, während der Direktor das Sündenregister des Halbenmannes vorlas, provozierend langsam zu dem Direktor hin – starrte ihm schließlich mitten-ins-Gesicht, während er seinen Hosenstall umständlich aufknöpfte, die glimmende Zigarettenspitze zuckte, beschrieb rötliche Leuchtspuren in der Luft, vielleicht redete er leise feixend zu dem Direktor, zwischen den

Lippen hervor zischelten wirre Rauchfetzen Hohn – er holte dann den Penis aus der Hose – (Crescendo aus den Schülerblöcken: Kreischen Gejohle Pfiffe nie zuvor gewesener Tumult / das Haar eines älteren Lehrers sah ich hochgesträubt, die Wangen schimmelfahl) – während der Junge dem sprachlos erstarrten Direktor ans Hosenbein zu pinkeln begann – : Wir hatten jenen Ingolf danach niemals wieder an der Schule od auch nur in der Stadt gesehen..... Doch seither vermied man an dieser Schule das Ritual öffentlichen Bestrafens von *Sitzenbleibern*..... Ich war kein *Sitzenbleiber*. Gehörte auch nicht zur Riege der seifig scheuen Musterschüler. (:Ich konnte für niemanden Irgendetwas *bieten* : ich war immer nur ich=allein.) Denn dieser Morgen, in knapp 2 Stunden schon, würde mich den-ANDEREN..... den Sport-Lärmenden, den Rauf-Normalen, der schreiigen Horde : zur Schau stellen..... ausliefern..... den Feinden nicht einmal als tauglich zum Feind.

–!Heee – Die Stimme des Blonden, des Anführers der Meute, den sie *Eule* nannten, sie galt mir u fuhr aus dem Insektengetobe & dem wellenartigen Rauschen des Nachtwinds in den Baumkronen draußen, direkt auf mich zu. Ich saß, mit dem Rücken an die Wand gelehnt, nahe dem Eingang, starr, unbeweglich, im Innern der Ruine u am Rand jener Halde aus Papier..... Und mir schien, diese Stimme müßte aus einem Lautsprecherwagen kommen, der mit ungeheurer Geschwindigkeit aus der Ferne genau auf die Stelle vor der Ruine heranfuhr, hinter der ich, an die schimmeligen Steine gelehnt, seit ?wielanger Zeit schon saß.....

–ej: !!Hörstu. Ich meine !dich.

Und spürte im selben Augenblick, als ich die Stimme=von-Draußen wie aus 1 Halbtraum hörte, als kämen sie aus der Halde Papier..... das Zurückschleudern der Bilder, u fühlte wie 1 Sturz das Hingeworfensein in die alte Gegenwart, an den alten Ort mit seinen Düften aus Flieder in aprilschläfriger Morgenluft. Und ich war tatsächlich viel weiter u viel länger als sonst in die nebelstillen Gärten geflüchtet. Dabei hatte die morsche, in den taumeligen Bretterzaun gelehnte Pforte keinen spürbaren Widerstand geboten, ich war 1fach dort hindurchgegangen (hatte ich 1 ?Schloß geöffnet, 1 ?Klinke niedergedrückt), auch die nebelfeuchten Blätter von Winde & Kletterrosen, als winzig grüne Hände in den Morgen gestreckt, sie hatten mich nicht berührt, selbst die Widerhaken der Brombeerranken nichts von mir gefangen, nicht einmal die Spinnweben, ihr zwirnig-klebriges Anheften, hatte ich bemerkt – vermutlich waren die Gewebe=selbst von meinem Eintreten unverletzt geblieben –.– Und lief schon die schmalen, von winzigem Grün besprenkelten Wege zwischen den Beeten entlang. Heute erinnerten mich die Gärten an Friedhöfe, die Beete die Gräber (darauf das immer behütete, immer bepflegte Grün, als könne die Fürsorge um Pflanzen über den Toten etwas wiedergutmachen von Dem, was man den Toten, als sie einst noch neben uns waren, angetan hatte), u die Wege zu diesen Gräbern, auf denen die-Lebendigen liefen, als wären Pflanzen die verlängerten Arme der Toten die nach Lebendigem griffen, mußten gesäubert, geharkt, bereinigt sein von all dem, was offenbar all-1 den Grab-Stellen zugestanden war: Blüte & Wachstum, Pflanzenfülle & Gedeih.....

Dieses Mal aber ging ich auf den Wegen noch weiter als sonst an den Morgen zuvor – ich wußte, ich würde auch Heute=am Morgen meiner Bestrafung wie fast an jedem Tag zuvor viel zu spät zur Schule kommen; u doppelt zu spät Heute: zum Unterricht zu spät & zu spät zur ÖFFENTLICHEN BESTRAFUNG wegen des Zuspät aus den Tagen&wochen davor – : – Ich ging weiter, *ich ging unter die Pflanzen – unter die Erde dorthin, wo die Wurzeln waren, wo sie sich hineinkrallten in etwas, dem sie, die Pflanzen (von denen ich 1 so gern hätte sein mögen: irgend-1 Halm nur im tausendhalmigen Teppich der Wiesen –) ihr Fortexistieren verdankten.* ?Was mochte das sein : ?Was mochte da sein, unter der Erde od: unter der obersten Schicht, der Kruste der Erde, deren Oberfläche, von der im wesentlichen Nichts weiter bekannt war, als daß man dorthinein Etliches säen konnte. Ich bückte mich nieder –

–Hee –

– und ich grub –,

:Ekelhaft: eine Masse, nie zuvor so mit den Händen gespürt: bräunlich glänzend fettig schwer mit feuchten Batzen zwischen den Fingern. Ich grub weiter und weiter, 1 Kuhle zunächst – ein Grube dann, dunkel u fettig glänzend, in die rasch grauschäumiges Grundwasser floß: Das war *mein* Eingang in die Erde hinein –:– Zuerst vorsichtig mit dem 1, dann mit dem andern Bein stieg ich in die Grube hinein –

–eej: Was ist ?!los mittier – ?Wo bist du –

Ich war unter die Erde gegangen, war verschwunden, würde von nun-ab Pflanze sein, Halm unter Halmen..... Dann aß ich die dumpf riechende, lehmige Masse, die einen seltsam fischigen Nachgeschmack hinterließ – *Kindsmorgen im Nebel, grüner Pflanzengeruch lastete schwer auf den Lidern, 1 Traum in der obersten Schicht, in der Kruste des Schlafs – und hielt den Mund offen + Erde floß in-mich + durch mich hindurch, Erde flüssig vom nächtlichen Regen unter einem Himmel, der vorübertrieb in graubauchigen Wolken – dann nur Flüssigschlammiges noch –* und, die Augen öffnend, sah: die Sonne ein Lehmklump, schwimmend in einem Tümpel aus Schlamm – *was aus meinem Traum mir blieb: Ich hatte mich an diesem frühen Morgen davongemacht – es ist !möglich –, ich war unter die Nacht gegangen –.* Vielleicht auch Dort würde *sie* ganz-plötzlich wieder dasein: das Mädchen aus der Parallelklasse, die, am Ausgang des Hohlwegs, fast an jedem Morgen um die Ecke bog, beinah zusammenstieß mit mir : *?!Na* sagte, mit 1 Hand kurz über 1 meiner Arme strich, u sie schaute mir lächelnd ins Gesicht. Dann strich sie die 1 Strähne ihres glatten braunen Haars, die immer über das weiße Haarband fiel, hinters Ohr, und, zumeist schweigend wie zwei Kameraden, liefen wir den Rest des Schulwegs gemeinsam. */ –?Wie hast du das eigentlich gemacht* – (hatte ich viele Jahre später die Frau, die jeder als *meine Frau* bezeichnet hätte, gefragt) *–immer ganz-plötzlich & an fast jedem Morgen da-zu-sein, an 1-u-derselben Stelle –: du hattest doch nicht an !jedem Morgen zur selben Stunde Unterricht wie ich* – Sie hatte gelacht, dann strich sie 1 Strähne ihres glatten braunen Haars (ich sah 1ige weiße Strähnen darin) hinters Ohr: *–Ich habs geschafft, so !ganz=!zufällig zu erscheinen. Das hab ich schon=immer so gemacht & bei allen-Männern, die ich haben wollte* – (hatte sie noch hinzugefügt und noch einmal gelacht). / *Also ?vielleicht würde sie auch Heutemorgen hier sein, in diesem Garten, würde die Wege zwischen den grünbesprenkelten Beeten entlanglaufen, hierher, zu dieser 1 Stelle : Jetzt würde ich reden; jetzt würde ich ihr erzählen sobald sie hier, an dieser 1 Stelle des Beetes, stehnbliebe; würde ihr erzählen vom Geschmack der Erde unter der Nacht* –

–Sag mal: Was ?!redestenn du-da. Ich versteh !kein Wort. Du: !Antworte –

Da spürte ich plötzlich, als höbe 1 Aufzug in rascher Fahrt seinen Schacht mich hinauf – Wachgedanken schossen als grelle Warnlampen vor meinen Augen vorüber als explodierende Perlen, aufgereiht an herabhängender Schnur – Beschleunigung nach-Oben, durch Erde & Wurzelfasergeflechte hindurch –, und hatte mich nicht von der Stelle gerührt, ich war noch immer auf dem Schulweg an einem nebligen Morgen (auf der Haut noch spürte ich den Fahrtwind kühl aus dem Halbtraum), und eine Ahnung brannte sich wie die Sengspur 1 Blitzes in Baumrinde in=mich-ein, eine unbestimmte Ahnung im Bittergeschmack von Erde&pflanzen (die Vielejahre später, zur Gewißheit vernarbt, nur das 1 besagte: Auch dort=in der Erde unter der Nacht nur Elend Bemächtigen Unterwerfung – die stille langsame Brutalität der Schlingpflanzen –, und der Nächste dran in dieser Welt aus Erde Schlamm & Wurzeln, der wäre wieder einmal ich –)

–!!Hörst du: ich meine !dich. Hee –

Ich hatte mich nicht bewegt. Ich saß, erstarrt, nahe dem Eingang im Innern der Ruine u am Rand jener Halde aus Papier..... Seine Stimme klang herrisch aber nicht bösartig, eher verwundert, als fragte er sich, ob das Ganze wirklich so sei. Od: als sei er, der Anführer einer zusammengewürfelten Meute beinahe froh darüber, daß ich – !endlich – 1 Mal das Fortlaufen, das Verstecken u Verschwinden aufgegeben, mich sozusagen *bekannt* hatte, u seis auch nur zu neuerlichem Verschwinden, einem Verschwinden sozusagen mit Wegmarken, mit 1deutigen Spuren, die zu keinem anderen als zu mir gehören konnten. Ich wußte, daß solcherlei *Bekenntnisse* 1=gewissen Wert darstellten, so wie jener Schweißgeruch in den Baracken beim Umkleiden eben das Ticket zu gemeinsamer Arbeit & Zugehörigkeit bedeutete.

–eej !Duda drin: Jetz also hatz !dich erwischt. !Durchgedreht !wie. Kommstja ziemlich schnell damit. Schon nach paar Monaten. Bist damit fast der Schnellste in den letztn Jahren. Wenn auch nich in der Arbeit, dann eben im Überschnappen. Hauptsache Rekord !wie: Sportzfroint. Also: Was soll das: Soll ich das als deine !?Kündigung verstehn. (Ich glaubte ihn lachen zu hören.)

Aber das Gelächter, gegen mich prallend wie Ohrfeigen, hörte ich erst viel später. Fern, am Horizont dieser Morgenstunde, hinter dem Nebel der in seinem Klammergriff die Dämmerung behalten wollte, standen die Geräusche der Stadt auf & griffen jetzt in die Vorortstille herein – Maschinenraunen Motorgeblöke Fabrikengeklirr –, doch schiens vom Dunst der Frühe noch in Zaum gehalten so, als kennten selbst Motoren&maschinen frühmorgendliche Schläfrigkeit u Diskretion. Meine Sohlen schleiften über 1 Kiesweg, eine noch ruhig ihren Asfalt dahinstreckende Straße war zu überqueren, dann zwängte mein Weg sich wieder zwischen Gärten entlang. Dieses Wegstück aber geriet durch beiderseits hohe Bretterzäune zum Hohlweg. Die Plankenwände der Zäune warfen sich in Wellenform, die Bretter ein stumpfes Schwarzbraun, das in der Sommerhitze bräunlich-ölige Tropfen schwitzte & im Hohlweg 1gepfercht lastete dann der Geruch von heißem Terpentin. Auf etwa halber Strecke durchschnitt den Weg 1 Flußlauf – die zumeist schwache Strömung kämmte betulich die Haarsträhnen der Algen glatt. Unter der Holzbrücke mit dem schmiedeeisernen Geländer, Kopf & Haare schon mit den Algen verflochten, hatte man vor 2 Tagen zu dieser Stunde die Leiche des kleinen Jungen gefunden. Das 3. getötete Kind, u der Mörder noch immer unbekannt. Die Mutter hatte mir deshalb !streng verboten, hier, diesen Weg zur Schule, entlangzugehn, es gab andere, sie sagte: *gefahrlose Wege* – nur nicht !diesen, wo (wie sie gewiß meinte) ein Mörder den-Kindern auflauern würde. (?Ob aber die Kinder auch dort ermordet worden waren, wo man sie finden konnte.....) Tiere u Kinder haben andere Brücken vom Ufer der Gefahr zum Ufer der Furcht, so fühlte ich mich, als ich diesen Verbotenen Weg dennoch entlanglief, schon als Held :als 1, dem ein-Mörder Nichts anhaben konnte..... – Hinter dem linken Bretterzaun 1 Geräusch –: 1 Katze flitzte durch 1 Ausbruch im Zaun: die Bretter, senkrecht neben1ander gefügt, zeichneten durch den Fugenanschluß starke dunkle Linien, die wie straff gespannte Gitterstäbe erschienen : Nur hier, an dieser 1 Stelle, an des linken Bretterzauns Ende vor der Brücke: die Störung, der kleine Ausbruch dicht über der Erde, durch den die Katze hindurchschlüpfen konnte. Das Tier – schlank, grauschwarz getigert – huschte flux an mir vorüber, lenkte indes meinen Blick nach unten, auf den Ausbruch im Zaun, die Bruchkanten im Holz dunkel & alt. Und hätt ich den Blick nicht auf den Boden gerichtet, er wäre mir entgangen: der Anblick von dicken, schwarzen Schuhen (derb & klobig, von Erde & Nässe brüchighart ergrautes Leder) – und, langsam nach oben schauend, blickte ich direkt in ein kalkbleiches Mannsgesicht, das wie eine Marmorkugel auf dem Spitzkegel 1 dunklen Mantels lag. Die hagere Gestalt lehnte am Bretterzaun, die Arme hingen wie 2 Pendel herab, die Augen des Mannes starrten auf mich. Dann, langsam, verzerrten sich die Züge im Gesicht – der Fremde hob die Arme, als wollte er mich od: vielmehr eine Horde, die war wie ich, verscheuchen – die Augen traten aus den Höhlen, die Zähne gefletscht warf der Fremde sich gegen den Bretterzaun (die Bohlen wankten & federten knirschend), sein Kopf schlug heftig ans Holz, schreiend *–!Nein!Nein!Nein* – rollte er seinen Körper, weg von mir, an der Bretterwand entlang, ich hörte Rippen &

Ellbogen gegen knochenhartes, sonneverdörrtes Holz schlagen – dann: Plötzlich hielt der Mann still, hob wieder die Arme, doch heftiger schüttelnd als zuvor, als wollte er mir bedeuten, !endlich doch abzuhaun, !davonzurennen bevor mit der gleichen Armbewegung er mich wie in 1 Netz..... einfangen müßte..... – !Zu spät: noch 1 Mal schlug sein dürrer Leib gegen die Bretterwand, wieder warf sein Körper mit unglaublicher Schnelligkeit sich den Zaun entlang, der Mantel flatterte dazu wie ein dunkles Gefieder – diesesmal auf !mich zu – :ich schrie –

–Heej:

– aus den Augen des Fremden sah ich rötlich Funken sprühn, die fielen wie von einem Schweißbrenner herab & verlöschten zu Aschenglut : ich schrie und schrie –

–!Wasis denn ?!los: Weshalb ?!schreist du so – Is dir Was ??passiert –

Ich hatte nicht schreien, u ich hatte nicht weglaufen wolln – und dennoch rannte ich schreiend den Weg zurück, hin zu den Gärten zu der Erde u dem Nebel. Im Davonlaufen sah ich im Fetzen 1 Augenblicks: Das Gesicht des Fremden verdutzt – ratlos glitten seine Arme am Mantel hinab, dabei riß er eine Rotweinflasche aus der Tasche, das Glas zerschellte, der Wein zerplatzte schäumend als ein schwarzroter Stern auf dem Weg; dann rannte ich wieder los – da schien der Fremde zu begreifen. Und er lachte – lachte lauthals & schlug sich auf die Schenkel dazu. Sein Lachen hatte der Fremde gewiß herzlich, wie 1 frischen Wind allen Schrecken verscheuchend klingen lassen wolln – (später hörte ich, ein Zirkus..... sei in der Stadt gewesen) : Für mich war über viele Jahre danach dies Lachen das Lachen eines Mörders gewesen. Und hielt noch an dieser Vorstellung fest, als ich bemerken mußte, daß Vielerleute Gelächter in eben=dieser Manier genauso klang. Zudem hatten Vieleleute dazu die gleichen Gebärden: das Ausbreiten & Schütteln der Arme, als wollten SIE andere verscheuchen, ihnen bedeuten, doch abzuhaun, !endlich !davonzurennen, bevor es zu spät sei.....

Und spürte im selben Augenblick als dieser Druck, dieser Zwang aus 1 Halbtraum sich löste & abfiel von mir, als würden sie vor meinen Augen plötzlich fortgerissen, das Zurückschleudern der Bilder, u fühlte wie 1 Sturz das Hingeworfensein in die alte Gegenwart, an den alten Ort : ich saß noch immer, mit dem Rücken an die Wand gelehnt, nahe dem Eingang, aus feuchtem Gemäuer Kälte, und wie mit Spinnenbeinen wieder Frösteln über meine Haut. : Ich hatte mich nicht bewegt. Ich saß, erstarrt, nahe dem Eingang im Innern der Ruine u am Rand jener Halde aus Papier.....

–Aber das krieng wir wieder hin. – (Hörte ich ihn, den Anführer, von=Draußen) –Ich fang dich schon wieder ein, keine Sorge. Wolln das gar nich erst an die Großeglocke häng – denn, das weißte ja, dann wärste 1-2-fix=weg aus unserm ecksklusiven Verein. Aber – du willstja noch n Weilchen beiuns bleiben !nich wahr: Inn Schenör. – !Also: Wassolldasgebrüll: ?Wasisnur!losmittir –

–Was!isnurmittirlos. Junge: Wasisnur!losmittir –

Der Lehrer, seine Finger fest in meinem Hemdkragen verkrallt, leierte wie ein Plattenspieler, dessen Nadel über diese 1 Stelle nie hinauskam, ununterbrochen dieselben Worte, während er mich durch die Straßen der Vorstadt nach Haus dirigierte – er zwang mir das Tempo seiner Schritte & seinen Rhythmus auf, ich bekam Seitenstiche, der Schulranzen auf meinem Rücken schaukelte (etwas darin klockerte als schlüge jemand aus 1 hölzernen Xylofon im Takt der Lehrerschritte immerfort dieselbe Tonfolge heraus –), der Stoff meiner olivgrünen Hose klebte vor Nässe an den Oberschenkeln, im Schritt begann der Stoff zu reiben –, *–Das ist eine Popelin Hose* – (hatte die Mutter stolz gesagt & dabei jedes 1zelne Wort betont) *–ich bin !heilfroh dassich sie noch bekommen hab. Sowas gibts !nicht so schnell wieder. Achte mal ein bißchen drauf, daß du nich gleich wieder –* : *Popelin* – seither haßte ich dieses Wort, diese Hose..... u Olivgrün.

–Was!isnurmittirlos. Junge: Wasisnur!losmittir –

Bloß gut, daß der Lehrer mich auf anderen Wegen, als ich

sie täglich benutzte, nach Haus zerrte, so brauchten mich die Gärten, die Pflanzen & die alte Pforte nicht zu sehen in meiner Schande: im Griff eines Lehrers, meine Hose naß, mit dunklen Flecken vorn –. Jetzt war es soweit. Denn jetzt hatten das Leugnen Verschweigen das Unterschlagen der Briefe & das Unterschriftenfälschen keinen Sinn mehr – !Alles ist !aus – hier war Ende & ich ertappt, überführt, vor aller Augen bloßgestellt – nun mußte ich bekennen.

Ich wollte der Mutter ersparen, an die Tür zu kommen & mich im Zwinggriff des Lehrers zu sehn, wenn ich an der Tür die Klingel läuten würde (er hielt seine Faust noch immer in meinem Hemdkragen verkrallt, hatte zwar mit *Was!isnurmittirlos. Junge: Wasisnur!losmittir* aufgehört, doch schnaufte er statt dessen rüde (vor ?Anstrengung durchs Treppensteigen od in ?Erwartung seiner bevorstehenden *Wicht*igen Aufgabe od aber aus ?beiden Gründen), jedenfalls fuhren mir rhythmisch die Lehrer-Atem=Stöße lauwarm ins Genick und schlossen sich allmählich vor meinem Gesicht wie Hände, die mir den Mund zuhielten (der Atem des Lehrers hatte keinerlei Geruch; wirkte stockig abgestanden wie Luft in Räumen, denen Langezeit schon Fenster & Türen verschlossen warn). Ich konnte mir diese Situation 1fach nicht vorstellen: an der Kandare eines schnaubenden Lehrers mit vollgepißter Hose ich, zu unerwarteter Tageszeit hier in !unsrer Wohnung, vor Augen der ahnungslosen Mutter : Also nahm ich meinen Schlüssel aus der Tasche & schloß die Wohnungstür selber auf. Schon im Flur lag als ein feuchtdumpfer Block der Dunst kochender Wäsche. In der Mittagspause war die Mutter, wie fast an jedem Tag, aus dem-Büro nachhaus geeilt, *–ich muß das in der Pause noch rasch erledigen sonst komm ich ja tagsüber nich mehr dazu* – :kommentierte sie selbst desöftern zum Abendbrot, während sie diese zumeist 1zige wirkliche Mahlzeit des ganzen Tages wiederum in Eile hinunterschlang, ihre allmittägliche Überhast. Als ich die Küchentür öffnete, blieben der Lehrer u: ich stehn wie auf-Befehl. Meine Mutter, in hellblauer Kittelschürze, die Haare mit einem zum Strick gedrehten Kopftuch aus der Stirn gehalten, den Rücken zur Tür, hantierte an dem großen dunkelgrünen Emailletopf, der auf dem Gasherd stand – sie wendete mit einer Holzkelle im Topf die kochenden Wäschestücke (ihr Oberkörper versank soeben in Schwaden Dampf) – :als sie plötzlich das Geräusch von der Küchentür-her vernahm: ich sah sie erschrecken (denn sie wußte mich zu dieser Zeit in der Schule u niemand sonst käme mehr hier herein), sie schnellte herum, die schaumtropfende Kelle wie 1 Holzkeule erhoben. Der Lehrer (der mich noch immer beim Kragen hielt) u: ich starrten auf die Frau-am-Herd : ihre Augen mochten die größeren sein, denn sie mußten gleich zwei Mal Unverstehbares sehen. Vielleicht dauerte das Schweigen nur diesen 1 Augenblick : lang genug, so daß Wolken Kochwäschedampf aus dem Kessel entweichen und die Stube ausfüllen konnte mit seinem grauen dumpfwarmen Qualm – und ich fühlte die Situation ganz dicht unter der Haut wie auf den Schenkeln den kaltnassen Stoff meiner Hose; der Lehrer, dessen Faust mich nicht losließ, ein grober Fremdling, der die heimeligen Verwobenheiten u das Trauliche eines Spieles zerstörte –, u der Mutter, die naßglänzende Holzkelle emporhaltend, wollte ich zurufen: *!Schlag ihn doch – Schlag ihn !nieder diesen blöden alten Sack – Es weiß ja !niemand Was davon wenn du es tust – !Schlag ihn !Los Schlag ihn doch zu !Brei*, u dieser Brei, solch Rest eines Lehrers, würde gewiß denselben faden, ungelüfteten Geruch haben wie sein Atem, und könnte ebenso rasch u ebenso spurenlos versiegen.....

–Wass-is ihm !!??passiert : ??Wasis !Nunschonwieder?!los –

Die 1. Frage der Mutter, als sie mich in der weitoffenen Küchentür am Arm des Lehrers erkannte; einen dunklen, über den Stoff meiner Popelin-Hosenbeine inzwischen sich ausbreitenden Fleck, den sie in ihrem Schrecken wohl als Blutfleck ansah so wie sie den Griff des Lehrers als helfendes Stützen mißverstand. Dann bemerkte sie ihre=eigene Haltung – zu meiner großen Enttäuschung sank der Arm mit der Holzkelle herab, es würde nichts werden mit dem zu-Brei-

Zerschlagen eines Lehrers..... *–Hatter dich ge?schlagen.* – Hörte ich sie fragen, als sie den Zustand meiner Hose & die Faust des Lehrers in meinem Nacken sah. Der Herr Lehrer schniefte entrüstet, ich schüttelte langsam den Kopf. Und sofort wie kleine bös=brummende Flugzeuge flogen mit dem Atem des Lehrers seine ungelüfteten Wörter & Sätze viel zu laut über-mich hinweg, in die Küche & in die Wohnung hinein; ihr Ziel aber war die Mutter, sie wurde getroffen von niederfahrenden Wörtern ÖFFENTLICHER VERWEIS VOR DER GANZENSCHULE: HEUT MORGEN – IMMER ZU SPÄT GEKOMMEN – SO OFT GESCHWÄNZT DASS WIR GAR NICHT ZÄHLEN KÖNNEN WIE OFT – UNSERE AUFFORDERUNGEN ZUR AUSSPRACHE – DIE MAHNBRIEFE DES SCHULLEITERS – HABEN SIE JA !NIE DARAUF REAGIERT – IHRE UNTERSCHRIFT !ZICHMAL GEFÄLSCHT DAS FRÜCHTCHEN-DA=IHR SOHN – DAS MASS IST VOLL – SIE & IHR SOHN VOR DEN PÄDAGOGISCHEN RAT – ERNSTHAFTE AUSSPRACHE – NÄCHSTE WOCHE – ICH DARF WOHL ERWARTEN DASS SIE ORDNUNGSGEMÄSS FOLGE LEISTEN – HIER DIE SCHRIFTLICHE VORLADUNG – UNTER!SCHREIBEN SIE – !HIER. – Sovieler Angriffe hätt es nicht bedurft, die Mutter zum Aufgeben zu zwingen. Sie sank nieder auf 1 Hocker am Küchentisch, die Augen, groß weitoffen, starrten auf meine nassen Hosenbeine, aber ich wußte, sie sahen Nirgendwohin. Auch als der Wäschetopf auf dem Herd schäumend & zischend überlief und die Gasflamme blaugelb aufleuchtend erlosch – reagierte sie nicht, der Lehrer sprang hin & drehte den Gashahn zu. Kopfschüttelnd & geräuschvoll Luft durch die Nase ausstoßend reichte er der Mutter 1 Kugelschreiber –:– umso erstaunlicher, daß sie, ohne ihren Blick od den zusammengesunkenen Körper auf dem Hocker zu verändern, ihren Namen unter ein Papier setzen konnte, um den Empfang der VORLADUNG VOR DEN PÄDAGOGISCHEN RAT zu bestätigen. Er faltete mit übertriebener Akkuratesse das Papier zusammen, mit der, dieses Mal echten, Unterschrift meiner Mutter, & verstaute das Schriftstück am Ende des Rituals mit pingeliger Betulichkeit in seinem Jackett. Vielleicht hatte er dazu auch noch *Sò. Das wärs.* gesagt od ähnlich befriedigte Floskel eines Versicherungsvertreters nach dem Vertragsabschluß mit einem weiteren Kunden. Jedenfalls ging der Lehrer danach wieder fort, ließ mich die Mutter die Wohnung eingehüllt vom Geruch kochender Wäsche zurück. Der Küchendunst lastete auf uns mit dem Gewicht & dem Nachhall aus dem Bewußtsein, daß FREMDES zu Jederzeit ins Heim hereindringen darf, *denn es gibt keine Zuflucht, es gibt kein Da=Heim.* Durch das Eindringen dieses Fremden soeben schien die Atemluft hier-drin verdorben, Stickness, dumpfer als der Wäschegeruch. Und ich stocherte darin verzweifelt nach etwas zum Reden, aber mit spitzen Fingern hielt ich nur den nassen Hosenstoff von meiner Haut. Auf dem Tisch das Kuvert mit dem Stempel der Schule, die Vorladung für sie & für mich vor den PÄDAGOGISCHEN RAT..... Der Brief ein weißer Brandfleck –.

Die Mutter saß noch immer vor dem Tisch zusammengekauert auf dem Hocker, 1 Arm im Schoß, mit dem anderen schob sie langsam das Briefkuvert von sich fort od nur, damit die Wasserspritzer auf dem Tisch das Papier nicht aufweichten. Sie starrte auf den Boden vor sich nieder, die Wäsche im langsam erkaltenden Sud war vergessen. *–Junge.* – Sagte sie in die Stille u ihre Stimme lag seltsam schwer u hoch über mir, so als spräche sie zu einem andren Erwachsenen. *–Wenn du dir später mal eine Frau suchst: Nimm dir eine !gesunde Frau. Nicht jemanden, der an Herzversagen sterben muß wie dein Vater. Erst er, und dann Mutter. Und du bleibst all-1 zurück. Und werd all-1 bleibm müssen bis ans Ende Meinertage..... denn ?!Wer will heutzutage ne Frau-mit-Kind; noch dazu wenns Kind schon so groß ist wie d –*

Sie redete damals nicht weiter, sondern sie stand stumm auf, zog die Kittelschürze aus und ging in den Korridor; die Zeit ihrer Mittagspause wär längst vorbei, sie würde verspätet zurückkommen ins Büro..... *–Nu!zieh doch die nassen !Hosen aus Junge. Willstu denn den !Ganzentag so* – und als ich mich nicht rührte, kam sie, den dünnen Straßenmantel schon übergezogen, noch einmal mit großen Schritten in die Küche gelaufen, her zu mir, ich stand noch immer wie festgebannt neben dem Herd mit dem Wäschetopf, und sie knöpfte hastig, mit stotternden Fingern, den Hosenbund auf, streifte mir die kaltnasse Hose die Beine herab, die Unterhose auch, nahm das glitschige Stoffbündel & trug es ins Bad, ich hörte den Wasserstrahl der Brause in die Emaillewanne rauschen. *–!Wasch dich.* – (Rief sie) *–Und zieh dir was Trockenes an. Du weißtja wo deine Sachen lieng, mussich denn ?!Alles alleine machn – ?!muß ich dir großem Bengel vielleicht auch noch den Hintern wischen* – (und, schon im Flur draußen:) *–ich muß jetz wieder los.* Gleich darauf fiel die Wohnungstür ins Schloß. – Als sie fort war, ging ich zu dem großen Topf auf dem Herd zurück (getrocknete Schaumspuren standen als spröde Ausrufzeichen auf der Wandung des Emaillekessels, manchmal wie 1 Erschrecken sprang 1 knackendes Geräusch aus dem erkaltenden Blech), ich hob den Deckel an & schaute hinein: in einer wässeriggrauen Lauge trieben aufgequollne Stoffblasen, von leis knisternden Schaumrändern umnagt – ich erkannte an den Mustern & Farben der Stoffe meine Bettbezüge & Laken & Handtücher wieder : Aber das Aufgedunsene, ihr zu prallen Bäuchen Geblähtes gab ihnen (so hatte man sie beschrieben): das Aussehen von ertrunkenen Kindern –:– die gemordeten Kinder, die man an den Morgen zuvor im Flüßchen unter der Brücke gefunden hatte – : – Ich glaubte fest, ich hatte Ihn gesehn: den Mörder, an diesem Morgen..... und ich war Ihm davongelaufen, hatte Niemandem Nichts erspart. Morgen würde ich diesen Weg zur Schule wieder gehen, und, wenn ich Ihm dort noch 1 Mal begegnen sollte, ich würde nicht mehr davonlaufen..... Denn das war jetzt das 2. Mal an diesem Tag, daß ich ihn erlebte: einen=jener Momente von wirklicher Scham..... Das 1. Mal in diesem Leben, daß ich *tot* sein wollte.

Nach dem Tod des Vaters und dem der Urgroßmutter – beides für=mich eher 1 Verschwinden –; der Vater verschwand in einer-Nacht, von 1-Moment-zum-andern so wie

Jemand durch 1 Tür zum Einkaufen od zur Arbeit hinausgeht, u niemand ahnt, dies war Das Letzte Mal –. Und nachdem wenig später auch die Urgroßmutter mit ihrer Beständigkeit & Präsenz aus den immer zu klein erscheinenden Zimmern verschwunden war, blieb jetzt die summende Stille einer menschleeren Wohnung zurück (deren Leere durch das altvertraute Mobiliar, nun für=sich stehngeblieben, noch gesteigert wurde – von niemand mehr sah ich um diese Zeit die Schubläden auf&zugezogen, hörte kein Besteck mehr klirren, niemand der die Tischdecke zurechtrückte, die Töpfe scheppernd vom Herd nahm – : So blieben, wo zuvor Hände eingriffen & Gesten waren, beständig Lücken zwischen den Gegenständen dort, wo Gegenstände anderen Gegenständen sich anlehnten, aufsetzten, sich bedeckten. Aus diesen winzigen Lücken zwischen den Dingen, dort kamen sie her: die Geräusche der Abwesenheit, Leere & Unauffindbarkeit all derer, die fortgehen mußten –). Ich aber war geblieben in der summenden Stille der Wohnung zu 1 Stunde am Tag, wo eigentlich sonst Niemand hier=drinnen mehr war. Die Wohnung, durch deren drei Zimmer ich langsam streifte, sah gleichsam einem gut-vertrauten Menschen ähnlich, dessen Anblick, alltagsgewohnt, aus immer der gleichen Perspektive immer auch den gleichen Anblick bietend (so wie alte Ehepaare untereinander nicht wirklich mehr sich ansehen; ihr Hinschauen ein blindes Sehen, vielmehr 1 Wissen, daß Alles noch ist, wie es nun schon so-lange..... ist –:– Aber nur 1 winzige Änderung im Blickwinkel, 1 unvermutet anderes Begegnen als sonst, das Hinschauen auch zu ungewohnter Zeit od das gemeinsame Schauen mit diesem-Anderen, dem vermeintlich Altvertrauten, zur gleichen Zeit in 1 Spiegel –; und dort dann die Gesichtszüge eines Fremden, eines Unbekannten; eines Jemand, der einem nicht unbedingt Gutes will.) So konnte ich mir zu dieser leeren Stunde nicht vorstellen, wie ich anderntags den-Weg-zur-Schule wiedergehen & wie die Stunden neben all den-Anderen=dort nach meiner Schande=heute ich aushalten sollte.....

Und in der 1samkeit einer frühmittäglichen Wohnung legte ich mich, noch immer nackt, auf das kleine Sofa nieder, drehte mich zur Wand, preßte die Stirn gegen den kühlen Stein, zog die Beine an, die Kniee drückten an die Brust – seit langem hatte ich nicht mehr am Daumen gelutscht, jetzt tat ich es – und im dampfwarmen Dunst der Kochwäsche schlief ich in der Küche ein – –

–Hej-!heejda –

Und wachte auf durch grobes Rütteln an der Schulter, und die langsam sich öffnenden Augenlider gaben mir das Bild eines Mannes in grüner Uniform, eines Polizisten, der mit 1töniger Stimme, deren Lautheit nicht zur engen Küche paßte, von ERZIEHUNGSANSTALT redete – *Lausbubenstreiche dort schon austreiben – wegen soner Lappaalje ruft man nich Die Polizei gute Frau* (das galt der Mutter, die im Schatten des Raumes stand) – *schließlich andere=!wichtige Aufgaben Heutzutage – ham es mit Ganz-anderen-Dingen zu tun als unz mit sonem Dummenbengel abzugehm der die Tür von drinnen abschließt & sich ins Fäustchen lacht wenn Keiner mehr in die Wohnung reinkommt – Also: Das !nächste Mal* (& das dicke Gesicht des Polizisten beugte sich über mich, füllte das gesamte Blickfeld aus, und ich sah die rotblauen Äderchen auf den Wangen & die blutunterlaufenen winzigen Hundsaugen) *–Das !nächste Mal biste !dran Dann biste !fällich Bürschchen !Merkdirdas* –;– ich war inzwischen völlig wach, fühlte mich eigenartig erfrischt – ich saß, mit dem Rücken an die kühle glatte Wand gelehnt, und Frösteln kroch wie mit Spinnenbeinen über meine Haut –. Zwar begriff ich Alles, was Man mir sagte (od: vielmehr zuschrie), aber es gelang mir nicht, All-dies auf mich zu beziehen –:*?Lausbubenstreiche: !was für ?Streiche – ?Wer denn – Warum ?ich* – : und sah jetzt die Schar langsam aufrückender Nachbarn, deren Köpfe die Türöffnung wie Feldsteine zumauerten, hörte aus dem Treppenhaus Füßescharren, Wohnungstüren gähnfaul & knarrend das hallende Gebell des Polizisten & den-Skandal *dort-oben schon wieder im-Dritten bei dieser-!Person* aus dem Dunstkreis der Sicherheit eigener Wohnung gierig belauschend. Dann verschwand der Polizist, die Wohnungstür schlug zu. / Die Mutter stürzte in die Küche, her-zu-mir, packte mich, mit Fäusten drosch sie auf mich ein, immer wieder schreiend: –*Warum hastu !Das gemacht – !Warum machstu Sowas – !Warum tust du mir ?Das an* –; ob sie Anderes noch schrie, hörte ich nicht unterm Hagel ihrer Fäuste – die Schläge, die meine Ohren trafen, hatten ein gellendes Rauschen & Klingeln hin1geschlagen, ich sah nur an ihrem auf&zu schnappenden Mund (:das muß ungeheuer anstrengend sein, jemanden zu schlagen –), sah am Speichel auf ihren Lippen, daß sie noch immer auf mich niederbrüllte –*!?Hörstu mich nicht ?wie !!Hörstu mich* – (schrie die Mutter jetzt dicht vor meinem Gesicht) –*!Sag !endlich was Du!dummerdummer Bengeldu: !!Rede: Wie ?!konntest du mir nur !Sowas antun* :DIE-!POLIZEI *im Haus: Wie !!konntest du nur* – :Sie hörte zu schlagen auf, als ihre Fäuste mit Blut sich befleckten. Das war Blut aus meinen Ohren. –*Sag was* – (hörte ich durch das dichte Rauschen&klingeln hindurch schwach die Stimme der Mutter:) –*Sag was !Sag endlich was* – (& rüttelte mich wie vordem der Polizist) –*Was!isnurmittir?los Junge* – (:das hatte ich heut morgen schon 1 Mal gehört: ?Träumte ich noch immer ?War er auch wieder da, dieser Lehrer mit seinem ungelüfteten Atem & den dürren Fingern, die nach meinem Kragen griffen –) : Ich hatte mich nicht bewegt. In den Ohren, im Kopf nur weiter u beständig dies gellende Rauschen u spitzigdürre Klirren u Klingeln, das, denn sie schlug mich nun nicht mehr, allmählich überging in 1 hochtönendes Schwirren wie von angreifenden Fliegenschwärmen..... 1 Sirren weinerlich & böse..... Das sollte bleiben.

Und es war noch nicht zuende damit. Er, der Anführer=der Vorarbeiter dort=Draußen in den restlichen Stunden einer Nacht, wartete nicht auf meine Erwiderung, er änderte nur seinen Ton. Und spürte im selben Augenblick, als ich die Stimme-von=Draußen hörte, das Zurückschleudern der Bilder, u fühlte wie 1 Sturz das Hingeworfensein in die alte Gegenwart, an den alten Ort : Kühlblau gestreckt ein Morgenhimmel, von keiner Wolke berührt. Der Frühmond fleckig verblassend, ein zerschlagener Gong – während Sonne in Butterfarben über die Vorstadtsiedlung strich. (:Der Tag, als ich meinem Mörder begegnet bin. Vielleicht auch war Alles anders, das Licht der Himmel die Sonne unsichtbar od geschliffen – doch immer sah ich Schrecken im !schönsten Licht.) Und noch 1 Mal denselben Weg – durch die Gärten, den Hohlweg entlang über die Brücke wo 1 Fremder in dicken schwarzen Schuhen sein Gesicht bleich & die Gestalt in Schwarz gekleidet wie 1 Priester ein Mörder war – dort *durfte* ich nicht noch 1 Mal gehen – – :aber *sie* fiel mir ein, das Mädchen aus der Parallelklasse, *?!Na* und dann ihre Hand auf meinem Arm, und unser Schweigen den Rest eines Schulweges lang – : Nun sollten wir=uns ?niemals wieder begegnen – !ich !mußte *sie* suchen, in den Pausen an allen Nachmittagen (an den-Abenden später –), das weiße Haarband der dunkelleuchtende Blick : *?!Na*, und *sie* strich die 1 Strähne, die immer über das Haarband fiel, hinters Ohr – –

So aber mußte ich der Mutter gehorchen, Umwege gehn: Vergessen meine geliebten Gärten mit dem Eingang in die Erde hinein, die wild dahinwachsenden Pflanzen, die alte in einen taumeligen Bretterzaun gelehnte, von Kletterpflanzen & Spinnweb beinah verschlossene Pforte – : Andere Wege waren ab=Heute jeden-Morgen zu gehen, Wege durch lautere Teile der Vorstadt, wo Straßenbahnen Busse fuhren & Menschen..... in winzige Häuschen zusammengedrängt darauf warteten, ins Gestein der Großstadt zu kommen; Dieselben (wie ich irgendwann merkte) an Jedemmorgen auf Denselbenanschluß wartend..... Ich fand mich nicht drein in diesen anderen Ton der allmorgendlichen Stunde, das war als wäre ich umgezogen in eine fremde Stadt. Nicht mehr die Tonschnur, die wie ein aufrollendes Wollknäuel ins Labyrinth zwischen Wegen Steinen & Gärten sich entlangfädeln konnte und deren Mäander ich gefolgt war beim allmorgendlichen Bummeln – deswegen mir Heute-beim-Appell auch der Verweis bevorstand – : Das hier auf dem-anderen Weg, das war (spürte ich damals) ein-Ton=ein-Fühlen=ein-Sehen das den Geschmack von Blut nach einem Faustschlag hatte. Ich würde ihn, diesen anderen Ton diesen Faustschlag, den Geschmack von Blut aushalten müssen. An diesem Tag und an Jedemtag..... nach diesem.

–Damit-wir-uns-recht-verstehn – (hörte ich ihn Draußen hinter der Steinwand der Ruine): –Es wäre 1 leichtes, reinzugehn – dich am Schlafittchen zu packen & rauszuholen – wie übrigens auch den Anderen=dortdrin, diesen Deppen der nich mal sterben kann. Das muß son ähnlicher Trottel sein wie du. Son Arschloch, der Alles besser weiß als alle anderen. Und nun wird der wahrscheinlich bald nur noch ne Schlammpfütze sein, Nichts als n Teller stinkender Suppe. Das kannst du auch haben, Sportzfroint, und das wird ja auch Einestages passiern. Aber, siehst du, das dauert uns hier=Draußen nur n !bißchen zu lange. Verstehstu. Denn wir anderen, die nich sonen Flitz mit den Toten und all diesem Kram haben, wir wollen nämlich unseren Jobb noch ne Weile behalten, wenn der auch so ziemlich einer der miesesten is den Mann sich denken kann. Aber für einige von uns, lieber Herr 1siedler & Schöngeist, für einige von uns ist dieser Jobb leider das 1zige, wovon er sein Fressen bezahlen kann & das von seiner Familje auch. Und so haben wir uns vorhin Was überlegt: !Morgen früh. Dann ist !Schluß mit dem ganzen Affen=Theater. 1 für Allemal !Schluß. Denn verstehst du jezz: !du störst. !Du störst !unsere Arbeit. Und das geht !zu weit. Du wirst uns nicht in die Suppe spucken. Du nicht: !Frointchen. Und deshalb hast du jetzt die Wahl: Entweder du kommst da raus – u zwar !sofort – od du bleibst wo du bist, und morgen früh dann : ..... : Hastumichver!standen ?!ja.

Aber er, draußen vor dem Eingang zur Ruine, redete überlaut, gewiß weniger für mich, als für seine Kumpane – besonders für & gegen den, den sie *Häcki* nannten, der, wie ich lange schon wußte, scharf drauf war, selber VORARBEITER & DER-ANFÜHRER zu sein & somit nur auf die 1.=beste Gelegenheit lauerte, jenen, den SIE *Eule* nannten, vor aller=

Augen zu blamieren und zu stürzen –; gegen den also war hauptsächlich jenes Anführers Rede bestimmt sowie gegen die Dörfler, die in einigem Abstand mit ihren Fackeln (die *Polizeihundmusik* längst verstummt) die Szene gespannt beobachten mochten, ich roch den Gestank der Feuer, die wie Gespinste aus flammender Watte aus den Spitzen benzingetränkter Knüppel fauchten, und roch die Schübe brandiger Luft, als hätten SIE=dort-Draußen Alle in 1&demselben Moment ihren Atem von sich u in meine Richtung ausgestoßen –

SIE standen dicht-bei-dicht an der Straßenbahnhaltestelle, schien, SIE seien als EINEMASSE aus dem kleinen Wartehäuschen herausgequollen, ein fleischlicher Lavastrom & erstarrt an der Bordsteinkante dort, wo die Straßenbahnschienen gleißten. Seit geraumer Zeit mochte schon keine Bahn mehr gefahren sein – vielleicht 2 od: 3 ausgefallen : Unfall od eine andere Störung: –*Hatzmal wieder einer nich abwarten könn & hat sich vorn Zuch geschmissn vor lauter Lebensfreude* – (hörte ich jemand sagen) – : Unruhe war in SIE gefahren, SIE drängeltenschobenstießen sich in1ander (mit all den anonym intimen Berührungen jener geballten Stunden Beruf's Verkehr), als befürchteten SIE, die-MASSE, dieser fleischliche Lavabrei, könne Risse erhalten, Sprünge, Bruchkanten, was SIE aus-1-ander brechen ließe – ab & an schnellte kurz 1 Oberkörper, 1 Kopf aus dem Masseblock heraus, wohl Ausschau haltend wieder&wieder nach der fehlenden Bahn – : *Aber ich !muß durch SIE hindurch, !muß doch !diesen Weg zur Schule..... gehn – ?!Sahen SIE denn nicht, daß ich soeben erst meinem Mörder entkommen war* –, und versuchte mich durch SIE hindurchzudrängeln –: tauchte ein in die warme Wolke IHRER Gerüche, herbsüßlich mit kleinen spitzen Zähnen zubeißende Chemiedünste, die aus den Körpern herausbläkten, den Nachbarn anzugreifen & mit vielhundertfachem Biß zu vergiften –, und kaum in IHREN Masseblock 1gedrungen wurd ich schon wieder rausgeworfen: –*Nu !schau sich einer diesen Bengel an: Son 3käsehoch unt schonn sich vordrängeln giebtz denn ?!sowas* –, ich sah hilfesuchend zu IHNEN auf : Und sah damals in den Gesichtern-über-mir, schwebend wie faustkleine Wolken in Graubleich, Spuren um Münder Nasen Augen wie Wellenriffel über frostig aufschauerndem Pfützengrau ; Spuren, wie ich sie Jahre später immer wieder, immer deutlicher geprägt sah von einer Art runzliger, grausamer Verzweiflung (wie sie Leute ergreift, die mit falschen Versprechungen, nicht einmal denen des Heils od der Erlösung-von-allem-Übel, sondern nur denen von 1-Bißchen Vergnügen, Amüsement u Vergessen-von-allem-Übel für 1-paar Stunden: Touristen, an irgendein Ende der Welt gelockt & sitzengelassen – nun auch noch darum betrogen & angeschissen sich finden müssen; einem schmierigen Schlepper aufgesessen, der mit ihrem in Vorkasse eingestrichenen Geld natürlich längst Überalleberge ist – (Denn nicht Alles passiert allen, & solch Anschiß kriegt nur immer Der, der auch danach aussieht) –: Und dann Stimmen, immer wieder in späteren Jahren; ein hohles nölend kollerndes Echo der Empörung, als fielen Steine in einen Brunnenschacht & das Zählen bis zum hörbaren Aufprall *:gilt als Maß für die Größe eures Anschisses, damit ihrs wißt, ihr=!Arschlöcher ihr blöden=hoffnungsvollen=Idioten: Denn wer zum Scheißefressen bestimmt is wie ihr, der wird !niemals Manna kriegen selbst wenner bis ans Ende-der-Welt reisen kann*) od: anders: SIE, diese aus 1 Wartehäuschen Herausgepreßten sind die zu früh Auferstandenen, die wieder mal einem Gelärme aufgesessen herausströmten, hervorgekrochen, hechelnd mit heißen Schnauzen aus rauhen regnerischen Häusern mit Gebärden & Mienen von Menschen, die nun etwas einfordern, das SIE als IHR Angestammtes Recht: Erlösung-von-allem-Übel..... von Kindsbeinen an zugesagt, hoch-&-heilig versprochen –, bezeichnen mochten : !Da nun sind SIE=Alle auch Heute, wie Damals an jenem Morgen auf meinem Schulweg vor vielen Jahren, & wieder als EINEMASSE geronnen, ein fleischlicher Lavastrom in körperwarmen herbsüßen Chemiegerüchen, Gestank aus dem Willen zur Sauberkeit & des Anstands (so wie alte Leute auf

Reisen immer ihre Sonntagskleider anziehn) – :!Aber SIE hatten immer die falschen Trompeten gehört, nicht die von Jericho, sondern nur ein Hupkonzert auf der Durchgangsstraße von Jerichow –; aber SIE waren hochgeschreckt aus IHREM Totenschlaf, vielleicht aus Angst vor dem-Zuspät..... :diese Angst, die allen die einstmals ZUR ARBEIT mußten, selbst als Tote noch in den Knochen sitzen bleibt –,– & nun, am falschen Ort zur falschen Zeit: wiedermal all-1 gelassen, sich selbst überlassen ratlos herumlungerten in 1 Wartehäuschen einer Straßenbahnlinie, Ausgang & Eingang in den Danteschen Bezirk einer Hölle der Ödness, der wirklich !tötenden Langeweile..... :aufgeweckte Tote, denen nun nicht einmal mehr ihr Schlaf geblieben war –) – und schaute wieder u wieder hilfesuchend in 1 ihrer Gesichter *!mußten doch aber !sehen, daß ich gar nicht zu IHNEN wollte, Nichts wollte von IHNEN od von Dem was IHNEN so begehrenswert erschien – viel lieber den anderen Weg gehen wollte, den Weg wo ich meinem Mörder begegnet war, dort noch 1 Mal gehen, viel lieber als hier, bei IHNEN, entlang; viel lieber umkehren u bleiben auf meinem Weg – auf dem die Rotweinflasche zerschellt war, & sollte mein Schädel sein der zu einem rotschwarzen Stern auf dem Pflaster zerschlagen wär, u in den Kanten der grünen Glassplitter schnitt sich das Sonnenlicht, & der schwarzrote Weinstern hatte gewiß mittlerweile in 1 Rinnsal über den Weg mit dem Staub zur unbestimmbaren Färbung sich vermischt; !viel lieber also dort noch 1 Mal entlang* – aber: ich käme heut=Morgen, dem Tag meiner Bestrafung, in meinem Zuspät noch 1 Mal zu spät, *und deshalb: !nur deshalb: !!Muß ich !jetzt !hier durch-EUCH hin!durch* –: (fader Geruch aus Kleidern, wie ich ihn in all den-Jahren=später riechen sollte in Umkleidekabinen für 1 Arbeitswelt; Kleider, die vom immergleichen Schweiß beatmet od: Jedentag vielleicht zwar andere Kleider, die jedoch immerfort über diesselben Häute Poren Talgdrüsen sich legen müssen – *Die !Pflicht ruft* – dieselben hakenförmigen Allmorgenbewegungen, der Stabreim der Dressur: Schlenkern Schleudern Schütteln der Gliedmaßen das Aufsammeln von Kleidungsstücken während träge klebrige Gehirnpfoten nach liegengelassenen Gemeinheiten kleinengroßen Schurkereien Intrigen aus den Vortagen greifen mit einem *!Heute sag ichs* & *!Das mach ich* den neuen Tag sich zusammenstückeln, urintrübes Licht ins Wachsein schüttend, nicht also der Schweiß der körperlich anstrengenden Arbeiten, vielmehr Schweiß der Anstrengung Körper zu sein: aus alltäglichem Daseinmüssen, So-dasein-müssen, jener fade Geruch also, Mief nachtrüchiger Schlafzimmer Bettwärme langsam erkaltend aus abgebrochner Nacht Müdigkeit & kaffeefiebrig=kurzzeitige Wachheit, zurückfallend als Welle in eine breite Trägheit aller bitterriechenden Morgenstunden im Wartehäuschen einer Straßenbahn. . . . .) Die Ohrfeige, die ich von Irgendjemand für mein Drängeln abgekriegt hatte, sie traf nicht mal richtig, verursachte nur Kratzspuren hinterm Ohr, als hätt 1 bösartiges Tier nach mir gehakelt – / *–Das war für* DIE *1fach zuviel.* – (Hatte meine Frau Vielejahre später einmal diesen Morgen, 1 der wenigen, an denen wir=uns nicht begegnet waren, kommentiert) *–Verstehstu: Du als Rotzbengel, ich seh dich förmlich mit geballten Fäusten & zusammgebißnen Zähnen durch die-MASSE dich wühlen : Das war für* DIE, *als würde solch Göre wie du* IHNEN *zu allen* IHREN *Vorschriften nun noch eine weitere Vorschrift dazumachen wolln* – (Hatte sie gelacht, war mir mit der Hand durchs Haar gestrichen und hatte in dem Fotoalbum weitergeblättert –, und fand 1 Foto von einer Massenkundgebung aus den Fünfzigerjahren, wo Menschen in Filzmänteln zusammengeballt in Straßenfluchten gepreßt, die Münder geöffnet (Atem in erstarrtem Gewölke, Transparente & Fahnen wie schwarze Bandagen um einen Riesenleib geschnallt), draus Arme & Fäuste sich erhoben wie bei den gefangenen & den sterbenden Kriegern im Fries des Pergamonaltars) *–Das war diese-Zeit, wo fortwährend in-aller-Öffentlichkeit Leute ausgeschmiert wurden – –wie damals ich beim Appell – –Ach, ich wollte dir diese Erinnerung eigentlich ersparn* – Sagte sie betont gleichgültig & blätterte anscheinend unbeteiligt die Seite im Album weiter –.

–Was mich immer beschäftigt hat: ?Hast du damals eigentlich im

Chor der Lacher über meine vor-Angst&schreck vollgepißten Ho –

–!Danach hastu mich noch !nie gefragt. – (Fiel sie mir eilig ins Wort) *–?Hast du mich denn nich gesehn bei den angetretnen Schülern. Ich meine, du wußtest doch wo ich stehen mußte beim Appell –*

–Ich hab nur aufgerissene Mäuler gesehn, drei Wände aus Fleisch mit 3eckförmigen Öffnungen drin :!schweinisch. Und ?du: Seltsam: !Nie haben wir über diesen !Einen Morgen in der Schule gesprochen. Also: ?Hast du – damals – über mich mit meinen vollgepißten Hosen, vom Hausmeister=Schimpansen in den Hof rausgeworfen vor die-Horde : ?!hast du damals mit All-Den-Anderen über mich gel –

–Ob ich damals mit All-Den-Anderen über dich ?gelacht habe : Ja. Ja. !Ja : Dreitausendmal !Ja. Denn du warst !wirklich komisch. Aber eben diese furchtbare=Komik, von der alle irgendwann einmal ausgeschmiert wurden. Entweder in Schaukästen vor & in Betrieben UNSERE BESTEN – *–unsere* BESTIEN *haben wir diese Schautafeln immer genannt. Hier: Hier: siehst du, so war das* – (:das Foto ist undeutlich, aus zu großer Entfernung aufgenommen; auf dem Foto die Fotos, Porträts von Männern&frauen in Arbeitsmontur, im breiten Schaukasten neben1ander auf eine Zeile gereiht wie Briefmarken im Album, die Gesichter, stets lachend, im Überkontrast von dunklen wolkigen Bezirken überschattet, & die entblößten Zähne in den lachenden Mündern, als fräßen diese Gebisse sich durch jene unaufhaltsam heraufziehende Finsternis –)

–Ja: od das Andere: KRITIK&SELBSTKRITIK – *–Die Fortsetzung der Katholischen Inquisition mit anderen Mitteln – –und jede Leugnung 1 Geständnis. Als ich früher in den Schulferien zu den Großeltern in die Kleinstadt gefahren bin* – (erzählte sie damals weiter und suchte die Seiten mit den Fotos von diesem Ort im Album auf) *–habe ich auch am Bahnhof manchmal* DIE TRANSPORTE *gesehn: Häftlinge, die aus dem Kreisgefängnis ins Zuchthaus der Bezirksstadt überführt werden sollten: sie wurden, manche schon in der schwarzgelben Zuchthauskluft – ich dachte damals: Die haben ja noch ihre !Schlafanzüge an – aus den Lastwagen auf den Bahnhofsvorplatz getrieben, und auf dem Gleis wartete*

schon der GROTEWOHL-EXPRESS..... *:der Grüne-Minna-Zug –* (sie zeigte auf das Foto) *–und um dorthin zu kommen, mußten die-Verurteilten mehr als Hundertmeter durchs Spalier der Gaffer..... Spießrutenlaufen –* (Sie schwieg 1 Moment) *–Als Prätorianer war die* TRAPO *eingesetzt, die Bahnhofsbullen, die wie kantige zugestöpselte Tintenflaschen aus ihrem* **Dienstraum** *zu solcherart Maßnahme auf der Straße postiert waren & die Gaffer in Schach hielten.*

–Ja. – (Und nickte, bitter) *–Diese Polizei=Horde, eine der !übelsten-Sorte Polizei: Langeweile + Dummheit + Schußwaffe = Ausgeburt von Drecksäuen-im-Öffentlichendienst.....*

–Dabei gabs 1 Mal eine Szene, die ich nich vergessen werde – (setzte sie ihre Erzählung, langsam immer langsamer sprechend, fort:) *–Nachdem einmal einer-dieser-Transporte im Knastzug verbunkert war, sah ich am Zaun vor dem Bahnsteig, & der Grüne-Minna-Zug stand noch auf dem Gleis, 1 junge Frau, Bahnhofswind zerrte an ihren dünnen Kleidern, im Haar. Sie hatte hinter 1 der winzigen, vergitterten Zugfenster wohl ihren Mann/Verlobten/Freund – ?werweiß – entdeckt : Und sie begann lauthals zu weinen, dann schrie sie, rüttelte am Zaungitter, und sank schließlich vor dem Bahnsteiggitter zusammen, die Hände hielt sie ins Zaungitter verkrallt, so als sei die Gefangene sie, die nach Manier aller Eingesperrten an den Gitterstäben sich stützen..... So als wollte sie wenigstens dieses Leid dem Mann dort=drin hinter Gittern abnehmen. Die-Leute ringsum, die Gaffer, traten schweigend zurück. Gingen fort. Man wollte nicht mit So-Einer gesehn werden. Niemand kümmerte sich um sie, denn sie hatte den Gaffern das Vergnügen des Gaffens verdorben mit ihrem Geschrei. Sie war ganz all-1.*

(Ich blickte damals nicht auf von den glänzenden 6x6 Zentimeter großen Fotografien, hörte nur die Großstadt vor den Abendfenstern unsrer Wohnung rauschen und die Frau weiterreden:) *–Diese Art von All-1-sein –* (sagte sie damals) *–das gab es nur in diesem Land, bis zum Schluß. Bis dieser ganze Zirkus einfach – –?Erinnerst du dich noch an das 1 Foto* (:warf ich hastig ein und blätterte seitenraschelnd im Album weiter, denn ich wollte sie aufheitern, ablenken:) *–Hier: das Winterquartier vom*

ZIRKUS BUSCH *in der Friedrichstraße – das war zum 10. Jahrestag der DeDeR, & über dem Gebäude ein Transparent:* »10 JAHRE DDR – 10 JAHRE SOZIALISTISCHER ZIRKUS« – (Ich lachte damals allein über solch Eigentor der Übereifrigen. Grade heut Abend konnte sie die Erinnerung an jene Bahnhofsszene mit der jungen Frau aus ihrer Kindheit nicht loswerden.) *–Und die=meisten-Leute* – (jetzt redete sie hastig u laut:) *–die mußten all-die-Parolen fressen:* SIEGER-DER-GESCHICHTE, *und mußten das auch haarklein wieder rausgeben wenns opportun war : Kollektives Dauerkotzen ohne jegliche Scham* – (sie trank das Glas Wein in 1 Zug leer, wischte mit dem Handrücken übern Mund, strich die 1 Haarsträhne hinters Ohr, räusperte sich). Dann klappte sie entschlossen das Fotoalbum zu. 1 Staubwölkchen wirbelte beim Zuklapp ins Lampenlicht, Staub von den eng an1anderliegenden Seitenkanten des Albums. Das graugelb flimmernde Wölkchen trug den seltsamen Geruch erkalteten Papiers, Papier mit vertrocknetem Leim, zu bernsteinfarbenen Bröseln zerfallend –

Mühsam, unter Anstrengung aller Kräfte zu der winzigen Öffnung im Drahtgitter hinüber & vorsichtig nach Draußen geschaut – *!dort sind* SIE : die Tür, das Gitter, die Öffnung – Draußen Nacht, Anthrazithimmel u Sterneleuchten wie Kreidestaub – ich sollte !raus, ?vielleicht ginge noch Alles *?gut* – nur wenige Meter noch, auf allen Vieren kriechend, selber wie 1 Wurm im Dreck – seltsam weit entfernt und immer weiter von mir fortrückend die Öffnung, die Tür – – jetzt nur 1 winziges Rechteck noch in einer nächtigen Ferne, am Ende eines Gangs, gesäumt bedrängt & 1geschnürt von schründigen Ruinenmauern wie 1 verstopftes Abflußrohr – !was für eine Anstrengung, !welch ein Aufwand an Kräften, diesen Gang (der auch ein Abflußrohr sein könnte) entlang zum Ausgang mich voranzutasten – – :Und spürte im selben Augenblick als dieser Druck, dieser Zwang aus 1 Halbtraum sich löste & abfiel von mir: Ich saß noch immer, mit dem Rücken an die Wand gelehnt, nahe dem Eingang, aus feuchtem Gemäuer Kälte, und wie mit Spinnenbeinen wieder Frösteln über meine Haut. : Ich hatte mich nicht bewegt. Ich saß, erstarrt, nahe dem Eingang im Innern der Ruine u am Rand jener Halde aus Papier..... Ich hatte wieder *Zeit* verloren, um Alles noch *zum Guten* zu wenden; SIE konnten Nichts wissen von meinen Bemühungen, hier heraus- & zu-IHNEN zurückzukehren – auch er, der Anführer, der so Langezeit auf mich eingeredet u SIE hingehalten hatte, konnte Nichts wissen davon –

In dem Augenblick (spürte ich jetzt, als ich die Schatten draußen sich hektisch beleben sah mit Silhouetten wie Eulen im Nachtflug) als ich von den Anderen=dort mich fortgeschlichen, hier hereingekrochen war in den Mittelpunkt der Nacht einer Ruine – seit diesem Augenblick hatte zwischen DENEN in ihrem Draußen u: mir die Gefahr begonnen; ein Etwas, das wie ein Großes Spiel aussah, wofür es jedoch keine Regeln gab. Das war kein !Spiel : das Maß war voll & jetzt waren SIE soweit : Denn SIE hatten mich !erkannt, wußten seit meinem Verschwinden hier=ins Innere der Ruine zu einem *Toten*, der, wie es hieß, nicht sterben konnte, wer ich war. Die Balance-Zeit, während der ich ein Fremder unter IHNEN war, einer, den SIE noch nicht recht einzuschätzen wußten (!niemals zuviel von-sich preisgeben, !niemals zu bekannt sein mit u !niemals zu lange bleiben unter IHNEN.....), diese Zeit war seit dem letzten Abend endgültig !vorbei. Und SIE mußten sich angesichts meiner Entscheidung, von IHNEN mich zu lösen, auch als die-Verlierer glauben, eben 1 Mal Verlieren=!zuviel für SIE: Hier begann die Gefahr. Und daraufhin 1 falscher Ton – 1 verkehrte Bewegung zu unpassender Zeit od irgend-1 andere Lappalie ist IHNEN jederzeit Anlaß=genug : SIE schlagen los..... IHRE Fackeln voraus, das morsche Ziegelwerk der Ruine kurzerhand niedertreten niederstampfen & ausrotten, was & wer IHNEN im Weg läge; SIE würden schreiend & grölend IHRE Triumfe feiern, in IHREN Gesichtern ein Glanz wie Flammen auf brennendem Öl – IHR Triumf aus IHREM Haß, den SIE in sich trugen wie IHRE Eingeweide, der SIE Nichts fragen ließe, Nichts zu bedenken gäbe –; der SIE überwältigte u immer Altes, Liegengelassnes, aus ihren Kindheitsjahren und aus IHRER noch nicht beendeten, jedoch bereits aufgegebnen, verlornen & von allen Seiten her abgeschriebnen Jugendzeit an Erniedrigungen u Demütigungen wieder auffinden ließe und jetzt, zu dieser Gelegenheit, in die schwelende Aschenglut IHRES Hasses geworfen, zu wütenden Stichflammen emporfahren würde – : Der Triumf des Hassens, in dem SIE wenigstens jetzt & hier, wenigstens dies !1 Mal, als sei das IHRE letzte Daseinsbestätigung, ICH sagen könnten – –

Nur der Anführer, der Mann mit dem flachsblonden Haar, der sich (wie SIE=Draußen meinen mußten) aus unerfindlichen Gründen darauf eingelassen hatte, mit mir, dem Störenfried dem feinen Pinkel, zu reden, nur er offenbar hielt die übrigen noch zurück. SIE zögerten solange, wie er mit mir reden mochte u reden konnte. Aber er hatte sich 1 Mal darauf eingelassen, also mußte nun er zusehen, wie er diese Partie beenden würde. Auch sein Ruf in der Meute stand von nun ab auf dem Spiel. Und ich wußte jetzt, daß es in all dieser Aufregung eigentlich um ihn ging: um den Anführer, um seine Macht über die-Anderen – sie hing auch ab von !mir –

–?!Hastu gehört, was ich dir gesagt habe. – (Hörte ich wieder seine Stimme von Draußen.) Und die Lautsprecherkästen, überall auf den Fluren & in Klassenzimmern verteilt, sie preßten meinen Namen aus ihren stoffumspannten Rundmäulern heraus in die Leere der Flure, der Klassenzimmer (darin weder wirklich Licht noch wirklich Schatten lagen, vielmehr eine Art ausgeblichener Helligkeit, ein Lichtdunst), & der Klang meines Namens fiel ein in Gerüche aus Bohnerwachs Schulranzenleder warmgewordner Wurst auf Frühstücksbroten & Essenschwaden aus den Kellerräumen (dort die *Schulspeisung*: Essen aus großen dunkelgrünen Thermosbehältern zur Mittagszeit auf Plasteteller verteilt –), drang in die kaltscharfen Dünste von Desinfektionsmitteln aus den Klos mit ihren niemals wirklich schließenden Türen ein –; & im leeren Klassenzimmer rochen der immerfeuchte Tafellappen die Kreide & wieder das Bohnerwachs –(u noch etwas anderes, wie das aus den dutzendfachen 1zelgerüchen der Menschen sozusagen zum Geruchsfundament sich bildete, so daß all die Gerüche eingebunden schienen von der leiblichen Wärme die hier im Raum noch spürbar war & aufstieg von jenen vielen, liegengelassnen Gegenständen der Kinder, die bis vor kurzem hierdrinnen & Tag-für-Tag gewesen waren, bevor vielleicht 1 rätselhafte Katastrofe sie zur Flucht getrieben od gar ihrer=aller Verschwinden bewirkt hatte.) Das Klassenzimmer in einer schalen Verlassenheit, nur der Lautsprecher als 1 Instrument rigider Leugnung & Propaganda hallte noch in die Stille, so daß mein Name aus den hölzernen Kästen klang als würde von 1 schnöseligen=Unteroffizier ein Muschkote angebrüllt: WIRD LETZTMALIG AUFGEFORDERT UNVERZÜGLICH ZUM APPELL AUF DEM SCHULHOF ZU ERSCHEINEN (dann Rauschen in den Lautsprechern, 1 Knacken, das Mikrofon im Sekretariat des Direktors war wieder abgestellt.) Die Fraunstimme der PIONIERLEITERIN, jede Silbe überdeutlich & voll der beamtlichen Empörung als gälte es einem Ausländer, dessen Begriffsvermögen dem-Deutschen gegenüber sperrig lag, einen Sachverhalt einzubleuen; die Stimme also sollte gewiß drohend klingen, zur Einschüchterung & zur Ermahnung, aber die Frau PIONIERLEITERIN hatte, vielleicht vor Zorn über meine Widersetzlichkeit, viel zu laut ins Mikrofon gerufen – die Stimme klirrte aus der Stoffbespannung über den dürftigen Lautsprechern, fiel in die Zimmer & Flure wie zerschellendes Porzellan, überschlug sich & geriet zur schrillen Karikatur so, wie in Trickfilmen gehässige kleine Bösewichter keifen : SIE hatten mich also schon vermißt für das Ritual meiner Bestrafung beim APPELL. Gewiß hatte der Hausmeister gesehn, wie ich vorhin ins Schulgebäude geschlichen war – vermutlich hatte er mich sogar gerufen, war aufgesprungen in seinem Pförtnerkabuff & mit wehendem grauen Kittel die Flure entlang mir nachgeeilt, so schnell sein im-Krieg lädiertes Bein das erlauben mochte. Sein kleines, mit tiefen Falten gefächertes Schimpansengesicht unter der strähnigen Haarmatte, deren Färbung an schimmelige Aprikosenmarmelade erinnerte, war von unschätzbarem Alter & der Mann selber kaum größer als wir=Schüler; er haßte uns (vielleicht nur aus diesem Grund), so war er Ziel & Opfer unsrer Streiche..... (die wir ihm mit Vorliebe spielten sobald 1 Wet-terumschwung bevorstand, Regen od Sturm heraufzogen – dann nämlich saß der Hausmeister in seinem Verschlag & rieb winselnd sein zerstörtes Bein – wir sorgten dann bei unsren Streichen dafür, daß er von seinem Stuhl rasch aufspringen & aus dem Verschlag rausrennen mußte – etwa um die Stinkbomben, die wir in die Flure geworfen hatten, schnellstens zu löschen; auch drückten wir die Feuermelder auf den Fluren – :der Hausmeister sprang wie gestochen hoch, schrie auf im Schmerz, griff nach seinem Bein, und winselnd humpelte er so schnell er konnte ins Schulgebäude hinein – (wir hielten uns in der Nähe seiner Loge versteckt, denn wir wollten beim Aufspringen den Schrei des Hausmeisters hören (der bei-uns ähnliche Verstörung u denselben Ekel wie der Anblick von flennenden Erwachsenen erzeugte), & wir wollten sein vom Schmerz verzerrtes Gesicht sehn, das einem Schimpansen dann noch ähnlicher sah als sonst); das war für eine Guteweile Anlaß zum Nachahmen & für Gelächter. – So war er gewiß auch vorhin, als er mich heimlich ins Schulgebäude schleichen sah (selbstvergessen im Diensteifer) aufgesprungen, der Schmerz hatte ihn vielleicht für Momente aufgehalten – dann konnte er mich mit größerer Wut & frischem Haß verfolgen. Und gewiß hatte er, im Wetteifer mit den Lautsprechern, die langen Flure & das Treppenhaus hinauf weiter & weiter meinen Namen gerufen – aufgeregt – dienstbeflissen – vor Schmerzen fluchend – mich verfolgend, seine Stimme weinerlich & bösartig.

Die 1 Tür am Ende des Flures war !nicht verschlossen: Die Kemenate, darin Landkarten für den Erdkundeunterricht, ebenso die riesenhaften Lineale mit Holzgriffen, so daß sie aussahen wie gigantische Zementierkellen, sodann grotesk riesige Zirkel (mit 1 Kreidespitze zum Zeichnen an der Tafel) & Winkelmesser aus Holz, daneben Kreideschachteln Heftestapel Zeichenblöcke; der Raum, eher 1 Schacht od Schornstein gleichend, hieß der KARTENRAUM – : – *In den Klassenzimmern !ja: Da würden* SIE *nach mir suchen – aber hier: Niemand würde mich hier vermuten* – und drückte die Tür hinter mir zu, schob auch den Riegel vor; die Stickluft des vollgekrempelten Raums (1 hohes Fenster vergitterte das Licht=draußen) legte sich als dumpfer Knebel vor den Mund; an die Tür gelehnt lauschte ich auf die Geräusche, draußen im Flur. !Vielleicht auch würden SIE inzwischen aufgeben mich zu suchen – !Vielleicht würden SIE sich abfinden mit meinem *Verschwundensein*, mit meiner *Unauffindbarkeit*, vielleicht Niemand der mich jetzt noch jagen mochte – –

Überlaut das eigene Atmen, Rauschen aus dem hohlen leeren Schulhaus in den Ohren & winziges Knacken im Türholz, täuschten mir Unruhe im Schulgebäude vor, trappelnde Schritte, fremdes keuchendes Atmen & Herzschläge wie dumpfe Fäuste gegen die Tür – ?wußten SIE denn wo ich versteckt war :?und hatten mich schon entdeckt ohne mich überhaupt suchen zu müssen – :Das Ohr fester an die Tür gepreßt, hörte ich aus dem Holz nur das Rauschen meines eigenen Bluts, den Herzschlag meiner Furcht. Und langsam gewöhnte ich mich an die papiertrockene Luft, ans kreidige Licht das durchs Gitter vor dem Fenster hier hereintrat in mein Versteck. Und in beidem, in dem Raum & in dieser Luft, begann ich etwas zu fühlen, das ich nicht benennen konnte; wußte nur, hier könnte ich bleiben für sehr Langezeit, hier könnte ich sein –

Luft, vielmehr der festumrissene, beständige Körper 1 Luft, die immer schon so gewesen sein mußte, niemals Veränderungen erfuhr & gewiß immer genauso bleiben würde, sozusagen alterslos wie jene Frauen in schwarzen Röcken, die ihre immer=alten Gesichter unter ebensolch schwarzen Kopftüchern trugen, somit bereits im Alter, also alternslos daseiend, immer so u niemals anders in einem Alter ohne vorrückende Zahlen verbleiben würden, wodurch sie etwas Heimeliges, Überlegenes wie handfest Verschwörerisches bekamen, jene Gestalten von Groß-Müttern, die, stumm unbewegten trotzigen Blicks & der Wucht u Würde ihrer körperlichen Erscheinung bewußt, sich immer dann dem Gang-der-Ereignisse in den Weg stellten, sobald verschrobene kleinlich=sadistische Beamtenkreaturen gegen Etwas verstießen, das sie, jene monumentalen Frauens-Bilder, als ein sozusagen natürliches Maß für Menschlichkeit in=sich trugen & somit all jenen die Aura ihres erdmütterlichen Schutzes boten, die das Ziel zum Nachstellen durch 1=jeden beamteten Lemuren geworden waren. So, hörte ich, hatte meine Urgroßmutter auch den STAMMBAUM gefälscht zu einer Zeit, als es wieder überlebenswichtig wurde nachzuweisen, daß nur die 1 Sorte amtlich gestatteten Blutes im Familien-Körper floß; hatte kurzerhand die störenden Seiten- & Nebenzweige vom STAMMBAUM abgeschnitten, ausradiert auf dem Papier was nur Striche waren & Blut kosten sollte, was lediglich in zänkischer Manier gesetzte Sütterlinbuchstaben waren : *Tinte auf Papier, !nix weiter* & nix 1facher als Radieren *1 + 2 + fix und !Sabbat* – : Und sie, diese Alte Frau, war im Schwarz ihrer immergleichen Kleider & der Unverrückbarkeit ihrer Grundsätze von solch zäher, unerschütterlicher Gegenwärtigkeit, die an windgeschältes und von Sonne&regen gehärtetes Holz erinnerte (Baumstämme od: Teile einstiger Baumstämme, die, längst der Erde u damit dem Kreislauf Wachstum – Vergehen entzogen, inmitten 1 Kahlschlags am Wegesrand in einem Immersodasein ausharrten), so daß die Vorstellung des Alt-, wie des Älterwerdens, des Vergehens und schließlichen Zerfallens bei ihrem Anblick gar nicht sich einstellen mochte – so daß der tatsächliche Verfall, der in Wirklichkeit ein pausenloses Aushöhlen ein nagendes immer&immerfort schabendes Aufbröseln gewesen war, unter dem von solch aufrecht gegen die kleinlichen=Penetranzen & niedrigen=Gemeinheiten gestellte Statue aus immergleichem Schwarz, erst dann sichtbar wurde, als sie, diese gerüstete Frau, mit 1 Mal in einer Art Katastrofe zusammenbrach: beim Essen am Tisch, vor dem Wäschebottich, beim Wassereimertragen od beim Kartoffelschälen – mit 1 Mal, 1 kurzer wie vor Schreck heiserer Laut, als hätt sie was Fettig-Fleckenmachendes verschüttet od fallenlassen –, und dann !wer hätte Das jemals für möglich gehalten: stürzte dies aufrechte Schwarz von 1 Moment zum andern zusammen, streckte sich aus – noch 1 Mal der kurze heisere Laut : u war 1fach !gestorben. Und ich hatte geglaubt, vor nicht mal 1 Minute sie noch in ihrem Immersodasein gesehen, vielmehr übersehen, sie im allgewohnten Bild ihrer Beständigkeit gewußt zu haben – ?od: waren, seit ich zum letzten Mal wirklich hingeschaut u mich mit solch einer Gigantin des Ausharrens beschäftigt hatte, in Wirklichkeit Jahre-Jahrzehnte schon vergangen, und nur *?ich* hatte das niemals bemerkt – –

Und so verschwanden diese Frau, die Urgroßmutter, & mit ihr, schien mir später, in einer Art Kettenreaktion all die anderen so beschaffenen Menschen, und so gewannen die-Ratten..... wieder&wieder mehr an Boden auf diesem Kahlschlag, diesem verdorrten ausgemergelten Boden Alltäglicher Gewöhnlichkeiten.....

–Heejheej!heejmann: ?!Wem erzählstu Das=Alles eigentlich : uns=hier od: nur dir=selber. Od ?!redest du etwa mit dem Dreivierteltoten dadrin, diesem Deppen der nich sterben kann. ?!Meinstu Das=Alles intressiert irgendwen was du da –. Ich sag dir, !was unser Interesse ist, & das heißt: !Raus mit dir – ?!hastu mich ?verstanden – damit wir Arbeiten können, sonst fliegen nämlich !wir 8kantig raus – Du willstoch wohl nich, daß wir=Alle –

Aber damals, im Schutz immersoseiender Staub&papiergerüche in 1 engen Kabuff im Schulgebäude am Ende eines Flures sah ich im fahlen Licht, das durch das 1zige hohe Fenster trat, an 1 Kartenständer herabgerollt, in schönen sandfarbenen Tönen schimmernd: Die Landkarte nordafrikanischer Wüstengebiete – Libyen Ägypten Sudan u Tschad (ob noch weitere hab ich vergessen). Als 1. fielen mir die schnurgeraden Grenzverläufe auf, himbeerfarbene kräftige Strich-Punkt-Linien, über die Sandfarben hinweggezogen – gewiß nie zuvor hatte ich solch=eine Landkarte gesehen. Zunächst fehlten vollkommen jene grünen Flecke, wie sie die bislang in den Heimatkunde-Stunden gesehenen Karten färbten & sich meist zu ungeheuren Bezirken auswuchsen, so wie vergossene grüne Tinte in Löschblätter sich hineinfrißt – da blieben auch nie die blauen Tupfer aus: Teiche & Seen *–!O wie !schön: dort könn wir !Badengehn – :?Wer von-euch ist noch !immer ?Nichtschwimmer: !melden* – :die Zahl derer um-mich-herum, die ihren Arm heben mußten, wurde kleiner von Mal-zu-Mal. Dann, schließlich, blieben nur die 3 ohnehin Geschädigten übrig: So jener, der Adelbert heißen mußte u einen Klumpfuß hatte – ein anderer, schwammiger Junge mit glatten weißlichen Beinen (die mich an Bratwürste erinnerten), der hatte einen Herzfehler, war sowieso *vom Sportunterricht befreit* u durfte auch ins kalte Wasser nicht – 1 sommersprossiges Mädchen, rothaarig mit erschreckend bleicher Haut (wenn sie im Gras hingestreckt lag, mußte ich an Telegrafenmast denken); sie überragte alle anderen, sogar manchen Lehrer schon, u sie bekam von Wasser&Sonne immer Hautausschläge – u ich, der auf seltsame, unsichtbare Art diesen *Zurückgestellten* u *Sportbefreiten* anzugehören schien. (Wir=4 mochten ein:ander nicht, hockten, jeder für=sich, mürrisch am Seeufer zwischen den von-den-Anderen hingeworfenen Kleidern, die, weißbunt blitzend, als sei das Fuhrwerk eines Lumpensammlers umgestürzt, überall verstreut umherlagen. Manchmal tappte 1 von uns lustlos bis zu den Knieen ins Wasser, dabei gerieten die winzigen, schwarzen Borkensplitter, die zu dünnen Girlanden auf dem graugelben Seegrund in Ufernähe sich reihten, zwischen die Zehen, dann in die Socken, und daheim entdeckte die Mutter sie: *–!Warstu wieder ?Baden: !Womöglich im !?Tiefen. Du kannstoch nich schwimmen & gehst trotzdem – Und wenn dir was ?!passiert: !ich hab dann die Schererein. Ich werd mit deiner Lehrerin* *mal ein Wörtchen* –. Und wir=die Nichtschwimmer, wir verachteten uns in dem Maß steigend, wie das Toben der-Andern im Wasser, ihr Schreien&lachen&kreischen anschwoll und in Schaumwellen mit schlickdumpfem Wassergeruch zu uns in den Uferschatten herüberdrang); und die grünen Flecken von Wäldern, die auf den Landkarten lediglich an draufgegrabschte Tintenfinger erinnerten, & nattern- u regenwurmähnliches Blaugeringel, wie unter Krämpfen übers Papier als Bäche & Flußläufe sich werfend, und ich roch bei solcherlei Anblicken den Moder aus durchfeuchteter Holzroste mit Sandgeriesel zwischen den Zehen & spürte glitschiges kaltes Hadergelump der Badehose die Beine hinab, in den Umkleidekabinen im Schwimmbad, u die sonnendurchwärmten, weichgewordnen Brotscheiben, die ich zwischen kaltgefrorne, schnatternde Lippen schob, die Butter drauf längst geschmolzen, u brandig die Räucherschärfe von Teewurst schmeckte –

–Oder bistu ?!taup-da-drin: Ich hör doch dein Gerede. ?!Was. ?Wie. Soll denn das jezz so weitergehn. Oder –

Aber !Nichts davon hier, auf dieser schönen sandfarbenen Wüstenkarte. Und noch einmal Grenzlinien. Das mußten !Hunderte von Kilometern sein, u stetig u ohne zu irren: geradeaus. Von den Landkarten aus der Heimatkunde kannte ich nur anderes: Grenzverläufe, als hätten die Nachbarn im kleinlichen Gezänke von beiden Seiten her auf die Linien eingeboxt, dran gezerrt & dagegen getreten, dem Nachbarn *Wie du mir so ich dir & !Das Krieg stu wieder* heimzahlend, was der ihm vermeintlich angetan, & ihm so auch nicht den kleinsten Vorteil od: nur das Gefühl 1 Vorteils überlassend (so daß dieserart Grenzverläufe als von Attacken Karambolagen Unfällen od nur in Achtlosigkeit ohne jegliche Rücksicht grausam verbeulter Autokarosserien erschienen od: an die aus solcherlei Karosserien sowie aus Holz- & Mauerstücken zusammengeklauten windschief u noch 1 weiteres Mal zur lebens=langen Demütigung gewordnen Elendshütten der Vorstadtslumbewohner erinnern) – u diese Wüste wächst.....

–Oder liest du dir gar diese Schnipsel vor, diese mit all dem Zeugs bekritzelten Tapetenreste, die angeblich dieser Heini=da-drin vollgeschrieben hat –: Dann wärs !kein Wunder, wenn Niemand versteht was du da aus dem Dreck aufklaubst. Aber –

Nichts davon hier, auf dem Plan der Sand&ockerfarben einer Wüste mit all ihren für mich damals unaussprechbaren, nur mühsam zusammenbuchstabierten Namen. Besonders auf dem Mittelteil der Karte blieben meine Blicke stehn: auf einem Gebiet, das ich mir zurechtlas als Gre-at Selma – :nein: Gre-at Se-*li*-ma Sand (:!endlich 1 bekanntes Wort) S-heet –: eine ungeheuere, schöne sandfarbene Fläche !ohne den !geringsten Makel – ein Sandland weithingebreitet – die Farbe der Stille – *:!Dort Sein, geborgen in Unauffindbarkeit, u verschwunden für jeden, der Klauen nach mir ausstrecken wollte, kindschweißige Schmiererpfoten, Reptilhände die aus Erwaxenem kamen mit tabakverbräunten Fingern & Gerüchen dran von Arschloch & kaltem Fisch* – Gre-at-Se-li-ma-S-heet *Wüste Verborgenheit, noch im kleinsten Sandkorn aufglitzernd als winzigste Sonne das Für-immer-Glück meines Verschwundenseins in einem Wellenkontinent aus Sand..... Flutwellen Sand..... eine unglaubliche Brandung doch behutsamer als Wasser den Schleier des Staubes breitend über alles was bleiben will..... und, vom beständig drüberhin schleifenden Wind verfestigt, wie Inseln im Meer, die Hochplateaus: derb gepreßter sturmgezogener Sand, an den Schritten wehend kleine harte Fetzen hellgelb leuchtender Fahnen Staub..... Schattenzeiger verlängern Stunden wenn die Sandwogen orange dann karminrot sich färben – Verschwinden im wüsten Licht der winzigsten Sonnen; und Nächte dann aus schwarzem Eis – Sternkristall die Degenspitzen – unendlich Todeskälte aus dem All auf eine schutzlose Wüste gestellt als schwarzglimmernder Block erbarmungslosen Frostes – und weiß jetzt diesen Teil der Welt nicht wüst geworden : Dort wars schon-!immer so, Wüstenherz, aus dem die Todesträume sind – – ?Wie mag der Sand-dort riechen, ?welchen Geschmack hat Verschwindenim-Sand..... Das Körnchen Zeit fürs Auge des Sterbens am Rand eines Totenlagers.....* Und saß, mit dem Rücken an die Wand gelehnt, nahe dem Eingang, aus feuchtem Gemäuer Kälte, und wie mit Spinnenbeinen wieder Frösteln über meine Haut. Ich blieb sitzen, starr, unbeweglich, nahe dem Eingang im Innern der Ruine u am Rand jener Halde aus Papier..... Draußen ein Anthrazithimmel u Sterneleuchten wie Kreidestaub. Und nichts als die schönen Farben Sand aus dem Zwielicht 1 Schulzimmers vor Vielenjahren – –

Weiter oben auf der Karte: *–?!Woo – ?!Wo ?is das: Oben – das heißt: Norden. !Norr-!dänn :*

–wann !wirrstu das endlich mal begreifen lern daß du nich alleine bist auffer –

: Im Norden auf der Landkarte im makellosen Sand das Anrücken schemenhafter Umrisse – *?Leichen unterm wüsten Sand – ?Sind sie es schon: die Toten die Klauen die Schmierpfot=Reptil=Erwaxenen – : – !Ja. Tot u zuende mit Ihnen. !Ich habe Sie umgelegt, niedergestochen, abgeknallt – Gebt mir !zehntausend Schuß – hab Ihnen die Fressen zerrissen mit Schrot, Sie neu eingekleidet mit Dutzenden schöner Projektile: full metal jackett, neueste Fashion aus meiner Wüste. Da liegen Sie. !Keine Angst, kein störender Verwesungsgestank: Sie werden verdorren im Sand, mumienklein im schönen Himmel der Wüste. Wie Seide wird 1 feines Gewebe Sie überdecken, der Flugsand die stumme Behutsamkeit. Und bald schon die Irritation: Was Dünen dort aufwerfen, könnte auch Felsgestein sein od Maschinengetrümmer –: Die gescheiterte Expedition. Sind nie zurückgekommen von-Dort – : ?!Nanu: ?nichts davon ?gehört : Sie lesen wohl keine –*

–Welt, daß du Soetwas !nicht !machen kannst: Wegen !dir=all-1 fliegen mehr als !ein-!Dutzend-Leute raus – willstu das ?!wirklich. Also: Jezz !passmalaufdu: Ich mach dir einen Vorschlag: !hörstu !?Ja.

Und schließlich auf der Landkarte die zwirndünnen blauen Linien, senkrecht wie mit dem Lot gezogen & gekreuzt von ebensolchen querlaufenden Linealen – die Längen- & die Breitengrade – & damit die ockerfarbene Landschaft in weitere exakt gleiche Bezirke teilend. Mit den Blicken folgte ich den Längengraden die ausgespannte Leinwand hinab –, und in der untersten rechten Ecke der Karte fehlte schließlich 1 winziger, dreieckförmiger Bezirk, Stoff & Papier dort zu winzigen, weichen Rhizomen zerfranst (vermutlich der Grund, weshalb die Karte hier aufgespannt hing: sie sollte repariert, der fehlende Bezirk wieder angeklebt werden) : So glichen die zwirndünnen, blauen Längengrade Drähten eines Gitters, dessen rechte untere Ecke aufgebogen war; 1 Loch in einem Zaun – in einem Pferch 1 nicht gänzlich geschlossenes Gatter, ein versehentlich offengelassenes Tor, dem so Vieles entkommen wie in ihm so Vieles auch verschwinden kann – –

–Also. – (Hörte ich ihn, er schien mir näher am drahtvergitterten Eingang. Dieses Mal waren seine Worte nur für mich bestimmt.) –Wenns stimmt u du hast dir diese Zettel von dem Kerl=da-drin vorgenommen, um sie zu lesen – ?wie kannstu in dieser Dunkelheit überhaupt ??lesen – da mach ich dir einen Vorschlag: Ich komm rein zu dir & wir schaffen !gemeinsam die Zettel raus, !alle, die !ganze Halde ?ja. Dann können wir morgen bei Tageslicht lesen – ?Wie – ?Was sagst du dazu – Ich komm also rein, in ?Ordnung ?ja – !Mach keinn Blödsinn, du – :!Warte – nur 1 Moment – Sag mir wenigstens ob du einverstanden bist damit, daß ich jezz zu dir reinkomm.

Er war mit 1 Mal da, der HAUSMEISTER : draußen, vor dieser Tür, es war seine Stimme, weinerlich & bösartig – & das schweißnasse, brennende Ohr noch fester ans Holz gepreßt hörte ich auch die anderen Geräusche=dort: Füßescharren aufgeregtes Wispern heller Stimmen als würde Kiesel in Blechgeschirr geschüttet –, glaubte sie zu erkennen: Mitschüler aus meiner Klasse – ein Rudel Hunde, das mich gewittert, das mit dem Instinkt ihrer Art gewußt hatte, daß im ganzen riesigen Schulgebäude nur hinter !dieser Tür mein Versteck sein konnte – !nirgend woanders außer !hier –

–Es war mir ernst damit, was ich eben zu dir gesagt hab. Hastu mir ?zugehört. Ich will nicht, daß morgen früh hier ein Gemetzel anfängt. Wenn du draufgehen willst, dann such dir einen anderen Ort & andere Leute dafür. Hast du mich ?!verstanden. Du bist n wirklich !Komischervogel: Erzählst ner

Ruine od diesem Teller-Suppe-dortdrin irgendwelche Geschichten – :Ich hap-jezz die Schnauze !voll von dem Ganzenzirkus: ?Haste vorhin nich selber ?Was erzählt vonnem ?Zirkus – Also: Ich will jezz !hören: von !dir hören ?Was !los ist mit dir. Hast du mich ver –. Gut. Ich komm jezz !rein.

–Ich komm jezz rein, wenn du die Tür nich !freiwillich aufmachst. !Rotzbengel. Ich brech die Tür auf, die Mauer wenns sein muß – den Schaden: Den bezahln deine Eltern da kannste Gift drauf – –er hat nur nochne Mutter – (hörte ich 1 Jungenstimme verschüchtert nahe bei der Tür) *–!Schnauze. !Was spieltn das fürne Rolle hier. Also Frointchen : !raus jezz : !Raus du Schweinegöre du kotz:ver:damm:tes klei:nes !Mist:vieh:du* – (fast jede Silbe der Hausmeisterflüche war mit Faustschlägen gegen das Türholz skandiert), noch hielt der Riegel, den ich hier-drinnen zugeschoben hatte, aber schon begann das Sperrholz dort, wo Schrauben den Eisenriegel am Holz hielten, in breiten Spänen unter Knirschen & Krachen zu splittern, aus dem übrigen Holz sich herauszuhebeln.....

–Das is deine letzte !Schongsmann : ?!begreifstu das nich – !Menschens!kint – (Brüllte er rauh, als hätt er mit der Faust auf den Tisch gehaun.) –Zeig mir jezz die verdammte Stelle im Gitter, wo du reingekrochen bist. – Ich erschrak heftig – der Atem stockte; Hustenanfall – die Fliegen wurden aufgescheucht, ein wirbelnder Schwarm; Mund & Nase zuhalten – konnte nicht antworten –, und kroch hin zu dem Eingang, hustend, keuchend, mühsam, unter Anstrengung aller Kräfte, zu der winzigen Öffnung im Drahtgitter hinüber – *!dort ?!siehstu sie nicht* : die Tür, das Gitter, die Öffnung – Draußen ein Anthrazithimmel u Sterneleuchten wie Kreidestaub – nur wenige Meter noch, auf allen Vieren kriechend, 1 Wurm im Dreck – seltsam weit entfernt und immer weiter von mir fortrückend die Öffnung, die Tür – – jetzt nur 1 winziges Rechteck noch in einer nächtigen Ferne – *ich !schaffs nich* – am Ende eines Gangs, gesäumt bedrängt & 1geschnürt von schründigen Ruinenmauern wie 1 verstopftes Abflußrohr – !was für eine Anstrengung, !welch ein Aufwand an Kräften, diesen Gang (der auch ein

Abflußrohr sein könnte) entlang zum Ausgang mich voranzutasten, ihm entgegen – –

–Ich hab doch wohl !deutlich gesagt: Ich komm jezz rein. – (Hörte ich ihn wieder) –Aber zeig mir ge!fällikst die kaputte Stelle im Gitter Himmelherrgottverdammtnochmal !das wirstu ja viel!leicht noch schaffen du verdammtes Arsch –

Und merkte, ich saß, mit dem Rücken an die Wand gelehnt, nahe dem Eingang, aus feuchtem Gemäuer Kälte, und Frösteln wie mit Spinnenbeinen über meine Haut. Ich hatte mich nicht bewegt, nicht 1 Zentimeter; saß starr, unbeweglich, noch immer nahe dem Eingang im Innern der Ruine u am Rand jener Halde aus Papier. . . . .

–Nu!machdochendlich – (wieder seine Stimme) –Herrgottnochmal wie lange soll ich denn ?!noch hier draußen –

Der Riegel brach mit 1 knöchernen Berstlaut aus dem Holz, Splitter & Holzstaub flogen dicht an meinem Gesicht vorbei (1 flüchtiger Harzgeruch aus so altem Holz) : die Tür sprang auf –: SIE: Vorweg der Hausmeister, den grauen Kittel schief geknöpft (flatternd um die magere Gestalt u halb über die abfallenden Schultern gerutscht); eine Gestalt, die jetzt groß wirkte, unüberwindlich, keine Nische im Türrahmen freiließ zum Durchschlüpfen, kein Entkommen, das Schimpansengesicht rotfleckig vor Wut, die Zunge zwischen den straffdünnen Lippen verbissen – hinter ihm eine Schar von Schülern, sämtlich in Pionierkleidung, stumm & blödsinnig neu=gierig glotzend mit den blauen Halstüchern wie durch Kreuzstiche aneinandergenäht, eine weißblaue Barriere –, so fuhr mit dem Arm & der Faust des Hausmeisters Stimme auf mich nieder –; aber ich hörte nur unartikulierte Laute – Keuchen Röcheln krächzendes Schnaufen beim Atemholn – ein hundswütiges Zupacken, & spürte die Ohrfeige, knochige Finger in meinem Gesicht & Finger die in meinen Haarschopf sich krallten – :Dann erst, u konnte nichts dagegen tun, ein körperwarmer Strom die Beine hinab – laufen – laufen – – ich krümmte mich, sank in die Hocke, ratlos=verschämt – und blieb sitzen, starr, unbeweglich, nahe dem Eingang im Innern der Ruine u am Rand jener Halde aus Papier..... er fand allein die Öffnung in der rechten unteren Ecke des drahtbespannten Rahmens; leise harften die dünnen, in der Dunkelheit nicht sichtbaren Drähte, als die Gestalt von Draußen hindurchkroch & mit der groben Montur am Drahtgitter vorüberschrabte (wie ein Zyklop, dachte ich, Schwarz vor schwarzem Grund, als sei das die zu einem Wesen verdichtete, Gestalt angenommene Finsternis einer Nacht).

Ich hockte mich wieder 1 Stück vom Eingang entfernt nieder, im Finstern dort, wo ich in der Halde schmutziger, pilzbleicher Zettel ihre ersten Ausläufer fand, woraus von Zeit-zu-Zeit noch immer jenes scheinbar ursprungslose Rascheln kam. Dort fühlte ich mich nunmehr in Sicherheit, aber die Insel der Sicherheit zerrann. Und der Hausmeister zog mich hoch an den Haaren, ich mußte ihm folgen, aufstehen, glaubte unter meinen Händen die dunklen rasch größer werdenden Flecke im Hosenstoff verbergen zu können, umsonst: Jetzt sahen Das Alle, & die blauweiße Barriere verlor ihre Stummheit, Grölen setzte ein, Lachen & Geschrei:

–!He –

–eej – der willja Den Ingolf nachmachng –!aaaha!!haa der u: Den Ingolf nachmachng – –!Heeej: du hetzt warten müssn mit Pissen: biste Draußn=!dran bist du !Trottl, biste nehmn Direx stehst, wenndes Dem Ingolf nachmachng willzt – Hastn büschen zu früh hähähä – und nu: Nu hahahahastes !selber inner Hohoho – : –!Schnauzehalten=Alle. !!Schnau !Ze: hab Ich gesakt. – (Der Hausmeister packte mich am Ohr) –!Sò. Untnu Frointchen: !Vorwärtz: !Raus=zum=APPELL. – So schleppte er, hinkend die schrittehallenden Flure entlang, gefolgt von der blauweißen Horde, mich am Ohr durchs Schulgebäude, die Treppen hinab (im 1. Stock die Toilette der Jungen, scharf wehte Gestank von altem Urin aus der angelehnten Tür, ließ mich von der Faust des Hausmeisters getrieben, würgen, nicht viel u ich hätt in den Flur gekotzt), er zerrte mich weiter, durch den Geruch von Kochfisch aus dem Fressenraum

im Keller und durchs Tor, auf den Hof=zum=APPELL, vor die zum U-förmigen Block angetretene Schülerschar..... IHRE Blicke wie Eisendorne am Rand eines Raubtiergeheges im Zoo, die Spitzen gerichtet auf mich..... IHR Raunen erlosch abrupt, widerlich=brenzliger Geschmack stieg die Kehle hinauf als atmete ich Dämpfe aus brennendem Benzin..... Und aus dem erloschenen Raunen anschwellend lauter und immer lauter Gelächter, prallend wie Ohrfeigen aus dem Schülerblock, gegen mich –

–eej –:!Was solln das ganze=Gerede: Pipi machn in Hose – Schule – Lehrer – Ohrfeing: Meinste du bist der Erste der sich inne Hosen gepißt hat in seim Leem –, und meinste du bist der ?Einzige, demse inner Schule eine gelangt ham. Aber: Aber !Was: Wasisdenn-!Das fürn Viechzeug=hier-drin – pff pp-!pä- – Und hörte den Mann erstickte Laute von sich geben, dann Flüche & hörte mehr als ich es sah seine Arme wild gegen die Schwärme angreifender Fliegen, sie zerschlagend mit jenen hohlen kalkigen Berstgeräuschen, sobald sein Arm gegen die Insekten traf & sie zu Dutzenden gegen die Mauern schleuderte, das heißt gegen eine summende wabernde gribbelnde Schicht, gegen von Schimmel Maden u Fliegen bepelzten, von innen gewiß längst ausgehöhlten, zudem von Salpeter & Krätze & Schwamm zernagten Ruinenstein..... Ich hörte den Mann wütend u voller Ekel ausspeien: –App!scheulich. Menschenskind !app!!scheulich. Dumußtja vollkommen be!hämmert sein du Arschloch, freiwillig hier hereinzu – ?!Wie konntestu nur hier-reinkriechen – Wie ?!konntestu nur –, und spie wieder und wieder aus, als hätt er Schütteweise saurer Erde zu fressen gekriegt.

Ja: !stimmt. Das war wie Damals in der Küche, nachdem die Mutter mich geschlagen..... hatte, als sie mich packte, als könne sie so die Worte aus mir herausschütteln. Ich mußte was sagen. Mußte jetzt etwas sagen.....

–Es war leicht.

Sagte ich laut in den Brodem einer in Ruinen gefangenen, dunkel stickigen Nacht. Nichts hatte sich verändert, Alles war geblieben wie zuvor, als ich, den-anderen=Draußen entkommen, hier in die Ruine hereingekrochen, wie seinerzeit an jenem Morgen, als ich durch die Tür in den verwilderten Garten gekommen war. Die Streben mochten nicht einmal aufgebogen od durchschnitten worden sein, denn nirgends Schneidekanten; schien, als wären die Gitter mitsamt dem nicht zum 4eck geschlossenen Rahmen, der die Metallsehnen hielt, von Anfang an unvollendet.....

–Es war leicht. – Sagte ich noch einmal, nur nicht mehr so laut, denn ich bemerkte ihn, den Anführer, dicht neben mir, in der Finsterness, im schwarzen, heißen Stein der Nacht. Es konnte beginnen.....

In der kleinen Senke, in dem Tal zwischen Böschung und Böschung, deren gräserbestandene Hänge glitzerten silbrig gleißend in getautem Rauhreif u Schnee, dort hindurch die Gleisstrecke geradeaus in die Ferne entführte, die lichthelle Stunde tauchend in einen Nebelsee –. Wie in einem Tiegel darin als eine kompakte Masse ruhend weiße geschmolzene Luft, u selbst alljenes Lärmen vom nicht fernen Güterbahnhof, Räderkreischen & Schleifen Stahl gegen Stahl, das Donnern aneinander prallender Wagen, metallische Gewitter scheppernd & polternd & grollend die Schienenwege entlang, & Pfiffe – Rangierer, Lokomotiven – die als dünne Sägeblätter ins helle Märzblau stachen – der Tiegel schmolz jegliche Geräusche ein, langsam, betulich, doch ebenso unbeirrt & ohne Widerruf wie Büsten & Statuen aus Bronze Messing Gold in Schmelztiegeln versinken, vielmehr schon an der Berührungsstelle, an der Oberfläche dieser glänzenden Schmelze zur Formlosigkeit sich auflösen, während die verfestigten Gesichter jener langsam in der übrigen geschmolzenen Masse verschwindenden Büsten od Statuen für wenige Momente noch ihren alten, nun deplaciert, so stumpfsinnig wie verständnislos wirkenden Ausdruck bewahren.- Nebel schloß sogleich und mit jedem meiner Schritte fester sich um-mich wie feuchtgraue Leinentücher, die helle Stunde versank und blaß übermüdet u fröstelnd wie im Moment des Aufwachens nach einer langen Fahrt schaute ein Ort im dunstigen Schummer mich an. Woraus im Innern dieses Tiegels der aus winzigen Tröpfchen schwebende Nebeldunst ein unhörbares, ein wattiges Dröhnen preßte so, wie ein überhöhter Luftdruck als Geräuscheblock schwer gegen das Gehör sich stemmt u jeglichen Laut, von Draußen wie von drinnen gleichermaßen, nicht nur unmittelbar, sondern wie durch meterdicke Wände bedämpft.- Zum schmalen Pfad war der Weg im Nebel geschrumpft, die Erde drauf noch gefroren, und mit jedem Schritt zerbrach dünnes Eis unter meinen Schuhn. – Als müßten bei jedem meiner Schritte die dürren, rissigen Dielenbretter auf dem Dachboden zerbersten; das laute Knarren ließ mich vorsichtiger auftreten, ich wollte nicht, daß man mich hörte, die Mutter hatte mir das Spielen auf dem Dachboden seit langem verboten –, ich achtete auf jeden 1zelnen meiner Schritte, so daß die Vorsicht mich zugleich ungeschickt machte – als balancierte ich auf dünnem Seil strauchelte ich, und wär beinahe hingefalln. Immer lauteres Knarren & Graunen drang mit Staub & Taubenflaum unter meinen Sohlen aus den Dielenbrettern heraus, die von den Leinen herabhängenden Wäschestücke rochen feucht u klamm, sie lehnten sich schwer gegen meine vorgestreckten Arme, bleichten das Licht u sättigten die Luft unterm Dach zum erkalteten, hellgrauen Sud. Ein großes, bläulichweiß schimmerndes Laken nahm ich beiseite –, & Kleiderstoff als würd ein Mantel mit 1 Schlag hart & energisch ausgeschüttelt, Sohlen scharrend-kurz & im Schreck angehaltner Atem sog die parfümwarme schwere Luft aus der halbdunklen Nische zwischen Dachsparren und Kamin. Noch sah ich die Gestalt eines Mannes rasch sich umdrehn, im Schreck vor Verlegenheit nervös wie im Schluckauf einigemale sich räuspernd & mir den Rücken zukehrend, während die Mutter, mit 1 Hand die offene Bluse zusammenraffend (dabei sah ich den Spitzenbesatz ihres Unterrocks, den ihre Finger, zur Faust sich krampfend, gemeinsam mit dem Blusenstoff zusammenknüllten & dabei jenen zarten Tüll wie ein Spinnengewebe mit den Fingernägeln zerrissen –), mit der andern Hand eilig durchs Haar sich fuhr – –*?Was !schleichstu hieroben herum wie ein Scheißhausgeist du verdammter kleiner Spitzel=du –,* die Hand, mit der sie ihre Bluse über der Brust zusammenhielt, fuhr auf mich zu, wollte nach mir greifen; sie besann sich und schrie stattdessen: –*?Wer hattir gesakt daß du mich hier – daß du hieroben nach mir – !?Hattich am-Ende dein Vater – !das sieht ihm ähnlich diesem –*, ihre Stimme zitternd vor Schrecken Scham Wut –*!Hapich dir nich !?hundertmal gesakt, du hast hier=oben auf dem Dachboden !nichts zu suchen : !Garnichts zu suchen hastu hier=oben, ver?standen : !?Hast du mich !endlich ver?!standen –*, sie versuchte sich zu fassen, sprach ruhiger dann: –*Wie?so spielstu nie wie die anderen=!normalen Kinder draußen im Hellen, ?!weshalb nur kriechst du immer hier im Dunkeln umher – ?Was soll bloß mal aus dir werden –* : – !Nein, ich will ihn nicht sehn, diesen Fremden Mann der vom Dachboden kommt u der so blöd war zu glauben, ich hätte ihn damals nicht erkannt; ich will ihn nicht sehen, nicht noch einmal riechen müssen diesen feuchten schweren Geruch eines Mannes u nicht hören müssen sein vor Schreck & Verlegenheit nervöses Gehüstel, weder heute Nachmittag nach der Schule noch irgendwann später – !niemals..... !Nie.....

Dem Pfad, nurmehr als Rinne ins reifstarre Gras gegraben, folgte ich wie ein Zug seinem Schienenweg, kaum 5 Schritte weit reichte noch in der Nebenhülle die Sicht. Schottersteine zur Linken, Schwellen & das Stahlband blanker Schienen rückten näher jetzt an meinen Weg, ich lief ohne Aufenthalt weiter – und in das milchige Grau, in der Entfernung als flauer Schatten zunächst, dann mit jedem Schritt deutlicher in den Konturen, wie ein massives Tor aus dunklem Eisen, im Halbrund die obere Kante, stellte sich die Rückfront des letzten Waggons hoch in den Nebelblock hinauf. Der Vater hatte !recht gehabt: Eine aus Feuern & Glutströmen hierher geflossene, und im Nebelfrost zum schwarzen tonnenschweren Block erkaltete Eisenglut, der Große Dunkle Zug.....

Näherkommend sah ich zu beiden Seiten über die Oberkante hinaus die erloschenen Rücklichter aufgerichtet wie Fühler an einem riesigen Insekt aus Eisen, wartend u still. Feuchtes Nebeltuch schien an den scharfen Eisenkanten des Wagens zu reißen, und in faserigen Lumpenstreifen wehte 1 steter Luftzug die Nebelfetzen davon. Ich blieb stehn, schwitzend mit heißem Gesicht & mühsam Atem holend aus der schweren feuchten Luft, die als eine Hand, groß wie das Verschweigen, auf meine Lippen sich legte. Im Nebel voraus, dort wo der Pfad neben den Schienen weiterführen mochte, ein Schemen – eine ?Gestalt –, die, gebeugten Rückens als müsse sie all die schwere Nebellast auf ihren Schultern tragen, am Wegrand geduldig zu warten schien – ich begann wieder zu laufen, schneller und schneller – *!kein Irrtum möglich: !Er ist es: !dort vorn wartet der Vater auf mich seit jener Nacht als er fortging aus der Baracke in den Regen hinaus – !er ist es !wirklich* – und rannte nach Atem ringend auf diese Gestalt zu, er !mußte mich hören, mein Schritteprasseln über die gefrorene Erde mein lautes Atemgeräusch –, jetzt nah genug: er !mußte mich bemerken im zerrissenen Nebelgewölk, hören in all der Stille=ringsum – ; und rief in den Nebel: *–!Vater*, noch einmal: *–!Vater – !ich bins – ?hörstu mich* –; die Gestalt aber rührte sich nicht, blieb unbeweglich am Wegrand, auf gleicher Höhe mit dem letzten Wagen des Zugs u ebenso stumm.

Und stand vor der Gestalt, einem mannsgroßen unbehauenen Stein, zum Gedenken an jenes Geschehen in den letzten Kriegstagen hier aufgestellt. Ich hatte mich von der Rückseite dem Stein genähert, u wo bei einem Menschen das Gesicht, war in den Felsstein eine Tafel eingelassen; als Relief die Buchstaben, ?Namen von all den Toten=einst, zerschmolzner und wieder gefrorener Schnee ließ sie jetzt noch einmal unkenntlich sein. Der Stein, ich berührte ihn vorsichtig als drohte er zu stürzen; von dünner glänzender Eisschicht bedeckt, fühlte er kalt glatt u vom Nebel feucht sich an. Die Kälte aus dem Stein erstarrte die Finger an meiner Hand, ich zog die Hand fort, stand noch 1 Augenblick still vor dem

Stein, der in den trügerischen Nebel die Erscheinung meines Vaters gezeichnet hatte; dann ging ich langsam zu dem Großen Zug..... der noch immer auf den Schienen stand, hinüber. Je näher ich dem dunklen Eisen kam, desto stärker spürte ich 1 Luftzug am Anfang, dann eine stetige Strömung wie kräftigen Fahrwind, der dieses Eisen umfloß; ein Windstrom, der an dem Zug zu haften schien selbst im Stillstand, unlösbar nach so vielen, nach so langen Fahrten..... Ich stand vor dem hoch über dem Boden schwebenden Trittbrett, sah das rostnarbige Metall der Griffstange, sie würde beim Zugreifen gewiß rauh & so eiseskalt sein als wäre sie aus glühendem Eisen, wenn ich mich hinaufziehen müßte um die Tür zu öffnen am letzten Wagen zu diesem Großen Dunklen Zug..... Und stand still, der Zug, u wartend noch immer. Seltsam, ich war ohne Angst. Und stolperte über den Gleisschotter, die Arme übermütig ausgestreckt nach der Griffstange am letzten Waggon. !Gleich – nur 2 Schritte – 1 großen Schritt – dann könnte ich einsteigen. Denn kein Zweifel mehr, du würdest !ihn wiedersehen – –

In deinen Träumen mußtest du ihm seither immerwieder begegnen: Ihm, diesem Feisten mit der wohlklingend leisen Stimme (als wolle sie nicht auffallen, als wolle sie verhindern, daß du in seinem Gesicht jenen immerwährenden Kampf zweier Wesen bemerkst: 1 subtilen Wesens, das fortwährend, 1gezwängt in diesen fleischlichen Kerker, gegen das Andere Wesen, gegen die übrige Brutalität einer Masse aus Fleisch & Fett, von jeher sich zur Wehr setzen muß), so daß seine Gesichtszüge stehngeblieben sind in 1=gewissen Alter (die Schätzung, Mitte der 40, konnte daher schlecht gelingen); in jenem Alter vielleicht, in dem der innere, physische Kampf seiner zwei Wesen den weiteren Lebensgang & damit all seine Vergangenheiten im Voraus festgelegt haben mochte. Jedes Mal, sobald an der Wohungstür geläutet wird – es sind bisjetzt immer *ihre Kunden* gewesen, die zum Ficken & zu jenen Arten von anderen Behandlungen herkommen, die zum Beruf dieser Frau gehören –; jedes Mal muß ich an die Tür gehen & öffnen: ich in meiner grotesken Aufmachung (Restkleider, die noch von ihrem toten Mann herstammen mochten), bestehend aus einem verblichenen, an vielen Stellen fadenscheinigen Bademantel, drunter Netzunterhemd & Shorts (die aber niemand sehen kann, sondern lediglich meine nackten beborsteten Waden) sowie Holzpantinen an den bloßen Füßen, die beim Laufen jenen hohlen schlurfenden Klang erzeugen, den die Frau offenbar hören will, damit sie weiß, daß ich mich nicht davongemacht habe..... : Allesinallem eine Ausstattung, ähnlich der, wie in Boulevardkomödien der fuselige Haustyrann od in heutzutage modern genannten Inszenierungen auf der Bühne der-Mann dargestellt wird.

Immerhin, die Frau muß nicht auf die Straße gehn, um ihre Kundschaft zu bekommen. Seit einigen Wochen – & das ist ein Privileg, das von der Branche, ähnlich der Vergabe von Sternezahl für Hotels od Restaurants, gnadenlos überwacht wird von Sachver-Ständigen, die hier-wie-überall wo Lust also Geld zum Überstehen zu vergeben ist, in Tribunalen Juries Richterlogen im Geheimen tagen & sich gebärden, als gälte es den nächsten Papst zu wählen. Juroren, ein sozusagen hinterfotziges Gesox: erst gratis Ficken, danach schwärzen sie kräftig an. Und vergeben keinen Pfennig zum Überstehen an den, der, wie sie meinen, beim Überstehn genug schon überstanden hat & somit schon weit abgestanden ist; soll der den Kies bekommen, dem Überstehen noch bevorstehn soll, bevor auch dem das Abgestandensein..... anstehen wird : Jurorsein, auch hier keine Arbeit, sondern ein Karakterfehler. –Bevor Man den Halbseidenen gegenübertritt – (hatte die Frau einmal gesagt) –sollte Man sich tarnen mit deren Mitteln: Geruch von Siebenundvierzig-Elf-Erfrischungstüchern..... das Parfüm der Verwesten.

Dennoch, seit einigen Wochen erscheinen ihre Annoncen nunmehr auch in den bekanntesten Sex-Führern landesweit
erfülle auch Deine geheimsten Wünsche – komm und laß' Dich verführen.

Für den solventen Herrn eine Insel der Lust – dem folgend die Telefonnummer mit den Empfangszeiten pro Tag sowie ihre Fotografie, in der Manier gewisser amtlicher Ermittlungsdokumente mit dem schwarzen Balken quer über den Augen der Anonyma; das Inserat, ein Patchwork aus anderen, bereits Erfolg gehabten Anzeigetexten, macht sich für die Frau sehr bezahlt. !Oft hast du ihr zu erklären versucht, daß solch Anblick eines Zuhälter=Proleten an der Tür, wie er vielleicht in schmierige Baracken einer Bahnhofsgegend hingehörte, für sie & ihren Beruf nur schädigend sein müsse – :Umsonst. Sie hat sich nicht überreden lassen; sie nimmt offenbar lieber den Geld- & Renommeeverlust in Kauf, ihre Angst ist größer: Angst vor dem Feisten & All-dem, was Der ihr u ihrem Kind antun könnte.....

Dabei wäre es längst nicht mehr nötig gewesen: Sie hätte dir deine Sachen getrost zurückgeben können, du wärest seit Langem schon nicht mehr davongelaufen, sie zu verraten od anders Schlimmes ihr anzutun: Sie brauchte dich nicht mehr als ihren Gefangenen zu behandeln. Deine Anwesenheit taugt auch nicht mehr zu ihrer *Lebens- & Feuerversicherung* (wie sie das genannt hat); er: dieser Feiste kam seit ebenso langer Zeit nur in deinen Träumen hierher zurück.....

Denn besonders in den 1. Tagen und Wochen hier, festgehalten inmitten des Steinhaufens Berlin in der Wohnung im 5. Stock, mußtest du natürlich an *sie* denken, an jene Frau, die du vor Tagen Hier in Berlin in eurer alten Bar nahe dem ehemaligen Grenzübergang Friedrichstraße hast wiedertreffen wollen – nachdem du sozusagen den Schlüssel zu deiner Existenz damals in der Morgenstunde deiner Abreise aus dem kleinen Ort in Westfalen in den Gulli geworfen hast – das kurze helle Klirren von Metall gegen Metall, dann nichts mehr, !so leicht, die Hände zu lösen von Dem was irgendwann einmal Alles gewesen ist..... u viel zu leicht als in all den vorübertreibenden Abwässern auch nur 1 Geräusch mehr zu verursachen – 1 Stück winzigen Abfalls eben, 1 von vielen, !Was soll denn sein – und dann, Stunden später in jener

Kleinstadt in Mecklenburg, als du nach sovielen Jahren die noch immer zu grauen Steinmustern gelegten Wege wieder betratest, und die Ankunft dort dir erschien wie der Gang in ein leerstehendes Haus, denn du wußtest nach dem Tod deiner Adoptiveltern keinen Bekannten, niemanden dir Vertrauten mehr hier in diesem Ort – die Zugluft der Leere wehte dir entgegen, als das Grau mit 1 Mal zu verschwimmen begann, unter deinen Füßen schwankend aufbrechend wie Eisschollen über schwarzen Gewässern, die Dächer über den niedrigen, hastig in die Farb&plastikgerüche einer neuen Fremde gestellten Häuser wie Lawinen aus altem Ziegelrot herabzurutschen drohten, & du eilig auf den Friedhof geflohen, zufällig um diese Mittagsstunde Zeuge dort einer Urnenbeisetzung geworden bist – u es ist natürlich derselbe Friedhof gewesen, auf dem deine Adoptiveltern begraben lagen, ebenfalls in Urnen & gewiß einst unter ähnlich traurikomischen Umständen hier beigesetzt: Die wenigen Leute, die zum Begräbnis hergekommen warn (nicht daß die Verstorbenen unbeliebt od gar mißachtet wurden, sie waren vielmehr Zeit-ihres-Lebens in den Augen der Nachbarn von jener Unscheinbarkeit u Bedeutungslosigkeit, die sie, diese Nachbarn (hätten sie denn jemals 1 Gedanken an dieses Thema verschwendet), angesichts ihres eigenen Lebenmüssens auch von sich-selber ahnen konnten, und somit der Tod dann in derselben Bedeutungslosigkeit wie Unscheinbarkeit steckenbleiben mußte wie Dasganzeleben=davor, so daß schon 1 kühler regnerischer Morgen ausreichend war, um diese Leute vom Gang zum Friedhof abzuhalten); die Wenigen also, die hergekommen warn, hatten sich 1gereiht hinter den schwarzen BARKAS des Beerdigungsinstitutes, der den Hauptweg zwischen den Gräberreihen mit stotterndem Motor & blassen Kranzschleifen aus Benzinqualm im wahrscheinlich vorgeschriebenen langsamen Schrittetempo (alltäglich mehrfache Simulation von Feierlichkeit Anteilnahme & Würdigung von vollkommen unbekannten Verstorbenen wie diesen beiden, von denen nichts weiter geblieben war als 1ige Händevoll aschgrauen Staubes), und !plötzlich das Auto stehnblieb, der Pfarrer die Hecktür zur Ladefläche unvermittelt mit Schwung aufriß: dann in die Starre seines Amtes verfallen neben der offenen Tür für die wenigen Leute jenen Anblick freigab, den du nicht vergessen kannst, der dich & die anderen verdutzt ratlos in Verlegenheit brachte: Denn da standen sie inmitten der von ockerfarbenen Sand&erdekrümeln bedeckten hölzernen Ladefläche : diese beiden winzigen Urnen, grafitfarben mit kupfern schimmernden Beschlägen, obenauf wie in die Blechmarken von Soldaten zum Identifizieren dieser allfällig Toten gestanzt ihre Namen – (die 1 Urne mit dem Rand auf 1 Kieselstein sogar schief), u es war genau=dieser Anblick, der uns=Wenige erstarren machte, & vielleicht haben wir=Wenigen ja alle an dasselbe denken müssen: An jene Bilder, die zu Diesentagen hierzulande so häufig zu sehen waren: die Lebensmittelläden in Dörfern & Kleinstädten – Konsum Ho –, die gegen die aufrückenden Supermärkte an den Ortsrändern nicht länger bestehen konnten & pleite gemacht hatten. ?!Was auch sollte werden aus alljenen *Komplex-Annahmestellen – Getränke-Stützpunkten – Reparatur-Zentren* – :Namen von dürftigen Zeugen eines-Lebens im Feldlager, Provisorien auf kurzzeitigen Bestand, gewissermaßen auf dem Knüppeldamm der Zeit, hin aufs Verschwinden konzipiert: angebrannte Langejahre 1 Kriegskommunismus in Pfannkuchenwärme, dazu dominant jene Baracken *Intershop* : ½ Verlockung für devisenlose Ostiaten, ½ Reservat für Bessergestellte – eine in mildem Seifenwaschmittel&parfumes ruhende Atmosfäre, verdorben von jener arm=seeligen Komik, wie sie damals gebündelt war in 1 Witz: der Sprung 1 DeDeR-Bürgers im *Intershop* hinter den Ladentisch, die Verkäuferin=dort um *Ausreise & politisches Asyl* anzuhaun; Drinnen u Draußen unter allem Pomp & kindisch=aggressivem Maulheldentum indes Niederlage & Scheitern ins Markenzeichen gebrannt. Od: nicht 1mal das, nur von Anfang-an 1 schäbigen, miserablen Zusammenbruch anheimgegeben, 1 im Grunde gleichgültiges, lustlos u daher unmenschliches

Remis über Jahrejahrzehnte hinweggeschleppt – Solang es hält hälts –, und dann in 1 1zigen Novembernacht ein sumpfiges Aus, !Feierahmd, !Licht aus & !Vorhang, die Skythenhäuptlinge machen die Zwinger auf & lassen ihre Sklaven frei – :?!Was auch sollte werden aus Alljenen – : (Du erinnerst dich noch des 1 winzigen Ladens am Rand einer Dorfstraße in Brandenburg, als du eines Sonntagmittags auf einer Durchreise zufällig Halt machtest, das in ältlicher Sütterlinschrift mit der Hand geschriebene Schild *Hausgemachtes Essen* lasest, an das Fenster herantratest, an jene Ausgabeluke, die vor kurzem eilends aus der Wand herausgestemmt worden schien u die von Fremden wie du & von Einheimischen umringt wurde, im Innern des halbdunkeln Ladens eine alte Frau=all-1, das Gesicht vor Anstrengung tiefrot & naß vor Schweiß, die Spitzen grauer Haarlocken an der Stirne klebend & vom Kopftuch mühsam zusammengehalten –, sie sprang kurzatmig im Essensdampf des engen Verschlags zwischen Kochherd & Abwasch hin&her, sie verwechselte manche der Bestellungen, vergaß auch einiges, es dauerte zu lange, das Geschirr reichte für die Kundschaft nicht aus & du hörtest das ungeduldige Gemeckere, die Beschwerden der Gäste vor der Luke –*Numann büschen !Hopp: Omma – hap Meinezeit schließlich nich im Lotto jewonn* – (man blickte grinsend im Triumfgefühl des Witzes nach Kumpanei schielend sich um –) –*Und die Teller, Liebefrau: die könntense auch mal !richtig abwaschen bei !sonem Preis* – –*Wenn Sie !damit überleben wollen, Verehrteste, lassen Sie sich eines gesagt sein: Da müssen Sie sich aber noch ge!waltig strecken* –, wobei dieses=Letzten Rede so artikuliert, so decidirt gesetzt war, daß du gleichsam die Kommata mitgesprochen fühltest, so daß jener zuletzt gehörte Satz wie aus einer-jener überkorrekten, alle Eventualitäten von vornherein zu erfassen suchenden Dienstvorschrift aus dem Preußen des vorigen Jahrhunderts sich ausnahm, was dich wiederum erinnerte an den Anblick einer beliebigen Straße in Berlin: graue Fliesenplatten der Gehwege & darüber wie Kommata hingestreut, in Schwarzbraun die Brocken trocknender Hundescheiße,,,,, –

u so blieb dir damals vor der Imbißbude am Rand irgend-1 Dorfes in Brandenburg nur der Anblick eines schweißroten, gehetzten Gesichts einer alten Frau im Halbdunkel 1 dampfverquollnen Verschlags –), gewiß wenig später auch über den Schaufensterscheiben jenes Geschäfts quer drübergeklebt die weißen Papierstreifen mit roter Schrift **Ausverkauf** ; bei dem dann schließlich kaum jemals mehr zum Vorschein gekommen ist als eine Menge längst überlagerter Konservenbüchsen, an den Rändern, dort, wo sie einst verlötet worden, häufig schon bräunlicher Rostfraß, auf ausgeblichnen Etiketten avisiert *Weiße Bohnen mit Bauchspeck* od *Eier-Spaghetti in Tomatensauce* –:bleich-zerkocht Würmeliges in labberigroter Tunke, Fertiggerichte, auch fade ausfaserndes zerweichtes Obst, streng nach Blech & Konservierungsmitteln schmeckend; jetzt also nur noch diese beiden Urnen, die, schien es, ebenfalls dem Ausverkauf überlassen, dennoch offenbar niemand haben wollte, so wie auch deine Adoptiveltern, die einst auf einer der langen grauen Exoduswellen von Vertriebenentrecks am Ende des letzten Krieges aus einem der unzähligen Güterzüge, die in diesem Jahrhundert der Lager & der Flüchtlinge den Kontinent zerkreuzt haben & immerweiter zerkreuzen, aus irgend-1 Waggon, von schorfroten Holzplanken verbarrikadiert, dann schließlich Hier, in dieser Kleinstadt im Norden, hinausgeworfen ausgespien & liegengelassen worden warn, zu keiner Zeit irgendjemand *haben* wollte, d.h. wirklich sich einlassen od gar Anteil nehmen wollte an ihnen, so wie auch sie, diese beiden rasch alternden Leute, seit Damals, als Man ihnen an jenem Ort im Sudetenland, den sie seither stets nur als *Die Heimat* bezeichneten, befohlen hatte, binnen 2 Stunden am Bahnhof sich einzufinden mit höchstens 8 Kilo Gepäck (das war genug *Heimat* für die Dauer eines weiten=weiteren Lebenmüssens –), sie also seither niemals mehr irgendetwas wirklich *haben* wollten, nachdem ihnen seinerzeit am Ende-des-Trecks von ihren 8 Kilo *Heimat* letztlich nur die Klamotten-auf-dem-Leib geblieben sind, und sie irgendwann begreifen mußten, daß auch ihr Geträume von *Rückkehr in Die Heimat* eben nur das war, was alles Träumen ausmacht: eine Fantasie von Kindern, schließlich ausgerenkt zerbrochen zum unseligen Vergessenmüssen bestimmt, im Ende immer unglaubhaftes Wünschen, ein Ärgernis –, und die 1 Erinnerung wars, damals auf dem Friedhof, auf den ein Zufall dich getrieben hatte, inmitten der Wenigen, die zur Urnenbeisetzung dir vollkommen fremder Verstorbener gekommen waren, die dich noch einmal auf-&-davonrennen ließ: die Erinnerung an jene Nacht vor vielen Jahren, als sie, deine Adoptiveltern noch lebten, & du Hierher zu ihnen geflohen warst in Panik, nachdem du deinen Antrag *Ich geh in den-Westen* gestellt hattest, dieselbe Art von Panik in dir, die dich allzeit ergriffen hatte, sobald du sogenannt *wichtige Entscheidungen für dich=selbst* hast treffen müssen in 1 Land, wo es im Grund nur eine einzige wirkliche Entscheidung gab: Entweder deinen Kopf am Leben zu erhalten od in jener bequemen winterlichen Stubenwärme, umhegt vom Geruch der-Familie, ein- & hinüberzuschlafen in den Traum von der Gewißheit des Kommens einer Besserenwelt..... Und du diesen beiden alten Leuten Alles=Das erzählt hast, was du dir=selber hast erzählen müssen, u dir den Halt, den du verloren glaubtest u den ich, wie ich jetzt weiß, !wirklich verloren habe, wiederzuerschaffen –, denn schon damals diese stumpfmachende Leere in dir, Leere wie sie nur die Ahnung von unausweichlich heraufziehend ANDEREM erzeugt, eine Art elektromagnetisches Erfühlen unsichtbarer Strahlungen aus großen Energiemengen die die Atmosfäre vibrieren lassen –, ohne jedoch schon damals noch jene kindliche Neugierde, jene Besessenheit von Eroberer spielenden Kindern mit dem Großen Versprechen auf das endlich Andere Leben noch wirklich empfinden zu können, geschweige denn aus solcherart Fantasmen wie ein Bildhauer aus dem Gesteinsblock ein fertiges Bild von-sich=selbst in der eigenen Zukunft hineinlesen & letztlich dann auch herausformen zu können, und, so dein Empfinden schon damals, eben!dies aber wäre das Allerwichtigste, sozusagen Die Grundvoraussetzung, wie zur Lösung eines mathematischen Beweises immer die Voraussetzungen entscheidend sind für den Fortgang dieser Lösung, an dessen Ende du 1 Mal ein anderes Ergebnis hättest erzielen wollen od erzielen können als dein beständig dich begleitendes & sich wiederholendes 0 = 0..... Und während ich also redete zur späten Stunde, die beiden alten Leute stumm in der niedrigen Mansadenstube um den Tisch im teegelben Licht, hatte ich unablässig auf die Hände der Frau schauen müssen (denn sie erschienen mir damals als das 1zig Feste, das 1zig Beständige u Vertrauengebende in dieser Nacht der Unsicherheiten & des Taumels): Hände wie aus hellem Kiefernholz geschnitten, sich-selbst überlassen jahrzehntelang, die Fingerknöchel weiß schimmernd hervortretend – und sah die alte Frau selber auf ihre eigenen Hände starren, von denen sie augenscheinlich selbst nicht begreifen konnte, daß es ihre eigenen Hände waren, die, als seien sie abgestorben, vor ihr auf der Tischdecke lagen, besonders an der rechten Hand auf ihren Daumen sah ich sie gebannt hinblicken; vor etlichen Jahren bei der Arbeit gebrochen (*–Das war als ich noch jung war: damals, in Der Heimat –*) u sie, wie die meisten Menschen von kleinstädtisch-ländlicher Herkunft, niemals im Leben freiwillig zu einem Arzt gegangen war, so daß also dies gebrochne Gelenk schief zusammengewachsen war und seither der Daumen nicht mehr so kraftvoll wie die übrigen Finger zugreifen konnte, auch das Schmerzempfinden, sagte sie, war seither gemindert, so daß es leicht geschah, daß sie sich grad hier Verbrennungen zuzog, und das war so geblieben bis zum heutigen Tag, u sie, diese altgewordene Frau, starrte während meines unermüdlichen u für sie=beide, für die alte Frau & für ihren Mann (der, seine Augen matt schimmernd wie der Zinkknauf an seinem Stock, schweigend u wuchtig wie immer in seinem Lehnstuhl saß), gewiß über weite Strecken vollkommen unverständlichen Geredes, still auf ihre Hand – sie mochten beide vielleicht nur das Eine, das Wichtigste begriffen haben: daß ich fortwollte, !endgültig, !auswandern, von einem Land ins andere, mich zum Flüchtling machen (deren Schicksal sie ja so genau kannten.....), !freiwillig zu verlassen jenes Etwas, von dem sie gewiß dachten, es müsse mir wie-auch-immer in irgendeiner Form *meine Heimat* sein (& sei das auch nur insofern, als es eben jener Teil des Landes war, in dem ich aufgewachsen bin & den ich am besten hätte verstehen müssen –) & !trotzdem !niemals wieder Hierher zurückkommen wollte – –, jetzt bewegte sie langsam, vorsichtig diesen beinah schmerzunempfindlichen Daumen an ihrer alten Hand, so als wolle sie versuchen, ob nicht !jetzt: zu !dieser Stunde ?vielleicht doch jenes vor Jahrzehnten verloren gegangene Empfinden zurückkehren könne in ihre Hand, die sie langsam u ebenso vorsichtig öffnete u deren helle ockerfarbene Haut wie von Sand&erdekrümeln bedeckt zur hölzernen Ladefläche sich auszubreiten schien, und in ihrer nun offen dargebotenen Hand jene beiden grafitfarbenen Urnen, die Überbleibsel zweier Leben, beschriftet mit in Aluminiumschildern gestanzten Lettern, zu zwei unbekannten Namen sich fügend wie zwei unbekannte Leben letztenendes in die Winzigkeit jener beiden all-1 gebliebenen Urnen..... sich fügen mußten. Und, Stunden später in derselben Nacht, als du im Krankenhaus dieser Kleinstadt im Norden, auf der chirurgischen Station unterm blauen Schimmern der Notbeleuchtung, deinen Bruder getötet hast, ihn (der stets in den Jahren zuvor und noch immer, bis Heute, auch hier zu dieser Zeit nach seinem Tod, verwechselt wird mit dir wie du verwechselt wirst mit ihm..... & erst die Frage bringt Aufklärung Wer ist Wer, und kein Ende darin, immer so weiter, du wirst deine Toten !niemals los –) –, war das Damals ja auch nur eine weitere Station auf deiner Flucht vor den Toten rings-um-dich-her wie vor den-Toten in dir, deren Tod du nicht würdest sterben können, vielleicht weil du für einen anderen Tod ausersehen bist : Denn wer fürs Feuer bestimmt ist, der, heißts, kommt nicht in die Gefahr des Ersaufens. Vielleicht wäre Die Leere dein Tod, das vollkommene Sichauflösen und Verschwinden, wie Nebel sich auflösen können

– nicht daß Wind aufgekommen wäre, sondern vielmehr weil 1=bestimmte Stunde am Rand zur Nacht im Übergang zu einem Morgen erreicht war, & ebensolch Stunde allein die Nebel aus der Nacht verschwinden macht, so als habe auch Nebel seine ganz-bestimmte Zeit & Stunde.

Über dem Steinewerk der Stadt, den Straßen anhaftend u dem Ge4t der Hinterhöfe bis in jedes 1zelne Zimmer hinein seit Wochen dieselbe stockende, gleichsam als gelblich empfundene Atmosfäre, deren Sauerstoff wie in stagnierenden Tümpeln beinahe aufgebraucht, so daß der Blick aus dem Fenster in den Hof hinab als Blick in ein weit aufgesperrtes Fischmaul, in der Pose des mühsam nach Atemluft Ringens, erstarrt. Nachdem die Sonne, ihr weißes glühendes Licht über das Tiefblau der Hundstaghimmel versprühend, verschwunden ist, haben Wolken wie faserige hellbraune Wolldecken mit einer schwitzigen Schmuddeligkeit über die Stadt sich gezogen –. In der Kammer, sehr eng u 1sam, in der die Frau mich untergebracht hat seit jener-Nacht..... noch Spuren des Geruchs von Kinderzimmer, jener süßlichwarmen Luft, wie sie in Spielwarengeschäften heimisch nistet u auch hier eher für das zurückgelassene, ins Zimmereck gerückte & eilig neben&über1ander gestapelte Spielzeug (Stofftiere zumeist, die das Kind wie viele von Eltern nicht eben geliebte Kinder in Unmengen & in allen möglichen Gestalten besitzt) sowie für das winzige stehngelassne Mobiliar, Truhe Spielschränkchen weißlackierter Kinderstuhl (allsamt in die andere Zimmerecke gerückt & wie zum Abholen für den Möbeltransportör beim Umzug bereitgestellt), zugehörig u passender erscheint als zum Atmen eines fremden, erwachsenen Menschen. Ich störe mich nicht daran – in manchen Augenblicken erscheint dir solch Zusammentreffen zweier Arten von Verlassenheit wie 1 Zeitsprung, sogar als eine späte Revanche für den-Tag & die-Stunde, die gewissermaßen die Grenzlinie waren zwischen Kindheit u: alljenen Jahren=danach, deren wesentlichste Kennzeichen die Festtagsgeschenke ohne Spielzeug u Trauer ohne die Fähigkeit zu echten Tränen gewesen sind, während Einsamkeit und das Gefühl von Erschöpftheit nur andere Masken bekamen, doch das Empfinden in naßkalten Windströmen stehngeblieben zu sein ist ohne Änderung dasselbe bis Heut..... Du erinnerst dich noch des Empfindens, nachdem du zum 1. Mal ohne zu schummeln ins Kino in 1 Film für *P 14* gegangen warst, den neuen, blauen Personalausweis in seinem fettig sich anfühlenden Plasteschutzumschlag in der Hinterntasche deiner Hose, und über den von grad vergangenen Regenschauern dunkelglänzenden Abendasfalt heimwärts liefst, die Hände gegen den kühlen Frühjahrswind tief in den Taschen der zu dünnen Jacke, u fröstelnd dachtest du *So also isses erwachsen zu sein : ist ?Das denn nun ?!Alles* – irgendwann auf dem Heimweg fuhr dir der über Pfützen schauernde Wind ins Gesicht, in den Mund beim Gähnen (:Noch heute bist du fest überzeugt davon, daß jener Abend=jenes Gähnen dir wenige Tage später die Angina einbrachte, sozusagen die erste Angina als Erwaxener.....) Seither bist du von der Ahnung besessen, als man dich über jene Grenzlinie getrieben hat, habe man irgendetwas dir=Eigenes, in kleinen 1zeln kaum fühlbaren Partikeln doch beständig & ohne Unterbrechung immerfort, von dir abgeschnitten & wie Operationsmüll im Krankenhaus in den Abfallkübel geschmissen.....

Während der ersten Stunden und Tage habe ich damit begonnen, die wenigen Sachen, die mir die Frau gelassen hat: 1x Wäsche zum Wechseln, Toilettenartikel (Seife, Zahnbürste Creme & Becher, Rasierutensilien) ebenfalls eng an1andergeschoben im dritten Zimmereck auf 1 alten Servierbrett aus Holz zu belassen. Ich will !keinesfalls mehr Platz beanspruchen, als ich unbedingt nötig haben würde. Die Handtücher, die ich benutze, nehme ich aus dem Badezimmer wieder mit & hänge sie, sorgfältig ausgebreitet, über die Lehne des Kinderstuhls in Fensternähe (das ich nachts offen lass), zu verhindern, daß nach dem Benutzen die Feuchtigkeit den Stoff allzu rasch muffig, hart & stockig werden ließe, um so nicht über-die-Gebühr häufig den Wunsch nach frischen Handtüchern äußern zu müssen –; diese Momente, in denen ich nach periodisch sich verbrauchenden Dingen – wie Seife, Zahncreme, Rasierwasser, Papiertaschentücher, die ich im wesentlichen nach dem Onanieren verwende – fragen muß, bereiten mir größtes Unbehagen, stets beeil ich mich, Das rasch hintermich zu bringen, und dann zurück in »meine« Kammer, auf »meinen« Platz; diese Momente sind unvermeidlich, doch zögere ich sie solange wie möglich hinaus –. Das Geschirr & Besteck, das ich zu den Mahlzeiten (die mir die Frau vorsetzt) benutze, wasche & trockne ich danach sofort wieder ab, und stelle in der Küche alles an seinen Platz zurück so, als hätte Niemand, außer der Besitzerin, jemals etwas von diesen Gegenständen verwendet; auch die aus der Schachtel mit Keksen (einer Packung, die ich noch von meiner letzten Reise beimir habe – denn ich bin nicht ohne glückliche Momente –, aus der ich von Zeit-zu-Zeit 1 der längst brüchigtrockenen Kekse herausnehme & langsam zerkaue) herausfallenden Krümel kehre ich stets wie in eine Kehrichtschaufel in meine Hand, um die Krümel dann aus dem Fenster hinaus in den Hinterhof zu streuen. Zudem stets das peinliche Empfinden von ungehörig=Familiärem, sobald deine getragene Wäsche samt jener der Frau & ihrer Tochter im Wassergewirbel der kleinen Waschmaschine sich mischen –; jedoch beim Anblick des aus dem Abflußschlauch an der Maschine ins Waschbecken schießenden, stumpf-Grauen Schäumewassers immer auch ein schwer benennbares Gefühl der Erleichterung sich einstellt, denn, wie der Verbrecher nach der-Tat, will ich sämtliche meiner Spuren verwischen, u Alles, was in irgendeiner Weise an mich u: mein Da-sein erinnern kann, auslöschen; denn wenn schon ich nicht mich=selbst, soll doch wenigstens das durch mich, den Ewigen 1dringling, entstandene Störungsfeld ohne Rest beseitigt werden. So ist 1 engherziges Ensemble von Gegenständen, von Gewohnheiten & Arrangements in dieser Kammer 1 Wohnung derart entstanden, als gälte es 1 dieser kindischen Tinnefbuch-Rekorde, den Rekord im Sichverkleinern, zu brechen.– Mit 1 Wort: Du bist der ideale Gefangene –: !?Wohin fliehen & !?wozu : Flucht od Bleiben, das kommt aufs Selbe raus für dich, falscher Besitzer eines fremden Körpers. Das mir zugedachte Mobiliar ist karg – Stuhl, kleiner Tisch, Bett –, zudem All-das, was nur durch Abwesenheit existiert: Bücher, Radio, Fernsehen, Zeitungen –:nichts davon hier-drinnen u für mich: ich habe die Schläfrigkeit u die Wachheit meiner Sinne, die Abwesenheit u damit die Unschädlichkeit des-Alltags, aus dem du herausgefallen, unerreichbar wie unauffindbar geworden solange du hier bist, u die Freiheit auf die-Welt..... scheißen zu können. Indes auch hier, in dieser Engherzigkeit 1 Existierens ist es der Staub, der deine Versuche des Verschwindens u der Unauffindbarkeit zunichte macht. Der Staub, der über Alles sich hinbreitet, auswuchert, die streng und schmaler & schmaler gezogenen Abgrenzungen durchbricht, der mit seiner gewichtslosen Flüchtigkeit subversive Verbindungen erschafft, Zugehörigkeiten mit der stummen Geste des Händereichens die Lebensbereiche zweier Menschen wieder in Abhängigkeiten zurückführt. So ist Alles hinreichend, denn ich habe Nichts zu tun in dieser Wohnung, außer von mittags an (vermutlich dem Beginn der Arbeitspausen in Büros, Konferenzen & in Be-Trieben) bis in den späten Abend hinein (so die Geschäftszeiten der Frau) den-Kunden die Tür zu öffnen & jene einzulassen, die auf den 1. Blick keine ausgesprochene Mördervisage zeigen. Ich gehe früh zu Bett – liege während der Nachtfahrt der Stunden Langezeiten wach, dann, gegen Morgen zumeist, die löcherige Hülle eines Schlafs – so komme ich oftmals erst gegen Mittag aus dem Dämmer ins Wachsein zurück, was mir recht ist, der Tag erscheint mir kürzer dadurch. Zudem verachtest du von jeher die Frühaufsteher – diese Bande voller Unverschämtheit & Arroganz, die am Ende noch glaubt, es sei wichtig od gar eine Wohltat, von frühan den Tag mit der Anwesenheit ihrer aufgerauchten Stummel-ichs zu beglücken..... In der Zeit zwischen den Türöffnungen sitze ich auf dem Stuhl, »meinem« Platz an der-Wand zu Dem Zimmer, den Blick hinaus durchs Fenster, auf die bizarren Gebilde langsam verfallender Nachbarshäuser hinüber, das verblichne Ockergrau abblätternden Verputzes, die blindäugigen Fensterscheiben, leer u menschlos wie die Räume dahinter. Manchmal 1 Fliege auf dem Fensterglas hier, übergroß durch die Perspektive ihr Leib, mit dem das Tier die Fassaden-gegenüber wie in alten Filmen 1-jener akrobatischen Einbrecher zu erklimmen scheint. Und mit den Augen folge ich dem Tier auf seinem langsamen, gewundenen, im Zickzack verlaufenden Weg über die Fensterscheibe, sehe erst dadurch das Glas, von starkem Holzrahmen eingefaßt, zu senkrechten, parallel zu1ander verlaufenden Rillen geformt; jene durch den Wechsel von Hitze und Kälte in all den Jahren zufällig entstandnen Verwerfungen in diesem Glas, einer (wie du weißt) niemals vollkommen erstarrten, ausgehärteten, sondern im Grunde wenn auch in nicht wahrnehmbarer Bewegung immer fließenden, immer ihre Form verändernden Masse *Glas* –: So daß nun also diese Fensterscheibe erscheint, als seien gläserne Gitterstäbe in-sie eingelassen – bis auf die rechte untere Ecke: Dort, vermutlich auf Grund der großen mechanischen Spannungen im Glas, durchzieht 1 dreieckförmiger Sprung die Scheibe – u du erinnerst ein unverschlossenes Gatter, ein versehentlich offengelassenes Tor, dem so Vieles entkommen wie in ihm so Vieles auch verschwinden kann – –

Langezeit bist du nicht Draußen gewesen. Die Stadt, will dir scheinen, mit all den in sie wie Kanäle gegrabenen Straßenzügen, steht überschwemmt vom ununterbrochen niedergehenden, schweren Geräuscheregen, unsichtbare Gezeiten, Ströme schwarzen dickflüssigen Gewässers, daraus plötzlich u fontänengleich winzige Schaumspitzen emporspringen: Figuren von Gelächter Schreien, das Toben & das Sumpfige, die Verstummten & ihr Liederlärm aus Elektronik Motor & Blech : Hybride alles, & Alles zwischen Pflanze u: Fleisch, Mensch&maschinenwesen, titanisch u schon längst ersoffen, vom Grund des Eismeers herauf das Röcheln ein Geheul der Fische – *funflood: Deutsch-Gemjutlick Keit guaran-*

teed –, so dringt Das herauf, herauf bis zu dir & »deinem« Stuhl in der engen Kammer, zu »deinem« Platz hier=an-der-Wand.

Und in alljenen Stunden im 5. Stock der Wohnung einer Fremden, als du aus dem 1zigen Fenster des Zimmers zu den nahen, gegenüber traumhoch hinaufgezogenen, kantigen Fassaden der Nachbarshäuser hinüberstarrtest, Tag um Abend & Nacht um Morgen, und dir langsam klarwurde, daß du diese Frau, derentwegen du nach Berlin gekommen warst, gar nicht hättest wiedertreffen !dürfen – !nicht in !diesem Zustand, den sie in Ansätzen zwar schon kannte aus früheren Begegnungen mit dir, & den sie allein durch die Aura einer Frau, jener Mischung aus Sanftmut Energie u dem Versprechen ihres Körpers, stets hatte auflösen zerstreuen u vergessenlassen können – : von dem sie nun aber hätte erkennen müssen: Dieser mein Zustand in der Vollendung von Leere ist nunmehr der bleibende Zustand von mir geworden, unabänderlich, manifest, ohne Ausweg; sie also gewissermaßen ihre eigene Wirkungslosigkeit, ihr Versagen an mir hätte erleben müssen, und weiter: Sie, jene Frau, natürlich daraufhin irgendwann in dieser Sissifusiade, in ihrer sozusagen fundamental weiblichen Sfäre zutiefst gekränkt sich hätte dreinfügen müssen *!Wozu denn das-Ganze: !Wozu denn Umallesinderwelt um solch leere Hülle 1 Mannes mit immerdenselben Ausfällen mich bemühn*, schlimmer: den Reiz ihrer Aura in dieser alles umfassenden Leere 1fach verschwinden zu sehen..... *?!Hab ich Das nötig: ?!Wozu denn !bitte solch Vergeudung* :?!etwa eines Frauen nachgesagten, masochistischen Verlangens, am Ende gar dem Erfahren eigenen, immerselben Scheiterns zuliebe – *!So siehst du aus* – : Jeder Kredit an Aufwand & Fürsorge ist schließlich irgendwann 1 Mal aufgebraucht, ebenso wie die narzißtische Freude an immer gleichartiger Wirkung auf einen-anderen, so sie weder bleibendes Echo noch Steigerung erbringt, ab 1=bestimmten Punkt den Reiz 1=für=Allemal & !endgültig verlieren muß..... So daß diese Beziehung, diese Zeit der Verworrenheiten aus Eitelkeit u aufgeregten Gefühlen für dich=Heute wie von einer Oxidationsschicht befallen erscheint; Grünspan, so daß jeder Gedanke an diese Frau einen giftigen Beigeschmack erhalten hat : Geschmack des Überdrusses aus der Einsicht in die Übertriebenheit, die Falschheit eines Privilegs, das diese Frau dir auftrug, indem sie dich zum Objekt ihrer Begierde erwählt hatte : der Geschmack der Erniedrigung aus der Erkenntnis, dieser von der Frau mit der Geste des Wissens um den Wert ihres *Potlatch* dir auferlegten Rolle emotional in keinem Moment gewachsen gewesen zu sein, den Tausch, die Gegen-Gabe, die euch gleichgemacht hätte, nicht erbringen zu können & du so im Schatten ihrer Überlegenheit & ihres Reichtums gewissermaßen in der Kurzärmeligkeit deiner Gefühle stets im Frösteln verbleiben mußtest –; so daß in der Summe dieser Folgen nurmehr Das eingetreten ist, was dich seit langem begleitet, das Empfinden von Müdigkeit & Langerweile aus der vergeblichen Anstrengung im vollkommen leeren Raum deines Daseinmüssens –. In der Zeit nach meiner Ausreise aus dem-Osten habe ich bei ihr, im Haus der Frau, gewohnt – jeden Tag, obwohl zu dieser Zeit selbst ohne Chance dem Beruf wieder nachzukommen, habe ich dennoch inmitten ihrer hochintensiven Aufgedrehtheit, inmitten des professionell Affirmativen unseres Anwalts-Berufes, des diesen=ganzen Betrieb zutiefst Bejahenden gewissermaßen in der Rolle des zuzureitenden & abzurichtenden Zirkuspferdes gelebt –; demgegenüber du dir jedoch wie der störrische Gaul vorkommen mußtest, der vor jeder Dreckpfütze, die der Liebegott des Alltags dir in den Weg legt, verweigerst & daraus dein Mordstrarah –; sie, die Frau, darüber mit nonchalanter Gebärde hinwegging, einer Gebärde, die sogar noch dich=ganz miteinzubeziehen fähig war – : Und dir nichts weiter an eigenem Atemraum gegen solch niederdrückende Fürsorge & hochfahrende Souveränität übrigblieb, als mit der kleinlichen Niedertracht 1 Hausmeisters od 1 Concierge in dem Habitus dieser überlegenen Frau nach Rissen zu forschen & Ausschau zu halten nach Momenten einer Entlarvung. Und du fandst ihre alberne=mit verbissenem Ernst & niederschmetterndem Einverständnis eingehaltene Kleiderordnung: Galt es jemand Männliches zu beeindrucken → das !Tiefausgeschnittene-&-Langgeschlitzte ; war jemand Männliches zu unterwerfen & niederzumachen → flux den sehr !kurzen Fummel her (1 Rock wie ein dicker schwarzer Querstrich Oberschenkelansatz & Lende durchstreichend), das Ewige Angebot von Nichts, das Nichts anbietend, um nichts vergeben zu müssen. Und sie spielt mit, weil sie weiß, daß Mann erwartet, daß sie weiß, was Mann erwartet, & sie das Was zur Erwartung bis zum Nächstenmal zu erwarten lassen weiß..... !Dabei heißts *!Mitspielen.* !Dabei kein Pardon. Und keine Chance, solch Mimikry zu umgehen od außer Kraft zu setzen, denn selbst das Gegenteil – zerschlitzte Jeans langes weites Flatterhemd & barfuß od gar das Kostüm Splitternackt – wären lediglich Bestätigung & Frischzellen für den Moloch dieses Theaters.....

Als sie wieder einmal spät am Abend aus einem Taxi stieg & du sie in der duckmäuserisch klinkergeziegelten & sauber vorgartengeharkten Kleinstadtsiedlung vor ihrem Haus, jenem flachen gemütl. Eig.heim m. Vorgart. (das dich trotz Solangerzeit noch immer an geheizte Badewannen für Rheumatiker-Kuren erinnerte) wie immer am winzigen Gartentürchen empfingst & sie, ebenfalls wie immer, mit dem rechten Bein zuerst aus dem Taxi in 1 hellen Lichtfleck vor der Straßenlaterne trat –; fielen dir zum 1. Mal ihre Füße auf – schmal u lang – & daran trug sie spitz zulaufende, dunkle Halbschuhe, das schwarze Samtkleid mit dem langen, an der Seite fast bis zur Hüfte hinaufreichenden Schlitz (:Heutabend also hatte *Mann beeindrucken* gegolten, mit Geschäfts-Leichen war dieses Mal nicht zu rechnen.....), der Stoff fächerte beim Aussteigen auf, und lang u gerade stellte ihr angewinkeltes Bein sich aus, seltsam dürr der Oberschenkel in mattschwarzem Glanz ihrer Strümpfe. Und dir fiel ebenso zum 1. Mal auf, daß sie beim Laufen die Füße nach außen kehrte, mit weiten Schritten sozusagen über-den-großen-Onkel lief, was ihrem Gang etwas vage Obszönes beigab –. Aber !diese

Schuhe – !diese Füße : ?Weshalb, & wie ein Großstadtprolet mit seinen Westernstiefeln, betont diese Frau ihre langen schmalen Füße (wo sie doch sonst die Regie über jegliches Erscheinungsdetail ihres Körpers peinlich beibehält) –:Etwa aus dem ?!gleichen Grund wie jene Proleten..... *Lang & schmal:* – :die Erinnerung an den Altmännerwitz ließ dich jetzt laut auflachen (aber du wußtest, du lachst nicht so sehr ihrer Clownsfüße wegen; zum 1. Mal lachtest du: über *sie* –) – Sie bemerkte das natürlich nicht, war zudem noch im Nachhall ihres Tages, in den engen Reusen der Betriebsamkeit, gefangen; sie trat, aus dem Taxi steigend, wie immer energisch auf das Fußwegpflaster auf – die 3 4 Schritte hin zu dir am winzigen Vorgartentor, kam sie auf dich zu – – und du meintest ihren Körpergeruch zu spüren; nicht Ungewaschenheit od Schmutz, sondern vielmehr Schweiß aus einer dem vergangnen Tag gehörenden Geilheit, die nichts Fleischliches meinte, die Sexuelles nur den Vorzimmern zuwies, Sekretärinnengelüste, für sich=selbst lediglich wie ein Desert zum Abend, die Lockerungsübung nach all=jenem Eigentlichen (1 sozusagen gelber Schweißgeruch, scharf u durchdringend, und war gewissermaßen das andere Ende auf der Skala der Frigidität : Durch Nichts & Niemanden würde !solch Verlangen letztendlich Befriedigung finden können.....) Du wußtest, sie war zu intelligent, um nicht nur all-1 diesen Mummenschanz mit den Kleidern, sondern auch all die übrige Schmierenoperette unseres Berufs nicht zu durchschauen; daß sie dennoch darauf sich ohne Widerspruch nicht nur einließ, sondern (wollte dir mit einem Mal scheinen) sogar mit Lächeln (was sie womöglich für *Ironie & Überlegenheit* halten mochte), zudem mit eigenen Einfällen diese Mimikry noch bereicherte, das (empfandest du) versetzte ihr Mittun in eine unsaubere Affirmation, gewissermaßen in ein polymorf-perverses Sichgehenlassen, so wie etwa Fußballspieler mit dem Gegner nach dem Spiel ihre schweißdurchtränkten, dreckbeschmierten Trikots tauschen & sie in dieser kryptoschwulen Afterwelt unterm Beifall der-Massen=auf den Tribünen..... dem eigenen schwitzenden dreckigen Körper überstreifen. Dabei wußtest du genau, daß sie nicht roch. Vielmehr hattest du schon häufig bemerkt, daß sie *überhaupt nicht roch*, nicht einmal beim od nach dem Ficken: !Nichts. Auch Dabei ihre laute, heftig & fest zupackende Stimme vielleicht nur, weil das Ficken die Gelegenheit war für sie, die sonst das Laute u Heftige in ihrer wie in anderer Leute Beziehungen als *Pachullkisch* verachtete, die heftig & fest zupackende Stimme von ihr laut werden lassen zu können : *Alles an seinem Ort & zu seiner Zeit* – Und !nie das kleinste Tröpfchen Schweiß, nicht der leiseste Salzgeschmack zwischen ihren Brüsten od im Haar der Achselhöhlen. Nichts. Auch ihr Geschlecht hatte merkwürdigerweise keinen Geschmack – !unglaublich, daß mir das jetzt erst auffiel : Als hätte sie keinen Namen. Und nichts, was hätt *Erinnerung* heißen können an diese Frau..... Und dennoch an diesem Abend: !Keine Täuschung: Ganz deutlich: 1 messerscharfer Schweißgeruch, verströmt aus ihren Poren, ihrem Fleisch.- Sie würde sich auch Heutabend auf die Couch werfen, die langen spitzen Schuhe von den Füßen kicken – die Beine knisternd über1ander und auf den niedrigen Tisch gelegt, die Arme im Nacken verschränkt – & würde schließlich mit gähnenunterdrückter Stimme sagen *Und was gaps bei dir heut so* –

Du begannst ihr von deinem Friedhofsbesuch zu erzählen – von der schönen alten Grabstelle, die du täglich dort aufsuchtest; die Inschrift auf dem schwarzglänzenden Stein war nicht mehr leserlich, hohes Unkraut auf langen glasgrünen Röhrchenstengeln, oben mit gelben, sterneförmigen Blüten reckte sich davor auf, Balsamine, ebenso verbarg der kleine Erdhügel sich unter frischem wildem Bewuchs –, gewiß Langezeit schon mochten auch die letzten Nachkommen des Verstorbenen weggezogen od: selber verstorben sein, niemanden kümmerte das Versinken dieses Grabes unter hoch hinaufsteigendem Grün –; ausführlich beschriebst du die Vegetation, weil du wußtest, daß sie das ärgern würde: *Balsamine, nichwah, das ist Spring(!)kraut, das Rührmichnichtan, ko-*

misch fürnen Friedhof !wie. Dann mußtest du noch die penibel geharkten Grabstätten erwähnen; Niemand würde ohne sichtbare Spuren zu hinterlassen diese Bann-Zone überschreiten können, so als sollten Lebendige wie Tote gleichfalls vorm Überschreiten abgehalten werden. Das gleiche Bild der peinlich geharkten Bezirke auch um Türen & Vorgärten der Wohnhäuser in dieser Gegend, so als würden hier –

Bis es ihr zuviel wurde: –*!Komm jetz.* Sie trat aus dem Badezimmer, aus dem Nelkenrosalicht wie aus einer hellen Muschelform heraus. / Dann, nachdem sie die Arme wieder vor ihrem Gesicht gekreuzt hatte, hörtest du: –*Wenn du auch vom Leben nich grad viel verstehst, im Bett kannstus gansgut. !Nein: du willstja garnicht wirklich sterben: Dafür fickst du viel zu gerne* – : – Für sie gab es nicht *Leben u Tod*, sondern nur die Ausrede *Leben u: Tod.....*

.....Ekel – ?Sollte ich zu ihr darüber noch 1 Mal reden & noch 1 Mal dies über *Tod und Vegetation, die Synonyma sind, u die Schönheit des Aufblühens das die Frühjahre besternt rings-um-dies-Haus & höher als 1 Mensch drüber hinwegschauen könnte = auch ihr eigenes, lebendiges Grab heißen.* ?Sollte ich ihr das wirklich heutabend noch 1 Mal, zum Werweiß wievielten Male, sagen. Ich hatte gefunden, wonach ich gesucht hatte: die Risse in ihrer Maske, die Händevoll Staubes der Kleinlichkeiten, die all ihr hohes Überlegensein wieder in den Straßenschmutz stellten, und, heimlich ohne 1 Wort zu sagen, zog ich in Gedanken sozusagen die Konturen ihres Schattens auf dem Boden nach. *Denn sie, diese Frau, versagte sich stets die Tiefe des Kontrastes Tod, der erst das Gefühl zum Leben mit seiner ganzen Stärke aufbringen konnte, wie sonst, auf dem halben Weg der vor dem Fühlen des Todes abgebrochenen Fahrt, auch Orgasmus unmöglich wäre. Sie geht durch die Farben nur von Weißlich bis Hellgrau* (dachtest du, u ahntest nun den Grund, weshalb selbst ihr Geschlecht keinen Geschmack zu haben schien), *den tiefen Rest, Spiegelabgründe von Wolken im Pfützengescherbe, die Augen des Rausches, will sie verschlossen halten.* Und so sehe ich sie selbst sich verschließen: *Nicht einmal in der Lüge od in der Ignoranz, vielmehr u schlimmer, in der Abwiegelung aus 1 angelernten, 1geübten & erzüchteten Prinzip heraus, das, um für sie annehmbar & Tarnung zu sein, in Schmeicheln u eitlem Beruhigen lebendig sich stellt, als gälte es fortwährend jenes Andere im Schlaf zu belassen, wie das Mütter tun mit ihrem ungezogenen, tyrannischen Kind, weil sie wissen, sie können diesem ihrem eigenen Balg, einmal aufgewacht u losgelassen, niemals gewachsen sein* –.– Du wolltest jetzt nicht mehr stehnbleiben, du mußtest weiter, mußtest jetzt dich ihres Gesichts nach dem Ficken erinnern: eine sonnengelbe, weidenflache Zufriedenheit wie nach gutem, überreichlichem Essen, eine sozusagen gourmandhafte Gestopftheit. Höre Stoffraschel frisch bezogener Bettwäsche, als würde nach dem Essen u kurz vorm Auf-Bruch-vom-Tisch energisch die gebrauchte Serviette glattgestrichen, denn jetzt begann !sie stets mit Reden, mir=der ich immer der-Ostler geblieben war, die-Welt zu erklären & wie ich=der Anwalt-im-Westen, mich in dieser-Welt zu verhalten habe; was ich wissen müsse, um nicht allein meinen Beruf *gut zu machen*, sondern auch, die Schlagschatten aus den politischen Vergangenheiten dieses Landes..... die natürlich genau wie die des-Ostens nie verschwinden würden, sondern die sämtlich herüberreichen in diese wie in jede kommende Welt, zu begreifen. Es war ihr stets sehr ernst damit, sie hatte viel Geduld & Worte dafür und mehr, als ich wert gewesen wäre. Doch, ähnlich Damals als sie mir an jenem Abend ihr eigenes Sex-Video präsentiert hatte, fiel mir auch hierbei das Getaktete in ihrem Verhalten auf, als müsse sie auch letztlich hier einem Geschäftsterminplan mit einstudierter Freundlichkeit & der Professionalität ihrer Geschlechts-Routine, die schlichtweg auf einer Reihung von Gesetzestexten beruhte, Folge leisten, & dies schließlich lückenlos in der Gestik des Unter-Schreibens, das immer sowohl Bestätigung als auch Fortsetzung des Eigennutzes über den Schlußpunkt und die leere Floskel *Mit freundlichen Grüßen* hinaus besagen will. Von Mal-zu-Mal verfestigte sich zu ihren Ansprachen-nach-dem-Ficken bei mir die Vorstellung, nurmehr Gast gewesen zu sein an einer Tafel beim Großen Fressen..... Und nun, zum Aprèslude aus tiefgefrornen Nachrichten-Magazinen aufgetaut die Zeitgeschichts-Folklore; Boogie-Woogie der Kellner, die mit Stimmen, als schwämmen sie in ranzigem Öl, ihre Angebote offerierten:

–?Wünschen die Herr&Damschaften, bevor Sie wieder hineindschampen in berufsmäßige Weltverpflichtung, zum Gewissensnachtisch & mit Verlaub zur ff. Anregung Ihres allerwertesten Hirn-Darm-Traktes – auf Kosten-des-!Hauses, versteht sich – noch 1 ?Gesinnungs-Tuttifrutti, 1 hypocritical korrekten ?Betroffenheits-Kockteil. Je nach aktuellem pneumopathischen Saison-Angebot – Sie könn auch nen Schuß Curry drüberhaben –: ?Minestronealcaponealfatahisbollah od solls sein ?Gagauisifedajiniforesforschweinesülzbeschmerga od ?vielleicht darfs sein unser derzeit !ungemein beliebter Akapellamozzarellacalibantalibanafghanistanrinderwahnundradovanundkukluxklanundhutututsiitzibitziteenieweeniehalekrishnaharakirimullahintifadaallaborisjelzinborisbeckerkoksiweckerhaushaltslöchersparpaketundmarcdutrouxnawassagstedenndazu – onse rox off, onse g'sox off – ganz wie Herr&Damschaft wünschen. ?Was also darf ich ?bringen im linkshenkeligen Kitschpokal: !O-na-!nie ausgesprochen harte Drogen bei=uns: mehr Was zwischen Transzendenz & Tranquillanz, Ignoranz & Affentanz.....

Diese Frau erschien dir plötzlich unerträglich hohl & langweilig anspruchsvoll, sobald du sie gewissermaßen von der Seite her in der Rüstung-des-Berufes 1 Rechtsanwältin sehen & reden hören konntest; eine Rüstung, die ihr !ausgezeichnet paßte & der sie !niemals würde entkommen wollen.

.....Ekel & Abscheu nähren sich von jedem Stoff, auch noch von der kleinsten Krume Verachtung. Abscheu u Ekel..... wuchsen, nahmen überhand, spürten im Anderen sich selber auf in Resonanz mit dem Ekel..... des Andern. Gewiß seit langem schon also auch bei ihr. Du spürtest, du mußt für sie lediglich noch Programmpunkt sein, abzuarbeitender Posten innerhalb ihres Tagesprotokolls, und das umso mehr, je entgegenkommender sie sich zeigte, je verständnisvoller & geduldiger sie deine Ausfälle kurierte. Und wieder waren es ihre Schritte, die dich über die Dreckpfützen deines Alltags führten & dir zeigten, wie du laufen könntest ohne dir die Schuhe schlammig zu machen..... Du hast es trotzdem !niemals gekonnt..... Wenig später dann bist du fortgezogen aus ihrem Haus – Langezeit hast du sie nicht mehr gesehen, nichts mehr von ihr gehört. Doch länger als diese Langezeit des Schweigens zwischen dir u: dieser Frau merktest du, !Was dir fehlte seither..... / Indes auch an diesem Abend, zum 1. Mal wieder ihr beide in Berlin, in eurer *alten Bar Unter den Linden* in der Nähe vom ehemaligen Grenzübergang Friedrichstraße, an diesem Ort, der, jenseits all der Dunkelheiten Abschiednehmen-von-einst, Heute reizlos, öde, voller Eile wie der Pflichtbesuch durch ein nach allen Seiten hin für Zugluft offenes Heimatmuseum sich ausnähme, indes auch an diesem Abend: ?wäre sie mittlerweile nur erschienen, auf ihrem Arbeitskalender den Punkt *21-22.35 Uhr: ihn wieder mal ausrichten & stabilisieren* zu erledigen –. Und nun war es in dem schleichenden, unterirdischen Wuchern jener Pflanze Ekel..... geschehen: Denn nicht mal !diese Pflichtübung schienst du ihr noch wert, schon zuviel der Mühe: ?!Warum sonst ist sie damals, zu der Verabredung an jenem Abend vor Werweiß wielanger Zeit, um die du sie gebeten hattest – in 1 Telegramm *urgent* sogar, du 1faltspinsel – nicht gekommen; hatte dich dort sitzenlassen einen Abend=lang, ausgeliefert dem Feisten, ihrem geschiedenen Ehemann, bevor für dich hier im Steinhaufen Berlin die-Nacht begann..... Körperliche u zeitliche Entfernung von Menschen : als sei das Seil, daran die Empfindungen wie eine unförmige schwere Last frei schwebend in großer Höhe über dem Abgrund pendelnd, !plötzlich gerissen, und Aufprall jetzt auf dem Asfalt einer neuen Wirklichkeit – Schmerz, die 1. Empfindung –, dabei indes, wie Rostbatzen & alte Farbe, platzen beim Aufprall von der niedergestürzten Last die verkehrten Beziehungen zu den verkehrten Menschen ab: sie, diese Beziehungen u diese Menschen, sie waren nicht immer verkehrt, sind nur längst brüchig Gewordenes, überalt u zerfressen, Seelendreck, Beziehungsborke, wurmstichig geworden u faul & nur von Gewohnheit noch zusammengehalten. !Kennst du 1 1zige Beziehung zu Menschen, die solchen Sturz, solch Aufprall ?überstehen kann. Das war früher. !Jetzt ist das vorbei. Und im Ende auch dieser Zeit kannst du wieder Triumf empfinden, das Echo, das Wetterleuchten 1 etwas kindlichen Hochgefühls als seist du durch eine schwere Prüfungsaufgabe vor der es dir Langezeit schon graute, vollkommen unbeschadet, mehr noch: gewissermaßen mit fliegenden Fahnen hindurchgekommen. Denn (sagst du dir) auch dem Verlust des einstmals Wertvollsten wie dem eines geliebten Menschen (dem noch vor kurzem Euforie u Ekstase galten), liegt unterhalb der stets flüchtigen Trauer der Sockel, die Felsplatte einer fundamentalen Erleichterung zugrunde, was nichts anderes als den Kern einer=jeden Lust, nämlich die Last, freilegen heißt. Vielleicht (überlegst du weiter) könnten Tote im letzten Augenblick ihres Sterbens, in dem 1 Moment des Übergangs, diese Große Erleichterung empfinden, dann, wenn nach dem Ende allen Schmerzempfindens & allen Besitzes auch das-Eigentum verschwunden ist, und nurmehr etwas Lichtes erscheint, von der pastellen Färbung der Luft an den ersten, heißen Frühlingstagen – – :Weil indes außer dir=selbst niemand dagewesen ist, dem du deinen Triumf hättest vorführen können, blieb dieses Gefühl in-dir stecken wie 1 Holzsplitter, der irgendwann einmal von selber aus dem Fleisch wieder herausfällt, und die Wogen der Leere schließen sich erneut überm Nichts deines Empfindungsvermögens, und hinterlassen keine Spuren, nicht den geringsten Schaum des Erinnerns. So daß nach einer Reihe von Wochen der Gedanke an jene Frau, derentwegen du hergekommen bist in diese Stadt, besonders in den Momenten, wo das Ungereimte deines Daseins gewissermaßen aus dem Schatten ins helle Bewußtsein hinübertritt, nurmehr als ein unstatthafter Gedanke, wie 1 Versehen, 1 Stolpern, ein mißratener Auftritt vor einer Gesellschaft von fremden Menschen empfunden wird; ein solchermaßen Fehlen, dessen Makel 1zig nach-innen, in-dich=selbst hineinprojiziert u deine Vorstellung von dir-selbst wie 1 tiefer Messerschnitt verletzt, dessentwegen mit jener tragischen Befriedigung aus selbstquälerischen Rückschauten beim Dranzurückdenken Heute wie gewiß noch nach Jahrenjahrzehnten du am liebsten aufschreien möchtest vor Scham.....

Seit dem Geschehen in jener-Nacht=hier..... in allen folgenden Stunden im 5. Stock der Wohnung einer Fremden habe ich bis heute ihre Tochter nur selten u dann immer nur kurz gesehn. Obwohl die Frau mit ihrer Tochter seit meinem Hiersein die Parterrewohnung bezogen hat, so findet das eigentliche Wohnen noch immer hier=oben in dieser alles andere als großen Wohnung statt; der schmale Flur für die 2 Zimmer – die winzige Kammer (die zuvor das Kinderzimmer gewesen ist & worin seit einigen Wochen ich untergebracht bin) sowie nebenan Das Zimmer (darin sie, die Frau, ihre Kunden bedient) stellen eine Art engen Verbindungsgangs dar in dem niemand dem anderen entgehen kann, ich überdies keine Gelegenheit zum endgültigen Verschwinden habe, so daß man glauben könnte, das familiäre Auf1anderhocken sei hier-drinnen unvermeidlich, hat sich bislang dennoch das Gegenteil davon gezeigt. Die Chance aus der Engnis: Jeder der Betroffnen kann sehr weit in=sich gehen, den Raum umsich-herum zu vergrößern –. Und jene kurzen Begegnungen mit der 12jährigen, zumeist auf dem Flur od in der Küche, sind stets von der Art eines Rückfalls gewesen wie sie eigentlich nur unter Halbwüxigen am Rand zur Pubertät geschehen: Die Ahnung, noch *Was=Anderes* könne zwischen zwei Körpern sein als das bislang Gehabte, das ebenjene Körper in vorsichtige, pedantische wie peinliche Bewegungen mit gleichsam angehaltenem Atem verfallen läßt –: Wobei diese 12jährige mit ihrer Emotionalität offenbar längst aus dem Kindesalter herausgetreten, nach jener-Nacht..... mir gegenüber 1deutig die stärkere Position innehat (:sooft ich ihr im dämmerigen Flur begegne wenn sie morgens zur Schule geht & an den Nachmittagen zurückkommt, wiederholt sich wie das Erinnern an rohe Entgleisungen im Vollrausch für mich die Erinnerung an jene-Nacht....., verbunden von mal-zu-mal mit dem Anblick der Ähnlichkeit dieses Kindes mit der Frau, derentwegen ich hergekommen bin nach Berlin.....) Und dieses kleine Aas weiß ihre Stärke auszuspielen: Stets zu den Nachtstunden, wenn ich in schlaflos dummfem=Dämmern verloren in die Gespinste niemals völliger Dunkelheiten hineinstarre, betritt die 12jährige das mir zugewiesene Zimmer, & macht sich über meine Brieftasche her. Sie klaut niemals viel, sie klaut dafür regelmäßig. Denn sie weiß, ich habe seit jener-Nacht..... kein Recht, sie daran zu hindern – : – ich sehe ihr vom Bett aus zu, wie sie mich bestiehlt, Nacht-für-Nacht nach dieser 1 Nacht..... Sie schaut stumm u fest zu mir herüber, im Zimmerdunkel begegnet sich kalt das Schimmern unsrer Blicke, Haß flackernd grell aus Tieresgründen. Dieses vielleicht niemals kindgewesene Kind weiß hier & selbst noch in jenen kurzen, eigentlich neutralen Flurbegegnungen am Tag ihre Überlegenheit mit jener Frauen eigentümlichen Manier aufzuspüren & auszuspielen, ebenso stumm=energisch wie unerschöpflich, gewissermaßen auf der forschen Kehrseite des Ausharrens & Sichgeduldens so, wie ebenjene Frauen mit der ihnen eigenen Gnadenlosigkeit sogar noch das Minuten-und-Aberminuten dauernde, schrille Pfeifen 1 Teekessels als Waffe 1zusetzen verstehn.

Das Zimmer aber dominiert die Wohnung im 5. Stock, wirkt bestimmend auf den Charakter der Abgeschlossenheit, der jeden der 2 Räume als 1 Wohnung-für=sich bestehen läßt. Das alte Mobiliar, die alten Tapeten, das alte Licht – Überbleibsel aus vergangenen Jahren dieser Frau: All-dies jedoch ganz&gar ohne den Schmierfilm der Sentimentalität, ohne den Charakter einer ranzig gewordnen Fühlsamkeit wie er Nippsachen od den mit unermüdlicher Suche nach Komplettierung zusammengetragnen Gegenständen von Sammlern anhängt; Möbel Wohnung das Kind: waren nur 1fach da, ohne ersichtlichen Grund, scheinbar ohne jegliche Absicht wie durch die Arrangements des Zufalls nicht allein vorm Verschwinden bewahrt, sondern durch ebenjenen Zufall überhaupt erst zustandegekommen, hätten sie ebensogut auch nicht da-sein können; u wäre für sie, für diese Frau, gewiß kein wesentlicher Unterschied in ihrer Empfindung gewesen. Habe ich anfangs gedacht, die Beziehung dieser Frau zu ihrer Tochter müsse aus einer starken Bindung bestehn, aus einer Art letztem Refugium für die aus langen Jahren gewohnte Lebensweise, einem nun mit Allerkraft gegen das 1sickern od: das Hereinbrechen einer Anderzeit mitsamt ihren veränderten, windkalten ungewohnten stets als gefühlsflach & all-1 der Nützlichkeitsorientierung verschrienen Verhaltensweisen : So mußte ich hier rasch erkennen, daß, wie vielleicht auch alles übrige das sozusagen mit dem-Leben-dieser=Frau zusammenhängt, auch ihr Verhältnis zur Tochter aus einer von Vernunft- & Pflichtgefühl bestimmten Verhaltensweise gezeichnet ist. Als du sie einmal fragtest, ?weshalb sie denn überhaupt das Kind hatte zur Welt bringen wollen, es gab doch im-Osten keine Probleme wegen Abtreibungen –: *–Ich hatte 1bißchen zu !lange gewartet damit* – (hatte die Frau geantwortet) *–damit meine ich nicht die 3 Monate, das war etwas Anderes: War wie ein Vorstoß der Natur in-mir, etwas Blindes, tierhaft Wachsendes, das ich niemals in-mir vermutet hatte, das gewiß auch nicht wirklich zu mir gehörte, das !plötzlich von irgendwoher in-mich gefahren war u sich gegen jede bewußte Entscheidung 1 Frau stellte so, als müsse soetwas wie Die-weibliche=Natur in-mir sich schützen gegen mich & mein Vorhaben, ein Kind abzutreiben.* Und in manchen Momenten, als du die Frau im Umgang mit ihrem Kind betrachtet hast, wollte dir in der Erscheinung dieser Frau bereits 1 andere Gestalt, zwar dieselbe Frau doch um Jahrejahrzehnte gealtert, durch die dünne Membran der Zeit hindurchschimmernd erscheinen, u du meintest, aus diesem noch jungen Körper=heute so etwas wie eine Urpflanze, die Idee als die Vollendung Ihrer-Gestalt zu erkennen: 1 streng in das Schwarz 1 schmucklosen Kostüms gehüllte Frau, die, stumm klaglos u grimmig Stunden-für-Stunden auf 1 unbequemen Stuhl sitzend, an irgendeiner Handarbeit strickend od häkelnd zwar beschäftigt sein wird, doch wird am ehesten diese Frau selber wissen, daß dies Tun nur eine Art reflexhafter Betätigung, gewissermaßen die Summe aus jenem Nützlichkeitstun sei, dem sie ihr-ganzes-Leben..... hatte hingeben müssen, während die Tochter, längst schon die Dreißig überschritten, noch immer bei dieser Frau=der Mutter lebend, Alldiejahre mit jener Strenge & hündischen Wachsamkeit behütet werden wird, mit der ehemalige Huren die eigenen Töchter in einer Form der persönlichen Buße wie der gegen diese Tochter gerichteten, puritanischen Unerbittlichkeit schon vor dem leisesten Anzeichen Dessen zu bewahren suchen, was sie selber einst mit-sich-selber zu verhindern nicht imstande gewesen sind. So daß also die 1 Mal betretene Lebensstrecke nicht verlassen werden darf, an jeder nur denkbar möglichen Ausflucht eifersüchig=ängstlich erreichter Gebote, gleichsam Wachtposten aufgestellt sein werden gleich Soldaten in ebensolch strenganliegend schwarzen Uniformen wie das Kostüm, denselben unerbittlich griesgrämigen Blick & dieselben unduldsamen Gebärden wie diese Frau=die-Herrin, 1 atavistisches Mahnmal, 1 in Druckerschwarz gehülltes Ausrufzeichen, wodurch jeglicher Gedanke an Ausbruch, an Auflehnung & Verlassen dieser heimischen Hermetik, dieser vom Staubgeruch zweier zwar von unterschiedlich kalendarischen Altern betroffenen, doch die jüngere=die Tochter gewissermaßen ein=ganzes Leben überspringend, von der Jugend übergangslos in ihr Altsein geworfen, mithin in verschiedenen Geschwindigkeiten dahinalternden Frauen besonnten Zuflucht, behütet vom beständig abendlichen Friedenslicht inmitten all der Jahrfürjahr gleichen Bruchstücke ihrer Tätigkeiten erstickt: darin bleibend die stereotype Zubereitung mehr und mehr fad gewürzter Speisen (die sie anschließend genußlos doch unbeirrbar begierig u mit jener Selbstverständlichkeit verschlingen werden, wie Langejahre in 1 Haushalt lebende Tiere, Katzen, die zur genau festgelegten Tageszeit ihren Teller mit Fressen hingestellt bekommen & die ebenfalls mit jener begierigen Strenge die Köpfe still u ernsthaft über den Napf schieben & die Brocken in-sich zu schlingen beginnen), später dann milde Kräutertees, & wieder Handarbeiten, wieder das helle Klicken der Strick- od Häkelnadeln gegen das unbarmherzige, porzellanhafte Aufpicken von Zeit durch jene tellergroße Wanduhr, das krümelige Zerbrechen von Keksen (hervorgeholt aus stets der gleichen, mit Motiven einer Landpartie um die letzte Jahrhundertwende farbig bemalten Blechdose, deren auf der Innenseite gelbschimmerndes Messingblech beim Öffnen 1 metallischen Glanz auf das Gesicht der älteren der beiden Frauen werfen wird, so daß für diesen 1 Moment in ihren Augen so etwas wie die Erinnerung an all die Bösenjahre ihres Lebens wie 1 Trompetenton erschallt, jenes Wissen um Begierden Fleisch & auf-ihr schwitzenden Männerkörpern die mit 2 3 röchelnden Lauten & derbem unrasiertem Kinn an ihrer Wange kratzend die Penisse in-sie, das heißt in ihr von Mal-zu-Mal mit Vaseline geschmeidig gemachtes Geschlecht hin1stießen (jene Vaseline, die in größeren Mengen sie=arglos auch in früheren Jahren schon einkaufte, weil sie Vaseline zum Einkremen ihrer Lederschuhe benutzte, beim Kauf dieser Mengen nur über 1 bisweilen errötenden Drogistenlehrling sich wunderte –), & sie wenig später unter den Gummiverhüllungen die zuckenden Entladungen spürte, ein Wissen, das sie in den Jahren=darauf infolge ähnlicher, unmenschlicher Askese & leiblicher Abrichtungen wie sie den Novizinnen von gewissen religiösen Orden aufgezwungen werden, was diejenigen, die derlei Kasteiungen schließlich überlebt od: überstanden haben, mit einer robusten Derbheit ausstattet, wie sie Landjunkern od: vielmehr deren Zugpferden eigen ist, in ähnliche Unbarmherzigkeit & Nachsichtslosigkeit gegenüber den Empfindsamkeiten der eigenen Tochter zu verwandeln wissen wird, mit der Unteroffiziere weinerliche Rekruten in Dreck Feuer & Tod anberaumter Schlachten zurückprügeln), u diese Kekse stets mit jenem feuchtmuffigen Beigeschmack versehen sein werden, der gewissermaßen der Geschmack jener hier steckengebliebnen Abendlichkeit sein wird, dieser beiden lebendig vergessenen, schließlich dauerhaften Verzicht geleisteten Leben, dessen Ereignislosigkeit nur allabendlich vom blaugrauen elektronischen Lichtflackern aus der Schwarzweiß-Bildröhre des alten Fernsehapparates nicht unterbrochen, vielmehr zusätzlich noch bestätigt werden wird, & dies stets bis zur selben Minute = dem Beginn der Spätnachrichten, deren erste, hervorgeschnarrte Meldungen unterlegt sein werden von mildem Salbengeruch & jenem von Baldrian, für den alsbaldigen Schlaf, für den Beginn der-Nacht..... Und sie, die Tochter, inzwischen von jener lauen, verstummten Ergebenheit befallen, wie sie das endliche: das !endgültige Ergebnis eines Langejahre währenden Kampfes gegen das eigene Verlangen u gegen die Lust ihres Geschlechtes hervorgebracht hatten..... und nur manch Mal innerhalb dieser, nach Draußen-hin abgeschlossnen Welt einer 2-Zimmer-Wohnung im 5. Stock, die Tochter mitunter gegenüber der Frau *Mutter* (die zweifellos im Machtspiel dieser Beziehung die Doppelrolle, nämlich Mutter + Mann, innehaben wird) jene so stillen wie hinterhältigen Revolten (od: nicht mal Revolten, vielmehr kleinlich=gemeinen Streiche, wie sie vorpubertäre Schulmädchen unter-ein-ander aushecken) dieser Frau *Mutter* wird antun müssen, wobei sie gar nichts Grundsätzliches am Status in Zweifel ziehen, sondern nurmehr wie 1 Aufstand der Vernunft u des Witzes gegenüber dieser terroristischen Parodie einer Familie, gegenüber dieser Minstrel-Show einer durch die Mutter angemaßten männlichen Macht sich darstellen werden –; und danach Alles wieder in der alten=gewohnten Weise fortgehen werde, so daß die Tochter also nun neben der Mutter in jener Atmosfäre eines über Jahre währenden Verdämmerns würde ausharren können od: müssen, nachdem der Tochter jegliche Auswege in ein anderes-Leben längst verwehrt, aussichtslos wie ohne wirklichen Reiz geworden u nurmehr mit Angst vor der Veränderung u dem Wechsel behaftet sein werden.....

Od: Nichts von All-dem.

Sondern wieder nur, auch in den Jahrenjahrzehnten später das, was im Leben dieser Frau davor immer wie 1 bleibendes Mal sie gezeichnet hat: das Verlieren auch hier, das Abgleiten, das undramatische Verschwinden auch ihres Kindes, 1tags, so vorhersehbar & abgemacht, daß dem ganzen Geschehen nur der Begriff der Vernünftigkeit übrigbleiben konnte: Eine erwachsene Tochter verläßt die Wohnung ihrer Mutter. Punkt. Und dies Ereignis, über Langejahre, die für sie, die Mutter, im Ende nicht einmal mehr geprägt waren von jener zähen Feindschaft, unerbittlich & gnadenlos, wie sie nur zwischen Mutter u: Tochter aufkommen und sich durch Allezeiten hindurch erhalten kann (denn sie, die Tochter, wird nie vergessen können die Jahre, die ihre Kindheit kürzten, als sie, diese Frau *Mutter* die Tochter benutzt hatte als Köder für den Feisten..... in jenen Nächten, die waren wie diese eine Nacht..... :damals, als auch du hergekommen bist, 1 Mann von vielen Männern.....), aber vielleicht nicht einmal mehr Das, sondern nur 1 laues=oberflächliches Empfinden von Änderung, so unbedeutend & rasch in der Gewöhnung untergegangen, wie das die Zeitsubtraktion um 1 Stunde zum Beginn einesjeden Herbstes hervorrufen kann. Indes aber von Seiten der Tochter nicht: sie, die dann in den-Jahren-darauf zu den üblichen Feier- & Geburtstagen, stupid sich wiederholend wie die Jahreszeiten, die all-1 lebende Mutter besuchen kommen wird, angetan mit jenem Gefühl der Überlegenheit aus dem, was die Tochter inzwischen ihr=eigenes=Leben nennen wird, & dem Triumfgefühl, dem Stigma ihrer Herkunft, dieser 1samkeit, von deren bemächtigender Sogkraft sie meinte sich beizeiten losgemacht & den unseligen Bann, der hier in diesen alten halbdunklen Räumen ihrer Mutter (darin sie allenfalls wie in 1 kümmerlichen Museum die Jahre ihrer Kindheit wie unter Verschluß noch festgehalten weiß) noch immer seine Kraft ausüben mag, 1-für-Allemal gebrochen zu haben –, doch schon im Stundenlauf wird erkennen müssen, daß diese=ihre Überlegenheit nur außerhalb ebendieser Banngrenzen aus stillstehender Vergangenheit gültig ist, einer Vergangenheit darin auch ihr eigener Name u ihr eigenes Empfinden als Muster wie in jenem golden verstaubten Gobelin im Flur !unabänderlich u !Zeit-ihres-Lebenmüssens eingewoben ist, so daß jener Hauch von frischem Wind u Atem, den die Tochter von-Draußen hier hereinbringen wird, im-Nu verflogen ist, mühelos absorbiert & annulliert von jener schweren, zähen Atmosphäre 1 unbarmherzig vorgeführten Beständigkeit – und sie, jene Tochter, dann gleichermaßen das alte, aus Kinder&jugendjahren her bekannte Gefühl des Bemächtigtwerdens, des stillen aber stetigen 1gesogenseins von Mal-zu-Mal erleben u durchleiden wird, und noch nicht genug damit: sie, die Tochter, im gleichen Moment auch in jenem von ihr als *ihr Leben* begriffenen Dasein ebendieselben Spuren, dieselben Zerstörungen gewissermaßen in einer vorgeführten Seitenansicht wiederantreffen wird (so ihre Beziehung zu dem verheirateten Mann, von dem sie die-Scheidung längst nicht mehr erwarten wird & von dessen Kinderwunsch sie bislang sich nicht hat beeindrucken lassen; jene Entscheidung, die er, dieser Mann, zum Gradmesser ihrer *gemeinsamen Zukunft*, wie er das genannt hatte, hinaufstilisierte, sie indes davon längst nichts mehr wissen wollte, Alles sollte vielmehr so bleiben wie es war, & sie auf die entsprechenden Reden des Mannes allmählich nurmehr schweigend reagieren wird..... dieses Schweigen..... eben genau dieses in all ihren Jahren zuvor=Hier erlebte Schweigen.....) – was sie, die Tochter, in ihrer Hilflosigkeit jetzt in der halbdunklen Wohnung der Mutter streitsüchtig, kleinlich=zänkisch werden lassen wird –, und alljene Besuche stets nach genau 2 Stunden (exakt mit dem Ende eines guten, üppigen Essens, dessen Sorgsamkeit in der Zubereitung sie jedesmal zu dieser Zeit ihres Besuches als eine Art von zu später, viel zu später, jedoch kaum benennbarer *Wiedergutmachung* von seiten ihrer Mutter durchschauen wird, was ihr nachträglich das Essen unbekömmlich macht, nicht selten wird sie um einiges später & wieder in ihrem Daheim sich übergeben müssen) in genau dergleichen bitterzornigen Stimmung abbrechen lassen, in der sie einst vor Vielenjahren von-hier verschwunden ist..... & in der sie, genau wie Damals, mit der Macht 1 heiß emporschießenden Dampfstrahls die Versuchung spüren wird, auf diese nun beinahe alte Frau, die Jedermann als *ihre Mutter* bezeichnen würde, einzuschlagen : mit geballten Fäusten auf dieses Fleisch einzudreschen, von dem sie meinen wird, es müsse erstaunlich weich u nachgiebig sein, u die Knöchel müßten zerbrechlich sein wie die 1 Huhns od Kaninchens – u sie im gleichen Moment das Grauen u die würgende Abscheu mit schmutziger obszöner Macht vor jeder körperlichen Berührung mit der eigenen Mutter die Tochter überfallen wird..... Vielleicht auch, u schlimmer, die Wut in späteren Jahren, wenn diese Frau *Mutter* bereits in jenem Alter, das dem Schnee so ähnlich wird, das in den weit aufgesperrten, schon etwas wässerigen hellblauen Augen das unbedingte Wissen trägt, dies jetzt=Gesehene möge vielleicht das Letzte sein vor dem endgültigen Aus, vor der Unwiderruflichkeit des Todes u der Nacht (denn im Gegensatz zu manch Anderen, glaubte sie, diese unerbittliche Frau, wie Religiöse an die Auferstehung, mit derselben Inbrunst vielmehr von jeher an das absolute Nichts nach dem eigenen Tod, an das spuren- & restlose, erinnerungsunfähige, kalte Verschwinden, gestorben=aus, und Nichts danach für Immer&ewig), u diese so knorrig=preußisch wirkende Alte dennoch u trotz ihrer hellwach aufgesperrten Augen im Maß ihres Alters eben schon seltsam ungelenk, 1fältig u weltfremd wirken müßte, vor 1 Imbißbude unfähig, die Stufe zu erkennen, dagegenstolpernd den Kaffee aus der Tasse verschüttete, beinahe hingeschlagen wär, zudem unfähig, den Essenswunsch mit dem günstigsten Preisangebot fix zu vereinen, und diese Tochter jene scheinbar ungefährlich gewordene, an ihrem leitenden Arm wie das Pappimitat einer Frau wirkende, daherstolpernde Gespenst Allerwelt mit der untrüglichen wie unleugbaren Ähnlichkeit in den Gesichtszügen als *Meine Mutter* vorzuführen genötigt war, letztendlich sich schämen mußte gegenüber einem solchen Grad von Kontrollverlust Hinfälligkeit u Altersschwäche (dem sie, diese Frau Tochter, naturgemäß die eigenen Ängste vor dem Älterwerden angesichts dieser Vorführung der eigenen, unentrinnbaren Künftigkeit in Gestalt ebenjenes Gespenstes einer einstigen *Mutter* –, unterstellen wie sich selbst auch profezeien mußte), und diese=ihre Abscheu nur von einem nagenden Gefühl der Furcht noch übertroffen werden wird: nämlich der Furcht aus dem Wissen, daß diese Frau mit den wasserhellen Greisenaugen, deren dürren Arm wie 1 fleischlosen Knochen die Tochter an ihrem Arm durch den dünnen Blusenstoff hindurch spüren kann, daß also diese Frau *Mutter* an ihrem Arm, möglicherweise ab 1=bestimmten Tag, an dem sie eine Krankheit bekäme, von der sie vielleicht über Jahre hinweg nicht wieder genesen würde, die vielmehr ebenjene Krankheit wäre, an deren Ende nach einem Durchleiden allermöglichen Qualen u Schmerzen dann !endlich jener als Erlösung empfundene Tod (freilich das Empfinden der Erlösung nur für sie, die Tochter, wie auch für alljene um dies knochige, wie in Packpapier gewickelte Etwas, das einmal *Das Imperium Mutter* gewesen war, beschäftigten Ärzte & Fürsorger; u das Zeichen für diese Erlösung wäre schlicht das Ausbleiben jenes über Alldiejahre eines Absterbens aus dieser verbliebenen Hülle eines Menschen durch die schlaffe unglaublich tief u hohl erscheinende Mundöffnung von-Zeit-zu-Zeit herauf- und herausdringenden, krächzenden pfeifenden Tons, hörbarer Rest eines sozusagen inwendigen Schreiens –, od ebenso das Versiegen jener paar das Bettlaken netzenden Tropfen Urin, die gewissermaßen nur das Zeichen für Entleerungen gewesen wären, so daß diese Hülle eines Menschen, einer *Mutter*, so würde die Tochter meinen, seit langem schon in ihrem nebelig wattigen Zwischenreich eines dämmerigen Vegetierens steckengeblieben, weder das Empfinden von wirklichem Schmerz noch das einer Erlösung überhaupt noch würde wahrnehmen können –), dann !endlich jener als Erlösung empfundene Tod also stehen würde, doch in all-den-Jahren vor dieser Erlösung von ihr, der Tochter, jenes Maß an Fürsorge & jenes praktische Sichkümmern um diesen dem Tod Stück-um-Stück, Jahr-um-Jahr in diesem sadistischen Zeitlupentempo, wie das nur das-Leben parat haben kann, verfallenden Körper ihrer *Mutter* aufzubringen notwendig, ja unausweichlich werden würde..... Was hieße, all ihr eigenes Leben od: was davon jemals als ein eigenes Leben übrig gewesen wäre, ebenfalls diesem langsamen, mahlenden Sog eines Absterbens anheimzugeben & zu überlassen..... sozusagen jenem ägyptischen od: skythischen Wesenszug im Verständnis des-Todes, der bis in die Gegenwart hineinreicht, 1 Erbteil, wie Krankheit u Siechtum der *Mutter*, u beide Erbteile somit die Unausweichlichkeit eines Schicksals in Form von genau abgezählten & exakt bestimmten Einheiten Zeit als die jener Tochter noch verbleibenden Jahre dann vorführen & als 1 streng bemessenes, schon überschaubares Gelände vor ihren Augen ausbreiten würde –) – so daß nach alljenen Besuchen Spazierführungen Ausgängen mit der *Mutter* stets nur das Gefühl immerderselben Niederlage, immerdesselben ausweglosen Scheiterns und des immergleichen Versagens bliebe : Jahr-um-Jahr & hinter allen Masken selbsterschaffener Ausreden: Nichts anderes als nur=Dies –, und zudem das unbedingte Wissen, daß ihr Fortgehen einst von-hier, aus der Wohnung jener Frau *Mutter*, nicht so sehr 1 souveräne Entscheidung, gar ein Sieg über die drohenden Schatten der Dumpfheit eines Verlebens u Absterbens gewesen sein wird, sondern vielmehr schon Damals nichts anderes als 1 Flucht: 1 schäbig hilfloses Ausbüxen & Davonrennen, so wie sie stets in all den Jahren=später nach diesen 2 Stunden ihres Besuches bei der-Mutter davonrennen wird; schon damals nurmehr die 1. Station auf einer langen Strecke von Niederlagen vor ihr, vor dieser Frau *Mutter*, u vor ihr=selbst samt all dessen in=ihr, was jene mitgebrachte Vergangenheit unweigerlich ausmachen wird..... So daß Jedesmal als das 1zige Ergebnis ihrer Besuche bei der-Mutter für den Rest des Tages eine dumpfe schwelende Wut, lähmend u blind, u bei der allerkleinsten Gelegenheit in die Stichflamme des Jähzorns auffahrend, übrigbleiben wird.....

?Vielleicht mochte das Kind=heute ihr, dieser Frau am Beginn jener ausweglosen jahrzehntelangen 1samkeit, zudem noch alltägliche wie unheilvolle Erinnerung sein an jenen toten Mann, der, wie sie dir in jener-Nacht..... erzählt hat, zu *Ost-Zeiten* aus 1 Impuls plötzlich aufflackernden, unbegreiflichen Wahrheitstriebes (wie er bisweilen plötzlich & epidemieartig in Teilen der Bevölkerung grassierte, so als wären jeweils unsichtbare Sperren, Barrieren für das eben noch erträgliche Maß an Bevormundung & Verhöhnung einer-ganzen Bevölkerung durch jene sowohl fürchterlichen wie zugleich auch fürchterlich lächerlichen Partei=Bonzen samt deren Hofschranzen & Zuträgern überschritten, eine sozusagen naturhafte Grenze für Selbstachtung u Würde durchbrochen (so wie einst in der-Antike Tyrannenmord eine Ehrentat war, vielleicht (wollte dir scheinen) weil der Leviathan=Damals noch 1 Kopf zum Abschlagen hatte und nicht bloß Schuppen), und auch in der Gegenwart diesen Menschen aus dem-Osten möglicherweise noch immer jene spezielle Erfahrung fehlt, die man im-Westen von kleinauf 1geimpft bekommen hat & die somit auf ihr weiteres Verhalten prägend wirkt, nämlich das Wissen: *Wer gegen Die-Obrigkeit vorgeht, der !fliegt !raus* – : So daß also den-Einen das als Feigheit Duckmäusertum u Hypokrisie erscheinen muß, was bei den-Anderen eine wenn auch als wenig erträgliche, so doch als die Strategie 1 Überstehens im Umgang mit den Lemuren-des-Alltags sich herausgebildet hat –), und Damals im-Osten also Nichts als die Schwemme halbprivaten Unmutes, der Kleinkriege & persönlichen Scharmützel in den Betrieben, den Schulen, Universitäten infolge all jener Defekte aus 1samkeiten, worin Jene an den falschen Orten od viel zu früh dann Flagge zeigten & zum Opfer vom Partei&beamten=Pöbel sich machten, geblieben war –) nun auch dieser Mann auf seiner Arbeitsstelle im Krankenhaus gegen die Machenschaften der-Regierung mit heimlichen Organschiebereien in den-

Westen sich auflehnen mußte, & der, als der Feiste..... die berufliche soziale & private Existenzvernichtung dieses Mannes erreicht hatte, kurzerhand im Wald sich erhängte, u sie, diese Frau u ihr damals 7jähriges Kind, all-1 zurückließ in einer dann für diese Frau wirklich kalt gewordenen Zeit (:die Nachbarn Verwandten Freunde..... aus Gutentagen, als *die-Sache* sich herumsprach, von Gerüchten & üblen Nachreden zusätzlich infiziert & angefeuert..... zogen sich wie vor einer Leprösen zurück: *ihre Füße wanken schon: Da wollen wir sie rasch noch treten.....*) Und während jene Aufrührer Meckerer Nörgler längst wieder ihren Halbfrieden mit sich der-Partei & dem Alkohol gemacht hatten, haftete ihr, dieser mit 1 Kind all-1 gebliebenen Frau in der Unscheinbarkeit 1 Hinterhofwohnung inmitten des Steinhaufens Ostberlin das Brandzeichen des Makels einer *politisch Unzuverlässigen* an; einer Person, deren Mann zuerst mal ?Was *mit dem-Staat zu tun* & daraufhin sogar *sich !aufgehängt* hatte..... : Und du mußtest fortan sehen, daß das Leben auch dieser Frau aus einer Reihe gleichsam künstlich erstellter, wie auswendig gelernter Verhaltensweisen besteht, die sie für ihr Überstehen irgendwann einmal anzunehmen begonnen hat und die daraufhin Tag-für-Tag aufs neue aufzurufen & zu absolvieren ihr aufgetragen sind in jener ängstlich-sorgenvollen Manier von Menschen, die das Unkontrollierbare=das Kaotische, das ihr Lebenmüssen immerhin auch für sie bei der kleinsten Unaufmerksamkeit ohne Zweifel parat haben konnte, bereits erfahren haben, Damit wie mit 1 glühenden Messerschneide in zugleich flüchtiger wie warnender Art in Berührung gekommen & daher fortan bestrebt sind, stets *Das Richtige* tun zu wollen. Denn mangels anderer=besserer Lebensmöglichkeiten (was auf ein für sie anderes=besseres Konditional, jener verheerendsten aller Erfindungen der Grammatiker, hinausgelaufen wäre) ist dieser Frau nichts weiter übriggeblieben, als in jene 1 Mal gefundne Abfolge von Regeln-für-den-Alltag sich dreinzufügen. Denn sie, 1 Unbedeutende unter all den übrigen Unbedeutenden in jenem Land, hatte zu dem einen

Nachteil, 1 Mal *auffällig geworden* zu sein, den weiteren=den entscheidenden Nachteil, in den Jahren & späterhin den Monaten und Wochen der überhitzten Fluchten aus diesem Land, dageblieben zu sein ohne den Schutz durch sogenannt Höhergestellte Personen & ohne deren schmieriges, aber ein Überstehen ½wegs sicherndes Mäzenaten- bzw. Protektorentum (:hierzu alljene in sämtlichen stockenden Tümpeln des gesellschaftlichen-Lebens im-Osten gegenwärtigen Figuren, die, von Staat's Gnaden in ihrer Halbliberalität gewissermaßen als Alibi&vorzeigeposten, als Galions-Figuren für jene bis zum Augenblick des endgültigen Schiffbruchs rigid propagierte *Offenheit*, in jener typischen Aura saturierter & paranoider Selbstüberschätzung wie sie zu Allenzeiten die Hof-Hunde der-Macht kennzeichnet, mit den von-Oben ihnen zugeworfnen & hin&wieder auch mal u ganz-nach-Launen der-Oberen entzogenen Kuchenkrümeln vom Tisch-der-Macht nun ihrerseits in der Manier ihrer Herren als Herren schillernde Spielchen mit Jüngern & Vasallen treiben durften, die, in immer zwergenhafteren Manieren von den Schatten der Schatten besonnt, daraufhin ihrerseits jene erduldeten Spielchen mit den nunmehr von ihnen Abhängigen &sofort bis hinein ins Aschgraue weitertreiben konnten.....) –:– Dagegen sie, diese Frau, also den Alles entscheidenden Nachteil hatte *1fach wirklich nur all-1 u geblieben zu sein.....* & deren zusätzlicher Makel in den-Augen-der-Leute Heutzutage darin besteht, mit 1 Mann verheiratet gewesen zu sein, der, statt abzuwarten bis aus den-Akten sein *Widerstand und Verfolgten-*Status od: Nörglertum & medienwirksame Besserwisserei, aus Papier werde Papier, in Geldscheine zu verwandeln gewesen wäre; dieser Ehemann dagegen offenbar nichts eiligeres zu tun gehabt hatte als sich aufzuhängen. Soviel Anstand vorsich herzutragen ist zuviel Anstand gegen All-diese-Anderen deutschen Sauerbraten mit Trauerklößen & Rot-Kohl..... : ?!Wie auch sollte diese Frau all-1 jetzt & heute der Behördenforderung gerecht werden & *beweisen, daß der Freitod Ihres Mannes aus politisch begründeten Motiven & daraus entstehend aus*

1 Zwangslage heraus geschehen war. So daß also der Tod & die Akten der Staatssicherheit über ihren Mann der Frau nicht einmal dessen Transsubstantiation in konvertierbare Währung, eine modisch gewordne Verwandlung von Schicksal in Geld, als Entschädigung eingebracht hatte, sondern nurmehr das, was sie, die Frau, ohnehin seit jeher besessen hatte: Nichts. Und ?werweiß ob diese Krankenhausgeschichte auch wirklich & wahrhaftig *das* Motiv gewesen ist, dessentwegen der Mann im Wald sich aufhängen mußte –:*?Vielleicht, ich wills mal so sagen verehrte Frau, vielleicht lagen ja seiner mnö Tat ganz ähm andere, sozusagen private Motivationen zugrunde nichwahr, die ihn, verstehn Sie mich bitte nich falsch verehrte Frau Wiewardername Lipp ja ganz recht Lipp, verehrte Frau Lipp, also ganz-ä andere Motive, die Ihren Mann gewissermaßen veranlaßt haben sich zu – Also-ä: Wenn Sie hingegen amtliche Schreiben, Kontakte mit der bundesdeutschen Vertretung in Ber – ichweißichweiß: das war verboten & gefährlich seinerzeit, nunja: Irgendetwas vorlegen könnten, das Ihren Mann sozusagen !nachweislich – Wenn Sie verstehen – Es kommen halt Soviele heutzutage hierher, die behaupten alle, daß sie – :Denn genau wie nach Fümfundvierzich in Deutschland gegen die-Nazis, nimmt nach Neunundachtzich der-Widerstand gegen die-Kommunisten mit jedem Tag zu –.–* Und weil in all den Wirrnissen unbeantwortbarer Fragen & irremachender Antworten diese Frau zumindest das 1 wissen kann: nämlich daß sie, wie alljene all-1 gebliebenen Menschen, viel zu klein, viel zu bedeutungslos sind, um dann aus der 1 Mal aus Versehen od Mutwillen losgetretenen Lawine jemals wieder mit heiler Haut hervorkommen zu können – –

Der Kunde, 1 nicht mehr junger, unauffällig gekleideter Mann, dem ich in meiner Harlekinausstattung zuletzt die Tür geöffnet habe, will offenbar für längere Zeit hierbleiben – es muß bereits mehr als eine Stunde her sein, daß er die Wohnung leise, vorsichtig, betreten hat, dabei die Wände zu Dem Zimmer, als sei er blind, sich entlangtastend; das Einzige, was dir aufgefallen ist an dieser Unscheinbarkeit, das sind seine Hände gewesen: unnatürlich weiße Haut, darauf so große Sommersprossen, daß sie dich unwillkürlich an Scheiße erinnert haben, an Spritzer von Dünnschiß auf krankweißen Händen – (u bist froh gewesen, als dieser Unbekannte in seiner vorsichtig-betulichen Art, den Korridor sich entlangzutasten, endlich aus dem Blickfeld hinter der Tür von Dem Zimmer verschwunden ist). Dagegen die meisten anderen Kunden, im Eiltempo von Geschäftsreisenden in den Flur hereinhastend, trampelnd in jenem für alle Branchen offenbar 1heitlichen & bereits zum Inbegriff für Den Unbekannten Dienstreisenden gewordnen Standard: Umhängetasche (übervoll prall od schlaff & faltig) am Tragegurt von der Schulter hängend u roh gegen den Hüftknochen pendelnd, zu allen Jahreszeiten offener, wehender Mantel, drunter hervorschauend das ebenfalls offene stets in den Schultern verrutschte Jackett, das über der Bauchspeckfalte aus dem Hosenbund sich bauschende Hemd (der Knopf dort zumeist offen (& der Anblick solch reisiger Schlampigkeit wie die mißratne=Parodie auf die gestärkten Unterröcke samt der Fülle an übrigen Schürzen Blusen & Röcken, die den Leib jener südländischen Großmütter umhüllen, deren Anblick gradezu als die stumme Zurechtweisung für denjenigen erscheinen will, der unter all den lamellenartigen Kleidungsstücken noch an Fleisch u Geschlecht, an Leibliches u Vergänglichkeit denken mag) hier nun aber das Parodistisch=Mißratene an diesen Erscheinungen eben im Hastigen, dem genau=anderen Ende von Zeit- u Geschlechtslosigkeit, sich gründet) & somit diese Männer mit eilig-irrenden Blicken von Zeit-zu-Zeit den Mund halbaufgesperrt halten wie im beständigen Ringen nach Atemluft –:wobei das Moment des Halboffnen, aus fickser Wandelbarkeit von Bequemlichkeit zu Notwendigkeit zu allzeitig geforderter Dienstbereitschaft entstanden (dabei dann der Unterschied von Geschäfts- zu Geschlechtspartnern längst schon verwischt), überhaupt als !das Kennzeichen jener Berufskategorie Mensch erscheint, und mit ihren Mänteln & Jacketts jene Wolken Schweißgerüche um-sich wirbeln, wie sie an Reisenden haften, die Stunden-über-Stunden in vollbesetzten Zugabteilen, in zähflüssigen Autoströmen auf Fernverkehrsstraßen verbringen müssen, um danach sofort in zumeist überheizte schlecht belüftete Messe- od Konferenzsäle sich hin1zuzwängen; hier nun, als gälte es auch diesen Programmpunkt ihres Dienstreiseauftrags noch zu absolvieren, sich rasch von der Frau in Das Zimmer führen lassen zumeist in der schlecht ihre Verlegenheit kaschierenden Manier des Burschikosen auf ihr Vorhaben zusteuernd – :mitunter sehe ich diese-Männer auf dem Flur noch während des eiligen Laufens zur Tür von Dem Zimmer schon Mantel Jackett & Hemd ausziehen während sie die vereinbarte Summe Geldes in Scheinen zur Rolle gedreht, der Frau wie 1 Staffette beim Wettlaufen mit fahriger Geste in die Hand drücken, eilends unauffällig wie das unter Verschwörern Drogendealern & Schiebern üblich ist, !bloß !schnell & !Los (um die für 1 Tarifeinheit Ficken gültige Halbestunde nicht überschreiten & nachzahlen zu müssen, haben diese-Männer vielleicht zuvor, ebenso hastig ebenso diensteifrig, während sie mit den Blicken geschäftig die Türschilder überflogen haben, bis sie im 5. Stock auf den Namen *K. Lipp* getroffen sind, schon während des Treppensteigens (so heimlich & angestrengt wie abwesend & beiläufig) durch den Stoff ihrer Hosentasche mit Onanieren begonnen); & wenig später dann durch die hellhörige Altbauwand jene allbekannten kehlig rachitischen Stakkati der Anstrengung, als gälte es Möbel zu rücken od haufenweise Kohlen zu schaufeln, zunächst leiser dann rasch lauter & fordernder werdend, & dann, beinahe nach immerderselben Zahl so herausgekrächzter Laute: plötzlich, abrupt, das Aus, – dann behäbiges Bettgestellknarren, das Klicken 1 Feuerzeugs 1mal 2mal (sofern die Halbestunde noch nicht vorbei ist), gewiß hellrot das Aufglühn der Zigarettenspitzen u leise knisternd Tabak & Papier im Zimmerdunkel, geräuschvoll das Ausatmen aus fremden Kehlen, das eher wie 1 Zischen klingt, geringschätzig & erleichtert, dies nun auch wiedermal *hinter sich* zu haben, den Schweißgeruch, die gesättigte Leere des Zimmers mit Qualmarabesken & trübblauen Rauchgespenstern für Augenblicke besetzend; manchmal Stimmen (gedämpft vorsichtig die wenigen Worte gesetzt, beinah wie in Verlegenheit hüstelnd, so als müßten diese Unbekannten Kunden für ein peinliches Versehen nun in einer ihnen fremden Sprache die rechten Worte finden, um sich zu entschuldigen), doch meistens gar nichts, kein Wort, schlurfende Schritte, nur eiligst & begleitet von rauhen knisternden Geräuschen Stoff über Haut, Reißverschlüsse energisch ratschend, zu, Jackemanteltasche: *!Sò*, Türklinke, Schritte den Flur entlang, Wohnungstür auf zu, und hallend stampfende (innen noch lauwarme) Schuhe sich entfernend über das Holz auf den alten Treppenstufen hinab.

Bis auf den kurzen Moment beim Türöffnen: der Augenblick, um zu kontrollieren: nicht der Feiste....., weder Besoffener noch offensichtlicher Psychopath, bekomm ich nichts wesentliches weiter von diesen-Kunden zu sehn. Ihr Erscheinen & Verschwinden geschieht in der Manier von Kriminalfilmen aus den Fünfzigerjahren, worin, sobald der-Täter vor dem Ende, vor dem Zeitpunkt der *Aufklärung-des-Falls*, d.h. vor jener Apotheose für Polizei u: Intellekt, auf der Szene in Erscheinung treten mußte, stets nur Teile seines Körpers im Bild erschienen – 1 Hand, 1 Fuß, 1 Hosenbein od in jener paranoiden Beleuchtung der Szenerie 1fach nur ein langgezogener Schatten auf einer Wand, der geschwind aus dem Auge der Kamera wieder entschwinden mußte, nurmehr also in der Auslassung gegenwärtig werden durfte (dazu die Filmmusik einen getragenen, dunkel-drohenden, verschwörerischen Klang bekam, womit man die angeregten Mord- & Zerstückelungsgelüste beim Zuschauer jener unheimlichen Erscheinung einer von Jedermann nunmehr als Den-Täter identifizierten Gestalt getrost zur Ausführung überlassen konnte, um im Schluß über jenem dann gestellten Täter im Verbund mit aller Glorie der sich=selbst feiernden Macht den Stab zu brechen).

Anfangs hat dich deine Scheinrolle als proletarischer Zuhälter-im-Osten & die unfreiwillige, aber dazugehörende Ohren-Zeugenschaft jener immergleichen Verrichtungen im Nebenzimmer amüsiert, sogar erheitert, hat dich erinnert wie du als Halbwüxiger in den Badeanstalten od Turnhallen über die Trennwände hinweg in die Umkleidekabinen der Mädchen spanntest – und begeisternd=erschreckend auch erheiternd in ihrer Fremdheit von oben-her in der verkürzten, gleichsam die Leiber in nackte helle Klumpen verwandelnden Perspektive die Anblicke dieses weißhäutigen Fleisches mit jedesmal fast dem gleichen dunklen Haarbüschel zwischen den in der Draufsicht keulenartig wirkenden Schenkeln –,– hingegen bei solchem Voyeurismus wie auch beim Lauschen auf die Fickgeräusche der Fremden das Faszinosum vom Windzug-der-Jahre natürlich geschliffen und eingeebnet wurde, so daß du in späterer Zeit desöftern, nein fast regelmäßig, beim solcher Art-Lauschen/an/der-Wand eingeschlafen bist : Desgleichen früher schon bei Briefen, die, von Fremden Bekannten also von Irgendwem liegengelassen od vergessen auf Tischen in Schubladen od zwischen Bücherseiten, nun vor dir lagen als seien das abgetragene nachlässig weggeschmissne Kleider –:– Du mochtest nicht mehr hinsehen auf all diese wie in Sackleinen geheftete, kleingesäumte Tintendramatik, die, wenns hochkam, vom selben 1heits-Meter abgespult erschien wie Dramatik in Theater-Stücken: *Rudi liebt Erna – aber da kommt Paul* – :Nein, nichmal unter Androhung von Gewalt will ich sowas Heut noch lesen. Ebenso, neben dem Zweck aufzupassen, daß keiner der-Kunden der Frau in Dem Zimmer etwas zuleide tue, hör ich auf die Geräusche aus Dem Zimmer nurmehr wie auf den auf&abrauschenden Lärm von den Straßen her; Geräusche-von-nebenan, lediglich in winzigen Intervallen Zäsuren setzend ins kataraktische zur riesigen Kuppel aus Dröhnen & Rauschen geschlossene Gewölbe über der Stadt Berlin..... ; mitunter von-drüben aus Dem Zimmer auch das Schmatzen von Küssen die ins Leere gehen und wie Sumpfblasen zerplatzen, weil manch 1 der-Männer nicht weiß od nicht wahrhaben will (vielleicht weil sie wirklich vergessen haben, wen sie ficken), daß Huren von den-Kunden nicht auf den Mund sich küssen lassen – ich höre bisweilen das Gemaule dieser-Männer – :Oft muß die Frau den Kopf energisch zur Seite werfen, um diesen begierigen Mündern mit den speichelnassen, gespitzten Lippen zu entgehn, & höre sie die besonders Hartnäckigen rasch & ärgerlich abwehrn *!Nich auf den !Mund du hast mich !nicht auf den !Mund zu* – und dann diese Geräusche wie das Schmatzen der eiligen Fresser vor Imbißbuden, die all-1 an wackeligen Plastiktischen stehend mit stumpfen Blicken das *fastfood* in-sich schlingen, so abwesend, daß sie vermutlich nicht mal auf die Idee kommen, nach dem Geschmack dieser mit Lippen & Zähnen aus einer Masse herausgerissnen Fleischbrocken zu fühlen – :Du bringst es nicht mehr fertig, weder von anderen Menschen dich beleidigen zu lassen, noch bringst dus fertig, für andere Menschen, für ihre Taten ihr Gerede und ihre Gedanken (:dies als die natürliche Reihenfolge) in Verlegenheit zu kommen, dich entschuldigen zu wollen od dich schämen zu müssen, noch über andere Menschen zu lachen, nicht einmal mehr das..... Vielleicht hast du 1fach noch immer nicht genügend Scheiße-von-Menschen erfahren, um an Das Gute in den-Menschen glauben zu müssen.

Hinter der Wand, im Nebenzimmer, noch immer !keines der üblichen Geräusche..... ?!Was ist das für ein Kerl, dieser Schleicher, der den Flur entlang sich tastete mit seinen unnatürlich weißen Händen voll Sommersprossen, hellbraun wie von Scheiße bespritzt –:wirklich ein ?Blinder. ?Brauchen Blinde länger für Sowas..... Du bemerkst erst jetzt, daß du vermutlich seit geraumer Weile, das Ohr wie in den 1. Tagen deiner – sag ruhig: *Gefangenschaft=hier* – an die ockergilbe Tapete gepreßt, auf das Geschehen in Dem Zimmer seit langem wieder aufmerksam lauschtest – : nur die bedämpften Lärmpartikel, Geräuschescherben verstreut vom ferneren Leben in diesem Haus – ein Nachrichtensprecher insistiert mit stumpfen Wortebohrern, 1 Teekessel pfeift ihm was, die Stimme seines Herrn für den Hund, der bellt seine übliche Serie (jenes 1-Silben-Gemisch aus Befehlston & Schluchzen, das dich stets an die-Menschen erinnert u deshalb dir Hunde unerträglich macht) – und nach dem Verstummen & zwischen allem neubeginnenden Geräusch, im Atemholen, in der Stille das Brausen deines eigenen Bluts –:– Es scheint kein Geschehen dort-drüben zu geben. ?Od ist in jenem leise auf&abtönenden Raunen noch etwas Anderes als das Geräusch deines Blutes, ?das Murmeln eines langen ununterbrochenen Sprechens ?dort=drüben, ?hinter der Wand, in Dem Zimmer in dem schon so viele Töne Geräusche Laute verschwunden sind. Ein dunkelfließendes, grafitfarbenes Gesumm & bleichgraues Worteschäumen, dieser-Abend=diese-Nacht wie Damals meine Erste=hier: Die Nacht der Langen Reden : wenig Vertrauen in Gutes bei solch leisem intensivem Sprechen: !ganz sicher. Und ebenso sicher würde sie, die Frau (deren Beruf auch Penetrationen durch Wörter zulassen muß) bei solcherart Besitzergreifen wieder diesen besonderen Blick haben; Augen, wie in vor-Jahren 1 Mal begonnenem Erstaunen groß, seither in dieser Pose des Erstaunens gefroren, unablässig auf den Sprechenden gerichtet, wie ein Bildschirm, dessen Fläche jegliches Ereignis zulassen, spiegeln, auslöschen und vergessen kann – –

Denn das waren die Augen dieser Frau gewesen, die du vom 1. Augen-Blick eurer Begegnung an jenem Abend in der geöffneten Tür (das Flurlicht griff nach dir im erloschenen Treppenhaus als hellgelbe Bahn heraus) als 1. auf=dich gerichtet sahst – : Augen wie in 1. herbstlichem Lichtschimmer gefangen, gewissermaßen der Inbegriff des Ausharrens sind, des Bleibenmüssens, hier=in diesem Haus & in dieser Stadt, neben sich das 12jährige Mädchen, die Tochter – : Überstehenmüssen einer Zeit, die nicht einmal als eine schlechtere Zeit als die frühere ihr erscheinen mag, als besser indes auch nicht, denn sie kann vermutlich ihr Dasein längst nicht mehr als Reise durch einen Tunnel empfinden, von dem bekannt ist, daß er wie die Nacht auch irgendwann 1 Ende = 1 Licht herbeibringen muß – denn das ist es grad, das den Blick dieser Frau ausmacht: Die Ahnung, da ist kein Ende der Dämmerung, kein wirklicher Wandel, den es zu erwarten od abzuwarten noch geben kann, nicht mal solch Fatalismus der Gestrandeten & der Behäbigen; vielmehr das Hineinschauen in eine Reihung von Stunden-und-Tagen-und-Jahren, die vollkommen jenseits alles Zugehörigseins empfunden werden, so daß eben nur noch ein Daraufhinschaun ihr geblieben ist, ein Hinausblicken wie aus 1 Zugfenster während der Fahrt auf eine vorübergleitende immer fremde Landschaft, daraus, u vom Takt hellbrauner Telegrafenmasten skandiert, unvermittelt plumpe Häuser 1 Schütte Dorf hellrot ziegelleuchtend im Mittagssonnengrün und lang sich streckende Alleen Baumgruppen als schroffe zottelige Tatzen schwarzgrüner Raubwälder gegen die Vorüberfahrende anspringend; und Landschaften, vom staubfeinen Grau überzogen ebenso herbstlich leuchtend, bewegungslos, weithinblickend still u offen wie eben nur Augen, Blicke, die sie in einer gradezu naturhaften Beharrlichkeit, in einer längst aus aller Mode gekommnen Entschlossenheit zum Hinschauen u zum Bleiben bestimmen in dieser Wohnung, von Stunde zu Stunde ausgesetzt jenen nach Schweiß Kneipe & fauligem Speichel stinkenden Männern, die zum Ficken herkommen & denen ich die Tür öffnen muß; Männer, die wenig später grunzend quiekend & röchelnd einpaar Samenspritzer in ausgezerrten, nach Kautschuk & Talkum riechenden Kondomen zurücklassen (viele dieser-Männer müssen nach dem Ficken zum Pissen raus aufs Klo, & sie denken gewiß, das Kondom das sie in die Toilette werfen, verschwände mit der Spülung, aber es schwimmt einige Zeit gewissermaßen als das Attribut der Ödness noch wie ein schlaffer Fischkadaver im Becken); diese-Männer dann verschwinden wie der für den Moment gestillte Trieb, um danach in schon längst verwechselbaren Gestalten wieder&wieder zurückzukehren, begleitet von immergleichen Männergerüchen, verschwitzten Hemden Jacken scharf & zooisch den Atem erwürgendem Sockenqualm –

dazu die Gerüche, die sie aus den Berufen mit-sich wie eine Fährte heranschleppen, die sich längst 1gruben in die Poren der Stoffe & der Haut, Hosenbodengerüche der Büro&bankangestellten Ladenschwengel & Kellner mit Fußschweiß Stehkragenproleten aller Nationen mit Haarpomade, der Hinterhof-Plebs mit eingerissnen dreckigen Fingernägeln in Tabakknoblauch&schmieröl od 1fach nur ungewaschen, nach zulange getragener=dreckiger Männerwäsche riechend, worin sie wie Grippekranke abwechselnd geschwitzt & gefroren haben, & Alles letztendlich unterschiedslos geht auf kalte Zigarettenasche Bierdunst & Pommesfrites hinaus, das wolkt als beständige Atemluft aus den Mündern & überzieht schon als zweite Haut die ungesunden, von Berufsarbeit ruinierten u ungelüftet wirkenden Körper in Fischbauchweiß, die, entweder vorsichtig linkisch od: besitzergreifend & derb wie ins Bett gehievte Kohlensäcke, neben & auf die-Frau sich wuchten im Halbstundentakt von 1 Fick zum andern – ich habe mit-der-Zeit beim Lauschen/an/der-Wand zu unterscheiden gelernt so, wie der 1. Anblick in der geöffneten Tür mich die Gleichartigkeit dieser-Männer hat erkennen lassen –, und deren Auftritte in ihr, in dieser Frau, mit der Paradoxie von Naturgesetzen allzeit nur eben=jenen unbeugsamen Willen zum Ausharren erzeugen und wieder&wieder bestärken, der sie bleiben läßt, weit sehr weit entfernt von einem Selbst, mit Müdigkeit u Wachheit einer nur schwer benennbaren Pflicht sich unterwerfend, wie sie Frauen selbst gegenüber ihrem ungeliebten Kind noch empfinden können, & nur von der Einen, der brennenden Sorge getrieben: der Angst vor den Untaten des Feisten..... der ihr, wie sie unerschütterlich glaubt, nach dem-Leben trachtet, nach ihrer u ihres Kindes endgültigen Vernichtung. Und dies mit ebensolcher Beharrlichkeit glaubend wie 1 der Gestalten aus jenen, halb ergreifenden halb monströsen, biblischen Geschichten, die an die Wiederkehr des-Fatums & der Unerschöpflichkeit der-Sünde glaubten, die unter dem hoch hinauflodernden Blau archaischer Himmel aus dem kargen

Schotterboden ihres Daseins allzeit & unvermittelt nach den Fersen jenes armen Menschseins mit der Allgewalt der Sieben Plagen griff, um sie & all ihr Anverwandtes nach jenen zänkisch eifersüchtigen, kleinlich sadistischen & niemals u von niemandem wirklich ohne Leid & Schmerzen zu bestehenden Prüfungen schließlich dennoch in den Sog des endgültigen Verderbens hineinzuziehen & zugrunde gehen lassen zu können.....

In einer jener Zwielichtstunden – durch geschlossne Vorhänge morgenkühles Schimmern entzifferte mühsam noch das Mobiliar deines Zimmers – hast du zum ersten Mal mit dieser Frau geschlafen. Sie war herein gekommen, ohne 1 Wort hatte sie sich neben dich gelegt (ich, im Bett, seit Stunden wach, hatte seit langem die Fähigkeit, eine Nachtlang in der wohltuenden Dunkelheit u Tiefe eines andauernden Schlafes zu versinken, eingebüßt) und nahe bei deinem Gesicht 1ige kurze, wie unter einer warmen Decke dahergesprochene Worte, darin noch Reste nächtlich hüllender traulicher Schatten eingewoben, jene leitenden Laute einer Frau, die zur Situation gehören, nicht wirklich Wort sind, vielmehr 1 akustisches Anschubsen, 1 Leitton u gewissermaßen von-selbst hervorkommend; sie hatte, als du bei ihrem Hereinkommen den Kopf aus deinem unseligen Dämmern anhobst, 1 Arm nach dir ausgestreckt – ihn um deinen Hals geschlungen – der dünne Kimono, den sie trug, fächerte auf u, vom Nabel aufwärts sich öffnend und bis zum Halsansatz breiter werdend durch deine von Schlaflosigkeit brennenden Lider der Anblick entblößter Haut, hellfarbig im fleischwarm gefilterten Licht unter dem weichen Stoff, ihre Brüste an milchfarbene Früchte erinnernd, dann glitt der Kimono mit seidigem Funkenknistern zu Boden –, du rochst ihre vom Bett erwärmte Haut, dein Mund fand sich die Spitzen ihrer Brüste, sie schmeckten weich nach dem Schlaf einer Frau, die Schultern, die Schlagader pulsend unter der Haut ihres Halses, Lippen die sogleich nach deinem Mund sich formten –, Hände u Fingerspitzen u Haut und das Knistern in kräusligem Haar, deine aus dem wie in Kälte erstarrten Dämmern eine Nacht=lang ungelenken Finger, stotternd als müßten sie ihr Tasten wie eine fremdgewordne Sprache neu erst wiederlernen, und dunkel u feucht, und 1 mal nächtliches Flüstern –*du musdas zärdlicher machn nich so wie die-Kerle-vom-Tag weisdu mach es mir mit dem Mund dabei kannst du Die Kunst entfalten* – :und die Zungenspitze erspürte sich die Lippen ihres Geschlechts – der Geschmack ihres Fleisches *Cinnamon*, rot würzig, in seidiger Feuchte dann tagwarm wie Gräser Erde u Salz –.- Und später ihr Körper hell ausgebreitet, im Morgenlicht schwimmend, die Arme im Nacken verschränkt u hell ihr Blick direkt zu dir, herüber – sie : ich, einander nah – –

Der Kunde, ein Mann vielleicht fünfzig Jahre=alt, sein Körper wie eine Kugel aus Fleisch Haut & Fett, der Schädel ohne sichtbaren Hals mit einer Speckwulst den rundlichen Schultern aufgesetzt, doch das Gesicht erstaunlich schmal u an den Schläfen wie eingedrückt, sein Kinn lang u schlaff herunterhängend, die starken Brillengläser ließen ihn aus Froschaugen auf uns glotzen, während er seine Wünsche vortrug; er hatte wiederholt drauf bestanden & laut bemerkt, er zahle den !dreifachen Preis: ich sollte ihm Dabei zuschauen –. Dieser Kerl (wollte dir scheinen) die verfettete Kopie des letzten Staatz&parteischeffs im-Osten: wie ein schmieriger Schlafwagen-Schaffner, der den Schülerinnen im Zug dreckige Angebote macht. Schon beim Sichausziehen wollte er uns, die Frau u mich, als Zuschauer haben, niemand sollte ihn anfassen dabei, keiner von-der-Stelle sich rührn: erstarrte Puppen, festgebannt, reglos wie im Hundertjährigen Schlaf aus dem Märchen: Nur er, der Fette, lebendig beweglich ohne Bann – er ging auf die Frau zu, betatschte wie ein Viehhändler taxierend die Brüste, den Po, hob den Rock an & glotzte begierig drunter –, den Zeigefinger bohrte er tief zwischen die Schenkel (die Frau rührte sich nicht) – danach beroch er ausgiebig den Finger, dann ging er ohne 1 Wort hinüber ins

Zimmereck; er stellte sich neben die Stehlampe & zog dort als erstes langsam seine Hose herab, so daß das Oberhemd, unten zerknittert, die Kniescheiben bedeckte als trüge der Fremde einen Kittel aus blauweiß gestreiftem Stoff. Noch immer kein Wort, nur weiter das Rascheln von Textilien; sein Mund (die Lippenbögen flach u geschwungen wie der Mund einer Frau) verzog sich zum Grinsen, zwischen den Zahnlücken weißliche Speisenreste entblößend, während mit der fallenden Hose Schwaden lauwarmer Talggerüche & Kölnischwasser herüberwehten zu uns. Die Jahreszeit der Hundstage: doch der Kerl trug lange weiße Unterhosen, dicke braungestreifte Socken mit Haltern & ein langärmeliges, ebenfalls weißes Unterhemd, das über dem zu dicken Wülsten sich stülpenden Bauchfett den Kerl wie einen Schneemann erscheinen ließ (:beinah hätte ich laut aufgelacht –, der größte Fehler, wie ich gehört hatte von der Frau, in diesem Geschäft.....). Als würd er sich-selber ebenso komisch finden wie ich ihn, begann er seinerseits laut zu lachen: eine durchdringende, weithin hallende Kaskade wie aus 1 hochtönend kreischenden Polizeilautsprecher – obszön & falsch wie Soubrettengelächter im Varieté –: Und brach ebenso unvermittelt, wie er begonnen hatte, ab. Er nahm die Brille und legte sie behutsam auf das Tischchen neben dem Bett nieder, die starken Gläser fingen das Lampenlicht und warfen auf die Holzplatte 2 gelbe Halbmonde mit scharfgeschnittenen Rändern. Das jetzt brillenlose Gesicht wirkte schutzlos u nackt wie enthäutet, als sei eine Operation an ihm vorgenommen, die Augen unbeholfen, schielend in-sich gekehrt, dann, als hätt er sich besonnen, starrte er zu der Frau herüber : Sie verstand & begann sich auszuziehen, während ich an der Tür, an den Rahmen gelehnt, stehenblieb.

Und du sahst die Frau routiniert sich entkleiden, sahst aus dem fallenden Kleiderstoff gleichsam daraus emporwachsend ihren nackten geraden Rücken, die Schulterblätter sich entfaltend, den Hintern, die Muskulatur an den Oberschenkeln, die Waden – und sahst ihre Füße, die aus dem Stoffgewoge wie aus einem in weiche Falten gelegten Nest heraustraten, mit kleinen Schritten langsam, von dir fort, auf den Fremden zugehen – das Schau-Spiel ihrer Nacktheit (dein Platz in den Kulissen), alle Illusionen ihrer Angebote: Für ihn, einen häßlichen Fremden – sein Körperfleisch verströmte jene Gerüche lauwarm-klebrig wie ein Bottich voller Eingeweide –, und, mittlerweile nur mit der langen weißen Unterhose noch bekleidet, hatte der Mann aus der Tasche seines über die Stuhllehne gehängten Jacketts 1 Musik-CD hervorgeholt. Die reichte er jetzt mit Glubschaugen u halboffenem Mund der Frau, die, nackt, zu dem Recorder im untersten Fach des Bettischchens, die CD einzulegen, sich niederknieen mußte. !Darauf schien der Fremde zu lauern: Er gierte auf den nackt sich wölbenden u von der Schattenlinie der Wirbelsäule geteilten Rücken der Frau, schielte unter ihren Armen hindurch nach den birnenförmigen Brüsten – und mit 1 Bewegung riß er sich die Unterhose herab, schlenkerte die elastischen Beinmanschetten von den kurzen rundlichen Füßen, stellte sich aufrecht hinter die am Boden hockende Frau, die kurzenfetten Beine starr, Kniee durchgedrückt, während er rasendschnell sein winziges, zwischen dicken Fingern hängendes Glied zu masturbieren begann – :Als die Frau, noch immer in der Hocke, schließlich sich umwandte, war das Glied steif –: in ihrer Hand (als hätt sies im Austausch mit der CD vom Recorder bekommen) das Kondom, sie streifte es dem Fremden über das an eine längliche Kartoffel erinnernde Glied (das zuckte bei der Berührung – das Zucken setzte sich peristaltisch unterm Bauchfett nach oben-hin fort, bis aus dem aufgesperrten Mund der 1. Laut in dies bislang gespenstische Schweigen eines offenbar genau abgezirkelten, mechanischen Ablaufes fiel: wie 1 Schluckauf 1 Glucksen, 1 knorpeliges Geräusch) – und die ersten Töne Musik aus dunkel vergitterten Lautsprechertürmen: *Ah la fede ti manca* : Du, an den Türrahmen gelehnt, ein Gespenst ein Vergessener in dieser jahrtausendealten Szenerie des Totenfestes von Fremden, sahst ihn auf die Frau sich stürzen, gewalttätig, mit zwingender Kraft, sahst ihn die Frau packen, sie unter sich werfend nieder aufs Bett – *Un bel dì vedremo levarsi un fil di fumo sull'estremo confin del mare. E poi la nave appare* – das Bett schwang knarrend unter diesem Gewicht, der Kerl fickte brutal als wolle er mit seinem Glied den Körper der Frau zermeißeln – einigemale schaute er über seine rundlichweichen Schultern herüber zu mir, wie ein Jockey beim Rennen nach den Konkurrenten sich umschaut in aller Eile (od wie damals als Kind vor vielen Jahren an einem Samstagabend, als du noch bei deinen Adoptiveltern warst & Nachbarn, die einzigen damals die sich einen eigenen Fernsehapparat hatten leisten können (einen riesigen unförmigen Holzkasten mit 1 Bildschirm vom Format so winzig wie 1 Schulheft, der alsbald nach dem Einschalten nach heißem Staub & Bakelit zu stinken begann, & die anwesenden Männer=technikkundig sofort aufsprangen & an dem Kasten zu hantieren begannen, abers war nur, weil er neu war, der Kasten, das warmgewordne Gehäuse hatte sich erhitzt), euch & eine Menge andrer Nachbarn anläßlich dieses Neuerwerbs zum Abendprogramm eingeladen hatten, u aus 1 Boulevardtheater die Aufzeichnung eines-jener volxtümlichen Schwänke gezeigt wurde (die auch heute noch gezeigt werden & seit Jahr&tag stets zwischen Doofheit u Geilheit changieren –): Die Szene eine Garnisonsstadt zu K&K-Zeiten, u du dich nur der 1 Szene noch erinnerst, worin ein unerhört dicker Schauspieler im fleischfarbenen, enganliegenden Kostüm (einer Art Strampelanzug, der damals körperliche Nacktheit symbolisieren sollte, doch zog diese Verkleidung mitunter albern Falten, wodurch der Schauspieler eher an ein riesiges Stofftier erinnerte) einen Ritt-Meister schmierte, der von seiner Fantasieuniform nurmehr den Gürtel & den Helm mit dem nickenden, an einen Staubwedel erinnernden Federbusch als sozusagen einziges Kleidungsstück, einer ebenphalls in nackte Haut imitierendes Kostüm gesteckten, mit Fransen abgesetztem Sattel Steigbügeln & Trense notdürftig als Stute drapierten Statistin rücklings aufsaß und säbel- & trompetenschwingend in der engen

Bühnendekoration um einen schweren, dunklen Eichentisch unbeholfen hopsend zur Attacke blies (all das für die Kabarett-Nummer nicht benötigte Mobiliar – Vertiko, Standuhr, Tellerboard – den Bühnenwänden der Dekoration mitsamt der Tapete aufgemalt; dünne Sperrholzwände, die mitunter durch das Getrampel & Türenklappen, als sollte so der Wortsinn jenes Fenster-&-Türen-Schwankes augenscheinlich werden, ihrerseits heftig schwankten), wobei jener Ritt-Meister zu dem durchs Schlüsselloch spannenden, kichernden Zimmermädchen & dem Hausknecht=hinter-ihr (der seinerseits flugs die Röcke des Mädchens über ihren Hintern hob, so daß weiße, spitzenbesetzte Höschen & Strumpfhalter zum Vorschein kamen, was vom Publikum kreischend & klatschend honoriert wurde (:derlei, heute wie damals, fern jeden Reizes u jeder sinnlichen Eigenheit u Inspiration, sondern lediglich zurechtgemacht & per Stich-Wort od Inspizientenzeichen vorgeführt, wie eben=jeder nackten Statistin auf jeder Bühne dies puppenhaft Unerotische, gleichsam attrappen=artig Unmenschliche anhaftet: so auch damals bei diesen vorgezeigten Höschen, diesen Strumpfhaltern, dieser unglaubhaft nackten Haut : nichts als schwarze, wie mit dicker Fettkreide gezogene Striche auf hellen Bakelitschenkeln 1 Kleiderpuppe im Schaufenster irgend eines Textilgeschäfts)), dieser Ritt-Meister auf der als Stute drapierten Statistin also triumfierend sich umkehrte mit jenem Grinsen, mit dem er in 1 anderen Szene des Stückes allabendlich als Falschspieler auch seine gezinkten Asse ausspielte – : Wofür die Schmieren=Komödianten an dieser Stelle aus dem Publikum (das 1 Kameraschwenk auf dem blaugrau flimmernden Bildschirm erscheinen ließ: im Halbdunkel des Saales im Streulicht von der grellen Bühne=herab nur deutlich sichtbar die ersten Reihen dichtan1ander gedrängte Jacketts u Seidenblusen mit Perlenketten & glitzernden Broschen, so wie Kleinstädter od Amerikaner zum Ausgehn sich feinmachen, die wie Speckschwarten glänzenden Gesichter von Frauen& ihrenmännern, Augen & Münder dummgeil aufgesperrt, quiekend & grunzend, die Lachwogen wie akustische Orgasmen aufwallend & strampelnd auf ihren Sitzen den Bühnen-Ritt unbewußt imitierend) den lautplatschenden Applaus, als schlügen flache Hände in Terrinen voll fettiger Brühe, als Beiphallsecho zurückerhielten) – *Poi la nave bianca entra nel porto, romba il suo saluto. ?Vedi: È !venuto* – (u erinnerst jetzt den Anblick dieser Nachbarin/dicht/neben/dir auf der Kautsch, ihren Geruch nach hautwarmem Siebenundvierzigelf, jener dickleibigen Frau, die Jedensonntag um 10 Uhr mit deiner Adoptivmutter die katholische Messe besuchte, keine ausließ, die neben/dir auf der Kautsch gewissermaßen aus dem winzigen Fernsehbild herausgenommen & in diese enge Wohnstube als Verlängerung des Publikums, ebenso gekleidet wie jene=dort im halbdunklen Saal, dir erschienen ist, & ihr enger, dunkelblauer Rock war weit die klobigen Schenkel hinaufgerutscht, während sie die eine der dicken wie gepolstert wirkenden Hände vor Vergnügen auf den prallgespannten Rock niederklatschte u die Fettwülste unter ihrer safrangelben Bluse schüttelnd den Lachschauern überließ) – *Io non gli scendo incontro. Io no* – (von der anderen Hand jedoch, als hätte ihr Wesen gleichsam sich zweigeteilt, die wurstigen Finger abspreizte, um damit wieder den Saum ihres Rockes mühsam aber vergeblich über die an Kohlrüben erinnernden Kniee zu zupfen sich mühte –, um wenigspäter, mit dem Ausklang des Lachgetobes, im Fernseher wie in der engen Stube, sozusagen mit der Stimme des reumütigen Gewissens deine seit Langerzeit schon wie zu Gußeisen erstarrt dasitzende Adoptivmutter mit geheuchelter Besorgnis zu fragen, ob denn Das (& deutete mit dem von Haarlack, der in der engen, menschenwarmen Stube nach Kochfisch zu riechen begann, wie jener Federbusch des Schauspielers auftoupierten Frisur kurznickend zum Bildschirm & dann zu dir herüber) *eingtlich schon Was für das Kind zum Hinschauen sei* –) – *Mi metto là sul ciglio del colle e aspetto, e aspetto gran tempo e non mi pesa* – : u du sahst den rammelnden Fleischkoloss mit seinem gefrornen triumfierenden Grinsen von dir fort wieder den schaukelnden Brüsten der Frau=unter-ihm sich zuwenden, sahst das Fett an seinen Flanken zittern (:dies war kein prüde eine Nacktheit imitierendes Kostüm) u du sahst auf dem zerknüllten Samtrot der Bettdecke den Körper der Frau, von den Stößen des Mannes zur Peristaltik gezwungen, sahst den Mund der Frau, ihre Lippen zum Lachen sich verziehen, die weißen Zahnreihen entblößend, 1 Hand an ihrer Brust, mit den Fingern der anderen zart, fühlend über die fettige Rückenhaut dieses bebenden Fleischklumpens=über-ihr streichend – winzige Schweißperlen wie Tropfen von öligem Regen wischte ihre Hand von dort herunter, Haut eines milchfarbenen Ebers –, ihre Augen groß, ihr Blick über die rundliche Schulter des Fremden direkt zu dir, herüber, ohne Lidschlag, unverwandt : Das war längst keine Pflicht mehr, kein professionelles Heucheln eines nie gefühlten Vergnügens – *È uscito dalla folla cittadina un uomo* – : u starr, unbeweglich an der Tür zu diesem Geschehen, als wolltest du warten auf den Schuß ohne Zeit, aus ihrem Blick unverwandt auf mich zielend ohne die Gnade des endlichen Aufpralls der Kugel, des Treffers, des Zerreißens von Haut Gewebe inneren Organen, ohne die Chance des Niederstürzenkönnens in der Unterwerfung nicht so sehr unter den Schmerz, vielmehr Unterwerfung unter die erkannte Hilflosigkeit – ?endlich das akzeptierte Aus – *un picciol punto s'avvia per la collina* – : ohne Lidschlag, unverwandt : brennend scharf in die Augäpfel schneidend, zuckend vor-zurück als feuerfarbene Kanülen *peak control* am Recorder : die Augen punktierend, meinen Blick zerstechend im Rhythmus jenes dort-drüben auf&ab stampfenden Klumpens Fleisch, und blind sein u nichts mehr hören – *Io senza dar risposta me ne starò nascosta* – Nichts mehr sehen müssen, blind sein, blind wie das Licht u taub, die Seligkeit der Steine. Ohne Lidschlag, unverwandt : noch nicht Tod genug, der nächste : Um die Kehle den Strick, wie 1 straff gespannten Muskeltrakt, enger und enger in die Halshaut sich pressend, aus der Lunge brandige Klumpen Luft, Atemreste würgend, und enger und enger die Schlinge der Strick, Blut zu Speichel zu Staub –: kein Atmen weiter, blind, taub, ?endlich erwürgt u im Aus – *e un po' per non morire* – ohne Lidschlag, unverwandt : und noch immer nicht Tod genug: denn dieser !1 Nerv ?od Muskel (ich kenne mich nicht aus in der Anatomie) – da, unter der Haut der Wange – wehrte sich – zuckend – pulsierend – sein Morsealfabet SO ist daS – jetzt die ganze Hälfte des Gesichtes – zuckend – pulsierend – immerfort, unhörbar das Klopfen ?Was soll denn sein – die Hände lösen – Nerv ?od Muskel (ich bin durch die Tode nicht schlauer geworden), ohne Lidschlag, unverwandt : ?Wieviele Tode noch ohne Ausweg – kein Entkommen : Hinsehen : Hinstarren – *al primo incontra, ed egli alquanto in pena chiamerà, chiamerà – :ich habe das nicht mehr gewußt habe einfach nichts mehr gewußt* – sie direkt zu dir – ohne Lidschlag – *daß ich* – unverwandt : *daß ich dich* – weiß u großporig die schlaffe Haut an den Flanken des fetten Kerls im nervösen zitterigen Beben – *dich* – und von ihren weitgespreizten Beinen handtellergroß ein Knie, ein Lichtschimmer griff danach, strich über die geschmeidige Haut den Oberschenkel den einen starken Muskel dort hinauf in schattiger Vertiefung gestrafft bis hin zu ihrem Geschlecht – *Tutto questo avverà, te lo prometto – dich* – die weißen Zahnreihen ihr Lachen entblößend – *Tienti la tua paura, io con sicura fede l'aspetto – seit langenlangen Jahren einfach nichts mehr gewußt, zuspät jetzt u Aus – –*

Mit letztem Zucken *peak control* aus dem zitternden bebenden auf&ab stampfenden Fleischkoloss (1 graues Haarbüschel im Eifer der Erregung gesträubt vom Wirbel am Hinterkopf abstehend) aus der Nase 3x kurzscharfes Luftcrescendo *hmp hhmmpp hhhmmmppp* : vom Recorder das Rücklaufgeräusch, als würd eine ältliche Uhr an der Gewichtkette aufgezogen; der fette Kerl, Speichel im Mundwinkel glänzend, die Haare an Rücken u Arschbacken naß & kräuselig verklebt, sprang behend & flink von der Frau & zurück auf die rund wirkenden fetten Füße ins fiebergelbe Stubenlicht, das Messing- & Glaskanten bissig zu Funken zersprühten –, das kleine Zimmer kontaminiert, okkupiert u infiziert von Schweiß&

sperma jenes Kolosses, Ausdünstungen die wie schmierige Gazevorhänge den Raum durchzogen u das Licht u die Atemluft-hier verdarben. Für 1 Moment hinschaun auf diesen aufrecht im Zimmer stehenden, fetten nackten Kerl (:Und hatte !hoffentlich irgendwo in dieser talgigen Fleischmasse bereits das Sterben begonnen..... Anfangs nur 1 Zyste, eine Wucherung..... noch klein, bald schon größer werdend & zwei..... drei..... dann unzählbar viele..... ein langer Weg noch bis zum 1. schneidenden Schmerz: die Anfälle die Schmerzen Lippen noch fest zusammengepreßt *Ver!dammt tut so !weh* aber !Nichts anmerken lassen !Haltung bewahren *hmp hhmmpp hhhmmmppp* die Schmerzen aber reißen ihm bald schon den Mund auseinander, dann: der 1. !Schrei, viele würden folgen ! ! ! ! Knochensarkom Myelom und Schreie immer nur Schreie !!!! –, die Rettungsversuche später zu spät: die Maschinerie Arroganz & Hilflosigkeit: Skalpell + Röntgenstrahlen + Chemotherapie = ein Fleischbrei, ein Skelett befallen & mürbe vom Knochenfraß hatte in diesem Raum vor meinen Augen gefickt, ein vom Krebs zerfressenes Skelett ein Eiterbottich, daraus 2 3 Spritzer Lebendigkeit zum Ende für das Satyrspiel.....), am schon geschrumpften Glied schlaff baumelnd das mit wässerigweißlichem Samen gefüllte Kondom –, schnalzend pflücktens die dicken Pfoten herunter, & auf den Boden damit: *–Und wiedermal: !Finito Rastelli –*, & noch ein Mal das durchdringende weithin hallende Soubrettengelächter. Aber er hatte bezahlt: den dreifachen Preis..... Du standest noch immer fest an den Türrahmen gepreßt (Holzmuster ins Oberarmfleisch tief eingedrückt), du merktest erst später, daß der Fette beim Rausgehn – er hattes mit 1 Mal sehr eilig – dir einen Geldschein=extra ins Unterhemd gesteckt hatte –, du wolltest ihm nach, mit dem schweren Kristallaschenbecher der talgigen Sau den Schädel einhaun –; die Frau trat dir in den Weg, entschlossen: –Mein !Job. Verstehstu: !Mein Job. – Sie hob mit 1 Papiertaschentuch das Kondom vom Boden auf, wischte mit 1 anderen Tuch den wässerigen Samenfleck aus den Teppichfasern heraus, und trug das hinaus auf den Flur, aufs Klo. Für den 1 Augenblick in der Tür, im Vorübergehen, sie : ich, ein|ander nah – –

?Od: war das wieder 1 deiner Träume: ?Bist du, den Kopf mit der linken Seite gegen die Wand gelehnt, beim angestrengten Lauschen nach dem seltsamen Raunen eines Gespräches nebenan auch jetzt wieder eingeschlafen – so wie früher am Ende eines Arbeitstags, in 1 Daheim angekommen, für 1 Kurzes dich zum Ausruhn hinlegtest, und darüber eingeschlafen bist – und dann jene Art von Nachmittagsträumen: kurz, heftig, voller Niedertracht Bosheit & Streitsucht, der Fang im Schleppnetz eines Tags: Bilder & Szenen wie aus einem wirr geschnittenen Film, dem überdies die Tonspur zerstört worden ist, so daß nurmehr jene Pollutionen an Attacken aus monumentalen Stummfilmen geblieben sind, doch sie=alle in solch überheller Präzision für jegliches Detail, in überscharfen Umrissen dessen Konturen nachzeichnend, wie jene Gewitterblitze jetzt, die für 1 Augen-Blick gewiß eine-ganze Landschaft, Bäume Flechtwerk der Zweige Blätter klauenartig tatzenförmig od spitzkrallig gespreizt mit ausgezackten Rändern od samtenrund wie Katzenpfoten – das Tierische in den Pflanzen, u Ziegelsteinfugen mit rauh hervorquellenden Mörtelwülsten erschreckt aufgerissene Augen u Lippen in erstarrten Gesichtern u binsenstarr gesträubtes Haar – der innere Mensch die Pflanze, mit 1 Mal in ungeahnter Vielfalt vom Plasmalicht zerblitzt, als Panorama aufgrellen u gleich darauf wieder verlöschen lassen, als seien diese Bilder in den Nachmittagsträumen 1 Sekunden-Blick ins Auge deines eigenen Taifuns : Im Haus-gegenüber nur manchmal 1 beißendes Licht aus schirmlosen Glühlampen in die leeren Räume hin1stürzend, sobald hin und wieder ein Wohnungssuchender diese Räume betritt, verstört desillusioniert & nichts Gutes mehr ahnend schon im kalten Staub&moder im Gestank nach Katzenpisse überall in den Treppenaufgängen, schließlich nur in 1 der Räume hin1zublicken braucht, die schon verfallenen Zimmer mit ihren wie große, gleichsam mumifizierte Blätter abgestorbener Pflanzen herabhängenden, ausgeblichenen Tapetenfetzen & den morschen, aufgerissenen Dielen sowie den mit Mörtel&verputzbatzen beklebten Strohhalmen, die wie Speere heimtückisch von der Decke herab nach jedem Eintretenden zielen, gar nicht wirklich mehr betreten muß, 1 weiteren Blick wirft durch die Fensterscheiben: kittlos die Fugen & in den rauhen farbenlosen Rahmen, sonne&regenzerspellt & das Fensterglas nur gehalten von winzigen rostigen Nägeln, um feststellen zu können: *Nee!danke Meinherr: !Nich mit mir in !sone Karnickelbuchte & dann zu !sonem Preis: Der iswohl nich gans !dicht: Dieser Hausbesitzer=diese unverschämte doofe Sau, die auf !Meinekosten reich werden & sich n fetten Arsch verdien will mit meim Geld & mit nem Grundrecht der-Menschen auf Unterkunft : !Nee: !!Nich mit mir: du befotzter dussliger Knilch.....* und also schleunigst wieder verschwinden, bis zum Nächsten, der dann in ähnlicher Weise & ebenso rasch das Feld räumt (wir, die Frau u ich, dagegen wissen, !weshalb der Feiste diese Szenerie des Verfalls aufrecht erhält: !Weshalb er dafür sorgt, daß Niemand freiwillig hier & in der Nachbarschaft einziehen will.....), und dies Haus-gegenüber & mit ihm etliche andere in dieser Gegend einem unaufhaltsamen Abstieg, einem Sterben & einem Verfall überlassen bleiben, so groß dunkel u bemitleidenswert, wie eben nur ein Haus sterben kann..... : Um nun also wieder im !plötzlich aufflammenden, beißenden Lichtschein im Fensterausschnitt dort-drüben !ihn zu erkennen: den Feisten, lässig in die Fensternische gelehnt, den linken Arm leicht erhoben & mit den dicken Fingern näckisch herüberwinkend..... während die kleinen Augen aus den verfeinerten Gesichtszügen starr, kalt, wie Spitzen 2 Bohrer herüberzielen zu mir..... – und verschwunden: beides: Gestalt u Licht, die Räume dunkel, der Blick gleitet ab vom Grafitgrau der Scheiben – : Und dennoch: Das ist !kein Traumbild, du träumst !nicht, bist !hellwach: Du hast ihn gesehen, er ist wieder da..... (:Du wirst der Frau nichts Davon sagen. Wirst ihr den Schrecken, den Ausbruch ihrer Angst und die Panik ersparen. Vielleicht ist Alles nicht *wirklich* gewesen: Lidschlag eines Traumes nur, darin er..... sooft bereits wiedergekommen ist.) Nur 1 weißt du genau: Heutenacht, zum 1. Mal, muß ich aus dieser Wohnung hinaus, den 1. wirklichen Fluchtversuch seit meinem Hiersein bei ihr versuchen : 1 Fluchtversuch, freilich ohne Die Flucht zu versuchen, denn: Ich muß dort-hinüber, in die Schäbigkeit einer leerstehenden Wohnung, wo ich ihn am Fenster gesehen hab für 1 Augen-Blick – :!Dort werde ich warten: Auf ihn.....

Natürlich bist du bei !dieser Wahrnehmung vom Stuhl-an-der-Wand hochgesprungen, zum Fenster hin & rübergestarrt, hast gewartet darauf, daß *die Erscheinung* sich wiederholt, damit du sicher sein kannst, das war kein Traumbild, keine Zwangsvorstellung aus deiner Einsamkeit – – : Nichts geschieht. Die Fenster-dort in ihrer schon altvertrauten Schäbigkeit maulfaul u dunkel, die Räume wie das gesamte Haus weißt du verlassen, leer, manchmal Katzen nur & Ratten immer Ungeziefer.

Als du schließlich zurückgehst, auf deinen Stuhl-an-der-Wand dich wieder setzt –: ist das Gespräch in Dem Zimmer verstummt. !Kein Zweifel: jenes dunkelfließende Gesumm & bleichgraue Worteschäumen, leise & intensiv, ist verschwunden & aus. ?Ist der unscheinbare Fremde (den wegen seines unsicheren Vorantastens den Flur entlang mit seinen auffällig weißen ausgestreckten Händen du für 1 Blinden hieltest) inzwischen ebenfalls ?fort, aus der Wohnung u vielleicht im gleichen Augenblick wie die-Erscheinung drüben in dem leerstehenden Haus, ?verschwunden so, wie er gekommen war: leise, unauffällig, beinah ohne 1 Geräusch –.

–Alles ist anders geworden.

Sagt die Frau u ihre Stimme wieder in jener flachen Tonlosigkeit, mit der sie stets das-Unabänderliche zur Kenntnis nimmt, der Ausdruck ihres Gesichts als ein weiterer Versuch,

Distance zu finden u Abwesenheit von dieser neuerlichen Verletzung.

–Du mußt von-Hier verschwinden. So schnell wie möglich. Hier: deine Sachen. Sie sind gewaschen, Hose & Jackett hab ich reinigen lassen. Zieh dich !an. – Sagt sie plötzlich fordernd, laut, voller Hast & 1dringlichkeit: –Du !mußt !fort.

Du siehst ihr Gesicht nah bei deinem, siehst den Versuch, der Gefahr die sie fühlt durch innere Entfernung sich zu entziehn, mißlingen. ?War es die im gedämpften Raunen überbrachte Nachricht von dem seltsamen Fremden mit der bleiweißen Haut. ?Od hat auch sie zufällig in derselben Sekunde wie ich aus dem Fenster hinübergeschaut, dorthin, wo ich ihn=den Feisten gesehen hab, u ?hat auch sie ihn=dortdrüben sehen müssen für den Lidschlag eines langen Entsetzens – : – Sie hält noch immer ihre ausgestreckten Arme mit meinen Sachen mir entgegen, erstarrt, wie 1gefroren in dieser Positur der Selbstvergessenheit, wie dies wohl jener Art von Reisenden geschehen kann, die in ihren Fahrten stets an den Rändern zur Flucht entlanggetrieben, zu häufig schon auf immer dieselbe Tatsache hingestoßen wurden, nämlich Nirgendwo u Niemals für Längerezeit mehr bleiben zu können, wodurch sich ihrer jene Art lähmender Müdigkeit bemächtigt, wie sie nur die dauernd Reisenden wie die dauernd Fliehenden befallen kann; Müdigkeit, so tief von Ekel u Verachtung geprägt, daß nicht einmal mehr das Hadern mit dem eigenen Schicksal geblieben ist, keine wütend=hilflosen Ausrufe *dieses !Schwein Mein!gott dieses ver!dammte !Schwein* – kein verzweifeltes Hin&hergehaste durch den engen Käfig 1 Wohnung – :nichts davon, sondern lediglich 1 – & immer dieselbe – Abfolge von sachlichen Feststellungen, jenes schwer definierbare Stadium zwischen Gewohnheit und Resignation, vergleichbar der Sisifusiade von Technikern, die mit der Routine ihres Berufs die Liste von Fehlfunktionen an einer Maschine aufnehmen, weil ihnen seit langem bekannt ist, daß an diesem Typ zu wartender Maschine (die sie bisweilen schon als *ihre* Maschine bezeichnen), bedingt durch einstige Entwicklungsfase & Konstruktionsweise, ebengenau diese Art Fehler immerfort sich wiederholen muß, sozusagen eine Fehlerproduktion bis zu dem 1 Tag, an dem keine Ersatzteile mehr lieferbar sein werden (weil dieser Maschinentyp nun endgültig überaltert & abgeschrieben ist) od 1fach & ebenso als direkte Folge von Überalter u Ermüdung das=ganze komplizierte Gebilde rettungslos in-sich zusammenstürzen muß. Ich frage sie Nichts, sie würde es mir selber sagen, u, weiß ich, es würden 1fache Gründe sein. So nehme ich ihr die Kleidungsstücke aus den Händen, 1 nach dem andern (berühr ihre Arme dabei: gewichtslos kühl, als wären Fleisch u Knochen aus geblasenem Glas –), abwechselnd die verschlissene Kluft (die von ihrem toten Mann herstammen mochte) ablegend und mit meinen eigenen Kleidern vertauschend – :!deine Sachen, die du so lange nicht getragen hast, daß du dir nun vorkommst wie einst am Ende der Armeezeit, als du zum 1. Mal die schäbige=Uniform wieder gegen zivile Kleidung eintauschen konntest, an einem Tag im Frühling u tatsächlich hast du mit 1 Mal die Farben in Bäume Gräser Licht u Himmel zurückkehren sehn als seien Ascheschichten über ausgeglühter Landschaft von der großen Hand eines Sturms pfeifend davongefegt und frisches lebendiges Leuchten erschien dir unversehens unter all dem Eisengrau der vergangenen Zeit, an einem jener Frühlingstage, die schon aus Sommer sind, das Licht blendend u vor Hitze blau – : – Aber vor mir jetzt die !Augen..... dieser Frau – diese !Finsternis.....

–Es ist – (beginnt sie zögernd) –ist nur: Wenn du bleibst, verlier ich meine Annoncen im »*Führer*« – er hat es mir gesagt, der Kerl=vorhin, der mit den Sommersprossen. Ich bin schließlich abhängig von ihm; einer dieser Leute, die mich fertigmachen können..... Es heißt, man habe sich schon beschwert, über dich. Besonders der Eine, der Fette mit seinem Callas-Tick..... Aber wer weiß, ob mich das noch retten kann, wenn du jetzt – (Sie beendet den Satz nicht, bleibt nun still.)

Dann bist du fertig umgezogen. Die Reisetasche neben dich gestellt, wie 1 auf den Zug Wartender auf einem Bahnsteig stehst du vor dieser Frau, in deren Wohnung für ?Wielangezeit du gelebt hast als eine Art Gefangener – :Nein, in diesen beiden Wörtern *gelebt* u *Gefangener* spürst du sofort den falschen Ton, das Unzutreffende : Vielmehr neben dieser Frau in der für dich vielleicht zum letzten Mal angehaltnen u auf eine Art der zu diesem verschwundenen Ostland gehörenden Vergangenheit konzentrierten Zeit bist du da-gewesen so, wie du dich erinnerst, daß du in all-jenen-Jahren vor deiner Ausreise in den-Westen neben Frauen da-gewesen bist, schon Damals den Windsog der Leere in=dir bei ihren Gegenwarten wie bei allen Geselligkeiten mit Anderenmenschen spürend u jenen verzweifelten Zorn wie jene zornige Verzweiflung aus einem namenlosen, unstillbaren Hunger. Zeit u Vergangenheit aber mit der Plötzlichkeit 1 Implosion sind an diesem einen Tag zu 1 Punkt, zur Winzigkeit in1ander gestürzt. –Das also ist das Ende. – Höre ich mich sagen. –Ja. Das Ende. Du mußt fort.

Sie wiederholt das leiser als zuvor, als Furcht u Entsetzen auch Wut sich des Klangs ihrer Stimme bemächtigt hatten. –?Wo wirst du hingehn Heutenacht. – Setzt sie, vorsichtig, hinzu. Hier, in Vorsicht u Ratlosigkeit, treffen wir zum letzten Mal zusammen: –Weiß nicht. Egal. Ich kann von Heute an überall hingehn, es wird immer dasselbe sein. – Vielleicht Zufall, daß sie an diesem letzten Tag an dem wir einander sehen werden, dieselbe Kleidung trägt, wie seinerzeit an jenem 1. Abend, als ich, verwirrt benommen von Alkohol Drogen u von den Geschehnissen eines Abends, ihrer Tochter das Treppenhaus=hinauf gefolgt, schließlich im Licht aus der offenen Wohnungstür ihr begegnet bin, dieser Frau, u die helle dünne Leinenhose liegt auch jetzt eng an ihrer Lende u der dunkelgrüne Pullover umfaßt ihren flachen Bauch, die Brüste und Schultern – :auch jetzt berührst du sie nicht, suchst nicht den Abschied zweier Körper in der Berührung, die nicht mal mehr hastiges Bewahrenwolln in der Flüchtigkeit 2 Menschen auf einem Bahnhof wäre, wobei der Eine bereits schon der bevorstehenden Geschwindigkeit des Davonreisenden zuzugehören scheint – ein Verschwindender – ein in der Zeit u in den Orten Verwischter –, der Andere jedoch in den rostbraunen Stein Staub in Öl & Eisen des Bahnhofs gestellt u dort festgebannt erscheint, so unbeweglich wie unfähig der Geschwindigkeit des Reisenden zu folgen, u die Worte und die Sätze somit schon zerrissen verzerrt u vom kommenden Fahrtwind davongeweht erscheinen, so daß die Unmöglichkeit zu sprechen mit der Unmöglichkeit Abschied zu nehmen die restlichen Minuten bis zur wirklichen, leibhaftigen Abfahrt in eine quälende Länge strecken –; nicht einmal also mehr das, sondern eure Berührung jetzt wäre noch weniger als die Erinnerung an Berührungen eurer Körper aus jenen stillstehenden, wartenden Momenten (als du mit dem Mund ihr Geschlecht suchtest, auf deiner Zunge ihren Geschmack *Cinnamon* u den warmen Fleisches einer Frau, ihre Brüste die fahlhellen Morgenfrüchte die sich deine Hände nahmen –). Du bückst dich kurz nach der Reisetasche, umklammerst mit den Fingern die Ledergriffe (sie liegen, von vielen Reisen geformt, gewohnheitsgemäß in deinen Händen, du könntest sie blind als deine erkennen, wie Jeder die Formung des eigenen Körpers in seinen Jacken u Mänteln wiedererkennt), hebst die Tasche vom Boden auf : nur für 1 Moment schaust du der Frau ins Gesicht, diese Augen..... diese Finsternis..... – :dann kehrst du dich abrupt zum Gehen, das alte Treppenhaus hinab wie Allentags die Schar anonym gebliebener Männer, die nach dem eiligen Fick ebenso eilig die Stufen zu ihrem Alltag wieder hinabpoltern; du hörst sie kein Wort sagen, als sie in der Tür warten bleibt, bis du einehalbe Treppe tiefer schon aus ihren Blicken verschwunden bist. Dann aber hörst du doch noch 1 Mal ihre Stimme, laut ins Treppenhaus u in deine Richtung gesprochen – aber gewiß meint sie nicht dich, vielleicht nicht einmal sich=selbst (du bleibst stehn auf der schiefgetretnen Stufe, lauschend auf ihre Worte in dem verstockt=stillen leblosen Haus):

–Unermeßlich sind Eifersucht & Neid Derer, die Alles schon haben. Und wer in der Scheiße steckt, der soll auch drin !bleiben. – (Hörst du ihre Stimme hallend im Treppenflur) –Je kleiner die Ansprüche, desto geringer die Chance auf Erfüllung. Ich habe weniges, das ich noch beanspruchen will, aber selbst das wenige scheint noch immer zuviel. Ich habe 1 Kind, das ich nicht gewollt habe; der Mann, den ich wollte u an dem ich hing, hat sich aufgehängt. 2 Witze in 1 Satz. Ich habe beinahe Alles verloren. Bin eine Hure jetzt, die ich nicht länger sein kann. Mir kann Nichts bleiben, das noch bleiben kann für mich..... – (1 Augenblick schweigt sie, dann:) –Vielleicht gehörn meine Wünsche 1fach nicht mehr in diese-Zeit.....

Du hast darauf nichts antworten können. Und bist weiter die Treppenstufen hinabgegangen, nicht zurück zu ihr, damit du nicht sagen mußt, daß dein erster Weg=hinaus nicht lang sein würde, ebenfalls fünf Stockwerke hoch: ins Haus=gegenüber. Dort werde ich etwas tun, das eine Tat auch für sie sein soll, ohne daß sie es jemals erfahren wird. Im Haus=gegenüber, im 5. Stock, werde ich warten, auf ihn.....

Du hast die Tür noch ins Schloß fallen hörn. Die Frau hat kein Wort weiter gesprochen, sie hat nur gewartet, bis du die halbe Treppe tiefer dann die 1. Stufe nach der Biegung betreten hast (1 Stufe mit einem typischen Knarren): 1 kurze Stufe 1 kurzer Laut aus altem Treppenholz als Maß für langes Vertrautsein. Der Davongehende, der Halbundhalb, ein Untoter schweigend im wüsten Land der umgeht u sein Augen-Licht nicht verlieren kann, nicht sein Gehör, der nicht Stein hat werden können –, du erinnerst dich plötzlich wieder all der Abschiede von jener Frau, derentwegen du hergekommen bist nach Berlin u die du zu treffen hofftest vor ?Wielangerzeit; diese Abschiede = dies Zuschlagen von Türen, der radikale Schnitt, der 1 Schlag, der wie das brutale Niedertreten eines Feuers ist, und das intime Leuchten verlöscht. Immer sind Türen das Messer für den letzten Schnitt. Noch 1 Mal diese Schwingtür am Grenzübergang Friedrichstraße, *Trä-*

nenpalast, & gelblich schmierig abgegriffen von tausenden schwitzender dreckiger Finger das Holz, schwärzlich klebig verfärbt an dem 1 Flecken an der Kante, wo an allen Türen Hände eilig in der achtlosen Hast angreifen, & dieser 1 Türflügel von der Griffstange aus Aluminium schräg durchgestrichen od verbarrikadiert wie Türen von einem Totenhaus: 1 Türflügel aus Sperrholz od gar Pappdeckel nur konnte Gehenden wie Bleibenden mit schwappenden Ohrfeigen *Schicksal* verpassen, & hinter dem Sperrholz od Pappdeckel für den Unbefugten nach seinem 1-Schritt-zuviel Die Verhaftung & dann Verschwinden bedeuten im pervers=lustlosen Dämonismus niederen Satrapentums, in schattenloser Neonwelt bleiche pickelige Gesichter aus grünen & grauen Uniformen ragend, die wie von 1 dünnen Puder- od Kalkschicht überzogen, ebenso bleich & ½stark pennälerhaft erschienen wie diese=ganze mit Pomp Verbissenheit & Wut aufgezogene & von Unmengen Bluttransfusionen künstlich im Weiterdahinleben erhaltene Zeit der Kaponaturen & Ladenschwengel; 1 Pappdeckeltür, flach & besabbert wie das Gesicht eines Idioten – du sahst die Frau wie!oft dahinter verschwinden, die zuschwappende Tür zerstückelte das Bild ihres Körpers ins Detail – 1 Arm noch, 1 Wade, 1 Fuß, u 1 Teil ihres Kleides im leichten luftigen Faltenwurf wie ein Fahnentuch verwehend – (und dir seinerzeit dies Zerstückeln gewissermaßen wie Das Kennzeichen dieser Zeit, wenn nicht gar als Das Kennzeichen dieses=ganzen letzten Jahrhunderts am Rand zu seinem eigenen Abgrund ins nächste Jahrtausend: das Zerreißen, das Zerstückeln: in all seinen Variationen & Verschiedenheiten, u dir nicht all-1 das Beamtische, das Militärische wie das Inquisitorische all-jener Gewissens- & Eignungsprüfungen, die seit Anbeginn dieser *Modernen Zeiten* zwischen das-Leben u: die-Menschen gestellt sind, dieses Stigma des Zerstückten, der Torturen & Verwundungen, mit-sich bringend, sondern solcherart Chiffren bereits längst in das Denken u: Fühlen der-Menschen als Zerstücktes, als Zerstörtes, denen in knechtisches Verliebtsein ins Partiale, selbst in der Kunst u der Erotik, zu verfallen all-1 noch übriggeblieben zu sein dir erscheinen wollte.....) / die Nachdrängenden schoben dich raus aus dem Strom=zurück in den-Osten, du liefst eilig hin zu dem Brückenbogen über die Spree, über dir schwer dunkel & undurchdringlich vergittert wie Träume von Flucht u Verschwinden das Stahlträgergeflecht der Brückenkonstruktion, oben die Bahngleise in den-Westen, um auf der anderen Uferseite der Spree angekommen, hinaufzuschaun zu der langen Kette S-Bahnwagen, um in 1 der wie helle Zähne in einem Gebiß entblößten Waggonfenster ?vielleicht noch 1 Mal *sie*, 1 flüchtiges Mal noch, zu entdecken (und ist dir natürlich niemals gelungen) / Und die andere Tür, mit geriffelten Glasscheiben in der Füllung, hinter der eine andere Frau für dich verschwunden ist, so daß ihre Gestalt zersplittert erschien wie ihr Spiegelbild in einem von kleinen Wellen zerkräuselten hellen Gewässer, darin sie nun zu versinken schien. / Dann eine Tür, weiß wie eine Marmorplatte, die sacht hinter dir sich schloß in Diskretion & in höflicher Gleichgültigkeit, wie sie sehr reiche Leute, deren Geld sogenannt *Altes Geld* ist, gegen den Rest einer Außen-Welt als undurchdringbaren Schutzwall einzusetzen verstehn, u der Tag lag ruhig im frühgelben Sonnenlicht, trug in seiner Wärme ersten Jasmin u Flieder, unter deinen Füßen weißer Kiesel wie auf Promenaden zwischen barocken Monumenten Nekropolis. /

Sie wird nicht aus dem Türrahmen heraus-, noch einmal an den Treppenrand herangetreten sein, du bist nicht stehngeblieben – somit nun die letzte Möglichkeit zurückzuschaun, hinauf zu ihr, dir endgültig genommen ist. Du hörst deine Schritte das alte Holz der Treppenstufen hinab, wie du in den Wochen zuvor die Schritte ihrer Kunden gehört hast (im Haus ist Stille, nur das verklungene Schließen ihrer Tür, nur deine Schritte knarrend polternd treppab), jetzt bist du einer der Anonymen im Zwielicht eines Treppenhauses, die Hand das Geländer hinuntergleitend, unten weißt du den geschnitzten Drachenkopf od wars der eines Löwen, der Windzug von Draußen wird stärker je tiefer du hinabsteigst ins Haus, dann die zerkratzten u gesprungenen, mit zerkrümelten Erd&kalkbatzen bedeckten blaugrauen Fliesen, dann die Tür, die Tordurchfahrt im hellbraunen Licht – : Draußen die Schleusen des Lärmens aufgetan, die Stadt greift nach dir. Von nun an ist jeder wieder für=sich u allein.

II

Aber in deinen Träumen: In deinen Träumen mußtest du ihm immerwieder begegnen: Ihm, diesem Feisten mit der wohlklingend leisen Stimme..... Und immer war die Begegnung am selben Ort: In 1 der leerstehenden Räume, in einem der zerfallenden Häuser=gegenüber, dessen ausgekühlten verdorbenen Bittergeruch nach Dreck&staub in all der Verlassenheit skelettähnlicher Treppenaufgänge, ihrer Etagen & Räume schon zuvor Vielemale durch das Hinüberschaun du in deinem Mund zu schmecken glaubtest, so als hätten diese leerstehenden Häuser eine ihnen eigene Materie erschaffen, 1 neuen Aggregatzustand, dessen Merkmale im wesentlichen staubfeine Ansammlungen undefinierbarer Ablagerungen & jene dumpfe trostlose Resignation ausmachen, die in Poren & Risse des Steins wie in das zerspellte Holz der Balken & Dielenbretter als seis eine Art Fäulnis, ein Schwamm ätzender Schäbigkeit, sich hineingefressen hat und weiter & weiter hineinfrißt, festsetzt, alles Feste, Bestehende zerweichend – zerbröselnd –, von stetigem Knistern u Knacken begleitet, das, scheinbar ursprungslos allgegenwärtig wie das Sprießen & unmerkliche Aufbrechen der Knospen an den Pflanzen im Frühjahr, Hier=drinnen jedoch genau das Gegenteil von Wachstum, vielmehr ein Zurücknehmen allen Werdens, ein negatives, abwärts ins Verschwinden gerichtetes, unaufhaltsam fortschreitendes Vergehen ist – dies stetige Geräusch, das von Allenseiten selbst das graubraune Zwielicht zu verstofflichen, es aufzusaugen & ebenso wie alles Materielle in Staub&brösel zu verwandeln befähigt scheint; wiederum also in die Bestandteile jenes Aggregatzustandes verwandelnd, so daß dieser ruinöse Verfall zugleich etwas von einer unaufhaltsam schleichenden Epidemie entfalten und ausbreiten kann..... : so daß alles Draußen geblieben Lebendige, das Gelärme & Rauschen der Stadt, hier=drinnen wie aus weiter

Ferne kommend erscheinen muß; einer Ferne jedoch, die weniger durch räumliche Distance, als vielmehr durch einen ebenso hämischen wie lächerlichen Anachronismus alles-Lebendige im Angesicht des Verfallens in Skandalöses, in Geschäume pubertärer Dithyramben verwandelt, während dies Hier=drinnen Stockengebliebne gleichsam als Destillat, als Die endgültige Summe jener lärmenden 1zelheiten von-Draußen sich verhält, so wie jener Farbton, der aus der Mischung aller existierenden Farben entsteht – ebenso stumpf, ebenso leblos banal u vollendet gefährlich ist in seiner wüsten Gebärde des Verschlingens 1ebnens & Abwürgens aller Eigenheiten, aller winzigen Details lebendiger Schutzlosigkeit –, ein glanzloses, alles übrige in den gleichen Abstand von sich verweisendes Grau ergibt. – Dies also immerwieder zuvor gespürt, immerwieder zuvor gesehen beim Blick aus dem Fenster hinüber – doch nun, als du vom 5. Stock aus der Wohnung der Frau in den 5. Stock des leeren Hauses=gegenüber gegangen bist, vor der nur angelehnten Tür stehst (das Schloß ausgebaut od: ausgebrochen) – den Türflügel langsam wie eine schützende Hand vor deinen Augen wegschiebend –, und deine Blicke schutzlos einem Panorama preisgegeben sind, das als 1. gleichsam wie das Ringen nach Atemluft nur 1 Gefühl wortelos ohne die Fähigkeit zu begreifen übrigläßt, und die Überraschung, die dich bei diesem Anblick befällt, überwältigt erstarren läßt wie am hellichten Tag nach dem Erwachen im eigenen Bett der plötzliche Anblick von breiten verschmierten Spuren Blut an den Händen (du bist Niemandem zu nah gekommen, hast Niemanden berührt: Das Blut an deinen Händen, du weißt, ist trotzdem nicht dein eigenes Blut – *Was ist ?!geschehn – Das ist !kein !Traum* –, kein Erinnern an Schmerz, du kannst nirgends Verwundungen an dir entdecken, nur an deinen Händen dieses fänomenale Blut, das nicht dein Blut ist, der Anblick bleibt bestehn in der Art, wie in Träumen die grausamsten Szenen beim Träumer kein Grauen, sondern nurmehr Gleichgültigkeit od starres Erstaunen hervorrufen können so, als wüßte auch das Gehirn gegen die schlimmsten Verletzungen, die Verletzungen durch das Erinnern, mittels einer Art Adrenalin sich zu schützen), jetzt also nur diese 1 nüchterne, flaue, traumweit abwesende Feststellung: *!Niemals zuvor bin ich in einem Raum gewesen wie diesem.....*

Nicht jedoch das Fremde an diesem Ensemble läßt dich zögern, einzutreten: Der Eindruck des Bekannten vielmehr, die Ansicht von Vertrautheit zwar, doch verschliffen so, als hörtest du in deiner Sprache sprechen: Jedes 1zelne Wort ist auch Wort von deinen Wörtern u vertraut, so wie früher schon in jenen Momenten von Konfusheit u Dislokation, die dir immer häufiger geschehen sind u worin du in dir eigentlich gut bekannten Gegenden samt deren Straßen&ortsnamen dennoch die Richtung nicht mehr finden konntest (du spürtest, von deinem Kopf ausgehend, das Gefühl eines unaufhaltsamen Abwärtsgleitens, in das du schließlich mit Gleichgültigkeit dich fügen mußtest – ohne deinen Willen, ohne dein Zutun: es ist dir geschehen, wie dem Himmel sein Blau – –); jedes Detail der Orte, denen du daraufhin begegnet bist, war 1 bekanntes, aber sie wollten sich in deiner Vorstellung zu einem bekannten Weg nicht u nicht mehr zum Wiedererkennen fügen –; so auch Jetzt u Hier: Der Zusammenhang all jener 1zelheiten in Diesem Zimmer ergibt keinen Sinn od: einen Sinn, den du nicht begreifen kannst. So daß deine Sprache aus deinen Wörtern plötzlich eine fremde Sprache ist, von der du nichts weißt u die du nicht verstehst. Sprache hinter der Maske deiner Sprache – !wehe und diese Maske fällt.

Die Szene ein Wohnzimmer mit Gästen. Der Raum erscheint weitläufig, ausgefüllt von einem Block aus orangefarbenem Dämmerlicht, & wie aus einem Feuerungsschacht fährt das Flammenschimmern & Leuchten beim Türöffnen aus dem Höhlen-Raum (mir scheint jetzt sogar der kaltrüchige Staub vom Harzgeruch glimmender Kiefernscheite durchzogen –), & dieser Lichtblock stützt seine Glutfarben schwer dem Fußboden mitsamt den fadenlichten Orientteppichen auf (in unmittelbarer Nähe zur Tür auf dem Boden eine Zinkwanne ohne Wasser, über den Rand dort abgelegt alte schmutzige Arbeitsmontur), während die bis zur Türschwelle ausgelegte Teppichbahn die Fußsohlen bereits erfaßt, mich=Zögernden mit Beharrlichkeit in das Zimmer hineinziehen will –; der Lichtblock indes zerbröckelt an seinen Kanten & Rändern zu Dunkelheitens zwielichtigem Glimmer, u Gerüche von erhitztem Klebstoff atmen in zähem Strom mir entgegen –, unter einem Schuh spüre ich etwas wie 1 Kiesel – ich bücke mich danach – beinahe hätt ich zugefaßt – hell schimmernd: 1 Zahn, 1 !menschlicher Schneidezahn, dran in stumpfem Grau noch der poröse Wurzelzapfen – : !jetzt erst recht Zögern einzutreten, lass Blicke & Gehör stattdessen voraus – : und Halt suchend an den dunklen, dem versickernden Orangelicht im Raum wie Pfähle 1gerammten Figuren der Gäste: die rühren sich nicht – an den Wänden entlang als schwarze Puppen stumm (wie Ausstellungsbesucher in Galerieen vor nachtgefangenen Gemälden erstarrt, Faszination od im lustlosen Takteschlag längst übersättigter Sinne, die Rationen *Kunst*..... absolvierend, weil Eintrittsgeld & derzeitiger Trend in Schwindel=Höhen von *Bedeutung* liegen) –, u ebenso ursprungslos wie das Dämmerflammenlicht hier=Drinnen von überallen Dunkelheitsweben her Näseln & Knistern spitziger Schellackstimmen –, ein Ambienteraunen Wörtersummen Gesprechefetzen wie Rauchtentakel aus der offenen Feuerungstür herauswehend – :noch immer tret ich nicht ein, sehe: alles Mobiliar dort=drinnen in Schattenkuben gefangen, verzerrte Konturen, in Stumpfschwarz eine seltsame Heraldik dem Orangelicht aufgeschrieben –, doch auch das Verbrauchte, Verlebte, alles auch seine Zeit Überlebte – das weniger sichtbar als vielmehr dem kaltrüchigen Staub sich eingewoben findet – hoher wuchtiger Schrank (sein oberer Abschluß in ausgezacktem Schnitzwerk endend, bizarres Schattenornament auch dies), die Glasscheiben beider Türfüllungen wie aus Zinkblech schimmernd (rohe Schriftzeichen, scheints, finden sich drübergeschmiert, mit zerlaufenden Lettern wie bei eiligst in der Nacht an Häuserwände geschmierten Parolen) – ein Kronleuchter unter der Decke, von Spinnfäden 1geschnürt, wie das Skelett eines Urvogels schwebend – dann 1 Spanische Wand, mit zierlichem Gitterschnitzwerk an der Oberkante beschlossen –, darübergeworfen vor gewiß Langerzeit fragile Seidenwäsche, komplizierte Korsettagen –, vermutlich würde diese Wäsche bei der Berührung zerbröseln, so daß hinter dem seidenpapierdünnen Wandschirm nicht der hell schimmernde nackte Frauenleib, sondern eher der Anblick ihres Skeletts od ihrer Mumie zu erwarten wäre – eine große Pfauenfeder noch (an der Wand direkt dahinter) neigt ihre Strahlenfasern, wie jene palmartigen, längst vertrockneten Topfpflanzen die Blätter, tief unterm Gewicht des Staubes ins Zimmer hinab –,– mit jedem meiner Schritte=hinein in den Raum unter meinen Sohlen knirschend leere Erdnußschalen Knüllpapier verstreute & gewiß aus den alten Büchern herausgefallene einst zwischen deren Seiten gepreßte & getrocknete Blüten uraltes Herbstlaub (von starren Zweigen in urnenförmiger Vase direkt neben der Tür herabgefallen) sowie die Panzer toter Insekten zuhauf – :Raum des Überflüssigen, des verschwundenen & Hier wiederaufgetauchten Interieurs der Schäbigkeit : Wenn in angehaltener Zeit der Verfall ohne Aufenthalt trotzdem weitergeht; wenn die Unbewohnbarkeit-selber ihren eigenen Raum sich erschaffte, ein Arrangement jenseitigen Sicheinrichtens, Überdauerns; ein – ?hat es das gegeben – Sammelsurium aufgestauter, niemals gelebter Verlebtheit, ebenso bedrohlich wie albern od bemitleidenswert, gewissermaßen der für unaufgeführte Dramen bereitgestellte Fundus im Dunkelglimmer in einer Grube, unterirdischen Höhle od in einem Memorial, u das 1zig Lebendige nurmehr & wiederum auch hier der Staub..... So daß in den Raum hier im 5. Stock eines leer geglaubten Hauses ein glutähnliches Schummerlicht über diese Szenerie der Wiedergängerei sich breitet und ausstreckt, als würden dunkelroter Samt od Pelze in vergiftetem Licht erstrahlen – – : Der Schmerz am Schienbein sticht bis hinter die Augen : Möbelkante, Couch od Bettgestell, die rasch nach Stütze vorgestreckte Hand sinkt in die golddurchwirkte Steppdecke ein – :dadurch verliert die im Halbdunkel seitlich auf der Bettkante sitzende Frau plötzlich das Gleichgewicht (ihr Gesicht in der Pose stummen Zwiegesprächs einer anderen Gestalt im Dunkeln zugewandt, den 1 Fuß am Boden, den anderen mit der Ferse der Bettkante aufgestützt u das Knie fast zur Kinnhöhe angezogen – das ohnehin kurze dunkle Kleid ist die Schenkel hoch hinaufgeglitten, und matt als weißes Dreieck schimmernd ihr Slip ; doch als verberge er nicht das Geschlecht einer Frau, sondern vielmehr ein Nichts wie bei jenen geschlechtslosen Schaufensterpuppen aus Bakelit, rundet sich das weiße Stückchen Stoff glatt um die Lendenbeuge der Frau) – und aus der gezierten Positur fällt der Frauenkörper reglos & plump in den weichen Deckenstoff, 1 Strähne ihres glatten Haars berührt meinen Unterarm (wie sprödrauhes Roßhaar das), & das winzige Cocktailglas haben ihre kerzenschlanken Finger beim Umstürzen nicht los- od fallengelassen, auch u entgegen der Physik ist die roséfarbene Flüssigkeit weder verschüttet noch hat die Oberfläche des Getränks ihre Waagerechte zum Glasrand verändert (die oberste Schicht des Glasinhaltes starrt wie 1 graues, pupillenloses Auge, bedeckt von samtigem Staub) – ; Kopf u Oberkörper der Frau sind aus dem Dunkel ins hellere orange Schimmern geraten, und wie 1 Vorhang aus dünnen hellbraunen Schnüren haben beim seitlichen Umfallen die Haare sich über das Gesicht geworfen – sie rührt sich nicht (auch nicht der Fremde, der Mann im Dunkeln dort vor der Wand, eine große u massige Gestalt, mit dem sie bis eben stumm sich auszutauschen schien); der Frauenkörper bleibt starr auf der Seite liegen, in den Fingern der 1 Hand das Glas, die Finger der anderen Hand zierlich gespreizt, & das angezogene Bein nun starr & hölzern in die Luft gereckt, in dieser zugleich lächerlichen u grausen Positur der Parodie auf eine Koitusstellung – (wie das Pferd, das du vor Jahren tot am

Feldrain liegen sahst, zwischen den Hinterläufen wie ein riesiger aufgestülpter Mund das Geschlecht, der Tierleib mit grotesk geqollenem Bauch (die Haut weißlichbraun wie die Gummihaut eines Luftballons kurz vorm Zerplatzen gespannt), das Pferdemaul weitoffen u die Zähne bläkend wie dreckige Messerschneiden, die riesigen Tieraugen, Fliegen schon fielen drüber her, überzogen von lichtlosem, stumpffettigem Glanz, & die Bauern fluchend den Kadaver in die zu flach ausgehobene Grube traten schoben stießen, aber das 1 Vorderbein, das wie 1 Signalmast od der Arm eines Ertrinkenden hoch in die Luft aufragte & jetzt wie 1 widerspenstiger, knorriger Ast stets über den Grubenrand wieder herausschnellte, so daß schließlich einer der Bauern die Säge nahm –, das abgetrennte Bein schleuderte der Mann weit in das hellgrün wogende Weizenfeld hinein – wie ein fragiler, zerbrochner Propeller langezeit wirbelnd durch die sommerzitternden Lüfte –) – und kerzenweiß fällt der Unterarm der Frau auf die golddurchwirkte Decke nieder, die Finger noch immer zierlich gespreizt, als hielten sie 1 Gefäß aus dunkelschimmernder Luft –, und unter dem schnurdünnen Frauenhaar die Konturen von Wangen – Backenknochen – Schläfen –, bakeliten in der Berührung auch die Augenbrauen – Nasenflügel – und das Lippenpaar im ewigen Lächeln erstarrt –:doch Augen u Mund nur angedeutet, als seien über das Gesicht Masken aus unzähligen Lagen enganliegender, glänzender Plastik gespannt u sogar das Innere dieses Wesens scheint wie mit flüssigem Harz ausgegossen, so daß in keine Pore dieser Alles bedeckenden = Alles umschließenden Schichten Atem eindringen kann od spürbar wäre der Geruch u die Wärme einer Frau. So daß diese Gestalt an 1-jener Frauen erinnert, die zu Dutzenden auf Vernissagen in ähnlich gezierter Weise in den weiten Hallen von Galerien od Museen wie Gipsstatuen, über die man Kleider geworfen hat, nur aus dem Grund der Dekoration anwesend sind, ähnlich den Garnituren auf dem Kalten Büffet; sie sehen hübsch aus, aber man rührt sie nicht an.

Od: ist das wieder 1 meiner Träume: Als wären polierte

Messingplatten plötzlich in die Dunkelheit geschlagen : leuchten mit 1 Mal durch all die Düsterheit u die noch unentzifferten Installationen in diesem Raum vom Haus=gegenüber die Fenster zur Wohnung der Frau. : Und dort wie 1 flüchtiger Schatten jetzt ihre Gestalt durch den zu kleinen=zu kurzen Blick: ein nun unerreichbares, ein fremdgewordenes Leben: – sie hantiert in der Küche, greift nach Schranktüren, auf Abstellboarde – verschwindet rasch aus dem hellen Ge4t –, banales-Leben=alltäglich, so wesentlich *Danach*, wie einst in Frühenjahren die Momente Bahnhofsabschied, immer wieder & noch einmal, durchs Fenster mühsam vom grafitfettigen Bahnstein heraufgeworfen ratlos u bang die kantigen Brocken Abschiedswörter, in roh hallendes Blechgelärme Pfiffe Zischen & Türenschlag wie der Fortreisende=selbst entlassen, mit Gewölke aus Rußwind & Wasserdämpfen verwehend & Jedeswort fraß die Sekunden – *ich werde dann Heutnachmittag noch in n Garten gehn, Unkrautjäten, und Morgen* –, das von mir fernab weiterlaufende, davonziehende Daseinmüssen u: die Unverschämtheit 1 Toten=wie ich, der auf seiner Reise nicht verschwinden, nicht mit Anstand u Schweigen Abschied nehmen kann..... :stattdessen mit dem Erinnerungsstoff, mit Ärmeln Falten Manschetten immerfort hängenbleibt an den Klinken & Widerhaken fremder Gegenwart, nur um 1ige Blicke, 1ige Ansichten mehr vom Fremdenleben fürs eigene Leben noch zu ergreifen – : !Könnten die Orte, an denen ich Dort=drüben gewesen bin, u !könnte die Luft=dort zu 1 neuen Gestalt sich verdichten (:?Was eigentlich wird aus den leergelebten Formen der Lüfte, die Menschen umfingen und in denen Menschen gelebt u jene Schmerzen, die sie begleitet haben & die von Analgetika abgetötet wurden : ?Wohin sind sie gekommen –) und !könnte so ich noch einmal u länger Anteil an ihrem Dasein haben.

Ich habe sie niemals nach ihrem Alter gefragt: Wie!viel noch an Zeit für sie – in der Unvollendung, die ihr, trotz od: gerade wegen ihres Berufs einer Hure, bei ihrer seelischen Undurchdringlichkeit vielmehr den Charakter 1 Lebens im

Zölibat verleiht, und merkwürdig ihr hervortretender Mangel an Neugier, was 1=bestimmte Leere heißt (außer vielleicht ihrer Neugier nach der Angst, so intensiv betrieben wie von anderen Frauen nur jene unstillbare Neugier nach allerneuester Mode.....); so ist diese Frau in all ihrer Abwesenheit: einfach da, um 1fach weiterzumachen. Sie hat, was mir nie gelungen ist, längst von Allem ihre Hände gelöst – ins Überdauern hinausgestellt, also tagein=tagaus im schütteren Außen nurmehr 1 Normales suchend – dies täuschend unecht getane echte Tun einer Hure, das die-Muster des letzten Haltes sich einbrennt, wie ihre Mutter in früheren Jahren von Abplättbildchen mit heißem Bügeleisen die Vignetten *Blumen Tiere Kinder* auf Ärmel Brusttasche od Kragen von grad frisch gewaschener, nach chemischem Frühling duftender Kinderwäsche einbrannte, & so die Zeichen *des Kindlichen* erhielt – wie die Gegenwart ihres eigenen=nicht gewollten Kindes nurmehr 1 zusätzliches Teil im Bestand des nüchtern ausgekühlten Daseins ergibt; und die, nun Vielejahre später, dem wirklichen Frühling wieder einmal begegnend, sich auch den letztmöglichen Trost aller Heimatlosen versagt: den Trost aus dünnen Sonnenschnüren, windzerrissen – herabgeperlt und weiß dahingestreut Maiglöckchenblüten – dann Fliederstunde – Holunderflut – in Zeilen Grün und moosgeschrieben als Ziegelfugen uralter Gemäuer, aus Wintertrübness glühend steingebannte Feuer – :Nichts davon für sie, kein Trost der Frau mit diesen Augen..... mit diesen Dunkelheiten..... Als sie durch den ersten warmen Tag des Jahres, durch grünes Rascheln von Zweigen & Büschen die frühblauen Stunden hindurchging – :Kein Trost für diese Frau solch alljährliche Auferstehung, denn ihre Kunden, all die Eil-Fertigen, werden wieder&wieder erscheinen besonders zu dieser Jahreszeit mit der Stupidität der Stundenfolge : deren Drüsen werden sie jetzt zu besonders ekligen Brutalitäten & zu hemmungslosem Sichgehnlassen verleiten, in Dem Zimmer=nebenan die ½stundenglücke hingegrunzt; das alte Tun, *Mein !Job. Verstehstu: !Mein Job*, und von Beachtung der

Natur nur soviel wie ihr allmonatlich von-Natur beschert wird. Seifenschaum, das graublaue Spülicht, & Schelten mit dem Kind, immer dieselben schroff gestellten Wörter, immer auch das vergebens. Kein Trost, und wieder 1 Tag vorbei..... Nichts weiter, & nichts weitermachen als Das, worauf sie sich 1 Mal eingelassen & Das inzwischen soweit Besitz von ihr ergriffen hat, daß sie jene Gedanken, Alles könne sich ändern=Alles könne *anders* für sie verlaufen, wie 1 blöden= Ammentrost für verheulte Gören entrüstet u zornig verwarf. Nur manchmal wollte offenbar auch ihr solch Gedanke an Ändern-von-Allem nicht aus dem Kopf, so daß sie (wenn 1wenig Zeit blieb von Kunde zu Kunde, diese nichtswürdige Leere, Stockung, Weggeworfensein, löcheriges unsinnig abgebrochnes Zeit-Stück, dabei wie auch zuzeiten am Ende 1 Tags eben solche Gedankenkeime heraussprossen.....) so daß sie also laut für-sich raunte *–ich häng mich auf. So wie er–*:Dies aber mit tonloser Stimme, vollkommen abseits jedweder Panik, vielmehr wie das logische Resultat am Ende einer langen Kette von Bilanzen, so logisch, daß dies Resultat seit langem bereits nicht nur zu erwarten stand, sondern darüberhinaus so vollkommen sicher war, wie das Blut im periodisch auftretenden Naturereignis, wie das Heraufziehen von Abend und Nacht 1 Anzahl von Stunden eines=jeden Tags in Finsternis versenkt, so daß sie, diese Frau, lediglich darauf zu warten brauchte, bis eben=dies Resultat auch tatsächlich eintraf. Womit anderseits klar wurde, daß nunmehr Nichts für sie noch zu erwarten war; daß Starrheit u Leere um-sie-herum sich ausgebreitet hat, & nun, da solch Ergebnis !tatsächlich !unübersehbar für sie erreicht worden ist, nurmehr etwas wie Aufatmen blieb, so als sei sie erleichtert, !dies u nichts anderes als Resultat vorzufinden, was hieß, daß sie sich nicht verkalkuliert hat, denn Alles wurde zu Dem was es immer schon war, was ihr zumindest das Eine ersparte, nämlich diese= ganze Bilanz ihres Daseinmüssens, diesen=ganzen Weg durch verlorene=ungenutzte Jahre, noch 1 Mal von vorne beginnen zu müssen : *–!Ewige?wiederkehr: Das muß nem Sadisten eingefal-*

len sein od jemandem, der, wie manch einer meiner Kunden, immer mehr kriegen will, als er bezahlt hat. !Needankebestens: 1 Mal ist !vollauf genug. / Und jene helldunklen Splitter ihres Bildes, vom Stroboskop der Alltagsmomente zerhackt, !könnte ich irgendwann einmal ?vielleicht zu einem=ganzen Bildnis dieser Frau sich schließen sehn –: nur ein Weniges Nochbleiben, dort, in dieser Wohnung gegenüber – *du würdest dein Gesicht wieder herwenden zu mir und ich würde nicht länger das Gespenst sein, der tote Voyeur, der dich sieht u von dem du jetzt schon nichts mehr weißt..... Umso betrüblicher der Abschied von Menschen, desto freundlicher, gar liebevoll sie sich dir zeigten, denn du weißt, das ist Mißverständnis: Wer dir nahe genug gekommen wäre, der könnte zu dir nicht freundlich, nicht liebevoll sein. So wie auf Anzeigetafeln in Bahnhöfen, worauf, nachdem das Signal zur Abfahrt des Zuges bereits gegeben, der Zug=selber aber noch stillestehend, auf der Tafel Alles diesen Zug Betreffende – Zugname Abfahrtszeit Unterwegshalte & Zielbahnhof – vor deinen Augen bereits ausgelöscht wird, so daß ebenjener Zug wie auch du=selber in diesem Zug sitzend bereits als hier nicht mehr vorhanden gelten, identitätslos geworden, spurenlose Deleatur, abgeschrieben, niemals da-gewesen – los!los der !Nächste..... Und war dennoch das größte Entgegenkommen, das man dir.....je erweisen konnte.* Und jedes weitere Wort versiegt im Staubgrund meiner Kehle – –

–Dann hätten Sie !das mal ausprobieren solln: Vor Augen der Abschiedsgesellschaft im letzten Moment aus dem Zug wieder rausspringen = zurück zu den-Lieben..... !Aprilapril ich bleibe bei euch. :?Haben Sie jemals in den Gesichtern der-Lieben die !größte Art von Enttäuschung gesehn: Die Enttäuschung über den nicht zustande gekommenen Abschied. Denn schlimmer als jede Trennung ist Wiedergängerei.

Der wohlbekannte Klang einer Stimme, leise zuerst aus dem geräumigen Dunkel kommend, dann während des Sprechens, weil die große u massige Gestalt von der Wand zwischen den Fenstern sich löst und er als ein bewegter Schatten sich herüberwendet zu mir, also lauter erscheinend, und schließlich tritt als Schattenkoloß aus dem Dunkel der Feiste....., versperrt mit seiner Gestalt meinen Blick aus dem Fenster ins Haus=gegenüber; vom Orangelicht umfangen, ohne Bewegung, seine Gestalt, stehnbleibend auf der anderen Seite der Zinkwanne, des Zubers mit der abgelegten dreckigen Montur. Die Sanftheit des Lichtschimmerns zeichnet diesem Gesicht mit den feinen, beinahe kindlich weich erscheinenden Zügen nun Spuren auch von Trauer ein.- Wieder muß der Feiste die letzten Worte meiner Gedanken erraten haben – ?vielleicht auch hab ich wie Damals an dem Abend in der Bar (als ich gewartet habe auf *eine Frau* –) auch jetzt wiederum laut vor mich hingesprochen (und diese Absicht, jene Frau wiederzutreffen hier in Berlin – eine poröse Erinnerung schon, erkaltet u schal wie das Besinnen ans Malheur in einem Jahre zurückliegenden Rausch).

–Niemand soll am Schlaf der Liebe Anderermenschen rührn. Ein Bleibendes hat nur der Traum.

Und wieder legt der Feiste den Kopf 1wenig schräg u blickt, als träume er tatsächlich, nach Oben, an die Zimmerdecke hinauf, so als seien dort winzige, mit seinem Text beschriebene Papierfetzen angepinnt. Als ich seinem Blick folge, lese ich dort, als seis einer jener Segenssprüche über den Pforten alter Bauern- od Bürgerhäuser, doch entgegen der Gewohnheit nicht für den Eintretenden, sondern hier nur für den Hinaus-, den Fortgehenden geschrieben, in den Sturzbalken die Worte HAUS FRIEDENSBRUCH eingeschnitten.....

–Träume. Gerede über Träume: Ich glaub ich werde alt. Will heißen: wieder kindisch.

Der Lichtschimmer auf seinem Gesicht erkaltet. Seine Stimme raunend aus dem wie ein Bergwerkstollen im Schein des Grubenlichts glimmenden Raum.

–Immer Mitleid gehabt schon Damals mit Allen, die noch schwächer gewesen sind, als ich. Zum Glück waren das niemals viele, so hielt mein Mitleid sich stets in Grenzen.- Meinfroint, Sie kommen, u wie das Skelett zum Arzt, reichlich spät. Mein Froint. So lange Kurzweil bei K. Lipp. Mir scheint, als wären das sieben Jahr gewesen –. Schade, für sone richtige schmuddelige=Männerfrointschaft haben Sie wohl nichts übrig. Außerdem, Sie haben sich für 1 Geschichte mit 1 Hure eine Menge !schöner Geschichten entgehen lassen u mehr, als 1 Frau je *beaten* kann. Stunde-um-Stunde & xtausend Wörter – passé : Sie haben sich das selber vermasselt. Vorbei u kommt nicht wieder. Jeder hat nur 1 Versuch, mehr gibt es nicht. Haben Sie denn ?soviel Zeit u ?sowenig Fantasie. Ich hatte Ihnen gesagt, ich kenne mich gut aus im neuen *Osten !erwache*. !Was hätte ich Ihnen nicht Alles zeigen können: die !Sklaven sind los, auch im harten Blendlicht sucht urdeutsche Seele nach Familie & Gemütl.keit, das heißt: Zu!rück auf die Galeeren & !freiwillig. Vom gleichen Schlag damals Ihr Aufstand, Museum heute fürne Friedliche Rewolutsch-schon: von der Bastille, statt sie zu stürmen, !wegrennen. !Tausende von Füßen – Fellachenmarathon über Botschaftshürden, Salami-Dschamping durch das Loch im Zaun – »Fliehe Gedanke hinaus in die Freiheit« & »!Wir-!woll-len-!!raus« – :Tennisschuh-Korus zum Fußschweißorkester; die gleiche flaue Komik wie Fernsehn, nur schöner & verpflichtet noch weniger zu noch mehr Nichts. Ist noch Alles da. Hätt ich Ihnen Alles zeigen können. ?Wie finden Sie eigentlich ?meine *Inn-Stall-lation HAUS FRIEDENSBRUCH*, ?meine *Gäste=hier*, sie kommen direkt von-Draußen : Die doofen= Kinder, die so versessen warn auf *Freiheit*, sind alsbald schon drauf gekommen, daß SIE Diefreiheit..... nicht ertragen. Vor nem toten Drachen war noch jeder 1 Held, !was für Speerspitzen-der-Männschheit, !was für Supersupersuperstars, damals. Und !Was für Feste jetzt: früher Jaulen zu Akkordeon Klampfe & Schweineorgel, heut Bellen zum Tekkno-Biet: Mehr als 200 Schläge pro Minute – drüber kommt nur noch der Dauerton. Doch das ist die Grenze: *Denn, mein liewer Dockter Busse: n !bißchen !wakkeln musse.* : Studentendemo Rudelbums *Laff*-Parade + *Wirsind!einefamilje* = der Spruch hat Geschichte & macht Sie=alle gleich, & schon kommse angesegelt, hin zur Fettenbeute: die Aasgeier die Großen Banken die Dosensuppen-Köche & köcheln Alles zur gleichen Soße. Vom Shake zum Scheck, Kotze aus der Konserve. Und die dusslige Bande hoppst so schön dazu – wackelwackel hippiheppi – voilà: alles !meine *Gäste*: die doofen Kinder von 8 bis 80.....

–?Warum ich so puritanisch bin: Nichts, Lieberfroint, ist umsonst seit dem 1. Sündenphall, auch das Lachen will ver!dient sein. Und das, was lebt, hat seinen Kredit an Ämjusment schon !weidlich überzogen. Höchste Zeit, vom Rückzahlen..... zu sprechen. Denn Diehauptsache, Lieberfroint, Diehauptsache weiß man längst: *Späteuropa* – seit Achtzehnhundert krepelt das in Agonie – und alles was seither entstanden, Auswurf Blutsturz Fieberfantasie Totkranker..... Der !ganze Saftladen geht in Konkurs. Das macht !GELD locker, flüssich gradezu: Erst die-Guillotine = die 1. Tekknoshow für Kopflose, Grèveplatz Place de la Concorde: !was für Applaus, !was für Kopulationen während der Rübenernte & !was für Lachsalven; danach Darwin = der Dr. Oetker für Familiensoße; nach ihm die-Arier & ihr Blutgewurschte, gleichauf Gott Stalin's Schraubenzieher aus der-Steppe..... – ?Schmeckt Ihnen der Staub aus meiner Buchte – und weiter gehts, ach !Tung: !Krach!peng !bumm Tra!ra & !Feuerwerk: alle Mauern nieder alle Schnauzen auf – Und jezz die grienblütigen Vegetarier zum Großen Ramschsalat an die Schüssel nach Vorn: UN : United Nonsense – There's no business like Shoabusiness : Jagdgründe vornehmlich für kotzmiese Filmemacher & schamlose=Funkzionärsklicken, von dito Schreiberlingen zu schweigen, zudem !prima Kapitalanlage für Betroffenheitskommissare mit Prof.gehalt : die-Gutenmenschen & Überall nur noch Gerächte, Ganz-Sezuan..... ist voll davon – und *Auf ewig Unvergessen* EU : Europens Urne, ein Aschekübel voll mit hirnverbrannten *Ideen*: von einem Imperjumm zum andern, vom Römischen zum Katholischen zum Germanischen zum Kommunistischen – & dadraus das Giftgebräu *Vereinigtes Europa*=Heute, die jüngste Totgeburt..... Abgang auf Abgang –, die einen hatten zum Knall-Effekt noch die-Tür, danach keine Türen mehr, kein Knall; grenzenlos überall nur noch Bordellvorhänge – :und grenzenlos die !Urnengänge – und !wasfürwelche, besonders im bereiften padong befreiten Osten : Urnenzwänge Urnengänge, tief in die Steppen hinein u länger als alle Lichterketten für selbstgestrickte Gewissensw$\genfrac{}{}{0pt}{}{ä}{ü}$rmer. Und noch ne Uhr ohne Ziffern: Spaaßkuul-Tour im nazionalen Freizeitpark : Das Quatschocento, die Renaissance der Logorrhötiker, die ihr Gesabbel nicht halten können, also Nocheinentertäner mehr, & jedes dieser seifglatten Arschgesichter begrient sich von-oben-bis-unten im bestbezahlten Trend zur Trendlosigkeit. Auf mich machen diese näckischen Faxenbolde immer den 1druck, als hätt in der Vergangenheit ihnen Jemand ?was-Schlimmes angetan: ?Vielleicht wurden sie gemüht –.– !A Sie kennen das Wort nicht, !nein nix fürs Gemüt : *gemüht* kommt von *gemühen*, meint *verstärktes Abmühen*, auch *verdrießen* –:Auf dem Lande hat der-Bauer mitunter seine Schafböcke, wenn sie nicht mehr bespringen sollten, *gemüht*: Er schlug den Schafböcken solange mit nem Knüttel auf die Hoden, bis denen der Spaß für diese Saison vergangen ist. Ne ehrliche=1fache & wirkungsvolle Mäh-Tode. Ich dachte, nur den Schafböcken tut man Sowas an – bei diesen wanzigen Ulknudeln aber wird mir klar: gemüht wird lange schon gattungsübergreifend. Was allerdings den so geulkten Frauen angetan sein mag, !das bleibt mir rätselhaft. Also: Bei !mir haben diese Finzenschneider immer noch 1 Boning frei auf die Nuss : für ihren Pißbuden- & Humorausfluß, ihre Witze für SA=Gemütler aus verkorxten Eunuchenbregen – auch Armani-verkleidete Ärsche haben nur 2 Hälften. Denn jetzt sind wir soweit, daß die Doofköppe die Doofköppe nachmachen, nachdem die Doofköppe die Doofköppe nachgemacht haben.

(hüstelt)

–Aber ich denke, wir sollten der Leiche=Europa n !schönes Begräbnis machen, sie hatz !verdient. (hüstelt) –Ich schwafele, finden Sie. Komme vom Thema weg. Also zurück zu unsern doofen=Kindern – nebenbei: Ich votiere für Suff-Ragetten-Zuchtanstalten – :!Das löste das Problem der Überbevölkerung..... :!weltweit u !sofort –

1 – 2 Schritte ; die Dielen kwängeln quarr ; dazu das kalke Berst als trät ich leere Schneckenhäuser breit – dà: die Fußspitzen gegen die Zinkwanne ;

–!Vorsicht: gehn Sie nich zu weit. Ich will Sie nicht reinlegen & in Fadenlosigkeit reden. Der Faden, der rote. Da ist er wieder. Wir waren bei den Doofen & Europas Begräbnis. Dabei stören diese hipphoppsassakackakindermachenden Kinder von 8 bis 80..... Die könnten ihren Hirnpfiff doch die Paarminuten drinbehalten, finden Sie ?!nicht. Wenigstens bis der Sarg im Ofen is. ?!Wie. Danach, vonmiraus, !ab zum Windeln & zum kollektiven Hosenschiß. Tcha, Lieberfroint, und !Das inmitten der alten=ruinierten Kulissen im-Osten. Wieviele !Schönestunden haben Sie sich entgehen lassen; haben mir die Chance genommen zum fremden=Führer, von Station zu Station. Auf den Straßen, & mitten in der Hundescheiße, liegen die Besten-Geschichten parat. !A die schöne Schmuddeligkeit der Heimat. Schon nach paar Stunden Bus- od Zugfahrt – ich fang mit dem 1fachsten an – gibts Beziehungsgefühle zwischen Fahrgast & Sitzecke, staubrüchige Plüschichkeiten uteral, dies Heimelige der Vorspuk aller Sesshaftigkeit..... Rhizomenseelich..... Pfahl&nestbaumichel..... die herbstischen Menschen – *& Alles endet durch Kanallje.....* : Der !Kiez. Und das Kaputte Zertöpperte der ganze vergammelte Schund, gradezu !Kuschelnestchen für die Seele, !Kamillentee fürs Gemüt. !Was isses denn, was noch die fauligste Ecke, den krätzigsten Koben im Zuchthaus auch *heimisch* werden läßt: der eine krumme Nagel, der Riß im Balken oben überm Dez : grade recht, die Fantasie mit ihrem Spinnenstaub hineinzublasen – ?sieht an der Salpeterwand der Wasserfleck nich wie die Atlaskarte von Afrika aus – & !huii gehts ab mit der Fantasie: in die Savannen Urwälder ins Gestrüpp & Wüsten heißer Staub in Messingglut der Sonnenkübel stürzend ein Gluterguß in Blütendüfte suchtversponnen sirupzäh u Himmel wie aus Allfrühzeiten Regenfluten grau&braun als stürzten Felsgewölke nieder, später Mond in fellzerrissnen Steppenhimmeln schwarzgefleckt u fieberkalt ein Kosmos für das Tierische ein Blöken Grunzen Rülpsen Kollern – !A die Pferde gehn mir durch !brrr –: Da sind wir wieder: exakt vorm Pfahl auf dem Exekutionsgelände inmitten vom niedergestiefelten bleichbraunen Dreck, !aber der 1 !Grasbulken, hier direkt vor den Latschen: ?sieht der nich grad wiene !Oase aus, u man wäre bevor man gleich Fleischsalat sein wird, eben mal kurz noch das klein-Käfermännchen das im grünen dünnen Halmendickicht Urwaldzuflucht finden kann – ?!wie. Altes, Gelebtes, Übriggebliebnes, mit Dreck u Speck u Kehricht u Schleifspuren u Knitterfalten u Greisenflecken u Grünspan u Lackab u Kratzriefen u Beulen im Blech u Teekannenbraun u abgestoßne Tassenränder reißzahngelb !O Heimat mit Porzellanecken ab Schiefes Zerlatschtes !O Glück u Verzogenes u Krummes u Klemmendes !O Seelenhort u Verquollnes u Weggeplatztes u Emaille u Farbsplitter aufgedröselter Faden & Scheiniges in staubigen rotbraunen Stores u Morgensonnenlicht durchschimmernd warm wie eine Hand u Tapetenblumen wahre Märchenwiesen u Pomadiges u Bröckeliges u Glittschiges u Moderdumpf die Stinkesäulen aus Abflußfäulness ragend u hartes Krümelgestreue..... lakenweit u Scheiße !Da haben wirs !Soweit mußtes ja kommen !Nicht zu vergessen die Scheiße dunkle Schatten im Unterhosenstoff der All-1gebliebenen !Nicht zu vergessen die Familienprozession hin vors Klo *!Schaut nur was Urgroßmamma heute wieder !Schönes.....* !O Leben mit Perlmuttzähnen festgebissen, Tatterpfoten wurstpellenverkrümmt wühlend in Fettpapieren, greisenmümmelnd bis zum letzten Schiß den kosmischen Einheiz-Psalm *!O Leben !Leben !Odumeinwunderbaresleben* an den Rand Gefegtes Ranziges Verknülltes im

Schummerdunkel im Lauwarmen Furzmulde mit Schlafgeruch Zahnlückenfäulnis das Buchtenhafte, das Nischenförmige, Zwielicht Halb&Halb Abtreibehafen & Verbrecherfjorde – die Seelenlage unsrer Ururahnen Gezeiten der Geborgenheit, ein Ausschwapp Meeresbrühe Geißeltierchen- & Amöben-Glück mit dem Einst Allerdreck..... begann : !A der Hominidensong Fruchtwassergeblubber Mutter Lauge der Buchten Nischen feuchtes Trinkerglück=*gluckgluck* Faulsein Pennen Spinnereien, Lieberfroint, so wie Ruinen immer auch an mögliche, erträumte Bauten denken lassen, so ist alles Ruinierte gradezu ein Gülleregen fürs Feld der Wünscheleien. Tiere – Kinder – Kindheit – :Haftenbleiben am Ruinierten. Zerschlagenen. Zertöpperten. Und immer sinds der krumme Nagel – die Holzmaserung im Dielenbrett – der 1 Grasbulken vor der-Mauer, & das Letzte, was die Glubscher direkt vorsich sehn, im Mauerstein den Einschußkrater: ?sieht der nich nach Gränd Kennjen aus – *!Laden* – !A Heimat Weitewelt *!Anlegen – !Feuer: !vrtt !vrtt!vrtt!vrtt* – die Brust fetzt auf, die Rübe zerplatzt, was von der-Schöpfung bleibt, 1 Flatsch mit Soße & Aus..... !Loslos: der !Nächste fürs Ragout..... !A pro Po-Doitschland. Ich hab die-Wende – die 1. am Anfang wie die 2. am Ende der Achtziger – immer wörtlich genommen: nem uralten Anzug die Taschen umgekrempelt, und zum Vorschein kommt der ganze=kleinliche Unrat aus vergangnen Jahr&tagen, in Fusseln & in Bröselform, im Heimat-Format, sozusagen. Nix als kleingegorner Scheißdreck mit Neid& krümelkacke. Westen – Osten –:Alles eine Soße. Und, Lieberfroint, nicht um jeden Unterdrückten war es schade. Viele wären besser geblieben, wo sie warn, im Nichts. Will sagen, noch niemals hat man je gehört, daß unter der Tyrannis die Herde schlechter fand, wonach sie strebt: Ruhe & Ordnung, Sicherheit & Zufriedenheit. Der Pferdefuß: Auch Tyrannis stinkt schon nach Herde..... – Nun, nach solch Umkrempelung, müssen die Losgelassnen in ihrem Hinterhof- u Kellergeist all-1 & schnell die Lösung für sich selber suchen. Und, Lieberfroint, stets heißt der schnellste Weg: Brutalität: von

Arschtritt bis Zähne raus, Kaldaunensalat mit Schädelbruch; das Ergastulum entläßt die Brüder zur Sonne zur Freizeit : Da kommen große Aufstiege noch für großen Abschaum. Denn das 1. was die-Deutschen vereinte war die-Mauer ; das erste, was die Deutschen getrennt hat, ist die gemeinsame Währung..... – sichducken müssenkönnen unter eine fremde Macht – Napoleon Besatzer Partei – !das macht sie 1ig, die-Doitschen ; ist dieser Knüttel von-Oben verschwunden, wird der Nächste grad recht als Nächster zum Zerfleischen..... Aber !wen schert die Michelei voll großkotziger Dorftrottel, die mit dem-Arsch immerfort einreißen, was ihnen in die Dreckpfoten als Geschenk gegeben wurde – :!A Geschichten aus der-Heimat. !Nichts entgehen lassen. !Her damit. Mein Monolog. Wenigstens die Kurzfassung für Sie, den schnellen Vor- & Rücklauf, bittesehr. Zerstreuen Sie sich. Heimat-Sinn zerstreuen..... Die noien Geschichten, das noie Kino..... Hier spricht Berlin..... : Kalmückenmafia Balkankamorra aus Steppentiefen SchlepperSchiebertrecks die Oder seit Jahren 1.mals zugefrorn = Schlitterbahn für Ulan Bator Hochkommissare für Lemurentransfer Die Jurtendämmerung *und kommen die vagabunde / zigeuner, Polacken und lumpenhunde* :Das sang uns Heine, der-Osten offen wien faulendes Bein, in Böhmens Straßengräben die Freiluftpuffs longitudinal, zwischen Scheißehaufen Tempos Tampons Touristen=Müll & Kotzefladen überm ganzen Gelände Himmel Latrinewolken die Inseln der Seligen mit Fliegenschwärmen & fauligem Eiweiß quickiquicki Stoßzeit die Röckchen hoch & Beine breit, fickifìcki mitten im Scheißefeld ganze Äcker Wiesen Wälder voller brauner Kegel wie besät als hätten Gargantuas hier gemistet kaum 1 Fußbreit Platz dazwischen u kein Kackhaufen sieht aus wie der andere *principium individuationis* wie die Krümmungen der Schwänze, nur Anfänger ficken hier im Freien, sehn übel aus danach, wie durch Pflaumenmus gezogen, wandelnde Klobesen, !A da wird wenns Nottut zwischen der Notdurft auch schon mal abgetrieben :aber !Das kommt keineswegs zur übrigen Kacke: die Föten werden hübsch in Kübel eingesammelt: die !Kosmetikindustrie ?!verstehn Sie die ist ganz !scharf drauf Hautkrehms ?!kapito Schmieren die Dämchen letztlich sich den eigenen Abortus in die Fresse Rittlings über den Gräben: scheißen ficken gebären od abtreiben : Kot Geld & Blut = die Grammatik der Ganzenwelt & ihr Ge-Triebe am Rand 1 einzigen Straße in Böhmen – Der Carnotsche Kreißprozeß Puff-Puff & Morgen dann der ganze-Fleischmarkt im Con-Tainer !ab nach *Nemjetzko* / und Schwanz- & Sprachenwexel: *Kamm tugesser* in Berlin's Straßen-Gräben Hundsscheißestern asfaltbefleckt in kübelsauren Hinterhöfen in Rammelställen 5. Stock Amor's Seitenflügel krätzigfeucht *für !Doičmark Djewuschka ›Na, Hauppsache n !Dach üwerm Kopp.‹ Saachte der Frosch & sprang dem Kroko-Deal inz offene Maul !harharhar. Üwri-Jens Maul: Bei Razzja: du !Maulhaltn: du !Nixverschtehn. Papp?piere: !Da: Alles karraschò. ?!Ponny Mai : Sonzt nix mehr !Doičmark Sonzt wieder !app nach Heimat* !A Heimat saure Mutter in Regens nächtigem Leiberglanz über Nylontrikots (:auf Pump also abzuarbeiten) dahingegossen, Lichtvipern huschend gleitend über fondantsfarbne Stoffe, die Gliederpüppies Oranienburger in Stiefeln weißledern knautschlack kniehoch stökkelnd der Fleischmarkt dampft nach Freibank Sommerregen Abgasqualm Autostrich & Brunftschweiß die Ponny Mais mit Pferdemösen Farbensoße pfützentief & fladenbunt Lindenblütenschwemme zum Pfützenhalo ein Lichterauswurf zuckend träges Neonmalaria – Sie ?folgen mir noch ?!oder – und !weiter in meiner *Inn-Stall-lation* – zur nächsten Blende – Zoom –: Absturzwinter Schneeverwehung suchtzerstochne Grindleiche die Flabbe blutbraun verkrustet Rinnsale wie verschüttete Farben auf zertrampeltem Papier einer Tuschezeichnung von Kindern Armbeugen Fersen nichts als blaugrünschwarz zerfaulendes Wabenfleisch, im Scheißhaus Es-Bahn Zoo, mit Pisse gesalbt die Letzte Ölung, tot, die neuesten Himmelfahrtsrekorde von Monat zu Monat Schneller Höher Weiter fürs Guiness-Buch der Wolkensörfer – Lieberfroint: ?noch mehr Lust auf Heimat :

Tausch&mauschgeschäfte Hütchenspiele Auto&Handtaschenklau Immobilienhausse & Heißer Abriß – !A ha !haa: Sie rea!gieren. Sie finden meinen Monolog zu ?lang – ?zerfahren – Sie ?langweilen sich – : Ich bin das Andere Paar *Stiefelchen*: ich wünschte SIE=die-Menschheit mit vielen Köpfen, um sie bei meiner Show wackeln zu sehn: das !beste Zeichen im Theater, daß die Aasbande=Zuschauer sich langweilt, von einer Arschbacke zur andern rutschen SIE: jedem Theaterreschißör empfehl ich den Anblick seiner Inszenierungen, mit Verlaub, a tergo: !Da wird er im Zuschauerraum !Köpfe wackeln sehn, Kohlkoppfelder im Sturm – Ich schweife ab – weiter in meinem Monolog – ?kratzen Sie sich schon am Sack od ?Sonstwo zwischen den Beinen – ?trampeln (heimlich – ich hörs: die Dielen, Lieberfroint, die 1fache Volxmusik der Dielen) – !schlafen Sie noch !nicht ein – Ge!mach. Nur n kleiner Aufenthalt, auf freier Strecke sozusagen – ich bin nur der Kellner mit dem Rollbüffet der DeEsGe mit Allemmöglichen im Angebot, Aufgußkaffe *hot brown water* kommt leider vor Schwäche nich aus der Kanne – totkrank das Zeug, ich rede vom Kaffe – kalte Immobilienhausse dafür heißer Abriß, soweit waren wir, darüber weiß ich ä-bißchen Bescheid – Nichts vorwegnehmen, bleiben wir auf dem Boden, Asfalt glitzert Katzengold Zerstreuung..... Heimat-Zerstreuung..... Ossi-Park Prenzlauer Berg – !da gehts lang – die schickgemachte Elendsfolklore mit vorzeigbarem Schmuddelscharm, hat Kreuzberg glatt den Rang abgelaufen: 1. Mai=Ostern=Weihnachten=Silvester: Hauptkampflinie Kollwitzplatz – :totkranke Rasenfläche – Grasbulken u Dreck u Hundekacke – als seis ne Bucht bei Ebbe, u auf dem Schlammassel Gören mit ihren Müttern, den schräggezognen Glibber-Görlies wie Krustentiere im Meeresschund – aus dürrem Gebüsch schrauben sich Speckschwartenautonomies – die Neue Dreckichkeit : die Alte ~ übrigens auch: Sind n paar künstliche Sau-Rier drunter, zünftige Dreckspatzen, haben Jahr-für-Jahr Solchen-wie-mir die Kacke vonn Stiefelsohlen geleckt, immer !rinn mitte Zunge auch ins letzte Sohlenprofil & !freiwillig dasses nur so schmatzte, Heute sindse immernoch & besser da als vorher – aber Au!zitterbacke !das sind Kriege Schlachten Sturmangriffe mit gezückten Staasiakten, von einem Er-Finder des Arschlochs zum andern, Rindviech von Hüü gegen Rindviech von Hott & Twiedeldie-Twiedeldamm (täglich zur besten Sendezeit) mit *Richtich Viehlen alten Ostgefüüln-undso*: über Hinterhöfe hallend, die Finsternis die Hundstagnächte ausschürfend dunkle Schächte des Zorns Fassungslosigkeit u Verachtung *duuuu* und aus Baggerlippen zwischen gefletschten Zähnen die Haßbrockenlawine runterprasselnd angesichts von einem=solchen *Schwaaa!ain* – dumpf die Faustschläge gegen Rippenkörbe hell zersplitternd Holz & Möbel Gläser Porzellan !Klirr !Penck grelle Schreiescherben durchs Fensterglas !bruch kristalle Stunden Ehenacht Das Jagdrennen übern Stubenparkour Sessel Kautsch dann flach aufs Doppelbett *!huuch du altes Färkeldu* –: Da !steht man drauf !Das macht sie ordentlich !heiß, erst karambolieren dann kopulieren, Rödeln daß die Leggins krachen – Tierwiesahschen unter Kerzenlicht Flunderblicke Auge um Auge von Alk & Ätsch zerkocht, Schuß- & Blickfeld vom Polit- & Tourismusplebs längst vermessen, kein Hungerkünstler mehr soll verfaulen im selbstgedroschnen Stroh – –*Hee !All-ta hattir heut schonn eener Een je?blaasn* – das prillt wie Kaltwasser über fettige Stullenbretter runter; da rollen sie heran, die Reisebusse aus Köln Hamburg München, kippen wie Kotzeimer ihre unverdauten Speckbrocken aus, Reisepöbel, polaroidbehängtes Touristenfleisch, der unheimeligen Heimstatt wie dem eigenen Stoffwechsel erfolgreich entkommen, die Fettsäcke zur ä-Lend's-Show mit Gruppentarif – glotzglotz knippsknipps & pinkepinke –; Himmelhoch & Abfalltief, ein Vertikal gestoßen in Triebregression auf totgegreistem Lev Jathan=die primitivste Wunscherfüllung als Noie Sklaverei – klingklang die Silberlinge – :Gans !recht, Lieberfroint, ich sehe hier überall Schmerland, bauchbetrübt voll Seelenfett – träge ölig & kimmerisch=kalt wie dieser preußische Stüx, die Spree – ein sich krümmend totverdrecktes Wasser wie flüssige Mühsal, Geiz Pflicht Neid, Asfaltwellen vom Stechschritt platt& klein zertreten, Karon ein saugrobes Stück Pollüp (früher Vopo, hat wahrscheinlich nur die Uniform gewexelt, ansonsten auch hier: Bißness Äss Juschell), zu 1silbensätzen verglommene Aschenbrut, Totengräber ohne Yorikkeschädel, nur Wirensuppen, abgeblasen ausgekühlt & endverglüht, ein fürzetrockener Haufen Knochenkehricht..... Staub..... !A der Allgegenwärtige..... Glut od Pack-Eis Das ist hier die Frage – Staub..... Staub von zertretenen Motten – !haldenweise !abraumhoch – –

–Ich hätte Ihnen das=Alles gezeigt. Müllimeter für Müllimeter. – (Er blickt in die Zinkwanne, auf die dreckige Arbeitsmontur herab, als müsse er als nächstes sie in die Wanne zum Reinwaschen legen.) –Sie kennen, zum !kleinsten Teil, meine Vergangenheit, ich weiß, sie – (und deutet mit dem Kopf hinüber zu dem Haus, darin hinter hell glimmenden Fenstern die Wohnung u sie, die Frau –) –hat Ihnen erzählt, was sie weiß von mir. Ihr alles ist 1 winziger Teil von Allem, das brauch ich wohl kaum zu sagen. Ging Ihnen ans Herz od: was Sie dafür halten: die Schtorri von ihrem Mann, dem aufrechten Kämpfer fürs Recht, dem Träger der Vaterländischen Galgenschlinge – ?!wie. Ich sag Ihnen was zu diesen Kämpfern-fürs-Recht, für etwas, das sie niemals hatten u das es nirgends gibt, weder in der Alten=DeDeR..... noch sonst Irgendwo Irgendwann. Nichts als selbstgefriemelte Fantastereien, wie ihre Karnickelställe & 1-Famülljen-Häusel: Duosan-gehaltene Vorstellungen von Sufferänität Rächt & Gerächtigkeit – Nebelfechtereien Ausgespinste niederen Wahns. So wie es Menschen gibt, die dafür geschaffen scheinen, daß die übrige Menschheit an ihnen sich Bewegung macht, so gibt es Menschen, deren Doofheit auf die Anderen wie Scheißdreck auf die Fliegen wirkt: Sie müssen drauf & den Doofen hinternher. :Es ist die Schuld der Sanftmütigen & der Doofen, wenn Gewalttaten & Mord die-Welt beherrschen. Die Zyniker, Meinlieberfroint, sind wie Schnupfen: sie kommen & gehen mit ihrer Saison – die Beseelten aber sind die Schlimmsten: sie bleiben noch übers Kreuz hinaus. Und verpesten mit ihren Kadavern die Lüfte Jahr-um-Jahr. Wer sich grün anstreicht, heißts, den fressen die Ziegen. !?Woher hat der denn *sein* Recht genommen, das Maul aufzumachen & gegen Windmühlen anzurennen, der Depp. Und sich aufzuhängen, als er nicht mehr weiterwußte. Die Nischel voller Märchen, aus der Schnauze nischt wie wahnbekerztes Dummeszeug. Deshalb müssen die Beseelten !verschwinden, am besten immer noch !vor dem Kreuz. Das ist 1 Gebot der Hygiene. Und das 1zige Mal, daß solch Tüpe wie der Charakter zeigten, war, daß er sich klammleise selber aus der Welt genommen & in den Wind gehängt hatte. Aber ?wer will das schon hören – es träumt sich so schön=warm im vollgemachten Bett von einer Besserenwelt, wo Gerechtigkeit u Frieden wie Milch u Honig fließen – ?!wie. Der Kinder-Traum ist !aus. Sie werden noch Einiges zu hören kriegen, ver!sprochen, bevor ich !endgültig fertig bin mit Ihnen. Mit K. Lipp bin ich auch noch nicht fertig. Daß ich der Verehrten Frau bis Heut mitspiele, ist ein Zufall, die ideale Konstellation: Ich bin, neben manch Anderem, ENDVERNUTZER derer, die aus ihrer Gewohnheit geschmissen sind. !Höchst interessantes Stadium: Für die gibts 3 Möglichkeiten: auf die Veränderungen reagieren – angreifen – od erstarren wie Niobes Kinder. Aus K. Lipp ist geworden, was Frauen ihres Schlags immer schon sind: 1 Hure, mitunter nur im Wartestand. Sie kann auf das-Neue bloß reagieren. Intressanter ihre Tochter, das kleine Mistvieh: Sie hat sich=selber auf den Speisezettel des Mütterlichen Be-Triebs gesetzt. So habe ich genommen à la carte; Du sollst nicht abschlagen Deines Nächsten Angebot. Mit ihren 12 Jahren hat sie kapiert, !welch Kapital & !welche Macht im Hintergrund von Heuchelei regieren. So wird aus Empörung übers Kinderficken Heuchelei, & die, wie jede Ware Tugend, trägt ihren wahren Wert stets in=sich selbst : Erst hat Man im Stolz-des-Aufklärens den-Kindern die Kindheit genommen, hat sie zu Erwaxenen geschlagen, das heißt: hinein ins gefeierte Verwertsystem, wo Bemächtigen Leistung Funktionieren = die göttlichen Gebote heißen & die Jahre *Kindheit*, die Schutzzonen, an der Nutzenlosigkeit verbrennen müssen –, dann hat Man sich den Hosenscheißern unterworfen im Fetisch *Ewige Jugend*, weil Jugend so schön dämlich ist & noch unbesehener als seine Ollen haben=kaufen=raffen will – : Dort Paragrafen zum Schutz der Würde des-Menschen, Hier der Schütze Alltag, der Menschen den Genickschuß gibt, & Würde reicht nicht mal zum Hilfsverb eines Konjunktivs. :Also ?!was soll das Geschrei in den Medienwald hinein : Als Echo schallt die Attraktivität heraus, & 1 Kinderficker zieht fünf neue hinter sich her, vor die Kameras vor die Gerichte..... Und seitdem auch Sie, Meinlieberfroint & Rechtsverwalter, zum Kinderficker wurden in jener-Nacht – !O Sie, Froint, haben Dabei natürlich nur an *sie* gedacht, an die erwachsene Frau, die Sie aus Willensschwäche od Wasweißich weshalb nicht kriegen konnten damals am Abend zuvor : Sie sind mit Allem, was Sie tun, immer woanders, sogar beim Ficken: das nenn ich ungerecht u obszön. Seit jener-Nacht also ist !dieses !Kind, u: nicht Sie, die Versicherung zum Weiterleben für die Beiden, Mutter u: Kind..... Sie, Frointchen, waren völlig umsonst dort=drüben all-die-Langezeit, jedenphalls waren Sie alles andre, nur nicht Beschützer & Versicherungsmann. Ha!ha: zu komisch, Sie Armleuchter mit Ihrem bettseitigen Heldentun. Der Ringkampf gegen Schlaflosigkeit ist, wie Mann lange weiß, die einzige zu vollbringende Heldentat in einem Bett..... Die Tochter indes mit ihren 12 Jahren hat die Neue Macht der-Kinder kapiert & nuttst sie zum Angriff aus, gnadenlos wie nur Kinder sind; die Mutter nicht. Aus deren bloß Reagieren wird sie bald in Erstarrung phalln, das bringt allein schon die Langeweile ihres Berufs mit sich. Aus ihrer Tochter aber könnt Etwas werden, die neue Saat geht langsam auf, würde nicht – :Ich will die Pointe nicht verraten. ?!Was Zumteufel also haben Sie solange gesucht bei der=dort-drüben, bei 1 Hure von meinen Gnaden..... !Die Augen, hörte ich Ihr Gesinge, !A die !Augen – Ausflußästhetik von gallert-

& schleimsüchtigen Spinnern, Sekretionspöbel: Kinderaugen Kuhaugen Hühneraugen, Die Augen der Anklage : Dies *J'accuse*-verdorbne Leben ist mit seinen Maden bis in die Keimdrüsen 1gedrungen & frißt dort aus der eigenen Verdorbenheit das Maß für Schönheit..... sich zurecht. Wakkelnde Arschbacken wakkelnde Titten die Kimme feucht die Beine krumm vor Dummheit & Stolz – :& das Schöne Geseiere um Drüsen & Fettpolster – gehn Sie ruhig mal näher ran, tauchen Sie unter die Schminke: Pickel Zellulitis Runzeln Warzen Mitesser, und die Unsterblichen Worte in gelee Lettern mit der Sense ins Seelenschmalz gehaun, 1 düsteres Schauspiel, 1 nett=warmes Remake alles Nächtigen, Videogames zur Leichenfresserei, antike Sauerein im blaugrünorange angebrannten Neonlithikum. !A tut weh ?was : hatten sich vorhin grad so schön=warm eingelullt beim Blick von einem dreckigen Fenster hinüber zum anderen, dort Frauchen gesehn & !nimmernimmer wieder wauwau&schluchz&jaul & Geseiere lang&breit – heftige Kontraktionen der Innerein in Magen- & Leistengegend gelten als Anzeichen für Große-Gefühle, von einer schmierigen Fantasie zur nächsten, & !Immer bereit !Die Augen Die !Augen – : Glotzen Sie doch mal !richtig hin, geradenwegs u direkt hinein in Die Augen von Frauen in unseren Städten : Blicke aus Fäulnis & unbenennbarer Wut, noch vor dem Enttäuschtsein Enttäuschung, kalte Seifenlauge, brutale egoistisch-leere Klüsen – :Und diese Fraun, sie haben !Recht: ?!Was soll denn noch sein am Morgen nach Der Orgie außer Enttäuschung: Perspektive Familienleben: aufs-Land-ziehen Blümchen & Salat pflanzen der Fraß vom Biobauern die Monstranz und immer Rödeln & immer Kinderkriegen, festgehakt in 2 Zuständen: blaue Äuglein strahlend od dicker Bauch gespannt, dann Kinderwagen, Kacke Windeln und Oma-sein noch vor den Enkeln.....

(1 Geräusch aus dem orange Dämmerlicht; als hätt er Vertraulichkeiten mitzuteilen, rückt der Feiste näher, spricht über die Zinkwanne zu mir herüber:) –Auch das Gesicht dieser Frau, von der Sie, Lieberfroint, als letztes schwärmen

mußten – mir scheint, Sie verlieben sich wie Beamte scheißen: pünktlich 3x pro Tag –, auch das Gesicht dieser Frau *in seiner fortwährenden Abwesenheit, ewig aus sich hinausgetreten* – darüber können Neurastheniker wie Sie !stundenlang schwärmen – :Niemandem u Nichts wirklich sich hingeben können, zu Niemandem u zu Nichts jemals gehören wollen, !bloß keine Risiken der Entblößung u nich fürnen Sexer Fantasie, !das vor allem fehlt solchen Trinen u macht sie schlimmer als tot: 1gefrorn in der Ablehnung, 1gerastet in lebloser Distanz – und dann diese !Augen: dieses Verkriechen in Dunkelheiten (was allerorten beliebt ist wie alles Nebulöse, Unklare, wolkig Verschwiemelte) Geheimnisse-machen aus längst offenen Geheimnissen: das ist nichts als vulgär.

(Ich höre den Feisten mit der Zunge schmatzen)

–Nichts als das leere=glatte Gesicht 1 ewigen Göre voll mit Barmen & Anklage : Das – (und rülpst unverhohlen) –ist mehr als ein Mensch ertragen kann.

(Er gähnt, tritt verächtlich gegen das Zinkblech der Wanne)

–Diese Augen voll der Finsternis in die wirkliche Finsternis stoßen – ich muß mich n bißchen !anfeuern, verstehn Sie, sonst penn ich ein bei diesem Thema –; diese Augen in die wirkliche Finsternis stoßen, soweit sind wir gekommen, was ?heißt das: 1 Drillbohrer 2 Mal angesetzt, & 2 warme feuchte Löcher mehr im Körper einer Frau. ?!Merken Sie, ich bin dabei, die-Natur zu verbessern, und werde meinen Schwanz in diese 2 Mal blutende Leere stecken und direkt in ihr Gehirn entladen. Auch 2 Mal, soviel trau ich mir noch zu. Und werde den Willen-der-Natur vollenden – der kann sich nur selten durchsetzen gegen das Kinderfleisch im erstarrten Gesicht, der-Wille blieb drin stecken wie in Gelee, vielleicht weil die-Natur glaubte, es liefen ihr schon genügend Monstren vom Band –; ich werde ihn, den Willen-der-Natur, also vollenden: In beiden Lippenwinkeln beginnend mit jeweils 1 Skalpell schneide ich aus ihrer verstummten Fratze bis hin zu den Ohren den puren roten Schrei – ?wie ?was : ?aufhören. Nur nich so leicht das Messer ins Korn werfen, wir brauchens später noch für weitere Schnitte, & jetzt u hier für den nächsten: der wird die Halssehnen & -wirbel durchtrennen – und Zeigefinger in den weichen hohlen Augen, Daumen im tonlosen Schrei – !ganzrecht: wie inner Bowlingkugel – und in ihre blutende Kehle, offen um meinen Schwanz wie ein warmer feuchter Blütenmund sich stülpend, werde ich zum 3. Mal entladen. Schön. :Das ist nicht pathologisch, Frointchen, das ist nur der Beleidigte Mensch, der aufsteht in mir und sich wehrt. Denn !Die Augen Die !Augen: Soviel Anklage ist zuviel Anklage.

(Ich höre ihn seufzen.)

–Wir sind übrigens noch immer in meiner *Inn-Stall-lation* im Ossi-Park, so schnell kommen Sie mir nicht davon. Hier liegen mit der Hundescheiße auch die-Gefühle brach: Freundschaft Liebe Zuwendung, die Sehnsucht des Rindfies vorm neuen Tor zur Hölle : Früher der Stoff, aus dem die Plüschaugen waren & die männschlichen Be-Ziehungen, jetzt Alles ohne Kurswert am Morgen nach Der Orgie; wo alle Versprechungen Erfüllung fanden & Kriege bürokratisch sanft geworden sind wie Frieden kriegerisch – ich schweife ab – !A Schweife: und 1 Pimmel ist wieder nur ein Pimmel, eine Fotze 1 Fotze, ohne Glorienschein & kein Grund mehr für Dithyramben.

(Er atmet geräuschvoll aus)

–Das ist !mein Metier, ein weites Land..... Und eine alte Wahrheit leuchtet wieder: !Töten ist der Grund des Sexes, gründlich u besser als Sex. Humaner dazu, denken Sie an Übervölkerung & alle Übel im Schlepptau..... Die Schönheit menschlicher Schöpfungen ist immer schöner als die Schöpfung Mensch..... Noch ne alte Weisheit. ?Haben Sie jemals South Manhattan gesehen bei Nacht: !Welch !Schöpfung aus Architekturen & Licht – :?was ist dagegen das Gelichter..... auf den Straßen.

(Vielleicht säuft er heimlich bei seinem Sermon, ich glaub, 1 gluckerndes Geräusch zu hören, als hätt er seinen Flachmann angesetzt –)

–Das Haupt eines=jeden wirklichen Gedankens – (höre ich) –ist ein Verbrechen. Die andere Schönheit, die Neutronenwaffe, sie wäre !wirklich die Lösung vom !Mensch Heiz-Problem, und das Problem der-Menschheit stellte sich nicht länger. Hätt ich die Neutronenbombe: !Ich würde Menschen heizen, kein Problem. Sie sehen, Seitpferdturnen kannich auch. – (Er klatscht in seine dicken Hände) –Doch bin ich alt=modisch, mir ist solch ferngesteuertes Töten zu religiös. Ich bevorzuge die haptischen Arten & löse damit 1 Menschen aus dem Problem (wir sind schon !weit gekommen, Froint, aber wir sind noch nicht weit genug) : Das !Messer. Da ist es. Das Messer im Leib des Menschen – ragt aus dem Körper hervor nach dem Stich wie 1 neues Glied. Der Penis = das hervorragende Körper-Teil, grotesk u obszön (darauf reimt sich *schön*) wie das Sterben – ich drehe langsam die Klinge im Leib, sie zerschneidet jetzt mehr an Eingeweiden als 1 gewöhnlicher Stich. Die Waffe in Ihrer Hand – !spüren Sie das Zucken das Sichwinden des Überwältigten – eine warme Vibration in Ihrer Handfläche – !Ja – der Messergriff in Ihrer Hand die Trense die Peitsche der Dirigentenstab – !A !was für Laute, ein ganzer Chor sterbensalter Laute, u das Wissen: Es gibt !kein Entkommen für Niemand, der-Tod ist kein Ausweg, nicht mehr seit die-Beamten das Wort buchstabieren können. So bleibt in der Landschaft ohne Tod nur Töten, Töten immer mehr und immer weiter Töten Töten – –

(Ich höre seine Hand den Anzugstoff glattstreichen –)

–!Das nach Der Orgie in unserem kotzgrauen Morgenlicht heißt wieder Gemeinsamkeit. !A die-Familienstimmung. Da ist sie wieder. !Mahlzeit. Denn gleich nach dem Tötungstrieb kommt – (er räuspert kurz) –Der Hunger. Daher, soviel darf ich verraten, daher töte ich nur schöne Menschen. Und das heißt, ich komme nur !sehr selten dazu. Denn ich muß mir vorstelln können, daß ich die Toten aufesse. Das, nebenbei, schließt mir den Selbstmord aus – ich bin mir selber viel zu unappetitlich. Spaß muß sein. Und zurück zu Ihnen, Lieberfroint. Gewisse Messerspielchen haben ja auch Sie probiert.

Dazu kommen wir noch. Aber lassen Sie sich gesagt sein: Sie sind 1 0 = Sie sind 1 Zoni=unrettbar, festgefahrn in Frisördramatik im Shakespeareduktus, !Was für Akte, !Alle fümfe: Vorgartenfilosofaster's Meldepflicht HaGeL KaWeVau VoPo & ElEmA – Fußballwoche & Kampfgruppeneinsatz Die Emsigen Volkskammerbeschlüsse für materielle Stimuli zum Schwiegermuttertratsch – Reisepässe Versorgungsengpässe bei Schnee & Rödel gut: !Tollefeiern Säuferarien Matschokwatschofickantinen & Wohnzimmerpuffs m. Kachelofen Hardrock zu Kamelhaarhausschuhn Stechschritt zum wichtigsten Organ der Frauen: DeFDe – Trapo & kommunale Naßzellenheroik Devisenschacher & Schacherwitze: ?Was kommt nach der Aufklärung: Sturm & Drang: Volksbildung, Schlüpfer-runter, die Analyse macht die Anneliese m. Kindergeld = die Biberstrategie: bauen Haus mit Schwanz – Tusch & Pfusch & Tschingbumtrara Weltrevolution (im braunen Trainingsanzug, Streifen in Rotgelb die Hosennähte runter) dazu Akkordeon Blasentee Schlagerparade-ZeDe bis Zentralkomitee, die Fahne hoch »EINE ACHT DEN OFEN« – !Sie & Ihr Theater um den !Ausreiseantrag, und sind wiedergekommen nach nichtmal ner halben Ewichkeit. Daß Sie Ihren Bruder zerlegt ham, war nett, hörte sich janzjut an – fürn Anfänger. :Aber ?was haben Sie draus gelernt: !wegzulaufen..... Und noch 1 Flüchtigkeit mehr in Ihrem flüchtigen Leben..... hin auf den Zustand 0. Denn das Früchtchen, Ihr Bruder Herz, war auch ne 0, nicht weit von Ihnen entfernt: »Etwas schlechter im Guten, dafür etwas besser im Schlechten« – Shakespeare. Sie u: Ihr Bruder: nur 2 Fürze aus demselben Arsch. Und !das ist das-Schlimme an euch Zonis: !Keine Ahnung von Politik, schon gar nich von der im eigenen totgefickten Land. Deshalb konntet ihr so dämlich sein, die Staasizentrale zu stürmen u: das EsEhDeh-Archiv in der Pieckstraße völlich: zu ?vergessen –: !Quatsch: !Nie ge!wußt habt ihr davon, ihr Bürger Deppen, dasses So was überhaupt giebt. !Niemals ernst genommen. !Keine Ahnung von der Bedeutung dieser Wissens=Macht: !Das ham wir euch doch Jahrumjahr hochkant hintenrein geprügelt: *Wissen ist Macht* – nur geglaubt habt ihrs nich od: nich verstanden. Genausowenig Ahnung, was das sein könnte: *Geld.* – Nur nicht !wirklich werden – nur nix Ahnung haben wolln vom Gestank aus den politischen Kellern, nach kaltem Rotz & Abdeckerei, ganze Waschbottiche voller Kaldaunen zertretener Nieren rausgeschlagener Zähne – DIE VERHÖRE..... Wissen Sie, da gab es, manchmal, so: VERHÖRE..... – !o beileibe nicht mit den Wertvollen-Seelen, die Bücher schrieben vonner Besseren-DeDeR –:!die haben wir rausgeschmissen, verkauft od mit Zuckerbrot&peitsche an=uns gefesselt; Zuckerbrot hießen Reisepaß & Devisenkriegen – & !Dafür haben die sich kriegenlassen, haben gradezu nach der Peitsche !gelechzt, !freiwillig Hosen runter Röckchen hoch, !nich anzusehn son Theater: hunderte von selbstentblößten nackten Hintern..... :Ist Ihnen schon mal ?aufgefallen, was sogenannte Intelelle für !kotzhäßliche Menschen sind. Das ist kein Zufall: Irgendwo ist selbst für den Klügsten Schluß, die Grenze erreicht, und dahinter beginnen die weiten Ebenen der Doofheit..... Jedoch von dort herüber wehen auch vorher u zu Allenzeiten beständig schon die Faseleien, mit denen sie ihre Gehirne füttern. ?Aber der Körper: !Der will ganz andere Nahrung als fauliges Geblase –; der Körper besteht aus Fleisch Muskeln Sehnen Knochen; die kriegt er nicht von Faselei, und so sind diese Körper häßlich trübselig widerwärtig anzuschaun; Mein!gott was für !häßliche Ärsche, die zu Hunderten anrückten & nach öffentlicher Prügel gierten, gleich paar-Mal-Hinterneinander sich angestellt in der Schlange vor den Prüglern, damit ihr Kurswert als KwerulantInnen nicht sinken möge auf dem Markt der Zuckerbäcker..... & rasch von Denen ein DeM-Pflasterchen auf die schmucken Wunden im Dissidentenspeck; & weiter Heulen Schampannjersaufen & vom Wa(h)ren Sozialismus trällern – :!Was sollten wir bei Denen ?verhören; bei solch ½roten Tugend-Schabracken & ½schwarzen Faustan-Pillendrehern: die Ganzebande nich 1 Arschtritt wert, u haben also ihre Zahnprothesen drinbehalten dürfen – :!Nein: DIE-VERHÖRE nur mit dem Pack, das aus den Kellern kam die es nicht geben durfte: Arbeitslosen Assis Bummelanten verstunkne Penner Landstreicher Säufer Pißbuden-Schwuchteln & R-Flüchtlinge Diebe Schieber Kinderficker, die ohnehin keiner ansehn mochte – *Jeschieht sonen Säuen doch janz!recht* (:hinsichtlich des Verschwindenmachens solcher Kreaturen waren wir beim-Volk..... !wirklich populär wie damals Hitler), Typen wegschaffen, nach denen kein Hahn & kein Politmagazin krähte, aber !die waren wirklich gefährlich für uns, waren die tiefen Risse im Fundament – & deshalb VERHÖRE PRÜGEL KNAST die Karriere daß die Eingeweide kollern –, und hinterher dann von solch krätzigen Säuen auch noch der ganze Schmant, zerplatzte Nieren Blutlachen Dünnschiß Kotze, schöne Schweinerei, die rausgebrochnen Zacken aus der Krone-der-Schöpfung entsorgen – !das ist das Fundament von Politik, Meinfroint, aber das hätt euch ja den !Teppich schmutzich machen, die schönen Fantasieen & den Rotwein versauern können – !puuh!huuh: !Nischt wie !weg, nix zu tun haben mit Sowas ?!wie, !Dafür sone Dreckschweine wie ich grade gut genug: lass die man wühlen im Gedärme der Renegaten & hinterher auch noch Aufwischen; !nee, zu eklich dieses geronnene Blut aus der Polletiek; besser Heim in die unbewegte Stubenluft !A zu den Gutengutenbüchern –, ihr IdiotInnen – Politik: alle 5 grade sein, Religion: Wohnstube Rotwein & Quatschquatschquatsch von der-Besserenwelt bis euch 1 abging –: ihr Hilfsschüler, Sitzenbleiber, Hallelujaklampfer & zugelallten Medea-Spinner: Nicht trotz sondern !wegen euch gabs & gibts solche Typen wie mich – : Auch Sie, Lieberfroint & Wurzellos im Westen, auch Sie bleiben 1 Zoni auf Lebenszeit, & je wirrtuoser Sie das Messer schwangen – !da sind wir bei Ihren Messerspielchen –, sich loszuschneiden von der Nabelschnur aus der das Gift der Umsorgtheit kam, wo Feinde leicht & Froinde massich aufzufinden, desto gründlicher haben Sie sich infiziert: das Messer war unrein, !April!april, verseucht vom Eigentraum aus kurzgeschlossnem Haß, und Gift kann aus Gift wie Eiweiß aus Eiweiß sich=selber erneuern – : !Was haben Sie denn ?!gemacht dort-drüben, in der Wohnung 1 Hure. Sie haben !nichts gesehen, !nichts begriffen. Haben die alten Muster gesucht & gefunden, den alten ranzigen Traum vom Familien?leben, !endlich doch noch & in Ihrem Alter: ?Haben Sie sich schon die Indianernamen der Verlippten gegeben: Schnuckimausihasilein – das sieht nach *Liebe* aus=nach Hausschuh&napfkuchen-Wärme, nach Fäakenbucht & Nausikaa der Late Nite Wamp = das Späte Mädchen, !höchst bedenklich, in Ihrem Alter; reingewühlt ins Wüstland abgelebter Jugendzeit wie innen toten Uterus. Ja: Sie sind !tot, Mann, u toter als meine *In-Stall-lation* in diesem Raum. Sie sind so kleinlich piefich u verkitscht, wie alle Auferstandenen nach der Posaune kleinlich piefich u verkitscht sein werden; wie diese=ganze kleinliche piefiche u verkitschte Sprossenwand aus der Heiljenschrift : nichts als keifende Knöchel- & Lumpensammler von Ammonitern bis Zentralkomitee: *?!Wo is mein Seelenheil !Her damit !Das gehört mir !Ich schonn-immer sein gäwäsän Gutäsmännsch: kristlicher als die-Kristen arischer als die-Arier kommunistischer als die-Kommunisten & päpstlicher als der-Papst : Aufeschtehung ische eine !Mennscherecht ihr Arschelecher – Also !her mit Manna für Manne* –; und euer letztes Nichts ist weiterhin tötend – Man muß sehen, daß Man !wegkommt von euch & euerm giftigen Kopfschiß – sonst ist Man=geliefert. Denn !Vorsicht: Die Troglodyten wechseln grad mal wieder ihre Fahnen. Höhlengekritzel Steckbriefe Staasiakten – Viel Feind viel Ehr. Eine Horde verseuchter Wampire. Blut- & rachsüchtig bis in Ewichkeit.

Schwer, & schwerer als vermutet beim Aufheben, zieht das Stahlgewicht eines Hammers nach unten, als zerre eine unsichtbare Hand das Werkzeug direkt zum Mittelpunkt der Erde hinab – beinahe rutscht der Stiel aus der Hand, ein kreidiges Empfinden, 1ige Mörtelbrösel fallen wie Schorf herunter, in die Zinkwanne, worin ich den Hammer liegen sah, hinein, 1 leises blecherndes Rascheln, als fielen tote Fliegen..... herab.

–Und ich mußte mir also, während Sie Ihren Familiengelüsten frönten, die Zeit mit dem übelsten, mit *Kunnscht*, vertreiben. Voilà, Sie sehen vor sich: Mein Atelier.- Sie haben mir !sehr viel Zeit gelassen – so konnte ich sammeln & präparieren, und im übrigen die Zeit, die Sie mir ließen, in Allerruhe totschlagen. Meine Wut hat mir dabei geholfen – (seine Stimme schärfer & schneidend laut:) –Wut auf !Sie, damit Sies wissen: Ich fühlte mich durch Sie nicht wahrgenommen. Sie !stören mich. Sie !stehlen mir Meinezeit. Ja!wohl: Auch !jetzt – (und schreiend plötzlich:) –?!Glauben Sie etwa, ich spiele gerne den Beschränkten mit dieser albernen Kunst-im-Raum. Als !hätt ich meine Zeit im !Lotto gewonnen. !Glotzen Sie nicht wien bekacktes Kind: !Wielange wolln wir uns denn noch ?!aufhalten mit diesem Dreck. !Hergeschaut & !Schluß mit Schönheiten aus dem-Os- !Vorsicht:

: Mein Fuß, direkt neben der Tür, tritt gegen die Zinkwanne, schurrt & stößt sie schrapend 1 Stückchen=weit übers Dielenholz bis an die Teppichkante ran – bauscht sie auf – :der Eisenhammer fällt aus der Hand in die Zinkwanne zurück & schlägt mit blechblödem Krach auf dem Wannenboden auf –, von den abgelegten Kleidungsstücken stieben helle Staubwölkchen auf –

(Der Feiste pfeift durch die Zähne:) –Blechwanne Lumpen Staub&dreck – fehlen Strumpf- & Strampelhosen zur Kita-Ästhetik : Nichts gegen Noie Tejater-Kunst, auch nicht Ihre Füße. – (Höre ich den Feisten nun mit wieder beruhigter Stimme:) –Mit Füßen wurde mal abgestimmt. Das ist lange her, u: Sie waren nicht dabei. Wie man mit Füßen filosofiert. Den Füßen & dem Schweiß ein Denkmal. Na !Schwamm drüber & genug mit Sülze. Das=Hier ist !kein Tejater & Sie u: ich, wir sind schließlich nicht zu unserm Spaß hierher & soweit gekommen.

Im Augenblick, als der Feiste den Lichtschalter niederdrückt: prallt gegen den orangenen Schimmer Grellweiß in den Raum, fegt das sanftfarbene Schimmern fort – gleißt – blendet –, und überscharf schneiden die Gegenstände & Körper ihre Konturen aus dem Weißlicht heraus. Der Feiste tritt jetzt direkt vor mich hin, so daß ich ihn zum ersten Mal seit ich hier=drinnen bin deutlich sehen kann: Er hat seinen speckigen blauen Anzug von-einst gegen einen alten, aber eleganten Anzug aus den 50ern, der Stoff in der Färbung von nassem Sand, getauscht. Benutzt & getragen, doch sorgfältig gepflegt & den massigen Körperbau des Mannes geschickt kaschierend, läßt der Anzug den Feisten wie einen jener alten Männer in gewiß allen Großstädten der Welt erscheinen, die alltäglich mit der Präzision ebenso alter Uhrwerke aus ihrem dämmerigen, engen Hinterhofzimmer im Souterrain (dem zumeist 1zigen Raum ihrer gemieteten Wohnung) ins helle Tageslicht heraufsteigen, den altmodischen Filzhut aufgesetzt, und, seit Jahren verstummt, mit ihren an diese seit etlicher Zeit nicht mehr sich verändernden Körper gewöhnten Anzüge gleichsam ihre verschwundenen Jahrzehnte herauf- u hineintragen in die Straßen dieser Anderenzeit.

–!Eines noch für Sie – (höre ich:) –Lassen Sie mich !niemals wieder so ins Reden kommen wie vorhin. Wer darauf 1 Mal sich eingelassen hat, mir zuzuhören od nur soviel Zeit mir einräumt, den Mund für solches Reden aufzumachen : der ist !erledigt. Schauen Sie sich um: der Raum ist voll von – erledigten Zuhörern.

Seine den in grellweißes Eislicht geworfenen Raum einbeziehende Armgeste umfaßt nicht allein jenes Mobiliar der Schäbigkeit, die Schichten silbergrau schimmernden Staubes die wie dünnporige Häute alle Gegenstände bedecken – jetzt auch, im hellen Licht, erkenn ich hinter den Glasscheiben des Schrankes Buchrücken neben1ander gereiht, und die aufs Scheibenglas geschmierten, wie Blut zerlaufenen & eingetrockneten Lettern fügen sich zu **Bücher sind schuldig wegen Vor-Täuschung von Unschuld gegenüber der eigenen Täuschung von**

Schuld zusammen; einem Satz, der mir bekannt vorkommen will, wobei die Suche nach der Herkunft ähnlich vergebens ins Stocken gerät, wie der zwanghafte Versuch, eines vergessenen Namens sich mit aller Macht erinnern zu wolln. Nicht allein darauf verweist die rasch geführte Geste des Feisten; sie bezieht auch noch jene seltsamen, erstarrten Gäste ein, die ich im Dunkeln zuvor bereits als Schemen wahrgenommen hab, deren Anblick mir bislang verborgen blieb, das heißt bis auf jene merkwürdige Frauengestalt, die, von mir ohne Absicht aufs Bett niedergeworfen, dort noch immer in der zuletzt gehabten Positur bewegungslos ausharrend, das Gesicht mit nur angedeuteten Augen u Lippen mitten ins Scheinwerferlicht gerichtet, wodurch Kopf & Gesicht vom Rumpf wie abgetrennt erscheinen, die Haut über Wangen Stirn u Kinn schimmernd in bläulichem Weiß, die Züge des imitierten Mundes u der Lippen zum versonnenen Lächeln entspannt. – Und während der ausgestreckte, den Raum scheinbar durchgleitende Arm des Feisten langsam die versammelten Gestalten – 1 nach der anderen – wie der Dompteur die Menagerie seiner abgerichteten Tiere – vorführt, höre ich ihn weiterreden:

–Und wenn auch Sie mir künftig länger u breiter das Reden gestatten: Werde ich auch Sie !erledigen. Klar. Es sei denn, Sie kommen mir zuvor. Aber das werden Sie nicht können : Mir begegnet man erst, wenn man selber schon Ganzunten ist. Ich drehe den Spieß um, ich bin ansteckend: Absturz & Verfall. Ich richte jeden zugrunde, der sich eingelassen hat auf mich. Darin findet selbst 1 Zoni wie Sie noch seinen Meister.

Das grelle Licht schwimmt auch in der Zinkwanne zu meinen Füßen – : Handwerker od der Feiste selbst mochten beim Installieren dieses merkwürdigen Raums in der Wanne das Werkzeug, wie die dreckige Arbeitskleidung, die über den Wannenrand abgelegt ist, Hose Jacke Hemd & Socken, hier vergessen haben : am rauh mit Mörtelbatzen verkrusteten Stiel ein grobkantiger, blankgeschlagener Hammerkopf, etliche handlange Stahlnägel, aus alter Konservendose herausgefallen & über den Zinkboden der Wanne (gewiß durch mein Dranstoßen vorhin) als Mikado verstreut –, der Wannenboden=selbst, wie von hauchdünner Schneedecke, von Kalk- od Gipsstaub überzogen u Rollspuren der Nägel dünn darin 1geschrieben, der fest aufgeschlagene Hammerkopf & Stiel vom davongestobenen Staub mit ausgezackter, ovaler Gloriole umgeben. Staubweiß ziehen Kalk- od Gipsdünen die Falten in den abgelegten, taubengrauen Kleiderstücken nach, als hätte der brüchige Stoff alles Wasser aus dem Zuber gesogen und es verwandelt in körnigen, brandigen Staub.....

–Und !keine Opern, Lieberfroint, heutzutage nur noch Operette: dreckige Hosen Jacken Hemden & Socken reinwaschen – ich nehme also vorweg: Sie sind !erledigt. Meinfroint. Denn ich habe mein Lebtag gelernt, mein Wissen in Sieg umzumünzen. Und Siegen heißt einsam sein, der !schönste Preis. Mein Wissen und meine Einsamkeit schneide ich mir aus dem Fleisch der Meute. Und ich weiß eine Menge – mehr als Sie wissen wollen. Ich will nicht wissen, wozu Sie All-das wissen müssen – auch Sie werden Ihr kleines=dreckiges Geheimnis haben, & seis, damit einst auf Ihrem Grabstein stehen wird *Er wußte Bescheid*. Und Sie wollen das Bißchen Wissen, das Sie interessiert, von !mir. Deswegen sind Sie hier. Und deswegen, obwohl Ihr Käsestück von 1 Herzen ganz jämmerlich vor Feigheit klopft, werden Sie hier=bleiben !müssen. Das Ewig Weichliche zieht uns hinab – : !Voilà, die 1. Runde. !Aufgepaßt, unser Spiel: Sie müssen den Zeitpunkt erraten, wann ich Ihnen Ihr 1-&-Alles erzählt haben werde. Verfehlen Sies, dann –

–bin ich erledigt.

–Genau. Es geht, wie Sie sehen, um bloß-Alles. Spielen Sie also !Ihre Chance aus, wie ich es tue ohne Ungeduld, ebenso wie !ich im Augenblick, in dem ich erscheine, Ihr Spiel treibe. ?Können Sie mir noch ?folgen. Macht nichts, Sie müssen ja nicht. Ich schicke voraus: Sie zu erledigen ist mir nicht unbedingt ein Vergnügen. Denn Jedermann würde sofort Das Motiv (das kein Motiv ist für mich) in spatzengroßen Buchstaben gedruckt als **Bild**-Headline erkennen: **BETROGENER EHEMANN NIMMT RACHE AN NEBENBUHLER** :!Scheiße. !Kinderkram. Immer zog ich das Erledigen ohne persönliches Motiv solch zyklopischem Vergeltungstreiben vor. – (Wieder Blicke scheinbar träumerisch nach Oben) –Doch werd ich bei Ihnen mich dreinfügen müssen. – (Er seufzt theatralisch) –Nicht jedes Werk ist ein Meisterwerk & es kann nicht Alletage Sonntag sein.

Unter jedem noch so winzigen Schritt (sogar unterm schweren staubsatten Teppich) knirchsen die ausgetrockneten, rissigen Dielen u das tote Ungeziefer –. Selbst wenn er, der Feiste, das Licht wieder löschen sollte, wird wegen der Dielen jeder vom Anderen wissen, wo er ist & wohin er sich bewegt. *?Od: ist das=Alles wieder 1 meiner Träume.....*

–Ich fange an. – (Sagt er) –Zuerst in meiner *Inn-Stall-lation* die Menagerie, die *Präparierten Gäste*. Nebenbei, ich war es nicht, sie haben sich selber fixiert. Weder mit Ammoniak noch mit Natriumsulfat, sondern mit Gewalt. Ich also bin nur Kopf-Jäger & Lumpen-Sammler, ich nehme was ich finde & was wegmuß: Ich bin der Präparator der Alten=DeDeR..... Bald nun ist Geburtstagszeit, der 7. Oktober, 7. Totentag der Teueren Un-Geliebten..... ?Was ist geworden aus den Hinterbliebnen, im Siebenten = dem Bösen Jahr der Ehe mit einer Leiche.- Ich habe deren Schnauzen, mit Verlaub, etwas aufpoliert. !Durchaus authentisch solch Verfahren : Sie=die-Pachullkes hörens gern, wenn – in Büchern & auf Bühnen – Ihresgleichen in klassischen Metren faseln (:*im-Leem* freilich & *uff-Arweet* haun Sie dem, der so spricht, die Zähne rein) – so wächst in Büchern & auf Bühnen noch jedem Ottoschulzes Maul zu Alexandrinerbreite. : Mit dieser 2fachen Lüge sind Sie alt geworden: in der nahtlos gemachten Reihe griechischer Helden die-Schulzes bis ins Aufbauwunder=De-

DeR. Leider warn bei *Den griechischen Maul-Helden* nur Fleischhauer & Schinder, keine Arbeiter dabei. Und so haben die-Schulzes auch das Schicksal der Fleischhauer & Schinder bekommen: zerhauen & geschunden, Rest: die Arbeitslosen, Helden mit dem Maul. :Und mit dieser 2fachen Lüge, wie Mühlsteine um den Hals, sollen Sie jetzt untergehn, ersaufen im eigenen Kwatsch-mit-Soße.....

Von seinem Platz im Lehnstuhl muß der Feiste 1 weiteren Lichtschalter betätigt haben: das grelle Licht erloschen, statt dessen 1 kaltblauer Lichtspot auf 1 Gestalt an der Wand – 1 scheinbar noch junger Mann; das Gesicht, von langen zotteligen Haaren gerahmt, muß hinter wirren Bartflusen versinken. Ein löcheriges, malvenfarbenes T.shirt, zerrissne schmuddelige Jeans, an dreckigen bloßen Füßen Jesuslatschen, u einen Umhängebeutel, aus Orientteppichresten geschneidert, an einer Kordel schlaff von der mageren Schulter hängend. Der Gesichtsausdruck dieses Mannes ist in einem ungläubigen Erstaunen steckengeblieben, den Mund aufgesperrt, quillt in schimmliger Lilafärbung die Zunge wie unter Würgen hervor, so als trüge der Fremde im Mund sein Ganzesleben & jetzt sei die Zeit, ein Ganzesleben herauszukotzen –

–Gestatten, daß ich vorstelle: Der Hirschbeutelträger. – (Höre ich den Feisten lachen) –Ich habe ihn übrigens am Tag Ihrer Ankunft erwürgt, vielmehr am Abend, nachdem wir uns getrennt hatten: Sie zum Vergnügen zu K. Lipp – ich ins Schmuddelcafé. Ich traf Hirschbeutel dort-drin an unserem Ecktisch *Wieimmer* – wir kannten uns nämlich von-Früher – auch er hatte mir, hin&wieder, Bißchen-was berichtet. !Freiwillig, versteht sich, wie all diese Vielsovielen aus meinem Arbeiter-&-Bauerntheater – jeder 100ste war 1 Spitzel, habe ich neulich gehört: da bedurftes nur wenig an Zwang, so wie die 99,99 % Ja-Stimmen zu den-Wahlen für die EsEhDe nur selten Fälschung waren. Denn Irgendwo taucht immer der freie-Wille auf, Damals wie Heute, & schneller, wenns um Beschneidung der Freiheit von Anderen geht. So ist der-Mensch. Kennen wir. Olle Kamellen, noch ausm Neandertal. Und Hirschbeutel's Berichte: all son Kleingekacktes aus der Ander-Graund-Famülljе, was Tüpen wie der für *Wicht=ich* hielten. Und jede Anzeige war auch Selbstanzeige, durchwachsen vom Kompost kleinstprivater Rachekriege –:Vor paar Jahrhunderten, wenns Gör od die Kuh krank u die Milch sauer wurden, wars, um dem Nachbarn Eins auszuwischen, die-Hexe-von-Nebenan / Jetzt die-Asozialen – Alles dieselbe Wixe, & Asoziale wie Hirschbeutel wußten !immer !ganz genau, was der Para-Graf mit der *Nichtsozialistischen Lebensführung* meint – :?!Was war zuerst: der Misthaufen od das Arschloch. Glauben Sie mir, Meinfroint, erst die !freiwilligen Anzeigen Denunziationen Spitzeleien haben die Gesetzesblätter mit vernichtbaren Mengen Fleisch gefüllt. Ich ließ Sie anschwärzen, kwasseln, denunzieren, abortieren, reportieren – & tat !IHNEN 1 Gefallen damit, nicht SIE mir. Denn aus dem Grauen=Heer von Murmeln Raunen Nörgeln Meckern heraus wuchs Ihnen, den Zinkern, durch Zuträgerei 1-Art Selbst: Sie konnten : !mußten zum 1. Mal *Ich* sagen & *Ich* schreiben..... wenn Sie jemanden in die Pfanne haun wollten. 1 lustvolles Ich dazu, denken Sie an all-die verkappten Schwulen, die ihre Freundinnen u Ehefraun ausspionierten, damit sie mit *ihrem* Staasi-Führungsoffizier *Ein Geheimnis.....* haben konnten – in der Kuschelecke *ihrer* Konspirativen Wohnung beim Rapport dann die seelenvolle Umschlingung – schmierige Halberotik, Mix-Touren aus Stripties & Kettensägerei, Wahrheiten Lügen Spinnereien, 1 Dreckschwein verpetzt das andere, Mixed Pickels, kunterbunt Alles durcheinander, untrennbar, verfilzt, die !wirklich fiesikalischen Verbindungen von Jauche Rache u Literatur, und Das Ganze in einer Sprache, die in den Räumen klebte wie eiskalter Gestank in 1 Klozelle aufnem Dorfbahnhof mitten im Winter : die waren gar nich mehr zu !bremsen mit ihren Afterreports, so schnell wie die kwasselten, konnt ich die Tonbandkassetten gar nicht wexeln – !Was für unwiederholbare Beichten Heute=Beichtvergessner..... – Nebenbei, wenn Sie mich töten, töten Sie eine Bibliothek: Alexander verbrennt Alexandria. Na, kleine Schmeicheleien erhalten die Feindschaft.- Sie sind dadurch zu 1 der Tausendefältchen geworden im riesigen Staubvorhang vorm Szenario unserer Macht..... Ihre Zinkerei waren Ihnen Selbst=Terra-π, u ich Terr-rap-Poit & beicht Vater in Einerperson – Kleingehacktes Kleingepieseltes: ππ immer im Kreis rum, Schilda & Schwerter der Partei, die Anafern als Fackeln vorneweg. !A der Atte-Ismus & sein kristliches Unterfutter, der blutige löcherige Ladenhüter..... Auch ich habe im Laufderjahre Vieles von den Denunziatouren gelernt. Das ?glauben Sie ?nicht. O Mein!froint: Zum Beispiel weiß ich seitdem, !weshalb Massenhinrichtungen stattfinden & Vernichtungslager funktionieren können : !müssen. Ach!was: Sie glauben doch nicht ?!wirklich an scharenweis Entmenschte, an losgelassne Bestien Analsadisten Barbaren, denen beim Anblick von Gefolterten, ihren eingedroschenen Augen u Zähnen, raushängenden Gedärmen, den Bottichen voller Kaldaunen Einer abgeht, denen beim Gestank von Skeletthaufen & Hekatomben von Verwesung halbzerrissener Leichen ein zärtliches Gefühl die Eier befrühlingt, die sich in den Kellern von ihren Opfern, bevor sie sie ins Hirn schießen, den Schwanz lutschen lassen, ihnen ins Maul pissen & dann !Zack: das Hackebeilchen durch die Kehle – :?Nichwahr, so Etwas erwarten Sie, denn solch bequeme Ausreden haben Sie gelernt: In den Bunkern Kellern & Verliesen der !Vergangenheit sind die-Entmenschten zuhaus, wie Ratten & Kakerlaken in Dunkel & Moder einer anderen, einer dreckigeren Welt..... : Aber !die finden Sie !überall u !immer, vom Naturkosmetiker bis zum Sportlehrer, vom Obsthändler bis zum Weihnachtsmann – 1x rund um den Kompaß & zu Jederzeit, die entsprechenden -Rinnen, all die Ilse Kochs, nicht zu vergessen. Auch mit der-Verdrängung (dadrüber die Ganzschlauen bis Heute leider zu schlau = also daneben faseln), !nein Frointchen: Auch mit der-Verdrängung sind Massen-Ausrottungen !nicht zu erklären. Denn verdrängt wird bekanntlich immer !Danach, nicht !vor od !bei der Tat. Auch nicht mit der-Rasse od mit Ideologie : Germanogallopollackorusskisraelitarabochinanglokongolesen – :keine Ideologen, keine religiösen Fisimatenten, sondern Ganz-Was-Andres u Viel-1facher. Wenn Sie das *?Wie* der Massaker verstehen wolln, dann schauen Sie sich die-Kinder an : Von Kindern lernen, heißt Kindliches lernen, Daseinsechos aus dem Fundament. – Angenommen Sie :!Ja: genau !Sie haben 1 Befehl. Nicht irgendeinen: Der Befehl heißt: ELIMINIEREN. Sie haben irgendwann einmal Ja gesagt, daraufhin Uniform Vereidigung Knarre in die Pfoten & Abmarsch – nu sind Sie mit im Zug. Da sitzen Sie schön in der Tinte. Keine Zeit zum Überlegen, denn !A & schon rücken SIE auf, werden Ihnen entgegen getrieben, Hetzjagd, alle Grenzen offen, zu ganzen Rudeln, all die irdischen Heerscharen derer, auf die Der Befehl & Sie hinzielen. ?Sind Sie 1 Profi im Eliminieren, 1 ?Gewohnheitstöter, ?Sie = der xbeliebige im Peloton, mit dem Gewehr in schweißnassen zitterigen Pfoten, die Hosen voll Mut & den Befehl im Genick. !Keinespur, !Nein, Sie sind ein ziemlich durchschnittlicher Mensch, eher unauffällig gewesen ihr Lebenlang – sicher nicht pflichtvergessen, doch durchaus Bequemlichkeiten & die Gemütlichkeit bei 1 Tasse Kaffee zum Konnjack schätzend; nicht faul, aber von Dienst- & Postengeilheit weit entfernt; ein schlichtes, dienstbares Gemüt sind Sie wie Millionen andere – : & nun, Jetzt u Hier, vor der heraufbrandenden Menschenwoge, !der-Befehl ELIMINIEREN: diese Menschenwoge niedermachen, die Masse ausrotten: ELI ELI – – :Und SIE wissen das besser u vor allem früher als Sie, also stürzt Man Ihnen entgegen – ein ganzes Dorf ganze Stadtviertel wie tobsüchtige Hilfsschülerhorden – Ihnen=ganzall-1 gelten der-Befehl u: der Ansturm der Totgeweihten..... der Schreihälse, ein Getobe wie Rudel Hyänen, tollwütige Affen – SIE !auf !Sie, SIE !gegen !Sie – die Horden Sturzbäche Lawinen – Gebarme Gekeife Nötigungen Bitten Flehen Kreischen Flüche Heulen – kein Ende

– Dantes infernalischer Höllenchor od Massenpanik bei Amokläufern – & einer wie der andere – dieselben Schreie, zu Scherben zerklirrend aus den ewigen Geschichten, derselbe alte Unflat – rausgeschrieen – hunderte Male tausende Male – !immer dasselbe *?!Hilftmirdenn?keiner* – von frühan bis in die erstickenden, suffzerbrannten Nächte – die Ohren & die anderen Sinne taub, vom Gekreische, vom Dröhnen & Rattern der Schnellfeuergewehre *?!Hilftmirdenn?keiner* zerrissen – Das nimmt kein Ende – Das hört !niemals auf – als würden die Massakrierten aller Jahrhunderte auferstehen – hinten ran an die Schlange & !Vorwärts, mit den Neuen – SIE wachsen und wachsen, mehr und immer mehr, auf !Sie – wie im Zauberlehrling der zerhackte Besen, tausende von Besen, besonders die Weiber, alte junge Sirenenfluten, & Arbeiterfrauen die vorrücken im stummen Haß mit Gesichtern wie Blumen aus verglühtem Eisen, & bärtige alte Vetteln, unter Kopftüchern lederne Mumiengesichter, legen sich wie die Furien ins Zeug, für sich & ihre Baggahsch, aber hauptsächlich gegen !Sie: Sägewerke voller Gekreisch, permutierend – neue Angriffe, neue Attacken: wie Volxmusik in endlosen Stroofen immer dasselbe Gebarme Gekeife Nötigungen Bitten Flehen Kreischen Flüche Heulen – !keiner will ins Gras beißen, 'türlich nich – also dieselben ranzigen Geschichten, immer&immer wieder noch einmal *?!Hilftmirdenn?keiner* – und noch einmal – die nächste Sturmflut – Greise Junge Halbgreise Halbjunge, Männer Weiber Gören, armeschüttelnd händeringend halten SIE Ihnen ihre vollgekackten Säuglinge entgegen – *!Soo unschuldich soo jung ?warumm* – Ja: Warumm & !was für Gestank – auf Knieen auf Bäuchen kommen SIE angerutscht, mit Fingerkrallen Staub&dreckbatzen hochwirbelnd als wollten SIE sich einbuddeln, die Gruben selber & auf-der-Stelle ausheben fürs Massengrab, hachelnd die Augen aufgerissen, !was für !Augen: gräßlich u groß, blutgefüllt bis zum Bersten, die Gesichter voller Dreck, als würden auf Sie Schlammlawinen niedergehn in die jemand Kiepen voller Augen geschüttet hatte, Schaum vor den Mäulern, Zähne gebleckt wie faulige wackelige Zaunpfosten – kein Halten – weiter und weiter – mit Ellbogen Fäusten Kniescheiben Füßen Tritten gegen den Nebenan !A was für Hagelschauer Trommelwirbel aus Knüffen Kinnhaken Stößen Hieben, Knochenbrecher, blutige Hautfetzen überall bis hin vor die Grube – u Das-Alles noch vor der 1. Gewehrsalve und bis zur letzten Galgensprosse – jetzt hören Sie wie rostige spitze Dolche Ihre Taubheit durchstechend lauthals Gebrülltes *?!Hilftmirdenn?keiner* – :?Was ist das ?Was – !A Schmeicheleien, Lobgehudel, speichelspritzend zungenzerbeißend, noch !schlimmer als das Geheul davor – SIE schlabbern – lecken Ihnen die Füße ab die Stiefel die Hosen die Hände das Gesicht – überall Zungen überall Spucke, glänzende fädenziehende Flatschen, als seien Sie durch einen See voller Speichel gezogen – schon versinken Sie ersaufen Sie im süßlichen Geschäume von Blut Schweiß Haaren & Fleisch, dicke Sirupwogen ein einziger glasiger Auleblock, eine einzige riesige Spucknapforgie – Sie sind geliefert – müssen kotzen – Sie brüllen – würgen – !A niemand hört Sie – !viel zu aufgeregt !viel zu beschäftigt der Heidenzirkus – Blutsuppe Rotzepudding, !kein Platz für Ihre kleinen privaten Unpäßlichkeiten – !Weichei – Sie taumeln, wanken – SIE stürzen über Sie – eine ?Revolte, ein ?Aufstand –, schließlich: !Keiner will krepieren – !keiner ins Gras beißen, 'türlich nich – die Lunte so 1fach ausgehn lassen, GOttes Ebenbild: das Arschloch so schnell zukneifen – hundert Jahr alt werden wollen SIE hundertfuffzich tausend !ha !kein Ende, grad wie die Knilche im Alten=Testament, am liebsten !ewich mal 2 durch Einfriern & Wiederauftauen: könn garnich ge!nuk krieng = die-Säue : n !anständiger Mensch tritt, u !ohne Hinterbliebene, mit 40 in den Orkus ab – am besten: Verbrennen Verdampfen, dann ist Wiederkunft garantiert !unmöglich – – Und ?Sie, Meinfroint, wo sind ?Sie in diesem Spuk: Sie werden zerstückelt zertrampelt unter den tausend Geiferern – !keine Zeit zum Überlegen – ab 1 bestimmten Punkt sowieso kein Unterschied zwischen Hoffart & Lynchmord..... Der Motor fürs Ganzegetriebe heißt

!Hoffnung – denn !überall & !immernoch !Hoffnung, diese I spezielle !Hoffnung, sie lauert überall: u !Sie, Meinfroint & Massenexekutor, !Sie=all-I gelten DENEN als die Letztehoffnung für Leib&überleben..... : Und ?wo sind Sie geblieben, Sie Letzter Hosen- & Hoffnungsträger in dieser Hoffnungs-Panik: nur noch im Hemd unter bergeweis stinkendem röchelndem schwitzendem speichelnd nässendem Fleisch begraben, Ihre Kleider in Fetzen, und das Hemd auch schon zu Streifen zerfetzt – :Das waren die Bälger, die kapierten nich, !A für Die wars ein Heidenspaß ein sozusagen Mord's Vergnügen –*!eeeejj lo-!hoos !Alle auf den fremden Onkel-da – !ööööjj !wawawawaa !Hoppe-!Hoppe-!Reiter* – die Gören wie Trauben Blutegel an&über Ihnen (Sie beginnen von Herodes zu träumen – :Warum nicht der neue Herodes: ?!Sie.....) – aber Sie hören weiter&weiter wie ein Ersaufender die glucksenden kollernden rülpsenden Laute Gebarme Gekeife Nötigungen Bitten Flehen Kreischen Flüche Heulen Da sind sie wieder die alten Vetteln mit Tatterich & Dreckpfoten, unter Kopftüchern die winzigen Gesichter zerschrumpelt wie Bratäpfel: *Nicht !mich Euergnaan euer hoch Wohlgebohrn – euer Durchgelaucht: !den-da: Nehm Sie !den-da vor den Lauf an den Strick ins Gas,* kreischen Ihnen die Bratäpfelmumien die Ohren voll: *Denn der, ich weiß es ge!nau, der is n Anti*(~krist ~arier ~kommunist –:ganz nach Belieben & zu beliebiger Zeit auszufüllen, zu ergänzen zu erweitern – ists nich der I isses ein andrer, I Grund sich umzubringen wird sich finden –) *Den !andern-da nehmt lieber süßer Herr, !ich könnt Ihnen sehr zu !Diensten sein, Herr Generalkaiser, o !ich weiß Alles über die-anderen, !viel zu sagen, Info Matzjonen Info Matzjonen !A was für Info Matzjonen !ich Ihnn geben könnte, !Alles & nur für !Sie, Euergnaanwohlhochgebohren, nehmt doch !den-da, doch !nicht !mich: !mich o Herr !mich laßt !gehn* – :wollen durchkommen *?!Hilftmirdenn?keiner* – den Nebenan zum Teufel, soll verrecken der Schubjack, zu Matsch zerstampft werden, am Strick sich zu Tode zappeln der Sauknilch – !mir doch !egal: Schippe Kalk drauf & !fertich – !schnuppe: Nur !ich!ich=ganz-allein mal

Zehntausend mal Hunderttausend mal acht Millionen wollen durchkommen – jeder sein eigener Adam Riese – immer und immer wieder Gebarme Gekeife Nötigungen Bitten Flehen Kreischen Flüche Heulen, *?!Hilftmirdenn?keiner,* !Was für Geheule Gelabere Geseiere & Gestammel, der Himmel ein dröhnendes Betongewölbe, eine Welthalle brüllend kreischend tosend aus menschlichen Stimmenstanzen..... pausenlos gnadenlos im Dauerbetrieb & bleiern zugeschlossen – : !DAS IST !!ZUVIEL FÜR 1 MENSCHEN !Das hält keine schlichte Seele aus. Und !Das soll ja auch keine schlichte Seele aushalten. Von solcher Not getrieben, Froint, stürzt das Innere in den Keller, ins Fundament des Kindlichen Gemüts: *Soll schonn !aufhören Ich kann Das nicht mehr sehen nicht mehr hören will nicht mehr !!!wegwegweg: Soll schon !fort sein !weg !!weg Nichts wie !!!weg damit: Soll !endlich!endlich* !!!!TOT *sein* – : – & Abzug durch (!was fürne !kleine Bewegung) & Magazin auf Magazin leergeschossen, bis die Waffe glüht – 1bißchen Ruhe danach, 1bißchen nach Pulver u Blut riechende Stille – :Von Kindern lernen heißt Töten lernen. Denn !Das heißt *kindlich*: drastisch wüst grausam brutal unberechenbar & seinsversessen, habgierig bösartig weinerlich rachsüchtig intrigant, furios u teuflisch so wie Träume sind, das wilde Denken u ohne jegliches Maß. Feige=kriminelle Gehirne, im-Anfang schon und überalles dieselben virulenten leidigen Killerkinder..... :!Das heißt *kindlich*, u nicht, was für Kindliches allerorten nur mit *niedlich* u *harmlos* verwechselt wird. Wenn *kindlich = unverdorben* heißt, dann lob ich mir das Verdorbene. *Laßt die Kindlein zu mir kommen*, sang sich Haarmann Stück/für/Stück. Das Tierische, das zueinander sucht & findet aus Kobenemfasen des Augenblix. Der Überschwang ohne Grund, der die Tiere zu=ein=ander treibt & zueinander läßt. Sie wälzen sich in1ander. Denn neben dem 1 Glück lauern die Siebenjahrelangen Wüsten Elend..... ?Und ?!Sie : Der-Befehl zum Töten..... ?Erinnern Sie sich. Schon ?vergessen bei soviel=schönem Gesabber über den-?!Trieb. ?Verstehen Sie, Meinlieberfroint, sie läuft ganz 1fach: die Maschinerie des Massakrierens: Sie brauchen nur wie in einer Suhle tief im Kindsein ruhen u Mensch-genug sein im übrigen, !das reicht aus für jeden..... Heute wo jegliche Grenzen fallen liegt er klar, der Grundriß jeder Gesellschaft : das Massaker & der Weg dorthin – –

?Od: ist das wieder 1 von meinen Träumen..... Der Feiste u seine Stimme als rede er hinter dickem, staubgrauem Glas –

–Ja, !Das, was ich zuvor immer geahnt hatte, haben SIE=die-Zinker mich !tatsächlich gelehrt, !Das zu wissen verdanke ich in-der-Tat meinen Fronteinsätzen mit u gegen Tüpen wie diesen, kleine Dreckspatzen vom Schlag eines Hirschbeutel, hier. Übrigens – (der Feiste tritt auf die präparierte Gestalt wie ein Dozent auf sein Demonstrationsobjekt im medizinischen Hörsaal zu) –ich habe ihn damals nach unserem Treffen im Szene-Café in einer dunklen Toreinfahrt erwürgt u Sie, Lieberfroint, haben Schuld. Ich hatte Sie nach 2 Stunden von K. Lipp zurückerwartet; Sie zum Abendessen einzuladen, dem Auftakt unsrer kleinen Partie zwischen Feind & Feind, ich gestehs, reichte meine Brieftasche nicht aus. Ich weiß, !Was für einen !Hunger neun Stunden Bahnfahrt + 1 Aufsitzerl bei K. Lipp erzeugen. Ich mußte haben, was Hirschbeutel hatte in seinem Portemonnaie. Er mußte zwei Stunden=lang vor mir angeben damit, weil er mir wohl beweisen wollte, daß er zu Geld kommen konnte auch ohne mich & ohne das Salär für seine Zinkerei aus frühern Jahren. !Lausiger Kerl, und sein Gekwatsche Nebel u endlose Tiefebene. Außerdem, ich will Ihnen gestehen – (und zwischen genießerisch gestülpten Lippen erscheint dreieckförmig in Blaßrosa die Zungenspitze, während er wiederum träumerisch den Blick nach Oben richtet, zu den imaginären Spick-Zetteln mit seinem Text –) –will Ihnen also gestehen, ich esse für !Meinleben gerne gut u viel. Mein Leib-Gericht lasse ich mir daher in einem besonderen mnä-Restaurant 1 Stückchen außerhalb von Berlin servieren. Den Ort kenne ich noch aus Früherentagen, die besondere Speise auch: *Gans, gebraten bei lebendigem Leib.* Dochdoch, kein Witz, hören Sie zu: Das Rezept stammt aus Frankreich, achtzehntes Jahrhundert, dem Jahrhundert der verfeinerten Genüsse u raffinierten Grausamkeiten. Die Zubereitung gleicht einer Operation: Die bis auf Kopf & Hals gerupfte Gans wird auf eine besondere Herdplatte in die Mitte eines offenen Feuerrings gesetzt. Im Kreis um die Gans stehen etliche Näpfe mit würzigen, durch Wasser Honig & Salz vermischte Flüssigkeiten –, daraus schlürft die Gans auf dem Herd ununterbrochen vor Durst, & würzt sich damit inwendig selbst. Während die Hitze steigt, die Gans zu entkommen sucht, dann vor Hitze zu taumeln beginnt, müssen einige Kochgehilfen die Gans auf dem Herd, inmitten des Feuerrings halten, aber !nicht zu nah bei den Flammen, sonst würd die Hitze sie ersticken; wieder andere müssen durch Kühlen von Gehirn & Herz der Gans deren frühen Tod verhindern. Diese Zubereitung ist ein komplizierter Vorgang, der über Langezeit sich hinstreckt. Sobald die Gans auf dem Herd umzufallen droht, ist die Zeit gekommen. Denn der Höhepunkt einer gelungenen Zubereitung: Wenn die von außen gut angebratene Gans den Gästen serviert wird & der Trancheur den 1. Schnitt ausführt: muß die Gans !aufschreien. Dieser Schrei ist das eigentliche Ereignis. Ich habe ihn einigemale gehört, u es ist immer spannend gewesen, ob er zustande käme u wie laut er sein würde. – !Das nenne ich *Gut Essen*. Bleiben Sie bei Pfanni-Knödeln mit Brunnenkresse, und wegen gelegentlichen Fleischverkehrs tun Sie Buße bei K.Lippsen. Ich !weiß, aus welch Neandertälern unser Genuß am Fleischessen kommt, der-Mensch *ist* Fleischfresser, das zeigt schon sein Gebiß. Mensch = Mensch, u Küche & Folterkammer : die zwei Orte, wo der-Mensch seit jeher typisch ist. Wer sich seine Fleisches-Lust verdirbt & sich zur Ziege macht: der wird halt in anderen Gefilden seine Bezwingergelüste austoben müssen. ?Ist Ihnen schon mal aufgefalln, wie !viele Intriganten & Karrieristen, innerlich wie äußerlich von einer gewissen Dreckigkeit & mit Hekatomben von Leichen in den Kellern :Veget-Arier sind, denken Sie an Adolf..... Übrigens, dieses Gans-Gericht entstammt einem

Rezeptebuch mit dem Titel »*Auserlesene Künste für das Frauenzimmer sowohl in den Städten als auf dem Lande*« – ich hab ihn in Erinnerung behalten, !welch epikurisch' Zungenschlag – –

–Jaa – (singsangt seine helle Stimme, u er träumt mit seinen Augen noch einmal zur spinnfädigen Dunkelheit unter der Zimmerdecke hinauf) –Gutes Essen in Früherentagen / Ließ so manchen Dreck ertragen. Und jetzt im größeren Dreck habe ich Größeren Hunger u: Nichts zu essen – ich werde noch ins Gras beißen müssen –

(:Hat ers ??!gesehn: in meiner Hand das Werkzeug, den Hammer..... Ver!fluchte Scheiße Verfluchtnochmal – hat also geschimmert, der Stahlblock, das Eisen mit der Schlagfläche, so daß ers gesehen hat – Ver!dammte Scheiße Ver!d –)

(Sein Mund formt sich schmollend im Nachklang seiner Bemerkung,

(vielleicht – vielleicht hat er ?doch ??nichts ???mitgekriegt –)

dann, wie ernüchtert, klaviert der Feiste mit dicken Fingern um seine Taille) –Ganz er!staunlich, daß ich nicht noch dicker bin – (räuspert) –Nun, Ihr 1 Aufsitzerl bei K. Lipp, vielmehr beim Ableger, ist zu einem Aussitzerl geworden, sieben Tage sieben Wochen oder warens sieben Jahr –. Und ich also mußte : !konnte essen damals für Zwei, für achtzehn Stunden Bahnfahrt.

Die Fingerspitzen über den Zinkboden der Wanne – schürfen zwischen Fingernägeln und Fleisch brandigen Staub heraus – :?kanns sein u der Hammer wiegt jetzt ?leichter, wie 1 Spielzeug, als habe er in dem Zuber ohne Wasser dennoch Auftrieb erhalten – od als sei die Schwerkraft hier drinnen-im-Raum geringer geworden : Der Hammerstiel, scheints, gleitet meiner Hand von-selbst entgegen – *?od: ist das wieder 1 von meinen Träumen.....* während mit heiserem Rascheln die zuoberst abgelegte Jacke vom Wannenrand abgleitet und breitet schlaff mit ausgestreckten Ärmeln über die Dielen sich aus –

–!A pro Po Östliches – (höre ich den Feisten weiter, er sitzt wieder behäbig in den Sessel gesunken) –Ein polnisches Sprichwort: Vom Töten ist es nicht weit bis zum Stehlen, und dann ists vom Betrug bis hin zur Lüge nur noch 1 winziger Schritt.- Tja: Man kann in den Dingen-des-Lebens !wirklich zurechtkommen erst nach dem 1. Mord. Davor gibts zuviele Hemmungen, Hindernisse Allerart & Allerstärke, das-Leben gibt sich übermächtig. Doch nach dem Töten ist das Übermächtige des-Lebens mit 1 Mal sehr klein. Als ob Man dem-Leben die Maske runtergezogen hätte – nun friert es, das Übermächtige, u zittert – und zum Vorschein kommt nur die Flabbe von einem verheulten Gör. Hirschbeutel war nicht mein 1. & bei!weitem nicht der Beste meiner Toten – sehen Sie ihn sich an – (der Feiste steht vom Sessel auf, tippt dem Präparierten mit langen, manikürten Fingernägeln an die wie eine Larve aus Pappmaché wächsern tockende Wange ; berührt dann mit den Spitzen von Zeigefinger u Daumen die graubelegte, im Hervorquellen wie steckengebliebne Zunge, und reibt danach seine Fingerspitzen ab, als sei von der Berührung etwas haftengeblieben. Erst in !diesem Licht u !jetzt zeigt das, was aus dem Mund des Toten gequolllen ist, das ich für die Zunge hielt, sich – als ein menschliches Herz – *?od: ist das wieder 1 von meinen* – – :ich sehe es zucken, das Herz, pulsieren – das Herz: es !lebt – –

Der Feiste lacht dröhnend, zeigt 1 am Ellbogenknochen angeschraubten Schalter, weist unter dem Kinn und hinter den Ohren des Toten auf verschiedene Anschlußdrähte aus brüchigem Klingeldraht, dilettantisch & wie in Eile gezogen, zudem, um den Mechanismus dieses Herzens in der Mundöffnung paßgerecht zu montieren, hatte der Feiste dem Toten 1 Schneidezahn ausgebrochen, die Apparatur von der Größe 1 Zigarettenschachtel in die Rachenhöhle geschoben & mit 1 Nagel, der durch die Zahnlücke in den Kieferknochen geschlagen wurde, dortdrinnen befestigt. Dies wie die gesamte Installation nicht mal mit dem Versuch, das Künstliche der Apparatur zu verbergen, vielmehr mit dieser offen sichtbaren Gemachtheit eine weitere Stufe der Erniedrigung, einen weiteren, letzten Grad an Häme diesem Toten anzutun.....

–Mit dem Herzen auf der Zunge ist schlecht reden. Oder haben Sie ihn ?verstanden, meinen lieben Gast Hirschbeutel, ?!hm. Scheint, er hat nicht eben viel zu sagen. Aus der Volk´s Küche das Ewige Stammgericht: Fantaster-Eierei aus **R**ammeln **T**öten **L**abern –, aus solch Bedürfnis gingen gewichtige Anstalten hervor :!Ach hab ich das SAT, dies endlos geschreinerte Innereien-Ragout. So ist das-Volk. Und die kleine Anspielung auf meine Geschäfte mit-ää: Organspenden, die ?verübeln Sie mir doch nicht. Wir, mein Alter=Arbeitgeber DeDeR & ich, übrigens haben wir=Uns Ne!menge Dewiesen rangeschafft mit najà=ungeprüften Blutkonserven..... : Ham denen-ausm-Westen ihr Keimzeugs abgenomm, dafür wie von den Mülldeponieen..... noch kräfftich !abkassiert: Verschtehnse: aus Müll & Innereienmatsch ward richtich Pinkepinke=Hartemark. Und ham später, DeDeR & Icke, – dassis der !Witz – :dehn=ihrn Blutkonserwen=Müll umgefüllt & wieder !rückverkooft: Das!selbe Präparat, unn ham !nochmal kassiert Pinkepinke=Hartemark. Tchameinliewa: Der-Zweck heilicht die-Mittel, weil die Mittel heilich sinn & der-Zweck egal : Najà, war mein Auftrag=mein Dschobb. Täte mir daraufhin !aufrichtig !leid, wenn Hirschbeutel jetz zur Verstimmung beitragen sollte zwischen uns, an solch einem feierlichen Abend. !Wie. – (Und seine Stimme schrill wie 1 Befehl, doch im Wortumdrehn rutscht er wieder in seinen schmeichlerischen Tonfall wie in ein Paar Hausschuhe hinein, beinahe hätt er mir die Hand auf die Schulter gelegt) –Wissensie, Lieberfroint, manchmal schon habe ich mich gefragt: Warum machst du das=Alles eigentlich, dieses Auflauern Verfolgen Töten. – (Er stoppt den Mechanismus, das Herz im Mund des Toten hört zu pulsieren auf –, der Feiste senkt den Blick, tritt zum 1. Mal dicht vor-mich hin, und ruckt plötzlich herausfordernd das Kinn hoch) –Und wissen Sie, !was ich mir darauf jedes Mal ?antworte – (sein Atemstakkato gegen mein Gesicht) –Weil es solch ein VER!DAMMT !WUNDER!SCHÖNES GE!FÜHL IST.

Er breitet sich genüßlich in den Sessel zurück, die fetten Oberschenkel lässig übereinander geschlagen, blickt er direkt her zu mir. Und wartet. Der Nachhall seiner Worte prägt sich wie 1 Ornament ins vielschattige Staublicht dieses Raums. Wobei in die kaltrüchige bittere Luft seit geraumer Weile noch 1 andere Wahrnehmung sich einmischt, die an einen Geruch noch nicht wirklich heranreicht, dagegen als 1 Ahnung wie in seit Langerzeit zwar stillgelegten, längst ausgelüfteten Sektionssälen, ja sogar in deren ehemaligen Amts- & Verwaltungszimmern, dennoch etwas von den Ausdünstungen der Körper & vom einstigen Geschäft des Zerteilens & des in Rinnen abfließenden Blutes als 1 klebriger unsichtbarer Film die Moleküle der Atemluft hier-drinnen zu umhüllen scheint, so daß, mit jedem ausgestoßenen Atemzug & von jedem gesprochenen Wort in Bewegung versetzt, in Reibung gebracht & sozusagen umgerührt, in dieser Luft gleichsam in lauer, glasiger Eingeweidewärme auch jener süßklebrige Mief längst vergangenen Sezierens menschlicher Leiber erneut & immerwieder wie der Restegeruch kyklopischer Mahlzeiten ruchbar werden muß –

Der Feiste schweigt, atmet geräuschvoll durch die Nase, als würde er den Rauch 1 Zigarette ausstoßen – im Raum ein gewissermaßen schwarzes elektrisches Atmen, eine Art ununterbrochenen Rumorens in der bewegungslosen Luft, so wie von weit entfernten Katarakten beim langsamen Näherkommen dennoch schon Etwas zu hören ist, etwas tief grollend Ungesondertes, enorme Räume durchdröhnend, das ebenso noch das Rauschen des Windes sein könnte, das jedoch von Windgeräuschen durch anhaltende, abwechslungslose, gleichsam unheilvolle Stetigkeit im Rauschen sich unterscheidet – ein betäubendes Kraftfeld hier-drinnen, summend in Drohung u Stille – – ; aus zusammengekniffnen Augen die Tentakel seiner Blicke über meinen Körper tastend – – , sein spöttisches, erstarrtes Grinsen wie 1 Brandzeichen auf meiner

Haut : (*!Nein. Noch nicht soweit. Noch nicht. Er muß erst aufstehen, muß sich vor mich hinstellen..... dann erst.....*)

(Aus dem Sessel wieder seine Stimme, leise u rauh, kognakdunkel im heimlich mitschwingenden Stolz, als hätt er an einem Herrenabend ein Kavaliersdelikt zu gestehn:) –Eigentlich wollte ich *sie* Ihnen – in Ihrem Sinn als !Höhepunkt – zum Schluß meiner Parade präsentieren. Aber – kurz ist die Zeit u fort ist unser Leben – !jetzt sollen Sie bekommen, weswegen Sie schließlich hergekommen sind nach Berlin. Das Objekt könnte heißen – lassen Sie mich überlegen – hmmnn *Das Eiserne Rendezvous* oder-ä *Das traum Paar* od – das fällt mir grad eben ein – *Jetzt wäxt zusammen was zusammengehört* : Voilà Meinfroint, das Ziel Ihrer Reise: Ihre Großeliebe & Meine ge- und verschiedene Frau.....

!Nein. !Kein Traum. Du träumst !nicht – : ich bin !hellwach. 1 weiterer Lichtspot, vor Grellheit bläulichweiß schimmernd, fällt wie das Tuch, das bislang 1 Skulptur verhüllte, nieder – entschleiernd, was solange den Blicken, vom verräterischen Schleier umflossen, verborgen lag –; (mit den Fußspitzen an die Zinkwanne stoßen, die blechern schurrend reagiert, bohrend=brennend die Staubkruste untern Fingernägeln (*müßte unters !Wasser, dringend, alles abspülen, ätzendes Zeug, ?Gips ?Kalk : werweiß wasses !wirklich is ver!dammt tut das weh verd* –) die Mörtelkruste am Hammerstiel wie ein grobes Feilenblatt; (*Hoffentlich schimmert die Schlagfläche am Hammerkopf nich* – :er, der Feiste, kann das Werkzeug (wie ein Uhrgewicht herabhängend an meinem Arm) so nicht bemerken: Er sitzt in seinem Sessel im kaltblauen Lichtzelt vor seiner *Installation*; ich bleibe im Schatten dieses Totenraums –) – und das Hammergewicht zerrend wie 1 ungeduldiges Tier –: DasAlles ist !wirklich, also ist was ich sehen muß im kaltblauen Lichtspot WAHR :

1sam aufgerichtet im Hintergrund des Raumes, durch kegelförmigen Lichtsturz in die Düsternis gestanzt, die lebensgroße Figur mit zinkmatt schimmernden Gesichtszügen la-

chend, die metallischen Schneidezähne entblößend, das Gesicht – *dieser Frau*, die ich in jener Bar nahe dem ehemaligen Grenzübergang Friedrichstraße habe treffen wolln vor wie langer Zeit, derentwegen ich hergekommen bin nach Berlin, vielmehr derentwegen ich aufgehört habe zu sein, was ich gewesen bin (der Schlüssel zur Anwaltskanzlei 1 helles klirrendes Geräusch im Gulli, wobei seit dieser 1 wie aus einem Film entliehenen Geste mehr und mehr dir scheinen will, als habest in unfreiwillig komischer Verdrehung des Geschehens nicht du jenen winzigen, metallisch hell glänzenden Schlüssel, sondern vielmehr du dich=selber in jene Kanalisation geworfen, viel zu leicht u zu winzig, um auch nur 1 Geräusch mehr als das kurze Anschlagen 1 Schlüssels beim Fallen durch das Metallgitter über 1 Gulli jemals hervorbringen zu können –, und alles Weitere, das dir seither widerfahren ist, sei eben nur das Geschehen in einer dreckig dahinspülenden Abzucht, schließlich eines in die Abwässer einer Großstadt geschwemmten Jemands) –, und von der, dieser Frau, seit ich hier bin in Berlin, ich allmählich und Stück-für-Stück mich gelöst habe (mit dem Empfinden des Reisenden auf einem Fährschiff: das zunächst kaum merkbar abrückende Ufer – die langsam sich lösende Masse eines Schiffs – u aufgewühltes Wasser in schäumigen Blasen wirbelnd als würde es kochen – fade entströmend dem Flußlauf die Wassergerüche, Moder Algen Fisch – Aufatmen befreites Aufatmen wie nach dem Abstellen einer schweren Last – Ufer u: Schiffswand nun wie zwei langsam sich öffnende Schenkel – und das Gewässer unter der stetigen Ab-Fahrt des Fährschiffs zu etlichen kleinen Wirbeln sich drehend, Wellen mit schäumigem Grat, und ineinander ins Schwarzbraun des brackigen Flusses sich drehend, dann schon sich glättend als seien die Wasser zu stehenden Wellen schlammig glänzenden Glases erstarrt, während über längst uferlosem Gewässer Bleigußwolken liegen, im regenhellen Himmelskalt .....von Allem die Hände lösen.....)
Und am Ende solcher Reise angelangt, Alles was überwunden fortgerückt & zurückgelassen ins Aus gestellt, nichts als

1 recht billig gehabter Wunsch=Traum, als 1 Illusion der Dürftigkeit wie alles Dürftige an einer Illusion, im neuen Irrlicht der Anderntagswirklichkeit unverändert, um keinen Deut abgewichen von dir, vom steinernen Block Hier-stehngebliebner Zeit, jetzt wieder vor Augen rückt: *die Frau*, hier, *ihre* Arme mir entgegenreckend wie zur Begrüßung, zur UmArmung mit einer Maschine.....

?Od: ist das – ?Vielleicht wie Adrenalin in den 1. Momenten für Schmerzen empfindungslos macht bei furchtbarer körperlicher Verwundung, auch dasselbe für schwerste Verletzungen des Empfindens –, und wieder das Rauschen im Gehirn – Gefühl des Zerreißens – !Langezeit nicht gespürt – !Da ists wieder – Zerreißen Betäubtsein im summenden, apofantischen Licht, das dort im Hintergrund des Raums diesem *Frauen*-Gesicht in seinem metallischen Glanz jenen Ausdruck von Dauer gibt, der nicht mehr lügen kann, weil zum Effekt ihres Lügens mir nichts an Empfindungen, kein emfatisches Flackern innerhalb meines umfassenden leeren Raums mehr geblieben ist. 1 Licht, das in den Gehirnströmen zu körnigen scharfen Partikeln wie Flugsand sich zu materialisieren beginnt, und die 1drücke=jetzt=hier wie mit dem Finger in rinnenden Sand geschrieben: ER HAT ES GETAN – nicht nur drüber geredet – was er zu fantasieren vorgab HAT ER !WIRKLICH GETAN – *?Od: ist das wieder nur* –:– !Sie ist es – war es – das Gesicht den Leib dieser Frau zerstört – das Halbrund ihrer Augenbrauen, die ihrem Ausdruck stets etwas ruhig Staunendes gaben – u dort, wo früher ihre hellen Augen blickten, 2 spitze Drillbohrer jetzt aus dem Schädel wie Metallfinger spießend her zu mir, in Höhe meiner eigenen Augen –,– die Gesichtshaut, vielmehr die dünne Zinkfolie, zerschnitten, der Mund eine klaffendbreite Wunde –:– *nur 1 meiner* – Hatte nicht geglaubt, daß diese Frau SCHREIEN könne, hatte nie zuvor daran gedacht, den SCHREI dieser Frau in ihrem Gesicht mir vorzustellen – so wie das Entstellte, Gemarterte, das Beschmutzte, Verhunzte, Vernachlässigte u Verschmähte, stehn- & liegengelassen, verlassen, wie

im Abfall das Eigentliche der Dinge erscheinen kann (dachtest du), so wie der aus dem Umgang des Alltagslebens schließlich hinausgeschmissene, herausgerissene Mensch auch sein Wesen enthüllen kann : Nicht allein ihr Mund schreit, ihr Körper ist aufgerissen zum SCHREI: einem taubstummen erstarrten angehaltenen SCHREI – od dieser SCHREI hatte längst ihren Körper verlassen, davongerissen u fort, während nur ihr Körper, zu einem Mal des SCHREIENS erstarrt, Hier u mir zurückgeblieben ist. Als sei die-Zeit mit ihrem SCHREI davon, und Bilder u: Töne in verschiedenen Richtungen aus-ein-ander getrieben, von ein ander gerissen uneinholbar für immer, für alles folgend Zeitliche mir für immer verloren – –

Ihr Körper: ?schon Maschine od ?noch Fleisch – *?Od: ist das nur wieder 1 meiner Träume* – diesen Körper berühren, ihren Armen begegnen, sie spüren, wieder spüren nach so langer Zeit – kühl, unnachgiebig das Äußere ihres Leibes – nicht einmal eine Tote, vielmehr das Empfinden als würd ich 1 Automaten berühren –; ½ Schritt, bevor ihre mit Rasierklingen gespickten Arme sich um-mich schließen, die Klingen in mein Fleisch 1dringen können, ihr Leib mit gleicher Geschwindigkeit meiner Annäherung sich öffnet wie eine von unsichtbaren Messern geteilte Frucht –, und Messer auch spießend aus ihrem Inneren heraus, auf mich zu –: die Spitzen der Drillbohrer aus *ihrem* Schädel tupfen leicht u kalt schon meine Augäpfel an – *?Od: ist das wieder 1 von meinen Träumen* –, Du !träumst !nicht – ?hörstu – !hellwach, und am langsam erhobenen Arm das Gewicht des Eisenhammers zerrend zum Mittelpunkt der Erde hinab – –

Leere, schwarz kalt unfaßbar – –

Nur im Gehörgang hartnäckig steckengeblieben 1 knackendes Geräusch, immer wiederkehrend, als wär 1 dürrer Zweig zerbrochen. Der feiste Körper niedergestürzt, dumpf u schwer wuchtend wie ein erschlagener Ochse. Dies Bild des stürzenden Feisten, im Fallen wie zusammengeknüllt & auf den Boden geschmissen seine Gestalt, der wuchtige Aufschlag seines Leibes zu dem hartnäckig steckengebliebenen Geräusch. Jetzt sein massiger Schädel auf die Seite gesunken, an der Schläfe die Aufschlagstelle *!Da wo der Hammer ihn traf*, unförmig aufgeschwolln groß wie ein Taubenei – schwarzblaulila der Bluterguß, geplatzte Adern unter der zum Zerreißen gespannten Schläfenhaut – pulsend wie eine tatterig zitternde Hand die zu bizarren Mäandern gewundenen Adern –.

Die Kinnlade reißt ein Krampf herab, noch einmal 1 knakkendes Geräusch, diesmal das eigene Kinnladengelenk, ein Zittern ein beklemmender pelziger Schauer durchfährt die Gesichtsmuskulatur, die Mundhöhlung weitauf und Faulatem aus schlaflos gebliebener Nacht, Gähnen vor Erschöpfung vor Übelkeit, ein weitoffen stehendes Maul, auf der Handfläche 1 Tropfen, noch 1 – ?Blut: 1 Schritt zurück, noch 1 –: Speichel, Speicheltropfen, aus meinem aufgesperrten Hohlmaul, schwarz kalt u zäh – –

Leicht. Ganz leicht. Wie ein ausrollender Zug mit letztem Ruck, von der Lokomotive weiter von Waggon-zu-Waggon als Kanon sich fortsetzend die Wagenreihung entlang, und nun, angekommen im Bahnhof, endlich im Stillstand, erstirbt. Leicht. Ganz leicht. Vornübergebeugt, den Blick mit 1 zähen Speichelfaden hinab auf den Boden, dorthin, wo klotzig der Aufschlag vom Hammerkopf auf den Dielen war, dicht neben meinem rechten Fuß, der Hammerstiel (Mörtelbrösel noch im Schweiß auf der Handfläche klebend) zuerst leicht gegens Hosenbein geschlagen, dann hellhölzern klöppernd ebenfalls auf die alten, rissigen Dielen niedergefallen. Dicht neben seinen Kopf, dem zertrümmerten Schädel des Feisten..... Der Hammer, sein Gewicht noch spürbar als seis ein Echo in meiner Hand. Vor meinen Knien baumelnd 1 langsam in groteske Länge sich ziehender Tropfen, unten die Verdickung im Licht von der Installation glitzernd irisierend, mit winzigen Schaumperlen spielend, u aus meinem offenstehenden Maul, als seis 1 Spinnfaden, der Speichel herunterrinnend und langsam ins leblos zu Graugelb eingesunkene, gleichsam ausgehöhlte unterminierte und zur Totenmaske zu zerfallen drohende Gesichtsfleisch des Mannes, des Feisten am Boden, hinein. Und die Arme von beiden Seiten des massigen, niedergestreckten Körpers abgereckt, die Hände die Füße an die rissigen Dielenbretter – : *gekreuzigt.....*

Leere, schwarz kalt unfaßbar – –

Jetzt berührt das fadenförmige Ende des Speicheltropfens die stumpfe, in Graugelb u schlaff eingesunkene Haut im Gesicht des reglos ausgestreckt liegenden Mannes – im Schritt seiner Hose ein in den dunkelsandfarbenen Stoff hineinlaufender, rasch sich vergrößernder Fleck, auch steigt vom Liegenden Gestank auf, scharf den Atem erstickend wie Säuglingskacke – ; der Spuckefaden reißt ab von den Lippen, schnellt zurück zum Mund, während das andere, das verdickte Ende auf dem Gesicht des leblosen Mannes zu 1 glitzernden Tröpfchen Speichel gerinnt. Die Nägel, mit denen der Mann gekreuzigt ist, treten nicht durch die Handflächen, sondern jeweils durch den Handwurzelknochen – die Finger, aufgefächert, kraftlos u seltsam dürr wie totes Spinnengebein – und durch die nackten Füße ins Dielenholz hindurch. Die Füße, parallel nebeneinander, die Nägel durch den Spann getrieben, auf den Dielen festgenagelt, die Beine deshalb dreieckförmig aufgestützt, doch wegen seiner Ohnmacht haltlos zur Seite gesunken, das nackte Fußfleisch an den Nägeln zerrend, die Nagelköpfe graben sich in die bleiche, von dicken Blutbahnen überströmte Haut – *zieht sich am Ende noch die Nägel durch die Fußknochen*, ich funktioniere wie 1 Automat: 1 Stuhl her, die schlaffen, wie gepolstert wirkenden Beine seitlich mit den Knieen drangelehnt. So.

Unweit von dem reglosen Körper, penibel abgestellt, seine Schuhe, die Socken pedantisch darübergelegt. Neben meinem rechten Fuß der Stahlhammer, wie ein mit derben Strichen gemaltes **T**, eine schwere nachtfarbene Letter ins rauhe Dielengrau gestanzt. Tief durchs Holz gehende Risse, eine aufgebrochene hellschimmernde Maserung dort wo die Nägel ins Holz gedrungen waren & die alten Dielenbretter aufsprengten, und hervorströmendes Blut aus den Wunden des Gekreuzigten zu dünnen, leicht geschwungenen u wie mit breiter Schreibfeder gezogenen Linien in grauroter Tinte weiterführend, Dutzende Kapillarlinien durchs alte Holz gezogen. Mitunter, in 1 der winzigen Kanäle, stockt der anschwellende Blutstrom an einem Hindernis, 1 Staubflocke od an 1 irgendwann an den Sohlen hereingetragenen Kieselkorn, der Blutstrom staut *Wenn nur nicht*, und, plötzlich sprunghaft, überschwemmt der nachfließende Strom das Hindernis, weiter scheinbar unerschöpflich den vorgezeichneten Weg im Holz entlang *!Soviel Blut – meingott wenn nur nicht* –; die Gesichtshaut bespannt ein zerrendes Empfinden, als überdeckte eine zweite, filmdünne Haut meine Haut od eine Schlammschicht Wangen u Stirn –, die drübergewischte Hand findet: Blut auch dort –, bereits trocknendes schmierendes Blut, gewiß Blut des Feisten : 1 Ader od Vene, die der Nagel beim Kreuzigen durch Hände od Füße traf, muß den Blutstrahl in mein Gesicht gesprüht haben – *blutet & stinkt wie ein Schwein der Kerl meingott !soviel Blut ver!flucht ?!Warum gerinnt das nicht !soviel Blut – wenn das nur nicht* –

Der Feiste hatte offenbar keine Zeit gehabt, den Hammerschlag zu parieren, scheint nicht einmal das Geschehn begriffen zu haben: sein Gesichtsausdruck im verdutzten Staunen fixiert, die Augen weit offen, die Pupillen samt Iris jedoch nach-innen in den Schädel verdreht, *wie bei Puppen für Kinder*, so daß in den Aughöhlen nur jenes adernmarmorierte stumpfe Gelbweiß der Augäpfel schwimmt *zwei gekochte faulige Eier*, während er in seiner Ohnmacht ins Innere des Gehirns zu starren scheint. Den Mund aufgesperrt, greisenhaft hohl u tief, so daß er verblüffend ähnlich sieht seinem präparierten Toten mit dem Herzen im Mund, und in dem leblos eingesunkenen Gesicht des Feisten, in den maskenhaften Zügen seiner totähnlichen Ohnmacht wie in einer Schlammpfütze inmitten von hineingestürzten zerrissenen Wolken gleichsam von unten-her zur grotesken Fratze verzerrt, als Spiegel in aller Trübnis einer Pfütze der Scherben meines eigenen, ohnmächtig wachen Gesichts.....

Leere, schwarz kalt unfaßbar – –

Der grellweiße Lichtspot noch immer eingeschaltet, die bläulichweiße Lichtglut unbarmherzig niederscheinend auf das reglose Gebilde, die Installation einer toten Frau, auf das gewissermaßen geronnene Zeugnis eines Geschehens im Staub dieses Raums; 1 starre Kälte aus Licht, daraus ebenso flach wie mit scharfen, Wunden schneidenden Kanten versehenen Konturen, wie aus Platten Magnesiumblech herausgestanzt & zwischen Luft u: die Stille hier-drinnen hin1gestellt, reglos starr u grellweiß wie in einem gnadenlosen Traumbild das nicht weichen will, die Installationen wie Schießscheiben für Manöver, so überflüssig wie bedrohlich durch die Gleichgültigkeit gegenüber jenem maschinell verübten Töten durch Schwärme hervorgeschleuderter Projektile und aufgefangen in der Gebärde grobflacher Arroganz aller mit TÖTUNG in Komplicenschaft stehenden Gebilde.

Noch mehr Speichel aus meinem Mund – jetzt dünner flüssiger – *meingottmeingott das viele Blut – wenn das nur nicht* – Speichel, nicht mehr nur der dünne Spinnwebfaden, jetzt ein Speichelfluß als müßt ich mich gleich übergeben – *das vieleviele Blut wenn das nur nicht durchsickert durchs rissige aufgesprungene Dielenholz, durch den brüchigen spröden Verputz an der Decke ins Stockwerk-drunter Wenn das nur nicht durchsickert Alles nach Unten das ganze vieleviele Blut mein!gott soviel Blut – duliebezeit – ?hört das !gar nicht ?auf* – Speichel aus meinem Maul, rausfließend in der Unerschöpflichkeit einer dieser Brunnenfiguren –; der Handrücken wischt das von den Lippen, und nun den Geschmack im Mund, staubbitter u süßlich : das getrocknete Blut des Feisten – ; ins Gedärm der Messerschnitt Ekel..... Ekel..... – und jetzt mehr und immer mehr Speichel aus meinem Mund –

Leere, schwarz kalt unfaßbar – –

Vermutlich sind die Nägel, zumindest die in den Händen, durch das Dielenholz in die drunterliegenden Balken gedrungen – es wäre für den Feisten 1 leichtes sonst, wenngleich unter furchtbarem Schmerz, mit den eigenen Händen die Nägel aus dem morschen brüchigen Holz wieder herauszuziehn & so von der Folter sich zu befreien; der Zufall dagegen hat sich !diese Stelle auf dem Boden gesucht.

Dort, wo die Nägel den Handwurzelknochen durchschlugen, schwillt um die Nagelköpfe das Fleisch bereits rötlich an, wobei insbesondere aus der linken Hand noch immer Blut zwischen Nagelkopf und Fleisch wie aus einem Kratermund quillt – die Zimmermannsnägel sind zum Teil im Querschnitt 4kantnägel, und die Kanten entlang besetzt jeweils 1 scharfer ausgezackter Grat – : dieser Nagel-hier mochte beim Durchschlagen der Handwurzel eine Ader nur angerissen haben, so daß jede noch so geringfügige Bewegung mit der Hand od dem Arm den ausgezackten Grat wie ein Sägeblatt erneut in die Aderwand hin1schneiden läßt –; jetzt in seiner Ohnmacht, wenn der Körper reglos u stilliegt, mag der Riß im Blutgefäß rasch sich wieder schließen – sobald in den Gekreuzigten das Bewußtsein zurückkehrt, wird jede seiner Bewegungen die Verletzung wiederholen, und pulsendes Blut wird erneut hervorströmen u wird die Schmerzen der Kreuzigung wiederholen. Noch liegt er still wie ein Toter, der massige in Kreuzesform ausgestreckt ans Dielenholz genagelte Leib, od: wie ein Vor-Lebender, jemand der seinen 1. Tod bereits hinter sich, in Gestalt u Größe seines einstigen Daseins verblieben, nun kurz vor der Wiederkehr ein-Ganzesleben noch 1 Mal wird durchleben müssen – –

Leere, schwarz kalt unfaßbar – –

Und 1sam als Monument noch immer beleuchtet im Hintergrund des Raums die Gestalt einer getöteten Frau, deren Gesichtszug einen Mondschimmer, einen silbrigen Glanz versprüht wie von eisigem Metall; einer Maschine, deren Umarmung Tod bringt – in dem von Schatten umdüsterten Raum 1 Fantom, das aus einer ihm zugehörigen Welt hierher sich verirrte u hier verloren ist. *Meine Liebe aus früheren Jahren, die mir Halt war u sooft mir Haltung zurückgab; die Frau, die ich wiedertreffen wollte hier in Berlin..... wie in den Jahren zuvor, u: ich=Heute: 1 ?Anderer als früher – noch 1, den entscheidenden Schritt, getan weiter in mein Leben auf dem Überhang, nun mit dieser Frau zu wiederholen suchte was verloren war. Nichts ist geblieben – eine Leidenschaft, nur 1 zu Metall gewordner Traum..... so schwarz kalt unfaßbar wie diese Stunde in einem ruinierten Haus.* – Aus der Stadt dringt das Toben der Stille durch Wände u Fenster hier-herein, das Gewölbe einer Hundsnacht lastet mit dem Marmorblock seiner Stunde auf Schultern & Schädeldach, brennend kalt u niederdrückend die Berührung, die durch den Stoff der Kleider durch Haut Fleisch und Knochen flammt, der Mittelpunkt einer Nacht 1 Leib, der all-1 alles Nächtige tragen muß – –

Aus der Jackettasche des Feisten=am-Boden herausgerutscht 1 Stück weißes, von Schriftzeilen bedecktes Papier u ein rechteckförmiger Gegenstand in der Größe einer Zigarettenschachtel. Das Papier, rasch entfaltet, ist 1 Telegramm:

ankomme naechsten freitag +
ich warte auf dich in unsrer alten bar
ab 7 uhr abends + ich bitte dich komm + in liebe dein + + +

:!Das Telegramm, das ich einst vor meiner Abreise jener Frau gesandt hatte, derentwegen ich verschwunden bin aus der Kleinstadt in Westfalen .....die Hände gelöst von Allem..... und hergekommen bin nach Berlin; die ich wiedertreffen *wollte* an jenem Ort, wo wir uns all die Jahre zuvor getroffen hatten, in dieser Bar nahe dem ehemaligen Grenzübergang Friedrichstraße. Die Frau, derentwegen du nach Berlin gekommen bist, hat von deinem Wunsch, sie treffen zu wolln, also !niemals etwas erfahren. Der Feiste hatte dein Telegramm abgefangen, bei=sich aufbewahrt & darauf sorgfältig seinen Plan gemacht, den er nun verwirklichen konnte dank deiner Hilfe – du, blind u dumm, bist ihm gefolgt bis Hierher. Die Frau hat, gewiß bis-zuletzt, das Stetige in ihrem Fühlen zu dir nicht geändert; ihr Ausbleiben damals in der Bar, eurem Treffpunkt aus früheren Jahren, war nicht Abkehr von dir, nicht Gleichgültigkeit. – Und die Zigarettenschachtel ist in Wahrheit 1 Tonbandkassette, ich erkenn sie sofort wieder (jene einst überspielte Kassette, die der Tochter, der 12jährigen, einmal gehört hatte; 1 Kassette gewiß aus früheren Kindheitsjahren dieses Mädchens; offenbar ein Märchentext war ursprünglich auf das Band gesprochen, das farbig bedruckte, schon lichtverblaßte Coverpapier zeigt die Figuren *Hänsel & Gretel*), auf dieser Kassette indes ist seit jener-Nacht..... ein anderer Text : *Und ich muß nicht fragen, wessen Stimme auf dem Band festgehalten ist.....*

Etwas geht in ihm vor, in dem solang ohne Regung, ohne sichtbares Anzeichen für Leben an den Boden genagelten Leib – u schien bislang das noch immer aus den Wunden fließende Blut das Versickern seines Lebens zu zeigen, das den still kolossal u noch immer herrisch daliegenden Körper wie in einen langsam sich auflösenden und ebenso langsam verschwindenden Kokon eines Restlebens einhüllte –, so geschieht jetzt etwas wie ein ganz aus dem Innern dieser Masse Fleisch herrührendes unruhiges Knistern, eine Vorstufe von Bewegung, vielleicht jene spürbar werdende Energie, die zu jeder Bewegung eines Körpers zunächst aufgebracht werden muß, eine vage Bedrohlichkeit, die aus allem Wiederkehrenden hervorsprüht als 1 feines Gespinst von neu erstehender Lebenskraft, das diesen Klumpen Mensch wie Tau od wie ein haardünnes Drahtgeflecht umspinnt u zunächst als 1 feines mit schrillem Ton aus weiten Fernen herkommendes Luftgeräusch erscheint, rasch anschwellend, Deutlichkeit & hörbar Kraft bekommend wie ein angeschalteter, riesiger Transformator in sein öliges funkenknisterndes Summen sich hüllt, eine große Energie, die sofort auch schon 1 Gegner hat, 1 Feind, gegen den diese Kraft sich richten kann; etwas aus den Poren u Rissen in dem brüchigen Dielenwerk wie aus den ruinierten Gemäuern jener emporgeschlagenen Häuser Heraussteigendes, etwas Verdorbenes u Verderbendes, eine Art negativer Lebenskraft, die von jeglich Lebendigem allein die Schatten- u die Kehrseiten, das Dumpfe, das Leid- u Schmerzvolle hervortreibt; das wie eine jener Verwünschungen aus esoterischen Ritualen mit unbegreifbarer Präzision die Ausführung des Anathems vollendet, indem es die inwendig aus einem-ganzen Leben abgelagerten Fantasieen von Schuld-&-Sühne zu den Wünschen nach eigenem Untergang, nach der eigenen Vernichtung in all ihrer strahlenden Düsterheit zu aktivieren weiß. Und jetzt in seinem Gesicht, seinen unter den Qualen der Kreuzigung verzerrten Zügen, die nicht das Grobe, Ungeschlachte, sondern das Verfeinerte in diesen Zügen noch 1 Mal wie einen mit Kaltnadel radierten Stich als das Wesen seines Gesichtes konturierten, 1ige fast unmerkliche Bewegungen, Zuckungen – : als tauchte vom Grund eines tiefen Gewässers ein Etwas herauf, zunächst nur 1 Schemen (in der grünlichgrauen Haut, ein Farbton der eher aus dem Verlust aller Farben entstanden scheint, ein Rückstand, Bodensatz nur des Lebendigen), ins schlaffe, eingesunkene Gesichtsfleisch zurückkehrend jenes Gewimmel an Muskelzuckungen, ein Mahlen & Malmen der Kinnbacken, als müßten seine Zähne Händevoll Knöchelchen zerbeißen –, und das Gesichtsfleisch verzerrt nun schubweise zur grauenvoll=lächerlichen Fratze, der Mund die Lippen nuschelig verzogen zur falschen Weichheit eines trotzig bösartigen Kleinkinds, wobei 1igemal die Zungenspitze die Lippen beleckt, als prüfe ein Wesen vorsichtig den Geschmack einkehrenden Lebens. . . . . Bis Etwas mit diesem Gesicht passiert: bis mit plötzlicher Wucht das aus den Meerestiefen Ohnmacht auffahrende Wesen Konturen erhält und als vollendete Gestalt wie 1 Geschoß die Oberfläche des Bewußtseins durchschlägt: DER SCHREI – DER FURCHTBARE SCHREI DES GEKREUZIGTEN – –

Und seine Maske zerreißt – das Doppelte, die stehngebliebene Jugendlichkeit in einem altgewordenen Gesicht zerfetzt in Augen-Blicken wie Orkanböen Flugsand fortreißen – , und das Gesicht des Feisten bleibt zurück in einer Nacktheit, als wäre ihm von seinem gewohnten Gesicht eine Hautschicht abgerissen worden und darunter jetzt 1 neue dünnere Haut, rötlich schimmernd wie die Haut eines soeben geschlüpften Vogels, verschrumpelt u jung glatt u rosig in einem, und die zu Faltungen des Schmerzes gezerrte Gesichtshaut läßt über dem Dielendreck in einem verfallenden Haus aus dem Gesicht des Feisten das runzlige Gesicht eines Greises entstehn mit den übelnehmerischen Gramhöhlungen des Uralten –; *die Flut des Schmerzes hat ihn über seinen Physiognomischen Punkt hinaus getrieben.* (Siehst du.). *Das Unmögliche, das Unlebbare, das sein Gesicht wie seinen Charakter in jahrejahrzehntelange Maskerade band, hat ihn auf das Uralte, auf den Schmerz, zurückgeworfen.* Es ist geschafft. Jetzt wird Alles 1fach.

Das Mahlen seiner Kinnbacken setzt stärker ein, unter blutigem Speichelschaum auf den Lippen vom SCHREI, der abgerissen ist, erstickt, gurgelnd ersoffen in Schleim, und aus diesem Mahlen Malmen seiner Zähne jetzt wie Granulat knirschend Wörter – Sätze –, zuerst schwach seine Stimme als sei sie eine Prothese, als müßte ein Verwundeter mit der Möglichkeit, trotz Beinamputation u Schmerzen zum 1. Mal wieder das-Gehen versuchen –:*!hhffohr – sicht –*, tastend – prüfend: *?Schmerzen, ?wann wieder Schm – er – zen –, !Vor – sicht –, 1 – 2 Schritte – 1 – 2 Wörter wagen, Satzanfang – ? : es geht – geht vorwärts – weiter – Sprechen – anders – neu beginnen müssen* –. Er wird nicht sterben an durchgehangenem Rückgrat wie Gekreuzigte am senkrecht aufgerichteten Holz; wenn er nicht verblutet, wird sein Tod ein Kreislaufversagen sein, der

Hirnschlag wegen der in Kreuzesform weit überkopf gestreckten Arme. !Da: Seine Stimme rennt an gegen den blutig nachströmenden Speichel in seinem Mund, ich höre ihn, seine Stimme:

–die !Augen – (höre ich) –die !grünen Augen: wiedergesehen – als ich glaubte ich bin tot. Aber – ich hab sie !wiedergesehen – langezeit, unverrückbar, feste grüne Blicke – gerichtet auf mich. Weil ich im Sterben lieg. Das !unvorstellbare Grün. – (Er will ausspeien) –Der Sklave am Kreuz. Damals vor zweitausend Jahren. Spartacus – Via Appia – 6000 Kreuze – & die Geschichte des Sklaven-vom-Kreuz. ?Erinnern Sie sich ?nicht. Sein riesiger Schwanz u seine Augen wie Smaragde. Die haben der römischen Patritzierin gephallen. – (Er atmet stoßweise keuchend) –?!Erinnern Sie sich: Sie !müssen – (wieder Speichel aus seinem Mund) –sich erinnern: Unfall, Motorradfahrer, MAZDA – Sie, ich, der Kerl auf dem Asfalt –; ich habs Ihnen erzählt – !erinnern – Sklave-am-Kreuz, noch lebend, riesiger Schwanz u !grüne Augen –:?!Wo Zumteufel bleibt meine Patrizierin, die mich aus dem Dreck vom Kreuz & in ihr Bett nimmt, dem anderen Kreuz, für sieben Tage oder mehr – wird langsam Zeit, daß sie auftaucht, glaub ich, denn lange mach ichs nicht mehr – (er speit geronnene dunkle Brocken Blut, die wie Egel an sein Kinn & seinen Hals sich kleben) –Aber die !grünen Augen. Die !grünen Augen: ich komm nicht drauf, wo ich sie gesehen hab u bei ?wem. !A sterben ohne Antwort. Sterben: Ja, das 1zig Fröhliche am Leben. Rückwirkend fröhlich, sozusagen. Denn wäre Tod unmöglich, ?!wie sollt ich wissen, daß ich !gelebt habe zuvor. Ich hab meine=Zeit gehabt – Verrat Intrigen Hurerei Dolchstöße Meuchelei & Feme –:!Wunderbar. !A gäbs Das Verbrechen nicht, wir wären im Himmel der Asketen.....: Pellkartoffeln mit Kamillentee :!blhä. Denn Leben, Froint – (in seine Stimme fährt erneut der Schmerz u macht sie hoch u singend, aus seinen Wunden Blut) –Leben das ist die-Angst vorm Sterben. !H: Und die-?Liebe – ist vor allem nur Angst, die Angst ohne Ufer.....

Seine Stimme klingt mit einem Mal trockig, als müsse er fortwährend mit seiner Zunge Korken vom Gaumen lösen.

–Ich werde, wies aussieht, das Glück haben u 2x sterben können: 1x am Kreuz und 1x durchs Feuer. Den 1. Tod verdank ich Ihnen, für den 2. Tod – !A das wissen Sie nicht –, für meinen 2. Tod habe ich selber gesorgt. Das dürfte reichen, die Nummer Sicher. À propos Nummer – (von den Dielen herauf, durchs staubfahle Halbdunkel, wird manchmal seine Stimme vom immerwieder hochschlagenden Schmerz zum Pfeifen verdünnt) –!schaun Sie wieder mal hinüber, zur Wohnung, zu dieser Frau. Sie werden dort gleich die !wahre Schönheit sehn : die Farben von Rauch u Flammen in einem brennenden Haus. Nur Flammen sind schön. Frauen haben keine Schönheit – (und Schmerzen erneut verzerren seine Stimme stärker – als müßten Wörter zerreißen –, der mächtige Leib scharrend auf den Dielen u sich windend um die Nägel in Händen u in Füßen, die ihn festbannen an seinem Kreuz) –Frauen haben, mit etwas Glück, eine Fotze. Sonst haben sie Nichts u keine Ahnung. – (Und das langgezogene Schreien eines zu Tod verwundeten Tiers, das, wie zu dünnen Eiszapfen zugespitzt, immerwieder zerbricht –)

–Schaun Sie rüber. !Sagen Sie mir, was Sie sehn. Und dann: !Verschwinden Sie gefälligst. Sie waren kein Gegner für mich, kein Fleisch für meine Einsamkeit. Ich habe keine Gegner, keine Feinde mehr, seit die-Wenden hierzulande meine Feinde mir zugewendet haben. So kurz der Weg zur 1samkeit. Ich bin all-1 wie Lenin, der im Ende Schach spielen konnte nur noch mit sich=selber. Alles übrige Steppe, Panjewagen Blutrausch & Pferdetrieb. Und vor Lenin zuletzt der Landstreicher in Judäa mit seinen 12 feigen Trotteln im Schlepp. Das Kreuz dem Erlöser war Erlösung dem Erlöser. So mir auch. Ich habe gewonnen, das Dielenkreuz ist meine Erlösung von der Langeweile..... in 1 Welt ohne Feind – (er will voller Verachtung die Faust gegen mich schleudern, hat den Nagel durch seine Hand vergessen: er schreit das langanhaltende Heulen aus jener Gewißheit, die jedes Wesen nur 1 Mal befällt –, denn vielleicht nicht allein nur der Schmerz aus seinen Wunden, vielleicht der Schrecken aus der tödlichen=Gewißheit: !Kein Entkommen, !keine Masken mehr: Es IST VORBEI.) – ein Gebrüll, ein furchtbar=menschlicher Schrei – auf den Dielen kratzend sein sich windender plumper Körper, reißt dünne Holzspäne aus den alten trockenen Dielen, die als winzige Speere aus einem verwundeten Stierleib ragen, und wirft sich zu grotesken Verrenkungen mit schauerlich durchgebogenem Rückgrat u spinnig-dürr gestreckten Armen auf dreckigen Dielen hin&her –)

Dann, nachdem der Schmerz für den Moment vorüber scheint, muß er in meinen Händen das Telegramm u die Tonbandkassette entdeckt haben. –Sie !versauen mir die Pointe: Telegramm & Kassette wollt ich Ihnen zum Schluß überreichen. Nun, mit Überreichen wärs nix geworden, ich habe, wie Sie sehn, im Augenblick keine Hand für Sowas frei – (:!kaum zu !glauben: der Gekreuzigte !lacht – ein röchelndes, in Speichelblasen ersaufendes Lachen –) : Durch die Schuhspitze fühlbar, als pulsten Stromstöße durch seinen Leib, die Muskeln im Oberarm des Gekreuzigten. ?Was ist 1 Tod (u seis !dieser), der 1zige Tod, den jeder zu sterben hat, gegen die Tode von Fremden, verfügt von diesem Klumpen Fleisch in der Vergangenheit : die Ökonomie der Vergeltung stürzt immer in klägliche Leere, zwischen Leiden und Leid hat die-Natur die Ohnmacht gestellt, u *Zeit* hat einen tiefen Sumpf – (sein Ellbogengelenk klopft zittrigen Knochenton aus dem Dielenbrett, seine Schmerzensschreie schneiden ins Mark –) und Mitleid sucht wie 1 bösartiger=Köter immer den Letzten im Troß. Die Schuhspitze zuerst, dann die gesamte Sohle, tritt nieder auf den Unterarm, kurz vor der Stelle, wo der Nagel den Handwurzelknochen durchschlug – tritt fest nieder, preßt dort das Blut in den Adern zusammen, fest, fester als 1 Tourniquet. *(Vor die !Hunde das Mitleid, dies mobhafte Fühlen, imstande aus Feigheit u seelischem Dreck im Ende noch den allergröbsten Saukerl & Schlächter mit einigen Tränen be-*

flennen zu lassen. Hier=vor-meinen-Füßen im Staub krepiert ein großer Schweinekerl, u !wann im Leben gibt es die Gelegenheit, solch einen Drecksack im eigenen Jammer gebadet in Pisse Scheiße & eigenem Blut langsam ganz langsam verrecken zu sehn.....) : Und !plötzlich den Schuh weg von der Stelle an seinem Arm: – gestautes Blut schießt voran – und neue größere Schmerzen stechen brennend in die Wunden der Kreuzigung, durchfahren das zitternde Fleisch, noch einmal Blutströme über Hände u Füße, vom Staub über den Dielen aufgesogen – so lange, bis im Mundvoll blutigen Speichels erneut das Schreien erstickt und der Feiste neuerlich in Ohnmacht versinkt.

Dieses Mal findet er schneller ins Bewußtsein zurück: –ich – (und spuckt) –ich nehme Schmerzen in Kauf. Tun Sie sich keinen Zwang an. Vor jemandem am Boden ist jeder 1 Held. Ein schönes Gefühl, ich kenns aus eigener Erfahrung. Bald werd ich verblutet sein. Od: vorher brennt mir das Feuer das Blut aus den Adern. Ich werde trocken gelegt. 2x Sterben. !A so müde. Hoffentlich verpenne ich meinen Tod nicht. Das wäre unverzeihlich. Tun Sie mir den Gefallen u halten Sie mich wach. 1 letzter Gefallen. – Wieder fällt seine Stimme in den Laut eines sterbenden Tiers, in 1 hohen singenden Ton –. Er versucht zu artikulieren, doch Schmerzen pressen ihm erneut die Zähne laut knirschend aufeinander – Langezeit – –

Dann seine Stimme, mit letztem Kraftaufwand, noch 1 Mal deutlich im Raum: –Tun Sie mir den Gefallen & lassen Sie die Kassette im Rekorder laufen – !nein: !nicht Ihre mit Ihrem Kindersex – ich meine die mit dem Gesülze von Hirschbeutel & Seinesgleichen. Ich wills noch 1 Mal hören. Na !los, sie liegt schon im Rekorder bereit, machen Sie schon, auch dem Landstreicher hat man den Essigschwamm gewährt. Ich bin nicht Er, mir reicht der essigsaure Wörterton – (schweres flatterndes Ausatmen, ein schauerlicher Schluckauf gradeso, als schüttele den Gekreuzigten erneut das Lachen) –Und dann – !A und dann – : Ich weiß, Sie können sie sehen, dort drüben hinter den Fenstern, im anderen Haus. Also !los: !Nicht geglotzt, !hingeschaut. Ins Haus=gegenüber. Vor Stunden haben Sies noch gern getan. !Los, ich habe nicht mehr viel Zeit, sehen Sie hin u sagen Sie: Können Sie sie ?!sehen – –

Und schaue tatsächlich durch die stumpfen Fensterscheiben hinüber, zu dem ungetümen Häuserblock, hoch hinauf in die Nacht gestellt. Hinter den Fenstern in der Wohnung der Frau: !plötzlich heraufschlagend ein Leuchten, rot dunkel u böse wie der Triumf in den Augen des Verräters..... AUCH DAS HAT ER WIRKLICH GETAN. Hat den Brandsatz gelegt, eine Uhr mit Zünder gewiß, u jetzt ist die Zeit abgelaufen. (Nicht Gips- od Kalkstaub, Sprengpulver wars, das ich aus der Zinkwanne kratzte u das unter den Fingernägeln brennt noch immer – u das Telegrammpapier in meiner Hand zitternd u raschelnd wie in der Hand eines Säufers.) :Nicht sie, nur du=all-1 hast dich von dieser Frau abgewandt in der Illusion einer Leidenschaft zu jener anderen Frau, dort gegenüber im Nachthaus, die dem Feisten das verräterische Tonband aus dieser-1-Nacht..... gegeben hat, vermutlich um ihre Haut zu retten, sich loszukaufen indem sie dich dem Feisten überließ, weil sie gewiß meinte, sie od ich, 1 sei genug für ihn, der wie ein Süchtiger die Droge für seine Sucht nach dem Tod die Tode der Anderen braucht. *Jeder gegen Jeden,* mochte diese Frau=dort-drüben abgewogen haben, *und lieber als ich=die Tote der Tote er, 1 Mann unter Männern..... der mir in 1 Nacht zugelaufen ist wie ein Hund.*

Und von Alldem hast du !niemals etwas bemerken wolln. Du hast dich statt dessen eingelassen auf den kindischen Zweikampf mit dieser Kreatur, auf einen=jener Kämpfe, die zwar Körper:gegen:Körper mit tödlicher Verbissenheit zu-Ende geführt werden, aber eigentlich nichts, kein Zentrum, keinen wirklichen Gegenstand, keinen anderen Menschen, zum Ziel haben & vielmehr lediglich irgend-1 Prinzips halber zwischen Männern ausgetragen werden, 1 abgekartetes Spiel (das zudem entschieden war schon vor Beginn). Du hast den Feisten bezwungen, ihn niedergeschlagen, gekreuzigt, er wird bald krepieren, und du hast dennoch u gleich zweimal verloren. Jetzt bist du wirklich all-1.....

1 Geräusch im Rücken: die Tonbandkassette ist bis zum Anfang zurückgelaufen, gleich werden die toten Installationen vom Band zu sprechen beginnen. Ich wills nicht hören. Laß die-Toten ihre Toten bequatschen. Solln die Stimmen der Toten mit dem Schrei des Gekreuzigten im Feuer verbrennen, Flammen, die dort=drüben gegen die Mauern & Fenster mit glühenden Hufen anrennen und die bald schon auch hier wie eine Horde Pferde mit brennenden Mähnen einfallen werden –

Bevor ich fortgehe, noch 1 Blick zum Haus=gegenüber: Fensterglas zerspringt in der Hitze aus den Zimmern, Vorhänge wehen im Feueratem; als seien Brandbomben dort=drüben ins Haus gefallen, aus schartigen Fensterhöhlen herausgreifend mit dicken blauschwarzen Armen Rauch. In meinem Rücken beginnen jetzt die Stimmen vom Band, *Wie unter Zwang*, höre ich, *Das ist das Wort* und Raunen und Murmeln, die Wörter schleifen wie Ketten über Stein – Aufgeregtheiten um Verlorenes, Frauen Leben Zuflüchtungen, Alles, was zum Verlieren bestimmt ist – die Hände lösen – und von den Dielen herauf ein großer, endgültiger Seufzer des Gekreuzigten, als empfände er letztmaligen Triumf, eine besiegelnde, unendliche Erleichterung über seinen allerletzten Sieg. Durch den Raum lauter werdend vom Tonband stolpernd Stimmen, *Alles geschah wie unter Zwang* (höre ich) *Als wären sämtliche anderen Wörter in einen Sog geraten od: als hätte in dem enormen Reservoir aller Wörter ein Mahlstrom sich gebildet* –

Da, im Haus=gegenüber, hinter den vor Hitze aus Feuern zersprungenen Fensterscheiben, durch den blauschwarzen Rauch hindurch sehe ich !sie – die Flammen. Sie sind wunderschön.....

–Wie unter Zwang. Das ist das Wort. Alles geschah wie unter Zwang. Als wären sämtliche anderen Wörter in einen Sog geraten od: als hätte in dem enormen Reservoir aller Wörter ein

Mahlstrom sich gebildet, der nach und nach alle übrigen Wörter in ein Strudeln Kreisen, in das Hineingezogensein auf 1 Zentrum hin versetzte, so als hätte man den Stöpsel gezogen & nun mußte der ganze riesige Tümpel an Wörtern abfließen, und nur dieses 1 wäre all-1 in einem Auffangsieb hängengeblieben: *Ausgeschlachtet.* Das ist das Wort. *Ausgeschlachtet.* Auf !mehr kam ich 1fach nicht. Nicht einmal *Meine Frau* brachte ich in den Gedanken-Empfindungen zustande; nichts weiter als immer u immer wieder nur *Ausgeschlachtet.* ?Verstehstu. *Ausgeschlachtet.* Ich hätt mich !ohrfeigen können, mir den Schädel einrennen an der Wand des Krankenzimmers. Aber !nichts half. Ich wurde das Wort nicht los. A wie Ausgeschlachtet : Z wie Zukunft – u dazwischen: Nichts. Ich mochte sie ansehen od: nicht, 1fach auf den Boden starren od zum Fenster raus, mit dem Fliegendreck an den Scheiben die Wolken punktieren, & dabei mich irgendwas reden hören, keine Ahnung was, ich spürte das Reden nur an meinen trockenen Lippen, die ließen jedes Wort begleitet sein von solch *ptt ptt,* sozusagen 1 Abrißgeräusch, als müßten die Lippen bei jedem formulierten Laut aus langsam gerinnendem Blut sich losreißen, & mein Gerede hörte ich selbst wie aus nem halbkaputten Lautsprecher klirren. Aber ich redete und redete – wahrscheinlich wie immer in solchen Fällen, wo das Erzählenmüssen & die Angst vor dem Schweigen gegen:1:ander wetteifern, kam auch jetzt mein Sprachtick hervor, wonach ich bestimmte, schneller als sonst gesprochne Sätze mit *jà* abschließe : das ist wie der Steinwurf in ein stockendes Gewässer, in 1 See od Tümpel ohne Abfluß *jà* und die Wellen sie breiten sich in dem schlammigen Teich ringförmig aus *jà* so daß das Reden weitergehen kann solange, bis diese kleinen Wellenringe zu versiegen drohen in den grausigen Blei&schlammfarben des Tümpels und 1 neuer Stein muß geworfen werden –. !Wieso muß es 1 Ende geben – es gibt !keinen Grund dafür – Alles kann ebensogut od ebensoschlecht weitergehen – endungslos – Aber immer ist es die Angst vor dem-Ende, vor diesem 1 Punkt, der aus dem langenlangen Davor wie 1 Kralle, vielmehr der Hornhaken an 1 Kralle, hervorbricht, das Gewebe zerreißt od das Fleisch der Körper auffetzt, denen dies Ende gilt.....

–*Jà* :hastu vergessen. Solche Fragen, Mann, die hab ich als Schulkind regelmäßig am Sonntagabend meinen Alten gestellt, & jedesmal kamen von meinem ollen Herrn, wie immer wenn man ihn mit Fragereien aufstörte, nur mürrisches Gebrumm aus seinem Lehnstuhl herüber & von meiner Mutter vorm Bügelbrett od am Waschbottich die Antwort *Kann ehm nich alletage Sonntach sein.* Basta.

–Ich kam mir damals im Krankenhaus ebenso vor: ein Hosenscheißer, ein Schulkind, das vor lauter Prüfungsangst redete und redete, und ich redete gewiß ohne Unterbrechung, immer drauflos, aus verzweifelter Furcht vor der Stille *ptt ptt quatschquatsch blablabla*, das wars was mir die trockenen Lippen immer u immer wieder auseinandertrieb, die Furcht vor Stille. Denn Stille: die wäre Heimzahlen gewesen, jetzt & hier für Alles.....

–?Und sie. ?Deine Frau. ?Was hastu denn erwartet. ?Was –

–!Nichts. Gar !nichts hab ich erwarten wolln. Das heißt: Ich hatte mir fest !vorgenommen, nichts von ihr zu erwarten. *?Was soll denn sein. Mein 1. Besuch bei ihr nach der Operation.....* Nur 1 Besuch im Krankenhaus. Weiter nichts –.– Aber damit solltes mir ergehn wie in der Sage dem Bauern, der wegen seiner großen Armut grad dabei war sich aufzuhängen, als der Teufel vorbeikam & dem Bauern versprach, er könne einen enormen Schatz heben, er brauche auf seinem kümmerlichen Acker an beliebiger Stelle nur mit Graben beginnen – unter der 1 Bedingung: Er, der Bauer, dürfe beim Graben *!Nicht an einen Bären denken* – – :Du kannst dir vorstelln, daß dem armen Kerl vor lauter Anstrengung, nicht an einen Bären zu denken, beim Buddeln nicht nur !1 Bär, sondern !Legionen von Bären durch den Kopf marschierten. Die Moral: Hätt der Bauer sich aufgehängt wie ers wollte, wäre ihm beim Hängen noch 1 abgegangen – da hätte er zu seinem Ende wenigstens noch 1 Freude gehabt –

–Tja, wer will schon ohne Vergnügen leben, & seis mit dem Strick um n Hals..... Und so wurdes also nichts mit deinem Nichts-von-ihr-erwarten, wie.

–Vielleicht liegt in der lauwarmen Krankenhausluft, die in jedem Krankenhaus als dieselbe Luft erscheint, so etwas wie 1 hochaktives Erwartungsgas, das, sobald man davon atmet, besoffen macht & die unsinnigsten Hoffnungen weckt & man meint, hier-drinnen müßte sich 1fach Alles was *krank kaputt zerschlagen im Aus* war, wieder 1renken, zusammenheilen & auskurieren lassn. – –Kein Wunder: bei soviel Elend unter 1 Dach..... – –Und das Elend war leibhaftig auf den Gängen, vor den Zimmertüren, in den verwaschnen Streifen & ausgelaugten Blumenmustern der Bademäntel, nistete in jedem Gewebefaden, stockte in den Leinenporen der Gardinen & der Sitzpolster, überzog als Geleeschicht hauchdünn den Ölanstrich der Wände, schlurfte in den Korksandalen der Krankenschwestern, saß in deren weißblauen Kluften, die ihre abgearbeiteten Körper wie Sackleinen verhüllten, u unten sahen die Waden raus mit den Zickzacklinien der Krampfadern über speiheller Haut. Eine noch junge, mollige Pflegerin schob einen der Servierwagen aus Metallrohr an mir vorüber. Darauf rutschten Halden von bekleckerten Tellern & Bestecken mit Essensresten, die in geronnenen hellbraunen Soßepfützen staken, u stumpfe Metallkübel, wahrscheinlich auch dadrin Reste beinah erkalteten Essens. Auf einem Teller 1 Stück angekautes & offenbar wieder ausgespucktes Fleisch, graubraun, 1 Sehne zog sich hindurch – :das Elend, dachte ich damals, das Elend nicht allein an solch 1 Ort wie diesem, sondern vielmehr das-Elend überhaupt: die Krampfadern die erkalteten ungenießbaren Reste ohne Trost, die von Menschen..... bleiben & mit denen andere Menschen sich abgeben müssen.

–Du meinst –

–Gerüche in einem Krankenhaus. Gerüche, die allesamt in ihrer lückenlosen Wärme & Pastosität wie ein langer Händedruck waren, ein freundliches Begrüßen ohne Überschwang u ohne lautes Jubeln, denn jeder Ort hat schließlich seine besondere Freundlichkeit. Und dennoch: Gerüche allesamt, die eher den Eindruck machten, als sollten sie andere, intensivere Gerüche: den ganzen erbärmlichen !Gestank all jener um nur 1ige Minuten Weiterexistieren barmenden Fleischbatzen verbergen – aus demselben Grund, aus dem man im Haus des Henkers vom Strick nicht spricht.....

–Ach !hör doch auf. In allem was du erzählst, sind Gerüche & Gestank im Mittelpunkt. Immerfort. Gradezu besessen. Es ist immer u überall das erste was du –

–Und ist immer auch das letzte was bleibt: Gerüche. Namen, Aussehen, Gewohnheiten, ja das Anfühlen anderer Menschen –:längst vergessen, passé wie Alles worauf Sie sich so Vieles zugute od zuschlechte taten. Aber ihre !Gerüche, die sind mir geblieben, unverändert. Als ob Gerüche das 1zige sind, was aus Menschen hätt werden können ohne Fehler. Und das 1zige, was aus all=ihren Wünschen & Hoffnungen schließlich immer Wirklichkeit hat werden können: Gestank. Und so wie es *Problemtrinker* gibt, gibts *Problemstinker* : Menschen, sie können schon !peinlich=alt geworden sein, & die noch immer ?Was erwarten & ?Was verlangen wolln von etwas, das sie ihr-Dasein nennen; & die fortwährend u deshalb immerfort Scheitern eingefahren haben, od: nich mal Scheitern, sondern nur all=diese kleinlichen Arten von Nichtfunktionieren, Nichtzustandekommen, so wie Kinder beim Basteln mit dem Stabilbaukasten ihr in der Fantasie Zusammengeschraubtes nicht wirklich bis zu Ende hinkriegen, weil immer Irgendwas fehlt nicht paßt verlorengegangen od überhaupt von-Anfangan verkehrt gedacht gewesen ist – : Und so stehn sie halt da in ihrer Welt mit Nichts als ihren Rosinen im Kopp u ihrem Groll & einem wiedermal letzten *Hat leider nich geklappt*, und müssen sich=selber & sich dessen was ihnen *Heimat* ist versichern durch den Halt im eigenen Dunst, in den sie sich versenken können wie in einen Mutterleib & in solcherart Gestank wie aus nasswarmem Hundefell Zuflucht sich erfinden können wie in einem Uterus. Zwangsneurotische Heimatsucher, die weder ihren Körper noch ihr Gehirn sauberhalten, noch den Arsch sich richtig abwischen wolln – Selbstbewußtsein & Geborgenheit im eigenen Gestank : Heimatsuche endet immer in der Scheiße.- Und können sich in solcherart Kokon, den sie mit-sich rumschleifen wie die Schnecke ihr Gehäuse, festhalten ihr Leben=lang, wobei sies dann zu einer solchen Art von Geruch bringen, der wie bei den Stadtstreichern schon gar nichts Organisches mehr an sich hat, nichts das aus menschlichen Drüsen abgesondert worden scheint, sondern vielmehr selber schon wie eine künstliche Schöpfung wirkt: solch atemerstickende, konzentrierte Miasmen wie sie von Maggi-Brühwürfeln ausgehen – : eine Maske aus Gestank, übermenschlich – : ?Ob er wohl ?!daran gedacht hat, als er vom *Übermenschen* träumte, der Nie –

–Isja gut. Es !reicht. Mein!gott –

–Ein Elend, das auf sich selber fortwährend den Deckel preßt, & somit selbst die !Größe, die im !Leiden stecken kann –

–*!Größe, die im !Leiden stecken kann* : du !Arschloch : Ich will dir mal erzählen, wies einem ergangen is, der genauso wie du in der *Fremdenlegion* durchgedreht ist. Das war an meinem 1. Tag hier in der *Legion*. Wir waren damals mit aufgegebnen Gebäuden der Bundesbahn beschäftigt, weil haufenweise Strecken stillgelegt worden waren: Provinzbahnhofsgebäude von Dutzenden Kleinfinstenichs – *kein Halt mehr unter diesem Namen*, verstehste, dieser Ganzekrempel stand mit zerdroschnen Fensterscheiben & verbarrikadierten Türen wie Geisterhäuser in der Landschaft rum & diesen Ganzenkrempel, den mußten wir jetzt abreißen. Das Schlimmste an diesen halben Ruinen sind immer die uralten Latrinen: mit ihrem pissezerfressnen Blech & Gemäuer die reinsten Salpetergruben. Und es war einer unter den Leuten, den sie *Smeili* nannten: so ein Stiller, der stets Alles ohne aufzumucken machte, keine Arbeit war dem zu dreckig, sogar die mit den Latrinen nicht. Das sagten die Anderen über ihn. Ich weiß es nicht, hab ihn nicht mal 1 Taglang gekannt. Er war noch recht jung, war kräftig, einer von denen, die nur 1 1ziges Mal zuschlagen brauchen, wenn du verstehst. Er hat angeblich auch niemals viel gesprochen, hat die Zähne nich auseinander gekriegt, u machte bei allem, was er tat, so merkwürdig eckige Bewegungen, wie jemand, der andauernd über jede 1zelne seiner Bewegungen wacht, damit er nichts falsch macht u nicht auffällt. Wenn man ihn ansprach, dann, sagten die Andern, kriegte er wegen nix jedesmal rote Ohren und setzte son verlegenes Grinsen auf wien Musterschüler, den der Pauker seinerseits aus Verlegenheit immer dann fragte, wenn 1 Hospitant od der Direx=selber in der letzten Bankreihe saß & den Unterricht verfolgte, weil der Lehrer wußte, daß niemand sonst in der Klasse, außer seinem *Smeili*, immer die richtige Antwort parat hätte, & konnte sicher sein, daß sein Musterschüler ihn nie im Stich lassen würde. Son Grinsen & Gebaren also aus ner bestimmten Art von Komplizenschaft. Das hatte ihm wohl auch seinen Namen eingebracht. *Smeili*. Vielleicht aber lags auch daran, daß er ständig wixte was das Zeug hielt. So sagten die Andern, die ihn gekannt hatten. Er hatte geglaubt, das merke keiner. Aber das warn Irrtum. Die Kollegen –

–Kollegen: das sind immer nur Einhaufen !Säue.

–Sie sagten jedenphalls, er hatte zum Wixen n uraltes »*Happy Weekend*«-Heftchen, immer das!selbe, & wixte jedesmal vor dem!selben Foto einer Frau. Er hatte nich malne Freundin. Wahrscheinlich hatt er noch !nie eine gehabt. Auch nachhause fuhr er nur selten – es hieß, er hatte Angst vor seinem Vater. Der, ein Heizer innem Kraftwerk, verdrosch den Sohn noch immer. Stell dir vor: n Kerl von Mitte !20 & wird noch von seim Alten !verprügelt, wenns dem danach war. Vielleicht machte der das, den Sohn-Verprügeln, um danach mit seiner Frau ins Bett gehn zu können..... Heißtja, daß Mancheleute sowas zum Vorspiel brauchn..... Also blieb *Smeili* meistens an den Wochenenden im Quartier – & da gings erst richtich los mit seiner Fee auf Papier. Und einestages war das Heftchen !verschwunden. !Unauffindbar. Man sagte, er tigerte daraufhin durch alle Sexschopps der Umgebung – solange, bisser dann irgendwann !tatsächlich das!gleiche olle Heft wieder aufgetrieben hatte. Und ab ging die Handmaschine: vor demselben alten Foto, vor derselben Frau. !Das ist Treue. Denke mir, wenn das Model verheiratet sein sollte – !öfter als *Smeili* hatz ihr Alter mit ihr auch nich treiben könn.

–Du bist auch son blöder –

–Und *Smeili* also, wenner nich grad am Wixen war, rackerte in Allderzeit still u bescheiden vor sich hin. Bis eines Tages, sagten die anderen, er mit 1 Mal mitten in der Arbeit aufhörte – 1fach stehnblieb wie ein Pferd, wenns nich mehr weiterkann – den Kopf hängen ließ und zwischen seinen Zähnen rauspreßte *Achmensch wenn ick doch bloß schonn dot wär* :dann sog er Luft zwischen den Zähnen ein, das klang wie 1 Seufzen, und sagte überhaupt nie mehr was anderes, außer diesem 1 Satz od ähnlichem Zeug: *Leem*, preßte er mal durch seine Zähne, *Leem: is die schlimmste Strafe*, und danach wieder seinen Satz *Achmensch* & das zischende Seufzen..... Seitdem wars mit ihm vorbei: Er arbeitete nur grad so viel dasser nich rausflog, stand im übrigen rum & nölte seinen Kram. Jeremiaden wie von halbtoten Greisen aus dem Mund eines noch nich mal Dreißigjährigen, !grauenvoll. Die andern aber machten sich lustig drüber, äfften ihn nach – das, hörte ich, wurde schon ne richtige Seuche: mit einemmal quatschte jeder son kariertes Zeug & man amüsierte sich kräftig dabei – nur er, der Urheber, wurde immer stiller, unzugänglicher und immer fauler. So kam ich an meinem 1. Tag in die *Legion* : Wir sollten Schuppen & Bahnhofsgebäude eines aufgegebenen Dorfbahnhofs enträumen. Täglich aber fuhr noch ein Güterzug durch. Normalerweise hielt der nich an der toten Kaffstation wo wir waren, sondern rauschte durch mit hundertachtzich Sachen. Wir hörten ihn jedesmal kommen, denn wir saßen auf der alten Verladerampe & hatten zu der Zeit immer grad Pause. *!Heute passierts* hörte ich jemanden neben mir durch die Zähne sagen als wärs ne Sauerei, die man nich laut sagen will und hörte dann noch 1 Seufzen *und dann iss Aus*, solch ein langgezogenes Ausatmen zwischen den Zähnen hindurch wie ein Raucher der in aller Eile Rauch gegen den Wind ausbläst. Ich sah neben mir den Mann behäbig aufstehn und mit Schritten als klebten schwere Erdbatzen an den Sohlen die Bahnstrecke entlangstolpern, dem heranbrausenden Zug entgegen. Ich dachte mir erst was dabei, als ich ihn in einiger Entfernung von uns am Gleis ins Unkraut, auf den Schotter sich niederknien & seinen Kopf auf die Schienen legen sah. Nur: grad an dem 1 Tag mußte der Güterzug halten, weil das Signal auf Rot war. Dummerweise lag dein Vorgänger hinter dem Fahrtsignal, und als der Zug dann endlich wieder anfuhr, hatte er wohl nicht genügend Speed drauf oder wasweißich warum Das nich klappte: Jedenfalls wurde deinem Vorgänger der Kopp nicht !richtig abgefahren, nicht so wie man sich das vorstellt: wie bei ner Guillotine: zakk&ab – sondern: die Räder vom Güterzug machten eher so was wie ne Quetschung draus, so dasser Danach noch !gelebt haben muß, denn: Als wir wieder richtig zur Besinnung kamen, als wir begriffen, was da eben !wirklich !passiert war, als wir alle hinrannten zu der Stelle – : Da fanden wir ihn !nicht. Als hätt der Zug, als hätten die Räder ihn aufgespult in-sich reingezogen zu Atomen zermalmt & in die Schienen gepreßt. !Das war noch schlimmer als der Anblick danach. Denn schließlich hat ihn einer im Graben neben dem Gleis entdeckt: ein Gutesstück weit weg von dem Ort wo er sich auf die Schienen gelegt hatte u auf der !anderen Seite vom Bahndamm: dorthin musser all-!1 = nachdem der Zug ihn überfahren hatte gekrochen sein & seinen Kopp an der langgezogenen schlappen Halshaut baumelnd, den hatte er mit-sich dahergeschleift wien zerschlagenes Kuheuter – ich seh ihn noch vor mir: zwischen all den Brennesseln Schilf&Brombeergestrüppe, zusammengekrümmt wien Müllbeutel od wien grotesk riesiges Kondom, benutzt & weggeschmissen; die Nackenwirbel waren sicher zertrümmert, so daß nur noch die Muskeln & Sehnen & die Haut den Kopf am Rumpf festhielten, u dieser Kopf mit der langgezogenen Halshaut: der lag im Gras so irrsinnig verdreht, wie kein Mensch seinen Kopf jemals verdrehen kann. Wahrscheinlich isser nach einer Weile erstickt, weil die Luftröhre zusammengequetscht war – u das Blut klebte hellrot in zitterigen Rinnsalen in den Runzeln & Falten der Halshaut als hätte jemand jede 1zelne mit perverser Freude in roter Tinte nachgezeichnet, u die Haut schimmerte in einem bläulichhellen Weiß wie bei Fischbäuchen, wenn sie verreckt im Uferschlamm liegen, und die Augen in all dem Blut&dreck starrten halboffen & glasigtrübe wie beiner gekochten Flunder –

–Und ?du – was hast ?du –

–Ich – ich spürte damals Nichts außer dem Brennen an meinen Waden – ich stand wie festgeschraubt inmitten von all dem Unkraut vor dem unglaubhaften Anblick dieses Toten, u Brennesseln hatten sich zwischen Hosenstoff und Bein geschoben – der Tote im Unkraut & das Brennen an meinen Waden : und es war vollkommen still ringsum –

–Ich kanns mir vorstelln: keinem 1zigen sind die Sicherungen durchgebrannt : kein 1ziger hat geschrieen – sie wurden vielmehr von dem Geschehen & seinem Anblick herangezogen mit jener schweigenden Geilheit der innerlich Leergefressenen – ein perfides Gemisch aus Entsetzen Ekel Schadenfreude Spannung Erleichterung & der Freude darüber daß überhaupt mal !Was passiert ist. !Endlich mal n !richtiges !Ding. Vielleicht glaubten sie ja noch annen Arbeitsunfall & der-Scheff=das-Schwein müsse nun endlich mal für Sowas gradestehn, was bisher, solangs nen Scheff betraf, jedesmal untern Teppich gefegt –

–Weiß nicht. Ich –

–Aber ?!weshalb sollten sie auch Entsetzen empfinden können grad vor dem, das in ihnen-selber schon längst das Leerfressen besorgt hat & wovor sie allerhöchstens erstaunt sein können wie beim Ausfegen eines vom Anblick her sauberen Zimmers, & dann staunt man eben darüber, daß entgegen dem Augenschein noch ein solcher Haufen Dreck –

–Keine Ahnung. Ich weiß nur, daß ein paar Leute gekotzt haben bei diesem Anblick. Bis heute hab ich nicht erfahren, weshalb der Das getan hat & keiner der Anderen weiß das od: keiner spricht darüber. Bis heute nicht. Aber ich vermute, die Anderen wissens wirklich nicht : Keiner weiß allzu viel vom andern, hier in der *Legion.* Und du tust gut dran, niemandem hier allzu nah auf den Pelz zu rücken. Geht !immer schief so-was.

–Ich bin ja vor den-ANDEREN !ausgerückt, und das geht auch bloß schief, wie du siehst – – : Aber ?weshalb meinst !du, hat der Das getan & sich vor den Zug geschmissen, damals –

–Weißderfucks warum der das gemacht hat. Ich denke, das Gefährlichste für jeden der Arbeitengehn-muß u der noch aus lebendigem Fleisch besteht, ist immer Die-Stille & diese gewisse Art von Müdigkeit. Und Stille & Müdigkeit, die können jeden überall erwischen wie die-Seuche. Und wenn Die dich erst mal richtig zwischen den Zähnen hat, dann Krieg stu dich nich mehr los, und dann kommstu plötzlich auf alles Mögliche. Das heißt: Alles Mögliche davon ist auch gleichermaßen gut u schlecht, ganz wie du willst. Spielt dann keine Rolle mehr, ob du dir 1 runterholst deinem Nachbarn den Schädel einhaust od eben dich vor den Zug wirfst. Alles Jacke wie Hose.

–Und du meinst, ?er hat –

–Ich weiß es nicht. Und ich meine auch nichts. Ich weiß nur zweierlei. Erstens: Es steckt immer was Hundsgemeines im-Leben, man siehts nur nich andauernd u überall. Aber die, die Es sehen müssen u nich mehr loskommen davon, die sind eben dran.

–Und ?zweitens.

–Zweitens: Das war mein 1. Tag in der *Legion.* Ich sag dir mal was von Größe du. Nur schade, daß letztlich niemand das mißglückte Abfahren seiner Birne überleben kann : das, !nich wahr, das wäre !die Schongse für Leute wie dich, das gäbe dann Schlauheit für Alle in punkto *Grööße im Laiden* – !?wie.

–Und trotzdem: Weißtu denn, ?was !er *dabei* empfunden

hat: ich meine ?Schmerzen gefühlt so, wie wir uns das ?vorstelln. !?Was wissen wir denn schon von den Empfindungen u vom Zeitmaß der Sterbenden. 1 Sekunde ist wie ein Jahr wie ein Jahrzehnt u umgekehrt. ?Wer weiß: Nach allem was man erzählt von denen, die von den Hochhäusern runterspringen od sich ersäufen, u ihr-ganzes Leben in diesen Sekunden noch 1 Mal..... durchmachen. Zur Zeit der Französischen Revolution haben sie einen geköpft, & der Kopf hat *danach* im Korb noch mit den Zähnen geknirscht. Das war wie 1 letzter Fluch eines Toten auf ein ganzes Scheißleben davor. Und !das isja das 1zige Menschenrecht, das wirklich was taugt: Das Recht auf den Letzten Fluch – :Woher sollen ?wir also wissen – und: !?Warum willst du das letzte, was ein Mensch noch haben kann: seine Bestätigung als Mensch im Verfluchenkönnen von Allem, was er hat sein müssen, noch kaputtmachen, runtermachen, erniedrigen zum lauen Gemeinschaftsmief wie innem Krankenhaus, vor dem man nur Angst u Grauen u Ekel haben kann und nur fortrennen sollte und niemals auch nur 1 Schritt hineintun –

–Aber du: Du bist doch hingegangen, dorthin ins Krankenhaus, zu *deiner Frau*, wo du wissen mußtest, dasses mit 1 Minute nich abgetan sein würde und –

–Ja. Aber ich hab das=Alles damals gar nicht so dramatisch, gar nicht so theatralisch vorgeführt bekommen wie du bei deinem 1. Tag hier in der *Legion*. Vielleicht mußte ich auch erst hier herkommen. Erst !hierher: in diese Ruine, her zu: *Ihm* –

–?Und dann. Was hast du eigentlich damals im Krankenhaus wirklich von ihr, von *deiner Frau*, gewollt, was du nich ohnehin schon –

–Ich trug damals den Blumenstrauß & die Plastiktüte mit dem Zeug was man Menschen in ein Krankenhaus mitbringt, wie unsterilen Verbandsmull vor mir her, suchte an den Zimmertüren, die wie Türen von Abstellräumen od Besenkammern mir vorkamen, nach der Ziffer, die *ihr* Zimmer haben sollte – ich fand sie endlich – klopfte an, was nicht nötig gewesen wäre, denn es waren insgesamt 4 Frauen in dem Zimmer untergebracht, & die Betten der 3 übrigen wurden schon umringt von Besuchern, auf Bettkanten, weil die Stühle nicht ausreichten, umhockt mit runden Rücken, klumpig & ein:ander zugewandt wie Verschwörer, die Körper erstarrt, hörte ich sie raunen u sah die Gesichter jener im gebleichten Leinen mit auf der hohen Decke gekreuzten Unterarmen wie aufgebahrt liegenden Frau=der Kranken zugekehrt – : Bei meinem Eintritt blickten sie auf, alle, u alle mit demselben aschgrauen Blick, der nicht nur keinerlei Hoffnungen, sondern darüberhinaus 1fach nichts, was auch außerhalb von diesem Krankenhaus 1 Leuchten der Begeisterung, der Leidenschaften jemals zu kennen schien. Ich sah den kleinen Jungen, vielleicht 5 Jahr alt, der zu einer der Familien gehörte u lärmend & kreischend auf dem Linoleum des Krankenzimmers mit seinem Spielzeug, 1 Polizei-Auto, umherrutschte. Dazu brüllte der Bengel fortwährend 1 Satz, den er wohl aus irgend-1 dämlichen=TeVau-Serie herhatte: *–!Ich bin hier der !Mann. Hier bin !ich der !Mann* – :Das klang mit der hohen Stimme des 5jährigen genauso tuntig wie das *Ta!tü-Ta!ta* der echten Polizeisirenen. Ich sah dem Balg eine Weile zu – :*?Warum eigentlich* (wiederholte ich damals im Stillen die alte berühmte Frage) *?Warum eigentlich werden niemals Kinder gelyncht.....* Auch die schon verdorben, versaut & kernfaul von den verschlammten Seelen ihrer Alten. Denn seit es keine Kinder mehr, sondern nur noch »kleine Erwaxene« gibt, sind Kinder, u schlimmer als Industrieabfall, aktive Umweltverschmutzung. Kinder, Hunde und Akkordeons – in dieser Reihenfolge bitte will ich sie ausgerottet sehn –

–Na zumindest das mit den-Kindern hat sich ja für dich jetz erl – ich meine – jetzt, nach der Operation, wo deine Frau –

–Es waren so ziemlich alle Altersgruppen beim Familientreffen in diesem Krankenzimmer; in dem !1 Moment aber, als sie mich alle wie auf-Befehl angeglotzt haben: Augen von Schulkindern, Augen von ½wüchsigen, die Augen von Erwachsenen, hatten sie=alle den gleichen Blick: kleine abgegriffne & schon schimmelige Münzen..... über die sie knickerig die Geizpfoten hielten..... Nur für den 1 Moment hatten sie sich bei meinem Eintritt in die Krankenstube zu mir hergewandt, hatten mich taxiert, & gleich wieder fortgeblickt wie man von jemandem fortblickt, um den jede Mühe vergebens & jedes Wort 1 Wort zuviel schon ist. Und da – in dem 1 Moment – war aus den fremden Augen das Wort, das in diesem Zimmer zu lauern schien wie 1 bissiger, hinterhältiger=kleiner Köter, über mich hergefallen. Und dieses Wort schmeckte in meinem Mund genauso hämisch=giftig wie jene kleinen, abgegriffnen & schon schimmeligen Münzen schmecken müssen, mit denen 1-solches Wort zu haben ist: *Ausgeschlachtet*, und sollte mich nicht mehr loslassen seitdem.

–Und deine ?Frau. Hatte auch ?sie solchen Blick wie ein Kö –

–Seit Langerzeit hatte ich !sie nicht mehr !so gesehn: !Fröhlich wirkte sie an diesem Tag meines 1. Besuches bei ihr, und beileibe nicht allein wegen des Kontrastes zu den übrigen Spinnenblicken. Das war, als würde sie überhaupt nicht mehr im Krankenhaus liegen, als hätte sie gar nicht solch eine Operation soeben überstanden od: diese Operation hätte sozusagen zwar ihre fleischliche Seite, indem etwas Störendes, etwas lebensgefährlich Wucherndes entfernt worden war, doch dies nur als sekundären Begleitumstand, wie die unvermeidliche Nebenwirkung eines Medikaments – während das für sie wirklich Bedeutsame ganz etwas Anderes gewesen ist; etwas, das zwar infolge der Skalpelle geschehen war, aber infolge einer viel tieferen Bedeutung von *Operation*, einer gewissermaßen viel einschneidenderen Wirkung als die paar Schnitte durch Gewebe.

–Und –

–Eine ihrer Ärztinnen hatte sie darauf gebracht: Wie sie aus ihrem ehemaligen Beruf im-Osten *Sprachausbilderin für Reisekader* wieder einen neuen Beruf machen könne & wo sie gute Chancen dafür hätte – sie, diese Ärztin, wolle ihr beim Neueinstieg behilflich sein, wolle ihr, wie sie sagte, die nötigen Kontakte vermitteln, nur: Es gäbe halt das Problem, daß sie für diesen neuen Beruf stets über längere Zeit im Ausland leben müsse – es hieß, sie müsse *flexibel & unabhängig* sein. Das sei die Bedingung. ?Ob das ein ?ernstes ?Problem für sie sei –

–?Was hat sie geant –

–*Überhaupt !kein !Problem.* Hat sie gesagt und daß sie damit *!ausgezeichnet zurechtkommen würde* :*!Nirgends ein !Problem*, & hatte Das auch zu mir in dieser Art gesagt, laut vor all den Anderenleuten im Krankenzimmer, als wären wir überhaupt nicht mit-1-ander verheiratet – als würde sie nem xbeliebigen Fremden im Zug od im Flugzeug !ihre Geschichte & !ihre Pläne für !ihre Zukunft erzählen, u die Stimme dabei in jenem Ton der Begeisterung über sich=selbst & über Das, was dies Neue für sie Alles an neuen Möglichkeiten mit sich bringen würde –, und diesem Fremden bliebe dann gar nix weiter übrig, als Entschlußkraft Energie & Draufgängertum dieser Frau zu bewundern – derlei macht ja auf gewisse Männer zunächst immer 1druck: die Pauerfrau, die ihre Grenzen durchbricht –; eine Bewunderung freilich, die wegen all der Selbstzufriedenheit & bruchlosen Überzeugtheit von sich=selbst, mit der diese Frau durch ihre endlos wirkende Erzählung, durch das ununterbrochene Nennen vermutlich berühmter & einflußreicher Namen (deren Bekanntheit sie beim Zuhörer sozusagen als Allgemeinbildung voraussetzt) u mit all-Dem auch der Luft rings-umher sich bemächtigt, letztlich in der Flauheit, im Niemandsland zwischen Erstaunen und Langerweile sowie der heimlichen Verärgerung beim Hörer über die Anmaßung, jene endlose Stafette bekannter Namen glattweg zum Bildungsgut (über das der Zuhörer eben nicht verfügte) erhoben zu haben, steckenbleiben muß.– Ich sah sie schon (& sie sich-selbst gewiß ganz ähnlich, nur sozusagen von der anderen Seite her) wie 1 dieser Karriereweiber in amerikanischen Spielfilmen: in streng geschnittene Kostüme gekleidet, auf breitwattierte Schultern wallendes Blondhaar fallend & der enganliegend geführte

Zuschnitt betont ihre *Weiblichkeit* wie 1 Waffe: So daß vermutlich der Aufmarsch samt der Erscheinung dieser-Frauengestalten, die in hochhackigen Schuhn mit weiten Schritten hallend die Korridore in den Scheffetahschen großer Bankgebäude od in Komm-Pjuterfirmen entlangdonnern, wobei die Kameras immer in der Totale von unten 1gestellt sind, so daß der Aufmarsch an Szenen erinnert, wie sie in Filmen über die-GESTAPO gedreht wurden, sobald diese Killer in schwarzen Uniformen, fettigschwarz polierten & fingerdünn erscheinenden Stiefeln & weiten Reithosen, im dreieckförmigen Kordon wie Ärzte zur Visite schon den Weg in 1 ihrer Folterkammern gewissermaßen malträtierten & mit ihren Stiefelsohlen weithin hallend niedertraten, so daß also diese Präsentation von Karriereweibern in teuren Feminin-Klamotten zu nichts anderem als zum Aufmarsch der Ewigen Herren- jetzt also Damenmenschen gerät. So klingt denn auch ihr Gerede, das sie irgendwelchen whiskysaufenden Holzköppen mit Nußknackerkinn um die Ohren blasen: Kapo-Schargong vermischt mit Landser-Zoten –

–Na: Vielleicht ham diese Filmemacher soviel Angst, dasse ihrn Horror vor *den-Frauen* lieber selber inszenieren als zu warten bis –

–Aber die !Fiktion erschafft sich die-Welt, !nicht umgekehrt: So finden diese Kunst-Weiber ihren paßgerechten Abdruck in der Wirklichkeit, so daß ganze Herden dieser Karrieretanten, alle verblüffend mit der gleichen, glatten Visage in der-Öffentlichkeit an die Rampe sich ranboxen: alles Krähen aus demselben Nest. Als junge Frauen hatten sie vielleicht mal wirklich schöne=interessante Gesichter, lebendige eifrige Augen – die Machtspielchen & Karriereboxerein haben diese Gesichtszüge mit eisernen Schatten überzogen; dort sind sie ausgekühlt, faltenlos hart geworden, so daß sie jetz wie Soldaten wirken mit solch Jungensgesichtern, geschlechtslos wie Hitlerjunge Quecks..... Aber, wie meistens das am eindruxvollsten Gemeinte in sein Gegenteil umschlägt, so müssen solcherart Karriereweiber in ihrer aufgemachten Körperbewaffnung lediglich aussehen wie läufig & rasend gewordne Halmafiguren – letzte Barbischöpfungen, die die-Männer rechts überholen –

–!Halmafiguren – !haha : rasend gewordne Halmafig –

–Und sie, meine Frau, hatte überhaupt nicht daran gedacht, leiser zu sprechen in diesem Krankenzimmer vor alldem lauernden Pack mit den geilen verschimmelten Giftblicken – denn: ho!hoo hier is ja was !los – :sogar die Rotzgöre am Boden hörte auf zu kreischen, kam näher & spitzte die Ohren – die Frau tat, als gäbe es weder die Lauscher=ringsum, noch unser Kind & mich & Unserefamilie – als hätt es dergleichen eigentlich !niemals gegeben & als sei die-Familie gerade das, was ihr bei der Operation als die lebensbedrohliche Wucherung entfernt worden war.....

–Und –

–Sie saß während der Ganzenzeit, das Kissen im Rücken, aufrecht im Bett des Krankenzimmers. Während sie redete, starrte ich auf den Ausschnitt ihres dünnen Nachthemdes, auf den 3ecksförmigen Ausschnitt dorthin, wo der Ansatz ihrer Brüste begann; sie redete aufgeregt mit großen Augen & bisweilen ruckte sie heftig mit dem Oberkörper, so daß der Ausschnittrand ihres Nachthemdes über ihren Brüsten sich zu Wölbungen aufwarf – dieser Rand, den ein Modeschöpfer unerklärlicherweise mit 1 Art Spitzensaum bepaspelt hatte, 1 hauchdünnes Zierat wie jene Tüllfetzen, die als Gardinenimitationen vor den Fensterchen der Puppenstuben ebenfalls abgesäumt sind & in-sich zu vielerlei winzigen Rüschen sich reihten, kleinen Faltungen, die bisweilen in noch winzigeren Ausbuchtungen Aufwerfungen & neuerlichen, immer winzigeren Faltungen, die als seien sie auf 1 dünnen Faden gefädelt, sich wellenförmig bald auf eine bald auf die andere Seite des Kragens warfen u in endloser Wiederholungsfolge gegen die bleiche Haut über den Brüsten der Frau trafen, während sie von den neuen Chancen ihres-Lebens nach dem Krankenhaus redete redete redete –.– ?Werweiß, ob sie überhaupt bemerkt hat, daß sie all=Das zu *mir* sagte : zu *ihrem Mann*.....

–Ja und –

–!Nichts. Schien, als käme sie überhaupt nich mehr auf die Idee, daß ich – daß wir –

–Du kannst, so wie die Alten immer sagen: *Einganzesleben gemeinsam durch Dick&dünn gegangen sein* und du meinst, nun gäbes Nichts was euch noch trennen könnte – aber 1 1ziges Wort genügt, und schon – pffft – :Denn ?was heißt das schon: *Einganzesleben.....* – letztlich is Alldas-was-gewesen-ist nix andres als 1 dünnes, fettig-bekleckertes Blatt Stullenpapier –

–Als ob die-Jahre zuvor und das, was diese=ganze Zeit uns gebracht hatte, nur ne erfundene Geschichte gewesen: nichts als nur ein Roman, eine ziemliche Schwarte zwar – aber selbst mit dem dicksten Wälzer ist man schließlich irgendwann einmal zuende : Aus, klapp&zu, und den Wälzer ab ins Regal..... zum Verstauben. Und ich hatte währenddessen zum 1. Mal tatsächlich das Empfinden *Das bin nicht Ich – Das=Alles höre ich nur wie der Lauscher an der Wand, der fremde Fahrgast in einem Zugabteil – nur eine erfundene Geschichte, die geht dich nichts an. Darin dein Name zwar – Das muß purer Zufall sein. Ist vielleicht nicht grad so selten, dein Name – Und was bedeuten schon ?!Namen* – Verstehstu: Ganz so als seien ich & das-Kind nichts weiter als bloße Erf –. Und dachte während der Ganzenzeit im Krankenzimmer, als sie weiter redete und redete: *Das darf doch einfach nicht !wahr sein* –, aber auch das eigentlich nicht gedacht, nich mal das u schon gar nicht in dieser Art. Denn da war es wieder & viel deutlicher als in den ersten Minuten nach dem Reinkommen: *Ausgeschlachtet.* – Das kreiste wieder in meinem Kopf umher wie Gebetsmühlen, und erzeugte auch ähnliche Leere wie nach diesen Übungen der Buddhisten, aber das war wie soll ich sagen natürlich alles andere als deren *Göttliche Leere* : das war vielmehr solch 1 blechernes kaltfischiges Empfinden als müsse ich wie nach ner Vergiftung mit längst völlig leerem Magen trotzdem immerfort kotzen und immer weiterkotzen..... *Ausgeschlachtet* :nichts anderes als ununterbrochen die tonlosen, obszönen Würgelaute, die klangen als müßt ich inne leere Gießkanne reihern.....

–Wieso hastu nich mal –

–Und als sie während ihres von sich=selbst so begeisterten Redens einmal die Bettdecke zurückschlug : für 1 Moment sah ich die beiden Schenkel; das Nachthemd war hinaufgerutscht, und im Halbdunkel unters Bettdeck gestreckt ihre Beine: die Haut glatt u straff, u in dem Weiß schimmernd blaßblau winzige Äderchen, in ebensolch hellem Blau wie die beiden Adern unter ihrem Kinn, u gewiß wie stets wenn sie ausgeruht entspannt u sozusagen ganz bei=sich sein konnte, fühlte die Haut auch jetzt sich geschmeidig an u weich mit jener Wärme der Haut einer Frau..... – und bei der raschen Bewegung, mit der sie ihre unterbewußt gewollte Entblößung getan hatte, wehte mit dem kurzen Luftbausch 1 seltsamer Geruch herüber: nicht jener Geruch eines von einem Bett erwärmten Frauenleibes; nicht der sterile Reinlichkeitsgeruch der Wäsche & auch nicht der allgegenwärtige Krankenhausmief – nichts davon: Sondern das war der Hauch von ausgekühlter Haut, etwas Gläsernes, etwas das eigentlich gar nicht riechen kann: das Glas vor den Fenstern 1 Flugzeugs – –

–Eines ??Flug –

–Und beim Anblick ihrer sacht sich wölbenden Schenkel – ihre Beinen lagen parallel zu1ander u leicht angewinkelt unter der Bettdecke, sie sahen so *ordentlich* so *aufgeräumt & selbstzufrieden* aus – : – !Habe *?ich* jemals diese Haut diese Schenkel : diese Frau *?berührt* – all-die-Jahre: wirklich *?ich* – immer!hin: diese-Frau u: ich: wir=gemeinsam sollten angeblich 1 Kind haben – : Das war, als wäre ich an diesem Tag meines Besuchs bei *ihr*: 1 völlig Anderen Frau begegnet, od: zum 1. Mal *der* Frau, die sie seit Jahren u eigentlich schon-immer gewesen ist, nur war Das mir all-die-Jahre hinweg niemals aufgefallen..... Eben eine

–Frau, die ich mal gekannt habe: Sie war seit Jahren verheiratet, wollte Kinder haben, Das hatte in den Jahren ihrer Ehe nie geklappt. Sie glaubte schon, es läge an ihr, es sei ihre Schuld. Wohin sie kam, wirkte diese Frau unauffällig, unscheinbar, verschlossen – nach Parties od anderen Feiern wars schwer sich zu erinnern, ob sie nun zu Besuch dagewesen war od nicht. Sie war weder unfreundlich noch zugänglich, sie war 1fach *nicht da*..... – Bis dann, mit 1 Mal, sie einen Anderenmann kennenlernte – !Weißderteufel wo & wie. Nach einer Reihe von unscheinbaren=langen Ehejahren: nun !plötzlich 1 Andrermann.

–!Kaum zu fassen. Wie !sowas geht.

–Machdich nur lustig drüber. Aber mir kams vor – Ich meine, ihr Anblick wirkte auf mich, als wärs ne Art tektonischer Störung, 1 Ausbruch auf den all-1 alles Vorige hingearbeitet hatte, und man begreift erst danach, was eigentlich losgewesen sein mußte mit ihr in all diesen=Jahren davor..... In ihrer verschlossnen Unscheinbarkeit.....

–Diese Frau, von der du erzählst, ?!stimmts: Das war deine Frau –

–Denn es war ja !nie irgendetwas an ihr zu bemerken gewesen, nie etwas zu vermuten an Unruhe, keine Anzeichen die darauf hingedeutet hätten, daß Etwas sich zusammenbraute –. Unscheinbar, still, ganz in=sich gekehrt, wie ein ruhendes Gewässer ohne Zu- od Abfluß.....

–Und was –

–Nicht lang & sie wurde schwanger. Von diesem Andernmann. Sie hat das nie gesagt, aber Das wars wohl, weshalb sie sich überhaupt mit nem Andernmann 1gelassen hatte. Denn als sie das Kind bekommen hatte, war der jedenphalls bei ihr abgemeldet. Und du hättest sie, die kleine Unscheinbare, die unauffällige Grauemaus !jetzt mal sehen solln: Allein schon wie sie anderen Menschen begegnete, die Blicke der Andern suchte, auf-sich zog & sie erwiderte, offen u gerade zu jedem hinsah, zwischen ihnen sich bewegte mit sicheren festen u weiten Schritten. Sie trug jetzt nur noch Kleider, u die leichten Stoffe umflossen jeden ihrer Schritte so wie bei diesem französischen Filmemacher, diesem Wiehießerdoch –

–Der hatte Das sicher von Grandville geklaut: »*Les Fleurs Animées*« : Grandville & seine schwingenden Blumenkelche in Frauengestalten –

–so daß Mann einfach zu ihr hinsehen !mußte und schließlich nicht ausmachen konnte, ob nun ihr Körper diese Stoffe trug od aber ob diese Kleider diesen Körper mit solcher Leichtigkeit gehen machten – und jeder Mann mußte sie einfach gerne ansprechen – auf der Arbeitsstelle od Draußen auf der Straße. Wir haben übrigens im gleichen Architektenbüro gearbeitet, ich konnte sehen wie sie –

–!Du: Du warst – ich meine: Du bist ein ??Archi !Tekt. !Deshalb also all-die Bücher, die ich dich hab lesen sehn. ?!Wie kommstu dann hierher, in die *Fremdenlegion* – –Na und ?!du: !Du bist doch auch hier: Innschenör.....

–Ja aber –

–Und Alles an ihr geschah ohne Anzüglichkeit, ohne diese affige Kraftgebärde einer gefälschten Selbstsicherheit..... Vielmehr erschien sie in jugendlich wirkender Erstmaligkeit, wo alles Körperliche unverbraucht u ohne taxierende Berechnung erscheinen kann – : – Und in all ihrer Offenheit, in ihrer Leichtigkeit u Freude an Begegnungen mit andern Menschen: war kein Platz mehr für mich.

–?Und: ?Hast du dich denn scheiden lassen –

–Als wären die Mauern 1 von jeher zu eng bemessnen Raums zerfallen, eingestürzt, u alles was schon immer Enge war, wurde jetzt 1fach davongeweht – als seis nur Spuk gewesen.

–Hastu sie vielleicht in den Jahren zuvor ver?nach –

–Das war bei ihr vermutlich gar nichmal was Sexuelles. Jedenfalls nicht so vordergründig. Obwohl sie gewiß nichts ausgelassen hat. Sie wird sich schon schadlos gehalten ham. Aber es war nich das Fremdgehn an-sich. Ich hatte, wenn ich sie beobachtete, wie sie anderen Männern – ja: *Offerten machte*, immer den Eindruck von etwas Kindlichem. Kindlich Trotzigem auch, denn es ging wohl darum, nicht weiter mehr das zu wollen, was auch sie-selber vor Jahren sich eingebrockt hatte mit einer Ehe..... :Sie muß sich darin mit-der-Zeit bei lebendigem Leib eingemauert vorgekommen sein u dabei vielleicht zum 1. Mal das furchtbare Be!wußtsein, was *Jahre.....* & was *Älterwerden.....* heißt – –Sie ist dir sozusagen durchgegangen. ?Hastu mal mit ihr geredet: ?Was hat sie denn zu All-dem selber gesagt – ?Was *?!wollte* sie eigent –

–!Zwecklos. !Vollkommen zwecklos : Sie konnte selber nich sagen, ?Was los ist mit ihr – ?Wie das-Alles weitergehn sollte. Wußte reineweg gar !Nichts : Sie !mußte Das-Alles nur einfach !tun –. Vorhin, als du von diesem 1 Wort erzählt hast das dir nich mehr ausm Sinn ging, hast du gesagt: *Wie unter Zwang* – :Genau !das wars auch bei ihr: Wie-unter-Zwang. Alles Reden: !Blödsinn. Ver!dammt: ich möcht nur !1 Mal ins Gehirn von den-Weibern reinschaun können: nur !1 Mal !sehen, was da-drin los is. – –Bistu denn ?sicher, daß du dortdrin dann auch ?Was finden würdest, etwas !Wirkliches, etwas das nich sofort wieder mehrdeutig wäre, das nich sofort wieder Anlaß zu neuerlichen Fantasieen sein müßte. Denn: Vielleicht ists damit genauso wie mit ihrem Geschlechtsteil: Jeder weiß, daß Nichts hinter diesem Haarbusch ist außer 1 Loch. Da gibts keine Überraschungen mehr, u der Grund für alle Männerfantasien: der Traum vom Nichts. Und trotzdem: Jedes Mal von Neuem wieder diese !Faszination, diese !Neu-Gierde, immer&immer wieder – grad so, als müßte irgendwann mal Die Ausnahme kommen, Das !Unvorstellbare, Etwas, das Mann sich nicht erspinnen kann –

–Loch bleibt Loch & das immer wieder neu bestätigt zu finden, reicht wohl zum Vergnügen aus & stimmt uns zuversichtlich : Wir-Männer sind blöd. Jeder nach seiner Art.

–Hätte !nie geglaubt, daß ich in meinem Alter noch 1 Mal diesen puerilen Quatsch aufsagen würde – :doch die Jahre laufen im Kreis, Alles kommt wieder hoch & in immer kürzeren, immer kleinlicheren Zirkeln – die !blanke Kotze – u in dem ganzen Ringelspiel nicht mal die Gnade des Vergessens: Bei diesem Mal kommt die Erinnerung ans letzte Mal gleich gratis mit, und beim nächsten Durchmarsch dann die Erinnerung an dieses Mal..... undsoweiter..... undsoweiter..... bis ins Aschgraue. Alles nur hämische Reprisen. Solange, bis man dann 1tages seinen kleinen dreckigen Löffel abgibt & der Kladderadatsch ein Ende hat..... Aber sicher ist das mit dem Ende auch nich: denk doch an *ihn*: an *ihn*, der hier-drin irgendwo unter dem verrotteten Krempel liegt und krepiert und krepiert unds doch nich fertigkriegt zu verschwinden.....

–Und ich war so blöde u hab geglaubt *Das wird schon wieder. Laß ihr maln bißchen Zeit. Das renkt sich schon wieder ein.* : Dabei habe ich die ganze-Zeit=danach von ihr nur noch das 1 gesehen: Sie lebte mit 1 Mal sehr schnell, zu schnell für mich – ich hatte ihre Geschwindigkeit nicht mitmachen können, war nicht darauf vorbereitet –; der Zug war für mich !plötzlich abgefahrn, und ich stand Draußen am Bahnsteig, zurückgeblieben wien gefeuerter Vertreter für längst aus der Mode gekommne Ehe-Utensilien, die kein Schwein mehr intressierten. Das war auch zu der Zeit, Neunzicheinundneunzich, als das Architektenbüro pleite machte. Dumme Sache: verspekuliert. Alles Geld auf 1 Karte, und Allesgeld war futsch. War 1 der üblich=üblen Manipulationen, nichts was Aufsehen erregt hätte, nur für unsre Firma wars der Ex, wie er Nachderwende in dieser Brangsche überall passiert – –klingt wiene Mischung aus *Brunch* & *Tratsche* – –und ist auch danach: Da war eine landesweite Ausschreibung: Wohnungsbau in Berlin, Altbaurestaurierung. Bürgerhäuser der Jahrhundertwende, völlig runter, in jedem Millimeter Gemäuer die Selbstruinierung der Alten=DeDeR..... Du mußt wissen: Wohnungsbau ist so ziemlich das Letzte – bringt nichts ein – da muß schon ein ordentlicher Köder ausliegen, damit auf sowas überhaupt einer anspringt. Und !diese Sache, die sah ver!dammt gut aus – war schön Was zu holen – ganz !erstaunlich für diesen Sektor – aber, dachten wir uns, für Berlin = die künftige Hauptstadt will Man schon Was lockermachen – hätte uns ziemlich saniert, uns endlich aus den !gröbsten Schulden rausgebracht – also sind wir eingestiegen, haben die Kostenvoranschläge gemacht & den Ganzenzauber – & nun gings los mit dem Tratschen: kurze Zeit später hat Man uns wissen lassen, daß !wir !tatsächlich den Zuschlag kriegen – !Garantiert – sei schon beschlossene Sache – :Flüsterpropaganda hintenherum, Dschungelreport – ohne Den funktioniert gar nichts. Also haben wir extra einige andere Bauaufträge sausenlassen – haben uns voll in Diese-Eine-Sache reingekniet – alles Geld flüssig gemacht – die Pläne waren fix&fertig – *?Wann können wir nun anfangen*, wollten wir wissen – Man hielt uns plötzlich hin..... Es gäbe noch einige windsige Problömchen (tröterte sone Palmolivstimme am Telefon), gaands unbedoitend, wir sollten Nächstewoche mal wieder..... Undsoweiter..... Das-Ende-vom-Lied: Wie das Karnickel ausm Zylinder war mit !1Mal *ein waidaus güünstigeres Angeboot als Ihres* (seifte es wieder am Hörer) *& es thäthe ihr ja auch persöönlich soo laid* – Undsofort..... – Das war natürlich der uralte Mafia-Trick: einige ortsansässige Firmen hatten sich längst untereinander abgesprochen – hatten die Angebote der übrigen abgewartet – & sonem Schattenkonsortium fällts leicht, dann 1fach zu unterbieten. Und wenn Sie den Auftrag erstmal in der Tasche & den Bau begonnen haben, dann isses 1 Klax, die Kosten raufzuschrauben. Im Endeffekt sind Die natürlich weitaus teurer als veranschlagt und die Differenz, die zahlt dann=immer die Stadt..... Jeder weiß das. Aber nix zu machen, die halten Alle dicht. Und wenn nichts Schriftliches da ist, kuckste inn Mond..... Will sich ja keiner den Futtertrog vergrätzen. Is eben Immergut, Eine Lobby vor-Ort & ein Bein u andere Körperteile im Senat zu haben – – : Für uns wars Das Ende, denn die anderen Aufträge, die wir gehabt, aber wegen Dieses großen Diehls in Berlin zurückgegeben hatten, die waren inzwischen natürlich vergeben..... Später dann hab ich noch mal was ganz Ähnliches in Berlin erlebt. War wieder eine Ausschreibung, dieses Mal ein Senatswettbewerb für die Denkmalsgestaltung des Mauerstreifens an der Bernauer Straße. Hab mich beteiligt dran – & mit mir über hundert Andere.

–?Und wie gings aus –

–Als ne tüpisch Berliner Lösung: Es gab !keinen Ersten Preis – nur zwei Zweite : ?Riechste was. Die !wollen überhaupt !kein Mauerdenkmal dort – wolln natürlich viel lieber !spekulieren mit dem Grund&boden – müssen sich aber wegen dem Renommee son Feigenblatt wie diesen Wettbewerb vorhängen. Der Trick: Die Summe für den Wettbewerb haben die beiden Zweiten sich geteilt – weils aber keinen Sieger gab, brauchten Sie auch keine der Varianten verwirklichen. Und so isses bis heute. Du brauchst ne Menge Schwein, um in Berlin über die Runden zu komm – u Schwein habich noch nie gehabt. Berlin sieht mich jedenfalls !nicht wieder.

–Ja und deine ?Frau –

–Wenn dir mal 1 Fell wegschwimmt, dann folgen alle übrigen rasch nach. Sie zog mit ihrem Kind in eine andere Wohnung. Wir hatten immer getrennte Konten, sie wollte auch kein Geld von mir. Wir hatten vereinbart: Sie solle 1 Zeitlang alleine leben, denn Damals hat Alles was ich sagte od tat, sie nur aufgebracht gegen mich. Hatte keinen Zweck, schon all-1 meine Nähe machte sie rasend – sie sollte sich Alles überlegen. Und danach dann vielleicht wieder wir=beide u ganzvonvorne – : Denn Freiheit, sagte ich mir, Freiheit ist ne ziemlich seltene Angelegenheit, nichts von Dauer & sie hat ihren Preis. Und wenns Geld alle ist, dann isses Essig, dann macht die-ganze-Freiheit keinen Spaß..... Isja immer n prima Käscher: das-Geld.....

–Und –

–Zunächst wurdes ordentlich kalt um mich herum in der Neubausiedlung am Großstadtrand, & die Zugluft pfiff durch die Straßen wie durch Windkanäle – das war schon immer so, nur jetz schiens mir als wären in 1 Explosion auf 1 Schlag Jahre vergangen, und ich hatte das nicht einmal bemerkt. Ein Tag 1 Jahr: ich fror u mir war zum Kotzen. Die Zeit nach der Pleite versuchte ich mit Bildender Kunst, freischaffend. Hatte ne Menge Projekte im Kopf – kannte auch einige Leute noch vom Studium her, die sich dran beteiligen wollten – wir hatten uns seither ausn Augen verloren, jezz gings wieder !los – die Zeit-im-Büro hatte mich ziemlich einschlafen lassen : Jetzt konnt ich meinen Hintern wieder in Bewegung setzen, das tat sehr gut & ließ mich den anderen Zirkus=daheim wenigstens für diese Zeit vergessen, sogar die Neubauten & die ewige Zugluft dort kam nicht mehr an mich ran.

–Solch Neubau-Bezirke kenne ich natürlich auch vom-Osten her: die Fertigteil-Siedlungen, die als riesige Burgwälle ihren Klammergriff um die Stadtkerne zusammenziehn..... Schätze, die werden sich nich groß von denen im-Westen unterscheiden, *der Sozialismus* hatte in weit größerem Umfang gesiegt, als die-Funktionäre sich das selber träumen –

–Du meinst: Die beiden Kennzeichen von *Sozialismus*: Verletzung nach Außen als Angriff gegen eine nicht zu organisierende Natur & Einfrieren u Bewahren von Dem, was Drinnen ist – :Nee: Das is wohl älter, viel viel älter. Das beginnt mit dem Entstehen der *Großen Städte* – die sehen hier in unseren Breiten doch alle aus wie Wagenburgen. !Diese Herkunft können sie nicht verleugnen, bis zum Heutigentage nich.

–Mich hat in diesen Neubaubezirken immer Die Leere intressiert: das Gefühl, du wirst inmitten dieser Bauwerke vollkommen ausgesogen, bleibst erstarrt zurück in 1 Zustand, als würdest du in einem großen Spiegel dein Gesicht sehen müssen: immerfort nur !diese 1 Ansicht – so wie du grad gewesen bist, als du eingefroren wurdest.....

–Ja – denn diese Konstruktivität der Leere ist wie ne Kreativität mit negativen Vorzeichen. Sie haben Nichts zu sagen. So mächtig nach Außen, so hohl im Kern. Od sie lallen immer 1-&-dieselbe stereotype Formel runter –: So wie eure Parteibonzen in ihren Festtagsreden.

–?Wie!so *eure* Parteibonzen – meine waren Das nicht.

–Na: Die sinnja über euch=im-Osten nich grade wie die Heuschrecken gekomm – n büschen habterja Alle wohl auch: zumindest stillegehalten ?oder.

–Und ?wie hätzt !du dich verhalten: Schlau Meier.

–!Was fürne Frage: Nich anders als *ihr*.

–!Überhaupt: dieses *Ihr-Wir-Euch* – :!Merkste nich, !das ist der dauerhafteste Witz der EsEhDeh: Alle unter 1 Pronomen gepreßt = Alle sind gleich. Und so wirds blindlings gefressen & wieder ausgeschissen: bis Heute. Daran kannste sehn, was Der Partei im-Westen entgangen is: ne Menge potenzieller Rekruten..... Denn wer So redet, der is Der Partei aufn Leim gegangen u merkts nich mal. Genauso wie Die Partei ihren größten Erfolg selber nich mitgekriegt hat: *Sie* hatte ja längst !gesiegt: aufm Gebiet der Parolen & der kanonisierten Rede: Von Alaska bis Zaire keiner, Pro od Contra West wie Ost, der nich Den Marxismus im Munde führte..... Der nich loszog, die-Politheiden mit *Kapital* & *Manifest* zu bekehren..... Und *Sie* hattens !wirklich geschafft. Aber !dieser Sieg=weltweit hat *Sie* offenbar gar nich intressiert. *Sie* wollten siegen auf einem Gebiet, wo *sie* niemals siegen konnten: in der Ökonomie. *Die* haben sich die Luft selber rausgelassen –

–Siehtsoaus. Daher auch in den Bauten alles auf 1 Formel schrumpfen mußte: Sozusagen die aus Beton gebauten Einheitsmale *ihrer* Niederlage. Denn diese Bauten dieser Gigantismus all-diese immergleichen Reden: ?Was ist das: Das ist im Resultat der Tod. Du könntest auch sagen: So wird das Ende !dieser Geschichte aussehn. Bis dahin & stündlich ohne Unterbrechung: Ein dauerndes, riesenhaftes Opfern.....

–So habich Das noch nich gesehn. !Ist aber auch faszinierend: diese Über-1-Stimmung zwischen *Stadt* u *Ende-dieser-Geschichte*.....

–Sicher. Aber die, die vom Ende-der-Geschichte faseln, die vergessen: es leben Menschen dadrin – & die Opfer in diesem Pferch waren & sind immer nur: !wirkliche Menschen. : Einer hat mal gesagt, daß das Wirkliche betrachten immer das Unsichtbare sichtbar machen heißt. Darum gings uns in unseren Projekten. Wenn du zum Kern in den Architekturen vordringen willst, wirst du immer *die Skulptur* entdecken.

–?Und in den Neubauten –

–Wenn du !nicht vergessen kannst, daß in solchen Dingern die Menschen auf der Strecke bleim – dann siehstu: diese Bauten sind völlig ohne Kern. Bauten ohne Geschichte. Eigentlich von-Anfang-an Ruinen. Totgeburten. Sowas wie Embleme der Bürokratie, des Hin&her-Geschiebes von verwaltetem Elend..... Sie zeigen die Arbeitslosigkeit. Das trifft auch auf all die heutzutage neu errichteten Großbauten zu. Du kommst doch von Dort: !Sieh dich doch mal um in Berlin. Nach Derwende: Bürohäuser noch&noch, Eines neben dem andern – und ?wofür: für !Nichts. Niemand braucht soviele Büros. Sie werden also in jedem Sinn: *leer* bleiben..... Arbeitslose Bauwerke. Trümmer, Abfälle aus Beton, ohne Krieg schon heute Ruinen für die-Zukunft, ohne die Geschichte der Ruinen aus dem letzten Krieg. Die konnten so zerstört sein wie sie wollten – :!Die hatten noch jenen Kern, den ich meine: Das ist eine *Sprache der Behausung*. Verstehstu.

–Und ?Daraus habt ihr Skulpturen gemacht –

–Nicht da!raus: Aber da!mit. Wir: die Leute, mit denen ich mich zusammengetan hatte: wir hatten ganz unterschiedliche Arbeitsweisen. Waren auch nicht nur Architekten dabei: auch Historiker fanden sich für diese Projekte ein. Mir gings bei diesen Skulpturen immer um das *Wiedererscheinenlassen von Architektur*. Bauten, die entweder in ihrer historischen Bedeutung am Verschwinden waren od die aus welchen Gründen auch immer aus ihrem Sinnzusammenhang herausgerissen wurden & verschwinden sollten.

–Wie kann verschwundene Architektur *?wiedererscheinen.*

–Das hat mich zu Projekten mit ganz unterschiedlichen Bauwerken gebracht: So hab ich einen Weg gefunden zum Beispiel von einer Klosterkirche mit Oratorium in Brühl – über den Kuppelbau im alten Düsseldorfer Kunstpalast – vom Palast der Republik in Ostberlin & dem Rest des Schlosses dort – bis zur Burg- & Hotelruine im Neandertal –

–Klosterkirche – Kunstpalast – Palast der Republik – Neandertal : Das scheint mir zwar die angesagte Kulturrichtung :

?Was aber hat Das=Alles für !dich miteinander zu tun –:

–Ich frage immer nach *Dem Wesen*, nach *Dem Kern*, welcher besonders in Repräsentativbauten aus früherer wie aus heutiger Zeit verborgen sein könnte – : – Das is auch der Grund, weshalb ich mit dir jezz hier die Nacht mir um die Ohren schlage. Denn in gewisser Weise kommstu mir vor wie die Bauten, die verschwinden sollten & die ich versucht habe, als ein *Bild*, dem der Sinnzusammenhang verlorenging, festzuhalten. Daß allerdings auch ein freiwilliges Verschwinden!wollen drunter sein könnte : auf !die Idee bin ich bis heutenacht noch nich gekommen. Das, wenndusowillst, verdanke ich dir.

–Der Kern also –

–Das ist wie beiner Obduktion: Die Bauten sind wie Körper, mächtig – aber ?was ist drinnen. ?Haben die den *plastischen Kern*. ?Haben sie eine Struktur, die die Einzelteile zusammenhält. Und ?was geschieht, wenn Frühes auf Gegenwärtiges trifft: ?Was für ein Konflikt kommt dabei zustande. Denn Konflikte: !das ist das 1zige, was mich daran intressiert.

–!Ah: Und !deshalb also immer die Paare: Oratorium & Klosterkirche, Berliner Schloß & Palast der Republik –

–Das sind jeweils verschiedene architektonische & historische Systeme, die auf-1-ander treffen : der plastische Kern beider in ihrer Kollision ist wie das Rückgrat. Im Knochenbau findest du die Geschichte des Lebewesens, im Fragment die Geschichte des Menschen=selbst. Und Ruinen : Ruinen können auch die Rohbauten sein zu einer kommenden Architektur –

–Und so hast du die Fragmente –

–in Verdoppelungen als Monumente *Klosterruine*, als Türme jeweils elf Meter hoch, zwar höher als das Original, aber dadurch deutlicher im Wesen des Charakters von ebendiesem Original. Übrigens, als Materialien habe ich Kalkschlemme aus Billerbeck verwendet – 1 Ort ganz in der Nähe wo ich die Skulpturen aufgestellt hab. In ihrer Porösität beim Anschaun & Berühren gibt das zum einen genau dasselbe Gefühl wie der alte, verwitterte Stein der Originale, wesentlicher aber war mir hierdurch die Wirkung des tektonischen Systems.

–?Und Palast u: Berliner Schloß von Schlüter –

–Schlüter hat das alte Schloß zwar begonnen; er wurde aber 1707 von Eosander abgelöst. Der hats dann bekanntlich vollendet.

–Bekanntlich –

–Die Kraft u der Charakter des 1zigen Fragments, das heute vom Schloß noch erhalten is, erscheint so groß, daß der Architekt vom anstoßenden Palast offenbar nich umhin konnte, ihn in seinen flachbrüstigen Betonstützenbau hineinzunehmen. Selbst in diesem hohlen, lediglich auftrumpfenden Nichts is jener klassische Charakter zu erkennen. Ohne weiteres lassen sich dieser Konflikt der beiden auf:ein:anderstoßenden Architekturen steigern, indem –

– du sie an1ander heranrückst –

–und mit dem Gedanken der streng vertikalen, seriellen Struktur aus dem Grundriß der Schloßarchitektur den Palast in seiner Kubatur durch eine Reihung ebensolcher staketenförmigen Fragmente modifiziere & so aus diesem Zusammenprall den Konflikt !unserer Epoche sichtbar mache. Ganz recht.

–H-hprm. Also wennich dich recht verstehe: Du willst nicht den historischen Bau noch 1 Mal wiederholen od – wie du sagst – wiedererscheinen lassen: Sondern sozusagen ein verlorengegangnes Empfinden von Raum, Rhythmus u Bewegung wieder herstellen. ?Hab ich dich –

–Ganz !richtich verstanden. Jawohl. Siehmal: Solche plastischen Eingriffe machen eben die Charaktere sichtbar – wie im zusammen-Leben von Menschen –, u du stellst die Fehler, das Ruinöse, das Verwandte immer nur fest durch *Bewegung* – auch Sicherinnern ist Bewegung. Das ist die Störung, die ich meine: Das Verlassen der Muster von Sicherheit – nich allein im-Leben, die Störung der zurechtgemachten, der oktroyierten & aus Bequemlichkeit & Stumpfsinn übernommnen Ordnung. Das Sichansiedeln auf der *angenehmen Oberfläche* –:!das ist der Tod bei lebendigem Leibe. Deshalb intressierts mich auch nich die !Bohne, Was dieser Kerl hier=drinnen, der angeblich nich sterben kann sondern nur daliecht in seiner Scheiße & immer nur schreiben und schreiben soll – !wenns denn stimmt – auf seine dreckigen Tapetenschnipsel niederkritzelt. Der hat sich seinen Traum vom Immersosein erstunken –: !?Was hat der uns schon zu sagen. !Nee Meinlieber: Ich kann & will mit Sowas nix anfangen. Weder mit nem Krieger-Denkmal noch mit Nekroskripten: Ich hab numal nichts übrich für Totenkitsch.....

–Aber das !Neandertal. Ist !das nich das?selbe : Ich meine: ?Ist dabei die historische Spanne nich n büschen arg weit geraten, so daß du zwangsweise –

–Ich vermute mal, du warst noch niemals dort.

–Stimmt. Ich verbinde mit Neandertal immer nur *Den Neandertaler*, den Knochenmann.

–Isjanichschlecht – wenn du die Sache in die Zeiten verlängerst & dir anschaust, !was dort = im Neandertal sich angesiedelt hat. Ich habe dieses Projekt *Poppen im Neandertal* genannt, und –

–?Was heißt das eingtlich: *poppen* –

–Du kannst auch *ficken* dafür sagen. Damit hatz nämlich Etwas auf-sich : Eine Geschichte, die dir gefallen wird. Drauf gekommen bin ich durch Zufall in den Archiven, als ich die Arbeit am Projekt vorbereitet hab.- Aber zuvor noch mußtu wissen, daß im Neandertal Heute vor nem alten Burghof eine Hotelruine steht. Noch in den Dreißigerjahren war der »Neanderhof« eine exklusive Adresse: gekrönte & gehörnte Häupter – Regierungsfritzen – stinkreiches Pack aus der Umgebung & von Weither, sie fanden sich offenbar regelmäßig dort ein – wird sone gewisse Art *Club*..... gewesen sein –. Im Archiv waren !Unmengen Photographien davon. Aber !seltsam: Alle aus der gleichen Perspektive – von einem Berghang oberhalb der Vorderfront des Hotels – & alle scheinbar vom selben Ort aufgenommen. Höchst befremdlich: denn einem architektonischen Zweck konnten solch 1-Perspektiven-Bilder nich gegolten haben. Aber von seinem Platz aus konnte der Photograph wie ein Jäger vom Hochsitz aus das gesamte Gelände überblicken: Ihm zu Füßen die Vorderfront vom »Neanderhof«, einstöckiges Gebäude mit Satteldach, Neoklassizismus, ums Mittelportal (dem Eingang zum Hotel) zu beiden Seiten die Vorderfront entlang 2 winzige Vorgärtchen hinter niedriger Mauer. Hier parkten die-Bonzen ihre großen Limousinen. An der Rückfront ein flacher Anbau (auf den Photos nur teilweise sichtbar, vielleicht ein verglastes Terrassencafé) – von dort ausgehend in die Landschaft hinein der kleine Park à la französisches Barock – u rechterhand, hinter dem Hotelbau, das Schloß: Kreuzdach, ebenfalls einstöckig im Stil wie der »Neanderhof«. Ringsum hoher Laub&nadelbestand, die recht steilen Hänge um den Talkessel warn offenbar auch damals schon bewaldet. Einmal sah ich auf 1 Photo am Rand einen unförmigen Schatten, sah aus wiene riesige schwarze Hand: Vielleicht 1 belaubter Ast, dacht ich, der dem Photographen ins Bild geraten war. Also hatte sich der Unbekannte im Gebüsch dort-oben: !versteckt gehalten.

–?Wozu. ?Warum diese Heimlichkeit –

–!Das habich mich auch gefragt. Auch diese Häufung der Photographien fiel mir auf. Sie waren anonym – kein Eigentümer war vermerkt, nichmal der Photograph der die Bilder entwickelt hatte. Zuerst auch dachte ich, das seien lediglich Abzüge von 1-&-demselben Original – : Aber die Sache mit der Laubhand hatte nur 1 1ziges Photo. Und noch etwas anderes zeigte mir Unterschiede von Bild zu Bild. Die vor dem Hotel parkenden Autos waren immer andere (auch Reisebusse der damaligen Zeit waren darunter) – bis auf !eines : !ein Auto, eine dieser kastenförmigen Limousinen, dunkelglänzend, war auf !jedem der Photos zu sehen. Also hatte der unbekannte Photograph über Langezeit-hinweg, vielleicht sogar täglich & immer um dieselbe Zeit (das mußte im Sommer jeweils um die Mittagsstunden gewesen sein, denn die Schatten der belaubten Bäume, der Autos & der Gebäude waren recht kurz) seine Aufnahmen gemacht.

–?Warum. ?Wegen !dieses=einen Autos, das du auf allen Photos gesehen hast.

–Übrigens, dem äußeren Anschein & nach Allem, was ich drüber hören konnte, war dieses Hotel ein Puff für Prominente – –

–!Aach: Du meinst, der unbekannte Photograph hat !dieses Auto, vielmehr den Besitzer: ?beobachtet & ?verfolgt. !Wie ging Das weiter. ?!Hastu was rausgefun –

–Ich !wußteja, dasses dich intressieren wird. Sämtliche Autos vor dem Hotel, die die Photos zeigten, parkten mit dem Heck zum Betrachter, auch dieses eine Auto: die Nummernschilder, dachte ich, müßten erkennbar sein. Mit verschiedenen Lupen suchte ich die Nummer dieses Autos zu entziffern – – :leider umsonst. Die Auflösung war zu schwach, die Buchstaben & Zahlen auf dem Schild verschwammen zu Hieroglyfen. Eins aber wurde sichtbar: Das war auf jedem Photo !tatsächlich ein-&-dasselbe Auto. Muß ein ordentlich !reicher Sack gewesen sein, wenner sich tagtäglich den Besuch in solch noblem Etablissement erlauben konnte.....

–Und –

–Die Photographien: sie waren gewiß seit Jahrzehnten nich mehr aus dem Couvert genommen worn –, ?vielleicht war ich der Erste, der sie seit Damals wieder ans Licht geholt hatte. Und dennoch mußten sie sich verändert haben während der Zeit: in stumpfem Taubengrau mit 1 Zug ins Gelbliche, so lagen sie sämtlich vor mir: zwei drei Dutzend od: mehr, als hätte das Licht vor nem Sommergewitter sie=alle überzogen & sie 1-für-Allemal in solch staubigstickiger Gewitterstimmung fixiert –

–Aber ?was !war denn nu –

–Je mehr von diesen gleichartigen Photos ich ansah, desto weniger wußte ich von dem Ort & dem Geschehen damals:

Denn ?!was-Alles an Dunkelheiten kann sich verbergen hinter belichtetem Papier – –

–Ja aber –

–Einmal fiel das Licht von meiner Schreibtischlampe aus nem anderen Winkel auf die Galerie der Photos auf dem Tisch: Da habe ich auf einer Photographie 1 winziges, mit harter Bleistiftmine gemaltes Kreuzchen gesehn: im letzten Fenster vom 1. Stock an der linken Seitenfront des Hotels. Grad so, wie Urlauber ihren Verwandten auf der Ansichtskarte vom Hotel ihr Zimmer ankreuzen. Das war auf allen Photos das 1zige Fenster, das !immer die Läden geschlossen hielt. Durch die Perspektive sahen diese Läden wie dünne, senkrecht parallel zu1ander verlaufende Gitterstäbe aus, u – seltsam – die rechte untere Ecke schien im winzigen Dreieck ausgebrochen. Ein merkwürdiger Anblick. ?Vielleicht auch wars 1 Fehler beim Entwickeln – :Aber nein: dieselbe kleine, dreieckförmige Öffnung war auf !allen Photographien. Und genau an !dieser Stelle war das kleine Kreuz. Dann suchte ich aus dem Stapel das Photo mit der Störung – das, wo ich meinte, dem heimlichen Photographen sei 1 belaubter Ast, der aussah wiene riesige schwarze Hand, vor die Linse gekommen – :!Irrtum: Das sah nicht nur aus wiene Hand: *!Das war eine Hand* : Der Photograph war entdeckt worden. Kurz, bevor der Fremde der ihn aufgestört hatte, ihm die Kamera wegreißen konnte, hatte der noch auf den Auslöser gedrückt – : !Dieses Photo, es mußte damals das letzte in der Serie gewesen sein.- Hotel & Burg übrigens sind lange vor dem Krieg vollständig niedergebrannt..... :?Brandstiftung od ?Unfall : Niemals wurden die Gebäude wieder aufgebaut.

–Und ?Heute –

–Die Reste solln verschwinden – sogar die Ruinen sind offenbar im Weg..... Der Abriß dieser Hotelruine is, genau wie der Abriß vom Palast-der-Republik in Berlin, nichts als ein *Bauernopfer*, offenbar ein !sehr willkommenes. Man will ein Neandertal Museum an dieser Stelle errichten: sowas wie Disneyland & Jurassicpark in 1..... – :Das ist immer die

!vollkommenste Art des Verschwindens. ?Werweiß welche Erinnerung hier störend ist bis Heute & nicht wiedererscheinen soll, um !keinen Preis – –

–Aber die Photos: ?Was hastu damit –

–Daraufhin, nach dieser Entdeckung, habe ich mir jede 1zelne Photographie noch einmal angesehen – :diese aber war die 1zige mit Kreuzchen an jenem Fenster – und als ich das Photo umdrehte, fand ich auf der Rückseite, ebenfalls dünn & schon sehr verblaßt –

–Ja !?was denn –

–Einen Namen. Einen Frauennamen. Nur auf diesem 1 Photo schwach vom Bleistift gezogen, winzig in der damaligen Schriftmanier, als wärs 1 Teil einer Spinnenwebe: *Beatrice* – – : Und Alles brach wieder auf : Alles aus der Letztenzeit war wieder da. *Beatrice* :Das ist auch der Name von meiner Frau.....

–Und ich hatte Die-ganze-Sache tatsächlich schon !vergessen.

–Genauso wars mir damals auch gegangen. Aber jetzt: !Alles wieder da. Die ganze alte=blöde Sache. Nicht schlechter & nicht besser als ich sie liegengelassen hatte. Meine Frau war damals verschwunden wie ein Gespenst. Ich hatte sie ja noch aufgefordert dazu, hatte ihr Zeit lassen wollen..... zum Nachdenken..... Nun blieb sie 1fach verschwunden. Auf ?Nimmerwiedersehn. ?Wielange wollte sie mich noch warten lassen..... ?Was hatte Das zu bedeuten. ?Hatte sie mich 1fach: ?vergessen. Kurzum: Ich hatte begonnen, meine Frau zu bespitzeln. Wollte wissen, wo sie geblieben war. Mit wem sie zusammen lebte. Warum sie nicht mehr zu mir zurückkam..... Ich hatte bereits eine Spiegelreflexkamera, einen Camcorder kaufte ich noch, mit beidem war ich losgezogen. Wenn ich sie schon nicht mehr zurückholen konnte, wollte ich sie beobachten & wissen, was sie tut. (Es lag Was in der Luft..... Hatte sone Ahnung, daß Irgendwas mit ihr nicht im Lot war..... Vielleicht, hoffte ich, vielleicht würde sie Hilfe brauchen –) Ich wußte ja ihre Adresse – wußte wohin sie gezogen war nach unsrer Trennung, in ihre Wohnung von früher, bevor wir geheiratet hatten. Während dieser Zeit war ihre Schwester dort eingezogen. Ich wartete Stunden über Stunden vor dem Haus in der Altstadt – beobachtete das Fenster im vierten Stock – hoffte darauf, daß sie irgendwann ans Fenster kommen u ich sie sehen würde –. Aber nichts passierte. Dann, 1 Mal als ichs nicht mehr aushielt, ging ich die Treppen rauf bis vor ihre Wohnungstür. Alles war so wie ich es in Erinnerung hatte: auch das alte Theaterplakat klebte noch unterm Fenster im Treppenhaus, halbe Treppe vor ihrer Tür. Das Plakat war verblichen, die Ecken ausgefranst u 1gerissen – *Der Reiter über den Bodensee* –, so hieß die Aufführung von einst –:die Komik daran war mir nie zuvor aufgefallen. Und ein komischer Trieb hatte mich jetzt gepackt, überwältigt: ich fühlte, daß ich mich demütigen !wollte. :Wenn sie jezz hier herauskäme mit einem anderen Mann, u ich stände vor der Tür auf dem alten Abtreter wie ein Hausierer für Ehekrempel..... Und hatte zugleich das Gefühl, etwas Verbotenes zu tun, 1 niedrige Perversion, so klein, daß sie keinen Platz hätte im Katalog der Abartigkeiten. Und dennoch dies Empfinden von halbschattigem Tun mit seinen brandigen flackernden Leuchtfeuern, die ja überhaupt Perverses erst erschaffen & die Lust am Zwang, mich gehenzulassen – zu erniedrigen – Fremdartiges, niedrig hinterhältig gemein u glänzend, eine taumelige Freude..... Ich las ihren Namen auf dem kleinen Zettel neben dem Klingelknopf, u konnte nicht begreifen, daß es auch mein Name war, der darauf geschrieben stand..... Und wieder war nichts passiert –: Sie war mir nicht näher gekommen damals, ich schlich mit fauligem Geschmack die Treppen wieder runter, schal wie nach ner verunglückten Nummer. Und ging trotzdem am nächsten Tag wieder hin. !Niemals sah ich sie in der Wohnung. Abends und nachts blieben alle Fenster dunkel.

–??Wo war sie. ??Was war mit ihr –

–Ich hielt Das-Alles nicht länger aus. Und jezz schon gar nicht, denn meine Projekte begannen schiefzugehen.....

Die Sponsoren sprangen ab als sie Das vom Neandertal hörten..... Die Stipendien blieben aus..... Und dann die Pleite mit dem Mauerdenkmal in Berlin..... Immerhin, ich war so blöde, mir Hoffnungen zu machen..... Ein Preis hätte mir wieder Aufwind gebracht, Beachtung & natürlich Geld. Du mußt im-Gespräch bleiben in diesem Job. Mußt *dazugehören* –

–Kommt mir vor wie bei Napoleon & den-Frauen: Beachtet, geliebt & dekoriert werden nur die bei Hof..... immer-Anwesenden.

–Ja, wobei diese Reihenfolge wichtig ist.– Das kommt mir heute vor, als seis jemand Fremdem passiert. Nicht mir. Und ?wer sagt dir überhaupt, daß das *meine* Geschichte war u nicht wirklich die eines xbeliebigen Fremden. Ist doch Alles austauschbar geworden. Und wie das so ist mit Geschichten dieser Art: Schlauer bin ich draus nicht geworden. Kann bis heute nich verstehn, wie 1 1zige Sache – die Sache mit dem Kind – einen ganzen-Menschen von 1 Tag auf den anderen derart.....

–Und was ?war denn nun –

–Ich machs kurz, das Ende ist schnell erzählt. Nachdem sie sich eine Ewigkeit nicht mehr hatte blickenlassen: tauchte sie !plötzlich eines Abends vor meiner Tür wieder auf. Schon der 1. Satz, den sie statt einer Begrüßung gesagt hatte, noch draußen im Treppenflur & viel zu laut, so daß ihre Stimme hallend durch den Neubau fuhr: *–Ich !weiß jezz, daß ich !stärker bin als Der Dämon-in-dir.* –:Das all-1 hätte mich eigentlich mißtrauisch machen solln. !Hätt ich bloß die Tür zugeknallt – sie draußen gelassen – für-immer abgeschrieben & vergessen. Ich=Trottel. Aber ich dachte: *Sis ehm der 1. Moment ner Begegnung nach so Langerzeit, da redet jeder Unsinn* – : Das war aber kein Unsinn aus Verlegenheit, wie ich=Blödmann glaubte. Das war lediglich der Beginn einer schaurigen Predigt, die sie auf mich runterließ – ein schwarzer Regen & die pure Scheiße – :ich hatte mir unsre Wiederbegegnung xmal vorgestellt, war auf Manches gefaßt gewesen – sie geht ranschaffen, is auf Drogen, hat die-Seuche – :auch die schlimmsten Möglichkeiten versuchte ich mir auszumalen, damit Der-Schrecken mich dann nicht so stark umhaun könnte. Aber an Sowas hatte ich selbst in meiner schwärzesten Fantasie nicht gedacht –

–?Was sollte denn das heißen: *Dämon-in-dir* –

–Das sollte heißen: Meine Frau war einer !Schamanin in die Pfoten geraten..... !Ausgerechnet. Genau !Das hatte noch gefehlt: Meine Frau hatte sich von einer-dieser Häcksen mit ihren esoterischen Gräulichkeiten einfangen lassen: Handauflegen; niemand & nichts Fremdes an=sich ranlassen denn Das Fremde ist Das Dämonische; die dämonischen Energieen durch allenmöglichen Zauber & Klimbim bannen beschwören unschädlich machen; stundenlanges Palavern darüber, wie man die Reineliebe-zu-Gott erreichen kann –: Denn !das war das Große & Teuere Ziel: würdigwerden für Die Reineliebe-zu-Gott.....

–Mein!gott –

–!Nich mehr !dieses Wort. !Bitte. Ich !kanns nich mehr ertragen. Sie war vollkommen verdreht. Und ich, ich stand nur da: belämmert u begossen als würde ein Niagara aus Müll auf mich runtergehn – sie laberte in einem fort über *innere Kräfte – Austreibung der Dämonen* & son Zeug; wie gut, !nein: wie !sauber –:das war jedes 2. Wort: wie !sauber sie sich jezz fühlte, innerlich !vollkommen rein – gradezu bereit für die Großeliebe-zu-Gott..... – : – Der ganze Zirkus hatte nur einen Haken: Die Schamanin=dieses Miststück ließ sich ihren Klimbim natürlich !ordentlich bezahlen. Und sie, meine Frau, kriegte diesen Faulenzauber !gar !nicht !mit. Schnallte nicht mal die unerhörte !Abzockerei: Denn angefangen von einer Art Telefonseelsorge, die sie jedes Mal für 80 Mark bekam & worin das Häcksen=Weib ihr alle möglichen=dämlichen Ratschläge *zur Gewinnung & Freisetzung seelisch positiver Energieen* 1träufelte – über Verhaltensmaßregeln gegen *Das Dämonische* (:!Klar, daß damit der-Sex mit einem Mann gemeint war) – bis hin zu 1 Kurzkontakt mit

Gott: Das mußte wohl sone Art Hotline in den Kosmos sein, & !Das war unter 800 Mäusen nicht zu kriegen. Jedenfalls galt auch hier: *no Money no Lord* – –Ja: ?Wie konnte sie nur in *Solche Kreise* reingeraten. – –Keine Ahnung. So is das ehm mit der-Freiheit: Wer sich grün macht, den fressen die Ziegen..... – –Und: ?Was ?!wollte sie eigentlich von dir – ?weshalb ist sie plötzlich wieder aufgetaucht bei dir nach so langer Zeit –

–Na sie war vollkommen !pleite inzwischen, Männsch. Is doch kein Wunder: bei Gottes Tarifsystem..... Gott is noch n paar Zacken schärfer als die Telekom..... Jedenfalls wollte sie von mir !Kohle !Piepen !Zaster, um es dieser Fuhrje weiterhin mit vollen Händen in den Rachen zu schaufeln. Für all-diese Schmierenkomödchen. Hab mir manchmal versucht vorzustelln, was für ne Art Körper sone Häckse eigentlich haben müßte –: ich habs nich rausgekriegt. Hab nur immer sone trockne Preßform von Mensch wie aus gedörrter Kuhscheiße gesehn. Die Fotze wiene Sparbüxe: *Komm Herr=Jesus sei mein Gast / Wenn du was zu zahlen hast.* Was glaubstu: Zum Bezahlen war ich ihr mit 1 Mal gar nich mehr *dämonisch.* Sie wollte sogar die Nacht hierblieben bei mir, mit mir in 1 Bett schlafen –:damit sie !Gott beweisen könne, !wie stark & innerlich rein sie wäre, wenn sie neben mir läge u mich nich rein ließe –

–!Großer –

–Denn die Große Nummer, der 1.kontakt mit Gott=persönlich zu 800 Mark, der war für die nächsten Tage angesagt & dazu brauchte das Liebekind eben die Knete von mir, von dem größten, dem !gefährlichsten Dämon dem sie, wie sie meinte, Zeit-ihres-Lebens begegnet war. :Das hatte ihr vom 1. Moment an die Große Schamanin immerwieder 1geblasen : Also !mußtes ja stimmen. Daran war nich zu rütteln. Von diesem Dämon aber, kwasselte sie schnell hinterher, mittlerweile dank der Großen Schamanin sie nun !völlig losgekommen sei..... Mit andern Worten: dank Tausender von Mark, die sie diesem Miststück hintenrein gestopft hatte..... Sie hätt sich früher in die Hosen gemacht vor Lachen über soviel dusselige Bauernfängerei auf unterstem Niewo – : Jetzt war sie nicht mal mehr in der Lage, diese !unverschämte Abzockertour von ihrer *Großen Scham-Ahnin* zu durchschaun –:Das war das Schlimme. Sie brachtes fertig, von der verderblichen=dämonischen Kraft des Geldes im Leben der Unerleuchteten zu faseln & im gleichen Atemzug mich um nen Scheck anzuhaun der gesalzen war..... Aber wenn Unreines zum Reinen kommt, wird das Unreine rein..... Dabei sah sie selber vollkommen !runter aus. Wirklich wien Junkie. !Menschenskind: !?Was war aus ihr geworden. Aus ihrer Offenheit, Leichtigkeit, ihrer Freude –:n verdrehtes armes Ding, die mit überkandidelten Gesten den haarsträubendsten Blödsinn daherkwasselte, !falsch bis auf die Knochen. Ich erkannte sie nicht wieder: ?!das sollte *sie* sein, *??meine* Frau. Seit längerem hörte ich ihr nicht mehr zu – ich !konntes nicht mehr: Sie führte sich auf wie 1-dieser noch zu jungen & schon zu berühmten Schauspielerinnen od Show-Tänzerinnen, die im Fernsehen sich spreizen, affektierte Gebärden schmeißen, die angemalten Schnuten & die Augen verdrehn –, aber sobald du den Ton abstellst, das honigsüße Geflöte nicht mehr hörst – nur noch Gesten & Mimik !siehst –: Da merkst du mit 1 Mal, !wie falsch deren Getue ist; falsch & abgrundtief verblödet, so blöde, daß diese Ziegen sich ihr eigenes Theater selber nur noch glauben können – : Sie, meine Frau, merktes auch nicht. Markierte dieses Scheißspiel, kriegte Nichts mit. ??Was war aus ihr geworden. Ich wußte nich, was tun: sie auslachen od ohrfeigen od beides. Ich tat gar nix. Und hörte den ganzen Abend=lang nur !Gott: Gottgottnixalsgott. !Das war das 1zige, was sie noch intressierte. Aber scheint ja, Gott hat nen Faible für die Abgewrackten & die Blöden: wenn ich mir SEinen Sohn anschau, diesen Landstreicher, dieses arbeitsscheue Früchtchen –: & dem hat Er auch noch den Rest gegeben damals –: Na lassen wirs. Sie, meine Frau=die Erleuchtete, sah aus als hätt sie Klamotten von der Fürsorge – Rotkreuzkledasche – sie redete fortwährend von *Reinigen,* von *Sauberkeit*, aber das gehörte wohl auch mehr zu ihrer inneren

Seelenschönheit – denn ihre Haut sah !ziemlich fertig aus: ungewaschen, hart, rauh u pickelig: son todkrankes Fischbauchweiß.....

–Und ?du: Was hastedenn gemacht –

–Wut kam in mir hoch. Nichts als blanke heiße Wut: !!??WAS HATTE DIE HÄCKSE=DIESE MIESE SCHLAMPE AUS MEINER FRAU GEMACHT : *Sie* hatte sie mit *ihrem* Gott=Gelabere durch&durch !vergiftet, die Sau. Hatte nichts als ne armselige Süchtige aus ihr gemacht. Da wärs nich mal so schlimm gewesen, sie hätte gedrückt, wie ichs in meinen schwarzen Fantasien befürchtet hatte. Koks Heroin Crack –:Dagegen gibts wenigstens Entzug –:?!Aber wie kriegt Mann *Gott* aus einer Frau, bevor nur noch n Wrack von ihr übrig is.....

–!Aber da war doch noch das Kind. ?Was is aus dem Kind –

–Das hatte sie bei ihrer Mutter abgestellt. :Offenbar die letzte Vernunftregung, bevor sie sich *voll&ganz dem Erlangen der Liebegottes hingab.* : Sie war im Eimer. Das weiß ich heute. Damals wollt ichs nur einfach !nicht wahrhaben. Hab alle Register gezogen, sie von diesem Quatsch, der angefangen hatte ihr Leben langsam & grausig zu zerstören, abzubringen – ich redete und redete – Abendelang – Tagelang – endlose Telefongespräche (ich hoffte, sie dadurch vorm Kontakt mit dieser Häckse abzuhalten, denn Die hatte ihre festen Geschäftszeiten) – – :!Alles umsonst. Hatte letztendlich als Nichts mehr half, Alles nur !schlimmer wurde: sie aß kaum noch was, überall spießten die Knochen durch, sie konnt sich kaum aufn Beinen halten vor Schwäche, aber warf ihre letzten Pfennige die sie von irgendnem andern Dummen sich erbettelt hatte, diesem Mistschtück in den Rachen, damit sie !endlich mit Gott=persönlich Kontakt aufnehmen könne (:die Häckse=diese Klunte sah wohl, daß ihre beste Kundin nich mehr lang würde durchhalten können, da wolln wir ihr noch schnell den !letzten Pfennig abnehmen, nich wahr, bevor sie der Liebegott zu sich holt – : Also hatte sie ihr *!Schon für die nächsten Tage* sowas wie die Große Famieljenpackung von Gotte's Liebe versprochen) ; und so hatte ich also vor, die *Große Schamanin*=das Aas nen Kopp kürzer zu machen: Mit 1 Samurai-Schwert wollte ich dem Mistviech die Rübe abhaun.

–!!W-haa –

–!Das stand !felsenfest. War ganz !besessen von der Idee: Ich stellte mir vor, wie ich den Streich ausführte: – \; und der Kopp der Alten würde im hohen weiten Bogen langsam wie in Zeitlupe durch die Luft gleiten – u würde sich dabei ganz sacht hin&her wiegen, so als dächte die körperlos fliegende Birne über Etwas nach –: bevor sie dann wien faules Stück Obst gegen ne Mauer klatschte. Das !konnte gar nicht anders sein. !Fantastische Vorstellung: der Kopp von der Klunte, langsam durch die Luft segelnd –:das Ganzeübel mit !1 Mal aus der Welt. !Das würd ich machen. Je eher desto !besser. Vor Begeisterung über diese Vorstellung konnt ich nächtelang nich schlafen. Dann kaufte ich das Schwert.

–Ja und: !!??hastu –

–Hm!prr. Nee. Hab nich.

–Ja!mensch: !Wa?rum nich. Wärdoch für Alle s !Beste –

–Weißder!teufel warum nich. Vielleicht hab ich mich in Letzterminute anne Sache aus der Kindheit erinnert: als ich bei nem großen Familientreffen der Ganzen Verwandtschaft mal zeigen wollte, wie ich ne gebratene Gans tranchieren kann. Es ging auch alles gut, lief hervorragend, bis ich mit dem Messer aufs Knochengerippe traf. Schluß: ich kriegtes einfach nicht durch. Ich säbelte wie wild drauflos –, abers half nix: ich kriegte das Vieh nicht aus-ein-ander. Ich biß die Zähne zusamm, heulte vor Wut –!sone Blamasche: die ganze Tischrunde feixte & lachte mich aus, ich säbelte noch wilder drauflos: umsonst. Dann hatte ich ne scheißende Angst, das Vieh könnte unter meinem Messer anfangen zu !schrein. Mir standen die Haare zu Berge. Kann Lebewesen !nicht schreien hörn. !Nicht diese Schreie, wenn sie gequält wern und am Krepieren sind..... Und so stellte ich mir jezz vor, ich würde die Rübe von dieser Dummengans auch nich runterkriegen :

!Was fürn Schlachtefest würd Das geben. !Was fürn Geschnitzel..... Sone richtige Sauerei. Alles voller Blut..... !Ekelhaft. Und dann das !Geschrei. War heidenfroh als damals, an meinem 1. Tag in der *Legion*, als dieser komische Kerl sich vorn Zug schmiß, daß der !nicht geschrieen hat. Wahrscheinlich hatte ihm ein Rad die Luftröhre abgequetscht od das Bremsengekreisch hat den Schrei überdröhnt; ich habe jedenfalls Nichts hören müssen – :ich wär !verrückt geworn, wenn der –

–Und ?was –

–Ich verlegte mich also wieder aufs Reden. Wollte sie, meine Frau, überzeugen. !Wieder und !imm-!mer wieder. Gab ihr auch manchmal n bißchen Geld. Und redete und redete Abende&nächtelang. Doch je mehr ich auf sie einredete, desto *sicherer werde ich im Glauben, umso stärker fühle ich die kosmischen Kräfte*, wie sie Das nannte, & desto deutlicher sähe sie, wie Recht ihre Große Schamanin hätte, die ihr *den Rechten Weg wies* (hauchte sie mit einer mir fremden, furchtbar sanften, affektierten Stimme, wobei sie jedes ihrer Worte mit Gebärden begleitete, als müsse sie mit Händen & Armen zähes Spinnengewebe zerteilen:) *–undh ich bhinja soo fhroh* (& schloß für 1 Moment bedeutsam die Augen –:darin äffte sie gewiß dieses Häcksenschtück nach) *–so über aus !fhroh, daß wieder WHAHRHEITH in Meinleben eingethrethen isth – und daß ich mich* (wieder Augen zu) *–von des Theufels Pethaij : Gerheinigt hhabhe – –* :Da hatz mir !gereicht. Des !Teufels !Partei. Hab sie rausgeschmissen. Schluß Aus. !Weg !!Endgültig !!!Aus. – Hab sie seither niemals wiedergesehn. Nichts mehr von ihr gehört. Das war meine Frau.....

–Und dann –

–Von jezz an gings für mich Sprosse-um-Sprosse tiefer auf der Leiter. Das Architekturbüro warja Langezeit schon pleite – mein Projekt übers Neandertal kam nie zustande. Gab keinen Aussteller, der dafür zu gewinnen war. So als könnte mit dem architektonischen Wiedererscheinen von Hotel- & Burgkubaturen: im gleichen Maßstab, des topologischen Systems & der Grundrißkonfiguration wie die einstigen Originale – : auch noch Etwas-Anderes wiedererscheinen, Etwas das für=!immer !verschwunden bleiben sollte. – Die Freischafferei in der Bildenden Kunst brachte Nichts mehr ein – hatte kaum noch Geld zum Fressen, das Telefon hatten sie mir abgestellt, aus der Wohnung mußte ich raus –: Und wenig später kam ich hierher, in die *Fremdenlegion*. Seither heißts für mich: statt Aufbauen Einreißen.....

–Gabs ?wirklich keinen anderen Weg für dich als !diesen. Ich meine: Konntestus nicht noch mal versuchen, woanders: Du: ein Architekt, ein Künstler u: grölst mit der-Horde Halbwüxiger im Dreck zur *Polizeihundmusik* –:!?Wie hälst du Darüber deinen Kopf zusammen – :Auf Dauer nur durch Suff, wie.

–Du glaubst wohl, ich will ?!alt wern hier in diesem Job. Ich werd dir n Geheimnis verraten: Noch werd ich 1 Weilchen bleiben müssen, solange, bis ich Geld genug habe, um die Projekte die noch liegen & die wir noch machen wolln, zu finanzieren. Und um zur Not fürs 1. davon zu leben. Das wird vielleicht noch einzwei Jahre dauern – und dann: sieht mich *Die Legion* !nie wieder. 1 glatter Diehl. Aber du: Für !dich isses was Entehrendes hier. Ich weiß. Das kann jeder sehn, denn grad so führst du dich auf. Aber dazu sag ich dir mal Was : Heutzutage wird verlangt, daß du den Job den du grad hast, auch !liebst, !mehr als deine !Frau. Du mußt dich aufführn, als wärest du mit deinem Job verheiratet – man spricht überhaupt nich über Dreck & Miesheit eines Jobs. Wenn du liebst, liebst du auch den Dreck-der-Liebe. Und du mußt deinen Job !wirklich lieben –

–wie den Großen Bruder.

–Deine Renitenz, Froint, die is noch aus den frühen Siebzigern. Hat Heute !sonen Bart. Hastes nich ?!kapiert: Die Erra Eff is !mausetot. Ich fands auch gut, daß so mancher wirklich Große Drecksack über n paar Jahre hinweg nich in Ruhe hat schlafen können. Hat so manch ein menschvergeßner, diätengespickter Polithengst Höllenangst um seinen

Arsch gekriegt. Sowas wirkte sich damals aufs gesamte soziale Klima aus: Denn aus dem Terror kommen die besseren Sitten; Höflichkeit u Rücksicht sind immer aus Blei gegossen & bestimmte Typen von Menschen sind nur im Zaum zu halten, wenn 1 Gewehrlauf ihre Fresse bedroht..... Aber hilft nix: Mit dem Untergang der-Zone sind auch die-Siebziger !endgültig vorbei. Und gings im Beruf noch vor zehn Jahren MANN gegen FRAU, so gehts Heute zusätzlich JUNG gegen ALT. Und du, Innschenör, scheinst mir schon 1-paar Minuten zu alt –

–Sicher, der Baum im Wald aus dem mein Sarg wird, hat schon paar Ringe u mehr als ich unter den Augen. !Das habich gemerkt schon in meinem letzten Beruf, noch bevor ich hierher in die *Legion* gekommen bin. War eine Vorführung 1. Klasse. Nach Der-Wende kam aus nem Provinzkaff, nich weit von Berlin, 1 Neuer: jungscher Schnösel, kurz über die 30, Visage Muttersöhnchen: breites Gesicht, weibische Backenknochen, aber kleine verstockte Augenschlitze u das Profil vonnem Schaf, sozusagen ein Gemisch aus Schaf & Mensch, irgendwo auf dieser Strecke steckengeblieben in einer verlogenen Weichheit, so daß er von den Biestern die Verschlagenheit u von den Menschen die Dusseligkeit geerbt zu haben schien :!Das Erbe stand dem Früchtchen in die Visage geschrieben, denn sobald ers Maul aufmachte: Unteroffizier. Und genau wie solches Pack hatte auch der nen Heidenschiß vor Fremdwörtern : Sobald in privaten Gesprächen irgendwer eins gebrauchte, das er nicht kannte (& da gabs ne !Menge) erschien ihm derjenige verdächtig –:er vermutete darin gewiß hinterhältige Anspielungen auf sich, dachte man mache sich lustig über ihn od: man wolle ihn mitsamt seiner Ungebildetheit ganz 1fach vorführen und bloßstellen. Und wenn er dann selber mal eins gebrauchte, dann ging das !garantiert daneben : Die !dümmsten Geiger müssen eben immer wieder die !schwierigsten Stücke versuchen..... : Der Kerl warne 0 und wird immer ne 0 bleiben; nix weiter alsn Türsteher, aber führte sich dennoch od: grade deswegen vom

1. Tag an auf, als sei er von dem Ganzenladen Der König. Und er konnte das auch, denn einestags brauchte man als Chef nen Nachfolger für den Alten, der war schließlich über die-Staasi gestürzt worden. Der Neue=der Schnösel war 1 Wunschkandidat der Betriebsleitung: willfährig & biegsam nach-Oben, Intrigant & Kotzbrocken nach-unten, u Allesinallem verlogen wie Volxmusik. So machte er dem Verwaltungsdirektor regelmäßig *kleine Geschenke* –:Weißderteufel was in diesen handtellergroßen *Liebesgaben* drin war. Hab mal mitangehört, als er den D.-Rex fragte, wie s ihm denn gefallen habe, und darauf der: –*Ich habe ja so kööstlich gelaacht* – : die dussligen Tunten unter-sich. Aber bei Gelegenheit seiner Geschenkübergabe zog er jedesmal über die Belegschaft her das Aas, & er hatte Erfolg damit : So manch 1 kriegte danach die Schönheiten des Mobbing-von-Oben zu spürn solange bis er, freiwillig od: nich, völlig den Bach runterging..... Kam in dem Laden nie wieder auf die Beine : konnte nur noch einpacken & kündigen..... So war diese Schafsfresse von-Anfang-an geeignet zum Aufstieg, zum Scheff.....

–Früher gabs für Sowas ein gutes Resozialisierungsprogramm: Klassenkloppe. – –!Ja: aber leider sind wir Heute schon zu *gebildet* dafür. Und wenner nich rumschnauzte od intrigierte, der Schnösel, dann schob er ausgiebig Frust. Hatte sich nämlich ne Familie eingehandelt vor etlicher Zeit; brachtes aber innerhalb von vier Jahren nicht fertig, für sie eine Wohnung in Berlin zu bekommen – das heißt: er *wolltes* gewiß gar nicht fertigbringen, denn das Früchtchen war augenscheinlich einer von diesen Schwulen, die nicht wissen, daß sie schwul sind. Üble Sorte. Bei denen kannste dich auf Einiges gefaßt machen. Der war wohl im Grunde heilfroh, dasser seine Baggasche in der Provinz abgestellt hatte. Konnte nun ungehindert am Kantinentisch seine Getreuen um-sich scharen, Speichellecker & Arschkriecher gibts immer genug. Hatten einige noch vom Alten braune Halskrausen davon. Borkenränder an der Halswand: Pegelmarken & Tauchtiefen in den Mastdarm der Scheffs. Der Lohn für die Afterdehnung das übliche: kleine Privilegien, kleinere Vergünstigungen & noch kleinere Weißderteufelgehaltserhöhung. Wird !nie bis ins Allerkleinste klarwerden, warum Menschen anderen Menschen wirklich in den Arsch kriechen & !Was sie davon sich !eigentlich erhoffen – hinter allen Berechnungen, Intrigen steckt ja immer auch *die 1fache Lust,* Der Macht sich zu unterwerfen..... Habe leider versäumt, die Profi-Arschkriecher zu fragen, ?wie sie aus dem Scheff-Hintern wieder !rauskommen: ?Drehen die sich um im Mastdarm und kommen dann mitm Kopp zuerst wieder raus od ?laufen sie 1fach rückwärts, mit den Haxen voran – :Dann, bei solch irregulärer Geburt, müßten sie eigentlich operativ entfernt werden, hier dann nich mitm Kaiser-, sondern nur mitm König-Schnitt. Denn s Leben des Kindes hat immer Vorrang, vielleicht deshalb soviele Anwärter auf den Weg-nach-Innen – –Isja gut, laßma gut sein. Was war denn nu – –Nein!nein: Das Schicksal der Anderen liegt mir !wirklich !immer am Herzen; ich habe mich stets gekümmert um Wohl&wehe meiner Mit-ä-dings-ä-nasagmaschnell: *Menschen* – !ja richtich: Mit-*Menschen.....* Und diese Kreaturen, die stützten ihn auch, den Neuen, diese Pflaume aus der Provinz. Denn Prinzeßchen war nicht eben ne begnadete Fachkraft; Willfährigkeit nach-Oben, das war sein Spitzenkönnen. Seine Höflinge durften ihn Das !nie merken lassen & auch nicht, was sie über ihn wirklich dachten: Dann nämlich nahm Prinzeßchen übel, rannte zum Betriebsdirektor Meldung machen, & sie fielen in Ungnade Auf-immer&ewig.

–Scheint, du warst nich grade beliebt bei deinen Bossen, hm.

–Dabei unterlag diese Pflaume fortwährend dem Zwang, vor den Anderen unabsichtlich sein dreckiges Seelchen auszubreiten & sich selber anzuzeigen – erzählte mit der Unfreiwilligkeit aller Zwanghaften private Sächelchen aus seiner verkorxten Ehe –: merkte das irgendwann – & hatte 1 Grund mehr, denjenigen die sein Zeugs mitangehört hatten & so dumm gewesen warn drauf zu reagieren, diese Zeugenschaft übelzunehmen. Das ging dann soweit, daß ers bei jemandem, von dem er meinte, Der wisse schon zuviel von seinen Schwächen, so deichselte, daß Der seinen Vertrag nicht verlängert bekam.

–Wirklich ne kleine perverse Nudel: dein Scheff. . . . . ?Was warn denn das für Sächelchen, die er euch unbedingt auftischen mußte.

–Wie immer bei Ehedauer=Krisen stehn die-Kinder im Kreuzfeuer, & so versuchen die halt so gut es geht sich einzurichten & die Situation für-sich auszunutzen. Dafür entwickeln Kinder recht feine Riecher & die heimische Wildbahn preßt sie schon früh zu Partisanen.- Und so mußte der Provinzaffe wie unter Zwang auch diese Begebenheit erzählen. Er fuhr täglich zum Feierabend wieder nach Hause, zurück in sein Kaff bei Berlin. (Später wohnte er, natürlich getrennt von seiner Frau & dem Kind, zur Untermiete in 1 möblierten Zimmer in einer Siedlung am Stadtrand.) Obwohl nicht weit von Berlin, dauerte seine Fahrt mit der S-Bahn & nach dem Umsteigen in den Vorortzug beinahe 2 Stunden : er mußte früh am Morgen um 5 losfahren & kam erst abends nie vor 7 wieder zurück. Jedesmal, am Ende solch=eines Tages, auf dem Heimweg muß ihn sein Dilemma unausweichlich angekotzt haben: die Unfähigkeit, einen Ausweg suchen zu wolln. Seine Frau besuchte seither abends Fortbildungskurse, meist wachte er schon aus dem Schlaf auf, als die Frau nachhause kam. *–Wir sehen uns !überhaupt nich mehr.* Klagte er dann der Frau. *–Schlaf weiter.* War wohl die 1zige Antwort. *–Du mußt morgen früh raus.* Die Frau löschte wieder das Licht. Das Kind, grad eben eingeschult, war die Stunden nach der Schule bis zum Abend allein in der Altbauwohnung. Stets fand er beim Heimkommen den Jungen vorm Fernseher sitzen – er schaltete das Gerät aus, setzte sich neben das Kind aufs Sofa: *–Wir sind doch eine Familie. Wenigstens wir beide.* Seufzte er, setzte den Jungen auf seinen Schoß & strich ihm übers Haar. *–Die waren auf-Arbeit heut wieder Alle so schlecht zu mir,* begann er zu jammern, und *–!DU KANNST JA*

GLEICH WIEDER FERNSEH GUCKEN, brüllte er den Jungen an, der unruhig wurde & gewiß weglaufen wollte. Und bereute gleich seine Rauheit, streichelte hastig den Kopf des Jungen, suchte rasch zu beschwichtigen: *–Nur n bißchen bleib bei Pappa – wir müssen doch zusammhalten.* Seufzte er noch einmal. *–Wir gehörn doch zusammen. Mein Kleiner. Mein kleiner großer Junge. Die könn uns doch nich auseinanderbringen. !Uns doch nich. !Stimmts Junge.* Und hielt den Jungen weiter fest auf seinem Schoß, und jetzt begann er tatsächlich zu flennen. *–Darfst aber nix zu Mamma sagen, sonst schimpft sie mich wieder aus. – –!Türlich nich, Pappa. Türlich sag ich Mamma nix.* – Als der Wohnungsschlüssel gleich darauf im Türschloß klapperte, die Frau nachhause kam, sprang der Junge sofort vom Schoß des Vaters & rannte seiner Mutter entgegen: *–!Mamma !Mamma : Pappa !heult & !angefaßt hatter mich auch schonn wieder.* – Die Frau, in der Zimmertür, mühsam beherrscht zu dem Kind: *–Geh mal eben auf dein Zimmer, Kleines. Mamma muß mal mit Pappa Was reden.* Das Kind ab in die dunkle Wohnung, klappte laut mit der Tür zu seinem Zimmer, doch sicher blieb es lauschend im Flur, hörte die Stimme der Frau, die zwischen wutdünnen Lippen hindurch den auf dem Sofa kauernden Mann anzischte: *–Du !e-len-der !Waschlappen-du: !Reiß dich ge!fällikst zusamm –*

–Du!liebezeit: !Das=?!Alles hat der euch tatsächlich so brühwarm ?erzählt. Das glaub ich nicht: Du hast dir das doch Alles nur ausgedacht oder –

–Und während er Das also erzählte, hab ich in die Gesichter der Anderen geschaut, die um den Tisch saßen u diese ganze Geschichte ebenso mitangehört hatten, in die Gesichter *seiner Getreuen* : ohne Ausdruck, leer, abwesend & mit geheuchelter Teilnahmslosigkeit, als hätten sie *nichts* gehört od: Das wäre eine Geschichte in fremder Sprache, die sie nicht verstünden & die sie auch nicht verstehen wollten. Und als er sich dann selber unterbrach mit der Bemerkung *–Hab sicher wieder mal zuviel erzählt hier. Man muß ja immer !aufpassen: Denn es gibt bestimmt wieder jemanden,* *der da-Draus was machen will* – kontrollierte er 1-Gesicht-nachdem-anderen, suchte den belustigten, den schadenfrohen, den über soviel Schamlosigkeit pikierten Ausdruck – :*seine Getreuen* hielten stand mit ihren grauleeren Zinkblicken aus Eimerblech – :bei mir konnte *der* stets fündig werden.....

–All!mächtiger: du wirst doch nich etwa ?!wirklich so dumm gewesen sein & hast dich auf sowas ein –

–!Türlich isses ne große Dummheit, auf derartiges sich einzulassen – ich hätte meine Zeit-dort mir wahrhaftig angenehmer machen können. Hätte nur das gleiche Blechgesicht aufsetzen brauchen wie alle übrigen. Aber s gibt vielerlei Arten vergiftet zu werden. Manchmal reicht dafür schon die Gegenwart eines anderen Menschen. Das ist nichts Vernünftiges : das ist animalisch so, wie ein Viech in einem anderen Viech seinen *Art Feind* erkennt. Und je älter ich werde, desto weniger duldsam bin ich gegenüber diesen Anderen, werde störrischer, immer weniger bereit über ihre & meine eignen Doofheiten hinwegzusehn – :*Milde-des-Alters* istne Eunuchenidee –: !keine Zugeständnisse mehr. Ich schmecke Scheiße sobald DIE-ANDERN ihr Maul aufmachen. Und dann muß ich ausspucken – so kommen meine Sätze zustande. Bedauerlich, daß diese Baggasche nicht nur 1 1zigen Hintern hat, in die man SIE treten könnte :Ich würde mir das schwerste Paar Springerstiefel dafür besorgen. Und ich sage dir: Die schlimmste Sorte Neger sind Neger, die weißer sein wolln als die Weißen, u die schlimmsten Ostler Heute, die so tun als seien sie niemals Ostler gewesen. Denn Typen wie *der* machen Blutvergiftung: Hab selten jemanden erlebt, bei dem Widerwärtiges so in 1 1zigen Menschen sich vereinte: Dummheit & Frechheit, Hinterhältigkeit & Denunziantentum, sein weinerlich=verkitschtes Rotzgörengemüt nur übertroffen von kleinlicher Machtgier, und 1 derbes Wort gegen ihn machte ihn nachtragend wie den letzten Straßenköter – :Beißer vor Angst die vor Angst vorm Beißen noch mehr beißen..... Aber die-Zeit=Heute ist danach & da kommen solch SA-Typen wieder wie Jauche aus verstopften Gullis hoch. Das gehört zu den Dingen, die ich ewich bereuen werde: !solch nem dummfrechen Schnösel die Merinofresse nicht ramponiert zu haben.

–Ich glaube, du hast !wirklich noch nich viel gesehen, Mann. Denn solch ne Tüpe, die du grad beschrieben hast: ein Arschloch, u selbst als Arschloch lediglich Durchschnitt, Mittelmaß – sowas triffst du !überall. Denn schließlich hat jeder Misthaufen sein spezielles Ungeziefer. Kannste hingehen, wohin du willst. Das !1zige, was für dich gilt, Frointchen: liebe deinen Job od verrecke..... Mehr geht dich Nichts an.

–Aha. Du siehst das als Zyniker: das mit dem Job & der Liebe –

–Ich frage mich die Ganzezeit: ?Hab ich mich schon gewöhnt an das Viechzeug hier=drin od ?wo sind sie hin, die Fliegenschwärme, die vorhin zu Zehntausenden über uns herfielen als wollten sie uns auffressen..... ?Sind die ausgerückt od ?fressen sie grad mal eben an *Dem-dort-drinnen* weiter, an diesem Verrückten, der sogar zu blöde is zum Sterben –

–Denke, jedes dieser Mistviecher ist 1 kleine Intelligenz-Bestie, & die wissen, wann Jemand wehrlos ist. : Wir reden, solange sind wir dem-Geschmeiß nicht schutzlos ausgeliefert. Wer nachgibt & zurückweicht, der ist dran. Und wer am Boden liegt, der kriegt noch den Letzten Tritt. Früher als Kind hab ich mich gefragt, ob auch die Tiere in verschiedenen Ländern verschiedene Sprachen haben –:diese Fliegen hier sprechen unleugbar Doitsch. Vielleicht aber hat *er* aufgehört mit Schreiben..... Vielleicht ist *er* jetzt..... Wir sollten nachsehen –

–Ist noch zu dunkel. Wir würden nichts erkennen.

–Und ?die-ANDEREN=Draußen. Ich kann nichts mehr hören.

–Die werden besoffen sein & pennen längst. ?!Od glaubst du, die sind Alle so blöde wie ich, schlagen sich die Nacht um die Ohren, hocken andächtig draußen vor diesem Schuppen, nur um ?!uns zuzuhören. Und wenn, dann könnten Die dir was erzählen von Zynismus: Wenn dir nämlich mal die Scheiße bis zum Hals gestanden hat, vergeht dir die Lust auf Zynismus & ähnlichen Luxus. Dann siehst du dich & den Rest um dich herum ganz pur. Mir scheint, dir fehlt Das noch: Du bist noch vielzuviel Ingenieur u noch lange nicht tief genug drin im Dreck. Aber verkriechst dich inner Ruine bei nem Toten, der nich krepieren kann. Komm 1fach wieder raus, denn, glaub mir, die *Legion*=hier: Da gibts noch wesentlich !Schlimmeres.....

Regen, ein schwarzes Echo unterm Bleischlamm eines Himmels am Rande zur Nacht. Bäume Gräser die Häuserreste 1 verschwundnen Dorfes ins Regenrauschen gestellt, starr u schimmernd wie aus geronnenem Teer. Die Hundstage waren vorüber. Und Spätsommer würde folgen, Tage gebettet in Grau, an die Stille des Regens gelehnt.

–Wie unter Zwang – (jetzt hatte er wieder begonnen, von seiner Frau zu reden; seine Stimme im Regenrauschen als spräche er hinter einem Vorhang) –Wie unter Zwang. Denn trotzdem ich sie rausgeschmissen hab damals=für-!immer, 1 glatten Schnitt gemacht, sie nicht mehr wiedersehen wollte u das noch-immer nicht will : Losgeworden bin ich sie bis heute nicht. Sonst hätt ich dir Das=Alles nich erzählen können – u ich weiß, daß es heute Nacht das 1zige Mal war, daß ich mit dir reden konnte. Denn eine 2. Gelegenheit dazu wird es !nicht geben.

–Ich weiß. Und ich frage mich, wer die Gedanken & die Wörter dazu eigentlich macht. Klingt albern, kindisch. Weiß ich selber. !Das aber isses: *Wie unter Zwang. Sie* ist es, die mich letztendlich Denken macht. Daran gibts keinen Zweifel. Denn immer sobald ich an Was Anderes denken will, isses oft als wenn 1 Schwamm auf einer Tafel das grad Geschriebene sofort wieder wegwischt –: und das ganze alte Zeug das immer schon dort auf der Tafel gestanden hat, das kommt wieder durch, 1gekratzte, 1geätzte uralte Schrift. Wie unter Zwang,

& ich *muß* das immer wieder lesen und lesen. Aber geschrieben hab !ich das !nicht. Denn ich will ja *das-Andere* denken, *das-Neue* tun, seit jenem letzten Mal, als ich sie besucht habe im Krankenhaus..... im vergangnen Sommer. Die Hundstage, die Stadt wie ein Kessel dampfender Fleischbrühe – Sonnenlicht stach die Augen – blendete – ich kniff die Augen zu – torkelte mit dem Kind an der Hand wie besoffen durch die Glutöfen der Straßen dahin – von 1 Schatten zum andern, froh über jeden windsig frischen Luftzug – man schleppte sich dahin – zum Krankenhaus. : Drinnen aber wars angenehm kühl, wir traten ein wie in einen anderen Kontinent. Sie lag jetzt in einem Einzelzimmer; die Ärztin mit der sie sich angefreundet hatte & die, wie sie sagte, beim beruflichen Neubeginn ihr behilflich sein wollte, die hatte ihr vermutlich auch zu diesem Einzelzimmer verholfen. Ich hatte den Jungen, unser Kind, zu diesem Besuch im Krankenhaus dabei; die Schule hatte wegen der Hitze dichtgemacht, er sollte nicht allein zuhaus bleiben. Das sagte ich gewissermaßen als offizielle Variante – wir wußten beide den wirklichen Grund..... Auf dem Weg ins Krankenhaus quasselte der Junge in Einertour – ich hörte ihm nicht zu, aber ich merkte an der Art zu reden schon jenen nervösen, frühreif=besorgten Plapperton kleiner Jungen, die in 1 Haushalt aufwachsen ohne Vater..... Ich war sozusagen schon nicht mehr vorhanden, schon nach den paar Wochen, nicht mal mehr bei diesem Kind..... Vielleicht war ich auch zuvor noch nie wirklich Das, was andere Kinder in dem Alter *Meinen Vater* nennen. Die Frau hatte die Operation sehr gut überstanden, ohne Komplikationen – Bald (sagte sie) könne sie spazierengehn, nicht lange und sie wäre endgültig raus aus der Charité – –

–*Alles wird wieder gut* :Das wars, was ich plötzlich in meiner Vorstellung lesen konnte; nichts mehr von *Ausgeschlachtet*, !jetzt diesen anderen Satz *Alles wird wieder gut*, jene uralten, vertrauten Wörter, mit denen kranke Kinder getröstet werden..... Und diese 4 Wörter, sie trieben mich zu Fantasieen, zu Eskapaden, zu Allem=Möglichen, ich war regelrecht

!aus-dem-Häuschen –, und jetzt begann ich mit Plappern, kwasselte innerhalb weniger Minuten die Geschehnisse von Monaten zusammen – kilometerlange Halbträume, die nicht Wirklichkeit geworden u die auch nie wirklich verschwunden waren – Alles & Jedes: meine Zeit in der *Fremdenlegion*: die letzten Wochen und Monate –:!niemals wirklich in Gesellschaft, !niemals wirklich allein – u !niemals eine andere Frau –:Solch 1samkeit macht dämlich. Ich führte mich auf wie einer dieser hoffnungsvollen Brotidioten, die –

–Hoffnungsvollen: ??Was –

–Brotidioten. Hoffnungsvolle Brotidioten. Vor Jahren hatten wir, meine Frau, der Junge, ich, eine Dampferfahrt über die Seen rund um Berlin gemacht. Der Tag war sonnig u heiß, das freie Oberdeck war schon lange Zeit vorm Ablegen des Dampfers gerammelt voll mit Menschen, das Schiff umkreisten Scharen von Möwen, immer scharf aufs Fressen – anfangs nur die Kinder, dann auch ihre Ollen warfen den Vögeln Brotstücken zu, bald kreischend vor Vergnügen & lauter als die Möwen, wenn eine 1 Brotstück – *!ihren* Brocken – aus der Luft mit dem Schnabel auffing. Bald wollte jeder aus der Horde !unbedingt derjenige sein, der die meisten Brocken bei den Viechern unterbringen konnte. Das war längst kein Spiel mehr –: mit Absicht behinderten sie sich beim Werfen, fuchtelten mit den Armen, traten mit den Füßen, nahmen sich gegenseitig die Stullentüten Brotkanten & die Keksschachteln weg, waren geiler drauf als die Möwen – kreischten, brüllten sich speichelspritzend voll, keiner wollte dem andern Platz machen, keiner dem andern die geringste Chance geben – sie wurden rabiat, drohten mit Richteranwaltpolizei – längst hatten die Kinder keine Gelegenheit mehr zum Füttern, sie wurden zwischen Beinen&ärschen ihrer verblödeten=Alten 1gequetscht, abgewürgt, zertrampelt, durchs Maschendrahtgitter an der Reling wie durch Fleischwölfe gepreßt : !Mordsgeschrei auf dem Deck des Vergnügung's Dampfers – :die-Alten, die hatten jetzt das Geschehen fest im Griff. Vielleicht wars die Hitze, die Sonne, die auf die

Bregen 1stach & Sowas ausbrüten ließ. Kurz: die-Ganzebande benahm sich wie die allergrößten Trottel: ein Irrenhaus beim Freigang hätte sich nich wilder aufführn können. Und jeder kreischte noch lauter als die übrigen, sobald wieder eine der Möwen ausgerechnet *!ihren* Brocken aus der Luft auffing – die Trottel kriegten den Hals nich voll von dem Blödsinn. Aber nun auch die Möwen schienen völlig irre geworden: noch häßlicher & durchdringender kreischend als zuvor wirbelten sie gierig wie Raubvögel in dichter und dichter werdender Schar voller Habgier immer niedriger um die Nischel der Leute, so daß dieser Pulk wie eine strudelnde weißgraue Gewitterwolke bereits den ganzen Kai samt Schiff überdeckte –: die Anlegestelle – Uferpromenaden – der See – die gesamte Natur ringsum schien in einen einzigen riesigen Wirbel verwandelt & um das Zentrum dieser Nußschale mit ihren Blödmännern&frauen drauf zu kreisen – es wurde regelrecht dunkel um-uns-herum –, als sei das kreischend umherwirbelnde Vogelpack direkt aus den blöden Gehirnen dieser Leute..... gefahren : Diese Vollidioten hatten einen !schönen Sturm losgetreten – : Und das Spielchen trieben *sie* solange mit Feuer=Eifer, bis die Möwen anfingen ihnen auf die Köpfe zu scheißen –:Und neues Geschrei fuhr wie 1 Stichflamme auf, wurde noch lauter, *sie* waren jetzt erst recht aus dem Häuschen – & die Kalkfladen platschen wie fette Regentropfen auf die Nischel runter, auf die Sonntagskledasche, auf die Dauerwellen der Fraun :!unerhörtes !Gekreische, wie ein Chor Kreissägen die auf Nägel im Holz treffen – : *–Sieh sie dir an –* (hörte ich durch den Tumult dicht-am-Ohr die Stimme meiner Frau:) *–die-Menschen: Hoffnung & Spiele bis aufs Blut – mit dem Allergröbsten gans-leicht zufrieden – & am-Ende immer von-Oben beschissen: Nichts als hoffnungsvolle Brotidioten.....*

–A !ha. Na und du –

–Jetzt & Hier im Krankenhaus, an ihrem Bett, da war sozusagen meine Möwenfütterung – u ich merktes nicht. Denn !jetzt war Zeit, über-Alles zu reden, Alles ihr zu sagen – !Endlichendlich – wie !früher als wir Alles aussprachen – freiweg – Stunden-über-Stunden, das Fotoalbum immer dabei – u Nichts das uns an unserer=Gemeinsamkeit hätte hindern können – Reden und Reden –:Illusion aus Jugendzeiten, vor Augen das Schreckbild der-Alten: ihr Zusammengehock im verbiesterten Schweigen, dumpfgemeines Maulhalten, Klappe-zu & lauern..... bis der-Andere das-Alles nicht mehr würd aushalten können –; schlimmer als das Pisseverhalten is das Verhaltenmüssen von Jammern&klagen Beschimpfungen Flüchen Anklagen Drohungen Vorwürfen & Heulerei – !Ha: !Endlich dann hatz den-Andern erwischt, er hat sich die !Blöße gegehm –:!Jezz das Wort her wien schimmliges Brett aus ner Klotür, rausgerissen & umgedreht, !Auf&!drauf, & alle Dreckswörter mit rostigen Nägeln dem-Andern in die Ohren gerammt bisser heult & schreit – Fäuste aufn Tisch dasses knallt – Türen zu: !plach, Holz zersplittert, Verputz plackt vonner Wand – !Was fürne Paraderolle !Hauptdarsteller – !Endlich – !Vorhang & Fenster auf !Licht an !Bühne frei – Großes Spektakel mit Widerhall durch drei Hinterhöfe – Alles kurz&klein schlagen – Heulen Flennen Brülln & Toben – Rotzblasen & Dreierschnecken – Augenrolln Speichelspritzen Nase schon blutig Augen dick&zugedroschen – der Fünfte Akt, der !Höhepunkt: *Keine Minute länger bleib ich bei dir O du Schwein du hundsgemeines Stück Mist Ich ver!fluuuche dich* : Applaus Applaus *!Schtänding o-wehscheens*, und noch ein Vorhang, und noch einer – gar nich genug davon – !aaahchch –; und !jetzt verehrtes Publikum: Das Satyrspiel: drei Tagelang od: vier das Geschiebe & das Umhergeschleiche in der Wohnung, *Wo du bist da will ich nicht sein*, die Flappen runter bis zum Boden, !plirr!klirr, Teller Bestecke Töppe aufn Tisch gewuchtet hingeknallt, ohne Worte, Die Große Pan To Mime, !o !ja: Wirr !grrossäs Kinstlär: bähärrschä alles Reschistärr – !Was für Gebärden !Was für Blicke – glühende Dolche vergiftete Pfeile kreuz&quer übern Tisch – ssst – rein in den Fraß, mittenmang in die Schnauzen !Artistick..... ein Mief stockend im sauren Gram ?Wie lange noch so weiter : So lange bisses der Andre nich mehr aushält; Schluck & Jaul; das Kinn wackelt, Lippen zittern & Bleichwangen bebend wie Wackelpudding, hundsgemeine Gebete zu dreckigen Göttern, stilles Gesabbere, Schnief in wirksam auseinander gefaltete Schnupftücher groß wie Bettlaken: hh!prrrrrfchch: !Der 1. Laut wieder, Tonfilm !ab: Rotzfahne hoch Familje fest geschlossen..... : So lange bis der ganze Schlamm sich wieder legt als neueste Dreckschicht auf all-die Dreckschichten von den letzten Malen seit Adam&eva..... Und Weiterschwimmen in der seifigen kaltschlüpfrigen Familiensoße, Brühe voll mit Faulschlamm verrotteter Gemüter – weiter in der versalznen kalten Plirre, und wieder Klappe-zu, Bühne frei & lauern..... Bis zum nächsten Mal..... Und nich mal mehr die scheinheiligen Versuche einer Versöhnung..... Nur dieses Warten..... Lauern..... auf den Ausbruch aufs Versagen der Nerven aufs Durchdrehen, der nächste Anphall kommt bestimmt..... undsoweiter undsoweiter in ihrer kleinen=miesen krätzigen Hölle..... Jahr-um-Jahr..... Bis zur Stunde des Krepierens – : !!NEIN MEIN LIEBLING. !DAS !NICHT. NUR !DAS !NICHT. ?!Hörstu. Wir=beide machen Das=Alles !ganz !anders: Wir=beide reden – werden uns !immer !Alles sagen – und !immer die-Wahrheit – ?Versprichstu mit das – !du – ?ja – –

–Reden & Reden, immer noch Stunden=lang, als müßte ich Alles was gewesen ist & Alles was noch geschehen könnte in Wörter packen, aussprechen, benennen, den Bann um Alles schlagen, Jetzt & Hier im Einzelzimmer auf der Frauenstation der Charité, der rechte Ort – :Damit dies=Alles nicht irgendwann über uns, dich u mich, hereinbräche um uns fertigzumachen, uns zu killen od: schlimmer: uns als Tote Alte überleben..... ließe – : ?Hatte ich auch nichts zu sagen vergessen; ?!nicht die kleinste Kleinigkeit : ?Nicht wie Orfeus einst die Pflüge zu besingen vergaß, & die haben ihn dann zerrissen..... !Da: mit !1 Mal alle Furcht zu Wind zerflogen – !weg – 1fach !fort – huii – wie Hirngespenster – !niemals !wirklich da gewesen – Die Zauberformel: *Alles wird wieder gut* – –

–Tcha. Und ?sie: Hat ?sie die Ganzezeit überhaupt nichts –

–Ich hab sie gar nicht richtig gesehen. So wie ich auch den Jungen, unser Kind, nicht mehr recht wahrgenommen hab. Er rutschte während der Zeit auf dem Boden, mit seinen Filzstiften malte er einen-ganzen Zeichenblock voll, Blatt-um-Blatt lagen auf dem Boden umher – ich sah beiläufig drauf; immer dasselbe Motiv, so fantasielos wie niederschmetternd trübselig: Haus – Mama & Papa & Kind – Sonne – Garten – Baum : Hätt ich doch nur für !1 Moment eines dieser Blätter wirklich angesehn, mir hättes dämmern müssen –.

–Sie saß wieder, mit dem Rücken an die Wand gelehnt, aufrecht in ihrem Bett wie immer, wenn ich sie besuchte. Das Leinenweiß schimmerte in ihrem Gesicht; die 1 Strähne ihres Haars wieder hinter dem Ohr, so zeichneten die Konturen ihres Gesichts deutlicher sich heraus. Sie sah ruhig zu mir herüber, die Augen groß u dunkel. Sie schwieg während der ganzen Zeit (zumindest hatte ich kein Wort von ihr gehört). : Diese !Augen. (Bemerkte ich plötzlich) !Was für eine !Dunkelheit. Nicht daß ihr Gesicht im Schatten lag – vielmehr war das eine Dunkelheit die aus ganz anderen Gründen kam. Und ich verlor den Faden. Und als ich wieder einmal, immer unsicherer geworden, zu ihr hinüberschaute – unsere Blicke trafen in:1:ander – :sah ich, daß sie in diesem Moment die Augenbraue über ihrem rechten Auge steil in die Höhe zog – *être à ?moi* :Der Stein, über den ich endgültig stolperte. Stottern, Stocken, schließlich kein Wort mehr – meine Rede schlug der Länge lang hin..... In den Ohren summte noch meine eigene Stimme, mit der ich den Raum beschallt hatte –, ein wattiges Schweigen jetzt, dumm-!pf wie der Luftdruck nach 1 zugeschlagnen Tür. Ein ganzes Krankenhaus voll mit Stille.....

–Und –

–Sie schaute mich an. Lange. Dann sagte sie nur: –Komm bitte nicht mehr wieder.

–Plötzlich spürte ich Kälte in diesem Raum. Die Hundstagkälte. Ich fror wie mitten im Winter in einem ungeheizten Zimmer. Ich tat, als hätte ich nicht begriffen, haspelnd: *–Na,* *du hast ja vorhin gesagt, daß du schon bald hier wieder rauskommen wirst, da ist es – ist es vielleicht wirklich nicht – nicht nötig, wenn ich nochmal herkomme – ich meine, sisja immerhin jedesmal ein=ganzer Urlaubstag, wenn ich herkomme, und den Urlaub, den können wir ja später – später – viel besser –* :Sie hatte mich nicht unterbrochen, ich hatte das selber getan. Sie schaute mich noch immer an. Und dann, als müßte sie dem Kind, dort in der Zimmerecke, eine Schulaufgabe in aller Ruhe begreiflich machen, wiederholte sie mit unveränderter Stimme:

–Du hast mich nicht verstanden. Ich meinte: Komm bitte !überhaupt nicht mehr wieder.

Nachtböen warfen jetzt Fetzen aus Nebelvorhang ins Innere der Ruine, Regenprojektile schlugen auf Arme, Beine, ins Gesicht.

–Ich nahm das Kind bei der Hand, ließ alles wie es war u lief mit ihm aus dem Zimmer, aus dem Krankenhaus. Ich lief viel zu schnell, der Junge konnte nich Schritt halten, ließ sich zerren & nachschleifen, er ahnte was. Kinder haben Instinkt. *–Pappa !was ?isn –* | – Die Drehtür des Krankenhauses schob mich u den Jungen, der an meiner Hand zerrte & fortwährend wissen wollte, was denn mit Mamma sei und wann sie denn wieder nach Haus käme & wohin wir dieses Jahr in die Ferien fuhren, in die Hundstaghitze hinaus, in die Mittagsstunde, in kleberige Geruchsfetzen von Bratenfett: Vor dem Haupteingang zum Krankenhaus 1 Frittenbude. Beim Erfahren wie beim Anblick von Leid & Elend kriege ich immer Hunger. Ein Reflex. So auch vor dem Fernseher. Keine Nachrichtensendung ohne Bilder von Katastrofen – Attentate Morde Totschlag Geiselnahmen Überfälle – der Horror aus Jahrtausenden im Zeiten-Raffer des Fernsehns, alle *headlines* mit Popmusik unterlegt, das elektronische Raster, der Große Simulator: Von A bis Z alltäglich volles Programm. Deshalb: !Aufgepaßt, Freunde der leichten Tanzmusik: Im Anfang die-Ägypter mit ihrer Angstneurose vorm Scheißefressen, Hebräer & ihr rassistischer Schmarrn, Kreuzigung, Griechisches Feuer, Amfitheater, Reformation Gegenreformation, dann Darwin, die Gaskammern Kommunismus, Lottozahlen & Wetterbericht, ab Viertelneune Volxmusik – :Wenn Menschen vor die-Hunde..... gehn, dann kommt nur Großes Gähnen auf in der Luftigkeit von Bildern & von Nach-Richten : innerhalb 90 Sekunden ein Zugunglück in Indien, ein Grubenunglück in Südafrika & eine Unwetterkatastrofe in Brasilien –: 1 Reise um das Grauen-in-der-Ganzenwelt in 90 Sekunden. Wer so rasant so viel Intresse hat an Allem: der interessiert sich im Grunde für !Garnichts. Welt wie Menschen zu Häppchen zerhaun – & weg damit: in die Nachrichten=in die Gleichgültigkeit: Was so alltäglich=so klein sein kann, das kann man getrost verachten, vergessen..... Und All-Das wurde Langezeit nicht so lautstark nicht gesagt wie Heute im Altjungfernsehen.

–Giebtja immer noch Leute, die das-Fernsehen fürn modernes Medjumm halten. Und !wer denkt heute noch daran, daß *Fernsehen* im Faschismus geboren wurde –

–und !diese Glückshaube trägt *Fernsehen* bis heute.

–Schlimm, wenn Vergreiste flott tun wie die-Jungen – aber schlimmer, wenn die-Jungen inn Arsch vergreister Medchen kriechen –: dann sind sie !rettungslos im Eimer. Aber s steckt ehm ne !Menge !Gold in sonem Hintern – & ums Gold tanzen schließlich Alle.....

–Und um diesem ganzen=Schwindel die Schwere zu geben, muß ich fressen fressen und fressen..... –: Bloß gut, daß es hierzulande noch kein Nachrichten-TeVau rund um die Uhr gibt, ich würde fett sein wie ne Robbe. Vielleicht geht das vielen Menschen ähnlich, deshalb war auch hier vor dem Krankenhaus 1 Freßbude eben recht am Platz, genauso wie andere nach Beerdigungen immer 1 Steifen kriegen & unbedingt vögeln od zumindest wixen müssen, damit sie spüren können, daß *sie* noch ganz *da*=sind. Was ich soeben auf der Krankenstation erlebt hatte, vielmehr das, was vor meinen

Augen abgelaufen war : dieselbe Irrealität wie Fernsehbilder mitsamt ihrer unverschämten Inflation an zu verdauendem Schrecken, u ich hatte während der ganzen-Zeit meines Besuches bei *ihr*, bei *meiner Frau*, dasselbe Gefühl wie vor dem Fernseher: eine Inszenierung – etwas Ausgedachtes – *Komm bitte !überhaupt nicht mehr wieder* :Nur 1 Nachrichten-Textzeile, geschehen auf 1 Bildschirm, weder wahr noch falsch. Und so wollte ich auch jetzt nur fressen fressen und fressen..... Der Bengel war schon am Verkaufsstand, brüllte, er wolle !sofort ein Mägg Numm Kohla & Pommes: mit Majo !Neese (schrie er ausdrücklich) – mir wurde schon bei diesen Namen schlecht. Ich ging auch zu der Bude & bestellte für mich gleich 2 Currywürste. Bei dieser Hitze mochtes nicht viele geben, die Currywurst bestellten, sie hatten nur 1 fertig, die andere Wurst mußte erst aus dem Kühlbehälter genommen und gebraten werden, während die 1. mühsam ohne anzubrennen heiß gehalten wurde. Ich hatte solange Zeit, zu den halbwüchsigen Mädchen rüberzuschaun, die unter nem Cocacolaschirm auf Plastikstühlen fläzten. Gelangweilt blätterten sie in Teenyjournalen nippten an Cola in Bechern & knabberten an ketchupbeklexten Pommes, die sie 1zeln, zwischen Daumen u Zeigefinger, den kleinen Finger abgespreizt, zum Mund führten & dran lutschten, bevor sie zubissen. Fette Babygesichter mit Augen wie Dörrpflaumen. Tagelang Hitze, scheints, macht als erstes immer die-Frauen fertig & läßt sie schlampig u nachlässig werden. Auch diese hier ließen sich gehn, die Beine breit, hockten sie wie plumpe schwitzende Kälber auf den Stühlen; die jungen Leiber schienen bereits von einer gewissen Faulheit befallen, jener Faulheit die sie Jahre später die Karikaturen & das Klischee wiederholen & nachzeichnen lassen sollte: im geblümten Hauskittel auf Kautschgarnituren sich rekelnd, Pralinen fressend & Illustrierte rings um sich verteilt, in den Augen u den Spuren um die Mundwinkel jenes Gemisch aus Begierde & Gram, unlöschbarer Schwelbrand behäbiger 4-Farben-Träume von Hausfraun. Dort, wo der Hauskittel die Schenkel raufrutscht, entblößt er dann bleiches Fleisch od die faltenziehenden Strümpfe – : Vom Bratenrost her zischte die Wurst, war wohl auf der 1 Seite schon bißchen angebrannt, der Junge fraß sein Eis & die Pommes, die Cola hatte er bereits aus der Büchse geschlürft, ich sah weg, wieder hin zu diesen jungen Weibern auf den Plastikstühlen unterm Sonnenschirm, die mit unbedachter Geste & behäbig wie Reptilien die an ihren schweißigen Arschbacken pappenden Röcke lüfteten, und ich sah aus ihren Wenigjahren eine Art Bosheit, die Angriff u Abwehr, Erstarren u Vergammeln in-1 war : Kein menschliches Wesen (überlegte ich bei ihrem Anblick) wird aus diesem schon in jungen Jahren totgelangweilten Fleisch den Überdruß vertreiben..... Der sitzt in den Gedärmen, im Herz, im Gehirn, in den Augen..... Haß, der von ganz-unten kommt, aus eben-diesen Jahren einer schiefgetretenen Jugendzeit, die Nichts wirklich braucht & die auch Niemand wirklich braucht..... Sie werden sich irgendwo ihre Jahre totschlagen lassen, abschuften, abrackern, abkriechen..... Daran werden sie langsam langsam krepieren ohne das Krepieren zu bemerken –: Bis es plötzlich zu spät ist. So daß nur der-Haß noch bleibt, der namenlose fürchterliche Haß, der Nichts übrigläßt, und was bleibt, dreckige ausgespiene Menschenschalen..... Lebendige u Tote wie stinkende Muschelreste im Abfallkübel eines Freßlokals..... :Ich=Derimmerzualte, u: wieder neu-Anfangen: ?Was mit ?Wasfüreiner *Anderen Frau.....* – Braten&fettgeruch, die Mittagshitze wie aus Teeröfen – mir wurde speiübel, ich ließ die Curries wo sie warn, und rannte davon. *–Hee!ee Pappa Papp !!Paa –: Wartoch auf mich – Wasn ?loäs.* – Ich hatte den Bengel glatt vergessen. Es ist ja immer nur das gleiche (dachte ich) während ich, das Kind wieder an der Hand, in der flirrenden Hitze über die Steinfliesen wie über fettige Herdplatten lief, jeder Atemzug, als müßte ich heiße Speckgrieben verschlucken..... Immer nur das gleiche (u sah auf das Kind neben mir, auf den Jungen, der, Mayonnaise&eisgeschmier um den Mund, sprachlos zu mir heraufstarrte mit dem Langustenblick der Kinder, die Pommes hatte er bei der Hasterei verlorn –). *Sie soll die Wohnung behalten, alles Geld u das Kind* (beschloß ich), *ich will nichts davon haben. !Jetzt ist es soweit. Ich werde mich still davonmachen. Als sei ich niemals gewesen. Abschied auf Französisch. Meine Wohnung sollen fortan die Kontainer sein, die Wohnwagen & die Bauruinen, wohin die* Fremdenlegion..... *mich führt.* Eigene Familie, eigene Kinder: die Brut der frühen Träume, ein Hoffnungsmüll. Kinder sind wie Hunde : Fressen Saufen Pennen, hermetisch abgeschlossen in ihrem eigenen Schlamm. Sie wälzen sich drin voller Behagen & Zuversicht. Sie sind nichmal von Grund-auf boshaft (dachte ich); Menschen, sie sind von Natur-aus ohne Maß u Form, daher riskant gefährlich, & das Schlimmste, das tun wir uns immer selber an.

Die Nacht ertrinkt im Nebel – Regenschritte bröseln über schründige Ziegelmauern ins Innere dieser Ruine, u starke feste Windschnüre fädeln sich durch die Lücken im Stein; die Nacht tritt noch einmal über die Ufer, färbt die Stunde mit Teerfarben wie einen Fluß zur Hochwasserzeit – : *?!Wie und der Regen schwemmte alles Mensch&steingewordene zurück in den Sand, aus dem Stein & Menschen einst gekommen sind – –*

–Dein piekfeiner Orfeus – (höre ich ihn mit rauher Stimme in die Stille sagen:) –mit dem du dich vorhin verglichen hast: der war haltn Adliger u wußte nichts von der-Arbeit. Demzufolge hat er in seim=Gesang die-Arbeit vergessen: !Deshalb konnten ihn die Pflugscharen zerreißen : Du=Innschenör bist wien runtergekommner Adliger & führst dich auch so auf. Du bist lang&breit über die-Arbeit hergezogen – !klar: du !haßt die-Arbeit –

–!Wären das Entehrung Entwürdigung & Beleidigung !allein :damit ließe sichs leben; die Tatsache meiner Geburt ist für mich Beleidigung genug. Damit habe ich so viel zu tun, daß ich mich um alltäglich=Nebensächliches nicht auch noch bekümmern kann. :!Ja!wohl: Ich !hasse !diese Art-von-Arbeit, die schon als die-Arbeit gilt & je höher die Scheiße-im-Lande steht, desto weniger weiß man, was Arbeit eigentlich heißen kann. Doch bei !dieser Art-von-Arbeit, Meinlieber, !hasse ich die ganze Palette: Angefangen vom Personalscheff, der wie der-Arzt-an-der-Rampe mit Daumenwink für die Firma: Tauglich...../Untauglich..... entscheidet. Gibt leider noch zuviele blauäugige Deppen, die meinen: die braunen & schwarzen Uniformen sind weg, also ist auch der Ganzerest von dieser Sauerei verschwunden. Und stehen da mit runden Augen & fragen sich benommen: ?Wie sie möglich werden konnten: Die Vernichtungslager – :Weil diese Lager zur Arbeits-Welt..... gehören: zur selben Maschinerie, in der wir=alle drinstecken bis über beide Ohren. Und in der Bürokraten-Sprache, die bis Heute gilt, isses egal, ob ich das Managment für ne Hühnerfarm od für ein Todeslager betreibe. !Das wuchert aus sich-selbst. Wie Krebs. Und jeder der dran beteiligt ist, kann sich in dieser Sprache, die dort herrscht & für Alles gültig ist, verstecken. Der lügt nich mal : Der is vielmehr 1 hochgradig funktionierender Schizo geworden..... Und mittendrin immer die Gleichen: die unübersehbare Horde Kapo-Typen. Als 1. die Vorgesetzten: Verhaltensstörung & Sexualkomplex auf Latschen, im Scheffsessel Dünkel Ordnungswahn & Herrschergelüste wie schon im Kindergarten träniert, jeder Scheff 1 Käsar / Als 2. die devoten Mitarbeiter Mitdiener Mitesser: dieselben Verhaltensstörungen & dieselben Sexualkomplexe, auf der Ruderbank Dünkel Unter-Ordnungswahn & Lakaiengelüste wie schon im Kindergarten tläniert; der Sklave ist des Sklaven Feind – eine Hundestaffel: Bellen & Beißen für fremdes Eigentum, Jaulen für den Herrn & Scheißefressen, wenns Dem gefällt..... Ich weiß wovon ich rede: All-die Jahre Mistviech unter Mistviechern, die das Krumm&viechsein ausleben im Pferch dieser Drexarbeitzwelt.....

–von der du dein Fressen bekommst.....

–Und wer weiß wie lange noch. Arbeit für

Menschen wird haufenweise zerstört, genauso wie Arbeit haufenweise Menschen zerstört : Allein IHRE skatologischen Rituale, die halbheimlichen Inszenierungen IHRER Liebling's Schweinereien – ich erfinde Nichts, ich habe Das=Alles gesehen: den Kerl, der sich den Nagel am kleinen Finger langwachsen ließ, damit im Ohr & zwischen den Arschbacken sich kratzte & ausgiebig schnüffelte danach – der andere mit seinem winzigen Blechschächtelchen, dadrin hob er über Wochen die Essensfasern auf, die er zuvor aus den Zahnlücken sich polkte – ein Kerl im Büro, der an 1 bestimmten Stelle unterm Tisch seine Popel rankleben mußte & die alten, abgeplatzten Reste heimlich im Schreibtischfach deponierte – dann die schon alte Frau, häßlich wie der Hund eines Einbrechers u so lattendürr daß niemand auf die Idee kam sie könne schwitzen, so daß sie auf ganz verblüffende Weise gradezu als die Ur-Vorlage für die Schnitzer von Brockenhexen hätt herhalten können, jene besenreitenden Puppen mit störrisch feuerrotem Haarefilz Hakennase & giftgrünen Schlangenaugen, von Handteller- bis Kleinkindgröße, die an gewissen Andenkenbuden schaukeln & vom Touristengeschmeiß eingeheimst werden –, diese Frau also, bei deren Anblick ich mir stets das 11. Gebot einhämmern mußte: *Du sollst niemanden verachten nur wegen seiner Häßlichkeit*, doch sie machte meinen edlen Vorsatz immer selber kaputt, denn zwar hatte sie keine Schweißausbrüche, dafür aber hatte sie die Fähigkeit, sooft sie auf ein Privatgespräch sich einließ, zur Eröffnung mir jedes Mal dick & schwer wien Koffer einen Furz vorzusetzen, sozusagen als Einstimmung in ihre Intimität, & diese Fürze waren nich von !Pappe – ein Anderer, der seinen Schnauzbart fadendünn gezwirbelt hatte, so daß der nach beiden Seiten abstand wie Fühler bei 1 Insekt, & fortwährend roch & lutschte der Kerl an 1 der beiden Enden: *–So habch die Möse meiner Olln !ständig bei mir* – dann der Scheff mit den gefütterten Winterschuhn, die trug er bis in den Mai od: Juni hinein (& heimlich in seinem Büro, sobald er sich unbeobachtet glaubte, zog er die Stiefel aus & beglückte sich inmitten der sauren Schwaden Sockendampf –) – und sieh dir nur die Spiegel über den Waschbecken in den Toiletten an: in Gesichtshöhe dort wie gelber Fliegendreck od Sommersprossen die Eiterspritzer –

–Hör !auf : es !reicht. Ge!nug.

–Ich habe !Nichts erfunden. Noch 1 Mal: Das Maß aller Dinge der Sauigel der Mensch..... Und wer über Menschen reden will, der muß auch über ihren Schweinkram reden. Der gilt als selbstverständlich. Du bist übel dran, wenn du !nicht dazugehörst. Denn All-das brauchen SIE gar nicht u niemals auszusprechen : SIE erkennen sich !sofort an der Ausstrahlung wie die-Tiere. Alle, ob Herr ob Knecht, ohne Unterschiede in&miteinander vermischt: die kommunale Schweinkram-Aura, das warme Kobenglück, Urschoß IHRER Sauerein..... !Das schweißt SIE zusammen. Und !Was SIE anstellen mögen, wenn SIE=all-1 in die Kackzellen sich einschließen stundenlang –: !Das möchte ich !nicht wissen –

–!Ich auch nicht. Und du meinst, all-diesen Schweinkram hätten SIE nicht parat, wenn SIE !nicht unter diesen Bedingungen wie du sie beschreibst: *arbeiten*..... müßten –

–Klar hätten SIE den ebenso parat – aber: Diese Art v. Arbeit – die noch immer *adelt* – sie ist wie eine große Faust, die uns immerfort & ohne Ausweg die Nase in die Scheiße unsrer Kinderstufe drückt : Sie hält uns krummgeschlossn dort, wo wir=Dreißichvierzichfünfzichjährigen ja & 'ttseidank !längst schon nicht mehr hingehörten: bei den Kleinkindern & den Hosenscheißern mit ihrer Lust am eigenen Dreck..... Weil wir so am besten in Schach zu halten sind. Weil wir uns so am besten zerfleischen. Und SIE stellen sich Alle ein darauf – du stellst dich auch drauf ein – wie die Quallen, die Wirbellosen: jedem Dreckschwein passen wir uns nahtlos an – Und: !Ahoi das Karussell geht los – die Mühle der Alltäglichen Schäbigkeiten..... schmierigen Gemeinheiten & schmierigen Verliebtheiten..... Pro & Contra – Hinterrüx & Attacke frontal – Heulen Saufen Brüllen Dreschen Fluchen Schlagen – Adrenalin Schweißausbruch Blut & Bierschaum, die Hundsaugen suffrot brennend voller Haß & Wut – !Auf & !Drauf – bis die Zähne fliegen –; dann mit 1 Mal die Pfoten zu Krebsscheren: Umarmungen, Verbrüderungen, *Sich mal aber wirklich !Alles sagen – Sone !richtije gute Ausschprache gemacht ja!woll* – :ihr !Affen ihr !Blödsäcke: ?!Was giebtz denn da zu sagen wo die-Scheiße Unterkante Oberlippe steht: Aus Scheiße wird nur Scheiße: Da hilft 1zig Klappezu & mach-keine-Welln – –

–!Das hätzte dir mal hinter die Ohrn schreiben solln, Frointchen –

–Schlabberrotz & Küsschen – *Jezz verschtehn wir unz !viel bässer – & besonders !Denscheff: Den!scheff: den kannich jezz aber so !richtich bässer verschtehn – !mussehmauchmasein: Sone !richtige Ausschprache Allemitallen..... Kanndochnur gut sein fürs BeTrieb's-Klima.....* : Und wenn der Trieb in den Klimax kommt bei nächster Gelegenheit: wieder !Auf & !Drauf –; und Wiederumarmung, Wiederverbrüderung, und so weiter bis ins Aschgraue.....; & nich nur das: SIE ziehen aus solchem Dreck immer weiteren Dreck, der ist IHNEN die Nahrung so wie diesen Fliegen..... hier-drinnen Gärschlamm & Verwestes Nahrung ist zum Weitermachen, das läßt SIE ganz !prächtig gedeihn – : !Menschenskind: All-die Jahre selber zusammengeknüllt, Mirnichts=Dirnichts selber weggeschmissen wien vollgerotztes Taschentuch, Jahr-um-Jahr !1fach !weg – Als ob das !Nichts wäre – Als ob !Danach !Alles erst richtig !losginge – das-Jetzt das war nix als Vorprogramm; das Richtigeleben: !Das kommt erst noch – – :!ha!haa: Am !Arsch ihr !Idjoten: !Das isses schon gewesen, !genau !Das war Unserleben, Meinlieber –, jetzt isses fast vorbei, und mehr gibt es nicht. !Aprilapril: wir=Armleuchter ham unser Ganzesleem weggeschmissen – nicht mehr & nicht weniger als Das – wie die-Schafe zum Abmurxen trotteln, schreiten Seit'-an-Seit' & die Alten vor den Jungen, 1 hinterm andern, ohne auch nur 1 Minute dran zu denken –: Schaun wir dochmal im Spiegel, was geblieben is von uns : die Augen die Fresse die ganze Visage : abgenagte Appelgriebsche; verkorkste Pennäler, versoffen magenkrank ewig unausgeschlafen, aus noch jungen Schnauzen schon das Gekwatsche der Alten, krätzig u verbiestert; eine Bande von hundsgemeinen Kasperlefiguren, immer frisch aus der Kacke gezogen – – : Unsre *Schöne Noie Arbeitzwelt* ein einziges Vernichtungslager, ohne die Vorzüge der Vernichtungslager..... : Die Arbeitzwelt : sie macht aus Menschen Ratten der übelsten Sorte. !Ja!wohl: Ich !hasse diese-Arbeit die uns *adelt*, !hasse sie wie die !!Beulenpest.....

–Isja gut, Alter. Isja gut. Alles !sehrsehr schöne Haltungen, garantiert korrekt & keusch: Wenn Duse dir leisten kannst – :ich kanns nicht. Nimmirs nich übel: Orfeus & die Pflüge – Aach!männsch=Gymnasiastenkram. Nichts als Pfiffe im dunkeln Wald. Orfeus, ?merkstu was: dein Gesinge klingt schon wie meine *Polizeihundmusik*..... : Deine Wut macht aus dir vielleicht noch 1 Mensch –.– Jezz könnt ich was zu !saufen gebrauchen. Hättichmir bloß vorhin –. Aber 1 Gutes hatte dein Orfeus-Gesinge gegen die-Arbeit: Du kannst getrost aus der Ruine=hier wieder rauskommen, mußt dich nich länger totstelln, nich mehr verstecken; zumindest die-Arbeit kann dir !Nichts mehr tun.

–!Verstecken. Früher, als Göre, hab ich mit den-Andern immer Verstecken gespielt. Das Problem war, ich habe mich immer zu gut versteckt – nich nur, daß die-Anderen mich nicht finden konnten, ich kriegte auch das Ende vom Spiel niemals rechtzeitig mit. Alle waren schon fort, nur ich saß noch irgendwo innem Loch, wo mich niemand gesucht hätte. Ich traf die-Anderen wieder, als sie schon längst aufm Heimweg warn. Als sie mich sahen, bekamen sie schlechte Laune, wurden mißmutig, stänkerten & haben mich inn Arsch getreten: Denn ich hatte ihnen den Spaß verdorben –. Genau wie DENEN=dort-Draußen Heute. Bin nich scharf drauf, mich wieder inn Arsch treten zu lassen. Denn SIE werdens beim Arschtreten nich lassen: Schließlich is Mann ja kein Kind mehr..... Auch die Arschtritte sind erwaxen geworden.....

–Hat jezz aufgehört zu regnen. Still Draußen, Alles steckt im Dunst. Wär der Nebel nich, es wäre längst schon hell.

Auch diese Nacht dauert nich ewich. Du brauchst dich nicht schämen, rauszukommen; schämen hättest du dich solln, als du reingekrochen bist. Also: !Was ist. Bald ist Morgen.

–Morgen. Ja. Morgen..... Dann werden SIE gleich kommen.

–?Wer: SIE.

–Die Kollegen=Bande. So, wie SIE gesagt haben & du: Zeit zum Rauskommen bis Morgen. Jetzt ist Morgen.

–Dann ist es Zeit. Auch für mich. Du wirst es nicht bemerkt ham, warst all-die-Zeit nur mit deinem Kram beschäftigt, aber seit langem schon wollen SIE meinen Platz als Boß – *Häcki* macht seit langem schon Stimmung bei den andern & gegen mich, hält SIE in den Kneipen Abendelang frei, & *Mäcki*, Freundchen Oberschlau, stochert seit Wochen wie im Trüben in Gesetzblättern & Rechtsvorschriften – SIE wolln mich loswerden, jeder auf seine Art. IHRE Frechheit wird nur übertroffen von IHRER Dämlichkeit: SIE glauben nämlich, ich merke nichts. Seither weiß ich: Einestages werden sich=ALLE 1ig sein, und dann bin ich !geliefert. Aber noch isses nicht soweit. Ich geh raus. Hatte sowieso nich vor, noch 1 Minute länger hier zu bleiben. !Scheiß Kwasselei. In soner Stinkebude mitten im Abfall – & jezz auch noch Alles durchgeweicht & klamm – in der Nebelsuppe, scheints, sind sogar die Fliegen ersoffen..... Liegen überall herum..... !Ekelhaft. Und die !Ganzenacht um die Ohrn geschlagen..... Die-Andern ham sich vollaufen – ich hab mich vollquatschen lassen : Muß wirklich !bekloppt sein. Gut möglich. !Da ham wir den Salat: ich klappere vor Kälte – u müde bin ich wie dreißig Hunde. Bin jedenfalls noch nicht so verblödet, dassich das Pennen vergeß : Wenigstens noch fürn Stündchen auffe Matratze. Also: Ich !geh raus. Ich hab Alles auf 1 Karte gesetzt, als ich hier zu dir reingekrochen bin. Wenns mir nich gelingt, dich hier herauszuholen & dich wieder 1zureihen in die Truppe – dann isses für mich soweit..... Dann war diese Nacht auch !meine letzte Nacht als VORARBEITER hier in der *Legion*. !Endgültig. Also: ?Was ist nun: ?Kommstu mit.

–Zu spät. Ich bleibe hier. Lieber hier=im Dreck, als unter EUCH. ?Spürst du nichts – : Da liegt wie stets beim Anrücken großer Menschenmassen, noch ehe man sie sehen kann, bereits ein Rumor in der Luft, ein Tumultieren, das, selbst wenn die Menge ganz still sein sollte, der-Masse dennoch vorausgeht u wie Turbulenzen im Luftdruck vor einem Wetterumschwung die kommende Gewalt aus dieser MASSE spürbar macht. : Es ist !aus. Denn !Richtige=Männer halten IHR Versprechen..... Gleich werden SIE die Bulldozer anschmeißen, die Bagger & Planierraupen – ich kann ihn schon wieder schmecken, riechen, spüre ihn schon wieder in den Augen brennen : Staub&dreck einstürzender Gemäuer..... & Gestank wie von kalter Scheiße. Noch 1 Minute..... SIE werden jetzgleich auch hier hereinkommen, die Türöffnung ausfüllen mit IHREN Gestalten, hereinstampfen behäbig O-beinig mit Söldnertritten wie ferngesteuerte Blechaffen – 1 Moment noch, gleich – so wie SIE damals durch die Tür in den Warteraum vom Dorfbahnhof gestampft kamen, aus der Finsternis u dem Nebel einer Spätsommernacht am Rand zu einem anderen Morgen, der war wie Heute – ?!hörstu mir noch zu, nur 1 Moment noch, nur noch dies Eine: !Mein 1. Tag in der *Fremdenlegion*..... Von der Firma hatte ich Bescheid gekriegt, wo & wann ich mich am Montagmorgen einzufinden hätte. Am Sonntagabend schon mußt ich mit dem Zug nach Münster fahren – kurz vor 3 Uhr morgens kam ich dort an – & Warten auf den 1. Bus. Gegen 4 dann an dem Dorfbahnhof, ich fühlte Klebrigkeit am ganzen Leib wie stets nach langen Reisen mit der Bahn. Die Station 1 Backsteingebäude mitten im Nebel, keine Ortschaft weit&breit, vermutlich 1 Bahnstation auf dem Weg zwischen 2 Dörfern, an einer Straße gelegen. Alle Fenster dunkel, Niemand & Nichts außer mir, in einer Stille wie sie nur in Nebelnächten auf den Landschaften liegt. ?Kannstu mich noch hören. Eine Bogenlampe goß Hellgelb in vorüberziehende Dunstfetzen hinein. Nässe weichte sich schon durch den Jackenstoff – ich schlotterte, die Finger um die Taschengriffe wurden naß u kalt, die Brillengläser beschlugen im Rhythmus aus Atemdampf; zähneklappernd wußte ich nicht Wohin – ?Hörstu mir noch zu – Gelblicht wusch den Ortsnamen aus dem Dunkel – der Stationsname stimmte – u von Schattenhänden einer Baumkrone halb verdeckt gehalten, gleich daneben ein dusteres Wirtshausschild **'s Krug**. !Hier hatte ich mich einzufinden, Montagmorgen, 5 Uhr früh. Meine Armbanduhr hatte Wasser gezogen – !verdammt: das Zifferblatt ersoffen in Tropfen Tau – sah aus wie eine Wasserwaage; noch erkannte ich: kurz nach 4..... (:sofern sie nicht stehngeblieben war zu dieser längst vergangnen Stunde.) Ratlos ging ich von der Bushaltestelle auf den Bahnsteig zu, der Kiesel glänzte naß, meine Schuhe drückten die Steinchen knirschend nieder – : ?!Sollte ich etwa eine=!ganze Stunde hier auf&ablatschen, bis um 5 der Zug kommen würde – *Ver!dammt: !Als ob eine Stunde Schlaf 1 Scheißdreck wär, auf den man Mirnichts=Dirnichts verzichten kann..... Das machen Die !absichtlich: diese Scheffs=diese Schweinekerle..... Hauptsache, !ihr Arsch is warm & ausgeschlafen. 1 anständiger Mensch ist kein Scheff. Und was sich* VORGESETZTER *nennt: denen würd ich lieber als* Gutenmorgen *sagen, die Eingeweide ausm Fenster hängen; ich habe keinen 1zigen gekannt, der nicht das Rädern verdient hätte* – :Wut ist wärmend wie 1 Schluck Branntwein; Wut macht munter & gibt Kraft, für 1 Augenblick –

–Im Bahnhofsgebäude 1 Warteraum: die Tür nicht verschlossen – !Einglück –, ich trat ein in den finsteren Raum, drinnen roch es warm nach Staub. Auch hier !kein Mensch, ich atmete auf. Die Dielen graunten leis, ich machte kein Licht, ließ die schöne Dunkelheit im Raum und warf mich nieder, nahe dem Kachelofen, auf eine der Bänke aus Holz. Der Ofen war natürlich nicht geheizt, war ja erst Anfang September, die Wärme im Raum war die Wärme noch aus Sommertagen. Eine=ganze übernacht verschwundene Jahreszeit hielt sich noch allein in diesem Wartezimmer. Doch jetzt, übernächtig aus solch kaltnasser Nebelstunde gekommen, zwischen Nacht und Morgen, schien mir allein die Gegenwart eines Ofens schon Wärme zu geben. Und es war still hier – ?hörstu – eine dieser Arten von Stille, wie sie nur die Nebel über flaches Land ausbreiten. So wie jetzt u hier. Ich legte mich mit dem Rücken aufs Bankholz, starrte zur Decke hinauf. Die vergangenen Stunden einer Nacht, vom Zug am Ufer des Schlafes entlanggeschüttelt (nur hin&wieder ausrollende Wellen hatten mich erreicht, hatten mir, nachdem endlich auch das letzte Abteilgespräch erstorben & das helle Licht gelöscht worden war, immerwieder nur für Momente flackernden Schlaf gegeben –), das Hochschrecken dann, Aufwachen mit jenen als grotesk-riesige Gebärde empfundenen Arm- od Beinezucken, der greisenhaft abknickende Kopf, zum xten Mal aus der stützenden Hand gerutscht –: all dies über Stunden hinweg als die Pantomime des reisigen Schläfers in der blassen Notbeleuchtung des Abteils, Schemen unter anderen Schemen, die ihrerseits in den Sitzpolstern verrutscht, dieselbe Pantomime vorführten, dieselben ruckhaften Gebärden, mitunter von erschrecktem Schnarcher zäsiert, als sei dieser Zug, der aus dem vielleicht letzten Sommerabend in die ersten Nebel eines Herbstmorgens fuhr, ein Transport menschähnlicher Marionetten, von einem Jahrmarkt zum andern auf Reisen, wobei deren Mechanik durch Rütteln & Schaukeln der Fahrt 1 Mal angestoßen, nun mit einer Art Verschlafenheit, wie sie selbst Maschinen eigen sein kann, ohne Sinn u Ende ihre Schaustücke aufführten. Ich war im Abteil der Letzte, der schließlich jenem porösen Schlaf sich überließ –, zuvor hatte ich aus der Reisetasche die eingepackten Brote hervorgeholt &, entgegen meiner sonstigen Gewohnheit, das gesamte Paket hintereinander weggegessen. Froh, der einzige zu sein, der noch wach hier-drinnen war (im allgemeinen sind Zuschauer mir beim Essen im Zug sehr lästig; die scheinen zu solch Gelegenheit noch lauernder als sonst, noch jiepriger auf die Panne beim Andern: sein lautes Schmatzen – von seinem Brot fällt was runter, in den Dreck (:?Was wirder machng – und Sichverschlucken, Hustenanfall gleich darauf –). Auch wollte ich das Essen rasch hinter mich bringen, denn sie, meine Frau, hatte am letzten Abend diese Brote noch zurechtgemacht – in Staniolpapier lagen sie säuberlich eingewickelt, eine krümelige, in den Geruch von Räucherwurst gewobene Heimeligkeit, die mich rührte mit einer unvermittelten, bestürzenden Macht. Ich wollte mich von ihr u von der Erinnerung an sie !nicht mehr rühren lassen. Wir hatten an dem letzten Abend nicht im Frieden von:ein:ander Abschied genommen. Vielmehr in jener schweigenden, drückenden Stille, in diesem übelnehmerischen Nichtssagen nach einem langen, in all seinen 1zelheiten vollkommen nutzlosen Streit. Es gab Nichts mehr zu verändern an unsrer Situation, daher kein Grund mehr zum Streiten. Vielleicht hatte sie mir diesen Gefallen, die Brote für die Abreise zu bereiten, getan aus jenem Frauen eigentümlichen Hang zur Fürsorge & Ordentlichkeit nach Außen-hin, wonach es schließlich auf *sie* zurückfiele, sollte in der Öffentlichkeit der Mann schlampig od unsauber od in anderer Form disparat erscheinen. Ich hielt die Stullen in der Hand, starrte auf die abgebissenen Buchten in dem frischen weichen Brot – ?Wozu um Allesinderwelt solche Streiterein, ?ewiges Herumgeziehe am Andern, *Dies !sollst du – Das sollst du !nicht, !Ich habe immer !Du hast nie* –: ?Hätten wir einander nicht in ?!Frieden lassen können : ?Hätte ich *sie* nicht in ?!Frieden lassen können, jetzt, wo unser Ende begonnen hatte –. Kauend sah ich in das trübschwarze Fensterglas, starrend in mein eigenes Gesicht mit der langsam mahlenden Kinnlade, in diese Mehrfachbelichtungen bestehend aus 1 schubladenartigen Abteil, vor dem in rasender Eile die Kulissen einer nächtigen Inszenierung abgespult wurden, bisweilen von grellen Faustlichtern durchschlagen & in den Soufflörkasten dieses Abteils als 1 Schwapp bleichen Spülichts über die Schlafenden hingegossen. Die Nacht draußen hatte sich in eine dichte, grafitdunkle Wolkendecke gehüllt, langsam zog Nebel herauf – und jedes vorüberwischende Licht schloß ein Halo irisierender Leuchtpunkte ein. Dahingleitend vibrierend als sei dieser Zug selber der elektrische Strom, der ihn antrieb & der durch Überlandleitungen summend mit Licht- vielmehr mit Nachtgeschwindigkeit von Elektronen floß – ICE : Bisweilen die Nachricht, daß beim Streckenbau wieder Etwas gefunden worden war: noch intakte Bomben aus dem letzten Krieg (plumpe Eisenkörper voller Lehm&rostbeulen, an schwere Skelette erinnernd, an Kränen wie mit spitzen Fingern behutsam aus der Erdgrube gezogen, um schließlich von Irgendjemand den kleinen, tödlichen Zündmechanismus entfernen zu lassen) – od aber prähistorisches Zeug, Knochen Tonscherben Faustkeile, was die Paläontologen entzückte; tausende von Jahren Vergangenheit, die erst durch die Wühlarbeiten an der Zukunft ihre Wiederauferstehung erleben –: Nichts was verschwunden war, ist wirklich verschwunden, Alles was gewesen ist ist auch Heute noch da, so daß dies Dahingleiten des Zugs als Reise durch sämtliche Nächte u Zeiten erschien, eine Fahrt geradenwegs durch das Vergessen hindurch und hinüber an ein anderes Ufer der Nacht. . . . . Und die Brote, die sie mir zurechtgemacht hatte am letzten Abend, nun hier im trüben Nachtlicht des Abteils in meiner Hand: ich ließ mit jedem Bissen 1 Bißchen mehr verschwinden von *ihrer* Zärtlichkeit – –

–Und abwechselnd in Hitze & Fröstelschauern ich = der Übernächtige im Warteraum 1 Dorfbahnhofs, irgendwo in Westfalen. Vorhin, draußen an der Haltestelle (der Bus versank schon als 4eckiger Schatten, 2 rote Punkte verglommen im Grau) stand ich allein inmitten der Nebelsee: im fahlen Schimmer ahnte ich Weidenstümpfe dort – wie Schiffbrüchige trieben wir dunkel & still dahin. Auch der Stundenlauf schien langsamer geworden hier=drin. Od: vielleicht war dies gar nichts Zeitliches, vielmehr etwas, das unterhalb von Zeit sich befinden mochte, eine Art Schleppe aus Stille u Lautlosigkeit, eine Glattheit wie sie hinter dem Heck schnell die Wasser teilender Schiffe entsteht – ringsum Schaum & Wogen, nur in diesem schmalen dreieckförmigen Bezirk hinter dem Schiffsheck eine ruhige gläserne Fläche, ohne Wirbel u Strömungen – für 1 Augenblick. Nur 1 Mal wurde die

Lautlosigkeit von einem vorüberfahrenden Auto gestört – ich folgte mit den Augen dem Weg der hellen Parallelogramme, die das Scheinwerferlicht durch die Fenster die Zimmerdecke entlang projizierte – das Motorgeräusch versank und Nebel schlossen sich erneut über dem Land. Unbehelligt blieb ich in dem kleinen Warteraum, in Wärme u fahler Dunkelheit – vielleicht vergessen, genauso wie diese Station, dieser Ort. Die anfängliche Befürchtung, ich könnte, würd ich einschlafen hier-drin, den Zug verpassen, sie löste sich nun zu einer wohligen Ruhe u Gleichgültigkeit auf, und Müdigkeit breitete sich als eine weiche wärmende Decke über mich hin. Losgemacht, die Haltetaue gekappt, trieb ich im Nebel dieser Stunde ohne Schwere dahin – zwischen Nacht u Morgen allein im Warteraum 1 winzigen Bahnhofs – ?verstehstu: Das war meine glücklichste Stunde seit langer Zeit..... Plötzlich sah ich ihn, er war tatsächlich hier=draußen – eine aus Feuern & Glutströmen hierher geflossene, und im Nebelfrost zum schwarzen tonnenschweren Block erkaltete Eisenglut –, dieser Große Dunkle Zug..... wartend am Ende des kurzen Bahnsteigs. !Seltsam: ich hatte ihn nicht einfahren hören. Er mochte direkt aus Dunst u Finsternis hervorgegangen sein, so wie jede Dämmerung aus allen Gegenständen ihre eigenen Geschöpfe entwirft, ins Nebelgesicht dieser Stunde gezogen als die prägnante Spur einer fernen Obsession. Kantig & schwarz ragte das Eisen aus dem Nebel heraus, kein Laut ringsum, kein Mensch weit&breit. Es schien, der Zug hatte zu spät, vielleicht gegen den Fahrplan, hier gehalten; er war ein Gutesstück über den Bahnsteig hinausgefahren – sein Halten galt möglicherweise mir allein. Ich mußte, um den letzten Wagen zu erreichen, ein Stückweit über die Schienen, den Weg über die Schwellen, deren Abstände für einen Schritt zu kurz, für zwei Schritte über 1 Schwelle hinweg aber stets zu groß waren, wie auf den Sprossen einer in den Schotter gelegten Leiter, entlang. Mit jedem Schritt, der mich dem letzten Wagen näherbrachte, wuchs das Fahrzeug in die Höhe, schon war das Wagendach im Nebel verschwunden – die Eisenteile: Gestänge Trittbrett Puffer & Schrauben nahmen im gleichen Maße zu – jeder 1zelne Schraubenkopf, die mit Öl verschmierten Lager & Haken vergrößerten sich wie unter einer Lupe, & dicke Batzen Fett um eine mechanische Welt..... Schotter rutschte knirschend unter meinen Füßen, das 1zig nahe Geräusch (nur von ferne aus dem Nebel in rhythmischen Abständen das eiserne Klopfen von Ventilen einer Lokomotive), ich taumelte über die Schwellen, erreichte den Wagen, vor mir das große, stillstehende Rad aus Stahl, die blanke Lauffläche schimmernd hell aus all dem dunklen Eisen – der Waggon, aus dieser Nähe, mochte die Größe eines vielstöckigen Hauses haben (die Abteilfenster im Eisen, eine Galerie aus riesigen schwarzen Spiegeln –), für mich viel zu hoch lagen Trittbrett Haltestange & Wagentür – !nie würde ich dort hinaufkommen –, ratlos u staunend aus der Perspektive 1 Kindes sah ich die unter dem Boden des Eisenbahnwaggons angebrachten, schweren Verstrebungen, von stumpfen öligschmierigen Batzen bepolstert, in1ander zu eisernem Geflecht sich fügen – während dahinter, auf der anderen Seite des Bahndamms, in Ruhe das Nebelmeer lag –, u verlöschend darin das Leuchtfeuer des Mondes, ein gebogener Scherben, kupfern & erkaltet –. Ich war ohne Angst. Und stolperte über den Gleisschotter, die Arme ausgestreckt nach der Griffstange am letzten Waggon. !Gleich – nur 2 Schritte noch – einen großen Schritt – dann könnte ich einsteigen – –

–Da stürzte weißes Licht auf mich herab, Stimmen Schritte Poltern : aus unfertigem Traum gerissen fuhr ich hoch von der Bank im Wartesaal, starrte zur Tür hinüber: Gestalten, behäbig & O-beinig stampften mit Söldnertritten herein, Kälteschütte & Nebelfetzen von Draußen rauchten um die massigen Figuren, einige den Bauarbeiterhelm schon auf dem Kopf, in Arbeitsmontur sie alle, nur die Jacken darüber waren zivil; *–!Hej wen ham wir denn da: nen !Penner –* ; *–Nejnejdu: Daschamann keen Pännä nich: Dat wirder sein, der-Neue –* :SIE meinten mich. Ich sagte nichts, rappelte mich hoch von der Bank, dann hörte ich Draußen den Zug einfahren..... – Ich hätt es beinahe geschafft, war nahe dran gewesen: mich zu lösen von dem ganzen heimischen Dreck – diesem steinigen fruchtlosen Geröllfeld aus Brocken Vergangenheit – die mir jede 1zelne meiner Stunden zerschnitten – hatte Das=Alles schon traumsicher in Händen gehalten u hatte es mit jener seligen Leichtigkeit wie sie nur in Träumen vorkommt zu Nebel zergehen gespürt – zu diesem kühlen Nichts, das weniger als 1 Fingerspitze Tau zurückläßt, u keine Erinnerung später – !dies Mal hätte ichs geschafft – !Da kannstu sicher sein: ?!hörstu – !Bestimmt – : aber Alles wird verdorben – aus dieser Gemein=Schaft von Niedertracht Roheit & Sentimentalität, dadrin wir stecken wie Fliegen am Klebstreifen, kann nur Ekel u Grauen kommen..... Aber solange ich Bilder habe – ?!verstehstu – solange habe ich keine Angst – :Doch nich mal mehr die Fantasie ist frei – ist ohne Trümmer geblieben – *–Du siehst noch nich wie 1-unsrer=Gefangenen aus* Hörte ich vor Nächten den feisten Bullen, als er breit grinsend in Hemdsärmeln mich packte, ins Zimmereck an die Steinwand preßte, dann hob er die Faust & schlug zu – die Toten packen die Lebenden – im Traum noch haun SIE uns die Fresse ein –, und wenn dann das Aufspringen auf den Großen Zug, der auf mich wartete am Ende des Bahnsteigs, beinahe gelungen wär: wenn der Arm, der Griffstange sich entgegenreckend, traumweit hinauflangte, die Finger schon das kühle Eisen umschlossen hielten, jetzt : noch der eine wunderbar große Schritt hinauf – !gleich – :Kommt aus der Horde hilfreicher edler & guter Rüpel !garantiert sone gottverfluchte Arschkrampe & macht das Licht an –: Schicksal u Scheiße, Meinlieber, haben mehr als nur den Anlaut gemein.

–Im Wachtaumel tappte ich hinter den-Anderen her, nach Draußen, auf den Bahnsteig, im Kopf ein Brennen das runter bis auf die Zunge sich fraß, die Lider brennend im Staub aus schlafloser Nacht. 5 Uhr: Morgenschimmern, nasser Kalk in eine Finsternis geschüttet. Im Magen Flaues: Hunger od der Drang zum Kotzen. Am Bahnhofsgebäude aus der Wand 1 Wasserhahn: ich schlürfte vom Wasserstrahl, das schmeckte süßlich u nach kaltem Eisen, ich spuckte in die Gleise den Faulgeschmack aus einer Nacht. Starrte auf die Schienen – auf den Schotter – :das Gleis-Bett (:*!wär ich das Unkraut dort od Stein unter Steinen* –) –, Gähnen riß mir den Mund auf, 1 Bö fuhr windkalt hinein, wir mußten einsteigen. Das war nicht er, der *Große Dunkle Zug* –; das warn Hundehütten aus Blech, hinter1ander auf Räder gestellt –, die Griffstange am Waggon eisig & spröd wie das Gefühl in meinen Knochen, während ins Gedärm das kalte Wasser, das ich getrunken hatte, wie mit Messern hieb & säbelte sich den Dünnpfiff zurecht –. Und Jahr-für-Jahr nun so weiter. Hier als Hucker od anderswo als Arbeitzwagabund: Ganz-genau-so. Jahre=lang. Jahrzehnte=lang. Von einem Tag zum andern. Nichmal Krepieren. Denn Vorher schmeißt man dich rechtzeitig raus. Zum Sabbern & Einpissen !ab ins Altersheim. Denn Älterwerden heißt Flüche aufsammeln, die in den Weg wie Knüppel zwischen die Füße geschmissen werden von Denen, die darüber befinden dürfen: Sie sind !überflüssig – Vielzu!viele von Ihrer Sorte – & viel zu !teuer diese Ganzebaggahsche – Wenn ihr fressen wollt grabt euch aufm Friedhof was aus, in *der* Kantine seid ihr schon mal recht am Ort. – Aber Man duldet dich noch 1 paar Jährchen – Selektion durch Fürsorge..... *Undenn kommse !gefällixt mal zum Ende.....* Spucken – Verröcheln – der Letzte Schiß=die Letzte Ölung – *Nich rumtrödln Kumpel Mach !Feierahmd* Die kosmische Grenze=der Rinnstein, & deine Rente such dir im Trinkwasser. !Keine Szenen mehr !Kein Kokolores – Bim-Bam-,Talam – :Sogar die Glocken stottern – und Jedertag neu wie der 1. Tag : *Scheißleben.....*

Und fühlte wie 1 Sturz das Hingeworfensein in die alte Gegenwart, an den alten Ort: ich saß noch immer, mit dem Rücken an die Wand gelehnt, nahe dem Eingang, aus feuchtem Gemäuer Kälte, und Frösteln wie mit Spinnenbeinen über meine Haut. Wieder allein. : Ich hatte mich nicht bewegt. Ich saß, erstarrt, im Innern der Ruine u am Rand jener Halde aus Papier..... Morgenschimmern in seiner Färbung von erkalteter Seifenlauge, unmerklich sickernd durch eine Nebelwand, hereindringend sich entfaltend sich verbreitend mit Graulicht über durchfeuchtetes Mauerwerk, den Gehalt der Finsternis entziffernd, ich, schlaflos geblieben, klamm u verdreckt, unter kalkbrandiger Kruste die Haut von zahllosen Insektenstichen juckend geschwolln, Kratzen Kratzen – :Blut u Dreck unter den Fingernägeln, und sicher bald schon die Infektion..... in Händen die Fetzen Papier..... die Schriftzüge die Krakel (wie es hieß) aus todlosen Stunden eines *Fremden der nicht sterben konnte*, die Angst..... diese würgende alles tötende Angst..... Weder Helden-Geschichten noch Schelmenroman – nur die Sorge der Tiere & die ur-menschliche Frage *Wozu denn das Ganze wozu denn nur* – !Aber !diese Augen : sie bleiben, vor dem Blutsturz der Zeiten, vor all den Bildern mit brennendem Rand, träumewüste Wälder u felsenzerklüftet : !diese !Augen : Blicke beißend mißmutig gehetzt u verzweifelt – Sonntagabend, ermattet am Rand zu einem Spätsommergewitter, die Stunde geronnen im Schmutzbraun stockender Wolken, Licht steht in Fensterscheiben, rostig stumpf & heiß wie Herdplatten –, an der Hand der Mutter heimwärts gezerrt, die Trotzigkeit des Kindes in den stickigen Momenten vergehenden Sonntags mit der Endlosfolge kindlich=beharrlichen Fragens *Ja aber: Wozu denn das Ganze wozu denn nur,* im Gesicht der Mutter verschlossen & still jene Frauensorge, dies naturhafte Empfinden u Erfühlen, das in all jenen Momenten schweigt, wenn Ärgernisse-des-Alltags, Schule Kleidung Schrammen & andere Verletzungen, die Stunden wie dreckiges Regenwasser mit lautem lärmendem Betrieb ausfüllen –, das aber plötzlich *da-ist* in solch winzigem Moment unterm stickigen Gewitterhimmel – so als hätte sie an diesem Kind an ihrer Hand !plötzlich jenes Stigma zum 1. Mal erkannt, das seinerzeit schon ihre Mutter trug, so wie all deren Vorfahren es getragen & weitervererbt hatten, u das sie in sich selber wußte weder ohne jemals das Wort Dafür gesucht noch jemals ein Wort Dafür gebraucht zu haben, so wie *Luftdruck* & *Temperatur* eben nur wenig aussagen darüber, was in Wahrheit *Das Wetter* ist –, in 1 Vorgewitterstunde am Abend unterm Staubbraun stockender Wolken mußte sie es an diesem Kind an ihrer Hand entdeckt haben, dies Zuspät, schon in frühen Jahren Festhalten an der Einsamkeit, jene Familienähnlichkeit, deren höhnische Verwandtheit & Gleichartigkeit auch die Unmöglichkeit miteinander Bestand zu haben beieinander u füreinander sein zu können, unerbittlich u ohne Auswege für all die noch ausstehenden, noch kommenden Jahre festgelegt hat, & ihr derber plötzlicher Griff, von dem sie natürlich nicht glaubte, der könne noch jemals etwas daran ändern, der vielmehr nur 1 Reflex auf diese Einsicht einer Erbschaft war so wie der aus einem Fenster aufs Pflaster Stürzende instinktiv die Hände zur Abwehr ausstreckt – *?!Was soll nur aus dir werden ?!Was soll bloß noch werden aus uns* – ; jene Sorge also, die keine Antworten bringt, nur dazwischen & wieder und wieder diese Angst..... nur immerwieder diese ver!dammte Angst.....

Morgendliches Licht, der Nebelblock aus milchkaltem Schimmern, von Draußen vor die Öffnung ins Ruineninnere gestellt : Das Gitter vorm Zugang wie am letzten Abend: dicht-an-dicht in der Senkrechten verlaufende & jetzt als dünne Sehnen in den Nebelblock geschnitten die Metallstreben, die, auf den 4eckigen massiven Rahmen gespannt, den Ausgang aus der Ruine scheinbar vollständig verschlossen hielten, bis auf die 1 Öffnung in der von hier-drinnen gesehen nun linken unteren Ecke –, sie mußte dort von jeher gewesen sein, seit Man bemüht war, Eingang & Ausgang dieser Ruine verschlossen zu halten. Die Öffnung immerhin war groß genug für mich wie für Andere, um hindurch- & aus dem Inneren der Ruine hinauszukriechen. Er, der Anführer (den SIE *Eule* nannten), er mußte sich sehr vorsichtig durch die Öffnung im Gitter hinausgezwängt haben, nachdem er gesehen hatte, daß seine Versuche, mich von hier nach Draußen zurückzubringen, vergeblich gewesen waren, und er schließlich allein u gewiß verärgert, gekränkt wieder zu den-ANDEREN hinausgekrochen war: Ungerechtigkeit, der

Bodensatz aller Fürsorge & allen Vertrauens – und Abscheu im letzten Grinsen der Angst. So daß jenes Gitter vor dem Ruinenzugang erschien, als wäre, außer mir, seit Langerzeit !niemand hier-drinnen gewesen. Ein unverschlossenes Gatter, ein versehentlich offengelassenes Tor, dem so Vieles entkommen wie in ihm so Vieles auch verschwinden konnte.....

Die Nacht, unerbittlich, war zuende so, wie in 1 Nacht ein Sommer vergangen war. Und kein Wort weiter könnte jetzt noch Aufschub bringen, Verzögerung sein. Als ich damals an meinem 1. Tag in der *Fremdenlegion* in dem Vorortzug saß, in 1 der Waggons aus dunklem lärmendem Eisen, argwöhnisch belauert od ignoriert u gemieden von Denen, die für nicht absehbare Zeit meine-Kollegen = mein-Umgang sein würden, und als die Nebelstunde nur um wenige Schimmer Grau sich erhellte; auch damals: kein Aufschub u keine Verzögerung länger: Jetzt war es soweit. Nun war ich bei IHNEN; schien, SIE hatten, bis zu dieser Stunde, tatsächlich gewartet auf mich..... Ich war angekommen dort, wo ich sein sollte, im Innern des Großen Dunklen Zugs..... Hatte bekommen, was ich brauchte. Ich schwieg damals wie die-Anderen, hielt 1fach die Klappe, der Zug mit seinen Fahrgeräuschen, mit Rütteln & Vibrieren, das bohrte sich in die Körper hinein, alles Schütteln schien direkt aus jedem selbst zu kommen, aus jedem 1zelnen der Nacht entrissenen Leib..... Und Nebel strichen Landschaft & Stunde mit grauem Schweigen zu – –

Das Wenige, das ich hatte, war längst schon zu Wörtern geworden – Hans Blutwurst & Bürger Klein, verseuchte Affenträume, besaugt von Egeln & Interpunktion..... – ich hab Alles gesagt und es hat mir Nichts geholfen – denn dies Wenige, in der Nacht geblieben, war noch zuviel. Jetzt war Morgen, die Nacht vorüber u aus.

In morgenlichtem Seifensud schwimmend das Innere dieser Ruine: Langezeit von ihren letzten Benutzern verlassen, hatten die übriggebliebnen, einstmals zurückgelassnen, selbst von allen Fleddereien & Plünderern als unwert befundenen Inventarien, jenes Leben-von-einst als das geheime Leben von Vergessnen u von Krüppeln für sich-selber fortgesetzt; hatten nunmehr Alles, was zuvor für Dinge das Passiv ihres Lebens war & wozu sie schließlich geschaffen wurden, als die nun *ihnen* eigene Form eines Weiterexistierens übernommen aus Allem, was ihnen einstmals geschah: Zurhandgenommen-Benutzt- Liegengelassen- Verloren- Verbummelt- Vergessen-Weggeworfenwerden, & dazwischen all jene unermeßlich winzigen Taten, zu denen Menschen fähig sind, getrieben von Freude Wut Verzweiflung Begierde Langerweile u grausem Wahn: Hinschmeißen Niedertrampeln Auf den Tisch knallen Mit Hammer Messer Schere die Schrankecke die Türklinke die Stuhllehne strafend an der man sich gestoßen hatte Mit Schwung gegen die Wände gepfeffert Von Händen wie Schwärme heller Wassertropfen davongeschleudert Und wieder aufgefangen Und das verloren Geglaubte wiedergefunden und heimlich voller Dankbarkeit zärtlich an die Wange gedrückt u zum Mund geführt als saugten die Lippen genußvoll begierig den Schweiß von der Haut der Geliebten – Rage & Zärtlichkeit, bewahrter Irrsinn von ewigen Kindern –:– und so splittern Holzgriffe Fensterrahmen Tischplatten auf zu Lamellen, zu hölzernen Seiten in einem Buch, unaufhörlich beschrieben vom unmerklich Herangewehten, vom Dreck des Alltags, den die-Alten sehr fürchteten & so den Hiatus wie an ihren Skulpturen die Körperöffnungen ängstlich vermieden; so die Sprünge in glänzendem Emaille, die augengroßen bleigrauen Ausbrüche; so die abgewetzten Farben an Henkeln an Kannen am Mundrand von Tassen; die Scharten & Rostsprenkel an Messerschneiden; das Zerfasern und Zerstauben von Schnüren Decken Bettüchern Gardinen – – ein Rahmen aus Staub, dem unbenennbaren Dreck aus vorübergezogener Zeit –. Das zuerst. Später dann, als müßten die zurückgelassnen Dinge nun Siechtum & Verfall ihrer einstigen Benutzer durch das Abblenden in die dunkeln Färbungen des Verschwindens parodieren, denn das Lichte Helle ist stets Erstes im Verlieren –, so daß jenes Getürmte aus allerlei Möbelbruch hier, im Innern eines verfallenden nassen Gemäuers, als sei der ganze Inhalt einer riesigen Schublade aus dem Schrank eines Verstorbenen, all der trübe stockig riechende u jetzt obszön zur Schau gestellte Trödel ohne Wert (selbst ohne irgend Wert in der holperigen Farbenlehre der Sentimentalitäten immerhin möglicher Hinterbliebener) irgendwann einmal ausgerechnet Hierher ausgekippt worden, liegengelassen & vergessen wie jedweder xbeliebige Müll –, nunmehr umgeben von Herabgefallnem, vertrockneten verkrusteten gekrümmt-mumifizierten Restbeständen von sich-selbst, Zerbrochnes, Zerscherbtes, staubgebunden im beinahe schon pflanzlichen Miteinanderverwuchern –, und angesteckt befallen zerfressen von jener schwärenden leprösen Schmierigkeit wie sie Armut u Vergessen mit-sich bringen, 1-für-Alle-mal im Scheitern versunken, und diesen Sumpf zunächst auf das unmittelbar Nächste das Benachbarte verbreiternd, darauf weiter und weiter die gesamte Umgebung wie nässende Wunden unmerklich langsam zerweichend zu fauligem Schlamm..... Und daraus noch erhoben als rauhe spröde Skulpturen all jene Gerätschaften, die niemand mehr brauchte, die sich=selbst überlassen in ihr Restedasein gestellt & Hier angekommen weil ja schließlich Alles irgendwann Irgendwo ankommt, nicht einmal auf ihr Ende warten konnten, denn sie hatten keins, nur immerwährendes abermaliges Enden, verendend ohne zu enden, von Bruchstück zu Bruchstück, langsam gegen das Benachbarte umsinkend, davon noch für eine Weile gestützt wie in Sumpfgebieten vermoderte Baumstämme an den ebenfalls längst von Fäulnis befallnen Nachbarstamm sich stützen, um irgendwann einmal mit diesem gemeinsam umzusinken, niederfallend bröckelnd zerfasernd zerweichend, immer weiter, immer kleiner werdend, als immer weiter bleibendes immer kleineres daseiend in all-jener staubkörnigen dreckigen Ruhe, aber niemals Enden, niemals Verschwundensein, nie das endgültige, das erlösende Alles löschende Aus..... Dies einem=jeden Betrachter vorführend in solch närrischem Haufen, wobei sie, diese zurückgelassenen Dinge, genau !dasjenige Arrangement gefunden zu haben schienen, das eben das Schauspiel des Sterbens der-Anderen endgültig aufzuführen gestatten ließ.....

?Vielleicht aber war solch Selbstinszenierung des Sterbens der Dinge inmitten einer Abfallgrube weniger Häme, gar nicht Vergeltung od Satyrspiel dieser Dinge gegenüber dem Sterben ihrer einstigen, längst verschwundnen Besitzer samt deren Nachkommenschaft, sondern vielmehr 1 so simple, mit Händen zu fassende Lehre, die zu begreifen, geschweige denn darin zu bestehen nur Wenigen gelungen sein mochte: auszuharren – stillezustehn – inmitten aufstiebender Aschenglut des Getriebenseins, der Unruhe & des tobenden Staubes Das zu tun, was Die Kunst des Bleibens war, also gewissermaßen Der Kern eines=jeden Spiels, dessentwegen alles Spiel durch sein Ende immer auch das unvollendete Spiel sein muß: Enttäuschung, weil ebendieser Kern !niemals Wirklichkeit hat werden können, u im Augenblick seiner Ansicht zugleich sein eigenes Beendetsein erkennen läßt: niemals Bestand gehabt, niemals ein Bleiben, nur in der Rückschau im Erinnern das Aufleuchten u das Verwischen von Allem was hätte gewesen sein können – –

Und über all das Schwindende hingebreitet bleich schimmernd im Zwielicht wie verdorbener Schnee, zu Tentakeln in den Raum gestreckt, der bekritzelte und langsam aufweichende papierne Sarkofag für ein Wesen – : Dort drunter mußte *er* sein, dieser *Mensch*, von dem die-Leute sich ein Sterben ohne Tod erzählten; dieser endlos schreibende=dieser herbstische Mensch –: Dort irgendwo in der Szenerie verfaulenden Gerümpels unter eingesunkenen Schichten Papiers..... Dort: ?Würde ich *ihn* finden können – !endlich finden können, ?was *ihn* schreiben ließ *seine* Stunden unaufhörlich in die Länge streckend mit *seinem* Schreiben um nicht sterben zu können – –

– – Im selben Moment, als ich begonnen hatte, nach *ihm*, nach diesem Toten in einem unaufhörlichen Sterben zu suchen, vielmehr nach einem Menschen, der er einst gewesen sein mochte, u der natürlich auch niemals wußte, ?Wie zu leben sei, und somit Das was er ?wielange als *Leben* hatte bezeichnen müssen, lediglich in eine Folge verschieden kleinlicher langweiliger boshafter & hämischer Ausreden verwandelt hatte, die letzte die größte *sein* Schreiben –, und meine Suche ohne Erfolg geblieben war, denn ich fand Nichts, fand Niemanden unter den wirren Ausläufern uralten dreckigen Papiers – –, so daß allmählich ein ganz=bestimmter Verdacht in mir aufkommen & ich also vermuten mußte, falls jemals überhaupt *Jemand* hier, an diesem Ort einer selbst in der Totenstarre noch martialischen Grenze, *sein* Verschwinden durch unermüdliches Schreiben gesucht hatte, dann inzwischen auch diesem Tun genau wie *seinem* Hierbleiben an einem Niemandsort längst entkommen sein mochte, vielleicht zu irgend-1 beliebigen Stunde der Unaufmerksamkeit von jenen in den Büschen lauernden Bewachern; vielleicht zu 1 Stunde wie dieser, denn Flucht & Hinrichtung suchen stets die frühesten Stunden eines Tags; *er*, dieser Fremde, dieser angeblich *Sterbende*, aus all jenem um *ihn* sich rankenden Totengerümpel also schlichtweg getürmt u somit unauffindbar geworden ist seither für all-jene Geschichten & Zugriffe von Leuten, die *sein* Sterben ohne Ende der 1fachheit halber mit dem Schmutz & dem Grauen des Totenortes ihres einstigen Dorfes verbanden, möglicherweise um für Fremde wie für-sich=selber überzeugender zu wirken in jenem Zustand u jener Gemütsverfassung, in der sie sich befanden seit ?wielanger Zeit, & die sie von sich ganz genau kannten, ohne jemals auf den Gedanken gekommen zu sein, sie & damit sich selber zu verändern. Od: nicht einmal das: Denn vermutlich hatte es Hier, an diesem Ort, !niemals einen solch verschrobenen Fremden gegeben, !niemals 1 Autor für all-diese klebrigen Geschichten um Sterben Tod & Verwesung – : Vielmehr (& das aus dem Nebel heraussteigende helle Schimmern gab dieser Vermutung deutlich Konturen), vielmehr mochte all dies umherliegend Geschriebene als letztendlich geheimnisloses

Flickenwerk aus der Bilder&schriftenwelt von Unmengen zerrissener zerfledderter und aufgeweichter Bücher Zeitungen Journale Briefe amtlicher Protokolle Rezepte getilgter & nichtgetilgter Rechnungen Beschwerden Anzeigen Tagebuchaufzeichnungen Heirats&todesannoncen herrühren, deren Überbleibsel & Reste 1fach der Zufall bzw. die seit langem betriebene heimliche Praxis von Leuten, die an solchem Ort ihres Mülls sich entledigten so, wie jene verschwundenen Grenztruppen (von denen die Dörfler erzählt hatten) seinerzeit ihren giftigen & hochexplosiven Müll hier verscharrt haben sollten, u eben-solch Praxis & eben-solch Zufall mochte Dies-Alles Hier zusammengebracht haben inmitten der Schäbigkeit von 1 weiter und weiter zusammenstürzenden Ruine in ihrem faulmäuligen Gähnen, und, weitersuchend in all dem teigigen Unrat, ich nun ahnte, daß ich Nichts finden konnte hier außer Fetzen & Schnipseln Tapetenpapiers – Papier unter Papier unter Papier – feucht & von grünbraunem Gepunkte befallen, an&über1ander klebendes vergiftetes papierenes Laub, den Erdemulm im Ruinengrund beständig vermehrend wie beständig weiter vergiftend –,

– – im selben Moment, als ich endgültig erkennen mußte, daß Nichts u Niemand unter all diesen Halden bekritzelter Verwesung zu finden war, außer zu immer stinkenderem Teig geklumptes Papier, das irgendwann übergangslos lediglich schwammig-schimmlige Erde sein mochte; daß all-diese Geschichten über *Jemanden*, der, gefangen in unendlichem Sterben, *seinen* Tod nicht finden könnte, eben wirklich nichts anderes waren als Erfindungen von schlechten Lügnern, von diesen Dörflern, die keinen Blödsinn ausließen, um ihr Niemandsland vorm Verschwinden zu bewahren; die lieber als etwas Anderes Nichts haben wollten – das wenigstens kannten sie von jeher & das selbst im schon Nichtmehrvorhandensein ihnen Stütze sein mochte so, wie die verlebten, still grausam & unmerklich mit der Zeit sich verändernden Erinnerungen altgewordner Menschen nur & 1zig dazu dienen mochten, jenen Alten Stütze zu geben, indem sie, all diese

Erinnerungen, als noch brüchiger, als noch schwankender noch unsichrer & verfallssüchtiger sich erweisen mußten als ebendiese Menschen-selbst –; wobei sie, jene Dörfler, vielleicht auch die von irgend-1 Gerücht genährte Chance gewittert haben mochten, daß ebendieses Brachland alsbald von gewerblichem Interesse sein sollte, der Gegenstand für ein grandioses Bauvorhaben – !Gewerbepark; !Vergnügungscenter; gar !Flughafengelände – : & sie die Gelegenheit kommen sehen mochten, aus ihrem Bewahrenwollen, Stehn&liegenbleiben im Alten, Brüchigen, Verlebten nun sogar Geld & verheißene Riesen=Gewinne an Grund&boden herausschlagen zu können, so daß sie also dieses Gelände zu okkupieren trachteten, sich schwer & behäbig draufsetzten wie der Uhu auf die Beute & jedermann, der in den Verdacht geriet, ihnen diese vage verheißene Aussicht auf *Reichtum* verderben zu können, mit allen Mitteln zu vergraulen war, u seien das eben solchermaßen untaugliche, kindische u völlig vergebliche Mittel wie das Verbreiten solcher Lügengeschichten von einem in seinem Sterben steckengebliebenen Halbtoten; & dies=Alles voller Ausdauer betrieben mit jenem Eifer & aus jenem ebenso bäuerlich=arteigenen wie angeborenen Reflex heraus, wie ihre vom Schlachter bereits niedergestreckten Schafe im letzten Flackern & Zucken ihrer Lebensenergie eben noch immer die Kiefer die mahlenden Freßbewegungen fortsetzen ließen –,

– – im selben Moment, als ich während meines nutzlosen Stöberns in den Haufen zusammenpappender Fetzen erkennen mußte, lediglich einer Lügengeschichte aufgesessen zu sein, so lang wie dumm, in deren Folge mir die Umkehr nach Draußen unmöglich geworden war u ich nicht mehr wußte, ?wie zurückgehen in meinen Alltag zwischen Mörteldreck Schweiß durchnäßtem Kleidergelump blutigen Schrammen & Blechkontainern (:aber schließlich, wesentlich dümmere Lügen aus viel schlechteren Gründen hatten von Jeher schon viel bessere Menschen endgültig in die Irre getrieben) –,

– – im selben Moment, als in die Rufe der Arbeiter draußen Lärm & Getöse ihrer Maschinen hereinbrachen, die Nebelstille des Morgens zerreißend, & SIE jene *Arbeit* begannen, derentwegen SIE, u somit auch ich, hier hergekommen waren, gestern, am letzten Hundstag, am anderen Ende einer Nacht –,

– – im selben Moment, als ich 1 vermutlich sehr alten bräunlich-feucht verfärbten & mit stark verwischten Krakeln bedeckten Fetzen Papier aufgehoben und ihn eher aus 1 Reflex denn aus echtem Interesse zum Entziffern in den trüblichten Morgen hielt – :

Sah ich vor der Türöffnung den milchkalt schimmernden Nebelblock !plötzlich zu Flammenrosa aufgrellen – : Hörte ich als seis in meinem Kopf DIE EXPLOSION –, und noch eine –, und gleich darauf die dritte : Und Steine&erdhagel Feuerstrahlen die Ausrufzeichen im Flammenkrach – Maschinenschreie – dreckrote Kugeln aus feuriger Luft, Benzinfäuste mit brandig-schwarzen Fingern, Eisenhusten: Gestänge Schrauben Zahnräder ein rußiger Katarrh – Erd&mauergebrech – als geschäh es in Zeitlupe, an der unteren Ecke, der Öffnung im Draht, beginnend rollte das Gitter vor der Tür wie der Deckel zu 1 Sardinenbüchse sich auf, und das aufgerollte Gitter schoß als ein mit rostigen Widerhaken bespicktes Projektil ins Innre der Ruine herein, traf neben meinem Kopf ins bröckelige Mauerwerk, Stein&mörtelsplitter, und mit blechernem Gelächter taumelig niederstürzend neben mir zu all dem übrigen Dreck –; und in meiner Verwirrung den Fluchtreflex, das instinkthafte Davonrennen vor einer Gefahr, spürte ich verwandelt zur lähmenden, bleiartig sämtliche Gliedmaßen beschwerenden Müdigkeit, so als sei in meinem Gehirn ein durcheinander geratenes Wörterbuch aufgeschlagen worden, darin die Übersetzungen nicht stimmten, so daß äußere Katastrofen wie diese Explosionen Gesteins&mauerschläge nurmehr vollkommen irreguläres, verrücktes Tun, vielmehr Nichttun, Ausharren, Bleiben inmitten all des Getöses & Hagels aus Stein&mauerbrocken Holzbalken &

Gerümpel inmitten von Feuer&säuregestank als Reaktion folgen lassen mußte – und nicht genug damit, denn selbst diese Feststellung, lediglich in 1 Art Seitenansicht von fremdem Geschehen wahrgenommen, löste etwas wie den Kitzel zu blödsinnigem Lachen –, das meinen verdreckten klamm durchfrornen Körper schüttelte, die Finger erneut in Dreck & Mulm sich verkrampfen ließ, und nochmals Tapetenfetzen wie längst ungültig gewordne Kassiber daran klebenblieben – und Nebel draußen zerrissen zu Streifen aus blutigem Mull – –

Für 1 Kurzes wie beim Blick hinaus durch die Tür 1 schmierigen Bar im Flammenorange vorüberrasend 1 Gestalt, die blonden Haare wirre & fliegend, den im Schrei rotschwarz erstarrten Mund weitaufgerissen –, die Gestalt schien von groben Pinselstrichen aufs Feuerpaneel geworfen, Konturen aus brennendem Staub, & als seis in einem heidnischen Ritual die Götze, hielt die Gestalt einen Blut verspritzenden Armstumpf hocherhoben –, verfolgt von 1 anderen seltsam dürren verbogenen Gestalt, melonenköpfig mit kurzgeschorenem Haar, einen Zimmermannshammer in Händen schwingend –:*scheint, SIE benutzen die Gelegenheit & kürzen einen Rechtsweg kräftig ab* – und vorbei –, dann im prasselnden Metallschlag zerschmetterten Eisenkugeln vom Himmel hoch die Reste 1 Dorfes ringsum, & ein Schlag vor die Brust, ein ungeschlachter Holzbalkenrest donnernd aus dem Dach, der warf mich gegen die Wand, ich stürzte hinein in Stiletteklingen 1=bestimmten Gestanks von ätzendbrandiger Säure: DIE !FÄSSER: !DIE IM EHEMALIGEN TODESSTREIFEN VON DER-ARMEE VERGRABENEN !FÄSSER mit all=möglichem explosiven Zeug im Innern: !DIE WAREN !HOCHGEGANGEN – (Zumindest hierbei hatten sie mit ihren Geschichten 1 Mal nicht gelogen, diese Leute aus den Dörfern..... ringsum.)

Und ?wars diesmal mitten in meinem Gehirn : eine weitere Explosion – *!Jetzt bist du dran* – 1 Satz, von riesiger Lufthand hochgehoben und Kobolds kopfüber geschmissen, Schläfe Jochbein Kinn gegen die Schmierwand gerempelt, Bitterkalk

Asche Ziegelstein dann fleischlich Süßes im Mund, und langsam u kraftlos die Mauer hinabglitschend wie über Batzen zerquetschter Raupen, das Gesichtsfeld brennend in Feuerfarben mit schartigem Rand –, während das enge Ruinenkabuff, aufgerissen wie ein dreckiges Maul, aus steinernen Zahnstummeln heraus kochende saure Qualmwolken spie – – : – – (und die Welt rauchig ertaubt, gläsern gluckernd unterwasserdumpf, blödplumpes Geblubber pulsierend im Rhythmus 1 fremden, 1 nicht explodierten Herzens..... Von der rechten Hand her 1 Stich – noch 1 –, ich fühlte das Vibrieren meiner Stimme unter der schmerzenden Brust, spürte vondorther deutlich mich sagen: *Den Blick jetzt langsam senken, ja so ists recht, und weiter den Blick senkrecht herab* – :im Handrücken längs ein ovaler Riß, weißgrau, der Anblick eines Stück Knochens: Knochen von !meiner Hand..... Und fühlte mich deutlich erstaunen: *!Komisch: In all=dem Weißgrau nur Knochen & Fleisch, ganz sauber & klar, u nicht 1 1ziger Tropfen Blut* –) – Dann wieder morgendliches Licht, der Nebelblock gitter&fessellos aus milchkaltem Schimmern..... Eine wattige Stille – –

Regen hatte aufs neu begonnen, lief mit rauschendem Mantel durch Sträucher Laub u Gräser, deutlich & überlaut seine Schritte in dieser Stille, die ohne Spuk ohne Menschen & Maschinen zurückgeblieben schien. Ich griff ans rechte Ohr, dann ans andere : ich hörte das schabende Rascheln dreckiger Finger über meine Haut – :!Also war ich von den Explosionen !nicht taub geworden; ich hörte deutlich u klar die Stille rauschen, menschlos u kalt in brandigem Gestank. Die Wunde an der Hand indes begann jetzt heftig zu bluten – Rinnsale zogen sich durch grauen Dreck auf meiner Haut, wie Flüsse auf Landkarten in starken Linien sich schlängeln, *und die Wasser, sie zu wandeln in Blut* ich hielt noch immer den bräunlich feucht verfärbten & mit stark verwischten Krakeln bedeckten Fetzen Tapetenpapiers krampfig in den Fingern, zitternd in der verletzten blutenden Hand –; der pulsierende Schmerz, das Dröhnen im Kopf – eine flackernde schwankende Filmschleife in irrsinniger Geschwindigkeit ablaufend vor meinen Augen, immerfort darin winzige flirrend grelle Explosionen, u Nitro- & Säuregestank, der schien 1 geätzt in die Poren meiner groben Kleidung, in die Poren meiner dreck&blutverkrusteten Haut wie in die Tropfen des Nebels ringsum. Ich starrte durch den rasend sich abspulenden Film hindurch auf die zum Spinnengeweb sich verzerrende Schrift – ?vielleicht hielten Schmerz u Zittern 1 Mal im selben Augenblick inne, dann, ?vielleicht, würde ich lesen können – –

Und so dauerte es lange, sehr lange Zeit – Blut aus meiner durch all den Schmutz hindurch jetzt seltsam bleiweiß schimmernden Hand pladderte in Rinnsalen zu den Füßen auf die Zettelschichten herab, ich hörte den Regen=Draußen weich auf die von den Explosionen zerrissene Erde fließen, auch dies konnte ich so deutlich hören als geschähe es in meinem Kopf, u hörte hier-drinnen das Blut aus meiner Hand in schweren Tropfen auf dem Boden zerplatzen..... Aus der Stille nach der Explosion, die alle Töne mit flachen Hammerschlägen ans Weißblech ihrer Kesselnacht gedroschen hatte, traten in der schwindenden Zwielichtstunde langsam die Geräusche eines anderen Morgens hervor, und Regenwasser dünnte die Brandgerüche ausgeglühter Gräser – die Luft schmeckte bald wieder feucht nach Lehm u Dunst, waschküchendumpf u satt vom Bittersüß aus zerbrochnem Unkrauterdreich&laub – das alte flackernde Filmband floß traumhaft langsam u ruhig nun vor meinen Augen von Bild-zu-Bild dahin – – Stein zerbröckelte, Gemäuer sanken in die Erde, steinerne Särge, sich selber bestattend – u dazwischen die Tiere – das Fressen 1 neuen Tags – – und jetzt war es soweit: Der Schmerz hielt inne für den Moment; worauf ich gewartet hatte, begann: ich las die ungelenken Schriftzüge auf dem Zettel in meiner blutenden Hand – –

Und wieder dauerte es lange, sehr lange Zeit. Dann erst begann *ich* zu begreifen: *Mein* Herzschlag der Rhythmus eines fremden in einem Fremden, der wie *ich* sagen hörte, nicht sterben kann. *Mein* Leben – nur ein schwarzer Traum, geträumt von einem Fieberwahn. Ein Spinnennetz aus Kritzelei, gezogen von fremder Hand, mit Bosheit Haß & Wut die Jagd einige Stundenlang über dreckiges Papier. Und Nichts geblieben am Schluß. *Ich*, nur ein Schatten, hervorgezerrt am dünnen Seil der Schrift; 1 Spuk, der Leben spielen muß u jeder Schritt gelenkt vom fremden Silbenmaß, hin bis zum letzten Wort. Und auch *mein* Grauen jetzt, schon vorgeschrieben wie der kommende Tag. Die Schrift, sie wird verschwinden im Nebel aus Morgen auf sich zerlösenden Fetzen. Irgendwo in dieser Halde Papier, einem Patchwork aus vergeudetem Leben, könnte *ich* wiederlesen vom Nebel, von Haß & Wut eines Toten ohne Tod, der seine Stunde zu strecken sucht mit einem Patchwork aus vergeudetem Leben. *Ich schreibe also bin ich.* Und würde *ich* mich bücken, in die Halde bekritzelter und zerrissener Zettel greifen, *ich* könnte irgendwann *den* Zettel finden, worauf geschrieben steht, daß *ich* mich bückte, in die Halde bekritzelter Zettel greifend mit blutender Hand, um lesen zu können, daß *ich* mich bückte, in die Halde bekritzelter Zettel zu greifen, und könnte wiederlesen wie *ich* geschrieben habe daß *ich* zu lesen versuchte in der Stille nach einer Explosion im Nebellicht aus Morgen=Grau die Notizen, die *ich* im Dunkeln mit blutender Hand eilig zusammenraffte in einem erfundenen Leben –, und las rasch, bevor in der Nässe im Schmerz von dem *ich* geschrieben habe die Schrift vor *meinen* Augen verlöschen würde, die Notizen aus aufgegebenen Nächten, gefangen im Netzwerk Kritzelei *mein* Fliegenleben und aufgesogen von der Spinne Zeit – *ich* saß in dieser Nacht wie in den Nächten zuvor, mit dem Rücken an die Wand gelehnt, nahe dem Eingang, aus feuchtem Gemäuer Kälte, und Frösteln wie mit Spinnenbeinen über *meine* Haut. : *Ich* saß all-1, erstarrt seit Wielangerzeit, nahe dem Eingang im Innern der Ruine u am

Rand jener Halde aus Papier. . . . . und alles hier Geschriebene, um *meine* Stunden 1samkeit zu strecken von einer Ruinennacht zur andern, war vergessen längst u länger noch *mir* fremd, so daß all dies zerfetzt hierher Geworfene ein Fremdes aus nebelbleichem Licht *mir* nun in *meinen* Händen lag: *All dies gefundene Stückwerk Leben aus Wut Verzweiflung Radau & Blut, zur dreckigbleichen Halde aufgetürmt, hab ?wirklich* ?ich. . . . . *?geschrieben* –. Die eine Explosion, die *meine* Hand zerriß, hat auch das letzte Tun, *mein* Schreiben das Spinnennetz aus Kritzelei, zerrissen, und Blut aus *meiner* Hand wird weiterschreiben, was *ich* nicht mehr werd schreiben können. Und also las *ich* von dem dreckigen Schnipsel Papier, aufgelesen aus einer Halde Kritzelei, wohin die blutende Hand des Zufalls mich lenkte, jene beiden Sätze, aus denen *ich* einst begann:

–!Keiner betritt noch 1 Mal diese Ruine. Um !Nichts in der Welt würde jemand Das noch 1 Mal tun.

Und habe den Zug, der nunmehr seit Stunden auf der Strecke hält, verlassen, bin kurz entschlossen ausgestiegen, meinen Weg zu Fuß fortzusetzen. In Minutenschnelle hat der Himmel erneut sich bezogen, graue Tentakel aus Dunst betasten die Wiesen u Felder um den wartenden Zug, u Nebelstarre erneut hat den Tag in wattiger Stummheit zurückgelassen. Der Bahndamm, über dessen taunasse Gräser ich mühsam hinaufklettere, ist gewiß nicht hoch, doch liegt sein Grat schon im Dunst verborgen. Die dürren Frühjahrsgräser streifen wie Zinken eines Kamms durch vorüberziehende Nebelfetzen. Stolpernd und rutschend erreiche ich auf vielleicht halber Dammhöhe 1 Weg.

Rechterhand an der Sohle der Böschung (sie taucht zwischen Dunstinseln auf) ein Gewässer: kleine, graue Wellen schlagen gegen den Wall – kein Wind, der Nebelblock liegt auch über diesem Wasser undurchdringlich u fest. Erstaunlich: Zuvor, als der Tag kurz nach Sonnenaufgang noch in seinen hellen Stunden war, habe ich das Gewässer nicht bemerkt; vielleicht ist der sonst winzige Bach, der allzeit diesen Weg am Stadtrand begleitete, durch die Schneeschmelze plötzlich ein reißender Fluß geworden und, über seine Ufer getreten, hat er das umliegende Land überflutet. Kein Wind, die Wellen dort unten muß das Gewässer selbst erzeugen, vielleicht durch rasches Fließen über unebenen Grund hinweg, wie beim Einsetzen der Gezeiten Ebbe od Flut. Nur wenig oberhalb u parallel zum Gewässer verlaufend der Weg, eher 1 Pfad, leicht der Neigung des Abhangs folgend u von Nebelnässe aufgeweicht die Erde, als fiele seit Stunden feiner Nieselregen herab. Es regnet nicht. Der Damm mit seinem zur Wasserseite hin abfallenden Pfad taucht nur im Umkreis weniger Schritte aus dem Nebelmassiv heraus, als ließe jeder meiner Schritte den Weg aus dem Dunst erst entstehn. Die

Schuhe dringen tief in die Erde ein, oft rutsche ich strauchelnd aus und gerate mit den Füßen bedrohlich nah ans Wasser heran. Würde ich fallen, ich fände nirgends Halt auf der naßglatten Böschung. Aus den Gräsern wie bleiches Schilfrohr steigend dünnes Nebelried. Den steilen Abhang hinabgleitend, ins Gewässer tauchend, würde ich, Welle unter Wellen, ohne Spur versinken im sofort über mir sich schließenden Grau – –

Die Färbung des Wassers hat indessen rasch sich verändert. Aus dem Grau ist ein teerfarbenes Dunkel geworden, auch scheinen die Wellen ölig nun u träger im Fließen als zuvor. Mit jedem Schritt den schmalen Weg entlang (das Schwarz der Erde gleicht nun dem Schwarz der größer und größer werdenden Wellen) drohe ich häufiger hinabzugleiten, ins Gewässer einzutauchen, von dem ich glaube, es müsse tief sein – von dort aufsteigend Wärmedunst, wie er nur herrühren kann aus einem enormen Reservoir – das andere Ufer muß sehr weit jenseits des Nebels liegen. Möglich, das Gewässer ist längst nicht mehr jener einst winzige Bach, der übernacht zum Fluß geworden ist u das Land ringsum überflutete mit geschmolzenem Schnee; das Gewässer könnte das Meer sein, Ziel unsrer Sommerreise, die mein Vater uns versprochen hatte wenige Wochen vor seinem Tod. Der Weg jetzt, den ich entlangstolpere, könnte – warum nicht – jener Weg zur Spitze der Landzunge od Insel sein, über die der Vater, besonders in seinen letzten Tagen, viel zu erzählen wußte. Obwohl das Gehn auf dem Weg schwerer und schwerer gelingt; obwohl ich immer öfter ausrutsche, dem Wasser dabei bedrohlich näher und näher komm – schwindet fühlbar die Angst vorm Versinken : Vielleicht hat der warme Atem, der aus dem dunklen öligen Gewässer heraufweht, die Angst mir genommen; Angst, die vom Anblick der stumpfen Wellen kam, die mich erinnerten an Gestänge von alles in sich hineinziehenden Mühlen & Räderwerken aus grauem Metall –

So rasch wie er aufgezogen war, ist plötzlich der Nebel davon. Indes kein Wind, der ihn hätt beiseite nehmen können –

nach wie vor keine Regung in den Lüften, als seien sie an die Starre, die vom Nebel diesem Tag verblieben ist, gebunden. Auch die Temperatur scheint unverändert : Lediglich das Grau u der lichtlose Nebel haben einfach aufgehört.

Und schattenloses Licht einer Mittagsstunde, ein Leuchten hoch im Blau. Nirgends die Sonne, das Licht dieser Stunde scheint ursprungslos u überall in gleicher Stärke wie vordem der Nebelblock in seinem geschlossnen Massiv. Auch die Böschung, an deren Hang ich lief, hat sanft abfallend sich verwandelt zum flachen Uferstreifen, in Sandbänken leuchtend Schneisen und Buchten, bewachsen mit derben Strandkiefern und Sanddorn, Büschen voll leuchtendroter Blüten im Grün.

Und zwischen den niedrigen, dicht über den Boden sich ausbreitenden Strandgewächsen, einzeln od in kleinen Gruppen, haben Menschen sich niedergelassen, gelagert im Gras auf bunten Decken, die Körper vom Sonnenlicht gebräunt. In den Lüften kein Laut; kein Lärmen vom Strand herauf. In ihren malerischen Posen über die Landschaft verteilt jene Menschen, als hätt ein Regisseur diese Szene zu einem Theaterstück in der Natur arrangiert. Nirgends auch werfen Schatten das Bild zu Tiefen auf – ob nah od fern: Meer Strand Menschen Kiefern u Buschwerk ruhen im Tag gleichermaßen schattenlos, deutlich u hell. Obwohl zum Erkennen noch zu weit entfernt, meine ich dennoch Bekannte zu sehn; jene winzigen Eigenheiten in Gestik u Gebärden, die länger als der Name in der Erinnerung an Menschen sich bewahren. So schwinden das Gefühl der Fremde, die Befürchtung auch, ich hätte mich verirrt – –

Näherkommend fallen mir als erstes die unterschiedslos goldbraune Färbung der Haut dieser Menschen auf, die Starrheit ihrer Mienen, so unbeweglich & geziert, wie deren Körperhaltungen auch. Im weiten Bogen suche ich einen Weg, die Gruppen erstarrter Menschen zu umgehen – seit geraumer Weile nun schaue ich zu ihnen hinüber und keiner der Körper hat währenddessen seine Haltung um 1 Spur verändert, wie auch die Stunde ohne Schatten offensichtlich nicht fortschreiten kann; der Tag verhält in seinem hohen Mittagslicht.

Mit dem festen Entschluß sie anzusprechen, gehe ich zu einer der Gruppen hinüber – dem Anschein nach eine Familie, Großeltern die mit ihren beiden Enkelkindern (zwei Jungen, der 1 im Alter von vielleicht sechs, der andre von zehn Jahren) still u ohne Regung im Grase liegen. In den Gesichtern (auch sie erscheinen mir bekannt – ich suche in der Erinnerung nach ihren Namen, ohne Erfolg) eine tiefe Ruhe u Heiterkeit, wie sie Stunden eines langen Urlaubs zeichnen, und die sich über die Mienen selbst bei Kindern schon breitet mit dem Wohltun eines hellfarbigen Vergessens. Das Bild schwankt im Takt bei jedem meiner Schritte, mit denen ich der Gruppe entgegenkomme – –

?!Wie konnte die Entfernung diesen grob gemalten Zügen solche Feinheit geben. Vor der Gruppe angekommen, als müßte ich einen fremden Text mühevoll & langsam entziffern: Splitter- u Bruchkanten, Knitterfalten, Sprünge u Risse durchziehen als zitteriges Netzewerk eine leuchtende Glasur, die die Körper umhüllt als zweite Haut u auf ihnen liegt wie bei jenen Konditorwaren, die mit Kreme & kandierten Früchten überdekoriert & wie Attrappen in den Schaufenstern dem Betrachter Appetit erzeugen solln – u die das Auge durch die Grellheit ihrer Farben zwar erheitern, beim Gedanken ans Essen jedoch nur Übelkeit erzeugen. Roh & stumpf gemalt auch finde ich nun die Linien der Gesichter bei den übrigen auf der Wiese Lagernden, die Formung der Gliedmaßen, der Hände u Füße: die Züge einer Frau (die allein auf einem Rasenstück liegt) als die bösartige Karikatur der Frau, die ich vor Jahren einmal geliebt habe (es war die letzte Frau, die ich geliebt habe; ihre Augen, Wangen, Backenknochen, Lippenwürfe, die beiden Adern blaßblau schimmernd unter der Haut an ihrem Hals – die hämische Überzeichnung einer Erinnerung hier), jedoch auch ihren Namen habe ich schon aus dem Gedächtnis verloren.

Das Gesicht eines Mannes, dem meinen obwohl an Jahren jünger, nicht unähnlich, sehe ich entstellt zur Grimasse einer verdorbenen Jugendlichkeit; einer anderen Frau, deren einer Arm auf der Schulter eines Mannes ruht, der den Blick abgewendet hält von ihr in ein Nirgendwo, hat der Schöpfer dieser Machwerke den Mund zur Karikatur des Lachens verschoben, so daß das aufgerissene Schwarz ihres Mundes an einen Schrei erinnern will – (ein früher Februarmorgen, die Küche im wässerigen Licht, und spüre den Geschmack von Marmelade u Blut aufsteigen in meiner Kehle –) – : All jene Gebilde offenbar eilig dahergeschludert wie Masken zu einer grotesken Inszenierung, deren Premiere, schon etliche Male verschoben, nun also überfällig & daher die Ausführung dieser Arbeiten in letzter Hast zum Provisorium gepfuscht, auf Wirkung vertrauend einzig aus der Distance: Mensch-Fassaden wie Abgüsse einst von anderen, von den echten Körpern, genommen in Pappmaché wie Faschingslarven aus der Kinderzeit.

Und weitergehend von einer Gruppe zur andern erkenne ich ein ums andere Mal in den grob gearbeiteten Masken Ähnlichkeiten mit Menschen, die ich einstmals kannte; Verwandte sind darunter, Freunde, Menschen, denen meine Verachtung galt noch, wie ich meine, bis vor wenig Augenblicken. Doch habe ich bei allen die Erinnerung an ihre Namen verloren; einzig finde ich gegenüber diesen Menschen, als sie noch Menschen waren neben mir, überwiegend Bedauern, daß ich ihnen zu diesen Zeiten niemals mit mehr Freundlichkeit begegnet bin.

Als ich nahe genug heran bin, berühre ich einige der Masken, die nun wie aufgestellte Hirnschalen, Stirn- u Scheitelbeine von Verstorbenen, erscheinen; ich kehre das Innere ihrer Köpfe herum, lege sie mit ihren gewölbten Seiten ins Gras, und was ich ahnte, finde ich: von der einstigen Gehirnmasse ist ihnen nichts geblieben – selbst Fliegeneier & Maden dort sind längst verdorben; ein paar Klumpen verwittert u schwarz finden sich in Höhlungen, tote Parasiten die mit toten Parasiten sich mischten, als seien das Reste von altem, dreckverkrustetem Schnee. Einigemale bekomme ich Lust, diese Mensch-Attrappen zu zertreten; ebenso oft lasse ich davon ab. Behutsam, als müsse ich die Störungen, die mein Berühren verursacht, auf der fertig eingerichteten Szene rückgängig machen, stelle ich die hohlen Formen wieder auf, versetze sie in ihre vorige Lage – niemand soll bemerken, daß ich die Toten gestört habe im hellen, schattenlosen Mittagslicht, an einem Tag, der nie zuende geht – –

Ich bin ans Meer gekommen, an die äußerste Spitze einer Insel, von der ich meinen Vater hab vieles erzählen hörn. Jetzt habe ich Alles gesehn: die Insel Menschen das Meer – –

Ich weiß, ich könnte jederzeit aus einer ewigen Sommerstunde, aus dem endlosen Mittag zurückgehen in den Nebel, dem Pfad aus dem Schwarz der Erde an einer Böschung am Ufer eines Gewässers folgend, irgendwo auf einen an den Schienen wie festgeschweißt noch immer wartenden Fernzug treffen, groß dunkel & kantig aus dem Nebel ragend, und dorthin zurückkehren, wo ich aufgebrochen bin am Tag meiner Reise ans Meer. Der Weg zurück, er würde weder besser noch schlechter sein als vordem. Desgleichen jene Kleinstadt in Westdeutschland, 1 Ort inmitten von welligem Flachland, mit Weiden u Inseln aus Mischwäldern, die wie große grüne Steine auf der Landschaft liegen – von dort war ich aufgebrochen u von all den Dingen, die ich dort getan habe, die ich liegenließ und die ich nicht noch einmal beginnen werde. Kehrte ich zurück, nichts würde besser sein auch dort, nichts schlechter als zuvor. Nichts indes zwingt mich auf den Weg zurück, weg vom Strand eines Meeres unter dem endlosen Blau dieser Stunde irgendwo zwischen Strandkiefern u Sanddorn, Büschen voll leuchtendroter Blüten im Grün. In das, was ich früher einmal *meinen Körper* genannt habe, würde schon bald eine tiefe Ruhe u Heiterkeit einkehren, wie sie Stunden eines langen Urlaubs zeichnen und die über die Miene schon bei Kindern sich breitet mit dem Wohltun eines hellfarbigen Vergessens –

Ich lege mich nieder in Gras u Sand am Rand des offenen Meeres, den Blick gerade zum Himmel hinauf. Nur Leben in einem Tag. Meine Erinnerung, die 1zige die ich gerne hab, ist die Erinnerung an eine Stunde vor vielen Jahren im März. Der besonnte Weg greift weit in den hellen Morgen, ich laufe allein, mein Vater hatte eine Sommerreise versprochen ans Meer, wenige Wochen vor seinem Tod. Wasser Erde Wind, in den Lüften der Geschmack des Frühjahrs, die Stunde ein helles Leuchten. Nur ein Tag im Leben. Ich habe Gelegenheiten gehabt, mehr als ich je verlangen konnte – und ich habe willentlich keine 1zige genutzt. Den Rücken im Gras, spürend warmen feinen Sand, löse ich den Blick – entfesselt befreit losgelassen und hinaufgeschleudert dorthin zu jenem Gewölbe wo lichtdurchflutet das niemals zuvor gesehene das unendliche Blau geschieht – – –

Die im Text enthaltenen Anspielungen und Erwähnungen von Skulptural- und architektonischen Projekten beziehen sich auf Arbeiten des in Düsseldorf lebenden Bildenden Künstlers Till Hohn.

Der Autor dankt dem Künstler für die Informationen über seine einzelnen Arbeiten.

Volker Hage

Alles erfunden

Porträts deutscher und amerikanischer Autoren

dtv 19032

Wenn uns ein Autor gefangen hat, entwickeln wir, die Leser, häufig eine gewaltige Neugier, mehr über ihn zu erfahren. Im Zentrum dieser Porträtsammlung steht »der Schriftsteller, der einzelne mit seinen Geschichten: jenen, die er in Büchern erfindet, und jenen, die er über sich und sein Leben erzählt. Und immer wieder ist die Frage, wie das eine mit dem anderen zusammenhängt.« Begegnungen des heutigen ›Spiegel‹-Redakteurs mit Günther Anders, Jurek Becker, Wolf Biermann, Harold Brodkey, Richard Ford, Max Frisch, Joseph Heller, John Irving, Ernst Jandl, Wolfgang Koeppen, Joyce Carol Oates, Philip Roth, Gerold Späth, Botho Strauß, John Updike, Martin Walser – Begegnungen, die uns manches besser verstehen lassen und unsere Bekanntschaft mit dem Autor vertiefen.

»Es ist ihm gelungen, ausnahmslos interessante Autoren zu befragen, darunter auch solche (Philip Roth, Botho Strauß), die für gewöhnlich keine Interviews geben, und er hat eine vertrauensvolle Atmosphäre schaffen können, in denen sie gern erzählen möchten: von sich und ihren Büchern.«
Süddeutsche Zeitung

»Seine Porträts erzählen Geschichten, sind also schon wieder Literatur.«
Norddeutscher Rundfunk

»Leicht und unkompliziert formuliert, zeichnen sich lebendige Ansichten ab, die durch ausführliche Werkzitate ergänzt werden.«
Rheinischer Merkur

Heinrich Böll im dtv

»Man kann eine Grenze nur erkennen, wenn man sie zu überschreiten versucht.«
Heinrich Böll

Irisches Tagebuch
dtv 1

Zum Tee bei Dr. Borsig
Hörspiele · dtv 200

Ansichten eines Clowns
Roman · dtv 400

Wanderer, kommst du nach Spa...
Erzählungen · dtv 437

Ende einer Dienstfahrt
Erzählung · dtv 566

Der Zug war pünktlich
Erzählung · dtv 818

Wo warst du, Adam?
Roman · dtv 856

Gruppenbild mit Dame
Roman · dtv 959

Billard um halb zehn
Roman · dtv 991

Die verlorene Ehre der Katharina Blum oder: Wie Gewalt entstehen und wohin sie führen kann
Erzählung · dtv 1150

Das Brot der frühen Jahre
Erzählung · dtv 1374

Ein Tag wie sonst
Hörspiele · dtv 1536

Haus ohne Hüter
Roman · dtv 1631

Du fährst zu oft nach Heidelberg und andere Erzählungen
dtv 1725

Fürsorgliche Belagerung
Roman · dtv 10001

Was soll aus dem Jungen bloß werden? Oder: Irgendwas mit Büchern
dtv 10169

Die Verwundung und andere frühe Erzählungen
dtv 10472

Frauen vor Flußlandschaft
Roman · dtv 11196

Eine deutsche Erinnerung
dtv 11385